Lin Rina

Elisa Hemmiltons KOFFERKRIMI

Ein Roman aus dem
Staubchronik-Universum

DRACHENMOND VERLAG

Eigentum von

Drachenmond Verlag GmbH
Auf der Weide 6
50354 Hürth
https://www.drachenmond.de
E-Mail: info@drachenmond.de

Lektorat: Stephan R. Bellem
Korrektorat: Michaela Retetzki
Satz & Layout: Astrid Behrendt
Charakterillustrationen & Karte:
Lin Rina
Schriftzug S. 3.: Mine Marei
Umschlagdesign: Marie Graßhoff
Bildmaterial: Shutterstock

Druck: Booksfactory

ISBN 978-3-95991-397-3

Für Astrid

Weil du größer träumst als ich
und dadurch für mich Sterne in Bücher verwandelst.
Ohne dich hätte ich es nie geschafft,
diese Geschichte aufzuschreiben.

VORWORT DER VERFASSERIN

Die Metropolitan Police hat uns gebeten, einen Bericht über die jüngsten Ereignisse im Fall ›David Brighton‹ zu schreiben. Und wie wir – eine vorlaute Studentin und ein schusseliger Mechaniker – es geschafft haben, der ganzen Sache auf die Spur zu kommen.

Da Jamie sich aber strikt weigert, zu Papier zu bringen, was wir durchlebt haben, bleibt diese Aufgabe an mir hängen: Elisa Hemmilton, mutige Laienermittlerin, neugierige Spürnase und Siegerin der Herzen. Trägst du nicht etwas zu dick auf, Liz? *

Auch wenn ich gern behaupten würde, dass mir das eine lästige Pflicht wäre, glaube ich eher, dass es mir viel zu viel Spaß machen wird und Jamie am Ende die Augen über mich verdreht.

Ich habe ihm angeboten, den Bericht mit seiner Sicht der Dinge zu kommentieren und ich fürchte, das wird er schamlos in Anspruch nehmen.

Wie dem auch sei, hier folgt mein offen und ehrlicher Bericht über die Ereignisse im letzten Winter und ich schwöre, keine hässlichen Details wegzulassen, auch nicht die illegalen. (Möglicherweise aber dafür all die technischen Ausführungen von Jamie. Die braucht einfach niemand!)

Gut für uns, dass uns der Einbruch in den Anbau der *West Brickstone Villa* im Nachhinein verziehen wurde. Das mit Ihrem Daumen, Chief Inspector Layer, tut mir aufrichtig leid. Es war keine Absicht. Ich schwöre es.

Und so viele Menschen wurden ja im Großen und Ganzen nun auch nicht verletzt. Zumindest niemand, der es nicht auch verdient hat.

* Wenn dir nicht passt, was ich hier fabriziere, dann hättest du es selbst schreiben sollen, mein lieber Jamie.

Die Geschehnisse zwischen Weihnachten und Silvester waren wirklich sehr abenteuerlich und möglicherweise habe ich mich deshalb nicht so damenhaft benommen, wie man es von mir erwartet. Aber was geschehen ist, ist geschehen und wenn wir uns alle einig sind, dass meine werte Gönnerin, Miss Brandon-Welderson, diesen Bericht niemals zu Gesicht bekommen wird, dann bleibt es mir auch erspart, zur Strafe für diese Unsittlichkeit zwanzig Seiten aus Newmans Predigten abzuschreiben. Das wäre wirklich nett. Danke.

Gezeichnet

Elisa Hemmilton

Freitag, 07. November 1890

I.

ES WAR EINMAL EIN KOFFER

Alles begann mit dem äußerst unwahrscheinlichen Ereignis, dass ein Koffer vom Himmel fiel.

Es war nicht irgendein Koffer, sondern ein Überseekoffer von *Drew & Sons*. Ein Modell in dezentem Braun mit Messingbeschlägen und einem Rundzylinderschloss mit vier Stiften.

Wäre er an diesem verregneten Tag schnurstracks auf die gepflasterte Straße geknallt, hätte auch *Drew & Sons'* Garantie auf Unzerstörbarkeit nichts geholfen und er wäre am Boden zerschellt.

Doch es kam ganz anders, als er die gläserne Kuppel der *Royal University Library* durchschlug, vom fein geschnitzten Rundgang abprallte und einen der Tische im Lesesaal zertrümmerte. Obwohl ein erheblicher Schaden von mehreren Hundert Pfund entstand, ein Glaser all seine Vorräte aufbrauchte und ein Teil der medizinischen Abteilung der Bibliothek durch den hereinfallenden Regen zerstört wurde, blieb der Koffer weitestgehend unversehrt.

Lediglich das hochmoderne Schloss ging zu Bruch.

Da es für alle Anwesenden an diesem Morgen wichtiger war, die Bücher vor dem Regen zu retten, von denen trotz großer Bemühungen hundertdreiundzwanzig einen traurigen Wassertod starben, blieb der Koffer an Ort und Stelle liegen. Erst als am frühen Mittag zwei Officer der Metropolitan Police eintrafen, konnte man sich um das eigentliche Problem kümmern.

Constable Evan Miller, ein junger Mann mit hoher Stirn und dichtem blonden Schnurrbart, hievte den Überseekoffer aus den Überresten des Tisches und stellte ihn auf dem Boden ab. Scherben knirschten unter seinen Stiefeln und so wie er dreinschaute, war er sicher nur froh, den Saustall aus Splittern, Pfützen und nassem Papier nicht aufräumen zu müssen, der sich in einer Schneise der Zerstörung von oben nach unten durch die Bibliothek zog.

Der Inhalt des Koffers zeigte sich auf den ersten Blick ernüchternd gewöhnlich. Männerkleidung für mehrere Tage, ein Bowler von *Lock & Co. Hatters* aus der St James's Street, Rasierzeug und Zigaretten. Erst nach einigem Wühlen entdeckten sie unter einem Zwischenboden eine dicke Rolle aus Blaupausen, ein in Leder gebundenes Notizbuch und ein zylindrisches Behältnis aus Metall.

»Unfall oder Verbrechen?«, fragte Sergeant Cosmo Warren und stemmte seine viel zu langen Arme in die Seiten. Er erwartete nicht wirklich eine Antwort. Er hörte sich nur selbst gern reden.

»Ich denke, wir können getrost davon ausgehen, dass der Koffer nicht von Gott herabgeworfen wurde«, sagte er und sah den Constable in Erwartung eines Lachers von der Seite an. Miller hatte jedoch noch nicht gefrühstückt und so war ihm nicht nach Witzen zumute.

»Vielleicht ist jemand aufs Dach gestiegen und hat ihn fallen lassen?«, spekulierte der Sergeant weiter. »Dann wäre es definitiv ein Anschlag. Ein aufwieglerischer Akt gegen unser Bildungssystem.«

Der Constable hörte ihm nur still zu und öffnete die Ledermanschette, mit der die Blaupausen zusammengehalten wurden. Vorsichtig legte er die dünnen Papiere auf einem der Tische ab, entrollte sie und betrachtete die erste Seite.

Zahnräder, Gurte, Kabel und ein Haufen Formeln blinzelten ihm entgegen und auch wenn er dem Ganzen eine künstlerische Ästhetik abgewinnen konnte, gab es keinen Anhaltspunkt für ihn, welche Art von Konstruktion er vor sich sah.

»Ich denke ja eher, dass es sich hier um einen Unfall handelt«, meldete sich eine Stimme und die beiden Polizisten wandten sich interessiert zu der Person um, die sie ganz offensichtlich belauscht hatte.

Er war ein hagerer, großer Mann mit ernstem Blick und diesem eigentümlichen Schwung der Lippen, der ihm den Ausdruck verlieh, bis in seine schwarze Seele hinab genervt zu sein.

Thomas Reed ist der Bibliothekar der *Royal University Library* und bekannt für seine schlechte Laune.

Er nahm sich nicht die Zeit, die Herren auf höfliche Art zu begrüßen und sie taten so, als hätten sie das auch nicht erwartet.

»Wie kommen Sie zu dieser Vermutung?«, erkundigte sich Miller, da Warren den Bibliothekar nur irritiert anstarrte.

Sein Erscheinungsbild gab auch allen Anlass dazu. Die Haare standen ihm wild vom Kopf ab, Nässe bildete Flecken auf seinem dunkelbraunen Anzug und die Fliege hatte er sich bloß um den Hals gelegt, ohne sie zu binden. Doch sollte man sich nicht darüber wundern, wenn man bedachte, dass Mr Reed den Vormittag damit verbracht hatte, nasse Bücher aus Regalen zu retten, die unerwartet dem Londoner Schmuddelwetter ausgesetzt worden waren. *

* Ich muss gestehen, dass ich ihn zu gern so gesehen hätte. Meine Freundin Animant, die an jenem Tag zugegen war, erzählte mir, dass er ein Bild des Grauens bot. Daran hätte ich definitiv meinen Spaß gehabt.

Mr Reed überging dies gekonnt, so als wäre alles wie sonst.

»Das Glas der Kuppel ist sehr dick«, führte er aus. »Einen Koffer hindurchzuwerfen, sodass es so zersplittert, wie wir es dort oben sehen, hätte viel Schwung erfordert. Und ich weiß nicht, wie es Ihnen geht, meine Herren, aber ich bin froh, wenn ich so einen Überseekoffer überhaupt gehoben bekomme. Über auf das Dach schaffen und durch eine Scheibe werfen will ich gar nicht nachdenken. Für einen Anschlag auf das Bildungssystem gibt es sicher leichtere und auch effektivere Methoden als diese hier.«

»Es könnten mehrere Personen gewesen sein«, beharrte Sergeant Warren, noch nicht bereit, seine reißerische Theorie aufzugeben und Constable Miller seufzte laut.

Der Bibliothekar schüttelte den Kopf. »Viele Flugschiffe fliegen ihr Wendemanöver über diesem Bereich, bevor sie am *City of London Flugplatz* landen. Der Koffer könnte herausgerutscht sein. Vielleicht lässt sich bei den Flügen heute Morgen eine defekte Gondel finden.«

Das klang weitaus logischer. Fand zumindest der Constable. Der Sergeant blieb bei seiner eigenen Variante.

Doch sie würden beide unrecht behalten.

»Was auch immer ...«, setzte Warren an, doch der Bibliothekar hörte ihm schon nicht mehr zu. Er war an den Constable herangetreten und warf einen Blick über dessen Schulter auf die Blaupausen.

Hätten die Officers genau hingesehen, wäre ihnen die aufflammende Neugierde in seinem Blick aufgefallen. Mr Reed ist zwar ein Stubenhocker und ausgemachter Griesgram, aber an ihm ist ebenfalls ein Visionär verloren gegangen, der jede Art von technischem Fortschritt mit jungenhaftem Enthusiasmus betrachtet.

»Mechanische Baupläne?«, erkundigte er sich interessiert bei Miller und trat an dessen Seite, um besser sehen zu können. Doch obwohl er in seinem Leben schon eine Menge Bücher zu dem Thema gelesen hatte, belief sich all sein Wissen lediglich auf einen kleinen theoretischen Teil des Ganzen.

»Scheint so. Ich weiß aber nicht, ob die uns Aufschluss über den Vorfall geben werden«, entgegnete der Constable und zeigte flüchtig mit der einen Hand in Richtung Glaskuppel.

»Wenn Sie einen Fachkundigen brauchen, kann ich Ihnen wärmstens Jamie Lennox empfehlen. Er ist Uhrmacher und ein raffinierter Mechaniker. Seine Werkstatt ist drüben in Hoxton«, zeigte Mr Reed sich hilfsbereit und zog eine Lesebrille aus der Brusttasche seiner Weste, um einen genaueren Blick zu erhaschen.

Sergeant Warren riss ihm die Pläne unter der Nase weg und rollte sie gröber auf, als notwendig gewesen wäre. »Das wird nicht nötig sein, mein Herr. Wir müssen schließlich nur herausfinden, was passiert ist und nicht in den privaten Unterlagen anderer herumschnüffeln.« Er gab sich überlegen und war sicher auch stolz darauf, ein so vernünftiges Argument vorgebracht zu haben. Doch eigentlich trieb ihn nur der Unmut um, dass die Theorie des Bibliothekars besser war als seine eigene und er dem Mann, der ihn auch noch überragte, keine weitere Möglichkeit bieten wollte, ihn vor dem Constable auszustechen.

»Packen Sie alles ein, Constable Miller. Wir schaffen den Koffer aufs Revier«, befahl er, ohne den Kollegen anzusehen und ließ die Pläne in den Koffer zurückfallen.

Mr Reed verdrehte die Augen über den Sergeanten, dessen simples Wesen er längst durchschaut hatte. Es lag ihm auf der Zunge, etwas Spöttisches zu erwidern, doch ein Blick auf seine silberne Taschenuhr teilte ihm mit, dass er schon spät dran war. Verpflichtungen warteten auf ihn und er riss sich schweren Herzens von dem Geheimnis los, das in dem Koffer schlummerte, der auf so mysteriöse Weise den Weg in seine heiligen Hallen gefunden hatte.

Sergeant Cosmo Warren und Constable Evan Miller packten alles ein, machten sich noch ein paar Notizen und schnappten sich dann je einen Tragegriff an den Seiten des Überseekoffers. Miller ächzte unter dem Gewicht und nicht einmal Warren brachte noch eine seiner altklugen Nichtigkeiten zustande, als die beiden Polizisten die Bibliothek durch den Haupteingang verließen, den Koffer zwischen ihnen.

Sie wussten nicht, dass sie gerade Teil eines bedeutenden Moments gewesen waren. Dem Ende einer Geschichte und dem Anfang einer gänzlich neuen.

Mittwoch, 19. November 1890

2

TINTE AN DEN FINGERN

Jamie Lennox, Uhrmacher und Mechaniker, steckte gerade mit den Fingern in einer Spieluhr fest, als jemand mit lauten Schlägen gegen die Tür seiner Werkstatt hämmerte.

Er war so sehr auf eines der Zahnräder konzentriert, dass er bei dem Geräusch schmerzhaft zusammenzuckte und beinahe seine ganze Reparaturarbeit wieder zunichtegemacht hätte.

Dabei war er bereits seit einer Stunde nervös, weil er mal wieder zu spät dran war. Schon längst sollte er auf dem Weg zur *Royal University Library* sein, um die dort von ihm eingebaute Suchmaschine aufzuziehen.

Eine Spielerei, die ihm immer noch wie ein Traum vorkam.

Er liebte den Raum im oberen Teil der Bibliothek, der voller klackernder Zahnräder, surrender Gurte und tanzender Federn war. Ein Ballett aus Messing, Eisen und Kupfer. Ein Orchester, das die Musik seiner Seele spielte. Er nannte sie liebevoll *Lady Honeyclack*.

Als der Bibliothekar Mr Reed vor ein paar Jahren in die kleine Werkstatt am Rande von Hoxton spaziert kam und seinem Vater und ihm den Vorschlag unterbreitet hatte, für ihn eine solche Maschine zu entwickeln, war Jamies Vater überzeugt gewesen, er mache einen Scherz mit ihnen. Doch Jamies Herz war sofort für diese Idee entbrannt.

Eine Suchmaschine, die jeden Buchtitel aus der Bibliothek anhand von Schlagwörtern finden konnte.

Damals hatte sein Vater noch die meisten Konstruktionen entworfen. Gebaut worden war sie schlussendlich von Jamie selbst. Sie war sein persönliches Meisterstück.

Sie würde das allerdings nur bleiben, wenn er seinen Hintern dort hinbewegte und sie regelmäßig aufzog.

Doch eins nach dem anderen. Erst mal musste er an die Tür.

»Ich komme«, rief er gepresst und brauchte einen Moment, bis er seinen Zeigefinger aus den Windungen der Spieluhrmechanik befreit hatte.

Wahrscheinlich hätte er das Ding einfach zur Reparatur an seinen Vater weiterreichen sollen. Dieser war ein klassischer Uhrmacher, während Jamie sich zu großen Maschinen hingezogen fühlte wie eine Motte zum Licht.

Als er zur Tür eilte, wischte er sich die Hände an der Schürze ab, die er bei Reparaturen wegen der Ölspritzer trug, nahm sich jedoch nicht die Zeit, einen Blick in den Spiegel zu werfen. Da er heute bisher keine größeren Maschinerien zu seinem Tagwerk gezählt hatte, ging er davon aus, keine Schmiere im Gesicht zu haben.

Hätte er mal lieber nachgesehen, denn ein schwarzer Streifen zog sich ölig über seine Stirn. Wahrscheinlich war er entstanden, als er sich vorhin mit dem Daumenballen eine kitzelnde Haarsträhne aus den Augen geschoben hatte. Doch Jamie würde das erst später auffallen. ←

Ich finde, das hättest du nicht unbedingt erwähnen müssen.

Wieder hallten die schweren Schläge an der Tür durch den Raum und kündeten von der Ungeduld des Besuchers.

»Jaja! Ich bin doch keine Dampflok!«, tönte Jamie, der in Gedanken noch halb bei der Spieluhr war, griff nach der Klinke und riss die Tür auf.

Womit auch immer er gerechnet hatte, ein Constable der Metropolitan Police war es nicht gewesen.

Einen kurzen Moment starrten sie sich gegenseitig an.

»Mr Jamie Lennox?«, erkundigte sich der Polizist dann höflich und gar nicht so, als wäre er ungeduldig. Er war ein junger Mann, wenig älter als Jamie, hatte auffällig volle Lippen und einen buschigen Schnurrbart.

»Der bin ich. Wie kann ich helfen?«, fragte Jamie sofort und versuchte an der Haltung und Mimik des Constables zu erkennen, ob er sich Sorgen machen musste. Und wenn ja, welcher Art.

Doch die Schultern des Mannes waren locker, er verlagerte sein Gewicht gelassen von einem Bein auf das andere und seine Augen sprachen von Neugierde und Überraschung, während sie sich gegenseitig musterten.

Jamie entspannte sich wieder.

Der Polizist war demnach weder hergekommen, um ihm den Tod eines geliebten Menschen mitzuteilen, noch um ihn zu verhaften. Das hätte sein Gesichtsausdruck sicher verraten.

Davon abgesehen, dass Jamie auch nichts angestellt hatte, für das man ihn verhaften könnte. Aber in dieser Stadt wusste man ja nie.

»Mein Name ist Miller«, stellte der Constable sich knapp vor und zupfte seine dunkelblaue Uniform zurecht. Der kurze Schlagstock baumelte an einer Schlaufe an seinem Gürtel und Jamie musste darauf achten, das schwarz lackierte Holz nicht anzustarren.

Waffen hatten eine eigentümliche Wirkung auf Jamie Lennox. Eine furchtsame Faszination, die ihn ebenso anzog wie auch zu Tode ängstigte.

»Wir benötigen Beratung in einer Sache, die einen Mechaniker erfordert und Sie wurden uns empfohlen.«

Jamie blinzelte irritiert und konzentrierte sich wieder auf sein Gegenüber und die Worte, die es gesagt hatte.

Jamie war empfohlen worden? Von wem? Er war für viele – auch wohlhabende – Stammkunden tätig und hatte zusätzlich dazu noch die Laufkundschaft. Doch wer davon eine solch enge Beziehung zur Metropolitan Police pflegte, um eine Empfehlung aussprechen zu können, konnte er nicht sagen.

»Ich wurde empfohlen?«, erkundigte Jamie sich daher und der Constable nickte eifrig. Sein Helm bewegte sich dabei keinen Millimeter, als wäre er an den Kopf angeschraubt worden.

Wie wohl ein Kopf mit einem Gewinde darauf aussah? Und wenn ein Polizist immer seine Dienstkleidung tragen musste, ging er mit dem Helm dann auch zu Bett?

»Ja. Mr Reed, der Bibliothekar der *Royal University Library*, sagte, Sie könnten uns sicher weiterhelfen.« Der Constable lächelte gewinnend und trat einen Schritt von der Tür zurück. »Würden Sie mir folgen?«

Jamie wusste, dass er leicht ablenkbar war und daher oft entscheidende Stellen in Unterhaltungen oder anderen zwischenmenschlichen Interaktionen verpasste. Doch hier ging es gerade tatsächlich zu schnell vonstatten.

»Was? Jetzt sofort? Aber ich habe Termine. Ich kann nicht so einfach …«, begann er und hielt dann inne. »Moment, sagten Sie, Mr Reed hat mich empfohlen?«

Der Constable nickte wieder und bewies eine Engelsgeduld mit ihm. Jeder andere hätte zumindest schon das Gesicht verzogen. Das rechnete Jamie ihm hoch an und er beschloss spontan, den Constable zu mögen.

»In Ordnung«, sagte er prompt und sah sich zerstreut nach seiner Tasche um. »Welche Art von Problem liegt denn vor? Nur damit ich weiß, welches Werkzeug ich mitnehmen muss«, erkundigte sich Jamie und war schon auf halbem Weg zurück in die Werkstatt, als der Constable ihn zurückhielt.

»Nein, nein!«, rief er sofort. »Keine Reparatur. Nur Ihre fachkundige Meinung bitte.«

Besser spät als nie, schlich sich die Neugierde in Jamies Geist und ließ seine Fingerspitzen kribbeln.

Es wäre sicher nicht so schlimm, die Wartung der Suchmaschine heute Nachmittag zu verschieben, schließlich wusste der Bibliothekar offensichtlich Bescheid. Und die Metropolitan Police fragte ja auch nicht alle Tage nach seiner Hilfe.

Er würde dem Bibliothekar jedoch eine Nachricht zukommen lassen, um Misskommunikation zu vermeiden.

Ohne Werkzeug das Haus zu verlassen fühlte sich für Jamie so an, wie es für andere Leute wäre, ohne Schuhe loszuziehen. Daher schulterte er trotzdem die Tasche mit seiner Grundausrüstung, schlüpfte in seinen Mantel und vergaß darüber beinahe, die grau verschmierte Schürze auszuziehen.

Schnell kritzelte er ein paar Worte an den Bibliothekar auf ein Stück Papier und steckte es zusammen mit einer Handvoll Pennys in die Manteltasche.

Der Constable wartete brav vor der Tür, bis der Mechaniker nach draußen trat und die Werkstatt hinter sich abschloss.

»Dann los«, sagte Jamie beschwingt und streckte den Rücken durch, um entschlossen und kompetent zu wirken.

Ich bitte dich, Liz! Ich BIN kompetent!!!

Außerhalb der engen Gasse, in der sich Jamies Arbeitsplatz befand, schien die Sonne auf die Straßen Londons und zeigte die Stadt von ihrer besten Seite. Graues Herbstlaub verdeckte das fleckige Kopfsteinpflaster und der starke Wind trug die strengen Gerüche des Arbeiterviertels mit sich fort.

Eine Droschke wartete auf sie.

Jamie nutzte den kurzen Moment, in dem der Constable mit dem Kutscher sprach, um sich nach einem Burschen umzusehen.

Nicht weit entfernt lungerte Sooty mit seinen Kumpanen herum und er winkte den Straßenjungen zu sich. Ein paar Pennys wechselten den Besitzer und Sooty machte sich mit Jamies Notiz in der Tasche auf zur *Royal University Library*.

Mit klopfendem Herzen stieg Jamie in die Droschke und presste die Werkzeugtasche fest an seine Brust, als er sich auf die harte Bank neben den Constable fallen ließ.

Er war nervös. Sein Bein zuckte unentwegt und er rutschte immer wieder mit dem Hintern auf der unbequemen Bank hin und her.

Gern hätte er behauptet, dass dies nur einer von vielen Aufträgen war, wie er sie jeden Tag zu erledigen hatte. Doch das entsprach nicht der Wahrheit, er war vorher noch nie von der Polizei konsultiert worden.

Die Fahrt dauerte überraschend lang, was zum einen dem Londoner Verkehr geschuldet war und zum anderen daran lag, dass sie nicht zur nächsten Polizeistation nach Finsbury fuhren, sondern bis rüber ins West End.

Constable Miller zeigte nicht die Güte, ein Gespräch anzufangen und so traute Jamie sich nicht, etwas zu sagen oder gar nachzufragen, was genau ihn denn erwartete. Dabei hätte er wirklich gern geredet; und wäre der Mann neben ihm kein Polizist gewesen, sondern nur irgendwer, hätte er es auch getan.

Die Polizeistation war ein hohes Gebäude, eingequetscht zwischen zwei Häuserfronten, die sie regelrecht zu erdrücken schienen. Die Straße davor war belebt und der Kutscher musste in zweiter Reihe halten, um sie rauszulassen.

Auf dem Bordstein wuselte es geradezu. Herren in teuren Anzügen, die mit eifriger Miene vorbeieilten. Damen, in eleganten Kleidern mit endlos viel Spitze am Saum, flanierten zum nächsten Teehaus.

Der Constable bewegte sich so selbstverständlich auf den Eingang der Wache zu, dass die Leute ihm auswichen oder innehielten und zur Begrüßung mit dem Finger gegen den Zylinder tippten.

So eine Uniform hat eine Menge Macht, dachte Jamie bei sich und versuchte angestrengt, niemandem auf die Füße zu treten, während er dem Constable folgte.

Im Gebäude selbst ging es nicht weniger geschäftig zu. Jamie kam es vor, als summte es wie in einem Bienenstock. Nur dass es am Ende keinen leckeren Honig gab. Zu schade.

»Mr Lennox?«, lenkte Constable Miller seine Aufmerksamkeit auf einen weiteren Herrn, zu dem sie gerade getreten waren, ohne dass Jamie es gemerkt hatte.

Der Mann vor ihm stand so straff da, als hätte ihm jemand einen Besenstiel an den Rücken gebunden. Was ulkig aussah, da seine Arme und Beine lang und dünn wirkten wie die eines Weberknechts.

Sofort begann Jamies Gehirn eine Vorrichtung zu entwerfen, die dem Mann zusätzliche vier Arme schenken würde und gleichzeitig den Besenstiel an Ort und Stelle halten könnte. Mit Kugellagern, Greifzangen, ein paar Drahtwinden und …

Jamie huschte ein Lächeln über die Lippen, er nahm sich jedoch sofort zusammen, als der Mann ihn mit einem scharfen Blick strafte, so als hätte er seine verrückten Gedanken gehört.

»Mr Lennox. Schön, dass Sie die Zeit finden konnten, uns zu unterstützen. Ich bin Sergeant Cosmo Warren. Constable Miller wird rasch mit Ihnen den Papierkram erledigen und danach sehen wir uns hinten bei den Beweismitteln«, sagte er und betonte jedes Wort so, als wäre es von größter Wichtigkeit, es sich zu merken. Vor allem seinen Namen.

Jamie war schlecht mit Namen und murmelte den des Sergeanten eine Weile vor sich hin, um ihn bloß nicht sofort wieder zu vergessen.

Der Constable hielt ihm eine Seite unter die Nase, die er unterschreiben musste, damit er als offizieller Berater der Polizei galt und für seine Zeit auch bezahlt werden würde.

Eilig kritzelte Jamie seine Unterschrift darauf und merkte zu spät, dass der Füllfederhalter undicht war und ihm die Tinte nun dunkelblau an den Fingerspitzen haftete.

Jetzt sollte er sich besser nicht ins Gesicht fassen.

Weil es sich jedoch um Jamie Lennox handelte, der sich diesen Vorsatz machte, fasste er sich natürlich keine Minute später aus lauter Nervosität an die Stirn und hinterließ neben dem Ölschmierer einen blauen Fingerabdruck.

Im hinteren Teil des Gebäudes herrschte trotz des schönen Wetters vergleichsweise Dunkelheit, da nicht viel Licht durch die Fenster in den Raum gelangte. Dafür standen die Häuser zu dicht.

Jamie nestelte immer noch an dem Gurt seiner Tasche, als der Weberknecht-Sergeant, dessen Namen ihm entfallen war, ihn und den Constable eintreten ließ.

Erst als sein Blick auf den Tisch vor ihm fiel und er darauf einen verwaschen braunen Überseekoffer erblickte, ging ihm auf, was das alles zu bedeuten hatte.

Er erinnerte sich an den Vorfall in der Bibliothek. Ein Tag vor etwas weniger als zwei Wochen, an dem es so heftig geregnet hatte, dass er klatschnass beim Haus der Morgens ankam, weil er versprochen hatte, sich die zu langsam laufende Standuhr im Foyer anzusehen.

Sein Vater hatte ihm von dem Vorfall mit dem Koffer erzählt, als er später frierend den Regen aus seinem Mantel schüttelte.

Niemals würde er es vor dem Bibliothekar aussprechen, aber Jamie war insgeheim froh, dass es nur Bücher getroffen hatte und nicht etwa *Lady Honeyclack*. Regen hätte ihren sensiblen Spiralfedern und sorgfältig ausbalancierten Ankerwellen nicht gutgetan.

»Wir suchen seit einigen Tagen nach dem Besitzer dieses Koffers, können ihn aber nicht ermitteln«, sagte der Weberknecht-Sergeant und öffnete den schweren Deckel.

Erstaunt betrachtete Jamie das noch völlig intakte Reisegepäckstück und konnte sich kaum vorstellen, dass es einen Sturz hinter sich hatte.

»Und wie soll ich da behilflich sein?«, erkundigte er sich und trat näher an den Tisch heran.

Auf den ersten Blick sah er die zersprungene Mechanik des Kofferschlosses. *Doch nicht heil geblieben*, dachte er sich, traute sich aber nicht, die Hand danach auszustrecken. Sie hatten ihn sicher nicht hergeholt, um ein Kofferschloss zu reparieren.

Wäre auch gar nicht möglich gewesen. Das gequälte Ding hatte das Zeitliche gesegnet.

»Sehen Sie sich das an«, kam der Constable seinem Vorgesetzten zuvor, der bereits mit großspuriger Geste den Mund geöffnet hatte.

Neben dem Koffer lag eine Rolle mit Blaupausen, von denen der Constable die oberste entrollte.

Jamie musste nur einen Blick darauf werfen und es war ihm, als hätte er einen Schritt in eine andere Welt getan. Die Realität blieb dumpf hinter ihm zurück und all die zuckenden Gedanken, die permanent durch seinen Kopf rasten, verstummten. Es war wie aufatmen. Wie feststellen, dass die Sonne schien. Wie ein Schluck Wasser, wenn man durstig war. Aufregung kitzelte ihm auf der Kopfhaut und er strich das Blatt mit den Handballen glatt, damit es sich nicht von allein wieder zusammenrollte.

Vor ihm lag der Plan einer Maschine. Einer großen Maschine. Etwas, das so komplex war, dass es nicht auf einer einzigen Seite Platz hatte.

Die Linien waren fein und gerade, die Angaben knapp und präzise, eine Vollkommenheit in Blau und Weiß.

»Können Sie uns sagen, wem die Pläne gehören?«, fragte eine Stimme, die Jamie an zu viel Butter auf einer Scheibe Weißbrot erinnerte.

Als hätte jemand eine Tür gewaltsam aufgerissen, stürmte die Realität auf Jamie ein und er fühlte sich einen Moment lang überfordert von all den Eindrücken und Gedanken, die wieder auf ihn einpreschten. Der stechende Blick des Weberknecht-Sergeanten, der Geruch nach Bergamotte und Pech vom Constable neben ihm, das brandende Gemurmel der unzähligen Menschen in diesem Gebäude.

Jamie blinzelte und lenkte die Konzentration zurück auf die Frage. »Nein? Sollte ich das wissen?«, erwiderte er und der Weberknecht-Sergeant gab einen unzufriedenen Laut von sich. »Welcher Name steht denn im Koffer?«, fragte Jamie schnell, um sich nicht den Zorn des Spinnenmannes zuzuziehen – auch wenn er nicht glaubte, dass die Metropolitan Police so blöd wäre, dort nicht als Erstes nachzusehen.

»Leider keine aktuellen Angaben«, antwortete der Constable ihm gnädigerweise und lenkte damit den stechenden Blick des Sergeanten auf sich. Flüchtig wies er auf das festgenietete Metallplättchen in der Innenseite des Kofferdeckels und Jamie folgte der Handbewegung automatisch mit den Augen. »Die Adresse hat uns zu einem Verstorbenen geführt, dessen Erbe seine Sachen undokumentiert an Dritte veräußert hat. Eine Sackgasse. Wir haben nur die Pläne.« Der Constable rieb sich die Augen.

War er müde? Er sah müde aus. War sicher auch nicht besonders erholsam, mit einem Helm auf dem Kopf zu schlafen.

Jamie schüttelte den Kopf, irritiert von seinen eigenen versponnenen Gedankengängen.

»Sie sprechen doch bestimmt mit Kollegen Ihrer Branche. Hat da niemand über solch eine Erfindung gesprochen oder gemunkelt?« Die Stimme des Weberknecht-Sergeanten klang nicht mehr so buttrig wie gerade noch. Er verlor ganz allmählich die Geduld, was darauf schließen ließ, dass er sich mehr von dem Gespräch mit einem fachkundigen Berater erhofft hatte.

Aber da konnte Jamie ja nichts dafür. Er war Mechaniker, kein Hellseher.

»Welche Art Erfindung ist es denn?«, traute Jamie sich zu fragen und bekam prompt ein weiteres Schnauben zu hören.

Der Sergeant stemmte seine langen Arme in die Seiten und sah dabei noch mehr aus wie ein Weberknecht. Wenn Jamie wieder zu Hause ankam, musste er ganz dringend einen Entwurf für die mechanischen Arme zeichnen.

»Wir haben gehofft, Sie könnten uns das sagen.«

Jamie lachte ungläubig auf. Es war einfach absurd, zu denken, ein Blick auf die Komplexität des Bauplans könnte schon Aufschluss darauf geben, was er da vor sich hatte.

»Dafür müsste ich mich sehr viel länger hiermit auseinandersetzen.« Er ließ die Hände über der entrollten Blaupause kreisen. »Womit ich kein Problem hätte. Ich würde mich liebend gern Tage und Wochen damit beschäftigen. Wenn ich darf«, fügte er hinzu und bekam allein bei der Vorstellung, diesem Geheimnis auf den Grund zu gehen, Herzklopfen.

Fragend sah er erst zum Sergeanten und dann zum Constable. Zweiterer antwortete ihm mit einem Schmunzeln, das Jamie die leise Hoffnung schenkte, dass dies tatsächlich im Bereich des Möglichen lag.

»Das ist nicht zielführend«, zerstörte die nun sehr harsche Stimme des Weberknecht-Sergeanten Jamies Tagträume.

Wenn er ehrlich war, hatte er aber auch nicht wirklich damit gerechnet, diese Bitte gewährt zu bekommen.

»Gibt es auf dem Plan vielleicht Anhaltspunkte auf den Erfinder?«, erkundigte sich der Constable, dessen Geduldsfaden wohl sehr viel länger war als der seines Vorgesetzten.

Jamie betrachtete den Plan noch einmal genauer und gab sich große Mühe, sich nicht in all den Möglichkeiten zu verlieren, die ihm die Konstruktion offenbarte.

»Nein«, flüsterte er, überflog all die Bezeichnungen, bis er auf zwei zackig geschriebene Lettern am unteren Rand stieß. Ein D und ein B.

»Oh. Da sind Initialen«, rief er erstaunt.

»Was? Wo?« Der Weberknecht-Sergeant drängte sich neben ihn, um selbst einen besseren Blick zu erhaschen und schubste ihn dabei gegen den Constable, der kommentarlos Platz machte.

»Sind Sie sicher? Ich sehe keinen Unterschied zum restlichen Gekrakel.«

Jamie zuckte mit den Schultern. »Es sind die einzigen Buchstaben, die keine Angaben für den Bauplan hergeben«, teilte er seine Erkenntnisse mit. Wie selbstverständlich griff er zu der Rolle mit Blaupausen, die ihm leise zuwisperten, Geheimnisse und Glückseligkeit versprechend und rollte eine weitere Seite aus.

Auch hier befanden sich die Initialen an der exakt gleichen Stelle, was seine Aussage bestärkte.

Auch auf Blaupause Nummer zwei fand sich ein Teil einer größeren Konstruktion. Hier war es einfacher zu erkennen, was dieser darstellen sollte. Wenn Jamie raten müsste, hätte er behauptet, es handle sich hierbei um eine Art automatisierten Verbrennungsofen.

Eine unerträgliche Anziehung ging von den Zeichnungen aus. All die verschiedenen Ebenen aus Linien, Kurbeln, Dampfrohren, versehen mit Materialangaben, Berechnungstabellen und theoretischen Ventildruckmessungen verzauberten ihn.

»Und Sie sind sich ganz sicher?«, holte ihn schon wieder der Spinnenmann zurück in den kargen Raum und ein ärgerlicher Funke schlug in Jamies Bauch. So langsam fiel es ihm zunehmend schwerer, sich von dem fehlenden Vertrauen in seine Aussagen nicht angegriffen zu fühlen.

»Ja doch«, bestätigte er ungehalten und ließ seinen Blick schweifen, um nicht wieder in die Gravitation der Blaupausen zu geraten.

Auf dem Tisch lagen noch mehr Dinge, die sicher alle aus dem Koffer stammten. Der Stapel Kleidungsstücke und der Hut deuteten auf einen Mann hin. Das Rasierzeug sah teuer aus, die Zigaretten waren jedoch von einer billigen Marke. Unter einer karierten Jacke lugte ein Notizbuch hervor.

Moment. Ein Notizbuch?

»Was ist mit dem Buch?«, wollte er sofort wissen und nahm es zur Hand, ohne um Erlaubnis zu fragen. Niemand hielt ihn auf.

Es lag gut in der Hand. Das Leder fühlte sich abgegriffen und speckig an von den unzähligen Malen, in denen es aufgeschlagen und benutzt worden war.

»Ein Notizbuch. Gleiche Handschrift wie auf den Plänen. Enthält aber leider nur Kauderwelsch. Wurde in irgendeiner Geheimsprache verfasst. Zum Teil sind seitenweise nur irgendwelche wirren Zeichen notiert«, tat der Weberknecht-Sergeant es ab, als wäre es dadurch unwichtig geworden und Jamie schlug forsch die Seiten auf.

Im ersten Moment wirkte die Buchstabenfolge tatsächlich wahllos. Doch Jamie war sich ziemlich sicher, dass niemand ein ganzes Buch mit Buchstabensalat füllte, nur um anderen einen Streich zu spielen. Wahrscheinlicher war es, dass es sich um verschlüsselten Text handelte.

Im Kopf versuchte er es mit drei verschiedenen, einfachen Buchstabenverschiebungen, kam aber zu keinem Ergebnis. So einfach wollte es ihm D. B. also nicht machen.

Da die Pläne der geheimnisvollen Maschine sich äußerst komplex zeigten, durfte Jamie davon ausgehen, dass auch die kryptografische Verschlüsslung nicht so leicht zu knacken wäre.

»Ich kann das sicher lesbar machen. Könnte aber Wochen dauern«, bot Jamie an und besah sich eine kleine Skizze weiter hinten im Buch. Abwesend hatte er damit begonnen, an seiner Oberlippe zu zupfen und blätterte weiter.

Das Notizbuch wurde Jamie so unerwartet aus der Hand gerissen, dass er zusammenzuckte.

»Wenn das Buch uns nicht gleich in Großbuchstaben den Namen seines Besitzers verkündet, ist es nicht von Nutzen.« Geräuschvoll ließ der Weberknecht-Sergeant das Buch vor Jamies Nase zuschnappen und legte es achtlos zurück auf die dunkle Tischplatte. Danach rollte er auch die Blaupausen wieder zusammen.

»Dann eben nicht«, murmelte Jamie leise und das Gefühl von Unzufriedenheit und Enttäuschung nistete sich in seiner Brust ein. Man hatte ihm einen kleinen Einblick in eine Welt voller Rätsel und Wunder gewährt und nun musste er damit leben, all dem niemals auf den Grund gehen zu können.

»Wenn das hier niemand abholt, kann ich es dann haben?«, purzelten die Worte aus seinem Mund, bevor er darüber nachgedacht hatte und der Weberknecht-Sergeant lachte auf so arrogante Weise auf, dass Jamie sich dumm vorkam.

»Das ist leider nicht möglich«, sagte der Mann, trat an ihm vorbei und ging auf die Tür zu. »Wir sind hier fertig. Auf Wiedersehen, Mr Lennox«, sagte er knapp und wartete nicht auf eine Antwort, als er aus dem Zimmer trat. »Verschwendete Zeit«, nuschelte er noch und verschwand auf den Flur.

»Ähm … auf Wiedersehen«, antwortete Jamie dennoch aus höflichem Zwang heraus. Schwerfällig atmete er ein, als hätte man ein Gewicht auf seinem Brustkorb abgelegt und fühlte sich so schlecht wie seit Tagen nicht mehr.

Jamie Lennox gehörte zur Arbeiterschicht. Er konnte sich glücklich schätzen, ein Dach über dem Kopf zu haben, regelmäßig etwas zu essen im Magen und eine gut bezahlte Arbeit.

Wenn er Standuhren in Stadtvillen reparierte oder technische Spielereien wohlhabender Herrschaften herrichtete, hatte er öfter mit Menschen zu tun, die gesellschaftlich über ihm standen und auf ihn herabsahen.

Doch so schäbig fühlte er sich danach selten.

Der Constable seufzte so laut, dass es für sie beide reichte und schenkte Jamie einen mitfühlenden Blick.

Zuerst dachte Jamie, er würde etwas zu dem Abgang seines Sergeanten sagen wollen. Doch dann seufzte er nur noch mal, zog ein Taschentuch aus seiner Hosentasche und reichte es Jamie.

»Sie haben Öl und Tinte an der Stirn. Und Ihre Oberlippe ist ganz blau«, informierte er ihn und Jamie durchzuckte die Scham.

»Na wunderbar«, ächzte er und der Constable lachte. Aber nicht auf die gemeine Art wie der Weberknecht-Sergeant, sondern wie ein Freund.

Hastig rieb Jamie sich mit dem Tuch über das Gesicht, bezweifelte aber stark, damit alle Anzeichen seiner Ungeschicklichkeit von der Haut entfernen zu können.

»Besser?«, fragte Jamie verlegen und der Constable legte ihm zur Antwort nur federleicht eine Hand auf den Rücken.

»Kommen Sie. Ich bringe Sie wieder zu Ihrer Werkstatt«, sagte er und Jamie folgte müde seiner wegweisenden Geste nach draußen.

Montag, 24. November 1890

3

VERSTIMMTE GEIGEN

Manchmal wünsche ich mir, mit den Worten Es war ein Tag wie jeder andere zu beginnen. Weil sie so gut klingen.

Aber wenn ich ehrlich bin, ist niemals ein Tag wie der andere. Und das ist vielleicht auch besser so.

Am Mittag des 24. Novembers zum Beispiel erreichte ein schwerer Brief das große Haus in der Park Street, mit dem ich nicht gerechnet hatte.

Er stammte von meinem Professor für Rechtswissenschaften.

Meine ersten schrecklichen Gedanken galten der Befürchtung, meine Semesterarbeit hätte ihn nicht erreicht oder wäre absolut unzureichend, sodass er mir mitteilen müsste, dass ich durchgefallen sei.

Aber dann wäre der Umschlag sicher niemals so dick gewesen.

Ich brach das Siegel und zog überraschenderweise ein Bündel Geldnoten und einen offiziellen Brief aus dickem Papier heraus. Eilig las ich die ersten Zeilen und geriet dabei so aus der Fassung, dass ich vergaß, die Gabel zu benutzen und mir den Rest meines Kuchenstücks mit den Fingern in den Mund schob.

Ungläubig huschte mein Blick über die krakelige Schrift, während ich mir wenig damenhaft die Buttercreme von den Fingern leckte. Allem Anschein nach hatte meine Semesterarbeit den Preis für ausgezeichnete Studienleistungen erhalten.

Das Preisgeld lag vor mir auf dem Tisch.

Ich musste den Brief ein weiteres Mal lesen, um es zu begreifen. Erleichterung und wilder Triumph versetzten meinen ganzen Körper so in Aufruhr, dass ich keinen Moment länger auf dem edlen Stühlchen im Frühstückssalon sitzen bleiben konnte. Ziellos lief ich auf und ab, las die Worte erneut und quietschte vor Begeisterung wie ein Schwein im Schlammbad.

Ich fühlte mich wie die Königin höchstpersönlich und malte mir genau aus, wie ich diese Nachricht zu Beginn des nächsten Semesters ganz genüsslich meiner schnöseligen Kommilitonin Beatrice Fitz-James unter die Nase reiben würde.

Sie vertrat lautstark die Meinung, jemand wie ich, die nicht reich geboren worden war, sondern in den dreckigen Straßen des East Ends aufwuchs, würde das Niveau der Universität senken.

Das *Queen Victoria Institute for Women* war jung und noch nicht so etabliert wie all die renommierten Universitäten für Männer hier in London. Aber es war meine ganze Zukunft und ich würde alles dafür tun, mich seiner als würdig zu erweisen.

Was Beatrice, das faule, verwöhnte Ding, davon hielt, konnte mir egal sein und doch spürte ich jetzt im Taumel meines Triumphgefühls, dass ihre Worte wohl doch nicht spurlos an mir vorbeigegangen waren. Hör nicht auf sie. Du bist brillant!

Tief in meinen Eingeweiden hatte ich Angst, nicht gut genug zu sein. Meine Leistungen nicht genug, um zu studieren. Mein Charakter nicht genug, um meine Träume zu erreichen. Meine Bemühungen nicht genug für die Frau, die meine Studiengebühren bezahlte.

Doch heute würde ich nicht an all das denken, nahm ich mir vor und reckte die Faust in die Luft. Denn der Brief in meiner Hand bewies, dass ich mir den Platz als Studentin verdient hatte und Miss Brandon-Welderson nicht umsonst ihre Hoffnungen – und immense Geldsummen – in mich setzte.

Kaum hatte ich an sie gedacht, hörte ich schon, wie im Foyer die Geräusche lauter wurden. Ich musste nicht raten, wer da zur Haustür hereingeschneit kam und das gesamte Personal in Aufregung versetzte.

Ich sage euch, wenn eins unverkennbar ist, dann ist es die Stimme von Franzin Brandon-Welderson. Sie ist laut und hat etwas Dissonantes an sich. Wie die Töne auf einer Geige, wenn man mit einem Finger um eine Winzigkeit danebenliegt.

Sofort faltete ich meinen Brief zusammen, grapschte nach den Geldnoten, verstaute beides in der Tasche meines Rockes und schlich mich zu der vom Foyer abgewandten Tür ins Studierzimmer.

Natürlich hatte ich vor, meiner Unterstützerin und Gönnerin die gute Nachricht über meinen Erfolg mitzuteilen. Doch auf keinen Fall vor morgen früh!

Wenn ich ihr den Brief jetzt zeigte, würde sie vor Entzücken ihre kleinen blassen Hände an die leicht errötenden Wangen legen, sich selbst erlauben, genau so viel Freude zu zeigen, dass ihre aufwendige Hochsteckfrisur nicht in Mitleidenschaft geriet und mich dann dazu verdonnern, den Abend *zur Feier des Tages*, ausstaffiert wie eine Weihnachtsgans, im großen Salon zu verbringen und mich von einer kleinen Gesellschaft aus wohlriechenden Menschen, die ich weder gut kannte noch besonders leiden mochte, großspurig loben zu lassen.

Wenn ich also die Chance haben wollte, heute Abend so zu feiern, dass es auch mir Freude bereitete, würde ich mich jetzt davonmachen müssen.

Versteht mich nicht falsch. Ich schätze Miss Brandon-Welderson über alle Maßen. Eine Gönnerin zu finden, die es mir ermöglicht zu studieren, hätte jemandem wie mir unmöglich sein sollen. Dass wir uns an einem Abend vor etwas mehr als einem Jahr so zufällig über den Weg gelaufen waren, gehörte entweder in die Kategorie *Wunder* oder *Schicksal*.

Wenn ich zurückblicke, hätte ich an dem Morgen dieses äußerst interessanten Tages sicher behauptet, es wäre *ein Tag wie jeder andere* gewesen und damit vollkommen falschgelegen.

Ich hatte Miss Brandon-Welderson damals aus Neugierde einen Gefallen erwiesen und sie mir daraufhin als Gegenleistung eine Zukunft geschenkt, die nicht beinhaltete, den Sohn des Fischhändlers zu heiraten.

Doch wie dankbar ich ihr auch war und wie gern ich ihr meine guten Leistungen präsentiert hätte, diesen einen Abend stahl ich mir für mich. Denn ihre Vorstellung von Spaß und die meine liegen so weit auseinander, dass ein Ozean dazwischen passt.

Ich schlich vom Studierzimmer durch den Speisesaal, an Claire vorbei, die in der Küche Tee aufsetzte und über den Bedienstetenflur bis an die versteckte Tür zum Foyer.

Es dauerte nicht lange, bis Miss Brandon-Welderson lautstark Anweisungen gegeben hatte, Sissi ihren Wintermantel davontrug und der knochige Clifferton ihr mitteilte, dass ich mal wieder empörenderweise den Kuchen direkt zum Mittagessen zu mir genommen hatte, anstatt damit bis zum Tee zu warten.

Alte Petze! ← Den mag ich auch nicht. Er hat Augen wie ein Habicht.

»Ich spreche mit ihr, Clifferton«, sagte Miss Brandon-Welderson und ich war mir sicher, dass sie das nicht tun würde. Dafür interessierte es sie nicht genug, wie ich mein Essen zu mir nahm. Auch wenn sie sehr bemüht war, eine Dame von Welt aus mir zu machen, behielt sie mehr das große Ganze im Blick und ritt nicht auf jeder noch so kleinsten Kleinigkeit herum wie ihr zauseliger Butler.

»Wo ist sie denn? Wir haben eine Einladung zum Weihnachtsball der Winterglowes erhalten. Sir Percy gedenkt dort seinen fantastischen neuen Kronleuchter zu enthüllen.« Und schon entfernte sich ihre Stimme in Richtung des Frühstückssalons, in dem ich bis gerade eben noch gesessen und Kuchen gegessen hatte.

Ich öffnete die Tür nur einen Spaltbreit und sah, wie Clifferton ihr folgte wie ein Hündchen.

Als die beiden tiefer im Haus verschwanden, schnappte ich mir meinen gefütterten Mantel und meine Umhängetasche von der Garderobe und schlang mir eilig den unendlich weichen Flanellschal um den Hals.

Ich werde mich niemals daran gewöhnen, wie weich dieser Schal ist. Ist das wirklich relevant? *

Draußen hingen die Wolken tief, es war klirrend kalt und der Wind zog ungehindert vom Hyde Park aus durch die Park Street.

* Das fragst du nur, weil du so einen Schal nicht hast.

Ich knöpfte den Mantel sorgfältig zu und war froh über die zwei Paar Socken, die ich mir heute früh übergezogen hatte. Einen Schlag des Schals wickelte ich mir um den Kopf, damit er auch meine Ohren schützte.

Miss Brandon-Welderson hat mir schon den einen oder anderen Hut gekauft. Allesamt seltsame Gebilde, geschmückt mit Seidenblüten und exotischen Federn. Ich verabscheue sie zutiefst und trage sie nur, wenn es ausdrücklich gewünscht ist.

In einem schicken Haus im West End zu leben hat mich verändert, ohne Frage. Es geht schnell, sich daran zu gewöhnen, immer satt zu sein, in einem weichen Bett zu schlafen, das man nicht mit einer Cousine, deren zwei Kindern und einem verlausten Hund teilen muss und sich nicht die Zehen abzufrieren, weil im Winter das Holz knapp wird.

Doch es gibt auch Dinge an mir, die sich nie ändern werden, egal wie sehr Miss Brandon-Welderson oder Clifferton es mir auszutreiben versuchen.

Wie mein Vater gern sagt: *Man bekommt das Mädchen aus dem East End raus. Aber niemals das East End aus dem Mädchen.*

Der Spruch ist nicht von ihm, das hat sicher mal irgendjemand Schlaues gesagt. Er gibt es nur gern als seine eigene Weisheit aus.

Es waren nicht viele Menschen auf den Straßen. Die meisten Herrschaften fuhren an einem Tag wie heute mit ihren Kutschen oder ließen sich eine Droschke kommen.

Ich lief immer noch viele Strecken zu Fuß, weil ich es von früher gewohnt war, kein Geld bei mir zu haben. Das Wissen um das Preisgeld in meiner Rocktasche wog schwer und ich kam mir vor wie eine Diebin, obwohl ich es ganz rechtmäßig besaß.

Noch nie hatte ich so viel Geld bei mir getragen. Oder gar besessen. Miss Brandon-Welderson zahlte mir wöchentlich ein kleines Taschengeld, aber das war nichts im Vergleich zu dem Preisgeld!

Wenn ich gekonnt hätte, wäre ich zurückgegangen und hätte den größten Teil davon unter meine Matratze gestopft. Doch jetzt war es zu spät und ich würde damit leben müssen.

Eine Kutsche näherte sich von hinten und ich drehte mich dem rustikalen Gefährt mit Ladefläche zu, als es neben mir langsamer wurde und zum Stillstand kam.

»Miss Hemmilton«, grüßte Will mich und grinste breit, sodass es aussah, als hätte jemand eine waagrechte Kerbe in seinen krausen Bart geschlagen. »Wohin des Weges?«, fragte er mich wie ein Schurke, wie der Wolf aus dem Märchen. Was er nicht war. Er war Miss Brandon-Weldersons Kutscher. Und der überaus zahme Ehemann unserer Köchin Claire.

Ich schüttelte lachend den Kopf über ihn. »Ich wollte meiner Freundin Animant einen Besuch abstatten«, teilte ich ihm mit und er hob zweifelnd die buschigen Augenbrauen.

Das feixe Grinsen wich einer väterlichen Miene und er lehnte sich auf dem Kutschbock ein Stück in meine Richtung. »Aber doch sicher nicht zu Fuß«, stellte er meine Absichten infrage und ich lächelte verschmitzt zu ihm hoch.

»Es ist herzerwärmend, dass Sie mich wie eine Lady behandeln, Will«, sagte ich und tastete die Manteltaschen nach meinen Handschuhen ab.

Er schnaubte. »Sie sind eine Lady«, beharrte er, rutschte zur Seite und klopfte neben sich auf die Bank. »Kommen Sie, ich nehme Sie mit.«

Wäre ich tatsächlich eine Lady gewesen, hätte er mich wohl kaum auf den Kutschbock einer Transportkutsche eingeladen. Doch mir konnte es egal sein. Ich war keine Lady und der Kutschbock hundertmal besser als der beengte Innenraum einer Prachtkutsche, in dem ich meine langen Beine einfalten musste wie ein Leporello.

Will schnalzte mit der Zunge und das Pferd setzte sich in Bewegung. Die Kisten rumpelten hohl auf der Ladefläche.

»Fahren Sie denn in Richtung Universität?«, erkundigte ich mich und der Kutscher zuckte mit den Schultern.

»Nein. Ich hole Gemüse bei Barney«, sagte er und sah mich vieldeutig aus den Augenwinkeln an. »Der Umweg wird es aber wert sein, wenn Sie dabei nicht erfrieren.«

»So schnell erfriere ich nicht.« Ich hatte schon kältere Winter überstanden und da war mir nicht ständig Kuchen vorgesetzt worden, damit ich nicht länger so klapperdürr blieb, wie ich es mein Leben lang gewesen war.

Endlich schaffte ich es, meine Handschuhe aus den Taschen zu fischen und schlüpfte eilig hinein. Auch wenn ich etwas anderes behauptete, war ich froh, nicht laufen zu müssen.

»Ja, Alkohol friert nicht so schnell ein, nicht wahr?«, machte Will seine Scherze und ich fühlte mich gleichermaßen ertappt wie verstanden.

Miss Brandon-Welderson ging davon aus, dass ich meine *wilden Zeiten* hinter mir hatte und ab jetzt nur noch vornehm Punsch auf Soiréen zu mir nahm, daher fragte sie nicht, was ich vorhatte, wenn ich ausging. Doch es würde für mich nie etwas Schöneres geben, als sich mit Freunden spätabends in einem Pub ein Gläschen zu genehmigen. Sollte jedoch der Butler davon erfahren, müsste ich mich vorsehen.

»Sagen Sie es nicht Clifferton. Bei dem habe ich heute keinen Stein im Brett.« Ich kuschelte mich tiefer in meinen Schal und dachte daran, dass ich bei ihm nie und zu keiner Zeit einen Stein im Brett gehabt hatte.

Will lachte dreckig auf. »Ist er wieder angefressen? Was haben Sie diesmal angestellt?«

Es war schön, ihn so ungezwungen lachen zu sehen und zu spüren, dass er mich als eine seinesgleichen betrachtete, auch wenn ich gekleidet war wie eine Dame.

»Ich habe Ihre Frau überredet, mir den Kuchen schon zum Mittagessen zu servieren«, flüsterte ich verschwörerisch, als sei es ein Verbrechen und der Kutscher spielte mit, indem er die Augen weit aufriss.

»Welch ein Frevel!«, tönte er so laut, dass ein älterer Herr am Straßenrand uns schockiert hinterherblickte.

»An den Galgen mit mir!«, stimmte ich mit ein und die Kutsche zuckelte auch schon um die nächste Kurve. Will fädelte sich in den nun dichter werdenden Verkehr ein und ich beobachtete das Treiben der Stadt.

Die Straßen waren so grau, als hätte der Winter sie aller Farbe beraubt und doch gewann ich dadurch erst das Gefühl, das wahre London zu erblicken. Kantig und ehrlich und schonungslos. Ohne den Pomp der Wohlhabenden, dem Krimskrams und der Scharade einer heilen Welt.

Menschen in dunklen Mänteln und mit ebenso dunklen Hüten überquerten mit hochgezogenen Schultern die Straße, stiegen in Droschken oder versteckten sich hinter Schaufenstern, die lediglich den wolkenverhangenen Himmel spiegelten.

Eine Stadt voller grauer Mäuse und schmutziger Ratten.

»Ach ja, der alte Clifferton«, seufzte Will neben mir, als könnte er sich nicht entscheiden, ob er seine eigene Aussage versöhnlich oder anklagend klingen lassen wollte. »Er hat aber auch seine guten Seiten«, entschied er sich für Ersteres.

Ich rollte darüber mit den Augen. »Sicher«, stimmte ich ihm in ironischem Ton zu. »Stellen Sie sich vor, wie es ohne ihn wäre. Die Disziplin wäre dahin. Das Personal würde verrücktspielen.« Theatralisch legte ich mir eine Hand auf die Stirn.

Will verzog sein Gesicht wieder zu einem gefährlichen Gaunergrinsen. »Und die Damen würden ihren Kuchen womöglich sogar schon zum Frühstück verspeisen«, hielt er dagegen und ich warf die Arme in die Luft.

»Wo kämen wir denn da hin?!«, tönte ich und Will stimmte mit einem bebenden »Anarchie!« mit ein.

Wir lachten beide darüber und ich genoss es, dass mal zur Abwechslung jemand meinen Humor teilte.

4

DAS HIER IST KEIN EINBRUCH

Der verwitterte Holzhocker stand noch an der gleichen Stelle im Gebüsch, an der ich ihn zurückgelassen hatte. Es war ein altes Ding, das ich vor langer Zeit in einem Teehaus hatte mitgehen lassen.

Er besaß die perfekte Höhe, um einen Fensterriegel an der vom Park abgewandten Seite der *Royal University Library* mit einem einfachen Buttermesser zu öffnen, wenn man mit einem Bein darauf balancierte.

Woher ich das alles weiß, sei mal dahingestellt. Das hier ist schließlich immer noch ein Bericht für die Polizei.

Ja, im Prinzip ist das Einbruch. Aber Mr Reed ist selbst schuld, wenn er seine Fenster nicht sorgfältig abschließt. Und besser ich komme herein, als jemand, der Schaden anrichten wollen würde.

Ich platzierte den Hocker in einem brach liegenden Blumenbeet unter einem Fenster im Ostflügel, öffnete den Riegel und schob das Messer zurück zwischen meine Brüste.

Es kostete mich einiges an Mühe, mich mitsamt all der Röcke, der Krinoline und dem restlichen Firlefanz meines Kleides nach oben zu hieven, um anschließend elegant wie ein Sack Kartoffeln in den Raum dahinter zu plumpsen.

Es war nicht direkt die Bibliothek, sondern nur ein lang gezogener Arbeitsraum mit getäfelten Wänden, die ihn dunkel und überaus wichtig erscheinen ließen. Meine Freundin Animant Crumb war hier seit kurzer Zeit als Bibliothekarsassistentin angestellt und nutzte diesen Ort für einen Teil ihrer Arbeit.

Eilig sortierte ich meine Röcke, damit Ani mich nicht wieder meines Aufzugs wegen rügte. Dann tasteten meine Finger ganz von allein nach dem Medaillon, das ich stets um den Hals trug und das gut versteckt über meinem Herz ruhte. Es war noch da, wo es hingehörte und ich atmete einmal tief durch, bevor ich das Fenster schloss und die Kälte aussperrte.

Die Luft hier drin roch nach Papier, Tinte und altem Wissen. Genau wie Animant. Sie war so viel schlauer, als ich es je sein würde und ich wusste seit unserer ersten Begegnung auf einer Soirée bei den Kingsleys, dass ich mit ihr befreundet sein wollte. Wie mir das letztendlich gelungen war, weiß nur Gott allein.

Unschlüssig stand ich einen Moment herum, ehe mir aufging, dass sich ein Denkfehler in meinen Absichten befand. Ich hatte Animant vorher nicht Bescheid gegeben und jetzt konnte es lange dauern, bis sie mich zufällig in der Kammer entdeckte.

Seufzend entledigte ich mich der Tasche und des Mantels, ließ mich auf einen Stuhl sinken und sah mich nach etwas zu schreiben um. Besser ich hinterließ ihr eine Notiz, in der Hoffnung, sie später zu treffen, um ihr meine großartigen Neuigkeiten mitzuteilen.

Der ganze Raum war voller alter und neuer Bücher, Holzkisten, verschiedener mechanischer Vorrichtungen, die sicher einem wertvollen Zweck dienten und Zettel ohne Ende. Doch ich fand keinen einzigen Stift, nicht mal einen Grafitstummel in der säuberlich sortierten Kammer.

Auch eine gründliche Untersuchung meiner Tasche förderte nur einen Apfel zutage, den ich letzte Woche eingepackt und vergessen hatte.

Ich biss gerade herzhaft hinein, da hörte ich ein Scharren an der Tür und drehte mich auf dem Stuhl nach hinten.

Einen winzigen Moment setzte mein Herz aus, in dem absoluten Nervenkitzel, dass es sich bei der Person an der Tür nicht um meine Freundin handelte und mich jemand anderes hier erwischen könnte.

Doch es war natürlich Animant, die adrett wie immer in den Raum huschte und leise die Tür hinter sich schloss. Sie schien aufgewühlt zu sein, ihre Wangen rot und aus ihrem sonst so sorgsam frisierten Haar hatte sich eine vorwitzige Strähne gelöst. Auch ihre Gedanken mussten sich meilenweit weg befinden, da sie mich nicht einmal bemerkte.

Irgendetwas war gerade geschehen.

Mich beschlich die irre Zuversicht, dass hinter all den Gefühlswallungen meiner liebsten Freundin ein Mann steckte. Und zwar dieser griesgrämige Bibliothekar Mr Reed.

Wie schon erwähnt, ist Mr Reed berüchtigt für seine schlechte Laune. Da können Sie jeden fragen, der je ein Buch bei ihm entliehen hat.

Er ist der Teufel mit Lesebrille und ich schwöre, dass niemals ein anderer Mann Animants diamantenes Herz hätte erobern können als dieser. Und auch wenn Ani darüber nur wenig spricht, bin ich davon überzeugt, dass auch er Gefühle für sie hegt.

Ich kann nicht genau sagen warum, aber Mr Reed ist mit seiner lotterigen Unhöflichkeit das perfekte Gegenstück zu Animants ordentlich gepflegter Doppelzüngigkeit.

Das meine ich selbstverständlich mit all meiner Liebe und tiefster Bewunderung. Animant ist großartig. Über Mr Reed lässt sich streiten.

Ich schlug das linke Bein über und biss ein weiteres Mal in den Apfel, um auf mich aufmerksam zu machen und hatte Erfolg.

Animant fuhr mit einem erschrockenen Quietschen zu mir herum, die blauen Augen weit aufgerissen, die schmalen Hände in den Wollstoff ihres dunkelblauen Rockes gekrallt.

Die Genugtuung trieb mir ein Grinsen ins Gesicht.

»Ich wollte dich nicht erschrecken«, log ich dreist, kaute und legte den Apfel beiseite, um mich auf die Füße zu schwingen.

Sie überwand ihren Schreck schnell und blickte mir spöttisch entgegen. Sie glaubte mir kein Wort.

»Natürlich.« Ihre Stimme triefte geradezu vor Ironie und sie wandte sich zwei Paketen zu, die auf einem der Tische standen. Sie waren in braunes Papier eingeschlagen und mit dickem Zwirn zusammengeschnürt.

»Aber ich muss dich leider enttäuschen«, fügte sie hinzu. »Da bist du nicht die Erste heute.« Sie klang dabei so betont beiläufig, dass es mir sofort auffiel und ich horchte auf. Es hatte sie also schon jemand erschreckt und dieser Moment schien mehr bedeutet zu haben als nur ein kleiner Schreck, sonst würde sie nicht versuchen, es vor mir zu verbergen. Das konnte nur eins bedeuten.

»Oh, bitte sag, dass es Mr Reed war!«, rief ich begeistert und wünschte mir, mit meiner Vermutung richtigzuliegen. Es war nicht auszuhalten, wie sehr die beiden umeinander herumtanzten und sich nicht eingestanden, dass sie einander zugetan waren.

Ich lehnte mich neben Animant an die Tischplatte und ließ sie nicht aus den Augen, damit sie mir ihre Geheimnisse verriet.

Animant seufzte laut. »Es war Mr Reed«, bestätigte sie und ich musste mich stark zusammenreißen, um meine innere Euphorie über dieses Thema nicht sofort hervorbrechen zu lassen. Denn es schien noch nicht alles zu sein. Sie wich meinem Blick zu sehr aus und friemelte mit nervösen Fingern an dem groben Paketzwirn herum.

Doch ich ließ mich von ihrem Schweigen nicht beirren, blieb hartnäckig und wartete geduldig, dass sie weitersprach.

»Er hat mir im Archiv aufgelauert«, gestand sie schließlich und ich konnte mein Grinsen nicht mehr zurückhalten.

»Mit Absicht?«

Allein die Vorstellung! Der grimmige Bibliothekar, der wie ein Schuljunge durch die finsteren Gänge des Archivs unterhalb der Bibliotheksräume schlich und hämisch kicherte. Wahrscheinlich war es nicht so gewesen, aber die Vorstellung amüsierte mich sehr.

Ani zuckte leicht mit den Schultern und packte unwirsch nach einem Papierschneidemesser mit kurzer, breiter Klinge, das säuberlich aufgeräumt an einem Nagel an der Wand hing.

»Beim ersten Mal nicht«, sagte sie viel zu nüchtern und zerschnitt daraufhin das Band des Päckchens mit so viel Schwung, als müsste sie ihren Emotionen auf andere Weise Luft machen.

»Beim zweiten Mal aber schon?«, fragte ich süffisant und hatte sofort wieder das Bild des Schabernack treibenden Mr Reed im Kopf. In dem Mann steckte mehr, als ich erwartet hatte.

Animant presste die Lippen aufeinander. Ihr war das Gespräch überaus unangenehm und doch war offensichtlich, dass sie darüber reden wollte. Hätte sie es nämlich nicht gewollt, hätte ich keinen Ton aus ihr herausbekommen. Ihr Dickkopf war stärker als meiner und sie besaß eine natürliche Autorität, die einem nur gegeben war, wenn man reich geboren wurde.

»Hast du dich angstvoll an ihn geklammert?«, stichelte ich, um sie aus der Reserve zu locken und schlang mir provokant die schlaksigen Arme um den Körper, als würde ich mich selbst umarmen.

Ani sah mich an und von einer Sekunde zur anderen schoss ihr die Röte so heftig in die Wangen, dass all ihre sorgfältig errichtete Gleichmütigkeit in sich zusammenfiel.

»Mein Gott! Hast du wirklich?«, rief ich lachend und konnte es gar nicht glauben. All diese Überraschungen heute!

»Wie bist du überhaupt hier reingekommen?« lenkte Animant sofort vom Thema ab und fuchtelte mit dem Papierschneidemesser in meine Richtung.

Ich lachte weiter über sie, weil ich nicht anders konnte. »Du hast die Fenster nicht verriegelt«, beantwortete ich ihre Frage dennoch und kam sofort wieder zurück auf das viel wichtigere Ereignis zwischen Ani und ihrem Bibliothekar.

Meine Fantasie öffnete sich surrend wie ein mechanisches Kästchen und ließ ein Heer an wilden Vorstellungen frei. Animant, dicht an Mr Reed gepresst. Er, der es schamlos ausnutzte, sie im Arm zu halten.

Ich war keine Kupplerin und hatte auch keinerlei Talent dafür, auch wenn man mich schon einige Male zur Mithilfe angestiftet hatte. Und doch gab es kaum etwas Spannenderes, als dabei zuzusehen, wie zwei Menschen, die ganz offensichtlich zusammengehörten, sich annäherten.

»Und? Hast du es genossen?«, fragte ich sie mit einem anzüglichen Lächeln und merkte genau in dem Moment, in dem ich es ausgesprochen hatte, dass ich einen Schritt zu weit gegangen war.

Animant atmete schnappend ein. »Nein, habe ich nicht!«, fauchte sie angefressen und knallte das Messer auf den Tisch. »Es ist dunkel und zugig da unten. Ich hatte wirklich Angst!«, versuchte sie mir begreiflich zu machen und ich hob entwaffnend die Hände.

Ich vergaß zu oft, dass nicht jeder so freizügige Gedanken zuließ wie ich. Vor allem nicht die hohe Gesellschaft und ihre Etikette. Ich hatte noch so viel zu lernen.

Schnell ruderte ich zurück. »Schon verstanden«, beschwichtigte ich sie, auch wenn ich insgeheim daran glaubte, dass sie es tatsächlich genossen hatte. Sie konnte es nur nicht zugeben.

Ich ließ es also darauf beruhen und nutzte die Gelegenheit, anzusprechen, weswegen ich überhaupt hergekommen war.

»Ich bin eigentlich hier, um dich einzuladen«, sagte ich, griff umständlich in die Tasche meines Rockes und zog den Brief aus schwerem Papier hervor. Ich reichte ihn ihr und spürte sofort wieder die Aufregung durch meinen Körper rauschen, genau wie in dem Moment, als ich ihn geöffnet hatte.

Mit huschenden Augen las sie die Zeilen so schnell, wie ich es nie fertiggebracht hätte und ich konnte dabei zusehen, wie die Begeisterung in ihrem Gesicht erblühte.

»Das ist ja fantastisch!«, rief sie aus und lächelte mich so offen an, dass auch mir die Freude über diese Nachricht das Herz erneut zum Rasen brachte.

Ani las den Brief ein zweites Mal, so wie ich es auch getan hatte.

»Das habe ich nur dir zu verdanken«, gestand ich ihr und sie hob überrascht den Blick. »Ohne dich hätte ich niemals die Literatur dafür gehabt«, führte ich aus, als sie nicht verstand und grinste sie an.

Animant war mein Engel. Sie hatte mich gerettet, indem sie mir immer wieder Bücher zur Verfügung stellte, die ich für mein Studium benötigte. Leider waren diese in der Bibliothek des *Queen Victoria Institute for Women* nicht vorhanden. Eine Nachlässigkeit, die meiner Meinung nach unverantwortlich ist.

»Und deshalb will ich dich ausführen. Heute Abend!«, sagte ich und griff nach ihren Händen. Doch dann kam mir ein anderer Gedanke. »Natürlich nur, wenn du nicht schon anderweitige

Verpflichtungen hast«, räumte ich daher ein, klimperte mit den Wimpern und das zweideutige Grinsen von vorhin schlich sich zurück auf meine Lippen.

Doch diesmal zuckten auch Animants Mundwinkel. »Habe ich nicht«, nahm sie mir meine geheime Hoffnung, Mr Reed und sie könnten eine Verabredung haben und reckte herausfordernd das Kinn.

»Zu schade«, erwiderte ich vieldeutig und wir begannen beide zu lachen.

5

ZUHAUSE IST DA, WO DIE SCHUHE DRECKIG WERDEN

Wenn man bedenkt, wie weit *reich* und *arm* voneinander entfernt ist, scheint es wunderlich, dass in einer Stadt wie London das West End und das East End geografisch gesehen so nah beieinander liegen.

Das hat mich schon immer schockiert, vor allem weil wir, die wir im East End geboren wurden, uns dieser Tatsache überaus bewusst sind, während die Menschen aus dem West End vollkommen vergessen haben, dass London aus mehr besteht als schicken hohen Gebäuden, prachtvollen Palästen und wunderschönen Grünanlagen.

Ich habe das Privileg, beide Welten zu kennen und muss doch zu jedermanns Entsetzen gestehen, dass ich mich in den Arbeitervierteln sehr viel sicherer fühle als in der herrschaftlichen Park Street.

Hier kenne ich jeden kleinen Taschendieb, jeden Hafenarbeiter, jeden Gauner und jede verdammte Ratte, die über die schmierige Gasse huscht. Jeder Schatten ist mir bekannt und an jeder Ecke begegne ich einem Menschen, der mir noch einen Gefallen schuldig ist.

Wenig elegant rutschte ich von der Ladefläche der Kutsche und landete mit beiden Füßen im Dreck, sodass es nur so spritzte. Ein Lächeln stahl sich auf meine Lippen. Ich war zu Hause.

Ich dankte Mr Frederiksen, der mich mit seinem Zweispanner auf halbem Weg aufgelesen hatte und mir einen Schluck von seinem Brandy anbot, den ich gern annahm. Es war wirklich furchtbar kalt an diesem Tag. Und hier bei den Docks sogar noch mehr als im Rest der Stadt.

Die Gassen waren schmal und zugig und so grau, dass sie sämtliche Farbe vollkommen verschluckten. Es roch intensiv nach kalter Asche.

Es war nicht weit bis zu meinem Elternhaus und ein eigentümliches Gefühl von Einsamkeit überkam mich. Es kroch mir noch kälter in die Knochen, als der aufkommende Winter es könnte und hinterließ eine Leere in meinem Bauch, die auch mit Kuchen nicht zu füllen war.

Früher hatte ich hier gelebt, war als Kind mit meinen Geschwistern, meinen Cousins und Cousinen bei jedem Wetter durch die Straßen gestreift, hatte geklaut, gefeilscht, gehandelt und auch dem härtesten Mann noch Brot und einen Schluck Bier aus den Rippen geleiert.

Obwohl ich noch nicht mal ein Jahr bei Miss Brandon-Welderson lebte, kam es mir so vor, als lägen ganze Zeitalter zwischen damals und heute.

Ein Mädchen, dessen rundes Gesicht und starke Augenbrauen verrieten, dass sie eindeutig eine McMulligan war, blinzelte mir mit großen Augen aus einem Hauseingang entgegen.

Sie betrachtete meine Garderobe mit großer Faszination. Jede sorgsam gelegte Falte meines Rockes, jede Samtborte an meinem Mantel und jede schimmernde Haarnadel, die meine dunkle Mähne bändigte, schien der offensichtliche Beweis dafür, dass ich nicht hierhergehörte.

Und obwohl ich gern Kuchen aß, ein warmes Bad zu schätzen wusste und den Geruch von Rosen im Haus liebte, hasste ich mich dafür, nicht mehr dorthin zu gehören, wo ich herkam.

Ich fühlte mich wie eine Verstoßene.

Meine Alltagsgarderobe war nichts Außergewöhnliches. Lediglich dunkelbraune Wolle und hier und da ein grüner Besatz und doch fühlte ich mich neben der kleinen McMulligan wie eine Königin.

Das Geld in meiner Tasche wog so schwer, als hätte ich meinen Rock mit Steinen gefüllt. Mein Herz schlug wie die Hämmer in den Fabriken, die man von hier aus rumoren hören konnte.

Ich schaffte es nur mit Mühe, meine Füße dazu zu überreden, sich in Bewegung zu setzen und mich nicht beirren zu lassen von den Kleidern, die ich trug.

Schnell entfernte ich mich von der Hauptstraße und tauchte in die kleinen Hinterhofgassen ein, die sich wie ein Spinnennetz über das ganze Viertel erstreckten und mir so vertraut waren wie die Linien auf meinen Handflächen.

Hinter dunklen Fenstern sah ich die Küche der Russels, tauchte unter Moiras Wäscheleinen hindurch, ließ mich von Ida Smith anstarren, als wäre ich eine Verrückte und wich an der mit Efeu bewachsenen Ecke des Floydhauses dem alten Brown aus, der mir entgegengehumpelt kam. Mit glasig schimmernden Augen verbeugte er sich ungeschickt vor mir, als wäre ich eine Dame. Obwohl er meine ganze Kindheit über mich geschimpft hatte, erkannte er mich nicht. Ich nahm es ihm nicht übel. Seit seine Frau vor zwei Jahren gestorben war, traf man ihn nicht mehr nüchtern an.

Nichts hatte sich verändert. Nichts, außer mir.

Ich betrat das schmutzige Haus mit den grauen Ziegeln durch die verwitterte Hintertür und riss das sture Ding beinahe aus den Angeln, als es sich nicht sofort öffnen ließ.

Im Treppenhaus roch es nach einer eigentümlichen Mischung aus Seife, Bohneneintopf und Schimmel. Und doch konnte ich nicht anders, als so breit zu lächeln, dass mir die Wangen schmerzten, weil das Heimatgefühl mich überwältigte wie ein Regenschauer im Juli.

Ich hob den Rock, damit ich nicht über den breiten Saum fiel und rannte die Stufen nach oben in den zweiten Stock. Meine Finger schmiegten sich um das Geländer, als hätten die Tausend von Malen, in denen ich es berührt hatte, meinen Abdruck hineingetrieben.

Wild klopfte ich gegen die Tür, die vor langer Zeit einmal blau gewesen sein mochte, wartete aber nicht darauf, dass jemand sie für mich öffnete. Sie war tagsüber selten verschlossen und ich trat in den finsteren Flur, der so schmal war, dass ich mit meinem für diese Verhältnisse ausladenden Rock Mühe hatte, mich umzudrehen.

Vertraute Stimmen erfüllten die winzige Wohnung. Die kleine Lilly quiekte, Penny und James junior stritten lautstark, Poppy sang und dazwischen rief Edith alle zur Ordnung.

Edith.

Meine ältere Schwester stand in der Küche, das haselnussfarbene Haar stumpf, die Augen müde und rührte in einem Topf, in dem dunkelbraune Pampe blubberte.

»Du meine Güte«, stieß sie aus, als sie mich sah, ließ den Kochlöffel fallen und zog mich ungestüm in ihre Arme.

»Wer ist denn an der Tür?«, hörte ich die verschlafene Stimme von meinem Cousin Edgar krächzen, der wohl eine Nachtschicht gehabt hatte, während ich meine Schwester so fest an mich drückte, dass mir die Muskeln schmerzten und wir beide kaum noch Luft bekamen.

»Ich bin es, du fauler Taugenichts«, rief ich zurück und Edith kicherte über mein schlechtes Benehmen.

»Elisa?«, kam es fragend zurück und schon tauchte ein halb bekleideter Edgar in der Tür auf. Er sah zur Abwechslung mal nicht so verlottert aus wie sonst. Anscheinend hatte Clara ihn endlich dazu überreden können, sich den grauseligen Bart zu stutzen.

»Elisa!«, kreischten sofort auch Penny und Poppy und stürzten an Edgar vorbei in die Küche, um mich ebenfalls zu begrüßen.

»Wie kann es sein, dass ihr so groß geworden seid?«, stieß ich in gespieltem Entsetzen hervor, als ich meine Nichten erblickte. Penny verdrehte so demonstrativ die Augen, dass sie kurz aussah wie ich ihrem Alter.

»Wir sind nicht größer als vor einem Monat«, schnaubte Poppy, die eigentlich nicht meine Nichte, sondern die Tochter meiner Cousine Clara ist. Aber wer legt schon Wert auf korrekte Familienverhältnisbezeichnungen.

»Dein Kleid sieht hübsch aus«, sagte James junior, der ebenfalls in die Küche drängte und der Raum wurde durch all die Menschen noch kleiner, als er sowieso schon war.

Wenigstens findet er mich witzig. Ich habe ebenfalls gelacht, als ich es hier gelesen habe.

*

»Danke. Das hat mir Miss Brandon-Welderson gekauft, damit nicht alle merken, was für ein missratener Teufelsbraten ich bin«, behauptete ich scherzhaft und Edgar fing unpassenderweise an zu lachen. Befand zumindest Edith, die ihm einen bösen Blick schenkte.

»Du solltest lieber still sein und dich waschen gehen. Du stinkst nach Fabrik«, wies sie ihn an und er zuckte mit den Schultern, trollte sich dann aber, wie ihm geheißen.

Edith war vielleicht zierlich und hatte das Gesicht einer Puppe, aber sie war auch diejenige, die alles am Laufen hielt, seit unsere Cousine Jane reich geheiratet hatte. Sie kochte, sie putzte, sie hütete die Kinder der anderen gleich mit und sorgte dafür, dass jeder rechtzeitig seine Arbeitsschicht antrat.

Ich nahm den Kochlöffel zur Hand und rührte den Eintopf um, damit er nicht ansetzte. Edith scheuchte die Kinder aus dem Zimmer und ermahnte sie, ihre Aufgaben zu beenden, bevor der Eintopf fertig war.

»Bleibst du zum Essen?«, fragte sie mich, als sie mir den Kochlöffel abnahm und ich schüttelte den Kopf.

Schon bei dem Gedanken, den anderen etwas wegzuessen, wo ich seit Monaten keinen Hunger mehr gelitten hatte, verschlimmerte mein schlechtes Gewissen. Es war auch so schon elend genug, die winzige Wohnung zu betrachten. Die fleckigen Wände, die pragmatischen Möbelstücke, die wenigen Zimmer für knapp zwanzig Leute.

Früher hatte ich mich glücklich geschätzt, dass wir, im Gegensatz zu anderen, noch so viel Platz hatten. Doch der direkte Vergleich mit dem Haus in der Park Street war so schmerzhaft, dass ich kaum hinsehen konnte.

»Ich wollte zu Arden und dachte, ich schau vorher kurz vorbei«, wich ich aus und sah in Ediths Augen einen Funken Enttäuschung aufblitzen.

»Er ist bei der Arbeit«, sagte sie tonlos und ich legte ihr einen Arm um die Taille, um sie zu besänftigen.

»Das nächste Mal bleibe ich länger«, versprach ich und hoffte, es einhalten zu können. In der letzten Zeit hatte ich meine Tage beinahe ausschließlich mit Lesen und Lernen verbracht. Außer Miss Brandon-Welderson hatte mich zu einer ihrer sehr wichtigen gesellschaftlichen Verpflichtungen mitgenommen.

Edith seufzte laut, schnappte sich ein ausgefranstes Tuch und nahm damit den Topf vom Herd.

»Ich habe etwas als Entschädigung für dich«, flüsterte ich ihr zu, damit sie nicht wütend blieb und spähte in den Flur, ehe ich in die Tasche meines Rockes griff.

Die Männer, die hier wohnten, mussten nicht alles mitbekommen. Auch wenn es so aussah, als wäre bis auf Edgar keiner zu Hause.

Vorsichtig zog ich das Preisgeld aus meiner Tasche. Fünf dünne Scheine, mit dem offiziellen Siegel der Bank.

Edith riss erschrocken die Augen auf, als ich ihr vier davon in die Hand drückte.

»Elisa, was hast du getan?«, stieß sie leise hervor und legte so viel Anklage in ihre Stimme, als hätte ich ein Verbrechen begangen. Sicher glaubte sie das auch.

Mit riesigen Augen starrte sie auf die Pfundnoten.

»Ich habe eine Bank überfallen«, antwortete ich ihr ernst, weil ich mir die Vorlage nicht entgehen lassen konnte und Edith schluckte schockiert. Ich behielt meinen unbewegten Gesichtsausdruck genau drei Sekunden bei, ehe sich meine Lippen zu einem Grinsen verzogen und die Belustigung in wildem Kichern aus mir herausbrach.

»Du widerliches Weib«, keifte Edith, als sie erkannte, dass ich mir einen Scherz mit ihr erlaubte, und schlug mir das Tuch mit einem Schnalzen gegen den Arm. »Ist das überhaupt echt?«, fuhr sie mich an und wedelte mit den Scheinen vor meiner Nase herum.

Obwohl mein Oberarm höllisch schmerzte, konnte ich nicht aufhören zu lachen. »Ja, ist es. Ich habe einen Preis für meine Studienleistungen gewonnen«, erklärte ich und schloss ihre Hand um das dünne Papier. »Kauf allen warme Mäntel, ja? Und Fleisch. Und versteck es vor Vater, Shawn und Onkel Archi. Die versaufen es nur.«

Dass sie dir auf Anhieb geglaubt hat, sollte dir zu denken geben, Liz.

Wenn du meine Kindheit genauer kennen würdest, wäre das auch für dich nicht mehr verwunderlich.

»Das sagt die Richtige«, schnaubte Edith, die immer noch nicht beruhigt zu sein schien und schob das Geld verstohlen in die Tasche unter ihrer Schürze. »Du solltest nicht mit so viel Geld in den Taschen herumlaufen. Irgendwann kommt der Tag, an dem auch du einmal ausgeraubt wirst.«

Ich drückte ihr einen Kuss auf die Schläfe und enthielt mich eines Kommentars, um mich nicht noch tiefer reinzureiten.

Ein Kniff, den ich von Animant gelernt habe. Was man nicht ausspricht, kann nicht gegen einen verwendet werden.

Ich verließ die Wohnung durch den Vordereingang und bereute schon an der nächsten Straßenkreuzung, dass ich mir nicht die Jacke meines Vaters geliehen hatte, um nicht aufzufallen wie ein bunter Hund. Überall wurde mir verwundert hinterhergesehen, Mädchen knicksten und Carl Dover leistete sich einen frechen Spruch. Ich antwortete ihm, indem ich ihm die Zunge rausstreckte und er rutschte daraufhin beinahe auf dem Kopfsteinpflaster aus, als er mich erkannte.

In der Bäckerei *Molton* kaufte ich eine Tüte voll Brötchen, quatschte kurz mit Harriet Caravan und bewunderte ihren ausladenden Schwangerschaftsbauch, ehe ich mich zu den Docks aufmachte.

Die Geräusche des Hafens hinterließen ein eigenartiges Gefühl von Bekanntem und Unerwünschtem in mir. Das Schnalzen von Tauen, die Rufe der Arbeiter, das Knarren und Gurren von Holz und Wasser und Knochen.

Das Straßenpflaster war schmierig unter meinen Schuhen und der intensive Geruch nach faulem Fisch, Abfall und verbranntem Öl hing in der Luft wie dicker Nebel.

Wenn ich in die Park Street zurückkam, würde ich schleunigst eine paar Spritzer Parfum auflegen müssen, ehe Miss Brandon-Welderson oder Clifferton an mir schnuppern konnten.

Der Wind blies hier so schneidend, dass ich mir den Schal enger um den Kopf wickelte und mit verschränkten Armen am Pier entlang zu Bowerlands Anlegestelle lief.

Es überrascht wohl niemanden, dass sie es nicht gut finden, wenn du dich in Gegenden wie diesen herumtreibst

Ich sah Arden schon von Weitem, was nicht schwer war, da er, genau wie ich, etwas zu groß geraten ist und alle anderen Arbeiter um einen Kopf überragte.

»Hemmilton. Dein feines Cousinchen ist hier«, hörte ich jemanden rufen und Arden setzte ächzend einen dicken Sack auf einer Laderampe ab, ehe er sich nach mir umsah.

Er grinste herüber und hob die Hand zum Gruß. Ich wartete geduldig, dass Arden sich einen kurzen Moment Zeit nehmen konnte, die Tüte aus der Bäckerei in meine Armbeuge geklemmt.

Er schleppte noch einen weiteren Sack und hielt auf dem Weg zurück einen Mann auf, den ich nicht erkannte, da er seinen Schal ähnlich tief ins Gesicht gezogen trug wie ich. Arden sagte etwas zu ihm, woraufhin dieser ihm auf die Schulter klopfte und mir großspurig zuzwinkerte. Ah, es war John Spencer, der Schwerenöter.

Mit schnellem Schritt kam Arden auf mich zu. Schweiß stand ihm trotz der kalten Temperaturen auf der Stirn und er zog sich die fadenscheinige Jacke enger um den Oberkörper.

»Na, hast du kurz Zeit für deine Lieblingscousine?«, fragte ich, weil ich genau wusste, dass er es immer schaffte, sich Zeit für mich zu nehmen. Anders als ich, die treulose Tomate, die es kaum noch hierherschaffte.

Er musterte mich, amüsiert über das adrette Kleid und seine Mundwinkel verzogen sich süffisant.

Wenn Arden so grinst, ist es für mich, wie in den Spiegel zu sehen. Es ist schon häufig vorgekommen, dass die Leute uns für Zwillinge gehalten haben, obwohl wir nicht mal Geschwister sind. Daher stammt auch die Bezeichnung *Chaosgeschwister*, die man uns eine Zeit lang nachsagte.

Wir haben das gleiche dunkelbraune Haar, das gleiche schmale Gesicht, die eisblauen Augen und diesen Zug um die Lippen, als würden wir uns ununterbrochen über andere lustig machen. Was nicht ganz falsch ist.

»Was habe ich dich vermisst«, lachte er und kleine Grübchen zeigten sich auf seinen Wangen. Anstatt mich gebührend zu begrüßen, wischte er sich die Hände an der Jacke ab, schnappte sich die

Ich würde ja fragen wieso, aber ich habe euch zusammen in Aktion gesehen. Diese Bezeichnung ist wirklich sehr passend.

Gebäcktüte aus meinen Armen und schob sich ohne Umschweife ein Brötchen in den Mund.

»Jaja. Du hast nur vermisst, dass ich dich durchfüttere«, behauptete ich und fragte mich gleichzeitig, ob er heute schon etwas gegessen hatte.

Das Stück Kuchen von heute Mittag lag mir so schwer im Magen, dass mir ganz schlecht wurde.

»Aber nicht nur«, gab er spaßhaft zurück und stupste mich mit der Schulter an. »Sind die alle für mich?« Arden schob sich ein zweites Gebäckstück in den Mund, das er ohne viel zu kauen hinunterschluckte.

Ich verbarg meine Sorge hinter einem gespielten Schmollen, als er mir brüderlich den Arm um die Schultern legte. Sein schlaksiger Körper schützte mich vor dem schneidenden Wind und ich drückte mich enger an ihn.

»Wenn Landen und Delmore nicht in der Nähe sind, dann wohl schon«, wies ich ihn darauf hin, dass wir noch mehr Cousins hatten, die hier an den Docks arbeiteten. Wenn sie sahen, dass Arden etwas zu essen bei sich trug, wäre kein Krümel mehr sicher.

Arden schob die Tüte unter seine Jacke und wir reckten gleichzeitig die Hälse, um zu den Arbeitern hinüberzuspähen, die fleißig den Kahn ausluden, der am Pier angelegt hatte und Ware von einem der großen Schiffe ans Ufer transportierte.

Unsere Cousins waren nicht zu sehen, doch John Spencers unangenehm stechender Blick lag auf uns.

»Ich habe leider nicht viel Zeit«, sagte Arden im selben Moment, in dem ich es auch dachte und löste seinen Arm von mir.

»Ich weiß. Ich muss dich nur schnell um etwas bitten«, kam ich direkt zur Sache und er hob neugierig die Augenbrauen.

»Ach ja?«

»Ich möchte heute Abend mit einer Freundin ausgehen. Ins *Lucys*. Wärst du so freundlich, uns um Mitternacht abzuholen und nach Hause zu begleiten?«, formulierte ich mein Anliegen absichtlich förmlich, damit er auch bloß merkte, dass ich einen besonderen Grund dafür hatte.

Ardens schmale Lippen verzogen sich wieder zu einem Grinsen.

»Uh, ganz höflich heute«, ging er sofort darauf ein und deutete eine Verbeugung an. »Kann ich gern machen. Was gibt es zu feiern?«

Ich lächelte in mich hinein. Er kannte mich zu gut.

»Ich habe einen Preis gewonnen, weil ich so ein schlaues Ding bin«, erklärte ich mit stolz gerecktem Kinn und schwang meine Hand wie eine adrette Lady bei Hofe.

Arden machte große Augen. »Wirklich?«

»Ja, wirklich!«, bestätigte ich es noch einmal und mein Cousin zog mich an sich.

»Aaaah! Ich bin so stolz auf dich«, seufzte er wie eine Mutterglucke, nahm mich jedoch wenig mütterlich in den Schwitzkasten und rieb mir schmerzhaft seine Fingerknöchel über den Scheitel, sodass mir der Schal vom Kopf rutschte und sich sämtliche Haarsträhnen aus meiner Hochsteckfrisur lösten.

»Arden!«, quietschte ich. »Du zerstörst meine Frisur.« Wenn ich wie ein Lumpenkind in die Park Street kam, konnte mich vor Miss Brandon-Weldersons Missgunst auch kein Spritzer Parfüm mehr retten.

»Uh, Mademoiselle«, zog er mich auf und ich schlug nach ihm.

»Ich kriege Ärger, du Holzkopf!«, rief ich und lachte dabei schon wieder viel zu offensichtlich.

John Spencer gab uns ein Handzeichen.

Arden zog scharf die Luft ein. »Und ich auch gleich. Mist. Aber nur noch eine Woche, dann bin ich hier weg«, versicherte er mir und auf einen Schlag wurde ich ernst.

»Was?! Verlässt du mich?« Die Kälte zog mir so tief in die Knochen, dass es am ganzen Körper schmerzte.

Doch Arden grinste mich an. »Nie!«, versicherte er mir und ich wagte wieder Luft zu holen. »Ich habe einen neuen Job. Leichtere Arbeit, bessere Bezahlung, keine verfluchte Kälte mehr«, erklärte er und setzte sich in Bewegung.

Ich ging das Stück mit ihm mit, um noch mehr zu erfahren. Diese Information war vollkommen neu und es beunruhigte mich, dass ich von dem Leben meines Lieblingsmenschen nur noch so wenig mitbekam.

»Wo?«, fragte ich ihn.

»Drüben bei *Maddison & Brothers.*« Er wies nach Westen, den Themselauf nach oben. »Die suchen Arbeitskräfte, weil sie gerade ein Kraftwerk bauen«, erklärte er, als wäre es von größter Bedeutung, damit ich diese Tatsache mit dem nötigen Erstaunen aufnahm.

»Ein Kraftwerk für was?«, fragte ich jedoch nur skeptisch und Arden schürzte die Lippen, unzufrieden mit meiner Reaktion.

»Für Elektrizität. Die wollen in Zukunft ganz London damit versorgen. Das ist 'ne große Sache, Liz.«, maulte er altklug und ahmte dabei meine Art zu sprechen nach.

Ich pikte ihm zur Strafe in die Seite.

»Tu nicht so schlau«, lachte ich. »Wie lang hast du geübt, um ›Elektrizität‹ aussprechen zu können?«, machte ich mich über ihn lustig und auch er konnte nicht anders, als mein Grinsen zu erwidern.

»Zu lange, als dass es nicht peinlich wäre, das zuzugeben«, schnaubte er, sichtlich um Ernsthaftigkeit bemüht und versuchte mich zurückzupiksen. Durch die vielen Stofflagen und das steife Korsett spürte ich davon jedoch wenig.

»Hemmilton«, rief eine dröhnende Stimme von der Laderampe aus. John Spencer klang ungeduldig.

Ardens Schonfrist war hiermit also vorbei.

Und ich sollte mich auch langsam aufmachen, damit ich noch einmal im Haus in der Park Street vorbeischauen konnte, ehe ich Animant abholte. Ich würde wohl doch den Luxus in Anspruch nehmen müssen und mir eine Droschke zurück nach Mayfair mieten.

»Ich komme«, rief Arden zurück, schlang die Arme um mich und zog mich an sich. Er roch nach Salz und Staub und Familie. »Wir sehen uns heute Abend. Und danke für das Gebäck«, sagte er schnell, während er seine kalte Wange an meine drückte und ließ mich dann los, um zurückzueilen. Zu den riesigen, schweren Säcken, die ihm den Rücken verbogen und seine Arme schmerzen ließen.

Ich konnte nur hoffen, dass Arden es mit *Maddison & Brothers* besser treffen würde.

Ich atmete tief durch, um nicht sorgenvoll zu seufzen. Denn das stand mir nicht. Mein Atem bildete weiße Wölkchen in der grauen Luft und ich wandte mich ab, um den Heimweg anzutreten.

Jetzt fragt ihr euch sicher, was die Beschreibung meines Tages mit dem Überseekoffer zu tun hat.

Ich weiß, ich weiß. Die Informationen im letzten Abschnitt scheinen belanglos zu sein und vielleicht habe ich auch ein bisschen zu weit ausgeholt. Aber glaubt mir, dass ein oder andere über meine Familie zu wissen, wird uns noch nützlich sein.

Der Abend mit Animant verlief übrigens glorreich. Sogar trotz der Tatsache, dass sie tragischerweise seit Neuestem dem Alkohol abgeschworen hatte. *

Arden kam zu spät und holte uns erst kurz vor eins im *Lucys* ab, was jedoch nicht weiter schlimm war.

Zwei Tage später, am 26. November 1890, begegnete ich das erste Mal Jamie Lennox.

Und wieder einen Tag danach, am 27. November 1890, verließ meine liebste Freundin Animant überstürzt London, um in ihren Heimatort in der Nähe von Bath zurückzukehren, ohne mir vorher Bescheid zu geben.

Und glaubt mir, ich weiß ganz genau, welches Scheusal für ihre Flucht verantwortlich war!

* Eine wirklich witzige Geschichte, die hier leider keinen Platz hat. Ich erzähle sie euch vielleicht ein anderes Mal.

Donnerstag, 11. Dezember 1890

6

NEUE BEKANNTSCHAFTEN

Jamie Lennox stand an der Tür seiner Werkstatt, den Mantel zugeknöpft, den Schal gerichtet, die Tasche mit dem Werkzeug über der Schulter und bereit zum Aufbruch. Und das, obwohl er noch fünf Minuten Zeit hatte.

Dies würde der Tag sein, an dem er einmal in seinem Leben pünktlich sein würde, dachte er bei sich, ein selbstsicheres Lächeln auf den Lippen und griff nach seiner Ballonmütze.

Jaja. Mach dich nur lustig über mich.

Obwohl er schon am Tag zuvor in der Bibliothek gewesen war, um die Suchmaschine zu warten und aufzuziehen, musste er noch ein zweites Mal dorthin. Er hatte vorgehabt, ein Teil auszutauschen, ehe es endgültig dem Verschleiß zum Opfer fiel, das besagte Teil aber in der Werkstatt liegen lassen.

Um nicht den gleichen Fehler wie am Tag zuvor zu begehen, warf er beim Hinaustreten einen gründlichen Blick in seine Tasche und sah daher nicht das Hindernis, das direkt vor seiner Tür in der Gasse stand. Er stieß sich das Knie, kippte nach vorn, wurde vom Gewicht seiner Tasche aus dem Gleichgewicht gerissen und fiel auf geradezu spektakuläre Weise über den Quader auf das eisigkalte Pflaster.

Seine Stirn pochte, sein Schienbein schmerzte und sein rechtes Knie würde in den folgenden Tagen eine ganze Reihe an Farben aufweisen.

Es handelt sich hierbei um eine Unrast, da sich die Zähne heruntergerieben hatten. Mein Fehler, ich hätte mich nicht auf Kupfer verlassen sollen und direkt eine aus Messing bestellen müssen.

»Verflucht«, knurrte Jamie und stemmte sich mit brennenden Handflächen zurück auf die Füße.

Zu seinem Erstaunen erkannte er, dass er über einen Koffer gefallen war. Jedoch nicht irgendeinen Koffer, sondern einen Überseekoffer von *Drew & Sons*, in dezentem Braun mit Messingbeschlägen und einem zerbrochenen Rundzylinderschloss.

»Verflucht!«, stieß er ein weiteres Mal aus, diesmal erstaunt und riss sich die Mütze vom Kopf, die ihm in die Augen gerutscht war.

Dort stand wahrhaftig direkt vor seiner Tür der Koffer, der vor einem Monat durch die Glaskuppel der *Royal University Library* gekracht war.

An einem der Griffe baumelte eine schmale Karte an einer Kordel.

Für Mr Jamie Lennox
Mit freundlichen Grüßen

Die Schrift war zackig und leserlich. Das Papier dick, aber nicht gebleicht.

Das war ja ein Ding. Die Metropolitan Police hatte ihm doch tatsächlich den Koffer überlassen.

Jamie hatte oft an ihn gedacht. An die Blaupausen und das verschlüsselte Notizbuch und ob er jemals erfahren würde, wer diese Maschine erdacht hatte. Er war fest davon ausgegangen, dass der Besitzer des Koffers längst ermittelt worden war und er ihn zurückerhalten hatte.

Seine Bitte, ihn zu bekommen, sollte sich der Besitzer nicht finden, war lächerlich gewesen und doch stand das Gepäckstück jetzt hier vor ihm. Er erinnerte sich an den ungeduldigen Weberknecht-Sergeanten und den freundlichen Constable und war sich sehr sicher zu wissen, wem von beiden er zu danken hatte.

Ohne große Umschweife packte er den einen ledernen Griff und zerrte das schwere Ding in seine Werkstatt.

Auch wenn Jamie eine eher schmale Statur aufwies, besaß er eine erstaunliche körperliche Stärke, die er sich in all den Jahren, in denen er schon mit schweren Maschinenteilen hantierte, erarbeitet hatte.

Er machte sich nicht die Mühe, die Tür ordentlich zu schließen und schob sie nur hastig mit dem Fuß zu, sodass sie mit einem lauten Knall ins Schloss fiel.

Die Aufregung pulsierte durch Jamies Körper, als er die Schnallen der Lederriemen öffnete, die man um den Koffer geschlungen hatte, um den kaputten Schließmechanismus zu ersetzen.

Er klappte den schweren Deckel auf und spürte für einen kleinen Moment die Angst, der Koffer könnte leer sein und die Polizei erlaubte sich nur einen schlechten Scherz mit ihm. Doch es war alles da: die Kleidung, das Rasierzeug, die Zigaretten und das Notizbuch. Geschützt unter dem Zwischenboden lag ganz unten die ersehnte Rolle mit den Blaupausen und außerdem ein zylindrisches Behältnis aus Metall. Jamie nahm es erstaunt heraus. Das war ihm das letzte Mal nicht gezeigt worden, da war er sich ganz sicher. So etwas hätte er nicht übersehen.

Er drehte das geheimnisvolle Ding in den Händen, betrachtete es von allen Seiten, wagte jedoch nicht, es zu schütteln. Es war schwer, aber ob es am Material des Behälters oder am Inhalt lag, ließ sich nicht sagen. Die Form könnte darauf hinweisen, dass der Inhalt unter Druck stand. Aber auch das war nur Spekulation.

Im Boden waren nur ganz schwach zwei Ziffern eingestanzt. Eine Vier und eine Zwei.

Hatten die Officer der Metropolitan Police ihm den Behälter bewusst vorenthalten oder nur vergessen, ihn zu den anderen Sachen dazuzulegen?

Vorsichtig trug Jamie das Behältnis zu seinem Arbeitstisch. Mit dem Arm wischte er Werkzeuge, Schrauben und Zahnräder beiseite und zu einem unsortierten Haufen zusammen, um es im Licht der Gaslampe zu betrachten, die er vergessen hatte auszudrehen. Leider brachte die Helligkeit keine weiteren Hinweise oder Markierungen zutage.

Das darf mein Vater niemals lesen. Der enterbt mich!

Als Nächstes öffnete er die Manschette der Blaupausen und entrollte alle einundzwanzig Seiten vor sich auf der vermackten Holzplatte. Dem Notizbuch würde er sich später widmen und er nutzte es vorübergehend als Gewicht, damit das Papier der Pläne nicht wieder zurück in die Form sprang, in die es die Manschette über so lange Zeit gezwungen hatte.

Seite um Seite ging er durch, betrachtete den Aufbau, die Berechnungen, versuchte die Pläne in eine logische Reihenfolge zu bringen und fragte sich zwischendurch sogar, ob es sich hierbei wirklich nur um eine Maschine handelte oder nicht vielleicht doch mehrere. Sehr deutlich wurde nur, dass der Behälter, der vor Jamie auf dem Tisch stand, das Herzstück dieser Maschine war, das Juwel, die eine, alles verändernde Komponente.

Wenn der Mechaniker nur herausfinden könnte, was sich darin befand.

Sofort nahm er das Notizbuch zur Hand, auf der Suche nach Hinweisen, die ihm diesbezüglich Klarheit verschaffen könnten. Er versank zwischen säuberlichen Skizzen, Buchstabengewirr und keilartigen Schriftzeichen, die er erst alle würde entwirren müssen, um hinter das Geheimnis des Behälters zu kommen.

Mit dem Buch in der Hand wanderte er in den Nebenraum, eine Art Schmiede und setzte einen Topf mit Wasser auf. Doch ehe er sich einen Kaffee aufbrühte, rollte er die Blaupausen wieder ein. Er kannte sich zu gut, um zu riskieren, aus Versehen Kaffee auf die Zeichnungen zu kleckern.

Die ist notwendig, um gegebenenfalls Teile selbst herzustellen, wenn sie nicht erhältlich sind oder nicht existieren, weil man sie selbst erfunden hat.

Es war schon Nachmittag, als Jamie Lennox mit Schreck einfiel, dass er eigentlich auf dem Weg zur Bibliothek gewesen war, als er den Koffer vor seiner Tür fand.

Fluchend schüttete er den Satz seines zweiten Kaffees in den Rinnstein und stopfte das Notizbuch eilig in seine Werkzeugtasche. Viel zu lange suchte er nach seinem Mantel, von dem er sich nicht entsinnen konnte, wann er ihn ausgezogen, geschweige denn, wo er ihn abgelegt hatte. Er fand ihn im Vorratsschrank, auf dem Regalbrett, wo auch die Blechdose mit dem Kaffee stand.

Jamie schlüpfte hinein, hängte sich die Tasche um und rannte auf die Gasse. Auf halbem Weg zur Untergrundbahn kehrte er noch einmal um, weil er vergessen hatte abzuschließen.

Der Winter ließ London zu Eis und dunklem Rauch erstarren und die Untergrundbahn ratterte über die Schienen wie ein gewaltiges metallenes Wunderwerk, das sich durch die verschneite Stadt schlängelte.

Den Campus der Universität zu betreten war wie in eine andere Welt zu spazieren. Hier waren die Wege geräumt und es türmte sich keine graue Matsche an den Ecken. Der Schnee glitzerte wie Sterne, die Studenten hetzten nicht umher und man grüßte Jamie sogar, obwohl er weder Student noch Gentleman war.

Ein schneller Blick auf seine Taschenuhr zeigte ihm, dass er die Bibliothek gerade noch vor der Schließzeit erreichen würde. Wenigstens etwas.

Und da Mr Reed ein Mann mit vielen Aufgabengebieten war, konnte Jamie darauf hoffen, dass er sich nicht erinnern würde, für welche Uhrzeit der Mechaniker sich am Tag zuvor angekündigt hatte.

Der kalte Wind drückte gegen die Tür, sodass es ihm Mühe bereitete, sie geräuschlos hinter sich zu schließen. Gerade heute wollte er wirklich ungern Aufsehen erregen.

Die Bibliotheksgehilfen Oscar und Cody mussten wohl schon gegangen sein, da der Tresen im Foyer verwaist vor ihm lag und auch von Miss Crumb, der Bibliothekarsassistentin, war nichts zu sehen.

Wenn er sich recht entsann, hatte er sie am Tag zuvor auch nicht gesehen gehabt. Hoffentlich hatte sie nicht, wie all die Assistenten zuvor, die Flinte ins Korn geworfen und vor Mr Reed die Flucht ergriffen. Denn auch wenn der Bibliothekar oft eine eigenwillige Art hatte, war er im Grunde seines Herzens ein guter Mensch. Das ist Jamies Meinung, der ich mich nicht vorbehaltlos anschließen kann.

Der runde Lesesaal war trotz der späten Uhrzeit voller Studenten, die sich fleißig ihrer Lektüre widmeten, was nicht verwunderlich war, da das aktuelle Semester sich dem Ende zuneigte. Das leise Kratzen der Schreibfedern, das Rascheln von Papier und verzweifeltes Seufzen erfüllte den Raum und Jamie schlich die Treppe nach oben auf den Rundgang, der einmal um den Lesesaal führte. Die Bücherregale zogen sich an den Wänden entlang bis nach hoch oben, wo das dunkle Holz in die gewaltige Kuppel überging. Schnee und Eisblumen zierten das Glas und ließen das schwächer werdende Licht des Tages verzaubert erscheinen.

Um die Studenten nicht zu stören, zog Jamie sich in den Personalraum zurück, der gleich neben Mr Reeds Büro lag und von dort durch die hintere Tür ins Innere der Suchmaschine.

Auch wenn es sich bei dieser technischen Errungenschaft nicht um eine Uhr handelte, drehte sie sich wie eine.

Ich schwöre, wenn Jamie Lennox irgendwann stirbt und wir finden in seiner Brust eine Uhr statt eines Herzens, würde es mich nicht wundern.

Denn er ist ein Uhrmacher, so wie sein Vater, sein Großvater und der Vater seines Großvaters und so weiter, solange es schon mechanische Uhren gibt.

Man könnte meinen, in den Beruf des Vaters gedrängt zu werden hätte Jamie missfallen müssen, doch er ist ein Spross seiner Familie und auch auf ihn wirken sich drehende Zahnräder, die in Perfektion ineinandergreifen, eine Faszination aus, der er sich nicht entziehen kann oder will.

Die Suchmaschine surrte und schnurrte und klackerte und brummte, als würde sie ihn begrüßen. Auf Jamies Gesicht entstand ein Lächeln, das so strahlend war, dass es den Raum hätte erhellen müssen. Sein Herz hüpfte und er strich sanft über Metallrädchen, Spiralen, Kolben und Schrauben, als würde er eine Geliebte umarmen.

Er brachte einen Teil seines Wunderwerks an Mechanik mit nur wenigen Handgriffen und einem langen Schraubendreher zum Stillstand. Ein hektisches Klackern deutete darauf hin, dass die Maschine das gar nicht mochte, so als würde *Lady Honeyclack* ungeduldig mit den Fingern auf eine Metallplatte trommeln.

Daher beeilte sich Jamie, das verschlissene Zahnrad auszutauschen, zog den Schraubendreher wieder heraus und ließ die Maschine anlaufen. Das Zahnrad drehte sich und fügte sich perfekt in das große Ganze ein wie ein Tänzer, der sich einem Reigen aus eleganten Drehungen anschloss.

Jamie verharrte inmitten der Mechanik und schloss die Augen, um die Geräusche zu genießen, die ihn umgaben und etwas in ihm zur Ruhe brachten, was nur selten schwieg.

Ein lauter Knall ließ ihn zusammenschrecken und riss ihn aus dem Moment, in dem er gerade noch geschwelgt hatte. Ein so lautes Geräusch in einer Bibliothek bedeutete nichts Gutes und Jamie schnappte sich schnell seine Tasche, um auf den Rundgang hinauszueilen.

»Tun Sie nicht so, als wüssten Sie nicht, wovon ich rede, Sie herzloses Ding«, keifte eine schneidende Stimme, so laut, dass sie von den Wänden widerhallte und Jamie wusste nicht, ob er erschrocken zusammenfahren oder lachen sollte, weil die Situation so absurd wirkte. Niemand schrie in einer Bibliothek herum.

Keine fünf Schritte von ihm entfernt traten zwei Personen aus Mr Reeds Büro. Nein, sie stürmten hinaus.

Mr Reed war die erste, mit zerzaustem Haar und dem wilden Blick eines Tieres, das man in die Enge getrieben hatte. Ihm folgte eine junge Frau, groß wie eine Leiter und auch genauso dünn. Trotz des eleganten Kleides und dem schicken spitzenbesetzten Hut, den man in ihre aufwendige Frisur gesteckt hatte, wirkte sie wie eine um sich greifende Wolke aus Zorn und Dunkelheit.

Jamie nahm die Beine in die Hand und stürzte zur Treppe, ehe Mr Reed und die Frau sie erreichen konnten.

Ja, ihr liegt richtig. Bei der Frau handelt es sich um mich.

»Ich habe Ihnen nichts zu sagen, Miss Hemmilton. Verlassen Sie die Bibliothek, bevor ich Sie eigenhändig rauswerfen muss«, hielt Mr Reed dagegen und senkte seine Stimme genauso wenig wie ich.

Mir war es in diesem Moment schnurzpiepegal, dass wir uns in einer Bibliothek aufhielten. Selbst wenn es eine Kirche gewesen wäre, hätte meine Wut ausgereicht, in diesem Moment jeglichen Anstand außer Acht zu lassen.

»So leicht machen Sie es sich also, ja? Mich rausschmeißen, um einer unbequemen Wahrheit aus dem Weg zu gehen!«, schnauzte ich ihn an und ging ihm hinterher, die Treppe hinunter, über die er vor mir mit schnellen Schritten zu fliehen versuchte.

»Sie ist meine beste Freundin, Sie garstiger Einsiedler. Sie ist die stärkste und großartigste Person in ganz Großbritannien und sie wäre nie ohne Grund so aus London fortgegangen! Sie haben sie dazu getrieben!«, schrie ich, sodass sich meine Stimme überschlug und war kurz davor, mich von hinten auf ihn zu stürzen.

Doch da hatten wir auch schon das Ende der Treppe erreicht und der Bibliothekar packte mich unsanft am Arm.

Der Blick in seinen Augen war erschütternd und ich erstarrte, obwohl sich in den letzten zwei Wochen, seit Animant Hals über Kopf fortgerannt war, eine Menge Gemeinheiten in mir aufgestaut hatten.

Sein Gesicht glich einer zerstörten Maske und seine Seele glänzte in den dunkelbraunen Augen wie zerbrochenes Glas. »Ich muss mich für meine Taten nicht vor Ihnen rechtfertigen. Ich habe getan, was richtig war«, sagte er leise und so scharf, als würde er mit den Worten sein eigenes Herz zerschneiden. Ich konnte förmlich in seinem Blick sehen, wie es blutete.

Und doch wollte ich kein Mitleid für ihn empfinden. Er trug die Verantwortung für seinen Schmerz selbst.

Er war schuld, dass Animant Crumb London verlassen hatte und ich würde ihm nicht so leicht verzeihen, dass er sie mit seinem fürchterlichen Starrsinn vertrieben hatte.

»O ja, weil ein Mann auch immer ganz genau weiß, was für eine Frau das Richtige ist«, spottete ich sarkastisch und versuchte mich loszureißen. Doch sein Griff hielt mich fester als erwartet und der Bibliothekar schob mich unaufhaltsam auf die große Doppelflügeltür zu, durch die gerade ein junger Mann nach draußen trat.

»Miss Brandon-Welderson soll in Zukunft jemand anderen schicken, der Nachrichten für sie überbringt. Sie, Miss Hemmilton, haben Hausverbot«, sagte Mr Reed streng, als wäre es ihm in dieser Situation tatsächlich wichtig, öffnete die Tür und schob mich ganz dreist über die Schwelle wie eine unerwünschte Streunerkatze.

»Sie sind ein unverschämter Mistkerl«, keifte ich immer noch wutentbrannt, während er die Tür schwungvoll ins Schloss warf und ich erschrocken nach hinten taumelte, um sie nicht gegen die Nase zu bekommen. Mein Herz setzte einen Schlag aus, als ich das Gleichgewicht verlor, auf den eisigen Stufen der Bibliothek ins Rutschen kam und rückwärts fiel.

Ich wollte gerade den Mund aufreißen, um den Schreck in Form eines Schreis in die Welt zu lassen, da landete ich auch schon in zwei starken Armen.

Mit rasendem Puls sah ich in das Gesicht, das sich ebenso erschrocken über mich beugte. Hohe Wangenknochen, freundliche, bronzefarbene Augen, ein dunkler Schmierer an der rechten Schläfe.

Ich blinzelte einmal, um mich daran zu erinnern, woher ich den Mann kannte, der mich vor einer schmerzhaften Begegnung mit dem Kiesweg bewahrt hatte.

Genau zwei Wochen zuvor waren wir uns an ebendieser Stelle begegnet. Es hatte gestürmt und ich hatte mich fest in meinem klatschnassen Mantel verborgen, während der Regen mir aus den Haaren den Nacken hinabgeflossen war.

Es wäre zu dem Zeitpunkt aus vielerlei Gründen für mich keine gute Idee gewesen, die Bibliothek direkt zu betreten und ich hatte auf jemanden gewartet, der eine Nachricht an meine Freundin Animant weiterreichen konnte.

Irgendwer war auf die glorreiche Idee gekommen, die Fenster im Ostflügel abzuschließen,* und so hatte ich mich auch nicht heimlich einschleichen können.

Dort vor der Tür der Bibliothek waren dieser Mann und ich uns begegnet und er hatte mir den Gefallen erwiesen, die Nachricht zu überbringen, was wirklich sehr freundlich von ihm gewesen war.

Animant hatte mir später seinen Namen verraten.

»Jamie Lennox. Uhrmacher und Mechaniker«, stieß ich hervor und meine Laune verbesserte sich schlagartig.

Auch wenn ich nicht mehr von ihm wusste als das, hatte ich tatsächlich gehofft, ihm irgendwann einmal wieder zu begegnen. Es gab da eine Kleinigkeit in meinem Besitz, die eines Uhrmachers bedurfte. Ein mechanisches Kleinod von tiefer Bedeutung für

* Was ja eigentlich auch gut war. So einfach, wie man dort hineingekommen ist, waren solche Sicherheitsmaßnahmen dringend vonnöten. Gut, dass ich darauf hingewiesen habe.

mich, das sich jedoch nicht mehr bedienen ließ. Früher hatte ich noch kein Geld gehabt, um die Reparatur zu bezahlen. Doch zu diesem Zeitpunkt steckte ein Pfund meines Preisgeldes in meiner Matratze.

»Oh, kennen wir uns?«, fragte der Mann verlegen und vergaß darüber, mich wieder auf die Füße zu stellen. Ich hing also weiter nach hinten gelehnt und grinste zu ihm hoch.

»Wir sind uns vor zwei Wochen begegnet. Aber es hat wie aus Kübeln geregnet und es ist nicht verwunderlich, dass Sie mich nicht wiedererkennen. Es war nicht der beste Moment für neue Bekanntschaften«, klärte ich ihn auf, auch wenn es mich ein klein wenig ärgerte. Denn ich hatte ihn gleich erkannt, obwohl er vor zwei Wochen nicht weniger nass gewesen war als ich.

»Haben Sie mir Ihren Namen genannt?«, fragte er, als fürchtete er sich davor und ich schüttelte den Kopf, so gut es mir in meiner Position möglich war. So langsam verspannten sich meine Nackenmuskeln und es wurde zunehmend unangenehmer, nach hinten gelehnt zu verharren.

»Nein«, beruhigte ich ihn und er atmete hörbar auf. Und auch sichtbar, da sein Atem zu einer kalten Wolke erstarrte.

»Puh. Gut. Dann kann ich ihn auch nicht vergessen haben«, gestand er mir, als handle es sich dabei um ein Geheimnis und mir entfloh ein albernes Kichern. Mir gefiel seine Ehrlichkeit auf Anhieb.

Jamie grinste mich an und eine seiner kohlrabenschwarzen Haarsträhnen schob sich ihm ins Gesicht. Da fiel ihm auch auf, dass er mich immer noch in den Armen hielt und das sicher nicht die beste Lage war, um eine Unterhaltung zu führen. Also schob er mich zurück auf die Füße, ein leichter Hauch von Verlegenheit auf seinen Wangen und kontrollierte schnell den Sitz seiner Mütze, während ich meine Kleider zurechtstrich.

»Danke für die Rettung. Erneut«, sagte ich schnell, bevor ich es noch vergaß wie beim letzten Mal und er mir einfach davonlief – ebenfalls wie beim letzten Mal.

Was nicht daran lag, dass er sich vor mir scheute, sondern an Jamies Eigenart, in Gedanken immer woanders zu sein. Er tat es also nicht mit Absicht.

»Ich habe Sie schon einmal gerettet?«, erkundigte er sich und man konnte ihm ansehen, wie die Zahnräder in seinem Kopf ratterten vor Anstrengung.

»Sie haben letztens Miss Crumb eine Notiz von mir übergeben«, half ich ihm auf die Sprünge und endlich schien ihm ein Licht aufzugehen. Das Bürschchen ist eben doch richtig verdrahtet.

»Ach ja. Ich erinnere mich«, rief er und sah mir in die Augen. Er war kleiner als ich. Nicht viel und es war auch nicht weiter verwunderlich bei einer Bohnenstange wie mir.

»Wo ist Miss Crumb? Ich habe sie schon gestern nicht gesehen«, stellte er die Frage aller Fragen. Die Sache, die mich seit zwei Wochen nicht ruhig schlafen ließ und mich bis in meine Träume verfolgte.

Meine Laune sank wieder hinab in den siebten Kreis der Hölle. Der Kreis, der für Verbrecher und Gewalttäter reserviert ist, denn ich hatte das tiefe Bedürfnis, Mr Reed heftig eins überzuziehen. ←

Hat sie aber natürlich nicht getan. Nur fürs Protokoll.

Jamie sah mir den Stimmungsumschwung an und verzog bestürzt die Miene.

Wie gesagt, er ist schlau und hat eine schnelle Auffassungsgabe. Und wenn er nicht gerade abgelenkt ist, zeigt er sich auch äußerst empathisch.

»Mr Reed hat sie rausgeekelt?«, fragte er schockiert und rieb sich die Nase. »Dabei hatte ich den Eindruck, die beiden würden sich gut verstehen.«

»Ja.« Den Eindruck hatte ich auch gehabt. Und darüber hinaus noch viel mehr.

Ich äußerte mich dazu jedoch nicht genauer, da Jamie Lennox zu diesem Zeitpunkt noch ein Fremder für mich war. Selbst wenn ich seinen Charakter von vornherein richtig einschätzte.

Ich fröstelte, nicht nur wegen des Themas, sondern auch durch die sich verstärkende Kälte. Die Sonne stand bereits tief, auch wenn man sie hinter der dicken Wolkendecke nicht sehen konnte.

»Sie frieren«, stellte Jamie nüchtern fest und es entlockte mir ein Lachen, weil mir diese Tatsache so banal vorkam.

Es ist allgemein bekannt, dass Mr Reed nicht der umgänglichste Mensch ist. Die Vermutung lag also nah.

Schließlich hatte ich gerade noch öffentlich in einer Bibliothek den Mann angeschrien, der ganz sicher meiner Freundin das Herz gebrochen hatte und war daraufhin mit einem Hausverbot belegt worden. Meine Gefühle waren seit den letzten zwei Wochen in Aufruhr und ich ärgerte mich, keine vollkommene Klarheit in dieser Sache zu haben. Denn Animant beantwortete meine Briefe nicht. Vorausgesetzt, sie erhielt sie überhaupt.

»Ja, es ist ja auch sehr kalt«, stimmte ich zu, um nicht länger in dem Gefühl der Hilflosigkeit zu verharren und rieb mir die Hände, ehe ich mal wieder die Manteltaschen nach meinen Handschuhen abtastete.

Jamie deutete meine Geste falsch und zog höflich die Mütze, unter der seine Haare in alle Richtungen abstanden. Sie waren so lang, dass sie ihm bis auf die Schultern fielen. »Dann verabschiede ich mich besser, damit ich Sie nicht aufhalte«, sagte er und ich fuhr auf.

Ich hatte auf diese Begegnung gewartet, da durfte ich sie nicht ungenutzt verstreichen lassen.

»Nein, warten Sie, Mr Lennox«, rief ich, als er schon dabei war, sich von mir abzuwenden. »Ich habe eine Bitte. Nein, einen Auftrag«, korrigierte ich mich. Früher, als ich kein Geld besaß, hatte ich mir die Dinge erbeten und ertauscht. Heute konnte ich sie bezahlen. Selbst wenn mir das immer noch seltsam erschien.

Immer wieder schleicht sich bei mir das Gefühl ein, Geld rauszuschmeißen, das ich nicht besitze. Eine Gewohnheit aus meinem Leben, bevor ich Miss Brandon-Welderson begegnet war, von der ich nicht weiß, ob ich sie je ablegen werde.

»Ich besitze eine Art mechanisches Medaillon, das sich öffnet, wenn man es … nun ja, es öffnet sich nicht«, umschrieb ich das Problem. Ich erwürgte mich halb bei dem Versuch, mir hastig den Schal vom Hals zu reißen und friemelte die Kette hervor.

»Sie haben es dabei?« Jamie blickte mich überrascht an und streckte mir seine offene Handfläche entgegen, als ich das Kleinod endlich aus dem Ausschnitt meines Kleides befreite.

Ich sagte ihm nicht, dass ich es immer dabeihatte. Nicht einmal Animant hatte ich dieses Detail aus meiner Vergangenheit offenbart. Es war mir zu albern erschienen, dass ich nach all der Zeit an jemandem festhielt, der mich ganz sicher schon vergessen hatte.

Zögernd gab ich das Medaillon Jamie Lennox.

Er wendete das blütenförmige Gehäuse und betrachtete zuerst die Elfenbeinschnitzerei auf dem Deckel, die das Profil einer jungen Frau zeigte. Wer sie war, wusste ich nicht und konnte es auch nicht mehr erfragen.

Jamie hatte die Schwielen eines Mechanikers, aber die langen Finger eines Uhrmachers. Systematisch tastete er erst den klemmenden Verschluss ab, begutachtete die kleine Drehschraube an der oberen Seite, die den Mechanismus auslösen sollte und blinzelte dann durch die gläserne Rückseite in das schimmernde Innenleben.

»Es ist wunderschön«, hauchte er.

»Ja. Ich habe es …« Ein Kloß bildete sich in meinem Rachen und erschwerte es mir, den Satz zu beenden. »… geerbt.«

Erinnerungen an die Beerdigung zogen wie Rauch durch meinen Kopf. All die betroffenen Gesichter und schwarzen Zylinder. Keiner hatte geweint, auch wenn einige sich darum bemühten. Zum Ende von Quinton Beauforts Leben hatten sich nur wenige noch die Mühe gemacht, sich seiner Gesellschaft zu erfreuen. Sicher hatte Mr Beaufort in seinem langen Leben viele Freunde gehabt, bevor er erblindet war und gebrechlich wurde. Doch letzten Endes waren Benjamin Green und ich die einzigen gewesen: Sein Butler und eine Frau aus den Slums, die einmal die Woche vorbeigekommen war, um ihm vorzulesen.

Er war mir ein Freund gewesen, ein Mentor.

Mr Green allein hatte meine Tränen gesehen, als er mir die kleine Schatulle mit dem Medaillon überreichte.

»Lehnen Sie es nicht ab, Miss Hemmilton. Er hat gewollt, dass Sie es bekommen«, waren seine Worte gewesen.

»Mein Beileid«, sagte Jamie, dessen Blick prüfend auf meinem Gesicht lag und riss mich damit zurück in die Wirklichkeit. In den kalten Winterabend, der ganz anders war als der schwüle Nachmittag der Beerdigung im letzten Sommer.

Ich nickte stumm und zeigte auf das Schmuckstück in Jamies Fingern. »Und?«

»Auf den ersten Blick lässt sich nichts erkennen. Ich müsste es aufmachen, um herauszufinden, was nicht stimmt. Was ich natürlich gern machen kann.«

»Ja, sehr gerne«, sagte ich und versuchte, den Schleier aus Trübsal von mir zu werfen. Vergangenes blieb vergangen und daran ließ sich nun mal nichts rütteln.

»Soll ich es direkt in meine Werkstatt mitnehmen?«, erkundigte Jamie sich und ich sah, wie seine Augen vor Tatendrang blitzten. Er freute sich darauf, daran zu arbeiten und ich fürchtete mich davor, es nicht mehr bei mir zu tragen. Mein Herz wurde schwer, obwohl ich ihm sagte, dass es das gar nicht musste.

»Ich würde es ungern aus der Hand geben. Kann ich mitkommen?«, erkundigte ich mich daher und zwang mich, nicht zu lachen, als Jamies Gesichtszüge erstarrten.

»Ähm, wirklich?«, fragte er, um sicherzugehen, dass ich keinen Scherz mit ihm machte. Er nahm zu diesem Zeitpunkt noch an, dass ich eine junge stinkreiche Dame war, die sich in einer so chaotischen Werkstatt wie seiner nicht wohlfühlen konnte.

»Ich habe Zeit«, hielt ich dagegen. »Und ich bin neugierig.« Das entsprach der Wahrheit. Ich wollte wirklich zu gern sehen, wo ein Mann wie Jamie Lennox seine Arbeit verrichtete.

Ich kenne ziemlich viele Leute. Mehr als die meisten, nehme ich an. Doch ein Uhrmacher war darunter bisher nicht gewesen und es brannte mir unter den Nägeln, zu erfahren, wie man als solcher lebte, was man gern mochte und was nötig war, um seinen Job zu erledigen.

Früher haben mir solche Informationen das Leben leichter gemacht. Heute, wo ich als Studentin in einer Stadtvilla lebe, schaffte es mir eine willkommene Ablenkung aus dem Alltagstrott.

»Natürlich sind Sie das, Miss …«, meinte Jamie, als er mir das Medaillon zurückgab und das Lächeln entglitt ihm. »Haben Sie mir Ihren Namen immer noch nicht genannt, oder habe ich ihn schon wieder vergessen?«

Ich lachte so laut auf, dass eine Krähe erschrocken von ihrem Baum auffuhr. Clifferton hätte mich sicher gescholten, doch hier war es mir egal. Jamie Lennox war kein verzogener Gentleman, der es nicht ertrug, wenn eine Frau lauter war als ein Blubbern. Er war ein Mechaniker, ein Arbeiter und ich fühlte mich in seiner Gegenwart direkt von all den Zwängen der hohen Gesellschaft befreit.

»Elisa Hemmilton«, stellte ich mich vor und reichte ihm die freie Hand wie ein Geschäftsmann.

Es war ein Test, ein vages Gefühl, dem ich nachging und Jamie Lennox bestand mit Bravour. Er ergriff meine Hand und schüttelte sie, ohne auch nur zu zögern.

»Aber bitte nur Elisa«, bot ich ihm daher an und ein verschmitztes Lächeln schlich sich auf meine Lippen. »Oder Liz. Das ist leichter zu merken«, ärgerte ich ihn, da er selbst zugegeben hatte, schlecht im Behalten von Namen zu sein und er nickte unsicher.

Ich dachte, er täte es, weil ich zu forsch gewesen war. Er jedoch hatte nur damit zu kämpfen, sich meinen Namen einzuprägen.

Na ja, die Irrungen und Wirrungen von neuen Bekanntschaften.

Ich gebe zu, dass der Zustand meiner Werkstatt auf andere durchaus verwirrend wirken kann. Sie ist aber ja auch nicht dafür gedacht, Besuch zu empfangen, sondern um darin zu arbeiten.

7

DAS SAH SCHON VORHER SO AUS

Wir nahmen die Untergrundbahn. Ein Vergnügen, das ich nicht oft habe. Früher konnte ich das Geld dafür nicht erübrigen und heute vergesse ich immerzu, dass sie existiert.

Dieses rauchende, spuckende Scheusal, das sich durch die Erde windet wie ein Lindwurm und die Menschen hungrig verschluckt. Wie ein modernes Monster. Wirklich äußerst spannend.

Ich bildete mir ein, den scharfen Geruch nach schwelender Kohle und verbranntem Öl zu mögen, obwohl er mir scheußlich in der Nase biss und sich wie Gift auf die Zunge legte. Doch all dies war viel zu aufregend, um es sich nicht zur Gänze schönzureden.

Seit Animant London verlassen hatte, war mein Leben in eine triste Gleichmütigkeit versunken und ich begrüßte die Abwechslung sehr.

Und auch meine neue Bekanntschaft mit Jamie Lennox.

Alles um uns herum ratterte und klapperte, die Stimmen der Menschen auf dem Bahnsteig dröhnten unnatürlich in der höhlenartigen Beschaffung des Raums, als wären wir in einer anderen Welt. Ein Zug fuhr ein, die Bremsen kreischten laut wie Fingernägel auf einer Schiefertafel und die ganze Station wurde in grauen Rauch gehüllt, der mir Tränen in die Augen trieb.

Jamie bahnte uns den Weg zu einer der Türen und wir wurden mit all den anderen Menschen von der Bestie verschluckt. Die Fahrt verging erstaunlich schnell und mein Begleiter wurde nicht müde, mich währenddessen durchgehend mit technischen Details zu überhäufen, die zwar äußerst interessant klangen, die ich allerdings nicht mal im Ansatz begreifen konnte. Und daher auch in diesem Bericht nicht wiedergeben werde, wie sehr sich Jamie das vielleicht auch wünschen mag. Du hättest was sagen können!

Als wir in Hoxton ausstiegen, war es nicht mehr weit bis zur Werkstatt.

Da wir uns inmitten der kalten Jahreszeit befanden, bedeutete eine sich dem Horizont zuneigende Sonne nicht gleichzeitig eine späte Stunde und so waren die Menschen noch auf den Straßen unterwegs. Die Schultern bis zu den Ohren gezogen, kamen sie von ihren Schichten in den Fabriken oder waren dorthin unterwegs.

Eine Gruppe Frauen überquerte neben uns die Straße und sie grüßten Jamie Lennox alle mit einem freundlichen Winken und einem irritierten Blick auf mich.

Jamie schien beliebt zu sein und merkte es nicht einmal.

»Und? Ist es hier so, wie Sie es sich vorgestellt haben?«, fragte Jamie mich, als er mir den Weg in eine schmale Gasse wies, die zwischen zwei Häusern hindurchführte.

Ich blickte ihn verständnislos an, bis mir aufging, dass ich ihn über meine Herkunft immer noch nicht aufgeklärt hatte. Er glaubte, mich in einem Arbeitsviertel herumführen zu müssen.

Den Irrtum konnte ich ihm auch nicht verübeln bei dem Kleid, das ich trug.

Miss Brandon-Welderson hatte mich heute Mittag mit einem Brief an Mr Reed in die Bibliothek geschickt und gleichzeitig dafür gesorgt, dass ich auch angemessen gekleidet war, um sie zu repräsentieren. Daher trug ich ein Kleid aus rostroter Schurwolle, dessen Rock seitlich mit raffinierter Faltenlegung den sich darunter befindenden, leicht dunkleren Taft hervorblicken ließ. Der Mantel war nicht mein üblicher, sondern ein farblich abgestimmtes Modell mit aufwendigen Applikationen. Selbst die Handschuhe passten dazu, sollte ich diese jemals wiederfinden.

»O Mr Lennox. Ich war schon öfter hier, als Sie mir glauben würden«, gab ich absichtlich uneindeutig zurück, zwinkerte ihm zu und betrat mit festem Schritt die dunkle Gasse.

In die Schatten der Dächer einzutauchen hatte etwas Vertrautes an sich, etwas Beruhigendes und ich lächelte die rußfleckigen Mauern und das ausgetretene Pflaster an.

Fast zu Hause, flüsterte ein Stimmchen in meinem Kopf, obwohl ich ganz genau wusste, dass ich nun in der Park Street wohnte und nie wieder in die beengte Wohnung mit der einst blauen Tür zurückkehren würde, wenn ich mich nur ein klein wenig geschickt anstellte.

Und ich war gut im geschickt anstellen.

Der Gedanke ist immer noch gleichsam beängstigend wie auch hoffnungsvoll. Ich liebe es, mich mit meiner Familie zu umgeben, selbst wenn ich dafür wieder hungern und frieren müsste. Doch wenn ich könnte, ich würde keinen Augenblick zögern, sie aus dem Drecksloch herauszuholen und bei mir in der Park Street einziehen zu lassen.

»Da wären wir«, sagte Jamie Lennox und zeigte auf eine massive Holztür zu meiner Rechten.

Trotz des trüben Lichts bemerkte ich sofort, dass die Tür nicht ins Schloss gezogen, sondern nur angelehnt war. Obwohl ich über Jamie Lennox' Gewohnheiten keine Kenntnisse hatte, begannen sofort die Alarmglocken in meinem Kopf zu läuten. Niemand in London, der noch bei Sinnen war, ließ bei Anbruch der Dunkelheit seine Tür offen stehen.

»Oh, ist noch jemand da?«, fragte ich unschuldig, um nicht als voreilig zu gelten und zeigte auf die Tür. »Es ist offen.«

Jamie, der schon einen Bund Schlüssel aus seiner Tasche gefischt hatte, hob ruckartig den Kopf.

»Was? Nein«, kam es stockend aus seinem Mund und er drängte sich neben mich, um das Türschloss in Augenschein zu nehmen. »Es ist nicht beschädigt«, war sein Fazit, doch ich hörte ihm an, dass er genau den gleichen Verdacht hegte wie ich.

Es war eingebrochen worden.

»Vielleicht haben Sie vergessen abzuschließen«, mutmaßte ich gespielt hoffnungsvoll, doch Jamie schüttelte entschieden den Kopf.

»Ich habe ganz sicher abgeschlossen«, sagte er, doch seine Gedanken waren schon nicht mehr bei mir. Er atmete hörbar die eisige Luft ein, trat nach vorn und stieß die Tür mit kräftigem Schwung auf. Ich erwartete, er würde eintreten, doch er verharrte nur davor.

Der Raum lag in völliger Finsternis und nur das schwache gräuliche Licht der Gasse erhellte den groben Steinboden direkt hinter der Tür.

Dort lag etwas am Boden, etwas Kleines. Ich trat näher heran, um es zu betrachten und erkannte ein einzelnes Zahnrad.

Jamie neben mir atmete immer schneller und ein Blick auf ihn sagte alles. Seine Finger krallte er in den Gurt seiner Tasche, die Augen waren so weit aufgerissen, dass es sicher wehtat und sein Atem stieß wolkenartige Panik in die Abendluft.

»Was, wenn eingebrochen wurde?«, japste er kaum hörbar. »Wir müssen die Polizei rufen!«

Ich legte ihm die Hand auf den Arm, um ihn zu beruhigen. Aus der Haut zu fahren brachte uns nicht weiter und noch länger hier zu stehen und der Nacht beim Hereinbrechen zuzusehen sicher auch nicht.

Miss Brandon-Welderson machte sich sicher bereits Sorgen über meinen Verbleib. Aber ganz sicher würde ich den verängstigten Jamie Lennox nicht allein den Schatten überlassen.

Ich gab mir einen Ruck.

»Solange wir nichts mit Sicherheit wissen, wäre das nicht ratsam. Und das werden wir nur erfahren, wenn wir nachsehen«, flüsterte ich Jamie aufmunternd zu, schenkte ihm ein verschmitztes Lächeln, um die Panik zu vertreiben und trat auf die Tür zu.

»Liz«, zischte er meinen Namen, um mich aufzuhalten und ich vermutete stark, dass er die Koseform nur benutzte, weil ihm mein

Da hat sie leider absolut recht.

Nachname auf die Schnelle nicht einfiel. »Was, wenn sie noch da sind?« Er hatte Angst. Also durfte ich keine zeigen.

»Ich bin in dunklen Gassen aufgewachsen, Jamie Lennox. Da musste ich schon so einigen frechen Burschen Mores lehren«, sagte ich voller Überzeugung, streckte den Rücken durch, sodass ich noch größer aussah, als ich sowieso schon war und betrat die Werkstatt.

Mutig ist sie in den Schatten verschwunden. Mein Herz schlug mir bis zum Hals und ich war wie erstarrt. Meine Güte, diese Frau ist so forsch, dass es sie eines Tages den Kopf kosten wird.

Meine Augen gewöhnten sich schnell genug an die Dunkelheit, um nicht über die Sachen zu fallen, die vor mir auf dem Boden lagen. Mit trippelnden Schritten umrundete ich sie und lauschte auf Geräusche aus dem Inneren. Doch es war nichts zu hören. Ich verharrte ein paar Augenblicke, um ganz sicherzugehen und befand dann, dass sich außer mir niemand mehr hier aufhielt.

»Keiner hier«, rief ich zur Tür, in deren Rahmen sich Jamies verkrampfte Gestalt gegen das trübe Licht der Gasse abhob. Er zögerte, las erst das Zahnrad vom Boden auf und schlich dann zu mir herüber. Auf einem großen Tisch in der Mitte des Zimmers entzündete er mit geschickten Fingern eine Gaslaterne und der Raum wurde von orangefarbenem Licht erhellt.

Ich blinzelte in die plötzliche Helligkeit und bekam einen solchen Schreck, dass ich mit der Hüfte gegen die massive Tischplatte stieß.

»O Jamie!* Jemand hat den gesamten Raum durchwühlt!«, keuchte ich und wusste gar nicht, wo ich zuerst hinsehen sollte.

Die Werkstatt sah aus, als hätte sie jemand gepackt und auf den Kopf gedreht. Überall lagen Maschinenteile herum, waren auf dem Boden verstreut, hingen achtlos aus den Regalen. Auf den Tischen sah es aus, als wäre der Inhalt sämtlicher Schubladen darauf verteilt worden.

Irgendjemand hatte hier etwas gesucht.

»Nein«, nuschelte Jamie und ich konnte quasi dabei zusehen, wie ihm die Röte in die Wangen kroch. »Das sah schon vorher so aus.«

»Oh«, war mein einziger Kommentar und ich drehte mich mit Erstaunen einmal um die eigene Achse. Ich hatte nie die Werk-

* Auch ich benutzte seinen Vornamen mehr im Affekt, als aus einer Absicht heraus. Doch extreme Situationen schweißen zusammen.

Ich bin nun mal Mechaniker und kein klassischer Uhrmacher. So sieht es dann eben aus, wenn man großartige neue Erfindungen erdenkt und umsetzt.

statt eines Uhrmachers betreten, doch meine Vorstellung war definitiv eine andere gewesen. Kleiner, heimeliger, mit vielen Uhren und … aufgeräumter.

»Es wurde also nicht eingebrochen?«, fragte ich und genau in diesem Moment entdeckte Jamie den Koffer, der mit der Öffnung nach unten auf dem Boden lag.

»Doch«, stöhnte er, auch wenn ich glaubte, dass er tatsächlich für einen kleinen Moment gehofft hatte, es wäre nichts entwendet worden.

So hatte er den Koffer jedoch sicher nicht zurückgelassen. Das Innenfutter war herausgeschnitten, der Deckel mit roher Gewalt vom Rest abgerissen. Die Kleider lagen auf dem Boden verteilt, auf links gedreht, die Taschen aufgeschnitten. Die Krempe des Huts lag in Fetzen da und das Rasierzeug zerbrochen daneben.

Ich konnte sehen, wie sich Jamie die Haare im Nacken aufstellten und mir wurde selbst kalt bei dem Anblick.

»Die Zigaretten fehlen«, flüsterte er und drehte sich zu seinem Schreibtisch. »Und der Behälter. O nein! Sie waren hinter den Blaupausen her«, stieß er keuchend hervor und stürzte an mir vorbei in den Nebenraum. Gern wäre ich behilflich gewesen, doch ich wusste absolut nicht wie.

»Was denn für Blaupausen?« Ich folgte ihm wie ein hungriges Hündchen.

»Man hat mir die Pläne einer gewaltigen Erfindung überlassen. Wenn die Blaupausen weg sind, dann …«

Jamie stockte, als wüsste er nicht, was dann war. Würde er Ärger bekommen? Und wenn ja, von wem?

Er riss einen Schrank auf und hob den Deckel eines riesenhaften Suppentopfs ab. Ein Bündel zusammengerollter Seiten lag darin.

Erleichtert atmete Jamie auf und hielt sich mit einer Hand an der Schranktür fest, um nicht ins Taumeln zu geraten.

»Das ist ein wirklich gutes Versteck«, lobte ich ihn, als er eine Rolle Papier aus dem Topf zog und sie ins andere Zimmer brachte.

Nein. Ich dachte nur, es würde mir verwehrt bleiben, einem überragenden Geheimnis auf den Grund zu gehen.

»Das war gar kein Versteck. Ich habe mir Kaffee gemacht und sie da abgelegt. Und dann … habe ich sie da vergessen«, erklärte er abgehackt und zählte die Seiten durch, anstatt weiterzusprechen. Ein Lächeln huschte über seine Lippen, als er sie sinken ließ. Das Ergebnis schien ihn zu beruhigen.

»Wie kommt man dazu, beim Kaffeemachen eine Rolle mit Blaupausen in einen Topf abzulegen?« Ich starrte ihn an und fragte mich ganz intensiv, ob mit dem Burschen wirklich alles in Ordnung war. Schließlich hatte er die Pläne nicht einfach nur ablegt, er hatte den Topf auch wieder mit dem Deckel geschlossen.

Doch es gab zu viele Leute, die mich als *exzentrisch* beschrieben hätten, als dass ich mich über solche Eigenheiten beschweren durfte.

»So was passiert einfach«, tat Jamie es ab, zog sich den Gurt seiner Werkzeugtasche über den Kopf und kramte hektisch darin, bis er ein zerfleddertes Notizbuch herauszog.

Als hätte ihn alle Kraft verlassen, sackte Jamie erschöpft auf seinen Stuhl. Die Blaupausen in der einen Hand, das Notizbuch in der anderen, vor ihm auf dem Boden der zerstörte Koffer.

Er war viele Hundert Meter durch die Glaskuppel der Bibliothek in die Tiefe gestürzt und hatte es weitgehend unbeschadet überstanden. Welche Ironie, dass er nun doch ein schnelles Ende gefunden hatte, indem ihn jemand mutwillig in seine Einzelteile zerlegte.

»Noch alles da?«, fragte ich zögerlich.

»Nein. Der Behälter ist weg. Er gehört zur Erfindung. Er ist … Ohne ihn …« Jamie schloss die Augen, schaffte es nicht, seine übereinanderstürzenden Gefühle in Worte zu fassen. »Ich denke, ich wäre jetzt so weit, die Polizei zu informieren«, sagte er und ich tätschelte ihm die Schulter.

»Ich denke, das ist eine erstklassige Idee«, stimmte ich zu.

Es tat mir leid für den armen Jamie, dass er sich so einem Stress aussetzen musste, für den sein Gemüt ganz offensichtlich nicht gemacht war.

Dafür bin ich wirklich nicht gemacht. Mir ist immer noch schleierhaft, wie du mich zu allen nachfolgenden Ereignissen überreden konntest.

Ich durchsuchte meine Manteltaschen nach ein paar Münzen. Es war anzunehmen, dass sich die Jungs in dieser Gegend ebenfalls bis in die Nacht draußen herumtrieben. Selbst wenn es so kalt war wie heute.

Ein Bursche war schnell gefunden, der sich mit einem Viertelpenny dazu überreden ließ, einen Officer der Polizei zu Jamies Werkstatt zu bringen. Er hatte das Grinsen eines Feilschers, als er mir noch eine zweite Münze abschwatzte, was durch die fehlenden Vorderzähne, wie so typisch für dieses Alter, noch verstärkt wurde.

Jamie saß immer noch zusammengesackt an seinem Tisch, als ich zurück in die Werkstatt huschte und mir den Schnee vom Hut klopfte.

»Polizei ist schon unterwegs«, sagte ich so beschwingt wie möglich, um die gedrückte Stimmung aufzulockern und Jamie rang sich ein Lächeln ab, das nicht lange hielt.

»Sie können auch nach Hause fahren. Ich fürchte, meine Hände zittern heute zu sehr, als dass ich mir Ihr Medaillon noch vornehmen könnte.« Er klang genauso elend, wie er aussah.

Auch wenn nicht viel entwendet worden war, weiß ich jetzt, dass Jamie der Gedanke drückte, dass jemand in seinen sicheren Raum eingedrungen war. Seine Werkstatt, seinem kleinen Reich, in dem er sonst tun und lassen konnte, was er wollte, ohne dass es jemanden scherte.

»Ich könnte auch bleiben, damit ich Sie hier nicht allein lassen muss«, hielt ich dagegen und zog mir den Schal vom Hals.

»Aber Miss Hemmilton ❀ *«, begann er der Höflichkeit wegen, stockte aber, als wollte er mich nur ungern vertreiben. Nach so einem Abend war niemandem wohl dabei, allein zu bleiben.

Doch ich hätte mich sowieso nicht davon abbringen lassen, egal was er gesagt hätte. Das wusste er zu diesem Zeitpunkt nur noch nicht.

»Hach, Jamie«, seufzte ich theatralisch und entdeckte einen Hocker, der hinter einigen mannshohen Metallrädern an der Wand stand. »Ich fürchte, das mit der Förmlichkeit zwischen uns hat sich bereits erledigt.« Umständlich zerrte ich die Sitzgelegen-

❀ Können wir bitte kurz würdigen, wie schnell ich mir deinen Namen gemerkt habe.

Das liegt daran, dass meine Persönlichkeit sehr schnell einen bleibenden Eindruck hinterlässt.

Ich bin mir nicht sicher, ob du dich dessen wirklich rühmen solltest.

heit hervor und berührte dabei möglichst nichts, was umfallen und mich begraben könnte. »Aber ein Kaffee wäre sicher angebracht«, fügte ich hinzu und Jamie nickte.

Dann blinzelte er und nickte wieder. »Ja, Kaffee ist eine gute Idee.« Er hievte sich auf die Füße und trat in den Nebenraum.

Ein paar Minuten später klopfte es laut an der Tür.

Jamie tauchte wieder auf, drückte mir eine Tasse in die Hand, aus der heißer, bitter duftender Dampf aufstieg und eilte an die Tür.

Draußen schneite es dichter als noch vor ein paar Minuten und ich fragte mich jetzt schon, wie ich heute noch zurück in die Park Street gelangen sollte.

In der Gasse stand ein Constable der Polizei, ein Mann mit geröteter Nase und dem kläglichen Versuch von Bartwuchs im Gesicht, der auch direkt seinen Vorgesetzten mitgebracht hatte. Der Sergeant schüttelte sich erst einmal wie ein Hund, als Jamie ihn in den warmen Raum bat.

Zu meiner Überraschung handelte es sich bei dem Sergeanten um niemand anderen als James Gerald Walker. Dieser Mann hatte Arden und mir schon das ein oder andere Mal die Haut gerettet, genau wie wir ihm. Man könnte ihn wohl am ehesten als einen *alten Freund* beschreiben, doch eigentlich waren wir nie befreundet gewesen. Es hatten sich lediglich in unserer frühen Jugend unsere Lieblingsaufenthaltsorte großflächig überschnitten und wir waren uns dadurch häufiger über den Weg gelaufen als erwünscht.

Wer hätte gedacht, dass er mal zur Polizei gehen würde. Soweit ich mich erinnerte, hatte ich ihn das letzte Mal sturzbetrunken in der Straße vor den Baumwollfabriken gesehen, wo er laut getönt hatte, eine reiche Dame heiraten zu wollen, um für sein Leben ausgesorgt zu haben. Das war jedoch Jahre her.

»Ein Einbruch, sagen Sie?«, stellte er seine Fragen an Jamie und sah sich im Raum um. Sein Blick fiel dabei zwangsläufig auf mich und ich hob die Hand, um ihm kurz süffisant zuzuwinken.

»Potzblitz, Elisa Hemmilton«, rief er und sowohl Jamie als auch der Constable sahen sofort zu mir. Jamie irritiert, der Constable musterte mich eingehend.

»Was machst du denn wieder hier im East End? Ich dachte, du wärst jetzt 'ne piekfeine Lady geworden«, flapste er genau wie damals und warf sich in die Brust. Die Uniform stand ihm und doch hatte er immer noch den gleichen öligen Gesichtsausdruck, der von Schmiergeldern und zwielichtigen Geschäften erzählte. Genau wie damals.

»Und ich dachte, du würdest irgendwann ein Gentleman werden, James Gerald Walker. Aber wie ich sehe, haben wir uns beide geirrt«, säuselte ich gespielt und erhob mich so elegant wie nur irgend möglich, um die Spitze in meinen Worten zu untermalen.

Jamie war zu erschrocken, um etwas zu sagen. Der Constable jedoch begann zu prusten und bekam dafür Walkers Ellenbogen in die Seite.

»Dann erzählen Sie uns mal, was vorgefallen ist, Mr Lennox«, wandte sich Walker an ihn und Jamie krampfte nervös die Finger ineinander. Er warf mir einen Blick zu und sah dann zu Walker auf.

»Liz und ich … Ich meine, Miss Hemmilton und ich kamen vor etwa einer halben Stunde mit der Untergrundbahn hier an und fanden die Tür unverschlossen und offen stehend vor«, erzählte er zögerlich und ich reichte ihm die Kaffeetasse, die er mir vorhin gegeben hatte, damit es etwas gab, an dem er sich festklammern konnte. Er schien es kaum zu bemerken und nahm lediglich einen kräftigen Schluck des bitteren Getränks.

Ich begab mich ins Nebenzimmer, der Schmiede, um zu erkunden, ob er mehr als diese Tasse aufgesetzt hatte.

Hatte er.

Leider verpasste ich auf der Suche nach Tassen einen Teil des Gesprächs.

»Ich habe abgeschlossen, als ich ging. Das weiß ich ganz sicher! Das Schloss ist jedoch nicht aufgebrochen. Es sind aber Kratzer an den Stiften zu sehen. Ich kann sie Ihnen gern zeigen. Es war also kein Schlüssel«, hörte ich Jamie aufgeregt erzählen, als ich zurückkam, drei Tassen Kaffee in den Händen balancierend.

Der Constable nahm mir dankbar die erste ab und eine zweite hielt ich Walker hin, der den armen Jamie gerade mit seinem Blick durchbohrte.

»Sei nett zu ihm«, raunte ich ihm zu und legte so viel Nachdruck in meine Stimme, wie es möglich war, wenn man flüsterte.

»Wo, sagten Sie, haben Sie den Koffer her?«, fragte dieser direkt eine Spur freundlicher und ich nippte an meinem Kaffee, ohne Walker aus den Augen zu lassen.

»Den hat mir das Polizeirevier von Holborn geschickt.« Jamie kniff sich mit Daumen und Zeigefinger in die Nasenwurzel. Seine Augen wirkten müde, die hochgezogenen Schultern übernervös.

»Und der gestohlene Gegenstand war von großem Wert?« Walker trank einen Schluck Kaffee und gab dem Constable einen Wink. Der stellte eilig seine Tasse ab und zückte einen Notizblock.

»Ja. Es ist ein Behälter. Aus Metall. Zylindrisch, glänzend und brandneu und etwa dreizehneinhalb Zoll hoch.« Jamie zeigte mit den Händen die Größe an. »Ich schätze das Gewicht auf etwas weniger als zwei Pfund.«

»Was ist drin?«, fragte der Constable, der sich fleißig Notizen machte und Jamie strich sich nervös die Haare aus dem Gesicht.

»Ich weiß es nicht. Aber ich schätze, dass der- oder diejenigen, die den Behälter an sich genommen haben, genau wussten, was sie gestohlen haben.«

Das beunruhigte Jamie am meisten, erzählte er mir später. Denn er vermutete stark, dass sie für die Blaupausen oder das Notizbuch wiederkommen würden.

Und damit hatte er, zu seinem und auch meinem Leidwesen, verdammt recht.

Ich war an jenem Nachmittag tatsächlich davon ausgegangen, dass dies ein großartiger Tag wäre. Welch ein Fehler. Zu diesem Zeitpunkt wollte ich die Befragung nur noch schnell hinter mich bringen, um schnellstmöglich ins Bett fallen zu können.

Samstag, 13. Dezember 1890

8

DIE MACHT DER GROSSEN HÜTE

Ich saß auf der gepolsterten Bank im Erkerfenster, eine kleine handliche Ausgabe von Lord Glenwoods *Benimmregeln für junge Damen* aufgeschlagen vor meiner Nase, ohne auch nur ein einziges Wort zu lesen. Jedes Mal, wenn Sissi wie aufgescheucht das Zimmer betrat, um hier ein Kissen aufzuschütteln und dort neue Kerzen in den Ständern zu verteilen, blätterte ich eine Seite um. Das war eine sehr effektive Methode der Vortäuschung, da Sissi heute besonders ruhelos durchs Haus geisterte.

Clifferton saß in einem Sessel auf der anderen Seite des Zimmers. Er machte ein paar Listen für das Personal fertig. Anweisungen für den heutigen Tag und die Soirée, die am Abend stattfinden sollte. Und natürlich saß er *zufälligerweise* genau so, dass er mich im Auge behalten konnte.

Sissi kam mit einem Staubwedel herein und ich blätterte eine Seite weiter.

Draußen schneite es unermüdlich und würde so schnell auch nicht aufhören. Doch es war nicht so kalt wie noch vor zwei Tagen und die weiße Pracht hatte Mühe, sich auf dem nassen Boden zu halten.

Clifferton räusperte sich und ich richtete meine Augen wieder auf die Buchseite vor mir.

Wenn nicht bald etwas passierte, würde ich vor Langeweile sterben. Nicht einmal für die Universität konnte ich noch etwas erledigen, da das Semester offiziell beendet war und wir über die Winterpause keine Aufgaben bekamen, da man dem schwachen Geist eines armen Frauenzimmers ja nicht so viel aufbürden konnte wie dem eines Mannes. Vorsicht, Sarkasmus!

Clifferton verließ mit Sissi das Zimmer und ich senkte das Buch, nur um es gleich darauf wieder vor mein Gesicht zu halten, da meine werte Gönnerin, Miss Brandon-Welderson, hereinkam.

Bei bester Laune tänzelte sie ins Zimmer, anscheinend auf der Suche nach ihrem Butler. Sie trug ihr Haar zu einem stattlichen Turm auf dem Kopf und jede Faser ihres meeresblauen Kleides schimmerte wie die Feder eines Pfaus.

Wenn das jemand tragen kann, dann sie. Denn auch wenn ich ihr Alter auf Anfang dreißig schätze, hat sie den Luxus, als reiche Frau niemals eine alte Jungfer genannt zu werden. Sie muss nicht heiraten, sie muss sich nicht von einem Mann herumkommandieren lassen und sie muss schon gar nicht die gedeckten Farben der gesetzten Gesellschaft tragen.

Sie ist so frei, wie eine Frau sein kann und dafür bewundere ich sie. Vielleicht ist ihr Charakter nicht der feinfühligste und sicher eckt sie mit ihrer forschen Art oft an. Sie versucht, gehört zu werden und sich in einer Männerwelt zu behaupten. Das macht sie zu einem Vorbild im Kampf um Respekt.

Ich werde nie sein wie sie, dafür sind wir uns in zu vielen Punkten uneinig. Ihr Weg ist die Bildung. Meiner wird in naher Zukunft die Politik sein.

Doch sollte ich es schaffen, einmal für das Recht der Frau zu kämpfen, wie sie es tut, werde ich mich dessen rühmen können.

Miss Brandon-Weldersons vorfreudiger Ausdruck verschleierte sich, als sie mich in dem Erker entdeckte und ein strenger Zug huschte über ihre Lippen, der sich jedoch weniger kalt in ihren Augen zeigte.

Sie war wütend auf mich und aus ihrer Sicht wahrscheinlich sogar berechtigt.

Zuerst dachte ich, der Grund dafür wäre meine viel zu späte Ankunft vor zwei Tagen. Nachdem die Polizei alle Fakten notiert und Jamie und mir versprochen hatte, sich um die Sache zu kümmern, nahm ich mir eine Droschke zurück in die Park Street.

Miss Brandon-Welderson war erbost gewesen. Doch nach einer gepfefferten Strafpredigt, in der ihre Augen gerötet und ihr Haar ganz zerzaust gewesen war, erfuhr ich, dass ihr Zorn einen ganz anderen Ursprung hatte.

Als ich gerade auf dem Weg ins East End gewesen war, hatte ein Bote das stattliche Haus im West End erreicht und Miss Brandon-Welderson eine Schachtel überbracht, in der sich zwei Dinge befanden: Eine Notiz von Mr Reed, in der er zum Ausdruck brachte, wie wenig er von meinem Auftreten in seiner Bibliothek hielt. Und ein Paar rostrote Ziegenlederhandschuhe, die ich wohl bei unserem Streit im Eifer des Gefechts nach ihm geworfen hatte.

Welch ein abgrundtief niederträchtiger Schachzug von ihm, die Handschuhe meiner Gönnerin zu schicken! *

Nur wegen ihm saß ich jetzt hier mit einem Buch über gutes Benehmen in der Hand und wurde mit bösen Blicken gestraft.

Ich würde ja sagen, ich war selbst schuld, da ich mich wie eine Furie aufgeführt hatte. Doch erstens verdiente Mr Reed meinen Zorn und zweitens fiel Miss Brandon-Weldersons Ärger nur so heftig aus, da sie heimlich in den Bibliothekar verliebt war.

Jetzt kann ich das ja offen sagen, wo sich die Dinge in eine so unerwartet gute Richtung entwickelt haben. Aber dazu später mehr.

Ich gab weiterhin vor, brav zu lesen, während Miss Brandon-Welderson mich mit beleidigtem Schweigen strafte.

Wenigstens versuchte sie mich auch nicht mehr dazu zu überreden, mit ihr auf den Weihnachtsball der Winterglowes zu gehen, der in einer Woche stattfand.

Auch wenn ich für gewöhnlich jede gesellschaftliche Verpflichtung wahrnahm, war mir diese spezielle zuwider. Der Weihnachtsball vor einem Jahr war eine absolute Katastrophe gewesen. Und dieses Jahr hielt man mich auch noch dazu an, in Begleitung zu erscheinen. Wen hätte ich da schon mitnehmen wollen?

* *Ich kann mich immer noch nicht entscheiden, ob diese Handlung nun von unmenschlicher Boshaftigkeit oder morbider Brillanz zeugt. Und ob ich diesen Mann hassen oder für diese Verschlagenheit bewundern soll. Es ist kompliziert.*

Die Atmosphäre wurde jedoch zunehmend drückender und ich war kurz davor, etwas zu sagen, da stürmte Sissi ins Zimmer zurück und bewahrte mich vor dem Unsinn, den ich ganz sicher von mir gegeben hätte.

»Verzeihen Sie die Störung, Misses«, sagte sie atemlos und knickste vor uns. »An der Tür ist ein Officer von der Polizei. Er wünscht Miss Hemmilton zu sprechen«, fuhr sie fort, die Stimme etwas dünn vor Aufregung und sah zwischen mir und Miss Brandon-Welderson hin und her.

Die Worte erreichten meinen Kopf und eine alte Angst quetschte sich aus den Tiefen meines Bewusstseins an die Oberfläche. Ich schob sie beiseite, versuchte mir nicht vorzustellen, wie Miss Brandon-Welderson über mich denken würde, sollte ich jemals verhaftet werden. Und meine politische Karriere würde ich dann auch an den Nagel hängen können.

Die Tür zum Nebenzimmer wurde aufgerissen. »Was hat sie angestellt?«, knurrte Clifferton wie ein struppiger Hund und stolzierte ins Zimmer, als würde er gleich verkünden, dass er schon immer gewusst habe, dass es sich bei dem Gossenmädchen Elisa um eine Verbrecherin handelte.

Dieser Mann ist eine Plage!

Ich wollte schon empört den Mund öffnen, da kam mir Miss Brandon-Welderson zuvor. »Das ist eine böswillige Anschuldigung, mein Lieber«, fuhr sie ihm über den Mund und das ›mein Lieber‹ klang nicht, als meinte sie es freundlich.

Das besänftigte mich etwas und gab mir die Kraft, mich der Wirklichkeit zu stellen, um herauszufinden, was ein Mann von der Polizei von mir wollen könnte. Möglicherweise ging es ja nicht um mich, sondern um den Einbruch bei Jamie Lennox.

Ich legte das verhasste Büchlein zur Seite, erhob mich von der gepolsterten Bank und strich mein einfaches Nachmittagskleid zurecht.

»Wo ist er?«, fragte ich Sissi und sie wies ins Eingangsfoyer. Bei dem Wetter ließ man einen Beamten der Metropolitan Police nicht vor der Tür warten.

Also atmete ich tief durch, ignorierte Cliffertons lauernden Blick und ging zur Tür.

Im Foyer erwartete mich Sergeant James Gerald Walker. Er drehte sich mir zu, die Hände hinter dem Rücken verschränkt und wir starrten uns einen Moment lang an.

Ich aus Überraschung, gerade ihn so schnell wiederzusehen. Er, weil es ihm immer noch schwerfiel zu glauben, dass ich tatsächlich in einem Haus wie diesem wohnen konnte.

Was ich ihm nicht verübeln kann. Ich kann es ja selbst kaum glauben.

»Schönen Tag, Sergeant Walker«, grüßte ich ihn förmlich, da ich wusste, dass Clifferton und Miss Brandon-Welderson sicher hinter der Tür standen und lauschten.

Es ging also wirklich um den Einbruch. Hatte er noch Fragen an mich?

Walker kam ein paar schnelle Schritte auf mich zu. »Elisa. Ich bin hier wegen Ihres Freundes«, sprach er mit gesenkter Stimme, als wäre er sich der Ohren hinter der Tür genauso bewusst wie ich.

»Meinem Freund?«, fragte ich, irritiert durch die Geheimniskrämerei.

»Mr Lennox«, half er mir auf die Sprünge und mich beschlich ein ganz ungutes Gefühl. Nicht weil er Jamie und mich für befreundet hielt, sondern weil er nicht den ganzen Weg hierher auf sich genommen hätte, wäre nicht etwas Schlimmes passiert.

»Geht es ihm gut? Sind die Einbrecher zurückgekommen?«, rief ich lauter als beabsichtigt und spürte, wie sich ein harter Knoten Furcht unter meinem Brustbein bildete.

»Nein und nein.« Walker wirkte nervös und trat von einem Bein aufs andere. »Ich bin dem Einbruch nachgegangen und hatte vor, eine Anfrage an die Polizeistelle in Holborn zu schicken, um in Erfahrung zu bringen, ob die noch mehr Informationen über den gestohlenen Gegenstand aus diesem Überseekoffer haben.« Er sprach schnell und ich musste mich ganz auf ihn konzentrieren, um nichts zu verpassen.

So ernst hatte ich Walker noch nie erlebt. Der Angstknoten zog sich fester zusammen.

»Doch der Beamte, mit dem ich sprach, teilte mir mit, dass sie heute Morgen bemerkt haben, dass genau dieser Koffer aus ihrer Asservatenkammer entwendet wurde. Sie haben Jamie Lennox vor einer Stunde wegen Diebstahls verhaftet.«

Ich riss erschrocken die Augen auf. »Sie haben ihn verhaftet?«, stieß ich hervor und mir wurde schwindelig.

Jamie und ich kannten uns kaum und doch hatte ich den jungen Mann vom ersten Augenblick an ins Herz geschlossen.

So geht es mir meist mit Menschen. Ich weiß immer sofort, mit wem ich mich anfreunden werde und mit wem nicht. Damals bei Animant ging es mir genauso. Sie musste nur einen schnippischen Satz von sich geben und ich war ihr verfallen.

Glaubt ihr an Freundschaft auf den ersten Blick?

»Er war's nicht. Ausgeschlossen. Er hat diesen Koffer nicht geklaut«, sagte ich sofort mit der Inbrunst meiner Überzeugung und Walker nickte eilig.

»Sehe ich auch so«, stimmte er mir zu.

Schon seltsam. Wir wussten es natürlich beide nicht mit Sicherheit und doch brauchte man Jamie Lennox nur ansehen und wusste genau, dass er niemals losziehen und die Polizei bestehlen würde.

»Wir müssen ihn da rausholen«, rief ich und in mir regte sich neben einem leichten Anflug von Panik auch meine Entschlossenheit.

»Ich weiß nicht wie. Und ich bin auch nur hier, weil ich dachte, du würdest es wissen wollen.« Walker schob die Hände in die Manteltaschen seiner Uniform.

»Danke. Das weiß ich zu schätzen«, sagte ich ehrlich und atmete einmal tief durch. Ich schob meine wuchernden Emotionen beiseite und ging alle Möglichkeiten durch, die ich hatte.

Früher wären das nicht viele gewesen. Doch heute besaß ich einen entscheidenden Vorteil: Meine Garderobe war erlesen!

»Miss Brandon-Welderson!« Ich konnte noch nicht einmal nach der Klinke greifen, da wurde die Tür schon aufgerissen.

»Was ist vorgefallen?«, wollte sie sofort wissen und ihr Gesicht zeigte hektische Flecken, wie immer, wenn sie sich zu sehr verausgabte. Vergessen war ihr Ärger über mich und sie streckte mir die Hände entgegen.

»Ein Freund wurde zu Unrecht von der Polizei in Gewahrsam genommen«, gab ich ihr die Kurzfassung und umgriff ihre schmalen Finger. »Sie müssten mir einen Gefallen tun.«

»Und welchen? Hast du denn schon einen Plan?«

»Ja, den habe ich. Und ich schwöre, rechtzeitig zur Soirée heute Abend zurück zu sein, wenn Sie mir den Hut leihen, den Ihre Cousine aus Paris mitgebracht hat.« Dabei handelte es sich um ein gigantisches Exemplar aus gefilzter Wolle, steingrauen Federn und einer Samtrüsche so gewaltig wie der Eiffelturm selbst.

Auf Miss Brandon-Weldersons Lippen stahl sich ein verschwörerisches Lächeln. »Oh, du schlaues Ding«, flötete sie, nahm meine Hand fester und zog mich mit sich in den ersten Stock. »Clifferton! Wir brauchend die große Kutsche in zehn Minuten zur Abfahrt bereit!«, rief sie lauthals, ohne auch nur auf meinen Einwurf mit der Soirée einzugehen und ich wusste in diesem Moment einmal wieder, dass ich die beste Gönnerin auf der ganzen Welt hatte.

Keine Viertelstunde später war ich von oben bis unten in nachtblauen Samt gehüllt, trug die Haare hochgesteckt und geliehenen Schmuck aus schwerem Gold und funkelnden weißen Steinen.

»Denk an alles, was ich dir beigebracht habe. Kopf hoch, immer in die Augen sehen und niemals zurückschrecken. Es sind nur Männer, keine Götter«, rief Miss Brandon-Welderson mir noch einmal in Erinnerung und ich nickte, so gut es mir mit dem Monster von einem Hut auf dem Kopf möglich war.

Noch während ich die Stufen hinunter ins Eingangsfoyer eilte, streifte ich mir die dazu passenden Handschuhe über und blieb nicht stehen, als mein Blick den von James Gerald Walker kreuzte.

Ich hatte erwartet, dass er bereits gegangen war, doch er schien sich für meinen Plan zu interessieren. Oder ihm war zu kalt, als dass er den langen Weg ins East End so schnell wieder auf sich nehmen wollte.

Walker klappte bei meinem Anblick jedenfalls die Kinnlade herunter und er verbeugte sich übereifrig vor mir, als wäre ich die Königin höchstpersönlich.

»Was so ein Hut alles kann«, sagte ich süffisant zu ihm, ließ mir von Sissi in den Mantel helfen, nahm den Regenschirm an mich, den Miss Brandon-Welderson mir nachreichte und war aus dem Haus, noch bevor er das Wort an mich richten konnte.

Auf der Straße fuhr gerade die Kutsche vor. Will saß auf dem Bock und hatte sich auf die Schnelle die Jacke einer feinen Robe übergeworfen. Sofort hängte er die Zügel ein, sprang auf die Straße hinunter und öffnete mir mit einer viel zu vornehmen Geste die weiß lackierte Tür der Kutsche.

Da ich Walkers Blick im Rücken spürte, ließ ich mir nicht anmerken, wie ungewöhnlich dieser Abgang für mich war und schlüpfte ins Innere der Kutsche wie auch in die Rolle, die ich gleich zu spielen hatte.

Will zwinkerte mir amüsiert zu, ich zwinkerte zurück und er schloss hinter mir die Tür.

9

BLAUES WUNDER

Das Polizeirevier in Holborn war trotz des Wetters ein belebter Ort. Officers kamen aus dem Gebäude und verschwanden wieder darin und ich sah ihnen einen Moment aus dem sicheren Raum meiner Kutsche dabei zu.

Ich atmete tief ein und wieder aus, versuchte mir nicht zu viele Worte zurechtzulegen, sondern mich auf meine Schlagfertigkeit zu verlassen, wie schon immer. Ich regelte die Dinge immer besser, wenn ich sie zuvor nicht zerdacht hatte.

Also klopfte ich gegen das Kutschdach und wartete, bis Will mir die Tür öffnete. Er machte ein übertrieben ernstes Gesicht und neigte unterwürfig den Kopf, als er mir die Hand zum Aussteigen reichte.

Auch er spielte eine Rolle, die so untypisch für ihn war und doch half es mir dabei, mich endlich in die meine einzufinden.

Kopf hoch und keine Kompromisse eingehen, sagte ich mir, öffnete den Schirm gegen den anhaltenden Schneeregen und ergriff die schwielige Hand des Kutschers. Zielsicher stieg ich die schmalen Stufen hinunter auf die nasse Straße und ging, ohne zu zögern, weiter, immer einen Schritt vor den anderen, so energisch, dass meine Absätze laut auf dem Pflaster klackten.

Menschen blieben stehen, drehten sich nach mir um, verrenkten sich die Hälse, um zu sehen, wer da schnurstracks aufs Polizeirevier zustolzierte. Ich beging nicht den Fehler, ihnen Beachtung zu schenken, sondern konzentrierte meinen entschlossenen Blick auf die Tür vor mir.

Die Federn auf dem Hut wippten im Takt meiner Schritte und noch bevor ich die zwei ausladenden Stufen vor dem Gebäude erreicht hatte, eilten bereits zwei Officers hektisch zur Tür, um sie mir zu öffnen.

Auch diese beiden sah ich nicht an, sondern schritt in die Eingangshalle, klappte meinen Schirm mit Schwung zu und ignorierte den jungen Mann, der zu meiner Rechten an einem Tresen saß. Er brauchte zu lange, um dahinter hervorzukommen und so war ich schon an ihm vorbei. Ich ging weiter, als wüsste ich ganz genau, wohin ich musste und hörte die hektischen Bewegungen des Mannes hinter mir.

»Wo ist er?«, herrschte ich laut, als er mich eingeholt hatte. »Welch eine Frechheit! Wie können Sie es wagen, ihn zu verhaften, ohne vorher bei mir vorzusprechen.« Ganz abrupt blieb ich stehen und wandte mich dem jungen Kerl zu, der gerade die Schultern straffte und schwer schluckte. Ich hatte ihn da, wo ich ihn wollte: in der Defensive.

»Miss, ich …«, begann er kläglich, doch ich ließ ihn nicht aussprechen.

»Seien Sie nur froh, dass meine Leute mich informiert haben, sonst könnten Sie jetzt Ihr blaues Wunder erleben!«, rief ich empört und stieß dem irritierten Beamten einen samtbehandschuhten Finger in die Brust. Er war einen Kopf kleiner als ich, was meine Position nur noch mehr stärkte.

»Ich will mit Ihrem Vorgesetzten sprechen«, verlangte ich so vernehmbar, dass der gesamte Gang es zu hören bekam und sah auch schon einen Mann mittleren Alters, mit gezwirbeltem Schnauzer und einer steilen Sorgenfalte auf der Stirn, auf mich zukommen.

Mein Auftritt, das Kleid und sicher auch meine Körpergröße verfehlten ihre Wirkung nicht und er verbeugte sich tief vor mir, als würde allein der Hut bezeugen, dass ich dem Hochadel angehörte.

Ich fixierte ihn mit den Augen und vollführte wie nebensächlich einen Wink mit der Hand, damit er sich wieder aufrichtete.

Eigentlich hätte ich erwartet, dass mir die Maskerade, die ich hier vollführte, albern vorkommen würde, doch es zeigte sich, dass ich sehr viel Spaß an der Rolle fand.

»Chief Inspector Layer, Mylady. Wie kann ich behilflich sein?«, erkundigte er sich mit fester, unerschütterter Stimme und ich schürzte die Lippen. Er war eine härtere Nuss und würde sich nicht so leicht einschüchtern lassen. Also änderte ich meine Taktik spontan etwas ab.

»Endlich jemand, der mir weiterhelfen kann«, sagte ich mit sehr viel weicherer Stimme und fügte eine Prise Verzweiflung hinzu.

Du hättest Schauspielerin werden sollen. Deine Auftritte sind beängstigend akkurat.

Ich stellte mich ihm nicht vor. Wenn ich so hochwohlgeboren wäre, wie ich vorgab zu sein, hätte er meinen Namen wissen müssen. Und wenn er auf meine Maskerade hereinfiel, würde er sich niemals die Blöße geben, danach zu fragen.

»Man sagte mir, Jamie Lennox wäre hier auf dem Revier.«

»Das ist korrekt. Er wird eines Verbrechens beschuldigt«, teilte mir Chief Inspector Layer geduldig mit und wies mir den Weg in eins der Zimmer. Ein kleines Büro, praktisch eingerichtet, mit einer Fotografie der Queen an der Wand.

Ich trat an ihm vorbei in den Raum.

»Eines Verbrechens?«, fragte ich übertrieben, damit auch vollkommen offensichtlich war, für wie unwahrscheinlich ich diesen Fall hielt. »Was wird ihm vorgeworfen? Hat er einer Fliege etwas zuleide getan?«

»Diebstahl, Mylady«, antwortete er mir ernst und bot mir einen Stuhl an. Einen Moment wartete er auf eine Reaktion meinerseits, doch da ich nur die Augenbrauen nach oben zog und mich ansonsten nicht von der Stelle bewegte, schloss er die Tür und führte weiter aus. »Ein Koffer, der Beweisstück in einem offenen Fall ist, wurde aus diesem Revier entwendet. Wir haben die Aussage eines Sergeanten, der gehört hat, wie Mr Lennox sich für den Koffer interessierte und heute wurde er in seiner Werkstatt gefunden«, sagte er, als wäre da das Verbrechen selbstverständlich herauszusehen, doch ich wusste zum Glück, dass an seiner Geschichte mindestens die Hälfte fehlte.

Er bastelte sich die Puzzlestücke so zusammen, dass ein völlig verzerrtes Bild entstand. Ich musste also intervenieren und die Teile neu setzen.

»Diesen fürchterlichen Koffer soll er gestohlen haben?«, schimpfte ich sofort los und stieß den Regenschirm geräuschvoll gegen den Boden. Mir wurde langsam heiß von meinem Auftritt und das Atmen fiel mir schwerer, da die Luft hier drin abgestanden war und nach Zigaretten roch.

»Sie sind falsch informiert, Chief Inspector«, behauptete ich frech und sah ihm direkt in die stahlgrauen Augen. »Dieser Überseekoffer tauchte vor zwei Tagen einfach vor der Tür des werten Mr Lennox auf.«

Ich erinnerte mich genau an Jamies Worte, als er Walker davon erzählte. Wie überrascht er gewesen war und dass er darüber beinahe vergessen hatte zur Bibliothek zu gehen, um nach der Suchmaschine zu sehen.

»Er wurde ihm von *Ihrem* Revier geschickt und hat uns nichts als Ärger gebracht. Wieso hätte er dieses vermaledeite Ding stehlen sollen? Wenn er etwas gebraucht hätte, wäre er zu mir gekommen.« Ich holte tief Luft, denn nun begann der nächste Akt meiner Aufführung. »Nur deswegen wurde sogar bei Mr Lennox eingebrochen. Ich kam wegen eines Auftrags bei ihm vorbei und mir blieb beinahe das Herz stehen!« Theatralisch griff ich mir an die Brust, als würde ich von der Erinnerung überfallen werden.

Meine Güte, diese Rolle als reiche Lady war mir wie auf den Leib geschneidert. Ich hatte in meiner Zeit bei Miss Brandon-Welderson eine Menge gelernt und auch mit Animant befreundet zu sein war da nicht nachteilig.

Schade, dass ich das bei Soiréen niemals so hinbekam.

»Die gesamte Werkstatt wurde auf den Kopf gestellt. Gehen Sie gern hin und sehen Sie sich das Chaos an. Was mich die Instandsetzung alles kosten wird!«, empörte ich mich und holte zum finalen Schlag meiner Rede aus. »Seien Sie froh, wenn mein Anwalt nicht eine Teilschuld bei Ihnen findet und ich die Rechnung für all das an Sie schicke.«

Der Chief Inspector räusperte sich. Ihm fehlten wohl die Worte. Unauffällig wischte er sich, in einer Geste des Unwohlseins, die Hände an der Hose ab.

Wir standen uns gegenüber in seinem winzigen Büro, in dem der Schreibtisch den meisten Platz beanspruchte und die Luft schien noch dicker zu sein als bei meinem Eintreten.

»Ich würde ihn gerne sehen«, sagte ich und gab dem Mann vor mir die Möglichkeit, etwas zu tun und sich dadurch wieder zu fassen. Ich hatte ihm gerade sicher gehörig Angst eingejagt.

Wäre ich wirklich reich und einflussreich, hätte es mir ein Leichtes sein können, einem Mann wie ihm das Leben zur Hölle zu machen.

»Selbstverständlich.« Seine Stimme klang immer noch genauso nüchtern wie zuvor und ich bewunderte seine stählernen Nerven. Mir wäre an seiner Stelle sicher die Muffe gegangen.

Er öffnete die Tür wieder und ließ mir den Vortritt. Das war ich nicht gewohnt, aber es fühlte sich fantastisch an.

Kein Wunder, dass die Reichen ihren Reichtum so zur Schau stellen.

Die Flure waren karg, aber voller Menschen. Jeder Officer in diesem Gebäude schien einen Blick auf mich erhaschen zu wollen und ich betete inständig, dass ich keinen von ihnen von früher kannte.

»Sergeant Warren?«, sprach der Chief Inspector einen Mann an, der aussah, als hätte man ihn gepackt und lang gezogen. »Wo haben Sie Mr Lennox untergebracht?«

»Im kleinen Verhörraum, Sir«, gab er Auskunft und setzte sich in Bewegung, als hätten wir ihn gebeten, uns zu begleiten. »Constable Miller bewacht ihn. Die Lady muss sich keine Sorgen machen. Ich habe Mr Lennox höchstpersönlich in Gewahrsam genommen«, tönte er, als müsste ich ihm dafür einen Orden verleihen und mir wurde ganz kalt in der Brust.

Der Chief Inspector zog den Kopf ein, als meine Emotionen aus mir herausbrachen. Es war wie vor zwei Tagen, als ich ohne jegliche Vorwarnung begonnen hatte, Mr Reed zu beschimpfen. Als würde die Erde erzittern und einen Abgrund in mir aufreißen, der Wut spuckte.

Ich musste nicht einmal etwas sagen, der Sergeant sah mir an, wie ich dachte und erstarrte geradezu.

»Ich habe lediglich Sorgen, da Mr Lennox nun im Verzug mit meinen Aufträgen ist«, sagte ich so leise, dass die Kälte in meiner Stimme klirrte. »Jamie Lennox ist ein respektabler Mann. Fragen Sie bei Mr Reed, dem Bibliothekar der *Royal University Library*, nach ihm. Oder sprechen Sie gern bei mir in der Park Street vor.« Ich betonte den Namen der Straße, als wäre es der Buckingham Palace und der Sergeant hielt meinem stechenden Blick nicht stand.

Er blieb zurück und der Chief Inspector führte mich wortlos eine Treppe hinunter in den ungemütlichen Teil des Reviers, den sonst niemand freiwillig betrat. Es war dunkel und zugig hier unten und die Fenster zeigten sich lediglich als schmale, vergitterte Schlitze kurz unter der Decke.

Vor der dritten Tür stand ein junger Officer mit blondem Schnauzer und blickte uns erwartungsvoll entgegen.

Ich fragte mich, ob es zum Standard gehörte, dass jemand die Tür bewachte, denn Jamie wirkte nicht gerade gefährlich genug, um bewacht werden zu müssen.

»Öffnen Sie uns die Tür, Constable«, bat Chief Inspector Layer. Wahrscheinlich hätte man es auch als Befehl auslegen können, doch das war nicht die Art des Chief Inspectors, wenn keine Notwendigkeit bestand.

Der Constable musterte mich, als versuchte er herauszufinden, ob ich Freund oder Feind war und tat dann, wie ihm geheißen.

Der Raum dahinter war schaurig. Boden und Wände waren weiß gekachelt und in der Mitte prangte ein schwarzes Abflussgitter wie der Schlund des Todes.

Wie in einem Schlachthaus, schoss es mir durch den Kopf und ich erzitterte.

Es war schummrig, als würde sich selbst das Licht davon fernhalten wollen. Jamie saß auf einem einzelnen Holzstuhl an der Wand. Sein Haar war offen und fiel ihm zerzaust ins Gesicht, als er den Blick hob. In der Hand hielt er eine Tasse, aus der es warm dampfte.

Er sah so kläglich aus, dass ich meine Rolle vergaß, das teure Kleid und selbst den gigantischen Hut und sofort auf ihn zustürmte.

»Jamie«, rief ich seinen Namen und ging vor ihm in die Hocke, um ihn besser betrachten zu können. »Geht es Ihnen gut? Sind Sie unverletzt?«

Sein Gesicht zeigte keine Verletzungen oder blauen Flecke. Er war also zumindest nicht offensichtlich geschlagen worden.

»Liz?«, fragte er verunsichert, als könnte er nicht glauben, dass ich hier vor ihm hockte. »Was tun Sie hier?«

»Ihre Unschuld bezeugen, mein Lieber«, antwortete ich ihm, zog mir einen Handschuh aus und berührte seine Hände, die er um die Tasse geschlungen hatte. Trotz des heißen Getränks, das stark nach Kräutern roch, waren sie eiskalt. »Ich tue, was ich kann, um Sie hier rauszuholen«, beteuerte ich ihm leise und blickte in seine messingfarbenen Augen, die bei diesen Lichtverhältnissen dunkel und stumpf wirkten.

Einen Moment glaubte ich, Jamie würde gleich in Tränen ausbrechen, doch er fing sich schnell genug und brachte ein gequältes Lächeln zustande. »Danke«, flüsterte er atemlos und ich schluckte schwer den Kloß in meinem Hals hinunter, um nicht selbst zu weinen.

»Haben Sie dem Verdächtigen einen Tee gemacht?«, erkundigte sich der Chief Inspector gerade bei dem Constable, als ich mich wieder aufrichtete. Kurz verweilte ich abgewandt, um mich zu fassen, doch es fiel mir schwer, in mein Schauspiel zurückzufinden.

»Ja, Sir. Es ist sehr kalt hier unten.«

Ich drehte mich zu den beiden Officers um und trat auf sie zu.

Chief Inspector Layer hatte die Stirn in tiefe Falten gezogen. »Sie glauben also auch, dass er es nicht war?«, wollte er wissen und der Constable schmunzelte leicht.

»Ich kenne ihn nur flüchtig, Sir. Aber ja, ich glaube nicht, dass er dazu fähig ist, ein Verbrechen zu begehen.«

Ich ging noch einen Schritt näher an die Herren heran, nutzte den Moment und legte dem Chief Inspector federleicht die Hand auf den Arm. »Jamie Lennox hat diesen Koffer nicht gestohlen. Ist es nicht besser, keine Zeit mit ihm zu verschwenden und nach dem wahren Dieb zu suchen?«

Layer blickte mich an und ich blickte zurück. Obwohl meine Verkleidung mich immer noch einhüllte, war die Rolle der herrischen reichen Lady von mir abgefallen.

Er nickte und fuhr sich mit der kräftigen Hand über die Halbglatze.

»Gut. Die Lady hat Jamie Lennox' Behauptungen bestätigt. Es steht also Aussage gegen Vermutung.« Er gab dem Constable einen Wink. »Holen Sie mir den Papierkram. Wir lassen ihn gehen«, sagte er die Worte, für die ich hergekommen war und ich musste mich sehr bemühen, nicht vor Erleichterung aufzulachen.

»Ich danke Ihnen, Sir«, beteuerte ich, knickste majestätisch und dankte im Stillen meiner Gönnerin dafür, dass sie mich so lange höfliche Gesten hatte üben lassen, bis sie aussahen, als wären sie mir selbstverständlich.

10

WIE MAN EIN VERHÖR FÜHRT

Jamie wurde freigelassen. Unter der Bedingung, in der Stadt zu bleiben und für Rückfragen zur Verfügung zu stehen.

Da er sowieso nicht vorgehabt hatte, in der nächsten Zeit irgendwohin zu reisen, machte er sich darüber keine Gedanken.

Welche Frage uns jedoch alle beschäftigte, war: Wenn die Metropolitan Police den Koffer nicht an Jamie geschickt hatte, wer war es dann gewesen?

»Ich denke, wir können ausschließen, dass es die Gleichen waren, die bei Ihnen eingebrochen sind. Wir haben hier also zwei Parteien«, grübelte ich und stützte mein Kinn in die Hand.

Mein Kopf tat weh wegen des Ungetüms von einem Hut. Kaum hatten wir das kleine Lokal in der Nähe erreicht, hatte ich die Nadeln aus meiner Frisur gezogen und ihn neben mir auf einem Stuhl abgelegt. Wie ein exzentrisches Haustier hockte er nun da und sah dabei zu, wie ich mir einen Gin & Tonic bestellte und einen Teller mit deftigem Eintopf und Ingwerbier für Jamie.

Es war gerade einmal früher Nachmittag und Will würde mich nachher mit der Kutsche hier wieder abholen, sodass ich gar nicht zu spät zur Soirée in der Park Street erscheinen konnte. Selbst wenn mir die Vorstellung, so einen Abend ohne meine Freundin Animant durchzustehen, nicht gerade behagte, würde ich mich sehr ins Zeug legen müssen. Denn nachdem Miss Brandon-Welderson mir heute einen solchen Gefallen erwiesen hatte, musste ich diese Freundlichkeit durch gutes Benehmen wieder wettmachen.

»Aber was hat das mit mir zu tun?«, wollte Jamie wissen und wischte sich den Mund mit einer Serviette ab.

Er sah schon wieder viel besser aus. Sein Gesicht war nicht mehr so blass, er hatte aufgehört zu zittern und sich sogar die Mühe gemacht, sein Haar zu einem Zopf im Nacken zu binden, damit man ihn neben mir nicht für ein Stadtstreicher hielt.

»Sie wollten den Koffer doch haben, oder nicht? Vielleicht war jemand nett zu Ihnen«, meinte ich wenig ernst und trank einen kräftigen Schluck von meinem Gin & Tonic.

Sicher bot ich einen abenteuerlichen Anblick mit dem Gin in dem viel zu schicken Kleid und hätte mir besser etwas Edles wie einen Sherry bestellen sollen. Doch das brachte ich jetzt nicht mehr über mich. Meine Rolle hatte ihren Zweck erfüllt und ich sehnte mich nach legeren Kleidern und dreckigen Schuhen.

»Ich bin ein naiver Mensch, Liz. Aber so naiv nun auch wieder nicht«, sagte Jamie zynisch und nahm ein großzügiges Stück Fleisch auf den Löffel.

Ich zuckte mit den Schultern und widmete mich meinem Getränk. Heimlich gab ich dem Mädchen an der Theke einen Wink, damit sie mir noch einen zweiten brachte.

»Apropos nette Menschen«, knüpfte Jamie an meine Aussage an, legte den Löffel zur Seite und sah mir direkt ins Gesicht. »Danke, Elisa Hemmilton.«

Ich lächelte über den Rand meines Glases hinweg. »Gern geschehen, Jamie Lennox.« In meinem Bauch wurde es ganz warm und das lag nicht nur am Alkohol. Hach, ich bin für mein Leben gern die Heldin des Moments.

»Woher wussten Sie, dass ich dort war?«, fragte er und senkte den Blick auf seine Finger. Er tat, als würde er eine Falte im Tischtuch glätten, doch in Wirklichkeit sah er eine Person hinter mir das Lokal betreten, die mir zu diesem Zeitpunkt noch entging.

»Sergeant James Gerald Walker hat es mir gesagt. Er dachte, dass ich, als eine Freundin von Ihnen, das sicher wissen wollen würde«, erklärte ich und Jamies Aufmerksamkeit richtete sich sofort wieder auf mich.

»Wir sind befreundet?« Sein verblüffter Gesichtsausdruck brachte mich zum Lachen.

»Jetzt auf jeden Fall«, bestätigte ich. »Ich habe für Sie diesen scheußlichen Hut aufgesetzt. Sie schulden mir mindestens eine Freundschaft.« Ich zeigte auf das französische Ungetüm und zog eine angewiderte Grimasse.

Jamie lächelte vorsichtig, als müsste er sich erst versichern, dass er das in den paar Stunden in Gewahrsam nicht verlernt hatte. »Sind solche Hüte nicht Ihr Metier?«, erkundigte er sich und ich schüttelte schockiert den Kopf.

»Nein, gar nicht. Ich wurde in Limehouse geboren, Jamie«, klärte ich ihn endlich auf und es fühlte sich an wie eine Befreiung. Nur so würde ich vor ihm wahrhaft ich selbst sein können und da wir nun offiziell befreundet waren, war es höchste Zeit. »Mein Vater arbeitet in einer Seilerei, meine Mutter in einer Baumwollfabrik. Meine Brüder und Cousins sind größtenteils Hafenarbeiter«, plauderte ich, kippte meinen Gin & Tonic und das aufmerksame Mädchen von der Theke tauschte ohne viel Aufsehen direkt das leere Glas gegen ein gefülltes. »Bis auf meinen Bruder Oliver. Der braut Bier in seinem Waschzuber und verkauft es an die Nachbarschaft.« Wenn er denn noch lebte. Von ihm hatte ich ewig nichts gehört. Ich würde Edith nach ihm fragen müssen.

Jamie blinzelte, musterte das nachtblaue Kleid und die Handschuhe, die neben meinem Glas auf dem Tisch lagen und blinzelte wieder. »Aber … das Kleid …«, kam es nun endlich aus seinem Mund und ich stützte meine Ellenbogen auf die Tischplatte, um mich näher zu ihm zu beugen.

»Geliehen von meiner Gönnerin«, wisperte ich wie ein Geheimnis und zwinkerte ihm verschwörerisch zu, was ihn nur noch mehr verwirrte. »Nur dank ihr darf ich mir das alles leisten. Sie ermöglicht mir das Studium der Politikwissenschaften.«

Jamie war zu überfordert, um dazu etwas zu sagen und ich beschloss, das Thema zu wechseln, damit das Getriebe in seinem Kopf nicht zu rauchen begann.

»Steht mir aber, oder?«, stellte ich ihm eine Frage, die er beantworten konnte und warf mich in Pose, als würde jemand ein Porträt von mir malen.

Das brachte ihn wenigstens zum Lachen. »Vorzüglich«, kicherte er und ich zeigte auf seinen Eintopf, damit er nicht vergaß aufzuessen.

Ich trank meinen zweiten Gin & Tonic und bekam einen dritten, ohne danach gefragt zu haben. Versonnen drehte ich das Glas zwischen den Fingern und ließ den Tag noch einmal Revue passieren. James Gerald Walker kam mir in den Sinn und seine edelmütige Tat, mir von Jamies Verhaftung zu berichten. Das passte nicht zu ihm. Entweder hatte sich sein Charakter in den vergangenen Jahren zum Positiven gewandelt oder Arden hatte all die Jahre recht gehabt mit seiner Behauptung, Walker wäre in mich verliebt.

»Wissen Sie, was mich immer noch beschäftigt?«, sagte ich zu Jamie, der einen Punkt hinter mir fixiert hielt. »Walker – der Sergeant, der wegen des Einbruchs bei Ihnen war«, fügte ich eine Erklärung hinzu, weil Jamie sich sonst an den Namen sicher nicht erinnert hätte. »Er sagte vorhin zu mir, die Met von Holborn habe erst heute Morgen bemerkt, dass der Koffer aus ihrem Bestand verschwunden ist. Nach zwei Tagen! Nicht sehr professionell, wenn sie erst nach zwei Tagen merken, dass sie beklaut wurden«, sinnierte ich und merkte zu spät, dass Jamie mir gar nicht zuhörte. Er sah zu dem Mann auf, der zu uns getreten war, sich einen Stuhl vom Nachbartisch schnappte und die Dreistigkeit besaß, sich, ohne zu fragen, zu uns zu setzen.

Er grinste uns unverhohlen an. Ich mochte ihn auf Anhieb.

»Das liegt daran, dass sie neue Spuren in dem Fall haben«, sagte er, nahm den Helm von seinem Kopf und platzierte ihn neben meinem Hut. Es war der Constable, der vor Jamies Verhörraum Wache gehalten hatte.

Sofort ging mein Blick zu dem Mechaniker. Der Aufenthalt in der Polizeiwache hatte ihm schon genug zugesetzt, da wollte ich auf keinen Fall riskieren, dass sein friedfertiges Gemüt durch die Anwesenheit eines Polizeibeamten sofort wieder ins Wanken geriet.

Da er jedoch nicht wieder bleich wie Kreide wurde, sondern das Lächeln noch erwiderte, nahm ich an, dass ich nicht eingreifen und den Constable wegschicken musste.

»Welchem Fall?«, fragte ich ihn, als wäre es selbstverständlich, dass fremde Polizisten sich in meine Gespräche einmischten und unterzog ihn einer gründlichen Musterung. Wie war sein Name gewesen? Miller?

Er war ein stattlicher Kerl mit breiten Schultern, blondem, kräftigen Haar und einem modischen Schnauzer. Die Art von Mann, die weiß, dass sie gut aussieht und es schamlos gegen junge Dinger einsetzt. Da muss ich widersprechen.

Die Art von Mann, die mich schon immer vollkommen kaltgelassen hat. Es macht keinen Spaß zu flirten, wenn dein Gegenüber nicht schockiert darüber ist.

»Der Koffer fiel vor vier Wochen durch das Kuppeldach der *Royal University Library*«, klärte er mich auf und ich verschluckte mich vor Überraschung beinahe an meinem Getränk.

»Dieser Koffer? Wirklich?«, rief ich, als mein Gehirn die Verbindung begriff. »Animant hat mir davon erzählt! Viele Bücher haben ein schreckliches Ende gefunden«, erinnerte ich mich und dachte leidvoll an all die Bücher, die Animant hatte nachbestellen müssen, um die durchweichten zu ersetzen. Dieser Koffer war nicht nur Teil mehrerer Verbrechen, er war selbst auch ein Täter. Ein Büchermörder sozusagen.

Der Constable unterdrückte sichtlich ein Grinsen. Er fand meine Bestürzung wegen der zerstörten Bücher belustigend. Aber das würde ich ihm bald austreiben.

»Wir haben zwei Wochen versucht, den Besitzer ausfindig zu machen. Danach wurde die Akte zu den ungelösten Fällen gelegt.« Er lehnte sich auf seinem Stuhl zurück, was mir zeigte, dass er vorhatte, länger zu bleiben und ich gab dem Mädchen am Tresen ein Zeichen, uns noch ein Ingwerbier zu bringen.

»Was hat sich geändert?«, fragte Jamie gespannt, der auf der Kante seines Stuhls hin und her rutschte, ohne es selbst zu merken.

Constable Evan Miller ist ein ehrenhafter Mann, der nie mit den Gefühlen anderer leichtfertig umgehen würde. Er hat mir in der kalten Verhörzelle sogar einen Tee gebracht.

»Der Besitzer ist aufgetaucht«, sagte Miller die Worte, die Jamie sich ersehnt hatte.

»Wirklich? Wer ist es?«, platzte es aus ihm heraus und er warf in seiner Aufregung beinahe sein Bier um.

Ich hatte es ganz richtig eingeschätzt, dass er die Gegenwart des Constables begrüßte. Nicht nur, weil dieser immer freundlich zu Jamie gewesen war, sondern natürlich auch, da er ein persönliches Interesse an der Aufklärung dieses Falls hatte. Er war erpicht darauf, zu erfahren, wer die Pläne entworfen und gezeichnet hatte. Selbst wenn es bedeutete, sie wieder zurückgeben zu müssen. Ein Gespräch mit dem Erfinder würde ihn für all die Umstände und Aufregungen der letzten Tage entschädigen.

»David Brighton. Ingenieur.« Miller sprach den Namen ganz deutlich aus und Jamie horchte auf.

»D. B.«, stieß er hervor und eine Welle von Zufriedenheit schwappte mit dem sättigenden Eintopf durch seinen Bauch.

»Sie haben also vollkommen recht gehabt, Mr Lennox. Kommt Ihnen der Name bekannt vor?« Der Ton in seiner Stimme wirkte eine Spur zu ernst, die Schultern zu angespannt für ein einfaches Gespräch.

Ich hob misstrauisch die Augenbrauen. »Ist das ein Verhör?«, wollte ich wissen und der Constable tat so, als hätte ich ihn nicht ertappt. Er richtete sich trotzdem wieder auf seinem Stuhl auf und bedachte mich mit einem strengen Blick, der mich nicht im Geringsten beeindruckte.

»Natürlich«, gab er zu und entlockte mir mit seiner Ehrlichkeit ein Schmunzeln.

»Sehr schlau von Ihnen«, sagte ich. »Jamie ist sicher gesprächiger, wenn er nicht vor Angst zittert.«

»Das dachte ich mir auch.«

»Ich habe nicht gezittert«, behauptete Jamie und der Constable und ich waren uns mit nur einem Blick einig, dass wir das nicht weiter kommentieren würden.

Ihr zwei und eure Machtkämpfe. Wieso muss das sein?

Lass mir doch den Spaß. Die Welt ist auch so schon ernst genug.

Ich habe nicht gezittert! Ich war vollkommen heldenhaft und habe auf das Beste gehofft.

Das Mädchen vom Tresen brachte das Bier für den Constable und dieser bedankte sich irritiert, ehe er sich wieder an Jamie wandte, um die Antwort auf seine Verhörfrage zu bekommen.

»David Brighton«, murmelte Jamie den Namen, griff nach dem Löffel und schob sich noch die letzten Reste des Eintopfs in den Mund, um sich Zeit zum Grübeln zu verschaffen. »Ich denke nicht, dass mir der Name schon untergekommen ist. Aber ich bin auch nicht gut mit Namen. Ich überlege gern noch etwas, wenn es Ihnen hilft.«

Man konnte ihm ansehen, wie seine Gedanken auf Wanderschaft gingen und er einen Moment verharrte, ehe er wieder zur uns zurückkehrte.

»Ich werde Mr Brighton den Inhalt des Koffers selbstverständlich zurückgeben. Der Koffer selbst ist leider vor zwei Tagen zu Bruch gegangen.«

Der Constable winkte ab. »Nicht nötig, Mr Lennox«, sagte er zu beiläufig. An seinem Pokerface würde er noch arbeiten müssen.

»Er ist tot«, schlussfolgerte ich treffsicher. Jamie riss entsetzt die Augen auf und der Constable kniff die Lippen ganz kurz zu einem festen Strich zusammen, was mir Bestätigung genug war.

Es war aber auch die einzige Möglichkeit gewesen. Wieso sonst hätte jemand seine wertvollen Konstruktionspläne nicht wiederhaben wollen?

»Erzählen Sie schon, Constable«, forderte ich ihn scheinheilig auf und schob das Glas mit dem Bier näher zu ihm, um das Gemeinschaftsgefühl zu stärken.

Jamie saß da wie erstarrt. Der Tod und er verstanden sich nicht besonders gut.

»Man hat David Brighton heute Morgen tot am Ufer der Themse gefunden. Die milderen Temperaturen der letzten Tage haben die Eisschicht zurückgehen lassen.« Er nahm das Bier zur Hand, setzte an und spülte sich die Worte mit einem kräftigen Schluck von der Zunge.

Ihn schien die Erinnerung an den Anblick der Leiche nicht zu gefallen, meine Fantasie erblühte jedoch wie eine blutige Rose.

»Eine Eisleiche. Oh, wie morbide!«, platzte ich heraus, als hätte man mir ein teures Geschenk gemacht und drückte vor Spannung die Handflächen auf den Tisch. »Wie hat man ihn identifiziert? Wie lange ist er schon tot? Wie ist er umgekommen? Ich möchte alles wissen!«

Ich liebe Kriminalfälle.

Einmal, im Sommer 1884, fand ich eine Bekannte aus der Nachbarschaft, erhängt an ihrem eigenen verfilzten Zopf.

Was ein Spektakel!

Ich war damals davon überzeugt, dass es sich um Mord handelte, selbst wenn mir keiner glaubte. Ich hatte natürlich keinerlei Beweise oder andere Anhaltspunkte für diese These gehabt. Lediglich meine verdorbene Vorstellung von guter Unterhaltung hatte mich dazu bewegt, dies zu behaupten.

»Liz!«, fuhr Jamie auf, der sich anscheinend nichts davon auch nur im Entferntesten vorstellen wollte und schüttelte sich vor Abscheu. Er erzählte mir später, dass er auch schon den ein oder anderen Toten zu Gesicht bekommen hatte, was sich in den Straßen von London ja quasi nicht vermeiden lässt.

Der Constable haderte sichtlich und ich setzte mein bestes flehentlichstes Schmollen auf. Hast du auch ein zweitbestes?

»Sie sind doch sicher in alles eingeweiht, Constable Miller. * Jemand so Famoses wie Sie wird sich jeden Fakt dieses Falls eingeprägt haben«, säuselte ich und strich mit meinem Handrücken, wie aus Versehen, am Arm des Constable entlang.

Er erstarrte und brauchte einen Moment, um sich wieder zu fassen. »Das ist also Ihre Taktik? Mir schmeicheln, damit ich Ihnen etwas verrate?«, fragte er ganz offen und aus meinem Schmollmund wurde ein unverschämtes Grinsen.

»Funktioniert es denn?«, wollte ich wissen, nahm mein Glas zur Hand und trank den letzten Schluck aus, um einen Grund zu haben, woanders hinzusehen.

* An deinem Humor musst du noch arbeiten.

Jamie blickte mich böse an. Er schien gar nicht begeistert von meinen Methoden.

»Woher kennen Sie meinen Namen?« Im ersten Moment dachte ich, Misstrauen würde aus dem Constable sprechen. Doch als er sich nach vorn lehnte, um mich ganz genau in Augenschein zu nehmen, ging mir auf, dass es sich um Neugierde handelte. Denn der liebreizende Constable Evan Miller ist, genau wie ich, ein Geplagter seines eigenen Wissensdurstes.

»Wie ist David Brighton gestorben?«, hielt ich dagegen und er knirschte mit den Zähnen.

Ich hielt seinem stechenden Blick stand und es dauerte nicht einmal drei Sekunden, bis er mit der Antwort herausplatzte. * »Stumpfe Gewalteinwirkung auf den Hinterkopf. Wie man ihn identifiziert hat, weiß ich nicht. Ich war nicht am Fundort, nur im Leichenschauraum.«

Mein Puls schoss in die Höhe.

»Gewalteinwirkung?«, keuchte Jamie.

»Man hat ihn ermordet«, seufzte ich verzückt.

»Liz«, zischte er wieder und ich nahm mich sofort zusammen, denn es war so langsam wirklich zu viel des Guten.

Der Constable sagte nichts, doch sein verkniffener Gesichtsausdruck verriet mir auch so, dass er nicht bereit war, sich noch mehr Informationen entlocken zu lassen.

So hatte er sich sein Verhör mit Jamie sicher nicht vorgestellt.

Ein Mann schob sich in mein Blickfeld, sprach ein paar schnelle Worte mit dem Mädchen an der Theke und hob dann höflich die Hand in meine Richtung, um mich auf ihn aufmerksam zu machen. Will stand bereit, mich nach Mayfair zurückzufahren und er hätte sich keinen besseren Moment für sein Auftauchen aussuchen können.

Ich schenkte dem Constable ein wissendes Lächeln und hob meinen riesigen Hut vom Stuhl neben mir. »Ihr Name fiel auf dem Revier. Sergeant Warren erwähnte, dass Sie vor Jamie Lennox'

* Zu seiner Verteidigung: Ich kann wirklich ein stures Biest sein.

Zimmer Wache stehen würden. Im Gegensatz zu Jamie sind Namen mein Spezialgebiet«, bekannte ich großspurig und setzte mir den Hut der Dramaturgie willen mit Schwung auf den Kopf, sodass mir eine der Federn verwegen ins Gesicht fiel. »Und jetzt entschuldigen mich die Herren sicher. Ich werde auf einer Soirée erwartet.«

11

PUNSCH IST AUCH EINE LÖSUNG

Zum sicher dritten Mal prüfte ich meine Frisur im Spiegel, damit auch bloß kein Haar an der falschen Stelle saß. Sissi hatte mir mit den Locken geholfen, die sich nun adrett und gezügelt an meinen Hinterkopf schmiegten.

Obwohl ich das nachtblaue Samtkleid gegen ein cremefarbenes Abendkleid mit hohem Spitzenkragen getauscht hatte, fühlte ich mich immer noch verkleidet. Ich war so sauber, das Kleid perfekt geschnitten, was mich leider so dünn zeigte, wie ich nun mal war, selbst wenn Sissi sich Mühe gegeben und mir das Korsett an den Brüsten und der Hüfte ausgestopft hatte.

Ich fuhr mit den Händen den glatten Stoff an meiner Taille entlang und sah noch ein letztes Mal in den Spiegel über der Frisierkommode.

Eine junge Frau mit spitzer Nase und dünnen Lippen starrte mir aus eisblauen Augen entgegen, die ihren Blick scharf und kalt wirken ließen.

Augen aus Kristall, sagte meine Mutter immer.

Da hat der Teufel die Farbe gestohlen, behauptete mein Vater gern.

Damit kann man anderen bis in die Seele blicken, erklärte Arden den hübschen Mädchen, die ihn auf unsere hellen Augen ansprachen.

Das ist natürlich Unfug. Ich kann niemandem in die Seele sehen oder Gedanken lesen oder dergleichen. Aber zuweilen bringt es Vorteile, wenn mein Gegenüber sich dessen nicht so sicher ist.

Die Türklingel läutete im Erdgeschoss und ich ließ die Finger von meiner Frisur, bevor ich sie noch mit einer unbedachten Bewegung ruinierte.

Ich schlüpfte in die farblich passenden Satinschuhe, rannte so lautlos wie möglich bis zur Treppe und nahm dann eilig Haltung an, als ich Clifferton entdeckte, der in seinem edlen Frack die Haustür für die ersten Gäste öffnete.

So gesittet wie möglich schritt ich die Stufen hinunter ins Erdgeschoss und lächelte den beiden Herrschaften zu, die sich von Sissi und Simone die Mäntel abnehmen ließen.

Es handelte sich um das Ehepaar Harold Ross. Beide hatten bereits ein gestandenes Alter erreicht und waren gern die Ersten auf allerlei Veranstaltungen, damit sie ganz legitim auch als Erstes gehen konnten, wenn es ihnen zu voll wurde.

Clifferton bedachte mich mit einem kritischen Blick, als ich auf die beiden Gäste zuschritt, um sie zu begrüßen, ganz wie es sich für mich gehörte.

»Guten Abend, Mr Ross«, begrüßte ich den Herrn mit dem schütteren Haar, vollführte einen Knicks und wandte mich dann an die Dame.

»Mrs Ross …« Ich lächelte eisern auf der Suche nach einem Kompliment, das ich ihr machen könnte. Ihr Kleid hatte einen dunklen Pflaumeton, der mich an Blutergüsse erinnerte und sie sah so kränklich aus, als hätte man sie für die Aufbahrung in ihrem Sarg präpariert. »… wie vorzüglich blass Sie sind«, würgte ich hervor und wünschte mir sehnlichst Animant herbei. Sie war nie um eine verlogene Nettigkeit verlegen.

»Wie nett von dir, mein Liebes. Ich behandle meine Altersflecken mit Arsenscheiben«, erwiderte Mrs Ross stolz, als würde das Zeug sie nicht zusätzlich umbringen und ich nickte nur freundlich, ohne etwas dazu zu sagen.

Heute Mittag hatte ich auf dem Polizeirevier von Holborn eine wahre Bühnenshow abgezogen und auch sonst war ich die Schlagfertigkeit in Person, wenn ich nur ich selbst sein durfte.

Doch hier bei dieser abendlichen Soirée, in der Wirklichkeit anderer Leute, fiel es mir schwer, Ansprüchen gerecht zu werden, die ich nicht einmal begreifen konnte.

Doch für Miss Brandon-Welderson würde ich mich heute besonders bemühen.

Ich begrüßte auch noch die nächsten drei Neuankömmlinge, ehe es die Gastgeberin schaffte, ihre Vorbereitungen zu beenden – die größtenteils darin bestanden, sich eine nicht enden wollende Flut an Perlen in die Haare zu stecken – und zu uns herunterzuschweben.

Dankbar lächelte sie mich an und ich konnte meinen Posten im Foyer verlassen, um im großen Salon Konversation zu betreiben.

Es kostete mich viel Mühe, mich nicht auf der Stelle zu langweilen und ich sah mich nach jemandem um, mit dem sich ein Gespräch führen ließ, in dem ich nicht ständig gefragt wurde, wann ich denn vorhätte, mein Studium hinzuschmeißen und ihren Sohn/Neffen/Enkel/Bruder zu heiraten.

Was natürlich keinem ernst gemeinten Angebot entsprach. Niemand würde ein Mädchen wie mich, ohne nennenswerte Herkunft, in seine Familie einheiraten lassen wollen. Es handelte sich lediglich um hohle Worte eines vorgeheuchelten Gemeinschaftssinnes.

Aber ich hätte auch nicht zugesagt. Ich wäre ja schön blöd, die Freiheiten, die ich durch mein Studium gewinnen würde, für einen Mann wegzuwerfen.

Kaum hatte ich das gedacht, strafte mich mein eigenes Herz Lügen, als ein Herr neben mir das Zimmer betrat und sich meine Brust so plötzlich zusammenzog, dass mir schwindelig wurde.

Die aufrechte, beherrschte Haltung. Die kurzen dunkeln Haare, die sich im Nacken zu kleinen Löckchen kräuselten. Die feinen Leberflecken auf seinem Nacken, die beinahe vom Kragen verdeckt wurden.

Mir schlug das Herz bis zum Hals.

Doch nur ein Augenzwinkern, ein zweiter Blick und ich erkannte, dass ich mich geirrt hatte. Es war nur Edwin, der Sohn von Professor Montgommery und nicht der Mann, den ich in ihm gesehen hatte.

Edwin nickte mir freundlich zu und lächelte unverbindlich, als er merkte, dass ich ihn anstarrte. Ich zwang meine Mundwinkel aus Höflichkeit nach oben, fürchtete aber, dass es eher einer Grimasse glich.

In meinem Kopf drehte sich alles und ein brennendes Gefühl breitete sich wie Säure in meinem Inneren aus. Schnell drehte mich auf dem Absatz um, hastete aus dem großen Salon und lief beinahe in Mrs Higgins hinein.

»Entschuldigen Sie«, brachte ich atemlos hervor und schlängelte mich an ihr vorbei, um mich durch die versteckte Tür hinter dem Bücherregal auf den den Dienstbotenflur zu flüchten.

Im Dunkeln blieb ich stehen, den Rücken gegen die Wand gelehnt und versuchte zu Atem zu kommen.

Wie konnte es sein, dass ich mich immer noch so fühlte? Nach all den Monaten, die ich ihn nicht gesehen hatte, sollten mein Herz und mein Kopf ihn doch längst vergessen haben.

Ich gebe zu, dass es sein kann, dass ich mit meiner schneidigen Art die Leute nicht nur brüskiere, sondern auch dem ein oder anderen Mann den Verstand geraubt habe.

Es gab schon zweimal eine Prügelei wegen mir. Davis Caravan wird es auch nicht mehr so schnell wagen, mit mir auf Tuchfühlung gehen zu wollen, wenn ihm seine Kronjuwelen lieb sind und George Templeton, der Sohn eines Fischhändler aus Limehouse, hat bei meinem Vater sogar um meine Hand angehalten.

Ich kann also nicht behaupten, unbeliebt zu sein und doch hatte ich mein Herz nie leichtfertig verschenkt.

Bis auf ein Mal.

Und auch wenn Benjamin Green und ich seit sechs Monaten keine Berührungspunkte mehr in unseren Leben hatten, die dazu führten, dass wir uns zufällig über den Weg liefen, schien mein Herz dies offensichtlich immer noch zu ersehnen.

Wie von allein wanderten meine Fingerspitzen zu dem Medaillon, das unter dem üppigen Spitzenkragen auf meiner Brust ruhte. Ich fuhr die Form unter dem Stoff nach und das brennende Gefühl entflammte erneut.

Enttäuschung.

Darüber, dass es Edwin gewesen war und nicht er. Was sollte er auch hier?

Darüber, dass ich an der Beerdigung des alten Mr Beaufort nichts gesagt hatte, als er mir die Schatulle mit dem mechanischen Kleinod überließ.

Darüber, dass er nichts gesagt hatte, obwohl ihm bewusst gewesen sein musste, dass es unsere letzte Begegnung sein könnte.

»Vergangen ist vergangen«, flüsterte ich in die Dunkelheit des Flures und drängte die Emotionen zurück, damit sie mich nicht noch fester beißen konnten.

Schließlich war ich Elisa Hemmilton und mir stand Trübsal nicht.

Ein paar Meter weiter öffnete sich eine Tür und Claire streckte den Kopf hindurch.

»Elisa? Versteckst du dich hier etwa?«, fragte sie mich vorwurfsvoll und ich trat aus den Schatten zu ihr in den Lichtschein, der aus der Küche auf den Flur fiel.

»Nein. Ich brauch nur eben frische Luft«, behauptete ich und zeigte auf die Hintertür, die von der Küche in eine Seitengasse führte.

Claire beäugte mich misstrauisch. »Du hast auch nicht vor wegzulaufen?«, wollte sie wissen und ich schüttelte den Kopf.

»Ganz sicher nicht«, versprach ich, doch Claire ließ mich immer noch nicht passieren. Ihr Blick wurde weicher und sie musterte mich ganz genau.

»Alles in Ordnung?« Aus ihrer Stimme sprach Sorge.

»Warum sollte nicht alles in Ordnung sein?«, hielt ich dagegen, lächelte so verschmitzt, wie ich zustande brachte und hielt die Luft an.

»Du hast keinen dummen Scherz gemacht«, überführte sie mich sofort.

Ich stieß die Luft wieder aus meinen Lungen und das Lächeln verschwand mit ihr im Flur.

»Ich gehe nur ganz kurz raus. Dann lächle ich auch wieder für die Gäste«, versprach ich Claire, die nur den Kopf schüttelte und mir endlich den Weg freigab.

Ich huschte an silbernen Tabletts voller Pasteten und unzähligen Etageren, gefüllt mit winzigen Cremetörtchen, vorbei und griff nach dem kalten Metall des Türriegels.

»Die Gäste sind mir egal, Elisa«, sagte Claire zu mir, die eine Schranktür aufzog und ein großes Stricktuch hervorzauberte. »Hol dir keine Erkältung«, befahl sie und drückte es mir in die Hand.

Ich lächelte, diesmal echter und schlang mir die kratzige Wolle um die Schultern.

»Bis gleich«, flüsterte ich und trat über die Schwelle in die dunkle Seitengasse.

Draußen war schon längst die Sonne untergegangen und die Gaslaterne an der Straße warf ihren Schein nicht bis zu mir.

Der Wind zog zwischen den Häusern hindurch, riss an meinem Rock und knisterte durch die Spitze. Zwar schneite es gerade nicht, doch ich würde es trotzdem nicht lang draußen aushalten.

Ich atmete tief ein und wieder aus. Die Eiseskälte schmerzte in meiner Lunge, verdrängte aber auch vorzüglich die trüben Gedanken. Kurz blieb ich an der Tür stehen, dann ging ich ein paar Schritte auf und ab, immer darauf bedacht, dass meine Satinschuhe nicht durchnässten.

Es dauerte nicht lang, bis ich wieder bereit war, nach drinnen zu gehen und meine tauben Fingerspitzen am Kamin zu wärmen. Doch bevor ich die Hintertür öffnen konnte, zog lautes Lachen meine Aufmerksamkeit auf sich. Es klang tief und aufgewühlt wie die Themse bei Flut und ich versuchte die Männer am Ende der Gasse zu erkennen, die an der Straße entlangschritten.

Die Herren standen im Licht der Straßenlaterne, beide vornehm gekleidet, mit hohen Zylindern und eleganten Gehstöcken.

Ganz sicher waren sie auf dem Weg zu Miss Brandon-Weldersons Soirée.

Der Lachende klopfte dem anderen freundschaftlich auf die Schulter, der in die ausgelassene Stimmung mit einstimmte und etwas Beschwingtes sagte, was ich durch die Entfernung nicht verstand.

Den einen Mann erkannte ich an seiner gedrungenen Gestalt und dem rotblonden Bart, der im Licht der Laterne schimmerte wie Gold. Ich hatte ihn vor einem Monat auf der letzten abendlichen Zusammenkunft meiner Gönnerin kennengelernt. Sein Name war Sir Jonathan O'Neal, ein Lord mit irischen Wurzeln, der London letztens zu seiner neuen Wahlheimat erklärt hatte.

Der zweite Mann schien jünger zu sein und ich war nicht sicher, ob ich ihm zuvor bereits begegnet war. Dafür erfasste der Schein der Laterne ihn nicht genug.

Die beiden Herren verschwanden aus meinem Blickfeld und ich schnell wieder in die Küche, ehe ich hier draußen noch erfror.

»Wieder besser?«, fragte Claire, als ich ihr dankend das Tuch reichte.

Ich nickte, versuchte nicht wieder daran zu denken und stibitzte eins der Törtchen, was Claire nur unkommentiert geschehen ließ, weil sie sich gerade um mich sorgte.

Auch wenn ich mich der Gesellschaft im großen Salon immer noch nicht gewachsen fühlte, gab ich mir einen Ruck, verdrückte das Törtchen und betrat den Raum voller Leute.

Miss Violette Holdhurst hatte sich ans Pianoforte gesetzt und gab ihr Können zum Besten, während Mr Preston mit seinem weichen Bariton den Text des Liedes sang.

Da also alle Aufmerksamkeit auf den beiden lag und sich tuschelnd ausgetauscht wurde, wie sehr Mr Preston der jungen Dame wohl zugetan war und ob demnächst wohl eine Hochzeit ausgerichtet werden würde,* konnte ich mich ungesehen unters Volk mischen.

*Für diejenigen unter euch, die mehr an gesellschaftlichem Klatsch als an diesem Kriminalfall interessiert sind, sei erwähnt, dass aus dem musikalischen Duo kein Paar wurde. Bei Mr Preston gehen Finanzen über Gefühle und er entschied sich, dem großen Vermögen von Sir Rudolfs Tochter den Hof zu machen. Auf dass sie glücklich miteinander werden und die arme Miss Holdhurst über ihr gebrochenes Herz nicht an Schwermut erkrankt.

Ich stellte mich unauffällig zu Miss Brandon-Welderson und lauschte dem Musikstück, als hätte ich den Raum nie verlassen.

»Gesangsunterricht«, flüsterte meine Gönnerin mir zu, den Kopf in meine Richtung geneigt, ohne die Augen von Mr Preston zu nehmen.

»Wie bitte?«, wisperte ich zurück und ahnte Schlimmes.

»Das würde deine Ausbildung sicher bereichern. Menschen, die singen können, werden immer gern zu privaten Veranstaltungen eingeladen«, erklärte sie, was ich schon befürchtet hatte und schenkte mir einen schnellen Seitenblick.

»Ich kann nicht singen«, zischte ich und dachte an all die Male, in denen ich Seemannslieder in Pubs geschmettert hatte, sodass alle Anwesenden sich mit schmerzverzerrten Gesichtern die Ohren zuhalten mussten. Keine guten Erinnerungen.

»Wir kommen später darauf zurück«, sagte sie und es klang für mich wie eine Drohung.

Das Lied endete, alle klatschten verhalten und die ersten pilgerten weiter ins angrenzende Esszimmer, um sich am Büfett zu bedienen.

»Miss Brandon-Welderson. Ich gratuliere Ihnen zu diesem wirklich gelungenen Abend.« Auf der anderen Seite meiner Gönnerin tauchte Sir Jonathan O'Neal auf und ließ sich von ihr zur Begrüßung die Hand reichen.

»Der Abend hat doch gerade erst begonnen, mein werter Sir O'Neal. Da kann noch viel passieren«, erwiderte sie gelassen und Jonathan O'Neal lachte auf, als hätte sie einen guten Scherz gemacht. Was mich wiederum misstrauisch stimmte.

Miss Brandon-Welderson ist vieles, aber als witzig empfindet man sie für gewöhnlich selten.

»Auch einen wundervollen Abend an Sie, Miss Hemmilton«, begrüßte er mich ebenfalls und ich knickste, wie man es mir beigebracht hatte, in der Absicht, die Unterhaltung schnell zu verlassen.

Doch ich kam nicht weit. Nur eine halbe Drehung zur Seite und ich stieß gegen einen Herrn mit dunklem Anzug.

»Oh, hallo«, sagte er überrascht und trat einen höflichen Schritt nach hinten, um mir nicht zu dicht aufzurücken.

Ich erkannte seine Stimme wieder. Wie dunkles, brackiges Wasser. Es handelte sich um den Mann, der zusammen mit Jonathan O'Neal gekommen war.

Sein Haar war sorgfältig gestriegelt, hell, aber so farblos wie der Rauch der Fabriken. Nur eine einzige schmalzige Locke brach aus den Zwängen der Frisur aus, hatte sich in seine hohe Stirn gelegt und betonte die schalkhafte Verschlagenheit seiner Augen.

»Ich meine selbstverständlich ›guten Abend‹«, fügte er schnell hinzu, um der Etikette Genüge zu tun und ich lächelte gespielt.

»Guten Abend«, erwiderte ich knapp und versuchte mich an ihm vorbeizuschieben. Doch leider trat auch er genau in diesem Moment zur Seite, um mir den Weg freizugeben und wir prallten ein zweites Mal unangenehm aufeinander.

»Ach Scheiße«, fluchte er ganz ordinär, als er vor mir zurückwich, um den Anstand zu wahren und brachte mich dadurch zum Lachen. Zum Glück herrschte eine gewisse Lautstärke im großen Salon, sodass es außer uns niemand hörte. »Es tut mir wirklich sehr leid, Miss …«

»Hemmilton«, stellte ich mich ihm vor und beschloss, der peinlichen Situation ein Ende zu bereiten. Zumindest schien sie für ihn peinlich, mich belustigte sie eher. Was vielleicht auch der Grund für mein nächstes Handeln war.

Ich drehte mich ohne viel Aufhebens neben ihn, sodass der Saum meines Rockes elegant um meine langen Beine schwang und hakte mich forsch bei dem Herrn unter.

»Um weitere Unfälle zu vermeiden, schlage ich vor, Sie begleiten mich zum Büfett«, sagte ich beschwingt und er neigte mit einem schelmischen Lächeln den Kopf als Bestätigung.

»Sehr gerne, Miss Hemmilton«, erwiderte er und wir schlängelten uns langsam zwischen den umherstehenden Grüppchen vorbei und ins Esszimmer.

Der Herr an meiner Seite nahm zwei Gläser mit Punsch von einem Tablett und hielt mir eins davon hin. »Punsch, die Dame?«, fragte er und ich nahm ihm den schnörkeligen Kristallglaskelch ab.

Genau das, was ich brauchte an einem Abend wie diesem.

Der Punsch schmeckte würzig und so süß, dass man den Extraschuss nicht gleich herausschmeckte. Claire hatte es heute wirklich gut gemeint und ich hegte die leise Hoffnung, dass sie es mir zuliebe getan hatte.

»Welch ein wundervoller Abend. Sind Sie oft zu Gast in diesem Haus, Miss Hemmilton?«, fragte mich der Herr mit der Schmalzlocke, der sich mir immer noch nicht vorgestellt hatte. Doch ich war zu diesem Zeitpunkt mehr an Zerstreuung interessiert als an seinem Namen.

»Oh. Wieder ein Fehltritt, den Sie sich leisten, mein Herr. Ich wohne hier«, erzählte ich amüsiert und nahm einen großen Schluck von dem Punsch, der im Abgang angenehm brannte.

»Das ist natürlich … wirklich ausgesprochen peinlich für mich«, sagte er und brachte mich erneut zum Lachen. *

Ich mochte den Schmalzlocke-Herrn nicht, da war ich mir sofort sicher. Doch bei ihm fand ich genau die Art von Unterhaltung, die ich mir heute erhofft hatte. Zwanglos, sinnfrei und ohne seltsame Anspielungen. Es würde sich also aushalten lassen.

Doch ich hatte mich zu früh gefreut.

Es dauerte keine zehn Minuten, in denen wir über das Wetter schimpften und die kleinen Gebäckstücke von Laurins Bäckerei in der Fish St. Hill in den Himmel lobten und noch zwei weitere Gläser Punsch leerten, da zog mein Gegenüber eine Taschenuhr aus seiner Weste und runzelte die Stirn.

»Ach verflucht. Meine Uhr ist schon wieder stehen geblieben«, schnaubte er und klang für einen kleinen Moment nicht wie er selbst. Doch möglicherweise stieg ihm auch nur der Punsch zu Kopf.

Er sah mich von der Seite an, als erwartete er eine Reaktion von mir.

* Im Nachhinein frage ich mich, ob er mich mit seinen »peinlichen Fehltritten« nicht nur dazu gebracht hat, ihm mehr über mich zu verraten, als ich wollte. Zuzutrauen wäre es ihm.

»Aufziehen hilft«, witzelte ich und er schenkte mir einen sarkastischen Blick, der ihm bei mir beinahe schon Sympathie einbrachte. Doch diese verflog, als er meinte: »Ich müsste mir wirklich mal einen Uhrmacher suchen, der sich das Ding ansieht.« Es war nicht das, was er sagte, sondern wie. Lauernd, als hätte er schon die ganze Zeit darauf gewartet, dieses Thema anzusprechen.

»Einen Uhrmacher?«, fragte ich nach, weil mein Misstrauen erwachte wie eine graue Katze bei Einbruch der Nacht.

»Ja. Kennen Sie da zufälligerweise jemanden?«, wollte er von mir wissen und das schlechte Gefühl zog sich wie eine Gänsehaut über meinen ganzen Körper.

Ja, ich kannte einen. Jamie Lennox. Niemals zuvor hatte mich jemand gefragt, ob ich zufälligerweise einen Uhrmacher kannte. Und jetzt, da ich vor drei Tagen Jamie Lennox kennengelernt hatte, kam mir der Zufall doch sehr groß vor. Verdächtig groß.

Vor allem, wenn man bedachte, dass bei Jamie eingebrochen worden war und sich der Dieb offensichtlich für den Inhalt des Überseekoffers interessierte. Jenen, der zuvor der Polizei entwendet worden war.

Hier stank etwas ganz gewaltig und es waren nicht die Fischpasteten zu meiner Rechten. *

»Nein, leider nicht«, folgte ich also meiner Intuition und log. Zu meinem Glück bin ich ganz hervorragend im Lügen und legte dazu noch ein sanftes Lächeln auf, um meine neue Rolle der unschuldigen Dame zu vervollständigen.

»Ach nein?« Schmalzlocke versteckte seine Überraschung schlecht, was mir bestätigte, dass er mit einer anderen Antwort gerechnet hatte. »Wirklich schade. Ich hörte von einem in Hoxton. Bei dem soll letztens eingebrochen worden sein. Sehr tragisch«, sagte er und alle Alarmglocken in meinem Kopf begannen zu läuten. Dafür, dass er vorgab, einen Uhrmacher zu suchen, war er verdächtig gut informiert.

Und die Anspielung auf den Einbruch machte es nur noch schlimmer. Er wusste zu viel.

* Die sind nämlich vorzüglich. Sollten Sie je in der City of London am Themseufer unterwegs sein, fragen Sie nach Ben Hudson. Er ist ein Meister der Fischpasteten.

»Nur leider weiß ich nicht, wann ich ihn vor Ort antreffen kann«, fügte er hinzu, als ich nichts sagte.

Ich hatte es mir nicht nur eingebildet. Er war tatsächlich hinter Jamie Lennox her. Und dass wir uns kannten, wusste er auch, sonst hätte er seine Frage nicht so gezielt gestellt.

Ich ließ mir dennoch nichts anmerken, obwohl er wusste, dass ich log und mir der Schreck wie Kälte in die Knochen zog.

»Da kann ich Ihnen leider auch nicht weiterhelfen«, behauptete ich so süßlich wie der Punsch und zuckte undefiniert mit den spitzenbedeckten Schultern.

Schmalzlocke, dessen Namen ich jetzt zu gern gewusst hätte, blickte mir einen langen, verstörenden Moment fest in die Augen, als suchte er etwas darin. Ich zeigte keine Reaktion, verzog nicht das Gesicht, zuckte nicht einmal mit der Wimper.

Von jemandem wie ihm würde ich mir keine Angst machen lassen!

Sein Mund verzog sich zu einem scharfen Lächeln, das alles bedeuten konnte.

»Na ja, was soll's.« Seine Worte klangen flapsig, sein Blick blieb hart. »Ich wünsche Ihnen noch einen schönen Abend, Miss Hemmilton«, sprach er meinen Namen aus, als hätte er demnächst vor, mich bei lebendigem Leib zu fressen, lächelte jedoch erschreckend gentlemanhaft, verbeugte sich und verschwand zwischen den anderen Gästen in Richtung Ausgang.

Montag, 15. Dezember 1890

12

EIN FALL FÜR ELISA HEMMILTON

Es stellte sich heraus, dass das Haus von David Brighton ausfindig zu machen sehr viel leichter war als den Wohnort von Jamie Lennox.

Auch wenn ich am Sonntag mein Bestes tat, ihn zu fassen zu bekommen, traf ich ihn erst am Montagnachmittag wieder an seiner Werkstatt an.

Ich stand auf der Schwelle vor der verschlossenen Tür und wippte vor Anspannung auf den Füßen hin und her, als der Mechaniker endlich um die Ecke geschlendert kam. Er hatte trotz der Kälte keine Eile und hing seinen Gedanken nach.

Doch als er mich an seiner Werkstatttür entdeckte, wurde er stutzig.

Ich sah sicher auch ungeheuerlich aus. Seit Samstagabend trieb mich die Sorge um, Jamie Lennox könnte in Gefahr schweben.

»Liz?«, sprach er mich an, als ich ihm entgegenlief und stürmisch die Arme um ihn schlang. Er roch nach Schmieröl und warmem Brot.

»Bei Gott, Jamie!«, rief ich erleichtert und ließ den verstörten jungen Mann wieder los. »Ich habe nach dir gesucht. Aber du warst nicht hier. Und ich weiß nicht, wo du wohnst. Ich habe sogar jemanden um Auskunft gebeten, aber die Mädchen in diesem Viertel sind wirklich besitzergreifend, wenn es um dich geht«, schimpfte ich über die Frauen, die mir Informationen verweigert hatten, obwohl man ihnen an den verschnupften Nasenspitzen ansah, dass sie mehr wussten.

»Komm erst mal rein«, sagte Jamie schlicht und führte mich in die Werkstatt, die noch genauso verheerend aussah wie vor zwei Tagen. Nur die Überreste des Koffers waren vom Boden verschwunden.

»Kaffee?«

Ich mag Jamies Kaffee. Er besitzt keinerlei Qualität, ist mehr eine bittere schwarze Brühe als ein edles Getränk und Jamie kann mir weder Milch noch Zucker dazu anbieten.

Ich liebe es. Es schmeckt nach zu Hause.

Jamie führte mich in die Schmiede und bot mir einen Hocker an, auf den ich mich, erschöpft von meiner eigenen Anspannung, niederließ. Jetzt, wo ich ihn wohlbehalten vor mir sah, ging es mir gleich viel besser.

»Ist etwas passiert?«, fragte Jamie, als er Wasser in einen Kessel laufen ließ.

»Ob etwas passiert ist? Und wie etwas passiert ist. Ist dir was passiert?«, stieß ich aus und sprang sofort wieder auf die Füße.

Jamie packte mich an den Schultern und drückte mich mit erstaunlicher Kraft zurück auf den Hocker.

»Elisa, beruhige dich! Mir ist nichts passiert. Zumindest nicht, seit du mich aus dem Verhörraum befreit hast«, besänftigte er mich mit seinen Worten und ächzte laut, als er meinen gehetzten Blick sah. Ihm war sofort klar, dass ihm das, was ich zu berichten hatte, nicht gefallen würde.

»Erzähl mir, was los ist«, bat er mich trotzdem und begann damit, das Feuer anzuheizen.

Nachdem ich eine Tasse heißen Kaffee zwischen den Fingern drehte und von der äußerst beunruhigenden Begegnung auf der

Soirée am Samstag berichtet hatte, musste sich auch Jamie setzen, dem der Schreck mit jedem meiner Sätze tiefer in die Glieder fuhr und seine Knie weich werden ließ.

»Wer war dieser Mann?«, fragte er mich und ich ließ seufzend den Kopf in den Nacken fallen. Meine Wirbelsäule knackte unangenehm.

»Jamie, wenn ich das wüsste, würde ich mir weit weniger Sorgen machen.« Denn dann könnte ich losziehen und Erkundigungen über ihn einholen. Und das wiederum würde bedeuten, ich hätte eine Chance darauf, die Gefahr für Jamie und mich einzuschätzen und zu begreifen, was hier vor sich ging. Denn das wollte ich ganz dringend wissen.

Es wäre eine Lüge, zu behaupten, ich hätte all dies ausschließlich aus Sorge getan. Meine Neugierde ist ein wildes Tier, das in seinem Käfig auf und ab wandert und brüllend darauf wartet, gefüttert zu werden. Das war der Anfang vom Ende.

»Glaubst du, er ist derjenige, der bei mir eingebrochen ist?« Jamie hielt ebenfalls eine Tasse in den Händen und genau wie ich hatte er noch keinen Schluck davon getrunken. Allein die Wärme und das Röstaroma reichten aus, um meinen Herzschlag zu beruhigen und meine Gedanken zu klären. Jamie jedoch sah aus, als würde er versuchen, sich hinter der Tasse zu verstecken.

»Es könnten seine Handlanger gewesen sein. Ich bin mir ziemlich sicher, dass er damit zu tun hatte. Er hat es mit seiner Andeutung ja quasi zugegeben«, rief ich empört und ärgerte mich immer noch darüber, wie die Unterhaltung zwischen mir und Schmalzlocke verlaufen war.

Ich hätte ihn direkt nach seinem Namen fragen und nicht leugnen sollen, Jamie zu kennen, damit er mich nicht als Lügnerin entlarven konnte. So wusste er doch nur, dass ich etwas wusste. Und das brachte Jamie und mich gleichsam in die Schusslinie.

»Dann will er die Blaupausen«, krächzte Jamie. »Sie waren hier und haben den Behälter gestohlen. Der ist das Herzstück der Maschine, die David Brighton entworfen hat.«

»Sie wollen also eigentlich die Maschine«, schlussfolgerte ich und fragte mich nicht zum ersten Mal, um was es sich dabei handelte. Ich hatte die wildesten Theorien und gleichzeitig absolut keine Ahnung, was im Bereich des Möglichen lag, da Technik mir so fern ist wie ein Stern dem anderen.

Jamie, der ziemlich viel Ahnung von Technik hatte, fehlte jedoch in den letzten Tagen die Zeit, sich in Ruhe mit den Plänen oder dem Notizbuch zu befassen.

Außerdem fiel es ihm äußerst schwer, sich zu konzentrieren. Die Angst saß ihm im Nacken, dass, sobald er die Blaupausen aus ihrem Versteck holte, seine Tür auffliegen könnte und die Einbrecher zurück wären.

Und Angst hatte bei Jamie eine größere Priorität als Neugierde. Das ging schon so weit, dass er kaum Ruhe fand und wenn er einmal die Augen schloss, von grausigen Albträumen geplagt wurde. Von Sonntag auf Montag hatte er sogar bei seinen Eltern, einen Stock über ihm, auf einer Decke vor dem Kamin geschlafen.

»Wir sollten ihm die Pläne einfach geben«, sagte er, erschöpft von der schrecklich unbequemen Nacht und rieb sich über die müden Augen.

»Bist du verrückt?«, brauste ich auf und verschüttete einen Schluck Kaffee auf dem gefliesten Boden. »Wir wissen doch gar nicht, was das für eine Maschine ist. Vielleicht dient sie dazu, die Menschheit zu versklaven«, warf ich eine meiner Theorien ein und Jamie verzog skeptisch das Gesicht.

»Eher unwahrscheinlich, Liz. Sie hat einen Hochdruckkessel und Rotationskolben, kein Gehirn«, sagte er, doch ich hörte ihm gar nicht zu.

»Wir brauchen mehr Informationen«, übertönte ich ihn stattdessen, setzte den Kaffee an die Lippen und nahm einen großen

Schluck, der zwar nicht mehr heiß genug war, mir die Zunge zu verbrennen, sich aber kaum aushalten ließ, als er seinen Weg in meinen Bauch suchte.

»Wo sollen wir die herbekommen?«, fragte Jamie und seine Gedanken wanderten zu Constable Evan Miller. Sie hatten sich gut unterhalten, nachdem ich sie Samstag in dem Lokal zurückgelassen hatte und beide ihr Bier ausgetrunken, das Will bei dem Mädchen am Tresen hatte anschreiben lassen.

Miller besaß sicher eine Menge Informationen. Ich glaubte jedoch nicht daran, dass er uns noch mehr mitteilen würde, als er schon getan hatte.

»Wir gehen zu David Brighton«, offenbarte ich ihm meinen Plan und zerstreute jegliche Überlegungen über den Constable.

Jamie sah mich an, als hätte ich den Verstand verloren. »Äh … der ist tot«, teilte er mir trocken mit, als hätte ich es vergessen und ich schenkte ihm einen sarkastischen Blick.

»Doch nicht zu seiner Leiche. Zu seinem Haus. Er hatte ein Stadthaus hier in London. Drüben in Kensington.«

»Woher weißt du das?«

Ich wedelte mit der Hand durch die Luft, als würde ich eine Fliege verscheuchen. »Ich habe einen Bekannten gefragt, der wiederum seinen Bekannten gefragt hat, der … Sagen wir, wenn Pennys den Besitzer wechseln, kann so einiges passieren. Und glaub mir, das war wesentlich einfacher, als dich zu finden«, warf ich ihm vor und endlich, zum ersten Mal an diesem Tag, erschien auf Jamies Lippen ein Lächeln.

»Ich wohne über der Werkstatt«, offenbarte er mir und ich blinzelte irritiert.

»Wie bitte?«, fragte ich, auch wenn ich ihn verstanden hatte. Ich konnte nur nicht fassen, wie leicht es hätte sein können. Da hatte ich mir den ganzen Sonntag den Kopf zerbrochen und er war im gleichen Gebäude gewesen?

Diese vermaledeiten fiesen Gören, die mir die Auskunft verweigert hatten, lachten sich nun sicher über meine Unwissenheit ins Fäustchen.

»Auf der anderen Seite des Hauses gibt es eine Treppe in den ersten Stock. Da ist meine Wohnung. Meine Eltern wohnen noch ein Stockwerk drüber«, erzählte er und ich rief mir die Beschaffenheit des Hauses in Erinnerung.

Es handelte sich um einen schmalen Bau mit kleinen Fenstern. Die Farbe der Fassade war bis zur Unkenntlichkeit vom Ruß der Fabriken bedeckt und doch besaß das Haus einen gewissen Charme.

»Euch gehört das ganze Haus? Wie luxuriös«, raunte ich ehrlich beeindruckt, als ich mir vorstellte, dass hier möglicherweise nur drei Personen wohnten.

»Du wohnst in der Park Street«, hielt Jamie mir vor, als könnte ich seinen Lebensstandard dadurch nicht zu schätzen wissen und ich rümpfte die Nase, weil er mich schon wieder mit all den wohlhabenden Schnöseln in einen Topf warf.

»Ja, seit nicht mal einem Jahr. Ich habe mit zwanzig Familienmitgliedern in einer winzigen Wohnung in Limehouse gehaust. Ich finde schon, dass man hier von Luxus sprechen kann«, rechtfertigte ich mich und trank noch einen Schluck von dem bitteren Gebräu in meiner Tasse.

Jamie ließ den Blick schweifen, als betrachtete er seine Umgebung zum ersten Mal. »Auch wieder wahr«, stimmte er mir zu und verschaffte mir damit ausreichend Genugtuung, um meinen kleinen Ärger wieder zu besänftigen.

Wir hatten schließlich Besseres zu tun.

»Aber zurück zum eigentlichen Thema«, lenkte ich ein, stellte meine Tasse zur Seite und erhob mich von dem Hocker. »Schnapp dir deinen Mantel, wir fahren nach Kensington«, verkündigte ich und Jamie blinzelte zu mir nach oben.

»Auf keinen Fall!«, rief er zeitverzögert, als ich schon fast aus der Schmiede und in der Werkstatt war und hetzte mir hinterher. »Wir gehen lieber zur Polizei!«

Ich wirbelte zu ihm herum und stach ihm anklagend den Zeigefinger in die Brust. »Und was sagen wir denen? Ein gut gekleideter Mann hat mir auf einer Abendgesellschaft mehrdeutige Dinge zugeflüstert? Könnte sein, dass er bei Jamie Lennox eingebrochen und der Mörder von David Brighton ist.« Ich warf mich theatralisch in die Brust. »Oh, was? Beweise? Aber meine Herren, meine weibliche Intuition sollte Ihnen Beweis genug sein«, spielte ich meine Seite eines fiktiven Dialogs durch und Jamie verschränkte abwehrend die Arme vor der Brust.

»Ich habe schon verstanden«, hielt er mich davon ab, meine Darbietung noch weiter zu treiben.

Doch das hinderte mich nicht daran, noch einen draufzusetzen. »Ohne Beweise helfen sie uns nicht«, drängte ich. »Und ich habe keine Lust darauf, zu warten, dass etwas Schlimmes passiert. Ich will wissen, was hier los ist! Und ich will sicher nicht noch einmal James Gerald Walker vor meiner Tür haben, der mir vielleicht diesmal mitteilt, dass man dich als Eisleiche am Themseufer entdeckt hat.«

Jamies Gesicht war ausdruckslos vor Schreck. »Ich will keine Leiche sein«, flüsterte er und ich war mir nicht sicher, ob ihm bewusst war, dass er das laut gesagt hatte. Das habe ich auch nicht laut gesagt! ... Oder doch?

»Dann schwing deinen hübschen Hintern nach draußen und hilf mir, der Sache auf den Grund zu gehen. Wir müssen mehr über David Brighton in Erfahrung bringen«, rief ich und knöpfte meinen Mantel zu.

Jamie zeigte sich noch nicht überzeugt. »Wie soll *ich* dir denn behilflich sein?«, redete er sich selbst klein und ich schüttelte den Kopf über ihn.

»Brighton war doch Ingenieur. Und offensichtlich dreht sich hier alles um eine Maschine. Wen könnte ich Besseres an meiner Seite haben als dich, Jamie Lennox?«, redete ich ihm gut zu und meinte es so.

Jamie errötete und ich wandte mich schwungvoll zur Tür.

»Also. Hopphopp!«, rief ich und war schon halb zur Tür hinaus.

13

OFFENE TÜREN

Wir erreichten Kensington mit der Untergrundbahn.

Ich war schon lang nicht mehr hier gewesen und es setzte sich ein ganz eigentümliches Gefühl in meiner Brust fest, das sich auch nach mehreren tiefen, winterkalten Atemzügen nicht verscheuchen ließ.

Diese Gegend von London zeigte sich so geschniegelt wie ein Lieblingskind am Sonntag. Selbst das Licht schien hier heller zu sein. Was natürlich auch an den kalkgetünchten Fassaden der üppigen Villen liegen konnte, die hier, von Säulen gestützt, herrschaftliche Erhabenheit ausstrahlten.

Ich war schon einige Male in diesem Teil des West Ends unterwegs gewesen und genau wie immer fühlte ich mich wie ein unerwünschter Eindringling. Und das trotz des modernen Kleides, das ich für unsere heutige Mission gewählt hatte.

Der dunkelblaue Rock war nicht so ausladend wie sonst und ich hatte auch auf die Krinoline zugunsten eines dicken Unterrocks verzichtet. *

Eine Silhouette, die ich die Tage schon häufiger bei den Frauen gesehen habe. Ich würde es ja sehr begrüßen, wenn die Mode sich dahingehend auch bei der wohlhabenden Gesellschaft weiterentwickeln würde. Das würde mir so einiges an Gewandtheit zurückgeben.

Außerdem trug ich schwarze Lederhandschuhe gegen die Kälte, was mich verwegen aussehen ließ.

Jamie wirkte gelassen. Er war des Öfteren hier unterwegs, um Reparaturen zu machen oder schicken mechanischen Schnickschnack auszuliefern.

David Brightons Stadtvilla war die kleinste in der Straße und trotzdem noch größer als Miss Brandon-Weldersons Haus in der Park Street.

Es war nicht zu übersehen, dass in diesem Gebäude einmal ein technikbegeisterter Gentleman gewohnt hatte. Die Laternen neben den Türen wurden nicht mehr mit Gas betrieben, sondern zeigten sich als gläserne Konstrukte, gefüllt mit Drähten.

Auch Jamie fielen die Glühlampen sofort auf und er stieß einen leisen Pfiff durch die Zähne aus.

»Und jetzt? Klopfen wir und fragen freundlich, ob wir die Sachen eines Verstorbenen durchwühlen können?«, fragte er mich skeptisch und ich grinste ihn verschlagen an.

»Oh, mein Plan ist viel besser. Du wirst beeindruckt sein«, behauptete ich großspurig und zog einen Streifen Stoff aus meiner Manteltasche. Diesen zu bekommen hatte sich weitaus schwieriger gestaltet als erwartet.

Was man nicht alles mit guten Beziehungen zu zwielichtigem Gesindel erreichen kann …

Ich drückte ihn Jamie in die Hand. »Binde dir das um den Arm«, wies ich ihn an und er starrte einen Moment zu lang auf die Banderole.

»Ist das die Dienstschärpe eines Polizeibeamten?«, stieß er schockiert hervor, doch ich ließ ihm keine Zeit für weiteren Protest.

»Die Vorstellung kann beginnen«, verkündete ich, straffte die Schultern und schritt auf die Tür zu.

Ich zog so entschlossen an der Türglocke, dass sie hysterisch durchs ganze Haus hallte und jeden Anwesenden in Alarmbereitschaft versetzen würde. Genau das, was ich wollte.

Erst letztens habe ich für Mr Swifftons Söhne eine kleine Flugmaschine gebaut. Die kam so gut an, dass ich für alle Bekannten der Swifftons demnächst auch welche herstellen muss.

Es dauerte kaum einen Augenblick, da hörte man jemanden durch den Flur hinter der Tür hetzen. Eine Frau mittleren Alters öffnete uns. Ihr Haar war bereits an mehreren Stellen ergraut, auch wenn auf ihrem Gesicht bei Weitem nicht genug Falten zu sehen waren. Dem dunklen, schlichten Kleid und der strengen Frisur nach zu urteilen, handelte es sich bei ihr um die Haushälterin.

»Ich grüße Sie«, sagte ich zu ihr und neigte minimal den Kopf, wie es jemand tun würde, der eigentlich Besseres zu tun hatte, als sich mit Hausangestellten abzugeben.

»Guten Tag. Die Herrschaften sind leider nicht im Haus«, teilte sie uns sofort mit, als müsste sie sich verteidigen und musterte mich mit irritiert zusammengezogenen Augenbrauen.

Ich lächelte wissend. »Das ist mir bekannt. Ich bin Inspector Lestrade. Das ist mein Kollege Watson«, stellte ich uns als Mitglieder der Metropolitan Police vor. Die Haushälterin riss erschrocken die Augen auf und ich betete zu Gott, dass ich nicht übertrieben hatte und man uns gleich die Tür vor der Nase zuschlagen würde.

Jamies schockierter Blick bohrte sich in meine Schläfe, doch ich drehte mich nicht zu ihm um und wies lediglich mit einem kleinen Wink auf die Banderole, die er um den linken Unterarm gezogen hatte, um die Aufmerksamkeit der Haushälterin unauffällig darauf zu lenken.

Auch mein Kleid mit passendem Mantel war nicht zufällig gewählt. Die dunkelblaue Kammwolle war zwar edel, traf aber auch exakt den Ton der Polizeiuniformen.

»Wir sind im Fall ›David Brighton‹ hier. Ein Kollege war sicher schon bei Ihnen. Mein Beileid«, sprach ich schnell weiter, damit sie nicht zu Wort kam, zog ein kleines papiergebundenes Notizbüchlein hervor, in das ich unleserlich hineingekritzelt hatte, damit mein Gegenüber es für Fallnotizen hielt und warf einen fachmännischen Blick darauf. »Bedauerlicherweise müssen wir Sie noch einmal bemühen und Ihnen ein paar Fragen stellen.«

Die Haushälterin blinzelte mich an und ich fürchtete schon, mich wiederholen zu müssen, da öffnete sie den Mund. »Es gibt

Frauen bei der Polizei?«, wollte sie erstaunt wissen, ohne auf meine Anfrage einzugehen und ich lächelte unverbindlich.

»Aber natürlich. Frauen dürfen studieren, Frauen gehen in die Politik. Warten Sie es nur ab, bald werden Frauen auch wählen dürfen«, sagte ich mit einem Hauch Empörung, damit sie sich zu unwohl fühlte, um es weiter zu hinterfragen.

»Nun ja. Daran glaube ich ja eher nicht«, murmelte sie nasal, wahrscheinlich in der Absicht, dass ich sie nicht hören sollte und verzog den knittrigen Mund zu einem gezwungenen Lächeln. »Was kann ich denn für Sie tun, Officer?«, fragte sie und mir fiel ein Stein vom Herzen.

Ich verkniff mir jegliche Regung, die meine Euphorie nach außen getragen hätte, um die Professionalität meiner Rolle als Polizeibeamtin zu bewahren. Doch ich empfand eine diebische Freude darüber, sie so weit getäuscht zu haben, dass sie uns weiterhelfen wollte.

Doch sie traute uns wohl nicht genug, um uns hineinzubitten, was mich wenig störte. Es war mir lieber, einen schnellen Fluchtweg einschlagen zu können, sollten wir doch noch auffliegen.

Jamie wippte leicht auf und ab vor Kälte, sagte aber kein Wort und verhielt sich auch sonst unauffällig. Ich wusste, ihm war die ganze Maskerade nicht geheuer und er wünschte sich, ich hätte ihn zuvor in meinen Plan eingeweiht, damit er ihn mir hätte ausreden können.

Doch genau das war auch der Grund, wieso ich es nicht getan hatte. Und weil ich spontan immer besser agierte als abgesprochen.

»Fangen wir mit Ihrem Namen an«, schlug ich vor und die Frau vor mir schlang sich in einer nervösen Geste das Stricktuch enger um die Schultern.

»Ich bin Mrs Lee. Die Haushälterin von *West Brickstone Villa*«, stellte sie sich vor und ich reichte Jamie das Büchlein, damit er seinen Händen etwas zu tun geben konnte.

»Machen Sie sich Notizen, Watson«, sagte ich wie beiläufig zu ihm und er nahm Buch und Stift entgegen.

Wären wir dadurch nicht auf der Stelle aufgeflogen, hätte ich dir die Leviten gelesen, junges Fräulein. Ich habe geschwitzt vor Anspannung, da ich jeden Moment befürchten musste, dass diese Farce uns hinter Gitter bringen könnte.

»Ich stand auch schon im Dienst von Mr Brighton – Gott habe ihn selig –, als er noch nicht all sein Geld für diese seltsamen Maschinen hinausgeworfen hatte«, erzählte Mrs Lee im Flüsterton, als könnte Brighton sie auch nach seinem Tod noch lästern hören.

»Und *West Brickstone Villa* wurde seitdem vermietet?«, fragte ich, obwohl ich die Antwort bereits kannte. Mein Bekannter – dessen Name ich hier zu seinem Schutz nicht nennen werde – berichtete mir bereits davon und ich hatte absichtlich einen Zeitpunkt abgepasst, an dem das Ehepaar Mandeville außer Haus war.

Ich warf einen Blick an Mrs Lee vorbei in das ausladende Foyer, in dem das Geld gewissermaßen an den Wänden klebte.

Teure Tapete kleidete den Raum, Bilderrahmen strotzten vor Gold, der Kamin im Salon zu unserer Linken war so protzig, dass er ein eigenes Königreich beherbergen könnte und überall standen Blumen in Vasen, die ihren warmen, süßen Duft bis zu uns trugen. Im Winter!

»Ja, das ist richtig. Mrs Mandeville war so freundlich, alle Hausangestellten zu übernehmen«, berichtete sie mir so zuckrig, als würde ihr Buttercreme von den Lippen tropfen und ich wusste sofort, dass sie die Mandevilles viel lieber hatte als ihren vorherigen Arbeitgeber.

Was mich zu der Frage brachte, ob sie unter anderen Umständen in diesem Fall nicht auch eine hervorragende Mörderin abgegeben hätte.

»Er hat also über seine Verhältnisse gelebt und ist günstiger untergekommen, um sein Anwesen zu vermieten, richtig? Wo hat er gewohnt?«, stellte ich fachmännisch meine Fragen und Mrs Lee nickte.

»Ja genau, so war es. Aber diese Fragen habe ich Ihrem Kollegen am Samstag schon beantwortet, Miss … Ich meine, Inspector.« Mrs Lee runzelte die Stirn und mein Puls beschleunigte sich. Ich durfte auf keinen Fall zulassen, dass die Haushälterin misstrauisch wurde.

Fürs Protokoll: Mrs Lee ist nicht die Mörderin und soweit ich weiß, hat sie auch keinen anderen Mord begangen. Elisa, du musst damit aufhören, Menschen wahllos Verbrechen anzudichten.

Vielleicht sollte die Metropolitan Police sich wirklich überlegen, ob sie nicht weibliche Polizeibeamte einstellen möchte. Es wäre sicher nur von Vorteil.

»Oh, das weiß ich, Mrs Lee«, sagte ich so freundlich wie nur irgend möglich. »Aber Sie wissen doch, wie Männer sind: Sie hören nie zu, wenn eine Frau etwas zu sagen hat«, streute ich den Köder der Verbundenheit und sie schluckte ihn, ohne es zu hinterfragen. Ihr Lächeln gewann an Echtheit und ich erwiderte es, als wären wir Verbündete.

»Mr Brighton zog nach Yorkshire, in die Nähe von Leeds. Dort gehörte seiner wundervollen Mutter ein Cottage«, berichtete sie mir bereitwillig und beugte sich dann verschwörerisch in meine Richtung, was einen viel zu vertrauten Eindruck machte. »Ich war seitdem nur einmal dort. Es ist fürchterlich. Das können Sie sich nicht vorstellen. Er hat das Haus mit seinen Maschinen verschandelt, dieser schreckliche Mann!«, schimpfte sie und Jamie neben mir zuckte merklich zusammen, so als hätte Mrs Lee ihn gemeint und nicht David Brighton. Ich legte ihm unauffällig eine Hand auf den Arm, damit er nicht aus der Rolle fiel, in die ich ihn gedrängt hatte.

»Das ist tragisch«, sagte ich trocken, um von Mrs Lees Gefühlen Abstand zu nehmen. Ich wollte schließlich Informationen und nicht von ihr zu einem Kaffeeklatsch eingeladen werden. »Wissen Sie, ob er häufig nach London kam? Und wo er untergekommen ist?«

»Er kam alle paar Monate mit einem dieser furchterregenden Luftschiffe in die Stadt. Wenn er hier war, kam er immer vorbei, um nach seinen Sachen zu sehen, etwas abzulegen oder abzuholen. Alles, was Mr Brighton damals nicht mit aufs Land nahm, wurde hinten im Anbau eingelagert. Eine Rumpelkammer vom Feinsten. Ein ziemliches Chaos, aber ich bin auch nicht befugt, dort sauber zu machen«, sagte sie, als müsste sie sich dafür rechtfertigen und hob schnippisch die Nase in die Höhe. »Wo er unterkam, kann ich nicht mit Gewissheit sagen. Er erwähnte mal einen … Bekannten? Paul, oder so ähnlich. Da bin ich mir aber nicht sicher.«

Jamie notierte sich den Namen und bestimmt hätte mich interessieren müssen, wer dieser Herr war, doch in meinem Kopf war nur die Rumpelkammer im Anbau hängen geblieben. Ein Raum, in dem David Brighton seine Sachen deponiert hatte. Ein Ort, an dem wir mehr über ihn erfahren würden, als die lästernde Mrs Lee jemals von sich geben könnte.

»Wissen Sie, ob er sonst noch engere Kontakte in London gepflegt hat?«, stellte ich meine letzte zurechtgelegte Frage und drängte meine Neugierde zurück, die wie ein Specht gegen meinen Verstand klopfte.

»Mr Brighton hat nie viele Freundschaften gepflegt. Dafür hat er zu viel gearbeitet«, sagte Mrs Lee abschätzig und in mir keimte die Vermutung, dass ich mit Clifferton vielleicht doch nicht so schlimm dran war, wie ich immer gedacht hatte.

Um meine Abscheu ihr gegenüber zu verbergen, setzte ich ein süßliches Lächeln auf. »Großartig. Sie haben uns sehr weitergeholfen, Mrs Lee«, bedankte ich mich und nickte ihr wohlwollend zu. »Ich wünsche Ihnen einen schönen Tag.« Und damit drehte ich mich um und stieg die ausladenden Stufen vor der Tür wieder nach unten.

Jamie folgte mir auf dem Fuß.

»Hast du völlig den Verstand verloren?«, fuhr er mich an, als wir ein Stück die Straße entlanggegangen waren und er sich noch ein zweites Mal versicherte, dass Mrs Lee auch wirklich die Tür hinter sich geschlossen hatte. »Uns als Polizisten ausgeben? Wirklich?« Mit einem empörten Ruck riss er sich die Dienstschärpe vom Ärmel und warf sie mir zu.

Ich fing sie elegant aus der Luft und bog nach links in eine Seitengasse ab, die zwischen den Häusern hindurchführte.

»Wenn dir das schon nicht gefallen hat, wird dir die Fortsetzung noch weniger schmecken«, warnte ich ihn vor und vergewisserte mich, dass wir niemandem aufgefallen waren. Doch es war kaum jemand unterwegs und die Passagiere der vereinzelten Kutschen, die auf der breiten Straße entlangfuhren, schenkten uns keinerlei Beachtung.

»Was hast du vor?«, fragte Jamie mich mit so einem Entsetzen in der Stimme, dass offensichtlich war, dass er es bereits ahnte.

»Ich sehe mir den Anbau mal genauer an. Wenn Brighton dort Sachen geholt und abgelegt hat, finden wir da vielleicht irgendwas, was uns weiterhilft.« Ich lief an dem mannshohen Zaun entlang und hatte Mühe, das richtige Haus wiederzufinden. Von vorn hatte ich klare Unterschiede in der Größe erkennen können. Von hinten betrachtet sahen sie alle gleich aus.

»Du bist wirklich völlig verrückt«, sagte Jamie und es klang mehr wie eine Feststellung als eine Beleidigung.

Ich grinste schelmisch und stupste den Mechaniker mit der Schulter an. »Oooooh, danke schön«, säuselte ich und entdeckte endlich das richtige Haus hinter dem schmiedeeisernen Zaun.

Der Hinterhof teilte sich in zwei Bereiche. Links befand sich ein kleiner Garten, der trotz der Winterkälte einen gepflegten Eindruck machte. Rechts ein von Gestrüpp überwucherter Gebäudeteil, der aus der Villa herausragte wie ein Schwertgriff.

Grauer Efeu rankte sich am Mauerwerk nach oben, wucherte die riesenhaften Kachelfenster zu und kletterte über einen Haufen von Metallteilen, der sich wie ein skurriles Haustier an den Anbau kuschelte. Das halbrunde Dach erinnerte an eine Orangerie. Oder zumindest würde es das, wenn es nicht vollständig von matschigem Laub bedeckt gewesen wäre, das eine alte Eiche auf ihm abgeworfen hatte.

Meine Finger kribbelten und das nicht wegen der Kälte.

Ich halte mich nicht für eine Einbrecherin, selbst wenn ich einen Hang dazu zu haben scheine, mich in Gebäude zu schleichen, zu denen mir der Zutritt theoretisch nicht gewährt ist.

Und ich bin so ehrlich, zuzugeben, dass ich in diesem Fall nicht besonders gründlich darüber nachgedacht habe. Es war eine spontane Idee, die meinen Verstand übermannte und mir das überwältigende Gefühl von Abenteuer schenkte.

Ich stieg auf den Sockel des Eisenzauns, griff nach einem der Äste, den die Eiche mir über den Zaun zu reichen schien und zog mich daran nach oben.

»Elisa, bitte! Denkst du nicht, das geht zu weit?«, zischelte Jamie, der mich am liebsten angebrüllt hätte. Sein Verstand war nicht benebelt von der Abenteuerlust, sondern von der Furcht, bei etwas sehr Strafbarem erwischt zu werden.

Doch ich hörte nicht auf ihn, so wie ich noch nie auf irgendjemanden gehört hatte und schob mich vorsichtig den Ast weiter, über den Zaun hinweg. Es war leichter als erwartet und ich schwang mich wie ein kleines Mädchen auf der anderen Seite zu Boden.

Ein Glück hatte ich auf die Krinoline verzichtet.

»Zu weit? David Brighton wurde ermordet, mein Lieber«, sagte ich durch die Gitterstäbe des Zauns hindurch, der uns beide nun trennte und Jamie schnaubte laut.

»Und bist du jetzt da drin, weil du mich beschützen willst, oder weil du neugierig bist, wer den armen Tropf kaltblütig niedergestreckt hat?«

Ich grinste verschlagen. »Beides?«, fragte ich scheinheilig und zwinkerte ihm kokett zu. »Du kannst ja hier draußen warten, bis ich hier drin fertig bin. Dann verpasst du zwar die ganzen wundersamen Dinge, die Brighton hier gelagert hat, aber glaub ja nicht, dass ich das nicht allein durchziehe, Jamie Lennox«, sagte ich lockend, drehte mich auf dem moosbedeckten Boden um und schlich auf den Anbau zu wie ein Jäger, der seine Beute im Visier hat.

Ich achtete darauf, keine Spuren im Schneematsch zu hinterlassen, der sich auf der Wiese leichter hielt als auf dem nassen Straßenpflaster und stieg dann durch eine Wand aus Gestrüpp.

Hinter mir raschelten die Blätter des Baums verdächtig laut und Jamie gab ein Keuchen von sich, als er sich auf den weichen Boden hinter dem Zaun fallen ließ.

Ich grinste in mich hinein und beglückwünschte mich selbst als schlechten Einfluss auf das sanfte Gemüt eines rechtschaffenen Burschen.

Als Jamie mich erreichte, hatte er die Schultern bis zu den Ohren hochgezogen und sah sich immer wieder nach allen Seiten um. Seine Angst, erwischt zu werden, saß tief wie ein Holzsplitter in seinem Fleisch und er drückte sich nah an den Anbau, um vom oberen Stockwerk des Hauptgebäudes aus bloß nicht gesehen zu werden.

»Das ist überhaupt keine gute Idee«, schimpfte Jamie vor sich hin und ich klopfte ihm lediglich aufmunternd auf die Schulter. Denn auch wenn er recht hatte, war es mir in diesem Augenblick reichlich egal.

»Mir wäre es auch lieber gewesen, wenn niemand bei dir eingebrochen und mir kein seltsamer Mann mit Schmalzlocke Angst eingejagt hätte«, erwiderte ich leise und versuchte, ins Innere des Gebäudes zu spähen.

Auch Jamie drehte sich zu den großen Fenstern. Fahrig zog er sich den Jackenärmel über die Hand und rieb damit die Eisblumen vom Glas. Leider war es von innen noch dreckiger als von außen.

»Hierher verirrt sich sicher nie jemand«, grummelte Jamie, in der Bemühung, sich selbst zu beruhigen und versuchte aus den Schemen schlau zu werden, die sich durch den Staub abzeichneten.

Ich schlich ein Stück weiter zur Tür.

»Darauf würde ich nicht wetten«, erwiderte ich und zeigte auf den aufgewühlten Boden.

Große Schuhabdrücke zeichneten sich im Matsch ab. Der Breite nach zu urteilen, handelte es sich um Herrenschuhe. Zu groß für Jamies Füße und auch für meine.

»Sieht nicht aus, als wäre das Mrs Lee gewesen«, sagte ich und fragte mich gleichzeitig, wer vor uns hier gewesen war. Die Polizei vielleicht? Oder diejenigen, die auch bei Jamie eingestiegen waren? Oder vielleicht auch nur Mr Mandeville auf seiner Runde durch den Garten?

Ich sah mich um und lauschte intensiv in den grauen Nachmittag. Doch bis auf einen Vogel, der in der Ferne sein Krächzen hören ließ, lag alles still da.

Wie groß wäre denn auch bitte der Zufall, wenn sich genau jetzt noch jemand zu diesem Gebäude Zugang verschaffen wollen würde? Ich fröstelte bei dem Gedanken. Doch er machte mir lange nicht genug Angst, um Reißaus zu nehmen.

Probeweise rüttelte ich an der Türklinke. Abgeschlossen. Was hatte ich auch erwartet?

Doch ich war nicht so weit gekommen, um jetzt unverrichteter Dinge wieder von dannen zu ziehen. Dieses Geheimnis um den Überseekoffer und den Mord an David Brighton würde sich nicht lösen, indem wir mit einer Tasse Tee vor dem Kamin fläzten und nichts taten.

Ich fackelte also nicht lange und griff mir eine Eisenstange, die aus dem Haufen zu meiner Linken herausragte.

»Ich kann nichts erkennen, vielleicht sollten wir wieder …«, sagte Jamie gerade, da hatte ich die Stange schon am Türspalt angesetzt und drückte zu.

Mit einem Splittern riss ich das Schloss aus dem Holz und die Tür sprang knarzend auf.

Mein Herz raste vom wilden Triumph und Jamie starrte mich so entgeistert an, als hätte ich ein Verbrechen begangen.

»Das ist Einbruch, Elisa!«, keuchte er atemlos und sein Entsetzen hielt mich nicht davon ab, boshaft zu grinsen.

»Ich glaube, es ist offen«, behauptete ich unschuldig und ließ die Eisenstange in den Matsch fallen.

»Du bist … das ist doch … Zum Teufel mit dir«, schimpfte Jamie, während ich die Tür aufstieß und in David Brightons Reich eintauchte.

Es fühlte sich an wie der Moment, in dem ich Jamies Werkstatt das erste Mal betreten hatte. Nur heller. Und staubiger. Und mit dem überwältigenden Gefühl, etwas Verbotenes zu tun.

Überall standen riesige Maschinenteile herum. Ein Rad, so groß, dass es beinahe bis unters Dach reichte. Ein Kessel, der aussah, als hätte eine Bestie ein riesiges Loch hineingerissen. Auf den langen Arbeitstischen lagen Schrauben und Sprungfedern, Werkzeuge in allen Formen und Größen. Dinge, die ich noch nie gesehen hatte und wieder andere, von denen ich wünschte, sie nie gesehen zu haben.

Du hast auch ein Verbrechen begangen! Tu nicht so, als wäre ich nicht zu Recht empört gewesen.

»Ich fürchte, dieser Kaffee lebt bereits und hat schon so viele Kulturen gebildet, dass die Pilze darin bald ihr eigenes Opernhaus bauen können«, flüsterte ich angewidert und trat einen Schritt von der Tasse zurück, die jemand vor langer Zeit dort vergessen hatte.

Jamie kam mir hinterher. Erst zögerlich, doch es brauchte nur einen Blick auf das kreative Chaos und ich hatte ihn, ohne viel zu tun, davon überzeugt, dass sich das Risiko lohnte.

Tief in ihm drin steckte nämlich ebenfalls ein Abenteurer.

Ooo nein! Ganz sicher nicht!

Unter seinen Schuhen knirschte zerbrochenes Glas und ich drehte mich zu ihm um. Die Türen des Vitrinenschranks waren zertrümmert worden. Die Fläschchen und Behälter, die einmal die Regalbretter geziert hatten, lagen auf dem Boden verstreut.

Jamie beugte sich vorsichtig herunter und besah sich die Etiketten. »Davon fassen wir besser nichts an. Das sind Chemikalien«, warnte er mich und ich nickte zustimmend.

Gut, dass ich den schlauen Burschen bei mir hatte.

»Hier hat sich vor uns schon jemand umgesehen«, sagte nun auch er und zeigte auf einen wuchtigen Schreibtisch, der in eine Ecke geschoben worden war. Alle Schubladen waren herausgerissen und durchwühlt worden. »Die haben das Schloss aber heil gelassen«, schob er vorwurfsvoll hinterher und ich rollte mit den Augen.

»Vielleicht hatten sie einen Schlüssel. Oder einen Dietrich. Es kann nun mal nicht jeder ein Schloss knacken«, verteidigte ich mich und beugte mich zum Boden, um einige der Papiere aufzuheben.

Es handelte sich um gekritzelte Berechnungen und unleserliche Notizen.

»Ich kann ein Schloss knacken«, sagte Jamie und ich sah ihn entgeistert an.

»Was? Wieso hast du das nicht gesagt?«, warf ich ihm vor und er blickte zurück, als hätte ich völlig den Verstand verloren.

»Weil es illegal ist!«, maulte er mich an und ich machte eine wegwerfende Handbewegung.

Zu meinem Glück entdeckte er genau in diesem Moment eine seltsam geformte Konstruktion, auf die einige Möbelstücke gestapelt worden waren.

»Das ist ja unfassbar«, stieß er aus und griff nach einem Sessel, um ihn von der Lenkstange herunterzuheben.

»Nicht hilfreich«, tönte ich und zog ihn am Ärmel davon weg. »Wir sind wegen etwas anderem hier.« Denn auch wenn das Abenteuer und die Neugierde eine starke Macht über mich hatten, war ich trotzdem nicht dumm. Wir konnten uns nicht ewig hier drin aufhalten, ohne irgendwann erwischt zu werden.

»Und was suchen wir hier genau?«, wollte Jamie wissen und schielte zurück zu der Maschine.

»Unterlagen, Einladungen, Briefe, Drohungen, ein Tagebuch. Persönliche Dinge, die uns sagen, wer Brighton war und mit wem er sich rumgetrieben hat. Dann wissen wir, wem wir als Nächstes Fragen stellen müssen.« Ich trat an den wuchtigen Schreibtisch und hob die erste Schublade auf. Darunter lagen Grafitstifte in jedem Stadium der Abnutzung, allesamt mit zerkautem Stiel. Was das wohl über David Brighton aussagte?

»Ich wünschte, ich wäre tatsächlich Inspector Lestrade. Dann könnte ich jetzt einfach Sherlock Holmes hierherbeordern«, murmelte ich vor mich hin und schob einige der Papiere zusammen, um sie mir genauer anzusehen.

»Wen?«, fragte Jamie und ich dachte, ich hätte mich verhört.

»O Jamie. Liest du keine Bücher?«, empörte ich mich und stemmte eine Hand in die Seite.

Er hatte es sich nicht nehmen lassen, den Sessel doch von der Maschine zu heben und schraubte eine Platte von dem bauchigen Gerät, um sich das Innenleben anzusehen.

»Wenn sie nichts mit Technik zu tun haben, dann eher nicht«, antwortete er mir so freudig, dass ich kurz dachte, er mache sich über mich lustig. Doch seine Gedanken waren schon gar nicht mehr bei mir, sondern versickerten unaufhaltsam in der Maschinenkonstruktion.

Das war keine >seltsam geformte Konstruktion<! Das war der Prototyp für [redacted]

Jamie, das ist nicht Fallrelevant.

»Aber Londons berühmtester Ermittler Lewis van Allington sagt dir wenigstens was, oder?«

»Nie gehört!«

»Das müssen wir ändern«, drohte ich und besah mir die Papiere. Leider handelte es sich dabei um einen Haufen Zahlen, mit denen ich nicht das Geringste anzufangen wusste.

Jamie lachte leise auf und ich sah zu ihm hinüber.

»Was?«, wollte ich wissen und er seufzte laut.

»Du kennst mich gerade mal fünf Tage und stellst schon mein komplettes Leben auf den Kopf«, sagte er sehr viel sanfter als erwartet und mir wurde ganz warm im Bauch.

Ich wollte wirklich sehr gern mit Jamie Lennox befreundet sein, wusste aber ganz genau, dass ich immer mal wieder übers Ziel hinausschoss, wenn ich mir erst einmal eins gesetzt hatte.

Doch Jamie war hier. Wie blödsinnig diese Idee auch war, er hatte sich hinter mir in den Baum geschwungen und war mit mir hier eingestiegen.

»Gern geschehen«, antwortete ich ihm frech und wir grinsten uns verschwörerisch an, als würden wir uns schon eine Ewigkeit kennen.

Dann wandte sich Jamie wieder der Maschine zu und ich widmete mich dem nächsten Stapel an Papier. Zeichnungen und mehrere Zeitungsartikel über die Versteigerung von Metallmüll.

Ich arbeite mich weiter vor und zog schließlich eine dicke Mappe unter dem Tisch hervor, die mit einem ledernen Band zusammengehalten wurde. Schwere Papierbögen lagen darin, fein säuberlich mit Klammern zu Bündeln zusammengehalten.

Briefe.

»Na, dann finden wir mal heraus, mit wem du dich so ausgetauscht hast, David«, flüsterte ich der Mappe zu und zog das erste Bündel heraus.

Die Anrede wirkte auf allen Briefen sehr förmlich, auch wenn die Zeilen an sich etwas Euphorisches an sich hatten. Nach der dritten Seite verstand ich, um was es sich dabei handelte.

»Brighton hatte Sponsoren für seine Erfindungen«, teilte ich Jamie mit, der seinen Kopf aus dem Gehäuse der Maschine zog. Auf seiner Wange zeichnete sich ein Schmierfleck ab.

Dieser Mann schafft es nicht, eine Stunde sauber zu bleiben.

»Ja. Das kann ich mir vorstellen. Wenn Mrs Lee die Wahrheit gesagt hat, war er pleite. Große Konstruktionen verlangen viel Material und das ist teuer«, sagte Jamie und ich nickte.

»Hast du auch Sponsoren?«, fragte ich und er lächelte verstohlen.

»Bisher noch nicht. Aber ich entwerfe meine Erfindungen auch nach Auftrag. Da wird dann alles vom Auftraggeber direkt bezahlt. Für die Suchmaschine in der *Royal University Library* ist zum Beispiel die Universität aufgekommen. Etwas Größeres habe ich bisher nicht gebaut.«

Ich hatte die Suchmaschine nie mit eigenen Augen gesehen, doch ich war mir sicher, dass sie schon als eine große Maschine galt und Jamie keinen Grund dazu hatte, sein Licht unter einen Scheffel zu stellen.

»Die musst du mir mal zeigen, wenn ich jemals wieder einen Fuß in die Bibliothek setzen darf«, schlug ich vor und legte die Mappe auf dem Schreibtisch ab. »Gibst du mir das Notizbuch? Ich schreib mir die Namen der Sponsoren auf.«

Jamie zog das Büchlein aus der Tasche und reichte es mir. Auch er warf einen Blick auf die Briefe vor uns und dachte gerade noch daran, sich die Hände an einem Tuch aus seiner Manteltasche abzuwischen, um keine Ölflecke auf dem gebleichten Papier zu hinterlassen.

»Energie«, las er vor und nahm sich den nächsten Brief. »Es scheint um eine große Erfindung zu gehen, die Energie liefern soll.«

»Energie für was?«, fragte ich und Jamie zuckte mit den Schultern.

»Für Details bräuchten wir die Briefe, die David Brighton geschrieben hat.«

»Geht es hier um die Maschine, zu der du die Blaupausen hast?«, fragte ich und Jamie wies auf den Kopf des Briefes.

»Schau mal, die neuesten Briefe sind erst zwei Monate alt. Ich kann mir nicht vorstellen, dass er mehrere solcher Großprojekte gleichzeitig entwickelt hatte«, behauptete er und ich nickte.

»Wir gehen also davon aus, dass es dieselbe ist«, deutete ich seine Worte.

»Wäre zumindest die logischste Annahme.« Jamie reichte mir die Briefe zurück.

Wir fanden noch mehr Korrespondenz, sowohl in der Mappe als auch in den Haufen auf dem Boden. Namen und Schriften wiederholten sich und wir sortierten die Briefe auf vier verschiedene Haufen. Jeder Stapel gehörte zu einem Namen: Sir Godric Percy, Travis Kelly, ein Mr Ackermann und Ernest Powell.

»Powell«, sagte ich laut und begriff. »Hat Mrs Lee nicht von einem Paul gesprochen? Möglicherweise meinte sie Powell«, zog ich die Verbindung und verband die beiden Informationen in den Notizen mit einem Pfeil.

»Und weißt du, was? Sir Godric Percy. Den Namen kenne ich. Wo habe ich ihn schon einmal gehört?«, sinnierte ich und kringelte ihn ein. Darüber würde ich nachdenken, wenn wir nicht mehr als Einbrecher zwischen dem Zeug eines Verstorbenen stehen würden.

Jamie sah sich die Notizen durch, die ich nicht hatte deuten können und wanderte dann noch einmal zurück zu den Chemikalien, die aus dem Vitrinenschrank gefallen waren. Zwischen den Flaschen, auf denen Etiketten mit den Begriffen Nickel, Mangan oder Kupferoxid klebten, stand ein Buch.

Es wirkte so fehl am Platz, dass Jamie es herauszog und sich den abgeschlagenen Einband und die zerlesenen Seiten besah.

Ein Knall ertönte von draußen und Jamie und ich zuckten erschrocken nach unten, auch wenn ich bezweifelte, dass man uns durch die vor Dreck blinden Fenster sehen konnte.

Das Gefühl des Verbotenen hatte sich durch die Stille um uns herum unbemerkt gelegt und war jetzt auf einen Schlag zurückgekehrt.

»Vielleicht sollten wir …«, setzte Jamie an und ich nickte hektisch. Wir hätten ewig hier drin herumstöbern können und doch niemals gewusst, ob wir die entscheidenden Informationen schon gefunden hatten.

Doch mir reichte es fürs Erste, ein paar Namen zu haben. Damit würde ich sicher etwas anzufangen wissen und jede Information konnte uns näher ans Ziel führen.

Ich verstaute die Briefe wieder in der Mappe, auch wenn in all dem Chaos, das hier vorlag, sicher niemand gemerkt hätte, wenn ich sie hätte liegen lassen und schlich mit Jamie zur Tür.

Der Garten lag immer noch verlassen vor uns und auch sonst schien niemand in der Nähe zu sein. Der Knall hätte alles Mögliche gewesen sein können. Ich tippte auf ein Fenster, das man zum Lüften geöffnet und das der Wind zugeschlagen hatte.

Doch das ist uns bis heute ein Rätsel geblieben.

Wir gelangten über die Eiche wieder in die Gasse und von dort aus zurück auf die Hauptstraße. Jamie wagte es jedoch nicht, erleichtert auszuatmen. Dazu stand er immer noch viel zu sehr unter Spannung.

Energie. Das Wort aus dem Brief ging ihm nicht mehr aus dem Kopf und er versuchte sich an die Konstruktionen zu erinnern, die er sich auf den Blaupausen angesehen hatte.

Es war ersichtlich gewesen, dass es sich bei der Maschine um eine Art kompakten Motor handelte. Doch wie ein Antrieb hatte er nicht gewirkt.

Aber was, wenn es sich dabei tatsächlich um die Gewinnung von Energie handelte? Vielleicht sogar Elektrizität.

Die Glühlampen am Haus könnten ein Hinweis gewesen sein.

Jetzt, wo der Gedanke seinen Kopf bewohnte, schien es undenkbar, dass er Jamie zuvor verschlossen gewesen war. Er hatte sein Leben zwischen Zahnrädern und aufziehbaren Mechaniken verbracht, sodass Elektrizität ihm wie ein fernes Wunder vorkam und nichts war, was für seine Realität von Nutzen sein konnte.

Er sagte mir zu diesem Zeitpunkt nichts von seinen Überlegungen, die ja auch erst einer vagen Vermutung gleichkamen, die er zuvor überprüfen wollte.

Wir hätten aber abgesehen davon sowieso keine Zeit gehabt, darüber zu sprechen, denn wir hatten gerade den Weg zur Untergrundbahnstation eingeschlagen, als mir ein Mann auffiel.

Niemand sonst war auf den Straßen unterwegs. Es schlug gerade zur Teezeit und jeder, der nicht in seinem eigenen Salon saß, hatte lägst eins der Teehäuser in London City erreicht.

Der Mann tauchte vor uns auf, als hätte er an der Treppe zur Station gewartet und ich wusste auf der Stelle, dass hier etwas nicht stimmte. Er wies die Statur eines Boxers auf und war dazu noch gekleidet wie ein Hafenarbeiter. Obwohl die Dämmerung bereits eingesetzt hatte und er noch einige Meter entfernt war, konnte ich die wulstige Narbe über seinem rechten Auge erkennen, die ihm das Aussehen eines klassischen Romanbösewichts verlieh.

»Jamie«, sprach ich den Mechaniker an und holte ihn aus seinen Gedanken. Kaum hob er den Blick, setzte sich der Schläger in Bewegung und kam direkt auf uns zu.

»Will der zu uns?«, fragte Jamie und die Anspannung, die mit jedem Schritt gewichen war, schoss so plötzlich in seinen Körper zurück, dass ihm eine unangenehme Gänsehaut vom Kopf bis zu den Zehen zog.

Ich warf einen Blick zurück und entdeckte einen zweiten Mann, der mit seiner schmutzig grauen Jacke und einem Schweißtuch um den Hals genau wie der erste so offensichtlich nicht in dieses Stadtviertel gehörte, dass er einem unweigerlich ins Auge stach.

»Da ist noch einer«, zischte ich und entdeckte einen dritten Mann, der auf der anderen Straßenseite stand und ganz unverblümt zu uns herübersah. Er trug, im Gegensatz zu den anderen beiden, einen guten Anzug, Mantel und Hut.

Doch die Schmalzlocke, die auf seiner Stirn lag, war so unverkennbar, dass ich zurückzuckte.

»Das ist der Mann von der Soirée«, stieß ich aus und Jamie folgte meinem Blick. Was zuvor nur eine Vermutung gewesen war, festigte sich zu einer Gewissheit. Dieser Mann war hinter Jamie Lennox her.

»Was?« Es dauerte nur einen Schreckmoment, da wurde Jamie von Panik überrollt und erstarrte.

Bei mir hingegen erwachten auf der Stelle sämtliche Überlebensinstinkte.

»Wir müssen hier weg.« Ich packte Jamie am Arm und rannte los. Weg von der Bahnstation und zurück in die Richtung, aus der wir gekommen waren. Es wäre utopisch, zu glauben, dass wir mit der Untergrundbahn unbehelligt davonkamen. Selbst wenn wir es an dem Mann mit der Narbe vorbeischafften, wie hoch war die Wahrscheinlichkeit, dass genau in dem Moment eine Bahn einfuhr, die zwar uns mitnahm, aber unsere Verfolger nicht?

Sofort beschleunigten auch die beiden Schlägertypen ihr Tempo, während Schmalzlocke nur viel zu selbstgefällig lächelte.

Doch er hatte sich zu früh gefreut!

Da sie von beiden Seiten kamen, nahmen sie wohl an, es wäre nur eine Frage der Zeit, bis sie uns erwischten. Aber da unterschätzten sie mich gewaltig.

Ich kann mir vorstellen, dass eine Dame von Stand in meiner Situation tatsächlich ihren Verfolgern ausgeliefert gewesen wäre. Doch ich war in meinem Leben schon so oft vor irgendwem weggelaufen, dass ich jede noch so kleine Chance zu nutzen wusste.

Die Villen standen hier dichter als in David Brightons Straße, doch nicht eng genug, um uns keine Fluchtmöglichkeit zu gewähren. Noch bevor die Männer uns erreichten, zerrte ich Jamie nach links und über die Straße.

»Drüber!«, rief ich, raffte meinen Rock und nahm bereits Anlauf. Mit einem Satz sprang ich über eine niedrige Mauer, Jamie dicht hinter mir und schon schlüpften wir zwischen zwei Häusern hindurch.

Hinter uns fluchte jemand. »Hinterher!« keifte eine tosende Stimme und ich nahm mir nicht die Zeit, um zurückzublicken.

Unsere Schritte hallten laut auf dem Pflaster, mein Atem beschleunigte sich und die Kälte des Winters stach mir schmerzhaft in die Lunge. Auch Jamie keuchte, als wir um eine weitere Ecke rannten und wieder auf offener Straße landeten.

»Wohin jetzt?« Sein Blick war gehetzt.

»Zur Untergrundbahn ist zu riskant. Wir müssen weiter und hoffen, dass wir sie irgendwo abhängen«, sagte ich und sah mich eilig um. Dann zog ich Jamie weiter und wir rannten schneller, als unsere Verfolger aus der Gasse preschten und auf uns zuhielten.

Doch wir verschwanden schon wieder in der nächsten Seitenstraße.

»Was wollen die von uns?«, hauchte Jamie und ich schaffte es nicht, ihm zu antworten. Allerdings war es offensichtlich, dass sie uns nicht für eine nette Unterhaltung durch Kensington jagten.

Obwohl meine Beine lang und sehnig waren und ich mich nie vor einem Laufweg scheute, spürte ich deutlich, dass das Jahr im Haus von Miss Brandon-Welderson mich schwächer gemacht hatte. Schon in der nächsten Gasse brannte ein Feuer in meinen Oberschenkeln und noch eine Straße weiter glaubte ich meine Lunge hervorwürgen zu müssen, wenn wir nicht bald ein Versteck fanden.

Auch Jamie japste verdächtig und die Verzweiflung stand ihm ins Gesicht geschrieben.

Wären wir im East End gewesen, es hätte sich überall ein Winkel aufgetan, in den man sich hätte quetschen können, um die Männer zu täuschen, deren Schritte immer noch dicht hinter uns über die Straße hallten.

Doch das West End zeigte sich zuweilen wie ein Puppenhaus. Adrett und unwirklich, als würden hier keine Menschen, sondern nur leblose Puppen wohnen.

Wir konnten nur darauf hoffen, lang genug durchzuhalten, damit die Dunkelheit uns verschluckte.

»Ich kann nicht mehr«, stieß Jamie aus, als wir uns zwischen Hauswänden hindurchschoben und eine Abkürzung quer über ein brach liegendes Blumenbeet nahmen.

»Wir geben nicht auf«, krächzte ich so entschlossen, wie ich nur konnte und rang nach Luft. »Wir müssen nur …« Wir stolperten raus auf die Straße und plötzlich wusste ich, wo wir waren. Wäre ich nicht völlig außer Atem gewesen, hätte ich einen Freudenschrei ausgestoßen.

»Hier lang.« Ohne zu zögern griff ich Jamies kalte Hand und zerrte ihn weiter.

Zu wissen, dass wir es schaffen konnten, gab mir neue Kraft und wir preschten über die Straße, die kahle Platanenallee entlang.

Die Villa, auf die wir zuhielten, sah genauso aus wie alle anderen in dieser Straße und doch füllte sich bei ihrem Anblick mein Herz mit einer Wärme, die mich ängstigte.

Da mir jedoch gerade keine Zeit blieb, diesem Gefühl nachzugehen, stolperten wir nur die Stufen zur Eingangstür nach oben.

Jamie sagte etwas, war jedoch zu erschöpft, um deutlich zu sprechen und so achtete ich nicht auf ihn, sondern hob die schwachen Hände und trommelte mit der letzten Kraft, die ich aufbringen konnte, gegen die edle Tür aus dunklem Holz.

Bitte, bitte! Sei zu Hause und mach mir die verdammte Tür auf, flehte ich im Stillen und Jamie klammerte sich an meinen Arm wie ein Ertrinkender.

»Da sind sie!«, rief eine kratzige Stimme und ich riss den Kopf herum. Keine zwanzig Schritt von uns entfernt sprintete Narbengesicht aus der Seitenstraße, aus der wir gerade gekommen waren und hielt auf uns zu. Auch der andere Schläger holte auf und der grimmige Blick in seinen Augen ließ mir das Blut in den Adern gefrieren.

Narbengesicht zog ein Messer aus seinem Gürtel.

»Liz!«, kreischte Jamie mir ins Ohr und zerrte an meinem Ärmel.

Doch wo sollten wir jetzt noch hin? Mir stach jeder Atemzug in die Seite, in meinem Kopf drehte sich alles und Jamie sah aus, als würde er gleich zusammenbrechen.

Und genau in diesem Moment, als ich dachte, wir wären am Ende, öffnete sich die Tür.

14

MR GREEN

Wir fielen geradezu ins Innere des Hauses. Jamie ging auf dem dicken Teppich zu Boden und ich besaß noch die Geistesgegenwart die Tür ins Schloss zu drücken, ehe ich mich keuchend gegen das Holz sinken ließ.

»Elisa Hemmilton«, sagte der Butler, der uns geöffnet hatte, mit Überraschung in der Stimme und ein Schauer rann mir vom Scheitel nach unten und die Arme entlang bis zu den Fingerspitzen.

Benjamin Green.

So lange hatte ich diesen Moment herbeigesehnt, davon geträumt, ihn mir bis ins kleinste Detail ausgemalt. Doch in keinem meiner Träume war ich verschwitzt oder kurz vor einem Zusammenbruch gewesen und auch meine Frisur sollte nicht vollkommen aufgelöst aussehen.

»Verzeihen Sie, dass wir so … hereinplatzen. Wir wurden … verfolgt«, keuchte ich und rang um meine Fassung.

Ich sah ihn nicht an, fühlte mich noch nicht in der Lage dazu und huschte ans Fenster neben der Tür, um durch die Gardinen nach draußen zu spähen.

Die Männer waren noch da, hatten sich auf die andere Straßenseite zurückgezogen und standen nun unschlüssig herum, während die Dunkelheit des Abends über sie hereinbrach.

»Von diesen Leuten?«, fragte mich Mr Green, der so nah hinter mich getreten war, dass ich fürchtete, in Ohnmacht zu fallen, sollte mein Herz noch schneller schlagen.

Ich nickte lediglich und stützte mich an der Fensterbank ab. Meine Hände schwitzten in den schwarzen Lederhandschuhen und es kostete mich mehr Mühe als sonst, sie mir von den Fingern zu zupfen.

»Folgen Sie mir«, sagte Mr Green so höflich wie eh und je und trat vom Fenster zurück.

Mir war schwindelig, aber ich gab mir trotzdem einen Ruck und drehte mich zu ihm um.

Ich hatte ihn so lange nicht gesehen, dass es wehtat, darüber nachzudenken. Er sah genau so aus, wie ich ihn in Erinnerung hatte – wenn nicht sogar besser. Obwohl die Lichter im Foyer noch nicht brannten, reichte das Zwielicht aus, um ihn zu betrachten, wie er sich zu Jamie herunterbeugte.

Mr Green war so groß wie ich, doch bei Weitem nicht so hager. Kantig wäre wohl der Begriff, der einem als Erstes einfallen würde, wenn man ihn beschreiben müsste. Sein Haar, das immer akkurat lag, schien vor Kurzem erst geschnitten worden zu sein, da sich gerade keine kleinen Löckchen im Nacken kräuselten.

Jamie taumelte und hustete wie kurz vorm Ersticken, als Mr Green ihn auf die Beine zog. Ich riss mich aus meiner Starre und eilte an Jamies andere Seite, um mir seinen Arm um die Schulter zu legen.

Gemeinsam bugsierten wir den Mechaniker den Flur entlang und die Treppe hinunter in die Küche. Euphorie pulsierte auf äußerst verwirrende Weise durch meine Adern und allein die unbeschreiblich fantastische Tatsache, nach so vielen Monaten wieder neben Benjamin Green zu stehen, ließ mich nicht zusammenbrechen.

In der Küche herrschte mehr Betrieb, als ich es aus *Beaufort House* gewohnt war. Als Mr Beaufort noch lebte, beschränkten sich die Hausangestellten lediglich auf Benjamin Green und Mrs Simpson. Der blinde Mann war im Alter kein anspruchsvoller Mensch gewesen und hatte sich stets an den kleinen Dingen erfreut.

In der Küche neben Mrs Simpson noch drei weitere Frauen zu sehen, die mit weißen Häubchen auf den Köpfen aufwendiges Backwerk herrichteten, empfand ich als skurril.

»Husch, husch, Mädchen. Es ist so weit«, scheuchte Mrs Simpson sie in ihrer großmütterlichen Art durch den Raum und die erste schnappte sich eins der Tabletts und drängte sich mit einem verwunderten Seitenblick an uns vorbei.

»Ben, werden die Herrschaften etwa schon ungeduldig?«, wandte sich die Köchin an Mr Green, den sie wohl aus dem Augenwinkel gesehen hatte. Als sie sich zu uns umdrehte, riss sie vor Erstaunen die Augen auf und stürmte unverzüglich auf mich zu.

»Elisa!«, rief sie erfreut und bemerkte erst dann meinen doch recht verausgabten Zustand, den ich nicht verstecken konnte, selbst wenn ich gewollt hätte. »Meine Güte, was ist passiert?«

»Zwei Männer haben uns mit einem Messer durch die Straßen gejagt«, teilte ich ihr mit kratziger Stimme mit und half Mr Green, Jamie auf der Eckbank neben dem Ofen abzusetzen.

Der arme Jamie zitterte vor Erschöpfung am ganzen Leib und hatte im Gesicht jegliche Farbe verloren.

»Bei Gott!«, rief Mrs Simpson laut und bekreuzigte sich. »Hier in Kensington?«

»Haben Sie einen Drink für den Mann?«, fragte ich Mrs Simpson und sie gab einem der Mädchen einen Wink, die unter den Arbeitstisch griff und eine Flasche Whiskey und ein Glas hervorzauberte.

»Wir haben alle unsere Laster«, schnaubte die Köchin in Mr Greens Richtung, obwohl dieser keine Miene verzogen hatte.

Das tat er nie. Er ist der kontrollierteste Mensch auf diesem Planeten und es ist absolut unmöglich herauszufinden, was er denkt, wenn er nicht möchte, dass man es weiß.

Und beim Grab von *Farmer George*, er machte mich so wahnsinnig damit, dass ich mir wünschte, auf der Stelle seinen wundervoll geschwungenen Mund zu küssen.

Ich kann nicht genau sagen, in welchem Moment ich mich in ihn verliebt habe. Schon bei unserer ersten Begegnung hatte er eine gewisse Anziehung auf mich.

Es war im Hyde Park gewesen, im Frühjahr 1889. Was mich dorthin verschlagen hatte, weiß ich gar nicht mehr, doch ich war ganz schicksalhaft Quinton Beaufort begegnet. Einem alten, blinden Gentleman mit einem Buch, das er nicht mehr lesen konnte und ich ihm mit Freuden vorlas.

Und da stand er plötzlich vor mir, Benjamin Green, von der Jagd nach einem Hut zurück, den der Wind Mr Beaufort vom Kopf gestohlen hatte und sah mit strengem Blick auf mich herab, die ich mit verschlissenen Kleidern und verlotterten Haaren neben seinem Herrn auf der Parkbank saß und überschwänglich aus *Von der Erde zum Mond* rezitierte.

Ich nehme an, es missfiel ihm, mich, ein Gör von der Straße, dort sitzen zu sehen und Mr Beauforts Einladung, wöchentlich zum Vorlesen vorbeizukommen, ebenfalls. So genau kann man das bei ihm aber nicht sagen.

Er ist so reserviert, dass ich einfach nicht widerstehen kann, ihn zu ärgern. Es ist wie eine Herausforderung an meinen Charakter. Ich muss ihn so lange reizen, bis ich eine Reaktion von ihm bekomme. Irgendeine.

Doch in dem Jahr vor Mr Beauforts Tod war mir das nicht gelungen. Nein, im Gegenteil. Mr Green war nicht aus der Ruhe zu bringen gewesen und ich hatte mit Pauken und Trompeten mein Herz an ihn verloren.

Schöne Bescherung.

Jetzt stand er wieder vor mir und goss Jamie einen Drink ein, als wäre nicht ein halbes Jahr vergangen, seit wir uns das letzte Mal gesehen hatten.

Mir raste das Herz, eine Horde Maikäfer summte wie verrückt durch meinen Bauch und mein Körper fühlte sich von unserer Flucht immer noch so entkräftet an, dass ich mich auf einen Stuhl sinken lassen musste, um dem Schwindel nicht zu erliegen, der die Welt aus dem Gleichgewicht riss.

Jamie stürzte den Inhalt des Glases hinunter, als wäre es Wasser.

»Sie auch, Miss Hemmilton?«, fragte mich Mr Green, nachdem er Jamie nachgeschenkt hatte und hielt mir die Whiskeyflasche hin.

Ich nahm ihm zur Antwort die Flasche ab, setzte sie an die Lippen und trank einen kräftigen Schluck, ohne auch nur einen Gedanken an ein Glas zu verschwenden. Der Alkohol brannte meine Kehle nach unten und verteilte sich warm in meinem aufgeregten Magen.

Ich reichte die Flasche an Mr Green zurück. »Danke«, sagte ich und merkte dann, dass alle mich anstarrten. Zumindest alle außer Jamie, der erschöpft den Kopf auf die Tischplatte sinken ließ.

Der arme Jamie. Was hatte ich mir dabei gedacht, ihn in solch eine Gefahr zu bringen? Wie hatte das so schnell so sehr eskalieren können?

Die verworrenen Emotionen dieses Nachmittags brachen alle auf einmal über mich herein, ein hysterisches Kichern entrang sich meiner Kehle und ich musste mich gleichzeitig zusammenreißen, um nicht augenblicklich in Tränen auszubrechen.

Man hatte uns durch die Straßen gejagt.

Wir waren um unser Leben gerannt.

Schon immer hatte ich gewusst, dass Kensington für mich viel gefährlicher war als das East End. Dort wäre mir dergleichen (ironischerweise) nie passiert.

Mein Mantel fühlte sich auf einmal viel zu eng an und schnürte mir die Luft ab. Mit zittrigen Fingern öffnete ich die Knöpfe und wünschte, ich könnte mir gleichermaßen auch das edle Kleid und das Korsett vom Körper reißen.

»Mrs Simpson?«, fragte eine unsichere Stimme und die Köchin wandte sich an die beiden Dienstmädchen, die unschlüssig in der Küche herumstanden und auf Anweisungen warteten.

»Ja, natürlich. Das Teegebäck«, fuhr sie auf und brauchte einen Moment, um sich zu orientieren. »Ben*, kümmere dich um unser Fräulein. Ich übernehme die Herrschaften für dich«, wies sie Mr Green an und bedachte ihn mit einem so eindringlichen Blick, als

Sie darf ihn als Einzige so nennen, weil sie ihn schon als kleinen Jungen kannte. Es scheint für ihn etwas sehr Persönliches zu sein. Ich habe das einmal versucht. War keine gute Idee.

wollte sie noch mehr sagen. Sie behielt ihre Gedanken jedoch für sich und Mr Green offenbarte mir nicht, ob er die unausgesprochenen Worte verstanden hatte.

Mrs Simpson holte eilig den Kessel vom Herd, goss das kochende Wasser in eine hohe, mit feinen Blumen bemalte Kanne und verschwand mitsamt den beiden Mädchen die Treppe nach oben.

Ihre Schritte verhallten im Flur und Mr Green tat etwas, was er in meiner Gegenwart nie getan hatte: Er setzte sich zu mir.

Ich kannte ihn nur in der höflichen Rolle des Butlers. Mit stoischem Blick und eisernem Schweigen war ich von ihm immer wie der Gast seiner Herrschaften behandelt worden. Mit Abstand.

Ich wünschte, ich hätte genießen können, dass er mir zum ersten Mal entgegenkam, aber mein Kopf platzte vor Gedanken und ließ es nicht zu.

»Sie haben sich den denkbar schlechtesten Zeitpunkt des Tages ausgesucht, um hereinzuschneien«, sagte Mr Green mit einem gewissen Vorwurf und ich hätte gelacht, wenn unsere Situation nicht so misslich gewesen wäre.

»Verzeihen Sie, Mr Green. Das nächste Mal lasse ich mich nicht gerade zum Fünfuhrtee von zwei Ganoven durch die Straßen jagen«, antwortete ich trotzdem sarkastisch, schnappte mir die Whiskeyflasche und trank noch einen zweiten Schluck.

»Ich schlage vor, Sie lassen sich überhaupt nicht jagen. Wie sind Sie in solch eine Situation geraten?«, forderte er zu wissen, sah erst eindringlich mich an und dann Jamie, der endlich wieder zu Atem gekommen war.

Er bemerkte den stechenden Blick des Butlers nicht einmal, zu sehr schwebte er noch auf der Wolke der Erleichterung, mit dem Leben davongekommen zu sein und sich nicht mehr zu fühlen, als müsste er sich gleich übergeben.

»Alles begann mit einem Koffer«, sagte Jamie sofort und schälte sich aus seiner gefütterten Jacke. »Er fiel vom Himmel und krachte durch die Kuppel der *Royal University Library*.« Er verhedderte

Ich dachte wirklich, mein letztes Stündchen hätte geschlagen. Ich habe Kraft, aber keine Ausdauer. Ich weiß nicht, wie uns diese Flucht gelungen ist. An das meiste davon kann ich mich nur noch verschwommen erinnern.

sich in seinem Schal und ich nutzte den Moment, um die lange Geschichte kurzzufassen.

»Wir versuchen einen Mord aufzuklären«, brachte ich auf den Punkt und sah mit Genugtuung dabei zu, wie Mr Green in seiner Bewegung innehielt und mich eine Sekunde zu lang anstarrte.

»Liz«, zischte Jamie, der lieber die lange Version erzählt hätte und sich um seine Pointe betrogen fühlte.

»Wir sind hier, weil der ermordete David Brighton ein Stadthaus in der Gegend besitzt. Wir haben mit der Haushälterin gesprochen.«

Meine Gedanken schweiften ab und ich rekapitulierte das Gespräch mit Mrs Lee. Ich war so auf den Anbau fixiert gewesen, dass ich beinahe etwas Wichtiges verpasst hätte.

»Brighton kam von Leeds mit dem Luftschiff nach London! Jamie! Der Koffer ist aus einem Luftschiff gefallen!«, fasste ich zum ersten Mal in Worte, was offensichtlich hätte sein müssen. »Vielleicht war jemand hinter ihm her, um die Pläne für die Maschine zu bekommen. Brighton hat den Koffer aus dem Luftschiff geworfen, damit derjenige sie nicht bekommt und wurde dafür abgemurkst«, mutmaßte ich und sprang auf die Füße, ohne es zu merken.

»Oder der Mörder hat Brighton umgebracht und den Koffer rausgeworfen, um die Pläne zu vernichten.« Jamie trank den letzten Schluck Whiskey und hielt sich dann das kalte Glas gegen die Schläfe. Brennende Kopfschmerzen bahnten sich ihren Weg durch seinen Schädel und der Alkohol stahl ihm erschreckend schnell die Konzentration. Hätte ich gewusst, wie du auf Alkohol reagierst, hätte ich dir sicher nicht so viel eingeschenkt. Ich dachte, wenn er meinen Schreck kuriert, dann deinen sicher auch.

»Wer sollte so etwas tun?« Ich runzelte die Stirn.

»Ein Konkurrent?«, schlug Jamie vor und stellte das leere Glas zurück auf den Tisch. Ich nahm dies als Gelegenheit, mich wieder zu setzen und ihm nachzuschenken.

»Würde so einer die Pläne nicht eher für sich haben wollen?«, grübelte ich und suchte nach mehr Möglichkeiten. »Wen haben wir noch? Die Investoren? Was, wenn einer von denen gierig geworden ist, um allein die Weltherrschaft an sich zu reißen«, rief ich und Jamie schüttelte resigniert den Kopf über mich.

Ja, ich bin ja selbst schuld. Ich hätte ihn ja nicht trinken müssen.

»Elisa, die Maschine kann die Menschheit nicht versklaven«, hielt er mir wieder vor und ich hob die Augenbrauen.

»Weißt du das?«, fragte ich herausfordernd und wusste selbst, dass diese Theorie absolut abwegig war. Doch die Dramatikerin in mir brauchte sie, um der Situation mit genug Ehrfurcht zu begegnen.

»Lass uns realistisch bleiben«, mahnte Jamie und ich seufzte laut.

Ich hatte gehofft, unser Ausflug hierher würde mehr Licht ins Dunkel bringen. Doch bisher fühlte es sich so an, als würden nur noch mehr Schatten auftauchen.

»Miss Hemmilton«, mischte sich Mr Green ein und zog meine Aufmerksamkeit auf sich. »Sie und Ihr Freund können nicht hier hereinstürmen, ohne mir eine verständliche Erklärung dafür zu liefern.«

Ich sah ihm in die Augen, die im spärlichen Licht der Kerzen schwarz wirkten, obwohl sie eigentlich dunkelblau waren und er hielt seinen unbeugsamen Blick unverwandt auf mich gerichtet.

»Ach, geben Sie es zu«, sagte ich mit verschwörerischer Stimme. »Sie sind doch nur neugierig«, zog ich ihn auf, weil ich mich dem Zwang nicht verwehren konnte, ihn zu ärgern, sobald er mich ansah.

»Miss Hemmilton«, sagte er streng und ich biss mir auf die Unterlippe.

»In Ordnung«, ließ ich mich breitschlagen, schob meine dummen Gefühle beiseite und erinnerte mich an die Manieren, die Clifferton versuchte mir einzubläuen. »Mr Green, darf ich vorstellen: Jamie Lennox, Mechaniker und Uhrmacher. Er ist durch einen spannenden Zufall in den Besitz eines Überseekoffers geraten, der einem ermordeten Mann gehörte: David Brighton, Ingenieur. In dem Koffer befanden sich die verschlüsselten Pläne einer rätselhaften Maschine. Und nun ist jemand hinter uns her.«

»Waren Sie damit bei der Polizei?«, wollte Mr Green wissen und ich rollte demonstrativ mit den Augen.

»Natürlich. Die haben Jamie auch direkt verhaftet und halten ihn für einen Kofferdieb. Wirklich sehr hilfreich, die Blauröcke.«

Ich hätte in diesem Moment gewettet, dass Constable Evan Miller das mit dem Luftschiff bereits gewusst hatte, als wir im Lokal miteinander sprachen. Und jetzt im Nachhinein weiß ich das auch mit Sicherheit.

»Und Sie beide kennen sich woher?«, wollte Mr Green wissen und hielt meinem Blick weiterhin stand, doch seine Stimme verlor auffallend an Schärfe.

Mir glitt ein Schmunzeln über die Lippen. »Ist das denn von Belang, Mr Green?«, fragte ich mit einem Augenklimpern und er straffte die Schultern. Es fehlte nur noch, dass er sich räusperte, doch dafür war er zu kontrolliert.

»Natürlich nicht«, sagte er so reserviert, dass ich mir fast sicher war, dass er es zu gern gewusst hätte. Doch vielleicht entsprang dies auch meinem albernen Wunschtraum, dass ihm nicht gefallen würde, wenn Jamie und ich mehr als nur Freunde wären.

»Wir müssen damit aufhören«, meinte Jamie plötzlich und ließ den Kopf gegen die Wand hinter der Bank sinken.

»Was?«, fragte ich irritiert. »Wir haben doch nicht mal richtig damit angefangen.«

»Liz, ich bin fertig mit den Nerven. Erst der Einbruch bei mir, dann die Verhaftung, jetzt die Verfolgung. Lass uns der Polizei die Blaupausen aushändigen und aufhören. Wenn wir es jetzt sein lassen, kommen wir vielleicht noch heil aus der Sache raus«, flehte er und seine Augen waren glasig wie zwei bronzefarbene Teiche. Er fuhr sich fahrig mit der Hand durch die Haare und schwankte dabei leicht nach rechts.

»Jamie, bist du betrunken? Wie kannst du nach zwei Gläsern schon betrunken sein?«

»Drei«, korrigierte mich Mr Green trocken und ich schenkte ihm einen Seitenblick, der offensichtlich zeigte, für wie wenig hilfreich ich ihn gerade hielt.

»Die kennen unsere Gesichter, Jamie. Glaubst du, die waren zufällig hier in Kensington? Oder am Samstag auf der Soirée? Die sind doch längst hinter uns her!«, rief ich und schlug mit der Hand auf die Tischplatte wie ein Raufbold. »Wenn Schmalzlocke der

Mörder von David Brighton ist, dann hat er uns im Visier. Die einzige Möglichkeit, da jetzt noch heil rauszukommen, ist einen Weg zu finden, ihn dingfest zu machen, ehe er uns abmurkst. Und das geht nur, wenn wir weiter den Hinweisen folgen.«

Jamies Mundwinkel sackten immer weiter nach unten und seine Schultern wanderten zu seinen Ohren hoch. Dann schob er mir sein Glas hin.

»Gib mir noch einen«, sagte er.

»Bist du sicher?« Ich sah ihn skeptisch an.

Er nickte schwach.

Ich füllte das Glas nur zur Hälfte und wusste, noch bevor er es an die Lippen gehoben hatte, dass das eine schlechte Idee gewesen war. Aber er war erwachsen, er würde es überleben.

Er verzog angewidert das Gesicht, als er das scharfe Zeug schluckte und lehnte sich dann erneut mit dem Kopf an die Wand.

»Was sind die nächsten Hinweise?« Mr Green, der sich in dieser Unterhaltung, wie auch sonst, im Hintergrund hielt, sah mich auf einmal auffordernd an. »Ich kenne diese Geschichte nur bruchstückhaft und bisher gefällt mir ganz und gar nicht, was ich davon zu hören bekommen habe.« Sein Mund verzog sich für einen Augenblick missbilligend. »Aber zu wissen, was hier vor sich geht, ist sicher nicht der schlechteste Ansatz.«

»Danke schön«, rief ich selbstzufrieden, griff über den Tisch und kniff Jamie in den Arm. »Hörst du. Der strenge Mann hat mir recht gegeben. Und wenn er das sagt, dann ist das was Besonderes.«

Jamies Trunkenheit schlug bereits in Müdigkeit um und er antwortete daher nicht. Mr Green enthielt sich eines Kommentars.

»Gib mir die Notizen«, forderte ich Jamie auf und kniff ihn ein zweites Mal, damit er reagierte.

Der Mechaniker mühte sich in eine aufrechte Position und griff in die Tasche seiner Jacke. Heraus kam jedoch nicht das Notizbüchlein, sondern eine sehr zerfledderte Ausgabe von Mary Shelleys *Frankenstein*.

Wir starrten beide einen Augenblick darauf, bis mir einfiel, dass ich diejenige war, die das Büchlein als Letzte in der Hand gehabt hatte.

»Wo kommt das denn her?«, murmelte Jamie verwundert und legte das Buch auf dem Tisch ab. Wäre er nicht vom Alkohol benebelt gewesen, wäre ihm sicher sofort der zerschmetterte Vitrinenschrank im Anbau der *West Brickstone Villa* eingefallen, aus dem er das Buch gezogen hatte. Und möglicherweise hätte er sich auch daran erinnert, es versehentlich eingesteckt zu haben.

Ich tastete die Taschen meines Mantels ab, der über der Stuhllehne hing, bis ich das Notizbüchlein fand.

»Das hier sind die Namen der Männer, die in Brightons Erfindung investiert haben.« Ich schlug die Seite auf und zeigte auf die Reihe an Namen. »Die werden wir als Nächstes befragen müssen.«

Mr Green neigte sich in meine Richtung, um meine Schrift lesen zu können und kam mir damit so nah, dass ich erschrocken die Luft anhielt. Meine Konzentration, die zuvor gänzlich dem Fall gehört hatte, wurde von dem Kribbeln verschlungen, das sich in meinem Körper ausbreitete wie ein Insektenschwarm.

»Sir Godric Percy«, entzifferte Mr Green und zog die Stirn in Falten. Sofort heftete sich mein Blick auf ihn und ich sog jede noch so winzige Gefühlsregung in seinem Gesicht auf wie eine Verdurstende.

»Der Name kam mir auch sofort bekannt vor«, sagte ich erstaunlich fest für das Chaos in meinem Herzen und bemühte mich, den Mann neben mir nicht anzustarren, als wäre er mein wahr gewordener Tagtraum.

Es war einfach unfassbar, dass ich mich in seiner Gegenwart immer noch genauso fühlte wie vor einem halben Jahr. Heilte die Zeit nicht alle Wunden? Hätte sie mich nicht vergessen lassen sollen?

Mr Green fing meinen Blick auf und mein Herz setzte einen Schlag aus. Er war mir immer noch viel näher als gewöhnlich und ich wünschte mir sehnlichst zu wissen, was er gerade dachte.

Hatte er mich so vermisst wie ich ihn? Mochte er mich überhaupt oder fragte er sich nur, wieso ich schon wieder in dieses

Haus kam, obwohl Quinton Beaufort längst von uns gegangen war und so die Fäden zwischen uns gekappt hatte.

»Ist das dieser Lord mit dem sich drehenden Kronleuchter?«, fragte Mr Green und ich blinzelte irritiert. »Sir Percy«, präzisierte er und tippte auf den Namen in dem Notizbüchlein.

Jamie schnappte hörbar nach Luft und legte den Roman beiseite, den er bis eben angestarrt hatte. »Ja! Ich habe davon gehört. Eine vollmechanische Drehkonstruktion mit mehreren Achsen und einem Planetengetriebe«, warf er mit für seinen Zustand erstaunlichen Details um sich und versuchte krampfhaft wach zu bleiben.

Ich habe noch viel mehr dazu gewusst. Du hast es nur nicht aufgeschrieben.

»Ihr habt recht!«, rief ich, als ich mich erinnerte. »Miss Brandon-Welderson sprach davon. Der Kronleuchter soll am Weihnachtsball der Winterglowes enthüllt werden. Dann ist er sicher auch dort. Wir könnten ihn dort treffen und befragen.«

»Und wie willst du auf diesen Ball kommen?«, wollte Jamie wissen und ich zwinkerte ihm zu.

»Ich habe eine Einladung«, erzählte ich selbstgefällig. »Ich brauche lediglich eine männliche Begleitung.«

»Auf keinen Fall!«, stieß Jamie sofort aus und rieb sich die Augen. »Ich werde nicht mitgehen, Elisa«, beharrte er. »Mir hat dieses Abenteuer gereicht. Und ich habe auch absolut keine Ahnung von so einem Ball.«

Auch wenn alles in mir in Wallung geriet, richtete ich mich kerzengerade auf und wandte mich demonstrativ Mr Green zu. Ich hob herausfordernd eine Augenbraue und er blickte mich an, als hätte ich den Verstand verloren.

Er sagte nichts, also musste ich konkreter werden.

»Würden Sie mir die Ehre erweisen und meine Begleitung sein, Mr Green?«, fragte ich ihn ganz direkt und er regte sich immer noch nicht. »Ich kann natürlich auch allein gehen und mich anschließend von den Schergen eines heimtückischen Mörders um die Ecke bringen lassen. Aber dann werden Sie Ihr Leben lang die Schuld tragen, das meine verwirkt zu haben.«

»Du bist so dramatisch«, murrte Jamie unverständlich und wollte auch noch mehr sagen, doch ihm sanken die Augenlider immer weiter nach unten. Sein Kopf wurde auf magische Weise von der Tischplatte angezogen und all seine Überlegungen verschwanden im süßen Nichts des Schlafes. Er versuchte sich dagegen zu wehren, zu blinzeln, zu protestieren. Doch er schnaubte nur leise und rührte sich dann nicht mehr.

Ich schenkte ihm keinerlei Beachtung und fixierte weiterhin Mr Green mit meinem Blick.

»Miss Hemmilton, ich bin ein Butler. Ich kann nicht auf einen Ball gehen«, beharrte er und ich kräuselte neckisch die Nase.

»Ich bin ein Mädchen aus Limehouse, Mr Green. Und ich werde es auch tun«, hielt ich dagegen und versuchte aus seinem Ausdruck und seiner Haltung herauszulesen, ob er es bereits in Betracht zog. Doch wie immer versteckte er alle denkbaren Signale hinter einer professionellen Maske und höflicher Gelassenheit.

Ich wollte mir gerade einen neuen Grund einfallen lassen, der ihn unweigerlich davon überzeugen sollte mich zu begleiten, da nickte er plötzlich.

»In Ordnung. Ich begleite Sie«, sagte er und ich schaffte es nicht, meinen Mund vom Lächeln abzuhalten. Am liebsten wäre ich ihm um den Hals gefallen, doch ich hielt mich zurück und klammerte mich stattdessen an mein Notizbüchlein.

Natürlich wollte ich nur den Fall lösen. Hier ging es ausschließlich um den Fall. Niemals habe ich versucht, Mr Green auf hinterlistige Weise dazu zu bringen, mit mir auszugehen. Das wäre ja nicht schicklich, nicht wahr? Will ich das kommentieren? Sollte ich das? Vielleicht. Ich will aber nicht.

»Unter einer Bedingung«, schob Mr Green sofort hinterher, als er mein übertriebenes Grinsen sah. »Wir halten uns bedeckt. Keine verrückten Aktionen und ausgefallenen Aufführungen von Ihnen. Wir gehen das professionell an.« Sein Blick war so bestimmt, dass ich weiche Knie bekam.

»Natürlich. Was immer Sie für richtig halten«, antwortete ich das Einzige, was er jetzt hören wollte.

Ich bin ehrlich, ich hätte in diesem Moment zu quasi allem *Ja* gesagt, nur um Zeit mit ihm verbringen zu können. Aber wer soll es mir verübeln?

»Freitagabend, in der Villa der Winterglowes. Kommen Sie vorher zu mir oder soll ich Sie hier abholen?«, versuchte ich gleich das Organisatorische zu klären, doch Mr Green hob beschwichtigend die Hand, um mich zu stoppen.

»Die Herrschaften müssen mir erst einmal den Abend freigeben und dann lasse ich Ihnen eine Nachricht zukommen«, erklärte er und sank gegen die Lehne seines Stuhls. »Wohnen Sie immer noch in der Park Street bei Miss Brandon-Welderson?«

»Ja. Ich habe gerade das zweite Semester meines Studiums abgeschlossen.« Ich lächelte verstohlen. »Ich habe für meine Leistungen einen Preis gewonnen«, konnte ich mir nicht verkneifen zu erwähnen und für den Hauch einer Sekunde glaubte ich ein Schmunzeln auf seinen Lippen zu sehen.

»Ich gratuliere«, sagte er leise und in seinen dämmerungsblauen Augen erschien ein sanftes Glimmen.

Von diesem Blick träume ich nachts, schwärme am Tag und wünsche mir mit all meiner Seele, dass er nur mir gilt. Ich weiß nicht mehr, wann ich diesen Schimmer in Benjamin Greens Augen das erste Mal bemerkt habe, doch ich bin mir sicher, dass er maßgeblich daran beteiligt gewesen ist, mein Herz zu rauben.

Wir schwiegen einen Moment, in dem Mr Green sich Jamie zuwandte, um ihn zu mustern wie ein fremdes Tier und ich ungesehen erröten konnte.

»Wer wohnt jetzt in *Beaufort House*?«, wisperte ich, weil ich die plötzliche Ruhe nicht zerstören wollte, aber dringend einer Ablenkung bedurfte.

»Mr Herold Beaufort und seine Frau Fabienne. Er ist der Sohn von Quinton Beauforts jüngerem Bruder. Er ist der Erbe und hat das Haus einen Monat nach Mr Beauforts Tod bezogen«, antwortete Mr Green und ich versuchte ganz genau hinzuhören, um herauszufinden, wie es ihm damit ging.

»Ist er nett?«, fragte ich und seine Augenbrauen zuckten. Doch leider nicht genug, als dass ich es deuten konnte.

»Er bezahlt uns«, sagte er lediglich und faltete seine langen, schlanken Finger im Schoß. Ich fragte mich, ob der neue Mr Beaufort ihn ebenfalls im großen Salon Klavier spielen ließ.

»Er ist also nicht nett«, schlussfolgerte ich absichtlich provokant und Mr Green wandte sich von Jamie ab, der auf dem Tisch eingeschlafen war und sah mich an.

Mit den Gefühlen, die sich in seinen Augen spiegelten, konnte ich nicht rechnen und sie erwischten mich wie ein unerwarteter Regenschauer, der einen binnen Sekunden bis auf die Haut durchnässte.

»Er ist nur nicht Quinton Beaufort«, antwortete Mr Green und ich spürte den Schmerz des Verlustes wie eine Nadel in meinem Fleisch. Wir fühlten ihn beide und er wusste das genau wie ich.

Ich hatte mich geirrt. Es waren doch nicht alle Fäden zwischen uns gekappt worden. Dieser feine Zwirn eines verlorenen Freundes würde uns immer verbinden.

Und das beruhigte mein aufgescheuchtes Herz.

Jamie schnarchte und riss uns aus den Gedanken, die wir geteilt hatten. Er lag mit der Stirn auf der Tischplatte, seine Haare wie ein schwarzer Kranz um seinen Kopf und sabberte auf *Frankenstein*.

»Wie soll ich ihn nur so nach Hause schaffen?«, dachte ich laut nach und unterdrückte ein Lachen.

Mr Green richtete sich auf und hüllte sich wieder in den Mantel der höflichen Distanz. »Ich lasse Ihnen eine Droschke kommen«, bot er an und erhob sich steif. »Und ich schicke Ihnen Patrik Smith mit, zu Ihrer Sicherheit.«

»Wer ist Patrik Smith?«, wollte ich wissen und stand ebenfalls auf. Unser kleiner spontaner Besuch galt hiermit wohl als beendet.

Ich wünschte mir, noch länger zu bleiben.

»Der Gärtner. Er war in einem früheren Leben Soldat«, erklärte Mr Green knapp und so sachlich wie eh und je. »Wir wollen ja nicht riskieren, dass Sie erneut von den Schergen eines heimückischen Mörders überfallen werden«, verwendete er meine Worte und brachte mich dadurch zum Lachen.

»Wie achtsam von Ihnen. Man könnte glatt meinen, Ihnen liegt etwas an mir«, machte ich meine üblichen Scherze und Mr Green verzog keine Miene.

Meine Güte, dieser Mann machte mich noch wahnsinnig und mein Herz war für immer verloren.

Dienstag, 16. Dezember 1890

15

ICH WÜRDE BEREIT SEIN

Sobald ich am Morgen wach und auf den Beinen war, verfasste ich eine Notiz an Jamie, um herauszufinden, wie es ihm ging. Ich schaffte es sogar, Clifferton zu überreden, dass er einen Boten bezahlte, obwohl ich nur ein Nachthemd trug und ihm mein Benehmen überhaupt nicht zusagte.

Danach kleidete ich mich an und suchte Miss Brandon-Welderson auf. Ich hätte erst frühstücken und dann mit ihr sprechen sollen. Denn als sie von mir zu hören bekam, dass ich es mir anders überlegt hatte und mich nicht weiter weigern würde, den Weihnachtsball bei den Winterglowes zu besuchen, verfiel sie in einen wahren Freudentaumel und scheuchte mich beinahe umgehend aus dem Haus.

Wichtige Vorbereitungen standen an, verkündete sie. Ich schaffte es gerade noch, mir von Claire ein Thunfischsandwich zustecken zu lassen, als meine Gönnerin schon halb aus der Tür war, ihre neueste Errungenschaft auf dem Kopf: ein Hutmonster aus gefilzter Wolle und pastellfarbenen Seidenblumen.

Will stand bereits mit der Kutsche parat und schon waren wir auf dem Weg.

Vielleicht auch besser so, denn durch den plötzlichen Trubel blieb mir keine Zeit, noch weiter meinen Tagträumen nachzuhängen, die seit gestern mein gesamtes Denken verstopften.

Aber ich hatte Mr Green wiedergesehen!

Ein Ereignis, das ich nicht mehr für möglich gehalten hatte.

Gestern war ich darüber so selig gewesen, dass ich mich nicht einmal beschwert hatte, dass Patrik Smith und ich Jamie quasi die Treppe in seine Wohnung hochtragen mussten. Glücklicherweise trafen wir seine Mutter an, die ihn uns mit einem gutmütigen Seufzen abnahm.

Ich wollte mir die Kopfschmerzen gar nicht vorstellen, mit denen er heute aufwachen würde. Ein Glück für mich, das Alkohol mir runterging wie Wasser.

»Woher der Sinneswandel?«, fragte Miss Brandon-Welderson auf dem Weg nach London City und musterte mich ganz genau, als könnte sie mir den Grund an der Nasenspitze ablesen, wenn sie nur intensiv genug starrte.

»Es hat sich überraschend eine gute Begleitung gefunden«, behauptete ich leichthin, als wäre es nichts Besonderes und versuchte nicht zu grinsen wie ein verliebtes Huhn, um nicht zu viel von meinen Gefühlen preiszugeben.

Natürlich war das nur die halbe Wahrheit und ich erzählte ihr nicht, dass ich vorhatte, Sir Godric Percy über den toten David Brighton und seine ominöse Maschine auszufragen.

»Ein Mann?«, rief Miss Brandon-Welderson überrascht und es war offensichtlich, dass sie mir kein Wort glaubte. Besser so.

»Mit wem gehen Sie eigentlich hin?«, lenkte ich von mir ab und Miss Brandon-Welderson verkniff ihren Mund zu einem harten Strich.

»Ich hatte Mr Reed geschrieben, aber er antwortet mir nicht. Von seinen Gehilfen weiß ich, dass er zurzeit wohl nicht ansprechbar ist«, gestand sie mir mit gesenkter Stimme, als fürchtete sie, es könnte jemand lauschen, der davon nichts erfahren durfte.

Diese Offenbarung zu kommentieren stand mir nicht zu und so enthielt ich mich meiner Meinung.

Mr Reed würde ihr niemals antworten und sie würde sein Herz niemals für sich gewinnen. Denn es gehörte Animant, die er jedoch vergrault hatte.

Welch ein Drama.

Allerdings musste ich zugeben, dass es ein Drama war, an das ich in den letzten Tagen kaum gedacht hatte. Der Fall um den Überseekoffer und meine neuen Bekanntschaften hielten mich genug auf Trab.

»Ich werde ohne Begleitung gehen. Das Leben besteht schließlich aus mehr als aus Tanzen«, behauptete sie kühn, überspielte ihre Enttäuschung jedoch nur schlecht.

Mitleid stach mich und ich war plötzlich auch um ihretwillen froh, nun doch für den Ball zugesagt zu haben.

Keine halbe Stunde später stand ich auch schon, mehr als verwirrt, im Anproberaum einer Schneiderei und ließ mich in ein teichgrünes Abendkleid stecken, das wie durch Zauberhand meine Maße aufwies.

»Ich habe es vorsorglich in Auftrag gegeben, falls du deine Meinung änderst«, vertraute Miss Brandon-Welderson mir an, als wäre nicht offensichtlich, was hier vor sich ging.

Für gewöhnlich verdrehte ich in solchen Momenten heimlich die Augen und hoffte, irgendwann meine Garderobe selbst verwalten zu dürfen, doch an diesem Tag wollte ich ihr ein gutes Gefühl geben, damit sie ihr Herzensleid für ein paar Stunden vergessen konnte und lächelte sie dankbar an.

Das Kleid stand mir vorzüglich. Die Verzierungen am Ausschnitt und an der Hüfte ließen meine Figur weiblicher erscheinen und nicht wie einen Stock, den man lediglich mit teurer Seide umwickelt hatte. Auch die Farbe schmeichelte meiner Haut und brachte in meinen Augen ein sanftes, sonst eher verstecktes Grün hervor, sodass sie weniger kalt wirkten.

Es ist nicht so, dass ich Gesellschaften aus dem Weg gehe. Ich liebe den Trubel, die neuen Bekanntschaften und die Möglichkeiten, die sich mir bieten werden, wenn ich einmal all die Hürden der Wohlhabenden gemeistert habe. Für jedes Ziel, das ich mir im Leben gesetzt habe, ist es nur von Vorteil, mich bei solchen Anlässen blicken zu lassen.

Doch wenn ich an den Weihnachtsball dachte, bekam ich ein drückendes Gefühl in der Brust und kalte Schweißausbrüche.

Im letzten Jahr war dieser Ball das erste gesellschaftliche Ereignis gewesen, auf das Miss Brandon-Welderson mich mitgenommen hatte und ich war so kläglich daran gescheitert, dass ich mit Schrecken daran zurückdachte.

Meine Gönnerin hatte mir gerade den Studienplatz verschafft und mich bei sich einziehen lassen, um mir all die Möglichkeiten zu bieten, die ich für meinen Werdegang brauchen würde. Dazu gehörten Tanzunterricht, eine neue Garderobe, Benimmregeln und noch so viel mehr, dass mir beinahe der Kopf platzte.

Das Kleid für den Ball war damals blau gewesen und ich hatte mich gefühlt, als hätte man mich in eine viel zu kostspielige Torte gesteckt. Ich wusste nicht, wie ich mich darin bewegen sollte, wann man das Büfett stürmen durfte, wie man sich einem Gentleman gegenüber verhielt, der einen zum Tanz aufforderte. Ich war verloren gewesen und zusätzlich verspottet worden, daher hatte ich nicht den Wunsch verspürt, den Winterglowes jemals wieder unter die Augen zu treten.

Nichtsdestotrotz brachte mich nun ein höheres Ziel dazu, meine Gefühle dahingehend zu überwinden. Und auch mein Anblick im Spiegel, wie ich mich in dem Ballkleid drehte und mir die zum Kleid passenden Handschuhe überstreifte, überzeugte mich davon, dass dieser Ball ganz anders verlaufen würde als der vor einem Jahr.

Schließlich hatte ich jetzt sehr viel mehr Erfahrung.

Und natürlich ist das die Aufklärung des Falls und nicht etwa die Tatsache, dass du mit Mr Green dort hingegangen bist.

Selbstverständlich.
Zweifelst du etwa daran?

Auf dem Universitätsball vor einem Monat – der mir echte Bauchschmerzen beschert hätte, wäre Animant nicht an meiner Seite gewesen – hatte ich sogar richtig Spaß gehabt.

»Noch ein bisschen mehr Länge am Saum wäre sicher nicht schlecht. Wir wollen ja nicht, dass die Knöchel zu sehen sind und alle denken, wir hätten nicht das Geld, sie von Kopf bis Fuß einzukleiden«, klärte Miss Brandon-Welderson noch die Kleinigkeiten mit Miss Prudence ab, während ihre Gehilfin Glory sich alles notierte und mich mit giftigen Blicken niederstarrte. Neid stand ihr ins Gesicht geschrieben und ich musste hoffen, dass sie mir nicht heimlich Juckpulver ins Kleid streute, wenn sie den Saum rauslassen musste.

Glory und ich kannten uns von früher. Sie hatte damals aus Stoffresten Kleidungsstücke für mich genäht, solange ich dafür im Gegenzug an ihrer Stelle die Schneiderei putzte. Eine Vereinbarung, die uns beiden zum Vorteil gedient hatte, da sie putzfaul und ich noch mittellos gewesen war. Freundinnen waren wir jedoch nie gewesen.

Während ich darauf wartete, dass auch Miss Brandon-Welderson mit der Anprobe fertig wurde – Sie hatte sich für ein Seidenkleid in hellem Rosa entschieden, inklusive Schärpe und Schleifen –, setzte ich mich ans Schaufenster, an das kleine Tischchen und bekam von Glory einen Tee serviert. *

Ich ließ mir gerade ein Samtband durch die Finger gleiten, das die Lehne des Stuhls zierte, da sah ich einen Mann die Straße vor der Schneiderei überqueren. Ich musste noch ein zweites Mal hinsehen, um ihn zu erkennen, da er sich den Schal hoch ins Gesicht gezogen hatte, um dem Schnee zu trotzen, der in dicken weichen Flocken vom Himmel herabtanzte. Es handelte sich um Sir Jonathan O'Neal, den irischen Lord. Sein rotes Haar blitzte unter dem Zylinder hervor und bildete den einzigen farbigen Fleck vor der grauweißen Fassade des Winters.

* Ich muss nicht erklären, wieso ich mich davor gehütet habe, auch nur einen Schluck davon zu trinken, oder?

In meinem Hals bildete sich ein harter Kloß. Hatte ich ihn nicht zuletzt auf der Soirée am vergangenen Samstag gesehen? War er nicht gemeinsam mit Schmalzlocke lachend die Straße entlangflaniert?

Ob die beiden wohl unter einer Decke steckten?

Sir O'Neal hielt so schnurstracks auf den Laden zu, dass ich meinem ersten Impuls folgte und mich eilig wegdrehte, um vorzugeben, ihn nicht gesehen zu haben. Das kam mir wie die sicherste Methode vor.

Aufregung haftete mir im Nacken und holte die Erinnerung an den gestrigen Tag zurück. Die Angst, als Jamie und ich um unser Leben gerannt waren. Angespannt wartete ich darauf, dass der Lord den Laden betreten würde, doch die Glöckchen über der Tür gaben kein Geräusch von sich und nach ein paar Atemzügen drehte ich mich vorsichtig wieder um. Ich hegte die leise Hoffnung, dass ich mich geirrt hatte und er lediglich vorbeispaziert war, aber er war noch da. In dunklem Mantel und mit Gehstock stand er direkt vor dem Laden und blickte so auffällig durch das Glas der Tür herein, dass ich keinen Zweifel daran hatte, dass er sowohl mich als auch Miss Brandon-Welderson entdeckt haben musste, die gerade aus dem hinteren Zimmer zu mir trat.

Der Puls rauschte mir im Ohr und ich wartete darauf, dass etwas passieren würde. Jetzt!

Doch nichts geschah.

Miss Brandon-Welderson rückte aufbruchbereit den Hut auf ihrem Kopf zurecht und schob die perlenbesetzte Hutnadel in die richtige Position. Ihr war der Lord nicht aufgefallen.

»Lass uns essen gehen«, schlug sie vor und lächelte triumphierend.

Für sie war dieser Tag jetzt schon ein Erfolg. Sie hielt es immer noch für ihren Verdienst, dass ich mich ihrem Willen gefügt und für den Ball zugesagt hatte. Ich ließ sie in dem Glauben.

Als ich mich erhob und Glory mir schlecht gelaunt in meinen Mantel half, war der Lord draußen verschwunden, als hätte er sich im Schneetreiben aufgelöst. Ich trat näher ans Fenster, um die

Straße entlangzuspähen, doch der Schnee wurde immer dichter und ließ mich nicht mehr viel erkennen.

»Findest du nicht auch?«, drang die Stimme meiner Gönnerin zu mir durch und ich zwang mich, meine Suche aufzugeben und mich ihr zuzuwenden.

»Genau, wie Sie es sagen«, antwortete ich beschwingt, auch wenn ich keine Ahnung hatte, um was es ging und streifte mir die Handschuhe über.

Es war ein rotes Paar, das hervorragend zu dem Braun meines Mantels passte. Leider kratzte die Wolle entsetzlich und ich hätte lieber die schwarzen Lederhandschuhe vom Vortag angezogen, aber die waren heute Morgen nicht auffindbar gewesen. Wer wusste schon, wo ich die wieder liegen gelassen hatte.

Miss Brandon-Welderson spazierte aus der Schneiderei, den Schirm gegen den Schnee aufgespannt und schritt den Bürgersteig entlang, als würde ihr die Welt gehören. Dies war das untrügliche Zeichen dafür, dass es ihr gut ging und das freute mich für sie.

Mein Magen meldete sich, noch bevor wir das *Mirabella Palace* erreicht hatten. Schon die Fassade des stattlichen Lokals reichte aus, um mir das Wasser im Mund zusammenlaufen zu lassen.

Allein hätte ich mir in einem solchen Laden sicher nichts leisten können, doch er zählte zu Miss Brandon-Weldersons Lieblingsorten und so kam ich des Öfteren in den Genuss, mir Salzkartoffeln, Fisch in feiner Butter und Yorkshire Pudding einzuverleiben.

Wir traten ein und wurden von einem übereifrigen jungen Fräulein begrüßt, das meiner Gönnerin aus dem Mantel half und ihre wunderschöne Hutmode lobte. Die beste Methode, Miss Brandon-Weldersons Gunst zu gewinnen.

Auch wenn wir nicht lange draußen unterwegs gewesen waren, hatte die Kälte doch einen Weg unter die Schichten meiner Kleider gefunden und ich erfreute mich an dem wohlig knisternden Kamin im hinteren Teil des großen Raumes.

Es war noch nicht viel los, da die Mittagszeit gerade erst begann und so würden wir sicher einen Tisch in der Nähe der Wärmequelle bekommen.

Die Glöckchen über der Tür gaben ein leises Klingeln von sich und ich drehte mich wie von allein dem Geräusch zu. Die Vorfreude auf die Wärme und das Essen verpuffte augenblicklich, denn es war niemand anderes als Sir Jonathan O'Neal, der sich gerade neben mir den Schnee aus dem Kragen seines Mantels schüttelte.

Sofort ging jeder meiner Sinne in Alarmbereitschaft.

»Oh, welch eine Überraschung«, sagte er unschuldig, als unsere Blicke sich trafen und auch Miss Brandon-Welderson wurde aufmerksam auf ihn.

»Sir O'Neal«, grüßte sie ihn mit ehrlicher Freude, die ich nicht im Geringsten teilte und knickste adrett, als er den Zylinder lüftete und eine übertriebene Verbeugung vollführte.

»Welch ein Zufall, dass wir uns hier treffen«, behauptete er mit einem Lächeln, das er sicher zwanglos erscheinen lassen wollte, jedoch mehr nervös ausfiel.

Ich versuchte ihn nicht schockiert anzustarren, auch wenn mein Misstrauen wucherte wie Efeu.

Er besaß doch tatsächlich die Unverfrorenheit zu behaupten, wir würden uns hier durch Zufall begegnen, obwohl offensichtlich war, dass er uns von der Schneiderei aus hierher gefolgt sein musste.

Ich äußerte mich nicht dazu, hielt mich im Hintergrund und lächelte sanft, als er mich begrüßte, um diesmal keinesfalls den gleichen Fehler zu begehen wie beim letzten Mal. Diesmal wollte ich verhindern, dass mein Gegenüber zu schnell merkte, dass ich mehr wusste, als ich zugab.

»Sie essen aber doch nicht etwa allein?«, erkundigte sich Miss Brandon-Welderson gerade auf ihre ganz spezielle und sehr direkte Art und Sir O'Neal kratzte sich verlegen am Nacken.

Er wirkte angespannt.

»Wenn ich nicht die Ehre haben sollte, von einer schönen Dame wie Ihnen an Ihren Tisch eingeladen zu werden, dann wohl schon«, antwortete er ihr und ich beobachtete jede seiner Gesten ganz genau. Er schwitzte, trotz der kalten Temperaturen und man konnte ihm deutlich ansehen, wie viel Mut ihn diese Worte gekostet hatten.

Er war es eindeutig nicht gewohnt, Leuten nachzustellen und sich unauffällig ihre Nähe zu erschleichen. Doch das konnte ein Vorteil für mich sein. Wenn er hier war, um mich auszuhorchen, würde es mir ein Leichtes sein, den Spieß umzudrehen.

»Aber natürlich essen Sie mit uns«, sagte Miss Brandon-Welderson, die von alldem nichts mitbekam. Wie sollte sie auch, ich hatte sie ja in keine der bisherigen Verwicklungen eingeweiht.

Wir setzten uns gemeinsam an einen der besten Tische, von dem aus man durch das hohe Fenster das Schneetreiben bewundern konnte, aber gleichzeitig in einem guten Abstand zum Kamin saß, damit einem weder zu kalt noch zu warm wurde.

Ich ließ Sir O'Neal nicht aus den Augen und wartete auf den Moment, in dem er sich verraten würde. Nach allem, was in den letzten Tagen vorgefallen war, wäre ich töricht zu glauben, dass dies hier wirklich nur eine zufällige Begegnung war.

Miss Brandon-Welderson und Sir O'Neal nahmen ein Gespräch auf, das sie wohl auf der Soirée letzten Samstag begonnen hatten und diskutierten rege über darwinistische Theorien und die Vormachtstellung des Menschen über die Natur.

Meine Gönnerin lachte und mir fiel auf, dass ich sie selten mit einem Mann so frei hatte reden sehen, ohne dabei wie eine kratzbürstige Furie ihr Recht um Gehör erkämpfen zu müssen. Sir O'Neal machte es ihr leicht, ihn zu mögen. Er ließ sie aussprechen, fragte sie nach ihrer Meinung und gab ihr sogar in einem Punkt recht, in dem er sich geirrt hatte.

Welch ein schlauer Trick, um sich unser Vertrauen zu sichern. Doch ich blieb wachsam, konnte mein Essen kaum genießen und warf ständig einen Blick durch den Raum, um sicherzugehen, dass die beiden Schläger nicht auch hier auftauchten. Oder gar der Herr mit der Schmalzlocke.

Irgendwann entschuldigte Miss Brandon-Welderson sich, damit sie sich kurz frisch machen konnte und ließ uns beide am Tisch zurück.

↑

Ich verstehe einfach nicht, wieso man so etwas sagt. Jeder weiß doch, dass es nur bedeutet, dass man sich erleichtert. Auch Männer wissen das, oder nicht?

Wie immer, wenn ein Gespräch zum Erliegen kommt, herrschte auch zwischen uns für einen Moment eine unangenehme Stille.

Ich überließ ihm den ersten Schritt. Wenn er Informationen aus mir herausbekommen wollte, musste er sie sich schon holen kommen.

Und tatsächlich, es dauerte kaum ein paar Atemzüge, in denen er sich die letzten Bissen seines Essens in den Mund schob und ausgiebig kaute, um sich Zeit zum Nachdenken zu verschaffen, da richtete er das Wort an mich.

»Miss Hemmilton. Haben Sie die Soirée am Samstag auch so sehr genossen wie ich?«, fragte er mich und lächelte unverbindlich.

Mir zog sich bei der Erwähnung der Soirée sofort der Magen zusammen. Ich wollte mir jedoch nichts anmerken lassen und richtete meinen Rücken noch etwas mehr auf, um größer zu wirken.

»O ja«, log ich, weil er mich nur herauszufordern versuchte und lächelte genauso nichtssagend, wie er es tat. »Sie war … voller neuer Bekanntschaften«, spielte ich auf meine Unterhaltung mit Schmalzlocke an und in Sir O'Neals Gesicht zuckte ein Muskel. Ich war mir sicher, dass er mich genau verstanden hatte.

»Das ist erfreulich«, sagte er lediglich und wurde abgelenkt, da Miss Brandon-Welderson bereits auf dem Rückweg war und in unsere Richtung flanierte.

Er versuchte das Thema beiläufig fallen zu lassen, indem er ihr entgegensah, als hätte er mich vergessen. Doch so leicht würde ich es ihm nicht machen.

»Ja, ich habe mich mit dem Gentleman unterhalten, mit dem Sie gekommen sind«, setzte ich also hinzu und eroberte dadurch seinen Blick zurück.

Er zog das perfekteste unwissende Gesicht, das ich je gesehen hatte und ich wäre stark versucht gewesen, seine Täuschungskunst zu bewundern, wenn ich ihn nicht so sehr verabscheut hätte.

»Welcher Gentleman?«, erkundigte er sich, als wüsste er wirklich nicht, wen ich meinte.

Ich ließ mich nicht einwickeln, so wie er es mit meiner Gönnerin bereits getan hatte und holte zum Gegenschlag aus. Nachdenklich legte ich den Finger an meinen Mundwinkel. »Da ist mir doch glatt sein Name entfallen«, behauptete ich. »Würden Sie mir aushelfen?«

Sir O'Neal saß da wie erstarrt und die Gedanken rasten hinter seinen verwaschenen braunen Augen. »Ich fürchte, ich kann Ihnen nicht folgen. Ich kam an diesem Abend allein«, schenkte er mir mit einiger Verzögerung eine viel zu durchschaubare Ausrede, die meine Geduld reizte.

»Ach, wirklich?«, wollte ich wissen und hob herausfordernd die linke Augenbraue.

Miss Brandon-Welderson, die unsere letzten Worte wohl gehört haben musste, lachte nervös auf, als sie sich setzte und ihre Röcke zurechtrückte. Sie spürte wohl, dass hier etwas nicht mit rechten Dingen zuging und entschied sich für einen Themenwechsel.

»Das ich noch erleben darf, dass du mal einen Namen vergisst«, sagte sie und tätschelte mir flüchtig die Hand. Es fühlte sich wie eine Ermahnung an.

Ich gab vor, ihre nonverbale Erinnerung an Höflichkeit nicht verstanden zu haben.

»Sie müssen wissen, Elisa hat ein hervorragendes Namensgedächtnis. Sie ist eine außergewöhnliche junge Frau«, erzählte sie dem Lord freiheraus und dieser fand zu seinem nervösen Lächeln zurück.

Ich fragte mich, ob er die Nervosität ebenso spielte wie seine Unwissenheit zuvor, um uns das Gefühl zu geben, er wäre vollkommen harmlos. Ein Mann, dem man alles anvertrauen konnte. Der viel zu unbedarft war, als dass er jemals etwas im Schilde führen könnte.

Dabei war nicht auszuschließen, dass er in irgendeiner Form in den Mord an David Brighton verwickelt war.

»Ich habe auch nichts anderes von dem Schützling einer so fantastischen Dame wie Ihnen erwartet«, brachte Sir O'Neal mühsam hervor und verhaspelte sich dabei beinahe mit seinen Worten.

Miss Brandon-Welderson kicherte verlegen und sonnte sich in dem Kompliment wie eine Blume. »Oh, Sie schmeicheln mir zu sehr«, wehrte sie ab, auch wenn ihr seine Worte augenscheinlich gefielen.

Das ermutigte den Lord zu mehr und er räusperte sich, während er sich näher zu ihr beugte.

»Wäre es zu vermessen von mir, wenn ich Sie jetzt schon frage, ob Sie mir einen Platz auf Ihrer Tanzkarte für Freitag reservieren würden?«, fragte er sie und ein Lächeln huschte über ihre Lippen, das ihre Worte in der Kutsche Lügen strafte.

Hatte sie nicht selbst behauptet, tanzen wäre nicht alles auf der Welt?

Ihre Miene verschloss sich schnell wieder und sie betrachtete ihr Gegenüber reserviert. »Was wird Ihre Begleiterin dazu sagen?«, stellte sie kühn ihre Gegenfrage und faltete abwartend die Hände im Schoß.

Auf Sir O'Neals Stirn brach wieder der Schweiß aus.

»Ich habe keine Begleiterin, Miss. Ich werde allein erscheinen«, erwiderte er schnell und wartete immer noch auf die Beantwortung seiner Frage. Oder aber er ging bloß meinem Blick aus dem Weg, der sich unerbittlich in seine Stirn bohrte.

Was hatte er vor?

»Es wird mir ein Vergnügen sein, auf dem Ball mit Ihnen zu tanzen, Sir O'Neal«, erlöste Miss Brandon-Welderson ihn nach quälenden drei Sekunden und schenkte ihm das überlegene Lächeln einer Katzengöttin.

»Oh, bitte. Nennen Sie mich Jonathan«, bot er ihr galant an und wandte dann seinen unsteten Blick zu mir. »Wird Miss Hemmilton auch zugegen sein?«, fragte er und ich sah ihn scharf an.

Weil er heute nichts aus mir herausbekommen hatte, würde er es also auf dem Ball versuchen.

Sollte er nur kommen, ich würde bereit sein.

Ich speiste ihn lediglich mit einem spitzen Lächeln ab und gab dem Kellner einen Wink, damit er mir ein Stück Kuchen brachte.

Und mir war völlig egal, dass es noch nicht Zeit für Tee war.

16

DEIN FREUND UND HELFER

Jamie Lennox ging es nicht gut. Nicht nur, dass er mit Übelkeit und sagenhaften Kopfschmerzen gestraft war, die Furcht saß ihm auch immer noch in den Knochen.

Und vielleicht hatte er auch einen sich steigernden Muskelkater in den Beinen.

Die Verfolgungsjagd vom gestrigen Tag hatte ihn ausgelaugt, ihm jegliche Kraft aus Körper und Seele gesaugt und ihn mit noch mehr Sorgen zurückgelassen.

Da war es wenig hilfreich, dass er sich jetzt auch noch mit den Folgen seines Alkoholkonsums herumschlagen musste.

Erschlagen, wie er sich fühlte, ging die Arbeit nur langsam voran. Eine weitere handgroße Flugmaschine musste gefertigt werden, um ein kleines Mädchen aus St James's damit glücklich zu machen. Doch ständig griff Jamie nach dem falschen Werkzeug oder schaffte es nicht, seine Hände ruhig zu halten. ✎

Die Nervosität zehrte ihn auf und er hatte sich am heutigen Tag nur aus der Tür getraut, um Sooty mit einer Handvoll Briefen und etwas Kleingeld loszuschicken, damit er für Jamie all seine auswärtigen Termine absagte. Dabei handelte es sich zum Glück nicht um wichtige Angelegenheiten, die sich daher leicht verschieben lassen würden.

Sollte er sich jemals wieder nach draußen trauen.

✎ Was fatal ist, wenn man Uhrmacher ist. Da sind ruhige Hände absolut notwendig. Normalerweise fällt mir das auch gar nicht schwer, doch dieser Fall hat mich alle Nerven gekostet.

Ein lautes Klopfen an der Tür ließ Jamie so zusammenfahren, dass er von seinem Stuhl abrutschte, zur Seite taumelte, eine Schachtel mit Senkkopfschrauben zu Boden riss und sich den Kopf an der Arbeitsplatte seines Tisches anstieß, da er versuchte, sie noch rechtzeitig aufzufangen.

»Au!«, jammerte er, als ihm der Schmerz durch den Kopf pulsierte und sein Gehirn sich anfühlte, als würde es im Schädel hin und her schwappen. Ich verfluche dich, Elisa! Du bist eine Whiskey-Hexe! Ich weiß es!

»Ist alles in Ordnung da drin?«, ertönte eine bekannte Stimme von draußen und Jamie brauchte einen Moment zu lang, um sie der richtigen Person zuzuordnen. »Brauchen Sie Hilfe? Soll ich die Tür aufbrechen?«, fragte Constable Evan Miller und seine Worte klangen nicht mehr ganz so ernst gemeint, doch Jamie bemühte sich trotzdem, schnell zu antworten.

»Nein. Ich bin gleich da«, rief er ihm durch die geschlossene Tür zu und richtete sich ächzend auf.

Mit schmerzendem Kopf schlurfte er zum Eingang, drehte den Schlüssel im Schloss und zog die schwere Holztür auf.

Draußen stand der Constable, ein schelmisches Grinsen auf den Lippen, das jedoch sofort im kalten Nachmittagswind verschwand, als er den Mechaniker zu Gesicht bekam.

Jamie sah nicht nur müde aus, sondern so, als hätte ihm ein Nachtwesen sämtliches Leben aus dem Körper gesaugt. Seine Augen waren gerötet, seine Haare strubbelig und Ölschmierer zierten sein Hemd, da er vergessen hatte, die Schürze umzubinden.

»Himmel! Was ist passiert?«, rief der Constable sofort und trat besorgt in die Werkstatt ein.

»Ich … Es …«, stammelte Jamie und musste sich sichtlich zusammenreißen, um nicht die Nerven zu verlieren.

Er rieb sich die Augen und schloss die Tür, damit nicht noch mehr von dem stetig fallenden Schnee in den Raum wehte.

»Sie können die Blaupausen wiederhaben. Und auch das Notizbuch. Ich will die Sachen nicht mehr. Seit dem Tag, an dem der Koffer vor meiner Tür stand, passiert ein beunruhigendes Ereignis nach dem anderen«, würgte er die Worte hervor, die ihm schon den ganzen Tag auf der Zunge lagen.

Seine Neugierde auf die Pläne und das Geheimnis der Maschine wurde von Furcht begraben und Jamie fühlte sich nicht mehr sicher in seinen eigenen vier Wänden, solange er wusste, dass dieses Geheimnis weiterhin hier versteckt lag.

»Was ist passiert?«, fragte Evan Miller ein weiteres Mal und legte so viel Ruhe in seine Stimme, wie er nur konnte, um Jamie nicht noch mehr aufzuscheuchen.

»Wir wurden verfolgt! Jemand hat uns gejagt. Und das alles nur wegen dieser verfluchten Maschine, von der ich noch nicht einmal weiß, was sie macht!«, schimpfte er und gestikulierte mit den müden Armen in der Luft herum.

»Wer ist wir?«, erkundigte sich der Constable, seiner ermittlerischen Intuition folgend und führte Jamie zu seinem Arbeitstisch zurück, damit dieser sich setzen konnte.

»Liz und ich. Sie will der ›David-Brighton-Sache‹ nachgehen. Und glauben Sie mir, sie wird diesen Mord aufklären. Sie ist zwar verrückt, aber leider auch fest entschlossen«, schnaubte er und ließ das Gesicht in die Hände sinken.

Evan Miller atmete tief durch und versuchte seine Gedanken zu ordnen. Vor einer Stunde hatte er Dienstschluss gehabt und nur eben mit der Absicht vorbeigeschaut, sich nach Jamies Befinden zu erkundigen. Den Mechaniker jedoch kurz vor einem Zusammenbruch vorzufinden hatte er nicht erwartet.

Und auch nicht, dass ich auf eigene Faust losziehen würde, um einen Fall zu lösen, bei dem die Polizei bisher nicht ansatzweise weitergekommen war.

»In Ordnung. Sie erzählen mir jetzt alles von Anfang an und ich verspreche, Ihnen zu helfen«, versicherte Evan Miller ihm sachte und ließ sein Gegenüber nicht aus den Augen.

Jamie riss sich zusammen, nahm den Propeller der unfertigen Flugmaschine zwischen die Finger, um seine Gedanken besser zu fokussieren und erzählte, was sich zugetragen hatte, seit er auf mich getroffen war und ich ihn in ein Abenteuer gerissen hatte, für das er nicht bereit gewesen war.

Wann und wie Jamie und der Constable sich angefreundet haben, weiß ich nicht. Ich nehme an, es passierte, als sie am Tag von Jamies Verhaftung zusammen ihr Ingwerbier tranken. Doch wie auch immer, ich bin sehr froh darüber.

Constable Evan Miller ist ein ausgezeichneter Polizist, gesetzestreu, schlau und von schneller Auffassungsgabe.

Es ist natürlich nur die bescheidene Meinung einer unqualifizierten Unbeteiligten, aber ich finde, Sie sollten ihn ganz dringend befördern. Sie verschenken sein Potenzial, wenn Sie ihn weiter auf Straßen patrouillieren lassen und er Befehle von einem Mann wie Cosmo Warren entgegennehmen muss.

Er wäre ein fantastischer Inspector. Das hat er Ihnen durch diesen Fall bewiesen. Und das wissen Sie auch!

»Tja. Und dann bin ich auf dem viel zu schmalen Sofa meiner Eltern aufgewacht und habe meine Seele auf den frisch gebohnerten Holzboden erbrochen. Meine Mutter war nicht erfreut«, endete Jamie seine Ausführungen und schaffte es sogar, über das Geseufze und Gezeter seiner Mutter zu schmunzeln.

Auch der Constable lächelte vorsichtig, da er nicht wollte, dass Jamie glaubte, er wolle ihn verspotten. Denn das war ganz und gar nicht der Fall.

Es war für ihn ein sehr aufschlussreiches Gespräch gewesen. Sowohl in Bezug auf Jamies und meinen Charakter als auch über die Mordermittlungen, in denen die Polizei feststeckte, da niemand so einen Tatendrang an den Tag legte wie ich. Schließlich gab es dort weitaus mehr zu tun, als nur diesen einen Mordfall aufzuklären, der für sie anscheinend wenig Bedeutung zu haben schien.

Aber sie hatten bisher ja auch nicht gewusst, was wir wussten.

»Glauben Sie, wir müssen Elisa aufhalten?«, fragte Jamie und nahm einen Schraubendreher zur Hand, mit dem er die Schraube des Propellers wieder festzog, nachdem er sie mit seinen nervösen Fingern gelockert hatte.

»Denken Sie denn, dass man sie aufhalten kann?«, entgegnete der Constable ungläubig und Jamie gluckste.

Seine Wangen hatten wieder etwas mehr Farbe und auch seine Haltung war wieder gerader, wacher.

»Eher gefriert die Hölle«, stieß Jamie amüsiert hervor und lehnte sich auf seinem Stuhl zurück.

»Dann wird es wohl schlauer sein, sie zu unterstützen, damit sie nicht übereifrig in ihr Verderben rennt«, redete der Constable Jamie gut zu und drückte kurz seine Hand. »Ich spreche mit meinem Vorgesetzten. Der wird sicherlich daran interessiert sein, dass wir durch Sie und Miss Hemmilton an mehr Informationen zu diesem Fall kommen werden. Dann ist es aber durchaus möglich, dass ich in der nächsten Zeit häufiger in Ihrer Nähe herumlungern werde«, eröffnete er mit einem Augenzwinkern und Jamie atmete erleichtert auf.

»Nach allem, was bisher geschehen ist, kann ich mir Schlimmeres vorstellen, als persönlichen Polizeischutz zu erhalten«, seufzte er und der Constable lachte.

Ja, um hinterher alles als seinen eigenen Verdienst zu verkaufen! Dieser [redacted]

Das lassen wir hier besser nicht stehen. Wir wollen ja nicht, dass Sergeant Cosmo Warren dich direkt wieder verhaften lässt.

Mittwoch, 17. Dezember 1890

17

GÄNSEBLÜMCHEN

Als ich an diesem Morgen in den Frühstückssalon kam, saß Miss Brandon-Welderson schon am kleinen runden Tisch und war bereits beim zweiten Gang – Speck, Toast und Spiegelei – angelangt.

Ich hatte ausgesprochen schlecht geschlafen und war daher noch nicht im Geringsten hungrig. Dass ich seit Montagabend nichts mehr von Jamie gehört hatte, bereitete mir Sorgen, drückte mir auf den Magen und störte meine Nachtruhe.

Doch als Sissi mich gerade zu einem Tee überredet hatte, erreichte ein kleiner Lichtblick die Park Street: Clifferton kam in den Salon.

Ihr werdet es nie erleben, dass ich Cliffertons Auftauchen jemals wieder als etwas Gutes betiteln werde, doch an diesem Morgen war es das tatsächlich. Denn er brachte die Post herein und einer der Briefe war für mich.

Er legte ihn kommentarlos neben meiner Tasse auf dem Tisch ab und trat dann zu Miss Brandon-Welderson, die ihn in eine Unterhaltung über das Weihnachtsessen verwickelte.

Ich hörte nicht zu, sondern nahm neugierig den Brief zur Hand. Der Umschlag bestand aus ungebleichtem Papier und fühlte sich unter meinen Fingerspitzen rau an. Ein eindeutiges Indiz dafür, dass dieser Brief von keiner wohlhabenden Person stammte.

Doch ich wusste auch so sofort, wer ihn mir zugesendet hatte, als ich ihn umdrehte und das Siegel erblickte.

Es bestand aus ungefärbtem Kerzenwachs und einer winzigen Blüte, die jemand ins weiche Siegel gedrückt hatte. Ein Gänseblümchen, gepresst und getrocknet, das sich hell und unschuldig in das Wachs schmiegte.

Der Brief kam von Benjamin Green.

Wann immer er mir eine Nachricht hatte zukommen lassen müssen, war sie mit dieser Blume verziert gewesen.

Mein Herz stolperte und eine feine Gänsehaut breitete sich so quälend langsam über meine Arme und Schultern aus, dass ich innehielt und das Gefühl genoss, das mich sechs Monate lang gepeinigt hatte und plötzlich so süß schmeckte wie Honig.

Eilig öffnete ich den Umschlag an der falschen Seite, um das Siegel nicht zu zerstören und zog den Bogen Papier heraus, der sich darin befand.

Mr Greens Schrift war genau wie er. Kantig, gezügelt und mit einem Schwung in den Kurven, der auf etwas schließen ließ, was sich hinter seiner starren Maske versteckte. Etwas, dem ich schon hinterherspürte, seit wir uns kannten.

Es stand nicht besonders viel in dem Brief. Lediglich die Information, dass ihm für Freitag ein freier Abend genehmigt worden war und er um halb sechs in der Park Street sein würde, um sich uns anzuschließen. Und doch klang es für mich wie das schönste Gedicht, das jemals ein schwärmerischer Geist erdacht hatte, denn Benjamin Green würde mit mir auf einen Ball gehen. Der Fall, Elisa, der Fall!

Leider konnte ich meiner Begeisterung nicht mehr Ausdruck verleihen als ein kleines, heimliches Lächeln, das über meine Lippen tanzte. Ich wollte verhindern, dass Miss Brandon-Welderson oder Clifferton davon etwas mitbekamen und der Sache mehr Aufmerksamkeit schenkten.

Jaja, ich weiß. Gönn mir die kleinen Schwärmereien.

Es reichte schon aus, dass ich meiner Gönnerin offenbart hatte, den Ball in Begleitung zu besuchen. Sie musste nicht wissen, dass hier Gefühle im Spiel waren. Zumindest nicht, solange ich sie für unerwidert hielt.

Sollte Benjamin Green mir jemals in irgendeiner Art zeigen, dass er mich gern leiden mochte, würde ich es in Betracht ziehen, sie darüber in Kenntnis zu setzen.

Ich schaffte es nicht einmal, meine Tasse zur Hälfte zu leeren, da wurden wir wieder durch eine aufgescheuchte Sissi gestört, die ins Zimmer stürmte, als wäre eine Meute wilder Hunde hinter ihr her.

»Was ist denn nun schon wieder?«, meckerte Clifferton gereizt, der gerade über dem Menüplan für Weihnachten brütete, den Miss Brandon-Welderson ihm bis ins kleinste Detail diktierte.

»Misses, es ist mir unangenehm. Aber da ist schon wieder ein Officer der Metropolitan Police für Miss Hemmilton an der Tür«, stammelte sie und traute sich kaum, mich anzusehen.

Mir wurde heiß und kalt gleichzeitig. Der Schreck schlug in mich ein wie ein Blitz und ich war so schnell auf den Beinen, dass ich dabei die Tasse umwarf und der Tee einen riesigen Fleck im weißen Tischtuch hinterließ.

Ich rannte regelrecht ins Foyer, ungeachtet der Benimmregeln, deren Einhaltung von mir verlangt wurde und hoffte, betete, flehte, dass es niemand war, der mir mitteilen wollte, dass man Jamie Lennox' Leiche gefunden hatte.

»Elisa, was ist denn da nur los?«, rief Miss Brandon-Welderson mir hinterher, da war ich schon aus der Tür und stieß beinahe mit Constable Evan Miller zusammen, der brav im Foyer auf mich gewartet hatte.

Seine Reflexe waren gut, besser als meine und er wich mir gerade noch rechtzeitig aus, bevor es zu einem unangenehmen Unfall kommen konnte.

»Sie haben es aber eilig, Miss Hemmilton«, sagte er mit so offensichtlich süffisantem Ton, dass mir ein Stein so groß wie Big Ben vom Herzen fiel. Wenn er Witze reißen konnte, sollte zumindest niemand gestorben sein.

»Wieso sind Sie hier?«, fuhr ich ihn unwirsch an und atmete zittrig ein, um meine Lunge mühsam mit Luft zu füllen.

»Elisa?«, rief meine Gönnerin aus dem Salon, doch sie klang nicht tadelnd, sondern verwirrt über meine Schroffheit.

Wenn sie wüsste, wie ich wirklich vor meinem Leben in der Park Street, den vornehmen Kleidern und dem respektablen Studienplatz gewesen war, würden ihr sicher vor Verblüffung sämtliche Hüte vom Kopf fallen.

»Jamie hat mich gebeten, bei Ihnen vorbeizugehen, ehe ich mich wieder im Revier melde«, teilte er mir mit und senkte die Stimme, damit nicht das ganze Haus lauschen konnte.

Das war sehr rücksichtsvoll von ihm, mir jedoch gerade völlig egal, wer es zu hören bekam. Es reichte, dass er Jamie erwähnte und ich musste mir eine Freudenträne verkneifen.

»Jamie? Geht es ihm gut?«, wollte ich wissen und der Constable nickte.

»Ja, Miss. Es geht ihm gut«, versichere er mir und ich ließ mich auf die Bank vor der Garderobe sinken, da ich meinen Beinen nicht mehr traute. »Er war ziemlich durch den Wind und hatte einen Kater, soweit ich das beurteilen kann«, ließ sich Constable Miller nicht von meinem Verhalten irritieren und zauberte eine in Papier eingeschlagene Rolle hinter seinem Rücken hervor. »Aber er fühlt sich wesentlich besser, seit er mir das hier für Sie mitgegeben hat.« Er reichte mir die Rolle.

»Was ist das?«, erkundigte ich mich, noch während ich sie zögerlich entgegennahm und fuhr mit den Fingern die Länge nach. Doch die Frage war überflüssig. Ich wusste, was ich da in den Händen hielt.

»Die Blaupausen«, bestätigte der Constable und musterte mich eingehend. Er wusste wohl noch nicht so recht, was er von mir zu halten hatte. Ich hatte mein Urteil über ihn jedoch längst gefällt. Zu diesem Zeitpunkt wusste ich zwar noch nicht, ob ich ihm trauen konnte, doch risikofreudig, wie ich nun einmal bin, ließ ich es drauf ankommen.

Ich atmete tief durch, glättete die Sorgenfalten auf meiner Stirn und erhob mich wenig elegant von der schmalen Bank, um dem

Herrn auf Augenhöhe zu begegnen. Zumindest beinahe, denn ich war sehr groß und er war es nicht.

»Ich soll darauf aufpassen«, mutmaßte ich und betrachtete die Rolle. Sie war schwerer, als sie aussah und ich wusste auch sofort, wo ich sie unterbringen würde. Am offensichtlichsten und gleichzeitig unübersichtlichsten Ort des Hauses: meinem Schreibtisch. Wer auch immer danach suchen würde, müsste sich erst durch Berge an frauenrechtlerischer Parolen und politikwissenschaftlicher Dokumente wühlen.

»Jamie befürchtet, dass sie bei ihm nicht sicher sind und bittet Sie darum, sie für ihn aufzubewahren.«

Jamie hatte Angst vor einem weiteren Einbruch. Nach der Verfolgungsjagd war das vielleicht sehr vorausschauend gedacht.

Ich hob den Blick von der Rolle und kreuzte den des Constables. Sorge glimmte darin.

Wie viel Jamie ihm wohl erzählt hatte?

»Natürlich. Für Jamie immer«, sagte ich, damit er wusste, auf wessen Seite ich stand. Und tatsächlich huschte ein Lächeln über seine Lippen.

»Das ist gut zu hören. Sie stecken in einem ganz schönen Schlamassel«, meinte er und ich legte einen Hauch von Misstrauen in meine Mimik. Schließlich war ich, eine Frau, im Begriff, ein Verbrechen aufzuklären und er war Polizist.

»Und werden Sie uns da durchhelfen oder uns alles noch schwieriger gestalten?«, fragte ich ihn ganz offen und sah ihm unverwandt in die schattengrünen Augen.

»Ich hoffe Ersteres«, antwortete er mir schlicht und ich glaubte ihm. Ich musste nur noch eine Sache wissen.

»Wieso waren Sie bei Jamie Lennox?«, erkundigte ich mich beiläufig, damit er nicht den Eindruck gewann, ich wollte ihn aushorchen.

Der Constable strich sich über seinen Schnurrbart und zuckte mit den Schultern. »Ich war in der Gegend und habe vorbeigeschaut«, antwortete er mir mit dem Selbstbewusstsein eines Mannes, der sich seiner Wahrheit sicher war.

Ich glaubte ihm kein Wort und das wusste er. Er arbeitete in Holborn und Jamies Haus lag in Hoxton. Da kam man nicht zufällig auf dem Heimweg vorbei.

Da ich es aber nicht darauf anlegte, diesem Geheimnis auf die Spur zu kommen, lächelte ich lediglich ironisch und gab Constable Miller die Gelegenheit, sich zu verabschieden, ehe die Stimmung kippte. »Ich empfehle mich, Miss Hemmilton. Entschuldigen Sie den Schreck am Morgen«, sagte er und verbeugte sich knapp.

»Constable.« Ich knickste und er wandte sich der Tür zu.

»Viel Vergnügen auf dem Ball wünsche ich«, fügte er unvermittelt hinzu und zog die Tür hinter sich ins Schloss. Und ich war mir sicher, dass Jamie ihm absolut alles erzählt hatte.

Freitag, 19. Dezember 1890

18

ZINNSOLDATEN

Von dem Donnerstag zuvor könnte ich noch viel erzählen. Zum Beispiel, dass ich mich mit Arden traf, um für den Weihnachtsabend etwas auszuhecken. Oder auch, dass ich kurz bei Jamie vorbeischaute, um mit ihm zu plaudern und mein Medaillon nun endlich zur Reparatur vorbeizubringen. Doch all diese Begegnungen haben nichts zur Klärung des Falls beigetragen und so lasse ich sie in diesem Bericht aus, damit es nicht allzu verwirrend wird.

Es wurde also Freitag und ich konnte den ganzen Tag an nichts anderes denken, als Benjamin Green wiederzusehen. Alles, was mich sonst beschäftigte, wurde davon überlagert.

Ich dachte weder an Animant, die ich in jedem anderen Fall bei einem gesellschaftlichen Ereignis wie diesem schmerzlich vermisst hätte, noch an den Mord an David Brighton, wie sehr mich meine Neugierde auch die letzte Woche in ihren Fängen gehalten hatte.

Der Nachmittag verstrich, indem ich nur im Vorbeigehen einen Apfel aß und ansonsten wie ein ruheloser Poltergeist durchs Haus spukte, bis sich auf Cliffertons Stirn eine Falte so tief wie eine Schießscharte gebildet hatte. Doch bevor seine Geduld zu Ende ging, war es endlich so weit, sich für den Abend fertig zu machen.

Obwohl Sissi nur kurz nach nebenan gehen wollte, um mir ein passendes Paar Ohrringe von Miss Brandon-Welderson auszuleihen, war sie so lange verschwunden, dass ich bereits die letzten Handgriffe an meinem Kleid vornahm, als sie wieder zurück ins Zimmer schlüpfte.

Sie kicherte wie ein kleines Kind und sah mich so verschwörerisch an, dass ich sofort wusste, dass etwas geschehen war.

»Da steht ein Mr Green im Foyer. Und er sieht gut aus«, raunte sie und mir schoss auf der Stelle das Blut in die Wangen.

»Was? Wie viel Uhr ist es?«, stieß ich hervor und befürchtete schon, zu lang gebraucht zu haben. In so ein Ballkleid ohne fremde Hilfe reinzukommen ist ein sehr zeitaufwendiges Unterfangen.

Doch Sissi lachte nur und begann, in aller Seelenruhe die Häkchen meines Kleides zu korrigieren, die ich nur mit vielen Verrenkungen meiner Arme hatte schließen können.

»Das hätte ich für Sie machen können«, tadelte sie mich und ich seufzte in meiner Ungeduld laut auf.

Früher hatte ich auf solche Kommentare geantwortet, dass ich es gewohnt war, die Dinge allein anzugehen. Mittlerweile ließ man es mir aber nicht mehr durchgehen, da ich mich ihrer Meinung nach gefälligst damit zu arrangieren hatte, dass es in wohlhabenden Kreisen nun mal so war und immer bleiben würde.

Sissi richtete die Falten des Rockes an meiner Hüfte und verlieh ihm einen adretten Fall, während ich die Ohrringe anlegte, die sie mir mitgebracht hatte.

Ich fühlte mich nackt ohne das Medaillon um meinen Hals, brachte es allerdings nicht über mich, eine andere Kette anzulegen. Die Ketten der Gesellschaft reichten vollkommen aus.

Immer wieder linste ich in Richtung der Tür, die Sissi nur angelehnt hatte und versuchte zu lauschen, ob ich irgendetwas aus dem Foyer bis nach hier oben hören würde.

»Lassen Sie ihn nur warten. Das erhöht die erwartungsvolle Spannung«, kicherte sie, als sie meine Blicke bemerkte und zupfte mir die Locken zurecht, die von meiner Hochsteckfrisur tollkühn in meinen Nacken fielen.

Mir wurde ganz warm im Bauch und ich atmete tief ein.* In Sissis Kopf spielten für uns sicher schon die Geigen, doch leider entsprach dies nicht der Realität.

Vorsichtig tastete ich nach dem kleinen Tuch, das vor mir auf dem Frisiertisch lag. Es war aus dem gleichen teichgrünen Stoff gefertigt wie mein Kleid und ich hatte es bereits gefaltet und zurechtgezupft. Mit den Fingerspitzen strich ich über den glatten Taft und mein Herzschlag beschleunigte sich.

»So ist das mit uns nicht«, sagte ich leise und beschwor mein Herz, sich zu beruhigen. Vergeblich.

Sissi sah mich prüfend an und hob ungläubig die Augenbrauen. »Erzählen Sie mir nichts. Sie sind schon den ganzen Tag so nervös wie ein Schwarm Spatzen«, warf sie mir vor und tastete noch einmal meine Frisur nach losen Nadeln ab. »Claire hat aus der Küche gelinst, um ihn sich anzusehen. Sie findet ihn sehr stattlich. Und Clifferton sagte, er fände ihn akzeptabel. Das ist aus seinem Mund ein Kompliment.«

»Wie bitte? Clifferton?!«, fuhr ich auf und konnte nicht fassen, dass er das tatsächlich gesagt haben sollte. Das sich Sissi und Claire einmischten war nichts Neues. Aber Clifferton?

»Haben Sie vor, ihn zu heiraten?«, fragte Sissi ganz aufgeregt und blickte mit großen Augen zu mir hoch.

Mir stieg die ganze Aufregung zu Kopf und machte mich schwindelig und haltlos.

»Ich … ich habe vor … einen angenehmen Abend zu verbringen«, stammelte ich und spürte, dass meine Wangen glühten bei der Vorstellung, er und ich könnten … Nein. Es war viel zu früh. Viel zu voreilig. Ich durfte über solche Dinge nicht nachdenken, wenn ich diesen Abend ohne Vernunftaussetzer überstehen wollte.

Wie sehr ich es auch gerade verdrängte: Ich hatte einen Mordfall zu lösen!

»Aber sicher«, säuselte Sissi ganz dreist und ich beschloss, dem nichts zu erwidern. Sollten sie doch glauben, was sie wollten.

»Wirklich? Clifferton?«, fragte ich wieder, um ihre Aufmerksamkeit von mir abzulenken und Sissi grinste mich an.

* *Der Vorteil daran, dürr zu sein, ist, dass niemand auf die Idee kommt, das Korsett enger zu schnüren als notwendig. Schließlich habe ich ja auch nicht viel, was von einem solchen Kleidungsstück gehalten werden müsste.*

Himmel, Liz!

»Er ist immer wieder für Überraschungen gut«, behauptete sie und trat einen Schritt zurück. »Sie sind so weit«, teilte sie mir mit und wies in einer großen Geste zur Tür.

»Danke, Sissi«, rief ich aufgeregt, schnappte mir das grüne Tuch von der Frisierkommode und schritt bewusst langsam auf den Flur, auch wenn ich lieber gerannt wäre.

Doch ich trug ein wunderschönes Kleid, das mir hervorragend stand und zwischen mir und Mr Green lag eine geschwungene Treppe. Ich würde jeden verdammten Schritt hinunter auskosten wie eine Königin.

Ich schlich bis an die Ecke, um ins Foyer zu spähen. Mr Green und Clifferton standen sich starr wie Zinnsoldaten gegenüber und sprachen kein Wort miteinander. Ich verkniff mir ein Lachen. Kein Wunder, dass Clifferton ihn mochte. Butler unter sich …

Miss Brandon-Welderson rief vom anderen Ende des Flures nach Sissi und das Hausmädchen eilte an mir vorbei, jedoch nicht ohne mir einen Schubs in Richtung Treppe zu verpassen.

»Geh schon«, raunte sie mir zu und ich straffte die Schultern.

Ich spürte einen Anflug von Lampenfieber, den ich gekonnt ignorierte, griff entschlossen nach meinem Rock und schwang mich um die Ecke wie eine Schauspielerin in ihrem ersten Akt.

Die obersten beiden Stufen knarzten. Was bei Nacht schrecklich war, verschaffte mir jetzt die Aufmerksamkeit, die ich mir wünschte.

Mr Green hob den Blick.

Mir blieb das Herz stehen.

Er hatte sich in Schale geworfen. Sein Anzug war dunkel, das Hemd weiß und doch hatte seine Garderobe nichts gemein mit der Butleruniform, die er für gewöhnlich trug. Er wirkte so elegant, dass ich schmolz wie Zucker im Topf. In der Hand hielt er einen Zylinder und seine sonst streng nach hinten gekämmten Haare kringelten sich in kurzen dunklen Locken.

Er sah aus wie ein Gentleman, ein Schurke, ein Ritter. Und sein Blick war nur auf mich gerichtet, während ich eine Stufe nach der anderen hinunterschritt.

Zum Glück war ich selbstsicher genug, dabei nicht ins Stolpern zu geraten und genoss Benjamin Greens ungeteilte Aufmerksamkeit, die mir so kostbar war wie alle Schätze dieser Welt.

Ich erreichte das Ende der Treppe, mein Rock raschelte und ich ging weiter auf Mr Green zu. Mein Magen flatterte.

Nur einen Schritt von ihm entfernt blieb ich stehen, näher, als ich ihm für gewöhnlich kam.

Vielleicht war er kein Mann vieler Worte und auch seine Mimik ließ seine Gedanken im Geheimen, doch er verriet sich auf seine eigene Art. Denn er wich mir nicht aus, trat keinen Schritt zurück, brach nicht den Blickkontakt ab.

Ich hatte es also doch noch fertig gebracht, ihn zu beeindrucken.

»Guten Abend, Mr Green«, sagte ich leise und seine Augenbrauen zuckten. War das Unsicherheit in seinem Blick?

»Guten Abend, Miss Hemmilton«, erwiderte er genauso sacht und seine Stimme war wie flüssige Schokolade.

Unbewusst fuhr ich mir mit der Zungenspitze über die Unterlippe.

Clifferton wagte es, sich zu räuspern und der Zauber zerplatzte. Mr Green unterbrach unseren Blick, indem er höflich den Kopf neigte und trat dabei einen zufällig wirkenden Schritt zur Seite.

»Sie sehen bezaubernd aus«, sagte er in dem fachmännisch distanzierten Ton, den er so gut beherrschte und ich schwor mir, ich würde Clifferton erwürgen, sollte sich mir die Gelegenheit bieten.

»Danke. Wie freundlich von Ihnen«, nahm ich das Kompliment an, wie man es mich gelehrt hatte und ließ ein verschlagenes Lächeln meine Lippen erobern. Denn von meinem Vorhaben würde ich mich auch von Clifferton nicht abbringen lassen.

»Ihnen fehlt jedoch eine Kleinigkeit«, behauptete ich, streckte den Arm aus und ehe Mr Green darauf reagieren konnte, fasste ich nach dem weißen Kavalierstuch in seiner Brusttasche und zog es heraus.

Clifferton zog scharf die Luft ein.

Mr Green zuckte nicht einmal mit der Wimper, ließ mich jedoch auch nicht aus den Augen.

Ich kam wieder auf ihn zu, noch näher als gerade und sein Blick brannte mir auf der Haut. Waghalsig legte ich meine Hände an seine Jacke und platzierte das teichgrüne Tuch in der Tasche.

»Jetzt ist es perfekt«, sagte ich mit einem Schmunzeln und trat wieder zurück, damit Clifferton uns nicht noch einmal dazu auffordern konnte.

Miss Brandon-Welderson erschien auf der Treppe und eilte hinunter, während sie Sissi noch Anweisungen zurief.

»Ist die Kutsche bereit?«, fragte sie an Clifferton gewandt und bemerkte erst dann, dass wir nicht mehr unter uns waren.

Sie erstarrte und musterte Mr Green so unverhohlen, als wäre er ein kostspieliges Kunstobjekt.

»Guten Abend, Miss Brandon-Welderson«, grüßte er unbeeindruckt von ihrem Interesse und mit gebührendem Anstand. »Es ist mir eine Ehre, mit Ihnen und Miss Hemmilton die Kutsche teilen zu dürfen.«

»Oh, Elisa. Der ist ja ganz höflich«, raunte Miss Brandon-Welderson mir zu, als könnte er sie nicht hören und streckte ihm dann die Hand entgegen, damit er sie ergreifen und mit einem Nicken einen ehrerbietenden Kuss andeuten konnte.

»Schön, Sie kennenzulernen, Mr Green. Ich freue mich, dass Ihre Anwesenheit meinen Schützling dazu gebracht hat, diesen Ball nun doch besuchen zu wollen«, plauderte sie mit einem triumphierenden Lächeln, als wäre es ihr eigener Verdienst und gab Clifferton einen Wink, damit er ihr den Mantel holte.

Mr Green zuckte bei der Geste, als wollte er dem subtilen Befehl Folge leisten und erinnerte sich wohl dann wieder daran, dass er nicht in der Funktion eines Butlers hier war, sondern als meine Begleitung.

Ich hätte gern darüber gelacht, aber ich wollte ihn nicht verraten und so ließ ich mir von ihm in den Mantel helfen, damit er nicht tatenlos danebenstehen musste, während andere arbeiteten.

19

EIN TANZ IN DER HÖHLE DES LÖWEN

Die Fahrt dauerte nicht lang und wären die Straßen nicht knöcheltief voller Neuschnee gewesen, hätte ich es albern gefunden, dass wir die Strecke nicht liefen. Der Winter hatte London nun vollkommen in seinen Fängen.

Die Winterglowes besaßen ein prachtvolles Haus mit stuckverzierter Fassade und hell erleuchteten Fenstern, die mir entgegenblickten wie strafende Augen und mich beobachteten, als würden sie nur darauf warteten, dass ich einen Fehler beging.

Ich wünschte, ich könnte einfach wieder in irgendeine Rolle schlüpfen, um den Erwartungen anderer aus dem Weg zu gehen. Doch ich wusste auch, dass ich es schaffen musste, mich durchzukämpfen. Ein *Ich* zu finden, das zwischen all dem Prunk und der Etikette bestehen konnte, ohne alle vor den Kopf zu stoßen.

Mr Green reichte mir die Hand, damit ich aus der Kutsche aussteigen konnte, ohne über den weiten Saum des Kleides zu fallen. Zuvorkommend, wie er war, sorgte er dafür, dass ich auf dem gefrorenen Pflaster festen Stand hatte und half dann Miss Brandon-Welderson ebenfalls, sodass Will sich nicht einmal vom Kutschbock wegbewegen musste.

Das Haus empfing uns mit warmem Licht und dem Geruch nach Zimt und Nelken. Jede Fläche war großzügig mit Tannengrün und goldbemalten Äpfeln dekoriert und ich war mir sicher, dass all die Kerzen ein verdammtes Vermögen gekostet hatten.

Immer wieder linste ich zu Mr Green, um herauszufinden, wie er auf all dies reagierte. Doch wahrscheinlich war er in seinem

Leben schon auf mehr Bällen und anderen gesellschaftlichen Festivitäten anwesend gewesen als ich. Nur eben nicht als Gast.

Wir ließen die Begrüßungsprozedur über uns ergehen, wobei Miss Brandon-Welderson das Ehepaar Winterglowe so in Beschlag nahm, dass wir ohne prüfende Blicke an ihnen vorbeikamen.

Und dann begaben wir uns todesmutig aufs Schlachtfeld.

Im Salon befanden sich bereits viele chic gekleidete Menschen, ausgestattet mit jeglichem Firlefanz, den man für Geld kaufen konnte, die durch die offene Doppelflügeltür in den großen Saal spazierten oder direkt den Speisesaal anstrebten, um sich dort einen Platz für später zu sichern.

Der große Saal war bei Weitem nicht so gigantisch wie der, in dem der Universitätsball im November stattgefunden hatte. Doch das machte die Sache nur noch schlimmer. In einer Menschenmasse konnte man untergehen. Hier fiel man auf, wenn man einen Fehltritt beging.

Doch diesmal hatte ich mich zumindest auf das Schlimmste vorbereitet. Ich ließ den Blick schweifen, fand aber keinen der Männer, denen ich heute lieber nicht begegnen wollte. Sir O'Neal, der ganz sicher anwesend war. Schmalzlocke, von dem ich immer noch nicht wusste, wie er hieß und woher er stammte. Und zu guter Letzt William Winterglowe der Zweite. Ein Ekel sondergleichen, der mir den Ball vor einem Jahr zum blamabelsten Ereignis meines Lebens gekrönt hatte.

Aber dazu später mehr.

Die Räume waren prächtig geschmückt, das Licht sanft und die Menschen gut gelaunt. Die Festivitäten waren schon im vollen Gange. Es wurde sich begrüßt, scheinheilige Komplimente ausgetauscht und strahlend falsch gelächelt. Es war die Höhle des Löwen, das Labyrinth des Minotaurus und ich lediglich bewaffnet mit erlernten Manieren und einer scharfen Zunge.

Ich musste mir selbst sagen, dass ich schon Schlimmeres hinter mich gebracht hatte. Ich war schließlich ein Kind des East Ends. Da würde ich diesen Abend auch unbeschadet überleben.

Mr Green, der nicht von meiner Seite gewichen war, fing meinen Blick auf und bot mir in einer schlichten Geste seinen

Arm an, als hätte er den Schrecken gespürt, der mit kalten diamantenbesetzten Fingern nach mir haschte.

Überrascht sah ich ihn an, zögerte und schob dann meine Hand um seinen Arm. Ich ließ meine Finger über den dunklen Stoff des Ärmels gleiten, fühlte Benjamin Greens festen Unterarm darunter und wünschte mir, mich ganz dicht an ihn klammern zu können, ohne mir meine eigene Schwäche eingestehen zu müssen.

Wie ein rettender Fels stand er neben mir, unverwüstlich in seiner Ruhe und führte mich weiter in den Raum hinein.

Bekannte und unbekannte Gesichter lächelten mir zu oder taten, als hätten sie mich nicht gesehen. Wir erreichten unbeschadet den großen Saal, in dem bereits getanzt wurde und stellten uns an die Wand der langen Seite, um uns einen Überblick zu verschaffen. Leider musste ich Mr Green wieder loslassen, doch ich blieb dicht in seiner Nähe und versuchte so adrett auszusehen wie all die anderen Mädchen.

Die Streicher spielten ein langsames Lied, zu dem sich die Paare auf der Tanzfläche drehten, während andere ihnen dabei zusahen, begierig darauf, sich ebenfalls ins Getümmel zu werfen. Schicke Herren schrieben sich bei tanzwilligen Damen in die Tanzkarte ein, die an cremefarbenen Seidenbändern blasse Handgelenke zierte.

»Da sind wir also nun. Auf einem Ball«, sagte Mr Green plötzlich und blinzelte in den Raum. Wieder hatte ich das leise Gefühl, er strahlte eine gewisse Unsicherheit aus, die ich sonst nicht von ihm kannte.

»Sind Sie nervös?«, fragte ich ihn, um ihn aufzuziehen und wurde von der Antwort überrascht.

»Ja«, sagte er. »Ich war nie zuvor als Gast auf einem Ball. Ich fühle mich deplatziert.« Er trug seine Worte mit einer Ruhe vor, als wäre alles in bester Ordnung.

Wie machte er das nur?

Es war nicht das erste Mal, dass ich mich das fragte und es würde auch nicht das letzte Mal bleiben.

Auch wenn man es ihm nicht ansehen konnte, wusste ich leider sehr genau, was er damit meinte. Schließlich fühlte ich mich selbst jedes Mal wie eine Betrügerin, die sich ihren Zugang zu dieser Veranstaltung nur erschlichen hatte und niemals jemand anderes sein würde als das ungebildete Kind, als das ich geboren worden war.

Miss Brandon-Welderson versicherte mir immer wieder, dass dem nicht so sei. Doch ich konnte mir nicht vorstellen, dass all das hier – die Musik, der Prunk, die Farben und das angeblich perfekte saubere Leben – mir irgendwann selbstverständlich erscheinen würde.

»Wenn es Ihnen hilft, reden Sie sich ein, wir wären keine echten Gäste. Wir gehen verdeckten Ermittlungen nach, um einen Mord aufzuklären«, wisperte ich ihm verschwörerisch zu, bemüht, die Situation durch meinen Humor etwas aufzulockern, doch Mr Green ging nicht darauf ein.

»Das ist nicht besser, Miss Hemmilton«, sagte er streng und legte die Hände hinter dem Rücken zusammen.

»Elisa«, bot ich ihm mutig meinen Vornamen an, auch wenn ich fürchtete, dass er diese Vertraulichkeit zwischen uns nicht wollen würde. Aber man durfte ja noch träumen.

Mein flatterndes Herz würde es sowieso weiter tun, egal wie distanziert Mr Green sich auch gab. Solange er mich nicht abwies, würde ich immer weiter nach dem weichen Glimmen in seinen dämmerungsblauen Augen suchen und versuchen, es einzufangen.

»Wenn Sie etwas zu tun brauchen, können Sie uns ein Glas Sekt holen«, schlug ich vor und zeigte auf den langen Tisch, den wir von unserer Position aus durch die Tür im Salon einsehen konnten. Denn etwas, an dem man sich festhalten könnte, wäre in dieser Situation sicher genauso hilfreich wie ein Schlückchen prickelnde Erfrischung.

Mr Green hob skeptisch die Augenbrauen und brachte mich dadurch zum Lachen. Wenn er sich die Mühe machte, mir durch seine Mimik mitzuteilen, wie viel er von meinen Ideen hielt, musste es tiefschürfende Gründe haben. »Ich weiß nicht, ob Alkohol unserem Vorhaben nicht im Weg steht«, merkte er an und ich verdrehte demonstrativ die Augen.

»Sie sind nicht im Dienst. Sie dürfen trinken«, machte ich ihm seine Regelreiterei zum Vorwurf und er seufzte laut.

»Sie würden sicher auch im Dienst trinken«, merkte er plötzlich an und verblüffte mich damit.

Machte er sich etwa gerade über mich lustig? Mein Herz sprang mir beinahe aus der Brust und ich glaubte vor Glück umzufallen, wenn seine harte Schale tatsächlich anfangen würde, Risse zu bekommen.

»O ja. Ich wäre eine schreckliche Hausangestellte«, ging ich darauf ein und ein Lachen plätscherte über meine Lippen.

»Das wären Sie in der Tat«, sagte er und es klang in meinen Ohren beinahe schon wie ein Kompliment.

Ein fein gekleidetes Paar schritt an uns vorbei und der junge Mann drehte sich mir im Gehen zu. Es handelte sich um Charles Higgins. Wir hatten uns vor einer Weile bei einer Soirée seiner Großeltern kennengelernt und betrunken über Emily Jane Pfeiffer philosophiert.

»Guten Abend, Miss Hemmilton«, grüßte er überhastet und wurde auch schon von seiner Begleiterin weitergezogen. Es wunderte mich, dass er sich an meinen Namen erinnerte. So angeheitert, wie er an dem Abend vor sechs Wochen gewesen war, hätte ich ihm das nicht zugetraut.

»Guten Abend, Mr Higgins«, rief ich ihm hinterher und winkte ihm noch, ehe ihn seine Dame in Rot auf die Tanzfläche zerren konnte.

Mr Green schien sich nicht daran zu stören, sondern beobachtete weiter seine Umgebung ganz genau.

Das Musikstück der Streicher ging zu Ende, die Paare wechselten und stellten sich zum nächsten Tanz auf. Doch anstatt dass es dadurch im Saal leiser wurde, nahmen alle Anwesenden es zum Anlass, sich in Gespräche zu stürzen, die Paare zu kommentieren oder den neuesten Tratsch auszutauschen.

Mr Green neigte sich zu mir rüber.

»Wissen Sie, wie Sir Percy aussieht?«, fragte er mich und sein Atem streifte mein Ohr. Mir wurde ganz warm. All meine Sinne fokussierten sich auf Benjamin Green und die Stimmen im Saal verschwammen zu einer undeutlichen Geräuschkulisse.

»Nein«, antwortete ich und erinnerte mich selbst daran, die Ziele, die ich mir für den heutigen Abend gesteckt hatte, nicht aus den Augen zu verlieren. Und das war, Sir Godric Percy zu finden und ihn über David Brighton zu befragen.

Miss Brandon-Welderson hatte mir nur erzählen können, dass er Ende dreißig, ledig und äußerst gut aussehend war. Der Todesstoß für jede weitere neugierige Frage, wenn ich nicht vorhatte, als romantisch interessiert zu gelten.

»Aber ich habe in Erfahrung gebracht, dass er um Mitternacht höchstpersönlich, als Höhepunkt des Abends, seinen Kronleuchter enthüllen wird«, gab ich die Informationen weiter, die Clifferton mir in Vorbereitung auf den heutigen Abend mitgeteilt hatte.

Mr Green folgte mit den Augen meinem Fingerzeig zur Decke, wo ein Konstrukt von sorgfältig drapierten Tüchern die Mechanik des Kronleuchters verhüllte.

»Wenn wir Sir Percy also vorher nicht finden, dann haben wir ihn spätestens dann.« Zumindest hoffte ich das. »Außerdem hat Miss Brandon-Welderson mir versprochen, ihn mir vorzustellen, sollte er ihr in die Arme laufen.«

Alles ziemlich vage Gelegenheiten, doch ich machte mir keine Sorgen darüber. Der Abend war noch lang und ich war entschlossen, es zu schaffen. In solch einem Fall hielt mich selten etwas auf.

»Dann warten wir wohl«, sagte Mr Green und richtete sich gerade auf, als würde er so stehen bleiben wollen, bis er wieder gebraucht wurde. Ich schüttelte den Kopf über ihn und seine Butlermanieren. Er hatte wirklich keine Ahnung, wie sich ein galanter Herr auf einem Ball zu verhalten hatte.

Ich griff in die Falten meines Rockes und zog eine schmale Karte an einem seidenen Band hervor, die ich ihm vor die Nase hielt.

»Es ist ein Ball, Mr Green. Wir könnten tanzen«, schlug ich vor und er reagierte verzögert. Erst blinzelte er, dann wandte er mir langsam den Blick zu, als könnte er nicht glauben, was ich gesagt hatte. Es lag so eindeutige Bestürzung auf seinem Gesicht, dass ich auflachte.

»Wie bitte? Ich … ich kann doch nicht …«, stammelte er und ich genoss es viel zu sehr, ihn mit meinem Vorschlag aus der Fassung gebracht zu haben. Endlich.

Wer hätte gedacht, dass ich ihn auf einen Ball schleppen musste, damit er auf mich reagierte.

»Sie können nicht tanzen?«, fragte ich so entsetzt, wie ich nur konnte, um den Spaß weiterzutreiben und er straffte eilig seine Züge.

»Doch, natürlich«, antwortete er und ging mir damit in die Falle.

»Dann weiß ich nicht, wo das Problem ist«, behauptete ich unschuldig, obwohl ich es ganz genau wusste. Er war ein Butler auf einer Veranstaltung voller Gentleman, der nicht wahrhaben konnte, dass er selbst zu den Gästen gehörte.

Doch ich ließ ihm keine Zeit, länger über eine Erwiderung nachzudenken, fasste all meinen Mut zusammen, um mich wieder bei ihm unterzuhaken und zog ihn mit mir auf die Tanzfläche.

Er wehrte sich nicht. Das war nicht seine Art. Schließlich wollte er weder sich noch mich blamieren. Oder er wusste, dass es in diesen Kreisen unhöflich war, eine Dame an der Seite stehen zu lassen und kam deshalb mit. Wie auch immer, ich nutzte es schamlos aus.

Schnell fanden wir einen Platz in der Reihe und der Zeremonienmeister zeigte den nächsten Tanz an, eine schwungvolle Anglaise.

Ich mag die Tänze am liebsten, bei denen der Rock schwingt und die Füße geradezu über den Boden fliegen. Am allerliebsten sind mir die schottischen, doch die findet man eher in den Pubs im Hafengebiet, weniger auf einem Ball im West End. Was wirklich schade ist.

Mr Green wirkte im Vergleich mit den tanzfreudigen Männern zu seinen Seiten noch steifer als sonst. Die Nervosität war ihm auf die Stirn geschrieben und er warf mir einen wütenden Blick zu, der mir sein Missfallen über die Situation noch mehr verdeutlichen sollte.

Ich lächelte so breit, dass mir die Wangen schmerzten.

»Hören Sie auf, so viel nachzudenken«, sagte ich zu ihm und erwiderte seinen Blick, ohne auch nur den geringsten Funken an Reue zu verspüren. »Es ist nur ein Tanz«, behauptete ich und wusste, dass es nicht so war. Nicht für mich.

Dies hier war ein einmaliger Augenblick. Ich war mir ziemlich sicher, dass ich niemals wieder die Gelegenheit bekommen würde, mit Mr Green zu tanzen und ich wollte es auskosten, solange es anhielt. Mich der Illusion hingeben, dass er die Zeit mit mir, trotz all der Unsicherheiten, genauso schätzte wie ich.

Der wütende Ausdruck in seinem Gesicht glättete sich nur langsam und ich lächelte unverwandt weiter, weil ich nicht anders konnte. Ich genoss den Moment der Spannung, als die Musik zu spielen begann und wir uns alle gleichzeitig in Bewegung setzten.

Mr Green kam auf mich zu und mein Herz schlug schneller, als wir einander umrundeten, ganz nah und doch ohne uns zu berühren. Es war genau das gleiche Spiel, das ich mit ihm spielte, seit wir uns kannten: Der Tanz um ihn herum, ohne ihm zu nahe zu treten.

Vielleicht war das der Fehler gewesen? Vielleicht war ich ihm nie nah genug gekommen, damit er es bemerkte.

Was mich all die Jahre so viel Mühe gekostet hatte, war jetzt plötzlich ganz leicht. Die Schritte, die Abfolge, der Takt. Benjamin Green entzog sich mir nicht, war immer da, wenn ich mich in seine Richtung bewegte und als ich meine Hände nach ihm ausstreckte, legte er seine Finger fest um meine.

In einer berauschenden Welle schwappte Aufregung über mich hinweg und in meinem Bauch hoben die Maikäfer flatternd zu einem Flug ab.

Mit jedem Schritt schien Mr Green sicherer zu werden, weniger verkrampft und er leitete mich durch die Figuren, als hätten wir beide nie etwas anderes getan, als miteinander zu tanzen. Schwungvoll nahm er mich mit in eine Drehung, mein Rock flog um meine Beine und der Saal schwankte einmal im Kreis wie ein Meer aus Farben.

Ich lachte auf und ließ den Mann neben mir nicht aus den Augen, ließ nicht seine Hand los, auch nicht, als das Lied endete und alle zu klatschen begannen.

»War es so schlimm, wie Sie es sich vorgestellt haben?«, neckte ich ihn und zog ihn von der Tanzfläche, damit die nächsten Tänzer Aufstellung beziehen konnten.

Meine Hand lag warm in seiner, seine langen Finger schlossen sich fest um meine. Merkte er es überhaupt? Ich glaubte, in Ohnmacht fallen zu müssen vor Aufregung.

»Vielleicht hatten Sie recht«, sagte er, was ich nur zu gern hörte, selbst wenn ich nicht wusste, womit er mir recht gab.

»In welcher Hinsicht?«, fragte ich nach und er atmete tief durch. Sein Blick glitt durch den Raum, über die Menschen, die den nächsten Tanz begannen, zu den Lichtern, die all den übertriebenen Prunk zum Glänzen brachten.

Er wirkte weniger nervös als vorhin, seine Ohren waren gerötet vom Tanz und auf seinen Lippen lag ein seltenes Schmunzeln, das mich vollkommen verzückte.

»Manchmal hilft es, nicht zu viel nachzudenken«, offenbarte er mir schließlich und erwiderte meinen Blick, der keinen Moment von seinem Gesicht gewichen war.

Das sanfte Schimmern in seinen Augen ließ mir beinahe das Herz aus der Brust springen. Ich wünschte, ich könnte die Zeit anhalten und diesen Moment einschließen, um für immer in ihm zu existieren.

Eine junge Frau stolperte nahezu in uns hinein und riss uns zurück in die Realität. Mr Green ließ abrupt meine Hand los und ich fing das Mädchen auf, das lachend zu mir aufsah.

Die Wangen gerötet, die Augen glasig, die Füße aus dem Gleichgewicht. Sie war betrunken.

Nicht ungewöhnlich für einen Ball wie diesen, jedoch noch etwas zu früh am Abend.

Sie taumelte weiter zu einer Gruppe junger Damen, die sie in ihre Reihen aufnahmen, damit sie sich gegenseitig die Lücken in der Tanzkarte füllen konnten.

»Wer steht auf Ihrer Karte?«, fragte mich Mr Green aus heiterem Himmel und ich sah ihn fragend an.

»Auf der Tanzkarte? Niemand.« Ich holte sie hervor und reichte sie ihm, damit er sich selbst überzeugen konnte. »Wir haben noch anderes zu tun.«

Wir setzten uns langsam in Bewegung, um anderen Gästen nicht im Weg zu stehen und wanderten langsam zwischen den Menschen hindurch in den großen Salon hinüber.

»Sie können erstaunlich gut tanzen, Miss Hemmilton«, sagte Mr Green, als hätten ihm die Worte schon die ganze Zeit auf der Zunge gelegen und es klang Überraschung in seiner Stimme mit.

Ich verkniff mir ein Grinsen und pikte ihm ungeniert in den Arm. »Oh, dachten Sie, ich bin ein Dorftrampel, Mr Green?«, warf ich ihm vor und schürzte gespielt beleidigt die Lippen. »Das arme, dürre Ding aus den Gassen Londons, das zu nichts nütze ist, als greisen Männern vorzulesen?«, witzelte ich dramatisch und Mr Green lachte.

Mein Herz. Meine Güte, mein Herz. Es pochte so heftig, dass es schmerzte.

Ich hatte Mr Green nie zuvor lachen gesehen. Wie oft hatte ich ihn schon geärgert, ihm Anekdoten erzählt oder mich vor ihm zum Affen gemacht. Seine Mundwinkel hatten nicht einmal gezuckt.

Immer hatte ich gewusst, dass da mehr war als die strikte Maske. Das er einen sanften Schwung in sich barg, genau wie seine Handschrift.

Wie auch immer der Abend weiter verlaufen würde, ob gut oder schlecht. Benjamin Green hatte gelacht, das konnte mir niemand mehr nehmen.

»Seien Sie versichert, dass ich mir durchaus bewusst bin, dass Sie eine Frau mit vielen Talenten sind«, konterte er, ohne auch nur zu bemerken, wie sehr ich ihn innerlich anschmachtete und jetzt war ich diejenige, die zu lachen begann. War ihm bewusst, was er da gerade gesagt hatte?

»Oh, Mr Green. Das war aber sehr zweideutig formuliert«, wies ich ihn darauf hin und sein Lächeln fiel ihm erschrocken aus dem Gesicht.

»Was? Nein … Nein, so war das nicht gemeint«, stammelte er in dem Versuch, es richtigzustellen und erweckte in mir den unbändigen Wunsch, ihn zu küssen. Diesen gut aussehenden, verschlossenen Mann, der mich heute Abend zum ersten Mal hinter seine Mauern blicken ließ.

»Das war ein Scherz«, versuchte ich ihn zu beruhigen, auch wenn ich es auskostete zu sehen, wie ihm die Scham leuchtend rot den Nacken hinaufkletterte.

»Ich weiß«, sagte er scheu und wich meinem Blick aus. Die Leberflecken an seinem Hals wurden sichtbar, als er den Kopf zur Seite drehte. Drei dunkle Punkte auf seiner blassen Haut. In einer Reihe wie der Gürtel des Orion. »Aber es ist mir trotzdem unangenehm und ich würde meine Aussage gern zurücknehmen«, bat er mich und wie hätte ich es ihm abschlagen können?

»Es sei Ihnen gestattet«, behauptete ich großmütig und nahm zwei Gläser von einem der Bediensteten entgegen, da wir es mittlerweile geschafft hatten, den großen Salon zu durchqueren, um den Tisch mit den Getränken zu erreichen.

Ein Glas reichte ich an Mr Green weiter, damit er sich wieder fassen konnte und klaute ihm bei dieser Gelegenheit meine Tanzkarte aus der Hand.

»Sie dürfen sich gern überall eintragen«, sagte ich spielerisch, auch wenn es eigentlich mein voller Ernst war. Ich hatte heute Abend nicht das geringste Interesse daran, meine Zeit mit jemand anderem als Benjamin Green zu verbringen. Und erneut mit ihm zu tanzen, wieder seine Hände zu ergreifen, würde mir besonders gut gefallen.

»Das wäre nicht schicklich«, sagte er tadelnd, was er besonders gut konnte, selbst wenn er noch daran arbeitete, sein verschrecktes Gemüt zu beruhigen.

Ich rümpfte abschätzig die Nase.

»Sie müssten mich lange genug kennen, um zu wissen, dass mir egal ist, was sich schickt«, erwiderte ich leichthin und schob die Karte zurück zwischen die Falten meines Rockes.

»Ja, aber mir nicht«, konterte er ernst und ich seufzte.

Der Moment, in dem er seine Gefühle mit mir geteilt hatte, schien sich dem Ende zuzuneigen und ich nahm einen Schluck von dem Sodawasser in meiner Hand, um das Flattern in meinem Bauch zu beruhigen.

Für das Wohlbefinden dieses Mannes verzichtete ich sogar auf Alkohol. Ich hoffte, er wusste das zu schätzen.

»Verwandeln Sie sich nun wieder in eine Statue?«, erkundigte ich mich und stupste ihn sachte mit der Schulter an.

»Eine Statue?« Seine Augenbrauen zuckten kurz und ich beschloss, ihn einzuweihen.

»Sie sind sehr gut darin, all Ihre Gefühle zu verbergen, dass man den Eindruck gewinnen könnte, Sie hätten überhaupt keine«, erklärte ich und sah das Unverständnis in seinen Augen. War ihm das etwa nicht bewusst?

»Ist das so?«, fragte er und ich nickte.

»Wir kennen uns seit anderthalb Jahren und ich habe Sie gerade zum ersten Mal lachen sehen. Und glauben Sie mir, ich habe in der Vergangenheit wirklich alles versucht, um Sie zum Lachen zu bringen«, verkündete ich und merkte sofort, dass es ein Fehler gewesen war. Hierbei handelte es sich nicht um eine spaßhafte Kleinigkeit, die ich auf einem Ball ansprechen konnte, sondern um etwas Schwerwiegenderes.

Für einen Moment starrte Mr Green mich an, als bereitete es ihm Mühe, meine Aussage zu verstehen. Ganz langsam sickerten die Worte in seinen Verstand und dann weiteten sich seine Augen vor Entsetzen.

»O nein«, stöhnte er leise, sodass seine Stimme beinahe in der Geräuschkulisse unterging und rieb sich in einer müden Geste die Stirn. »Ich bin geworden wie mein Vater.«

»Konnte der auch so gut tanzen?«, konnte ich es mir nicht verkneifen, ihn zu necken, in dem Versuch, ihn aufzuheitern und meinen Fehler mit einem Themenwechsel wiedergutzumachen.

Mr Green warf mir einen prüfenden Blick zu, um zu sehen, ob ich ihn verspottete. Als ihm jedoch aufging, dass ich ihm ein Kompliment gemacht hatte, setzte er schnell das Glas Sodawasser an seine Lippen und befeuchtete sich die Kehle.

»Sie übertreiben«, murmelte er befangen.

»Vielleicht ist es aber auch die Wahrheit«, blieb ich hartnäckig und er schüttelte den Kopf über mich.

»Vielleicht ist es auch nur wieder eine Ihrer Schauspielereien«, hielt er dagegen und fixierte einen Punkt zu seiner Rechten.

Seine Worte trafen mich ungewohnt hart, kratzten scharf an meiner Seele entlang und ich ließ sie mir ganz genau durch den Kopf gehen, ehe ich darauf antworten konnte.

»Sie glauben, ich spiele Ihnen etwas vor?«, fragte ich irritiert und nun war aller Witz aus meiner Stimme gewichen.

War das die Meinung, die er über mich hatte? Eine Schauspielerin, die nichts so meinte, wie sie es sagte?

»Miss Hemmilton. Da sind Sie ja«, brach ein Lachen in meine Gedanken und ich drehte mich überrascht zu Mr Higgins um, der an meiner Seite aufgetaucht war.

»Mr Higgins«, grüßte ich ihn wieder und bemühte mich um ein Lächeln, das sich nur schwer auf meine Lippen zerren ließ.

»Würden Sie mir wohl die Ehre des nächsten Tanzes erweisen?«, fragte er hastig und sofort richtete sich mein Blick auf Mr Green. Er sah mich ebenfalls an, distanziert und mit höflichem Abstand wie immer.

Unsere Unterhaltung hatte einen Tiefpunkt erreicht. Es wäre der perfekte Moment, um aus der unbequemen Situation zu entfliehen. Doch wollte ich das? Wollte ich mich wirklich aus der Affäre ziehen, nur weil ich auf Widerstand gestoßen war?

Ich hatte so lange an der Oberfläche gekratzt und jetzt, wo Mr Green mir endlich einen Blick darunter gewährt hatte, sollte ich mich nicht abwenden, nur weil wir auf eine Unstimmigkeit gestoßen waren.

»Mr Higgins, ich …«, begann ich stockend und ihm wurde sofort klar, dass ich vorhatte ihn abzuweisen.

Er unterbrach mich, ehe ich es aussprechen konnte. »Bitte«, flehte er plötzlich und warf einen schnellen Blick über die Schulter, als würde ihn jemand verfolgen. Und das war in der Tat so. »Scarlett Inwood ist mir auf den Fersen. Helfen Sie mir zu entkommen.«

Der Name war mir nicht geläufig, doch ich wusste sofort, um wen es sich handelte. Sie hatte einen elfenbeinfarbenen Teint, dunkle, glänzende Locken, einen herzförmigen Mund und kam direkt auf uns zu.

»Ist sie die Dame in Rot?«, fragte ich leise und Mr Higgins nickte eifrig, ohne sich umzudrehen. Wahrscheinlich besser so.

»Der Name ist Programm«, machte er seine Späßchen und doch lag ein wilder Ausdruck von Verzweiflung in seinen Augen.

Ich sah wieder zu Mr Green, der alles mit angehört haben musste und hob fragend eine Augenbraue.

Ich wollte nicht vor ihm fliehen. Er sollte nicht denken, dass ich einer schwierigen Unterhaltung aus dem Weg ging. Doch Mr Higgins stehen zu lassen und ihn den Fängen der roten Dame zu übereignen brachte ich ebenfalls nicht über mich.

Schließlich hatte er mich um Hilfe gebeten.

»Tanzen Sie«, sagte Mr Green leise und ich fand nichts als Ehrlichkeit in seinen Augen.

»Ich bin gleich wieder da«, versprach ich.

Er nickte und nahm mir das Glas ab. Ganz flüchtig streifte er meine Hand mit seiner. Nur der Hauch einer Berührung und doch rann mir eine Gänsehaut über die Arme.

»Ich werde hier sein und auf Sie warten«, sagte er und auch wenn der Satz in diesem Moment einen anderen Zusammenhang hatte, war er genau das, was ich seit sechs Monaten erhofft hatte, von ihm zu hören.

20

ERKENNTNISREICHE UNTERHALTUNGEN

»Danke!«, seufzte Mr Higgins inbrünstig, als ich mich bei ihm einhakte und wir direkt an der verblüfften Miss Inwood vorbei in den großen Saal spazierten. »Wirklich, Miss Hemmilton. Sie retten mein Leben«, fügte er hinzu, als wir an ihr vorbei waren.

»Was ist denn passiert?«, erkundigte ich mich und zwang mich, mich nicht nach ihr umzudrehen. Oder nach Benjamin Green.

»Ach, das Übliche. Sie hat erfahren, wie viel ich erben werde, wenn mein werter und sehr alter Onkel das Zeitliche segnet und hält mich jetzt für eine gute Partie.«

»Sie sind eine gute Partie«, erinnerte ich ihn und er zog ein genervtes Gesicht.

»Sie jetzt auch noch?«, fragte er skeptisch und ich fand zu meinem Lachen zurück.

»Nein, nein. Ich habe da schon jemand anderen im Blick«, versicherte ich ihm und konnte ihm ansehen, wie die Neugierde in ihm emporkroch.

Doch er kam nicht dazu, nach Mr Green zu fragen. Der Tanz begann und wir hatten unsere Positionen noch nicht bezogen.

Außerdem kannten wir uns auch noch gar nicht gut genug, um über solche Dinge zu sprechen.

Schnell stürzten wir uns ins Getümmel, stiegen im zweiten Takt mit ein und schritten mit edelmütigen Mienen durch die Tanzfiguren, als wären wir schon die ganze Zeit dabei und nicht etwa zu spät hereingeplatzt.

Mr Higgins war ein akzeptabler Tänzer, der mehr an den Unterhaltungen als an den Schritten interessiert war. Während eines kurzen Partnerwechsels sicherte er sich die nächste Tanzpartnerin, eine kleine junge Dame mit runden Wangen und kanariengelbem Kleid.

»Sie lassen nichts unversucht«, stichelte ich Mr Higgins, als ich ihn einmal umrundete und er grinste.

»Ich werde heute Abend wohl viel tanzen. Denn sobald ich still stehe, wird Miss Inwood mich finden«, behauptete er und ich wünschte ihm viel Glück.

Der Tanz endete und ich ließ mich von ihm von der Tanzfläche führen, wie es sich gehörte, auch wenn ich das vollkommen unnötig fand.

»Haben Sie einen wundervollen Abend, Miss Hemmilton. Schön, Sie wiedergesehen zu haben«, verabschiedete er sich bei mir und ich knickste adrett.

»Die Freude war ganz meinerseits«, versicherte ich ihm, doch kaum hatte Mr Higgins sich nach seiner nächsten Tanzpartnerin umgesehen, wanderten meine Gedanken zurück zu Mr Green.

Ich schlängelte mich durch die Umherstehenden, eine geschäftige Miene aufgesetzt, um nicht von irgendwem zu einem weiteren Tanz aufgefordert zu werden.

Etwas entfernt erblickte ich Miss Brandon-Welderson, die gerade in den Speisesaal schritt und erkannte Sir O'Neal an ihrer Seite. Die beiden lachten miteinander und ich hatte sofort wieder dieses ungute Gefühl im Magen.

Instinktiv zog ich den Kopf ein und spürte die Anspannung in meinen Nacken kriechen. Eine Dame mit einem Diamantcollier musterte mich mit gerümpfter Nase und ich erinnerte mich wieder daran, wieso ich mich sonst auf Festlichkeiten wie dieser bewegte, als würde ich über rohe Eier laufen.

Sobald Miss Brandon-Welderson und Sir O'Neal außer Sichtweite waren, suchte ich den Saal sofort mit den Augen nach den anderen beiden Herren ab, denen ich auf keinen Fall begegnen wollte.

William Winterglowe den Zweiten entdeckte ich tatsächlich an eine der Säulen gelehnt, wo er der bildhübschen Miss Walker-Keller schöne Augen machte, obwohl allgemein bekannt war, dass sie sich erst letztens mit Herold Conteville verlobt hatte. Keine große Überraschung, wenn ich ehrlich war und doch schüttelte es mich unangenehm bei seinem Anblick.

Da er zu beschäftigt war, um mich zu bemerken und ich Schmalzlocke nirgends entdecken konnte, dachte ich schon, ich würde es unbehelligt bis in den Salon schaffen, da stellte sich mir plötzlich ein Mann in den Weg.

»Ich wünsche Ihnen einen wunderschönen guten Abend, Miss«, begrüßte er mich überhöflich und ich erstarrte.

O nein. Da hatte ich mich so auf Schmalzlocke und William Winterglowe konzentriert, dass mir dieser Herr vollkommen entfallen war.

»Mr Boyle. Haben Sie es immer noch nicht fertiggebracht, sich meinen Namen zu merken?«, fragte ich ihn spitz und drehte mich von ihm weg.

Es war mir egal, dass ich dadurch als unhöflich galt. Ich wollte mich von Mr Boyle auf keinen Fall in ein Gespräch verwickeln lassen. Ich brauchte ihn nur sehen und schon stieg mir die Wut zu Kopf. Denn auch wenn er von allen gehandelt wurde als der Goldjunge schlechthin, stand er in mancher Hinsicht seinem Cousin William Winterglowe dem Zweiten in nichts nach.

Ich schob mich an ihm vorbei, als wäre er ein Fremder, zeigte ihm die kalte Schulter und hoffe, er würde den Wink mit dem Laternenpfahl verstehen. Aber wie so typisch für den schicken, jungen Mr Boyle mit den Karamellaugen, zeigte er sich hartnäckiger, als gut für ihn war. Er heftete sich an meine Seite und sein aufgesetztes Lächeln geriet ins Wanken.

»Bitte, Miss. Es geht um Animant Crumb«, redete er auf mich ein und ich schnaubte unverhohlen.

»Oh, welch neue Information«, blaffte ich sarkastisch und spürte eine Berührung an meinem Arm.

Ich wich zurück, ehe er nach mir greifen konnte und sah ihn so giftig an, dass er zu Stein hätte erstarren müssen. Vielleicht war er die Höflichkeit in Person, wenn es um hübsche junge Damen ging, die wie er der Oberschicht angehörten. Mit Menschen, die unter seinem Stand existierten, konnte er aber auch ganz anders.

»Ich muss wissen, wie es ihr geht! Sie als ihre beste Freundin können mir doch sicher sagen …«, zischte er scharf, die Stimme gesenkt, um kein Aufsehen zu erregen.

»Nein, kann ich nicht«, unterbrach ich ihn und legte einen Hauch von Überlegenheit in meine Stimme. »Und selbst wenn ich wüsste, wie es Miss Crumb geht, würde ich es Ihnen sicher nicht sagen«, warf ich ihm hin und spürte den Stich in meinem Herzen, jedes Mal, wenn ich an Animant dachte. Sie war seit fast einem Monat fort und ich hatte immer noch kein Sterbenswörtchen von ihr gehört.

Wütend drehte ich mich auf dem Absatz um und stolzierte davon, selbst wenn es nicht die Richtung war, in die ich hatte gehen wollen.

Doch an Winston Boyle wollte ich keine weitere Sekunde meiner Lebenszeit verschwenden. Er hatte Animant den Hof gemacht, bevor sie gegangen war und sich wohl eingeredet, dass sie beide bereits so gut wie verlobt waren. Gott sei Dank hatte sie ihn abgewiesen.

Jedoch schien ein Mann wie Mr Boyle mit Ablehnung nicht sonderlich gut zurechtzukommen. Bei unserem letzten Aufeinandertreffen, auf einer Matinée bei den Kents vor drei Wochen, hatte er mir klar zu verstehen gegeben, dass ein Mädchen wie ich, das keine so hervorragende Erziehung genossen hatte wie seinesgleichen, ein schlechter Einfluss für meine Freundin Animant gewesen war. Und es somit auch meine Schuld wäre, dass er sie nicht hatte für sich gewinnen können.

Auf die Idee, dass er sich vielleicht zu viel auf sich selbst einbildete und sie ihn deshalb abgewiesen hatte, war er nicht gekommen. Zumindest nicht, bis ich es ihm an den Kopf geworfen hatte.

Das war kein guter Vormittag gewesen. Miss Brandon-Welderson hatte mich den restlichen Tag Predigten von John Henry Newman abschreiben lassen, was ich als äußerst unfair empfand, da Mr Boyle dazu sicher niemand genötigt hatte, egal wie unverschämt seine Kommentare gewesen waren.

Er konnte herumstolzieren und sich für etwas Besseres halten, ohne jemals dafür gerügt zu werden.

Ein Mann müsste man sein.

Falls Mr Boyle mir nachging, dann jedenfalls nicht mit Erfolg, denn ich erreichte den Speisesaal, ohne dass er mich noch einmal zu fassen bekam.

Unschlüssig schob ich mich zwischen den anderen Gästen hindurch, lächelte Mrs Wenderbloom zu, knickste vor Mr Barlow und war unschlüssig darüber, wie ich es zurück zu Benjamin Green schaffen sollte, ohne Mr Boyle erneut in die Arme zu laufen.

»Elisa, meine Liebe, da bist du ja«, sprach mich eine dissonante Stimme an und ich drehte mich überrascht Miss Brandon-Welderson zu, die an einem der Tische saß und eine kleine Pastete zu sich nahm.

Ihr gegenüber saß Sir Jonathan O'Neal, der mir so freundlich zulächelte, als wäre er die Unschuld in Person.

»Ich habe dich und deinen höflichen Herrn tanzen sehen. Wirklich sehr elegant. Ich muss dir sagen, dass ich wirklich sehr stolz bin, solch große Fortschritte bei dir zu sehen«, lobte sie mich und ich hätte mich mehr darüber freuen können, wäre ich nicht so in Aufruhr gewesen.

Ich versuchte mich zusammenzureißen und verzog meine Mundwinkel zu einem angedeuteten Lächeln. »Danke schön. Ihr Lob ehrt mich«, sagte ich und sank in einen Knicks, um noch mehr von ihren und Cliffertons Lektionen vorzuführen.

»Wo ist denn dein Begleiter?«, fragte sie plötzlich irritiert und sah sich um.

Ich wollte mir gerade eine lustige Antwort einfallen lassen, damit sie nicht merkte, wie unwohl ich mich fühlte, da legte sich mir eine Hand auf den Rücken.

»Ich bin hier, werte Dame«, sagte Mr Green und neigte den Kopf zum Gruß in ihre Richtung.

Erleichterung durchströmte mich wie ein warmes Bad und wusch die Anspannung aus meinem Kopf. Er hatte mich wiedergefunden und stand so nah bei mir, dass er den Arm um mich hätte legen können.

»Wunderbar«, freute sich meine Gönnerin, die uns offensichtlich gern zusammen sah und legte ihre Gabel beiseite.

»Jonathan, wären Sie so freundlich, mich für einen Moment zu entschuldigen? Ich habe Elisa versprochen, Sie jemandem vorzustellen«, wandte sie sich an den Mann an ihrem Tisch, der selbstzufrieden auf seinem Stuhl saß, den Wohlstandsbauch unter einer feinen Seidenweste versteckend und sich ein Stück Kuchen einverleibte.

Er sah köstlich aus.

Der Kuchen. Nicht der Mann.

»Aber natürlich, Franzin«, entließ der Lord sie und erhob sich ebenfalls, als Miss Brandon-Welderson aufstand.

»Danach können wir ja einen Tanz wagen«, raunte sie ihm zu und ich konnte förmlich dabei zusehen, wie sein Gesicht sich rot verfärbte, als ihm das Blut in den Kopf stieg.

Ich hatte kein Mitleid mit ihm. Wer sich bei mir einschleichen wollte und es dafür auf sich nahm, mit Miss Brandon-Welderson das Tanzbein zu schwingen, war selbst schuld an seinem Schicksal.

»Mit dem größten Vergnügen«, versicherte er ihr und klang dabei unerwartet ehrlich. Doch ich hatte ja schon bei unserer letzten Begegnung festgestellt, was für ein hervorragender Täuscher er war.

Meine Gönnerin ging voran, auf die andere Seite des Speisesaals und ich nutzte die Gelegenheit, tief durchzuatmen, ohne dass sie es sehen konnte.

»Ist alles in Ordnung?«, fragte Mr Green mich leise, nahm meine Hand und hakte sie bei sich unter, als wäre es eine Selbstverständlichkeit zwischen uns.

Ich nickte und brachte ein aufrichtiges Lächeln zustande. Mir wurde etwas schwindelig von seiner Nähe und ich war überglücklich, ihn wieder an meiner Seite zu haben. Ich hatte ihn nicht warten lassen wollen und auch wenn ich nur gegangen war, um Mr Higgins einen Gefallen zu tun, handelte es sich dabei nicht um meine beste Idee an diesem Abend. *

Seine strenge Haltung und der ruhige Ausdruck auf seinem Gesicht halfen mir dabei, mein Inneres wieder zu festigen und die unschöne Begegnung mit Mr Boyle als nicht nennenswerten Zwischenfall von mir zu schieben. Schließlich wollte ich mir von einem wie ihm nicht den Abend ruinieren lassen.

Miss Brandon-Welderson trat auf einen Gentleman mit grüner Weste und sehr auffälligem Backenbart zu, der sich offensichtlich zusammenreißen musste, nicht erschrocken zurückzuweichen, als er meine Gönnerin erkannte.

Auf manche Leute hat sie diesen Effekt und ich kann es ihnen nicht einmal verdenken. Was dich nicht davon abhält, über solche Leute zu lachen.

»Sir Percy«, sprach sie ihn an und ich schnappte erschrocken nach Luft, als ich erkannte, dass wir wieder zurück in unseren Fallermittlungen angekommen waren.

Vor mir stand Sir Godric Percy, der laut des Briefverkehrs aus dem Anbau der *West Brickstone Villa* einer von David Brightons Sponsoren gewesen war. Und einer unserer Verdächtigen.

Stand ich gerade einem Mörder gegenüber?

*

Doch wäre ich nicht mit dem werten Mr Higgins gegangen, dann hätte er vielleicht niemals die liebreizende Miss Foster in ihrem gelben Kleid getroffen, die ihm aufgrund ihres wunderschönen Augenaufschlags aufgefallen war. Sie hätten nicht getanzt. Miss Foster hätte sich nicht den Knöchel verstaucht. Er hätte sie nach Weihnachten nicht besucht, um sich nach ihrem Befinden zu erkundigen. Er wäre nie ihrem Lächeln verfallen und die beiden hätten sich nie verlobt. Vielleicht war es doch ganz gut, dass ich mit ihm getanzt hatte.
Wie würde ich mich jetzt fühlen, wenn ich Mr Higgins das Liebesglück verwehrt hätte?

»Darf ich vorstellen? Das ist mein Schützling Miss Elisa Hemmilton. Sie studiert am *Queen Victoria Institute for Women* Politikwissenschaft.« Miss Brandon-Welderson lächelte zufrieden. Ihr gefiel es vermutlich, ihre weitreichenden Bekanntschaften nutzen zu können, um mir die Kontakte zu verschaffen, die ich mir wünschte.

Sie wusste schließlich nicht, wofür ich diesen Kontakt zu nutzen gedachte.

Ich ließ Mr Greens Arm los, selbst wenn es mir insgeheim überhaupt nicht behagte, ihn als meine emotionale Stütze einzubüßen und sank in einen Knicks.

Leider musste ich mich zusätzlich dazu zwingen, Mr Green für den Augenblick aus meinem Kopf zu verbannen, sonst hätte ich es nie fertiggebracht, mich ganz auf Sir Percy zu konzentrieren. Schließlich durfte ich keine seiner Gesten verpassen, wenn ich ihm auf die Schliche kommen wollte.

»Miss Hemmilton«, grüßte er mich verhalten und ich sah ihm an der Nasenspitze an, wie gern er das Weite gesucht hätte, um nicht in ein Gespräch verwickelt zu werden, an dem Miss Brandon-Welderson beteiligt war. »Wie schön, Ihre Bekanntschaft zu machen.« Sein Mund verzog sich zu einem gequälten Lächeln und er hielt nur so lange den Blickkontakt zu mir aufrecht, wie es nötig war, um nicht als unhöflich zu gelten.

»Sicher entschuldigen mich die Damen. Ich werde …«, begann er eine Ausrede zu formulieren, um meiner Gönnerin zu entkommen und ich konnte mir ein Kichern nicht verkneifen. Seine Angst vor der zierlichen Miss Brandon-Welderson amüsierte mich mehr, als es sollte.

Ich musste mir aber trotzdem schnell etwas einfallen lassen, damit er nicht Hals über Kopf die Flucht ergriff und ich ihn heute Abend womöglich nicht mehr zu fassen bekam.

Die Entschlossenheit, einen Mordfall zu lösen, die ich die letzten Stunden schmählichst vernachlässigt hatte, kehrte schwungvoll zu mir zurück und prickelte über meine Haut wie etwas Verbote-

Immer behauptest du, all meine technischen Details wären nicht »fallrelevant« und dann verwendest du sie, um andere Leute zu beeindrucken. Das stinkt doch zum Himmel, meine Liebe!

nes. Es hatte etwas beängstigend Aufregendes an sich, möglicherweise gleich mit einem Mörder zu sprechen.

»Sir Percy. Entschuldigen Sie, dass wir Sie so überfallen. Aber ich hörte von Ihrem mechanischen Kronleuchter. Er soll über ein Planetengetriebe verfügen. Das ist wirklich äußerst eindrucksvoll«, gab ich wieder, was ich mir von Jamies Ausführungen gemerkt hatte und sah Sir Godric Percy so erwartungsvoll an, dass er nicht anders können würde, als sich von meinem Interesse geschmeichelt zu fühlen.

Und es funktionierte. Sir Percy hielt inne in der verzweifelten Suche, einen Ausweg aus der Situation zu finden, richtete seinen Blick auf mich und sein Lächeln wurde eine Spur echter.

Er war tatsächlich äußerst gut aussehend. Mit einem schönen Gesicht, dichtem hellbraunen Haar und der weißen Haut eines Nachtschwärmers. In einem Roman hätte er einen fabelhaften Vampirlord abgegeben. Was du dir immer für Fantastereien ausdenkst …

»Ja, das ist es in der Tat«, sagte er erfreut und ich schenkte ihm das interessierte Lächeln einer jungen Dame, die einen Herrn für sich einzunehmen versuchte.

Ich konnte nur hoffen, dass Mr Green diesen Gesten nicht zu viel Bedeutung beimaß. Er hielt sich im Hintergrund, stand unauffällig dabei und schaffte es, so sehr mit seiner Umgebung zu verschmelzen, dass man kaum merkte, dass er da war.

Ich richtete meine Konzentration gänzlich auf den Lord vor mir und sah ihm entschlossen in die schmalen Augen.

»Dürfte ich Ihnen wohl ein paar Fragen stellen, Mylord?«, erkundigte ich mich und wusste sofort, dass er bereits an meinem Haken zappelte.

»Aber selbstverständlich, Miss Hemmilton«, gab er sich großzügig und richtete sich noch weiter auf wie ein Gockel, der sich aufplusterte. Er ließ sich so leicht beeindrucken, dass es beinahe langweilig war, doch ich beschwerte mich nicht und nahm, was ich kriegen konnte.

Du hast mutwillig die Aufmerksamkeit eines potenziellen Mörders auf dich gelenkt. Hätte das nicht aufregend genug sein müssen?

»Miss Brandon-Welderson«, wandte ich mich schnell an meine Gönnerin und lächelte auch sie süßlich an. »Danke für Ihre Unterstützung.« Dann senkte ich verschwörerisch meine Stimme und fügte ein »Und viel Spaß bei ihrem Tanz«, hinzu, so als hätte sie schon die ganze Zeit vorgehabt, uns gleich wieder zu verlassen. *

Miss Brandon-Weldersons Nase kräuselte sich auf eine entzückende Art, als sie ein begeistertes Kichern ausstieß und sich förmlich zurückzog.

Das schlechte Gewissen, etwas Schreckliches getan zu haben, indem ich sie wissentlich mit einem Mann wie Sir Jonathan O'Neal auf die Tanzfläche schickte, brannte mir wie Säure im Magen. Das würde ich später wiedergutmachen müssen, indem ich auch hinter seine Geheimnisse blicken würde.

Es galt jedoch in diesem Moment zu verhindern, dass Sir Percy von ihr wieder verschreckt wurde, jetzt, wo ich ihn für mich eingenommen hatte. Und außerdem wollte ich auch auf keinen Fall, dass meine Gönnerin etwas von meinen Mordermittlungen erfuhr.

Solange sie davon nichts wusste, konnte sie es mir nicht verbieten. Und ich wurde so nicht dazu gezwungen, mich über dieses Verbot hinwegzusetzen.

»Was würden Sie gern wissen?«, nahm Sir Percy den Faden unseres Gesprächs bereitwillig wieder auf und rieb sich vor Vergnügen die Hände. Er wusste schließlich noch nicht, dass dies kein Spaß für ihn werden würde.

»Sind Sie bekannt mit einem Herrn namens David Brighton?«, erkundigte ich mich und sprach absichtlich nicht in der Vergangenheit über Brighton, um Sir Percy nicht sofort mit der Nase darauf zu stoßen, auf was dieses Gespräch hinauslaufen sollte.

Auf seinem Gesicht zeigte sich ein recht widersprüchlicher Ausdruck, der sich in einem wütend verkniffenen Mund und enttäuscht zusammengezogenen Augenbrauen zeigte. Ich behielt alles im Blick, war jedoch noch lange nicht genug vorgedrungen, um mir darauf einen Reim machen zu können.

»Das bin ich durchaus«, sagte er und seine vorfreudige Haltung sank in sich zusammen. »Er ist Ingenieur. Ein sehr guter sogar. Sie

Ich bin die Puppenspielerin! Verneigt euch vor meiner Macht!!

Du bist lediglich eine gemeine Manipulatorin.

Wo ist der Unterschied?

sind gut informiert, Miss Hemmilton. Sie erwähnen ihn sicher, weil er der Konstrukteur des Kronleuchters ist, nicht wahr?«, zog er seine eigenen Rückschlüsse und ich ließ mir nicht anmerken, dass mich diese Information überraschte. Dieser neue Zusammenhang ergab durchaus Sinn. Wenn er auch in der Vergangenheit schon Brightons Kunde gewesen war, hatte es sich möglicherweise angeboten, den technikbegeisterten Lord als Investor für eine größere Erfindung zu gewinnen.

»Ich bin sehr gespannt auf die Enthüllung um Mitternacht. Es wird sicher spektakulär«, schmeichelte ich ihm weiter, lächelte und strengte gleichzeitig mein Gehirn an, um mir eine Finte zu erdenken, mit der ich ihm noch mehr entlocken konnte. Pikante Informationen, eine unkontrollierte Gefühlswallung oder gar ein Mordgeständnis.

Es erschien mir am klügsten, meine Rolle als Unwissende noch nicht aufzugeben. Denn es ist immer leichter, einen Mann dazu zu bringen, sich von ihm belehren zu lassen, als ihn zu belehren.

»Ist der Ingenieur heute auch zugegen? Er wird sich diesen Moment des Ruhmes doch sicher nicht entgehen lassen?«, versuchte ich Sir Percy geschickt aufs Glatteis zu führen, um seine Reaktion darauf zu beobachten.

Er seufzte laut und voller Enttäuschung und winkte einen der Diener zu sich, um sich ein Glas Weihnachtspunsch vom silbernen, blank polierten Tablett zu nehmen.

Ich wünschte, ich hätte mir auch eines nehmen können, doch das hätte mich nur von meinem Vorhaben abgelenkt.

»Leider wird Mr Brighton diesen technischen Triumph nicht mit uns feiern«, eröffnete er mir und eine leicht bittere Note schwang in seiner Stimme mit. Keine Wut, keine Trauer, lediglich Enttäuschung.

Bisher schloss nichts darauf, dass ihn das Gespräch nervös werden ließ oder ihn meine Fragen in Bezug auf David Brighton misstrauisch machten.

»Oh. Ist er verhindert?«, erkundigte ich mich ganz unschuldig und Sir Percy schnaubte verächtlich.

»Das ist er in der Tat. Er hat vor etwas mehr als einem Monat aus heiterem Himmel einen Überseedampfer in die neue Welt bestiegen. Eine sehr ärgerliche Sache«, erzählte er mir bereitwillig, um seinem Missmut Luft zu machen und nahm einen Schluck von seinem Punsch.

Konzentriert blickte ich ihn an und suchte nach jedem noch so kleinen Hinweis darauf, dass Sir Percy uns anlog. Denn David Brighton war ganz sicher nicht auf ein Schiff nach Amerika gestiegen. Er war tot aus der Themse gefischt worden.

Ich horchte in mich hinein, versuchte zu erspüren, ob mir irgendeine von Sir Percys Gesten verdächtig vorkamen. Doch meine Instinkte sagten mir ganz deutlich, dass Sir Godric Percy davon überzeugt war, dass seine Version der Dinge der Wahrheit entsprach.

Er war nicht unser Mörder.

Ich atmete tief ein, mein falsches Lächeln zerbröckelte und ich ließ die Maskerade fallen, die nun ihre Bedeutung verloren hatte. Schnell drehte ich den Kopf zu Benjamin Green, der immer noch unauffällig neben mir stand und so still zuhörte, als wäre er nichts weiter als ein fadenscheiniger Geist.

»Glauben Sie ihm?«, wollte ich von ihm wissen, da ich seiner Meinung viel Bedeutung beimaß und Mr Green nickte zustimmend.

»Ja«, bestätigte er. »Ich bin überzeugt, er sagt die Wahrheit.«

Sir Percy blickte irritiert von ihm zu mir.

»Dann war er es zumindest schon mal nicht«, sprach ich meine Gedanken aus und stützte wenig damenhaft eine Hand in die Taille, um meine angespannten Schultern zu entlasten.

»Was war ich nicht?«, erkundigte Sir Percy sich noch verwirrter und ich trat einen Schritt näher an ihn heran, damit nicht jeder in unserer Umgebung mithören konnte, was ich ihm nun zu sagen hatte.

»Wer hat Ihnen erzählt, dass Mr Brighton nach Amerika aufgebrochen ist?«, fragte ich ganz direkt und ließ jede Art von Schmeichelei sein, damit er spürte, dass dieses Gespräch eine ernste Wendung genommen hatte.

»Miss Hemmilton. Verzeihen Sie, aber wieso ist das von Belang?«, stellte er eine Gegenfrage und zeigte dabei keine Anzeichen von Nervosität oder Schuldbewusstsein. Noch nicht.

»Sir Percy, es ist mir unangenehm, Ihnen diese Nachricht unter diesen Umständen mitteilen zu müssen. Doch im Zuge unserer Ermittlungen für die Metropolitan Police ist dies unerlässlich«, gab ich mich professionell und konnte mich nun noch glücklicher schätzen, Benjamin Green an meiner Seite zu haben und nicht Jamie Lennox. Jamie hätte in diesem Moment vor Anspannung sicher schon wieder der Kopf geraucht. Vor allem, weil ich schon wieder einen nicht existierenden Bezug zur Londoner Polizei vorgebracht hatte.

Nun ja, es war dieses Mal zumindest nicht vollkommen erlogen. Constable Evan Miller hatte mir ja quasi die Erlaubnis erteilt, dem Fall weiter nachzugehen. Zumindest, wenn man seine Worte recht frei interpretierte. Wirklich seeehr frei.

»David Brighton ist nicht auf einem Dampfer nach Amerika unterwegs. Er ist tot. Er wurde ermordet. Und zwar hier in London«, sprach ich die entscheidenden Worte aus und sie trafen ihr Ziel wie ein Pfeil.

Sir Godric Percy zuckte zusammen, sodass der Punsch aus seinem Glas schwappte und auf den Boden kleckerte wie ein Schwall roten Blutes. Die Augen riss er erschrocken auf, seine Nase zuckte und ich sah ihn auch nicht ausatmen.

»Aber das … das … gütiger Gott im Himmel!«, stieß Sir Percy die angestaute Luft wieder aus und Mr Green reichte dem armen Mann einen Arm, an dem er sich abstützen konnte, den er sogleich in Anspruch nahm.

»Sind Sie sicher?« Er sah mich flehend an, als wünschte er sich, dass ich ihm offenbarte, mir einen bösen Scherz erlaubt zu haben.

»Ja, leider bin ich mir da sicher«, sagte ich und der Lord versuchte angestrengt weiterzuatmen. »Kannten Sie sich gut? Wann haben Sie ihn das letzte Mal gesehen?«

Sir Percy fuhr sich mit der Hand durchs Haar und hinterließ ein Durcheinander. »Wir … wir waren keine Freunde. Aber ich kenne … kannte ihn sicher seit sieben oder acht Jahren. Er hat damals die Lichtanlage für meine Villa entworfen. Da hat er noch in London gelebt«, erzählte er und geriet dann ins Stocken.

»Trinken Sie einen Schluck«, schlug ich ihm vor, er nickte, setzte das Glas an und leerte es in einem Zug. »Holen Sie ihm noch etwas?«, raunte ich Mr Green zu, der mir einen missbilligenden Blick zuwarf.

»Der letzte Kerl, den Sie nach einem Schreck abgefüllt haben, ist noch während der Besprechung auf dem Tisch eingeschlafen«, erinnerte er mich anklagend und ich schenkte ihm ein verstecktes Lächeln.

»Ich habe nichts von Alkohol gesagt«, ärgerte ich ihn und er stieß ein leises Zischen aus, das mir wohl zeigen sollte, dass ich seine Nerven strapazierte. Doch ich konnte nicht anders, als mich darüber zu freuen, dass er mir mehr gab als seine starre Fassade.

Sir Percy, der sein Gleichgewicht wiedergefunden hatte, ließ Mr Green los, der sich unauffällig von uns entfernte.

Ich erhaschte die Aufmerksamkeit des Lords wieder zurück, indem ich ihn sachte am Oberarm berührte.

»Wann haben Sie David Brighton das letzte Mal gesehen?«, fragte ich noch einmal und er blinzelte auf der Suche nach seinen Erinnerungen.

»Das war Mitte Oktober. Er kam mit dem Luftschiff nach London, um mir den Kronleuchter zu bringen. Er sagte, er habe vor, noch einmal Anfang November hier zu sein, um letzte Handgriffe an dem Getriebe vorzunehmen. Aber …« Sir Percy versank in seinen Gedanken.

»Aber er tauchte nicht auf«, beendete ich für ihn den Satz und er nickte.

»Wissen Sie, er hatte da diese Idee. Ein Projekt, das eine technische Revolution hervorbringen könnte. Noch gewaltiger, als die Dampfmaschinen es getan haben. Und ich … ich habe selbstverständlich investiert«, gestand er mir und suchte etwas in meinem Blick. Ich wusste jedoch nicht was.

»Das wissen wir bereits«, offenbarte ich ihm, damit er sich ermutigt fühlte weiterzusprechen.

»Haben Sie mich deswegen angesprochen?«, fragte er leiser, als eine Gruppe Damen an uns vorbeiflanierte und Sir Percy liebliche Augenaufschläge schenkte. Ich versuchte sie zu ignorieren.

»Ja. Wir wollen rausfinden, um was es sich bei dieser Maschine handelt. Wir fürchten, dass David Brighton deswegen umgebracht wurde«, behauptete ich und blickte dem Lord eindringlich in die Augen, damit auch er sich nicht ablenken ließ.

»Wegen des Stromerzeugers?«, fragte er erschrocken.

»Ein Stromerzeuger?«, wiederholte ich seine Worte und setzte sie auf die imaginäre Liste der Dinge, die ich Jamie mitteilen musste. Ich wünschte, ich hätte mein Notizbüchlein zur Hand gehabt, doch ich hatte es in meiner Abendgarderobe nicht unterbringen können. *

»Diese Erfindung sollte Elektrizität erzeugen«, erzählte der Lord und ein Glanz trat in seine Augen, der von seinen Träumen zeugte. »David ist auf eine Methode der Stromgewinnung gestoßen, die im Vergleich zu einer Konstruktion mit gleicher Größe das Zwanzigfache an Energie hätte liefern sollen. Eine einzige dieser Maschinen hätte somit so viel Elektrizität geliefert wie ein gesamtes Kraftwerk.« Er deutete mit einer Geste seiner Hände etwas Großes, Allumfassendes an.

»Das ist … ja unglaublich«, stieß ich aus, auch wenn ich gar nicht begreifen konnte, was dies zu bedeuten hatte.

Jetzt wünschte ich mir doch Jamie Lennox wieder an meine Seite. Er hätte sicher begriffen, welche Bedeutung diese Erfindung hatte.

»Er kam einmal im Monat nach London, um uns Sponsoren seine Fortschritte zu präsentieren und mit uns zu besprechen, wie viel Geld er für die nächsten Entwicklungsschritte benötigte«, erzählte Sir Percy weiter, ohne dass ich ihn dazu auffordern musste.

»Haben Sie viel investiert?«, unterbrach ich seinen Redefluss und ein schwaches Lächeln huschte über seine Lippen.

»Viel ist relativ, wenn man so reich ist wie ich, Miss Hemmilton«, sagte er, strich seine Weste zurecht und richtete seine Haare,

* Wenn ich jetzt so drüber nachdenke, hätte ich es einfach bei meinen Brüsten verstauen sollen. Da ist sowieso immer genug Platz im Korsett.

Ich denke nicht, dass es einen guten Eindruck gemacht hätte, wenn du dir ein Buch aus dem Ausschnitt rausgezogen hättest.

als wäre ihm plötzlich wieder eingefallen, dass er respektabel auszusehen hatte. »Es war viel für ihn, aber nicht für mich.«

Das glaubte ich ihm sofort, behielt meine ernste Miene jedoch eisern bei. Was anstrengend war. Mr Green musste wirklich viel Ausdauer besitzen.

»Was wurde aus der Novemberpräsentation?«, behielt ich den roten Faden im Auge und das Glänzen in Sir Percys Augen erlosch.

»David tauchte nicht auf«, erzählte er. »Das war am … lassen Sie mich überlegen … 11. November. War er da schon tot?«, fragte er mit einer gewissen Furcht in der Stimme und ich zog ein entschuldigendes Gesicht.

»Man hat seine Leiche erst vor einer Woche im Eis des Themseufers gefunden. Wir wissen es nicht, aber es wäre möglich«, warf ich ihm ein Häppchen an Grausamkeit hin, auch wenn ich davon überzeugt war, dass er die Sache sehr ernst nahm.

»Meine Güte«, stöhnte er und griff sich betroffen an die Stirn. »Wir waren so wütend und enttäuscht, da wir dachten, dass er uns hintergangen und im Stich gelassen hätte. Dabei ist er ermordet worden.«

Das war für Sir Percy wohl doch etwas zu viel gewesen.

»Sie dachten, er hätte sich nach Amerika abgesetzt? Wie sind Sie auf diese Idee gekommen?«, versuchte ich ihn mit pragmatischen Fragen abzulenken und sah mich schnell nach Mr Green um, der immer noch nicht zurück war. Was hatte ihn aufgehalten?

»Wir Sponsoren versammelten uns alle bei mir im kleinen Salon. Wie immer. Wir waren alle dort, bis auf Powell. Aber das war nicht ungewöhnlich, er kam eigentlich immer zu spät, wenn David ihn nicht mitbrachte«, berichtete mir der Lord und ich erinnerte mich genau an den Namen. Mrs Lee, die Haushälterin der *West Brickstone Villa* hatte ihn ebenfalls erwähnt.

»Sie kamen sonst gemeinsam?«, wollte ich wissen und Sir Percy bejahte.

»Sie waren befreundet. David kam auch bei Powell unter, wenn er in der Stadt war.«

Auch das hatte Mrs Lee bereits angedeutet und ich wusste, dass dieser Herr der nächste sein würde, den wir zu befragen hatten. Er wusste sicher das meiste über David Brighton.

Doch erst einmal musste ich die Geschichte von Sir Godric Percy bis zu Ende erfahren.

»Also Sie, Travis Kelly und Mr Ackermann warteten. Was geschah dann?«, knüpfte ich an und Percy riss überrascht die Augen auf.

»Mrs, es ist Mrs Ackermann. Aber ansonsten sind Sie erstaunlich gut informiert«, rief er bestürzt und ich ließ ihn ein selbstgefälliges Schmunzeln sehen.

»Ich sagte doch, ich arbeite mit der Polizei zusammen«, behauptete ich wieder und mein Gegenüber musterte mich interessiert.

»Wieso Sie, Miss Hemmilton?«, fragte er skeptisch und ich zuckte kokett mit den Schultern.

»Nun ja. Ich komme sehr viel leichter an Menschen wie Sie heran, ohne viel Aufmerksamkeit auf Sie und mich zu ziehen«, sagte ich verschwörerisch und fühlte mich dabei wie eine Geheimagentin.

»Das ist allerdings wahr«, stimmte er mir zu und sah auf, als Mr Green wieder zu uns trat.

Die Spannung in meinem Nacken ließ nach, die ich zuvor gar nicht bemerkt hatte. Doch Mr Green in meiner Nähe zu haben gab mir Rückendeckung und die Gewissheit, nicht auf mich allein gestellt zu sein. Denn er ist ein Mann, auf den man zählen kann.

Er reichte dem Lord ein Glas mit Sodawasser, das dieser dankend entgegennahm.

Ich versuchte mich weiter auf die Befragung zu konzentrieren. »Was geschah danach?«

Sir Percy nahm einen Schluck und brauchte einen Moment, um sich zu sammeln. »Wir warteten«, sagte er schließlich. »Nach etwa einer Stunde tauchte Powell auf. Er stürmte vollkommen aufgelöst ins Zimmer und verkündete, dass David mit seiner Erfindung abgetaucht wäre und sich mit unserem Geld nach Amerika absetzen wollte«, eröffnete er uns und ich zuckte innerlich zusammen.

Etwas Triumphierendes rauschte durch meine Adern und ließ mich noch ein Stück wachsen, so als hätte ich den Fall bereits gelöst. Oh, wir würden definitiv als Nächstes mit Powell sprechen müssen, denn er könnte mit hoher Wahrscheinlichkeit David Brightons Mörder sein.

»Wir waren schockiert!«, führte der Lord fort. »Doch am härtesten hat es den armen Ernest Powell getroffen. Er hat all sein Geld in die Erfindung seines Freundes investiert. Er weinte sogar.«

Das wiederum gab meiner neu gefassten Theorie einen Dämpfer und ich ermahnte mich selbst, nicht zu voreilig zu sein.

»Woher hatte Powell die Information über David Brightons Amerikareise?«, wollte ich wissen, um meine Theorie weiter zu verfeinern.

»Er sagte, ein Bekannter hätte ihn darauf hingewiesen, dass David eine Überfahrt gebucht hat.«

Schwache Aussage, fand ich und auch Sir Percy schien in meinem Gesicht ablesen zu können, was ich dazu dachte, denn er redetet sofort weiter. »Ich habe seine Aussage nie in Zweifel gezogen, Miss Hemmilton. Er ist ein ehrlicher Mann«, versicherte er mir voller Inbrunst und griff nach meiner Hand, um seine Aussage noch zu bekräftigen. Seine Finger waren erhitzt und schwitzig. »Fragen Sie ihn. Sie finden ihn in Garlick Hill. Er ist im Pelzgeschäft und hat dort eine Veredlungsfertigung.«

»Das werde ich tun«, bestätigte ich und entzog dem Lord unauffällig meine Hand. Ich hatte genug gehört und all die neuen Wege und Erkenntnisse schwirrten mir durch den Kopf wie Fliegen, die ich einfangen musste.

»Ich danke Ihnen für die Auskunft und hoffe inständig, Ihnen den Abend nicht ruiniert zu haben«, begann ich meine Verabschiedung und Sir Percy atmete tief durch. Ich konnte ihm ansehen, dass ihn das Gespräch ausgelaugt hatte und spekulierte dennoch darauf, dass er mich nicht negativ in Erinnerung behalten würde. Denn ich hatte ein sehr gutes und hilfsbereites Bild von ihm gewonnen.

»Ich kann nicht behaupten, dass es mich nicht getroffen hätte«, sagte er, blinzelte ein paarmal in Gedanken versunken und sah mir dann geradewegs in die Augen. »Aber zu wissen, dass David mich und die anderen nicht absichtlich zurückgelassen hat, nachdem wir so viel in seine Erfindung investiert haben, ist ein tröstlicher Gedanke. Er besänftigt einen Ärger, den ich seit vielen Wochen in der Brust getragen habe. Daher danke ich auch Ihnen für Ihre Ehrlichkeit, Miss Hemmilton.« Er hielt mir die Hand hin und ich schüttelte sie mit einem leichten Gefühl in der Brust. Denn diese Geste zeigte eine Art von Respekt, der mir nur selten zuteilwurde. Als wäre ich mehr als nur eine flüchtige Bekanntschaft auf einem Ball. Mehr als die Überbringerin schlechter Nachrichten. Und ich hatte das unbestimmte Gefühl, im Lord eine Art Freund gewonnen zu haben.

»Sehr gerne«, antwortete ich ihm ehrlich und da kam mir noch ein wichtiger Gedanke. »Wären Sie wohl so freundlich, Mr Powell nicht darüber in Kenntnis zu setzen, dass wir miteinander gesprochen haben? Es wäre nicht von Vorteil für uns, wenn er sich vorher auf die Begegnung mit uns vorbereiten kann. Eine spontane Reaktion offenbart doch einiges über die Hintergründe«, erklärte ich und er nickte übereifrig.

»Selbstverständlich«, versicherte er mir und ich atmete erleichtert auf.

»Ich wünsche Ihnen noch einen wundervollen Abend, Sir Percy. Und genießen Sie die Enthüllung Ihres technischen Prachtstücks«, wünschte ich ihm und er lächelte so hoheitsvoll, als wäre dieser Abend seine Krönung.

»Das werde ich«, sagte er erhaben und mit dem gleichen Stolz in seiner Haltung, mit dem ich ihn vorhin angetroffen hatte.

Die Ereignisse um David Brighton würden keine bleibenden Wunden in seiner Seele hinterlassen. Da war ich mir sicher und das beruhigte mich.

Mr Green stand immer noch neben mir wie ein Wachturm und bot mir genau im richtigen Moment seinen Arm an. Ich hakte mich unter und wir schritten davon, als wären wir ganz gewöhnliche Gäste, die sich gerade lediglich über das Wetter oder die letzte skandalöse Affäre von Lady Bethlam unterhalten hatten.

Doch in Wirklichkeit waren wir im Mordfall David Brighton einen entscheidenden Schritt weitergekommen.

21

DIE KUNST, DEN SPIESS UMZUDREHEN

Wir gingen ein Stück bis zum kalten Büfett und ich klaute mir eine Erdbeere von der Spitze eines Obstgestecks.

Wahrscheinlich hätte ich mich fragen sollen, wo die mitten im Winter herkam, doch mein Kopf war voller neuer Fakten.

Mr Green besah sich den Tisch vor uns ganz genau, als würde er erst einmal unter die Lupe nehmen, ob die Dienerschaft der Winterglowes auch gute Arbeit geleistet hatte. Dann traute er sich, nach einer winzig kleinen Lachspastete zu greifen.

Ich ließ es unkommentiert, auch wenn mir so einige lustige Sprüche dazu eingefallen wären. Doch ich wollte nicht, dass er sie falsch auffasste. Noch immer saß mir die Aussage im Kopf, die Benjamin Green vorhin über mich getroffen hatte: dass ich ihm etwas vorspielte.

Allerdings war so ein Ball nicht der beste Zeitpunkt, um sich über solche Dinge zu streiten, also beschloss ich, gedanklich beim Fall zu bleiben.

»Das war ein sehr erfolgreiches Gespräch mit Sir Godric Percy. Und sehr viel leichter, als ich erwartet hatte«, sagte ich und konzentrierte mich darauf, die Erdbeere zwischen den Fingern zu drehen, damit ich Mr Green für den Moment nicht in die Augen sehen musste.

»Was werden Sie mit diesen Informationen anfangen?«, fragte er mich und ich schielte nun doch zu ihm hinüber. Er sah nicht begeistert aus und er zeigte mir sein Missfallen durch einen angestrengten Zug um den Mund. Sicher stellte er sich sämtliche Horrorszenarien vor, in denen ich im Alleingang einen Mörder stellte. Und das ist nicht einmal weit hergeholt.

Ob er wohl Angst um mich haben würde? War die Tatsache, dass er mich auf einen Ball begleitete, nicht ein Hinweis darauf, dass ich ihm etwas bedeutete? Zumindest genug, dass er mich nicht tot sehen wollte.

»Wir!«, korrigierte ich ihn, um ihn zu beruhigen. »Wir werden etwas damit anfangen. Ich habe Sie und Jamie Lennox. Und seit Neuestem ist sogar ein Constable der Met mit an Bord.«

Ich steckte mir die Erdbeere in den Mund und genoss das süße Aroma auf der Zunge. Meine Güte, schmeckte das himmlisch! Sollte ich jemals reich werden, würde ich mich nur noch von Erdbeeren ernähren.

Langsam öffnete ich die Augen wieder. Mr Green starrte mich so entgeistert an, als hätte ich mir gerade selbst eine Torte ins Gesicht gedrückt.

Ich hob fragend eine Braue und er wandte schnell den Blick ab. Kroch ihm da schon wieder die Röte den Nacken nach oben?

Schnell nahm ich den Gesprächsfaden wieder auf. »Als nächsten Schritt werden wir Ernest Powell aufsuchen und herausfinden, wieso er herumerzählt, dass Brighton sich nach Amerika absetzen wollte«, sagte ich, was ich mir vorhin schon überlegt hatte und Mr Green nickte hastig.

»Das wäre eine plausible Geschichte, um Brightons plötzliches Verschwinden zu erklären«, schlussfolgerte er, wie ich es auch getan hatte.

»Er könnte also der Mörder sein«, behauptete ich und griff mir noch eine zweite Erdbeere. »Oder zumindest mit dem Mord in Zusammenhang stehen«, schwächte ich es ab und dachte an Sir Percys Worte zurück. Der Lord hatte Powells guten Charakter beteuert und schien davon überzeugt, dass es sich bei ihm nicht um den Mörder handelte. Mir stellte sich daher die Frage, wie gut Sir Percys Menschenkenntnis in diesem Fall war.

»Sie sehen nicht überzeugt aus«, stellte Mr Green fest, der mich sehr viel besser lesen konnte als ich ihn.

»Sir Percy sagte uns, dass Powell und Brighton befreundet gewesen wären«, teilte ich den ersten Punkt meiner Gedanken und verspeiste die Erdbeere und danach noch zwei weitere.

»Es wäre nicht das erste Mal, dass ein Freund einen anderen tötet«, gab Mr Green zu bedenken, was ich natürlich selbst längst wusste. Doch es gab noch einen zweiten Grund, der mich an Powell als Mörder zweifeln ließ.

»Das ist wahr«, stimmte ich Mr Green zu und holte Luft, um noch mehr zu sagen, da trat ein Mann an meine andere Seite und stibitzte sich die Traubenrebe, von der ich mich hatte bedienen wollen.

Karamellfarbene Augen blickten in meine.

Ich erschrak so heftig, dass ich Mühe hatte, meine Körperreaktionen zu verbergen und mir die Beeren aus den Fingern glitten. Sie kullerten davon, ich sah ihnen nicht nach.

»Elisa Hemmilton. Wie schön, Sie zu sehen«, sagte William Winterglowe der Zweite mit süßlicher Stimme und grinste so abstoßend arrogant, dass ich dem Drang widerstehen musste, auszuholen und ihm die Faust in den Magen zu rammen.

Er sah seinem Vater sehr ähnlich. Die gleichen hellbraunen Haare, die gleiche lange Nase, der gleiche teigige Hautton. Hübsch war er nicht, doch er besaß, genau wie sein Cousin Mr Boyle, einen gewissen Charme. Zumindest hatte ich davon gehört, denn diesen ließ er jemandem mit meiner Herkunft selbstverständlich nicht zuteilwerden.

»Hätte Winston mir nicht mitgeteilt, dass Sie heute Abend ebenfalls anwesend sind, hätten wir uns womöglich verpasst. Das wäre sehr schade gewesen, da wir doch letztes Jahr so viel Spaß gehabt haben.« Er lächelte wie eine Raubkatze, die die Absicht hegte, mich zu packen und in Stücke zu zerfetzen. Und es zu genießen.

Ich riss mich zusammen, um mich der Kälte nicht zu ergeben, die in meinen Bauch zog wie Messerstiche. Mühsam redete ich mir selbst gut zu, sagte mir, dass ich keine Maus war, kein kleines Opfer, das sich fressen lassen würde.

Ich war eine Schlange und mein Gift konnte tödlicher sein als die Zähne einer Katze.

Letztes Jahr hatte William Winterglowe der Zweite mich kalt erwischt, sich über meine Unsicherheit und Unwissenheit lustig gemacht, bis die gesamte Gesellschaft hinter vorgehaltener Hand über mich gelacht hatte.

Doch dieses Mal würde ihm das nicht gelingen, dafür hatte ich im Vorfeld gesorgt. Meine Giftzähne traten bereits hervor.

»Wissen Sie noch, wie Sie …«, begann Winterglowe Junior mit verträumtem Blick zu plaudern und mir kam die Galle hoch. Wollte er wirklich das Schlamassel vom letzten Jahr wieder auf den Tisch bringen?

Hatte ich ihn dadurch so sehr verletzt, dass er immer noch auf Rache sinnte? Hatte er es mir nicht schon hundertfach heimgezahlt?

Die Wut in meinem Bauch flammte auf.

»Fahren Sie zur Hölle«, spie ich ihm meine Abscheu entgegen und wich nach hinten zurück, stieß gegen Benjamin Green, der mir stützend eine Hand auf den Rücken legte, damit ich nicht über ihn stolperte.

Die vollkommen ernste Maske auf seinem Gesicht zeigte mir, dass er begriffen hatte, dass es sich hierbei nicht um die nette Begegnung alter Bekannter handelte. Er reagierte schnell, trat einen zufällig wirkenden Schritt nach vorn und stand damit direkt zwischen mir und William Winterglowe.

Ich wusste nicht, ob er es tat, um mich zu schützen oder eine Konfrontation zu verhindern. Mir war beides recht und ich versuchte mich hinter ihm ganz klein zu machen, was sich allein durch meine bloße Körpergröße nicht gut umsetzen ließ.

»Sie müssen vor mir doch nicht fliehen, Miss Hemmilton. Haben Sie etwa immer noch keine Manieren gelernt?«, rief Winterglowe junior lauter als nötig, sodass alle Umstehenden ihn hörten und sogar einige die Köpfe in unsere Richtung drehten.

Die Wut stieg kochend in mir auf.

Mr Green heftete seinen strengen Blick auf mich, als wüsste er bereits, was ich vorhatte und würde mich davor bewahren wollen.

Er ahnte ja auch nicht, welches Ausmaß an Schaden William Winterglowe der Zweite anrichten konnte, wenn man dem verdammten Raubtier nicht einen Maulkorb anlegte.

Doch ihm zuliebe hielt ich still, sagte nichts. Hoffte, dass William nicht genug Spaß daran haben würde, mich weiter zu drangsalieren.

Er hatte mich nicht aus den Augen gelassen und schlenderte um Mr Green herum, als wäre dieser überhaupt nicht da.

»Was werden Sie als Nächstes tun, Miss Hemmilton?«, fragte er lockend, als würde er den Anfang einer spannenden Geschichte erzählen. »Mir kam letztens zu Ohren, dass Sie versuchen, sich einen reichen Ehemann zu ergattern und ihre Methoden sehr gewagt sein sollen«, hauchte er und mir zog sich alles zusammen. Es ging schon wieder los. Die Gerüchteküche war Williams Zuhause und ohne einen waschechten Skandal auf den Lippen konnte dieser Mann nicht atmen. »Ich habe Sie und Sir Percy gerade gesehen. Und wie Sie ihn angelächelt haben. Oder tun Sie etwa mehr, als nur zu lächeln, Miss Hemmilton? Bei Ihrer Schamlosigkeit würde das wahrscheinlich niemanden wundern.«

»Das ist eine Lüge«, sagte ich fest und ließ nicht zu, dass die Kälte mich lähmte, wie sie es letztes Jahr getan hatte.

William Winterglowe der Zweite vollführte eine wegwerfende Handbewegung und verzog das Gesicht zu einer gelangweilten Fratze. »Ja, aber wer wird Ihnen das glauben?«, fragte er mich tadelnd, als hätte ich hier den Fehler begangen und ich schloss für einen Moment die Augen.

Ich war eine Schlange und meinem Gift würde er unterliegen, sagte ich mir selbst, verscheuchte die Wut und die Angst und die Kälte und die Unsicherheit.

Er ist nur ein Mann, kein Gott.

Dann öffnete ich die Augen und war wieder die kämpfende Elisa. Das Mädchen aus dem East End, das nicht versuchte sich anzupassen oder alles richtig zu machen. Das edle Wesen, das Miss Brandon-Welderson in mir sah und das sich durch viele endlose Stunden des Unterrichts geformt hatte und mich zu mehr machte, als ich zuvor gewesen war, verstummte.

In diesem Moment war es mir im Weg.

»Aber wissen Sie, was keine Lüge ist?«, fragte ich ihn und in meiner Stimme schwang etwas Leichtes, Neckendes mit, das mein Opfer in die Falle führen würde. »Ich weiß eine ganze Menge Dinge, die Ihnen ganz sicher nicht gefallen werden«, zückte ich meine Giftzähne, auch wenn er noch nicht wusste, was ihn gleich erwarten würde.

»Das bezweifle ich«, wies er es herablassend von sich und die Schlange biss zu.

»Ach ja?« Ich hob eine Augenbraue und trat einen schlendernden Schritt auf ihn zu, sodass er zu mir aufsehen musste. »Wissen Sie, meine Schwester Mary hat da diese Freundin. Ihr Name ist Sondra. Und Sondras Cousine ist ein gewisses Mädchen für leichte Stunden in einem heruntergekommenen Bordell in Whitechapel. Sie nennt sich Rose. Klingelt da etwas bei Ihnen?«

All die Arroganz und die bohrende Langeweile fielen von dem Mann vor mir ab, als hätte ich ihn mit einem Eimer Eiswasser übergossen.

»Ich weiß nicht, wovon Sie sprechen«, kratzte er den letzten Rest seiner Fassung zusammen und versuchte, mir mit festem Blick zu begegnen. Jegliche Belustigung war verschwunden.

»Sicher nicht?«, fragte ich nach, als wäre nicht offensichtlich, dass ich bereits gewonnen hatte. »Schrieb Sie Ihnen nicht vor zwei Wochen, dass Ihnen da wohl ein kleines Malheur passiert ist und Sie nun einen kleinen Bastard erwarten? Was würden Ihre werten Eltern denken, wenn sie davon erfahren sollten?«

»Halten Sie meine Eltern da raus!«, schnaubte er und drohte mir mit dem Finger, als würde ihm das jetzt noch irgendetwas nützen. An seiner Stirn pochte eine Ader.

Denn ich war auf heute Abend vorbereitet gewesen und ich hatte meine Hausaufgaben gründlich gemacht.

»Ich weiß nicht, ob ich das mit meinem Gewissen vereinbaren kann, ihnen vorzuenthalten, dass sie bald Großeltern werden«, säuselte ich, als wäre es mir ernst und Williams Kiefer spannte sich so sehr an, dass er deutlich hervortrat.

»Was wollen Sie?«, fragte er zwischen zusammengebissenen Zähnen hindurch und mit so einem Hass in den Augen, als wollte er mich in Flammen aufgehen sehen.

Jetzt empfand er so, wie ich mich letztes Jahr gefühlt hatte. Nur dass er es verdient hatte. Trotzdem gab es da in meinem gutmütigen Herz einen kleinen Funken Mitleid, den ich sofort zerdrückte.

Ich durfte nicht weich werden. Zeigte ich Schwäche, würde er sich darauf stürzen wie ein hungriger Wolf.

Also ließ ich mich nicht von seinem Hass beeindrucken und hob stolz das Kinn.

»Lassen Sie mich in Frieden«, zischte ich und sah auf ihn herab. »Sehen Sie mich nicht an, sprechen Sie nicht über mich! Wenn mir auch nur noch ein Gerücht zu Ohren kommt, das so klingt, als hätten Sie es in Ihrer verdammten sadistischen Langeweile erdacht, wird ein ganz bestimmter Brief den Besitzer wechseln«, sprach ich meine Drohung aus und blickte ihm so scharf in die Augen, dass er zurückwich.

Wie schon erwähnt, eisblaue Augen können auch von Vorteil sein.

Ich holte tief Luft und verzog den Mund so missbilligend, als hätte ich auf eine Schnecke gebissen.

William Winterglowe der Zweite rührte sich nicht von der Stelle, stand da wie zur Salzsäule erstarrt.

Es war an der Zeit, mich von ihm abzuwenden und einen erhabenen Abgang hinzulegen. Also drehte ich mich langsam auf dem Absatz um und hakte mich wie selbstverständlich bei Mr Green ein.

»Und halten Sie Ihren Cousin von mir fern«, ergänzte ich noch über die Schulter hinweg und schritt mit Mr Green davon, der mich mit seinem Blick von der Seite durchbohrte. Ich versuchte mir nicht vorzustellen, wie er jetzt über mich dachte, denn das würde meinen Abgang zerstören und mein Herz zerquetschen.

Winterglowe junior folgte uns nicht. Gott sei Dank.

Denn ich war müde. Das kämpfende Mädchen aus den Gassen des East Ends verlangte viel mehr Stärke von mir und der Abend war dafür zu lang gewesen. Die Wut und die aufgesetzte Arroganz verflogen langsam und nahmen all meine Kraft mit sich. Seltsam hohl pochte mir das Herz in der Brust und ich wollte nichts lieber, als nach Hause zu gehen.

Doch da wir zusammen mit Miss Brandon-Welderson gekommen waren, die jede Art von gesellschaftlicher Zusammenkunft in vollen Zügen auskostete, war es unwahrscheinlich, dass sie sich davon überzeugen ließ, den Ball vor Mitternacht zu verlassen.

»Können wir irgendwohin, wo es ruhiger ist?«, fragte ich matt und Mr Green neigte den Kopf, um zu signalisieren, dass er verstanden hatte.

Er sagte nichts, er rügte mich nicht, er kommentierte es nicht. Und ich hoffte innigst, dass dies etwas Gutes bedeutete. Ich würde es heute nicht mehr verkraften, wenn er sich von mir abwenden würde. Denn nur wegen ihm stand ich überhaupt noch.

Ich hielt mich ganz fest an seinem Arm, als er mich aus dem Saal führte. Vorbei an rauschenden Farben und lautem Lachen, an den penetranten Gerüchen verschiedenster Parfüme, die sich in meiner Nase zu einer ekelerregenden Wolke vermischten.

Der kleine Salon versteckte sich hinter einer unscheinbaren Tür und es waren nur wenige Gäste hier, die sich in Ruhe unterhielten oder in kleiner Gruppe Karten spielten.

Die Musik und das Lachen drang als angenehmes Raunen zu uns und ich gab der Erschöpfung nach, indem ich meine Stirn an Benjamin Greens Schulter sinken ließ. Mein Kopf wurde immer schwerer und seine Nähe berauschte mich so, dass ich nicht anders konnte, als sie zu ersehnen.

Meine Seele verlangte nach einer Umarmung, von denen ich zu Hause so viele gehabt hatte und die es im Haus von Miss Brandon-Welderson gar nicht gab. Ob Benjamin mich umarmen würde, wenn ich ihn darum bat?

Ich schlug mir den Gedanken sofort wieder aus dem Kopf. Er hatte gerade erlebt, wie ich zur Rachefurie mutiert war und würde sich in Zukunft sicher von mir fernhalten. Ich war keine Dame, egal wie viel ich noch lernen würde und wie sehr ich mich anpasste. In mir drin würde ich das Mädchen aus dem East End bleiben.

Was hatte ich mir nur dabei gedacht, mit Mr Green auf einen Ball zu gehen? Hatte ich sein Herz erobern wollen? Wie sollte ich mir je wieder einreden, auch ohne seine Gegenwart zufrieden zu sein?

»Miss Hemmilton«, ermahnte er mich, doch seine Stimme klang bei Weitem nicht so streng, wie ich es von ihm gewohnt war. »Wir sind in Gesellschaft. Niemand sollte Sie so sehen«, sagte er nun eindringlicher, schob mich jedoch weder von sich noch bewegte er sich auch nur einen Fingerbreit.

Ich seufzte, erdrückt von all den Ereignissen des heutigen Abends und atmete tief den warmen Geruch nach Afternoon Tea und Kiefernholz ein. Mr Greens Geruch.

Einmal hatte er mir seinen Schal geliehen.* Er roch genauso und ich habe ihn tagelang nicht mehr abgenommen, nur um diesem Mann ein klein wenig näher zu sein.

»Elisa«, mahnte Benjamin Green mich noch einmal. Seine weiche Stimme kitzelte an meinem Ohr und mir sprang vor Schreck beinahe das Herz aus der Brust.

Sofort hob ich den Kopf, starrte Benjamin Green mit riesigen Augen an und war zu überrascht, um auch nur ein Wort hervorzubringen. Und das passierte wahrhaftig nicht oft.

»Geht es Ihnen gut?«, fragte er ganz nüchtern und mein Blick verfing sich in dem dunklen Blau seiner Augen.

Hastig nickte ich. Immer noch außerstande, etwas zu sagen.

Er hatte mich bei meinem Vornamen genannt!

Glücksgefühle tanzten durch meinen Bauch und ich wünschte mir bei allem, was ich besaß, ich könnte in seine Arme sinken und mich von ihm halten lassen.

* Ich werde weder bestätigen noch verneinen, dass besagter Schal in diesem Bericht bereits erwähnt wurde.

Doch auch wenn ich in vielerlei Hinsicht dreist war, würde ich so etwas bei Mr Green niemals wagen. Auf keinen Fall durfte ich ihn überrumpeln, damit ich nicht riskierte, dass er sich von mir zurückzog. Schon gar nicht nachdem er Zeuge meiner kämpferischen Seite geworden war und ich ohnehin schon fürchten musste, dass er sich von mir abwendete.

Also musste ich mich ablenken.

Mr Green wartete geduldig, dass ich seine Frage beantwortete. Die Gelegenheit, ihm zu erklären, was da zwischen Winterglowe junior und mir vorgefallen war.

Ich räusperte mich unauffällig und zwang meine Zunge dazu, wieder Worte zu bilden.

»Letztes Jahr auf genau diesem Ball ist mir ein … Missgeschick passiert«, gestand ich ihm und riss mich von seinem Blick los, der mich nur noch mehr in seinen Bann zog. »Ich war neu in dieser Gesellschaft und noch nicht so bewandert darin, über welche Dinge man sich hier lustig machen darf und über welche nicht. Miss Brandon-Welderson war beschäftigt und ich stand bei zwei jungen Damen, die so freundlich waren, mich herumzuführen und mich anderen vorzustellen. William Winterglowe der Zweite kam irgendwann dazu und machte einen wirklich … anmaßenden Kommentar zum Kleid einer der Damen.« Ich suchte nach Worten. »Und ich habe beizeiten einen sehr ausgeprägten Beschützerinstinkt und ein sehr schnelles Mundwerk.«

Mr Green atmete tief durch. Er schien bereits zu ahnen, worauf meine Erzählung hinauslaufen würde.

»Woher hätte ich wissen sollen, dass ich keine Witze über die Potenz von jungen Adligen machen darf? Anscheinend habe ich seinen Stolz verletzt und seitdem … hat er Spaß daran, mich öffentlich zu diskreditieren. Er denkt sich die wildesten Gerüchte über mich aus, um mich als das Gossenmädchen hinzustellen, das ich nun mal bin«, sagte ich und blickte zu den Regalen, die die Wände zierten, ohne sie wirklich zu sehen. Mein Verstand zerrte unschöne Erinnerungsfetzen nach oben und ich schluckte. Mein Magen fühlte sich an, als würde Eis darin schwimmen.

»Sie sind kein Gossenmädchen«, widersprach Benjamin Green mir vehement und ich seufzte leise über seinen Versuch, mir Zuspruch zu geben.

»Sie haben mich zu Anfang doch genauso gesehen. Als ich das erste Mal nach *Beaufort House* kam, um Quinton Beaufort vorzulesen. Das dreckige Ding, das sicher nur gekommen war, um einen alten Mann auszunehmen«, warf ich ihm vor und widerstand dem Drang, die Arme vor der Brust zu verschränken. Dafür hätte ich von ihm zurücktreten müssen und das wollte ich nicht. Dafür genoss ich seine Nähe zu sehr.

Mr Green stieß ein leises Schnauben aus, doch als ich ihn wieder ansah, erkannte ich ein Lächeln auf seinen Lippen.

Mein schmerzendes Herz tat einen Satz.

Er war so unglaublich schön, wenn er lächelte.

Trotz all der Widrigkeiten dieses Abends prickelte mir die Verliebtheit viel zu angenehm mein Rückgrat hinunter und ich konnte nicht verhindern, dabei zu erschaudern.

»Sie haben recht«, sagte Mr Green. »Das ist es, was ich gedacht habe. Ich war voller Vorurteile. Verzeihen Sie mir.«

Er sah mir geradewegs in die Augen, so ehrlich, dass es mich wunderte, weder Abscheu noch Ärger darin zu erblicken. Nur ein Glimmen schwamm in dem Meer seiner Iris und alles Eis in mir schmolz dahin.

Meine Gedanken wanderten wieder zu Mr Greens Worten vom Anfang dieses Abends und auch wenn wir immer noch auf diesem Ball waren, empfand ich das übermächtige Bedürfnis, diese Sache mit ihm ins Reine zu bringen.

»Ich spiele Ihnen nichts vor, Mr Green«, versicherte ich ihm und mein Blick wanderte ohne mein Zutun zu seinem Mund, der von so vielen Gefühlen sprach, ohne dass ein Wort über ihn kam.

»Ich spiele meine Spielchen, ja. Aber … ich versuche zu erheitern, nicht zu täuschen«, versuchte ich mich zu erklären und Mr Green lächelte wieder. In meinem Magen summte es wie auf einer Frühlingswiese.

»Sie erheitern mich sehr«, sagte er und meine Lippen verzogen sich ebenfalls zu einem Grinsen. Jedoch fiel es sehr viel frecher aus als seins.

»Dann sollten Sie vielleicht öfter lachen«, riet ich ihm schalkhaft und er lachte auf. Es war das schönste Geräusch der Welt.

»Ich werde mich darum bemühen.«

Samstag, 20. Dezember 1890

22

DA STINKT DOCH WAS

In den frühen Morgenstunden kehrten wir vom Weihnachtsball zurück in die Park Street und ich musste mich von Benjamin Green verabschieden, den Will freundlicherweise noch bis zurück nach Kensington kutschierte.

Mein Herz war so erfüllt von Gefühlen, mein Kopf so voller Gedanken, dass ich kaum Schlaf fand. Nicht einmal nachdem ich das Fenster zum Lüften geöffnet hatte und die winterliche Kälte ins Zimmer holte, um meinen Kopf durchzupusten. Immer wieder rief ich mir jeden einzelnen Moment des Balls in Erinnerung, bis ich schließlich in einen traumlosen Zustand des Vergessens abdriftete.

Die Verliebtheit glühte immer noch viel zu mächtig in meinem Herzen, als ich erwachte und schenkte mir die nötige Kraft, um mich nach wenigen Stunden unruhigen Schlafs wieder aus dem Bett zu quälen.

Auch wenn ich mich am liebsten den ganzen Tag in meinen Träumen verloren hätte, durfte ich nicht trödeln, denn ich hatte heute noch viel vor.

Es gab schließlich nicht nur neue Erkenntnisse in Sachen Mordfall, sondern sogar einen neuen Hauptverdächtigen und ich hatte vor, zu Jamie zu gehen, um ihm davon zu erzählen. Ich wollte, dass er sich anhörte, was ich in Erfahrung gebracht hatte, um zu sehen, wie er damit zurechtkam.

Wir hatten diese Ermittlungen gemeinsam begonnen und auch wenn er viel Angst hatte, hoffte ich, dass er nicht wirklich alles hinschmeißen würde. Ich liebte das Abenteuer und ich würde sicher auch ohne ihn weitermachen, wenn er es vorzog, sich in seiner Werkstatt zu verstecken und den Kopf einzuziehen, bis es vorbei war. Aber ich wünschte mir, dass wir diesen Fall gemeinsam lösen würden. Ohne ihn wäre ich nie so weit gekommen und wir waren ein gutes Team. Ich glaubte daran.

Außerdem hoffte ich insgeheim, ihn mit den neuen Informationen zu der Maschine auf den Blaupausen begeistern zu können.

Ich wusch mich und zog mein schlichtestes Kleid an, das ich bei Miss Brandon-Welderson hatte. Es kam mir immer noch zu chic vor und ich ärgerte mich darüber, keins meiner alten Kleidungsstücke behalten zu haben. Das meiste befand sich nun in Marys oder Edith' Besitz oder lag vielleicht auch schon in den Schubladen von meinen Cousinen Clara und Laura. Da keine von ihnen meine Körpergröße maß, hatten sie sicher auch schon alle Säume gekürzt und ich konnte mir die Kleider nicht einmal zurückholen.

Ich knautschte den braunen Rock etwas, bevor ich ihn anzog, damit er nicht zu chic wirkte und entschuldigte mich gedanklich bei Simone, die sicher Stunden damit verbrachte, meine Kleidung zu bügeln.

Dann lief ich zu meinem Schreibtisch und räumte sorgfältig die Stapel an Büchern herunter, unter denen die Blaupausen, mit den Plänen nach unten, ausgerollt dalagen und von keiner Menschenseele beachtet worden waren, seit ich sie dort deponiert hatte. Ich rollte sie zusammen und trat aus meinem Zimmer.

Im Haus war es ungewöhnlich still. Miss Brandon-Welderson hatte letzte Nacht sehr ausgelassen getanzt und war danach etwas zu beschwipst in ihr Bett gefallen.

Ich würde es ihr nie ins Gesicht sagen, aber wenn sie betrunken einschläft, kann ich sie durch die Wand schnarchen hören. Mich

Als ob du mich gelassen hättest! Dir wäre immer eine Methode eingefallen, an meine Neugierde zu appellieren.

Ja und das habe ich dir ja auch bewiesen.

beruhigt es, nachts andere Menschen zu hören, doch sie würde sicher vor Scham im Boden versinken.

Das Personal nahm den Zustand seiner Hausherrin zum Anlass, sich ebenfalls einen langen Morgen zu genehmigen und ich traf weder Clifferton noch Claire noch eins der Hausmädchen an. Nicht als ich mir im Studierzimmer eine schicke Transportrolle aus Leder aussuchte, aus der ich erst einmal längst vergessene Landkarten von Südamerika herausziehen musste. Und auch nicht, als ich mir in der Küche etwas von der Schokoladentorte stibitzte, die ich gestern aus Nervosität nicht angerührt hatte. Sie war wundervoll cremig und ich entschied, dass sie ein hervorragendes Friedensangebot für Jamie darstellte. Also legte ich zwei weitere Stücke in eine kleine Dose aus Porzellan, schlug diese in ein Tuch ein und verstaute sie in meiner abgewetzten Umhängetasche, die Miss Brandon-Welderson hasste, als wäre sie der Inbegriff von Unkultiviertheit.

Ich stahl mich aus der Seitentür auf den Hof, als ich dem ersten Menschen an diesem Tag begegnete. Will war beim Stall, um die Transportkutsche für eine Abholung fertig zu machen. Er wirkte zwar noch nicht besonders wach, aber sicherte mir zu, mich bis nach London City mitnehmen zu können.

Ich schwang mich zu ihm auf den Kutschbock und suchte mal wieder vergeblich nach meinen Handschuhen. Dafür wickelte ich mich fester in meinen Schal, um dem Wind zu entgehen, als Will die beiden Pferde antraben ließ und wir hinaus auf die Straße ratterten.

Die ganze Welt machte den Eindruck, als hätte sie heute beschlossen, nicht aufzuwachen. Die Stadt lag unter einer dicken, glitzernden Schneedecke, die noch nicht durch den Ruß der Fabriken geschändet worden war und ließ mich empfinden, als wäre die Zeit stehen geblieben.

Die Pferde kämpften sich durch das kalte Weiß und schwitzten vor Anstrengung. Die Räder der Kutsche schlitzten die Schneedecke auf wie eine klaffende Wunde und ich betrachtete die Zerstörung in ihrer makabren Schönheit.

»Er ist nicht sehr gesprächig«, meinte Will plötzlich und ich sah ihn verwundert an. »Der Herr, mit dem Sie auf dem Ball waren. Mr Green«, half er mir auf die Sprünge und die Erwähnung seines Namens reichte, um mir die Röte in die kalten Wangen zu treiben.

»Nein. Ist er wahrlich nicht. Ist wohl berufsbedingt«, behauptete ich mit einem Grinsen und Will hob fragend die buschigen Augenbrauen, die dabei unter der Krempe seiner Schiebermütze verschwanden.

»Kein Gentleman?«, wollte er wissen und ich schüttelte den Kopf.

»Gentlemen sind nicht mein Typ«, sagte ich spaßhaft.

Will grunzte lediglich amüsiert in seinen Bart und fragte nicht weiter nach.

Er fuhr für mich eine Schleife bis an den östlichsten Rand von London City, um mich dort abzusetzen und ich lief die restliche Strecke bis nach Hoxton.

In Bewegung zu sein half hervorragend gegen die Kälte und ich erreichte Jamies Werkstatt zügiger, als ich erwartet hatte.

Mit festem Schlag klopfte ich gegen die massive Holztür und schüttelte mir nervös den Schnee von den Schuhen und dem Saum meines Rockes. Für einen erschreckend langen Moment glaubte ich, zu früh aufgeschlagen zu sein, sodass er noch schlief. Oder war ich bereits zu spät und er hatte sich zu einem seiner auswärtigen Aufträge begeben?

Mal wieder zeigte sich einer meiner Pläne als nicht zu Ende gedacht. Ich hasste das.

Ich klopfte noch einmal, wartete und war schon kurz davor, wieder unverrichteter Dinge und mit schlechter Laune zurück in die Park Street zu trotten, da hörte ich Schritte.

»Wer ist da?«, fragte eine tiefe Stimme, die ich jedoch sofort zuordnen konnte und ein Schmunzeln glitt über meine Lippen.

»Hier ist ein blutrünstiger Mörder mit einem Fleischerhaken, der gekommen ist, um Jamie Lennox in viele mundgerechte Stücke zu zerhacken«, behauptete ich sofort und ein Lachen erklang im Innern.

Ein Schlüssel wurde im Schloss gedreht.

»Es ist Miss Hemmilton«, rief Constable Evan Miller ins Innere der Werkstatt, während er mir die Tür öffnete und mich hereinließ. Es war ein ungewohnter Anblick, den Polizeibeamten ohne seine Uniform zu sehen. Sein Haar war genauso blond wie sein Schnauzer und sah aus, als müsste es sich weich wie Seide anfühlen.

Ich war versucht, ihm den Kopf zu tätscheln, um es zu überprüfen, entschied mich jedoch dagegen.

»Mach ihr auf. Dann setze ich mehr Kaffee auf«, kam Jamies Antwort von hinten.

Der Geruch von Wärme und Schmieröl hing in der Luft und auch wenn es sich jedes Mal anfühlte, als wäre ich in eine zerbrochene Spieluhr gefallen, arrangierte ich mich langsam mit dem großen Raum voller Zahnräder.

»Ich bin mir nicht sicher, ob Miss Hemmilton dein Gebräu trinken will«, gab der Constable zurück und drückte die Tür ins Schloss, um die Kälte schnell wieder auszusperren.

»Machen Sie Witze? Ich liebe Jamies Kaffee!«, protestierte ich empört, legte meine Tasche und die Transportrolle ab und wickelte mir den Schal vom Hals, unter dem ich nach dem Marsch schwitzte.

»Das ist doch kein Kaffee«, stöhnte der Constable und ich lachte über seine Borniertheit, die ich sonst nur von Animant kannte.

»Sie sind also ein West-End-Bengel«, zog ich meine Schlüsse und er warf sich in die Brust.

»Ich bin in der Broadwick Street geboren. Und Sie?«, fragte er mich mit übertriebenem Stolz, der mich wohl belustigen sollte und ich spielte sein Spiel mit, indem ich ihm einen koketten Augenaufschlag schenkte.

»Im Hinterland des Londoner Hafens«, zerstörte ich seine Vorstellung von mir als edle Dame, hängte Mantel und Schal an eine Metallstange, die auf Kopfhöhe aus dem Regal ragte und schlüpfte rüber in die Schmiede, in der es so brütend heiß war, als hätten wir Hochsommer.

»Guten Morgen«, grüßte ich den Mann, der gerade mit einem Kessel heißen Wassers hantierte und mir nur ein flüchtiges Lächeln schenkte, um die Konzentration nicht einzubüßen, die er für dieses Manöver benötigte.

Er hatte sich schon zu oft die Finger verbrannt, um diesen Fehler noch einmal zu begehen.

Das lockere helle Hemd, das er trug, war erstaunlich sauber für seine Verhältnisse und die Ärmel bis zu den Oberarmen hochgekrempelt.

»Wieso ist es hier so heiß?«, erkundigte ich mich, als der bittere Geruch nach gerösteten Bohnen aus einer Kanne den Raum erfüllte.

Jamie grinste und zeigte auf eine Reihe seltsam geformter Metallteile, die große Ähnlichkeit mit Zahnrädern aufwiesen. Dazu erklärte er mir etwas sehr Technisches, das er letzte Nacht hergestellt hatte und von dem ich mir kein einziges Wort gemerkt habe. Aber er war offensichtlich sehr stolz auf sein Werk und so zollte ich den schimmernden messingfarbenen Gebilden den gebührenden Respekt. Dafür bekam ich einen Kaffee.

»Wie war der Ball gestern Abend? Hast du … tatsächlich mit diesem Lord gesprochen?«, fragte Jamie mich zögerlich und ich klopfte ihm auf die Schulter.

»Sir Godric Percy«, rief ich ihm den Namen ins Gedächtnis. »Habe ich. Er ist nicht unser Mörder. Aber eins nach dem anderen. Ich habe Torte mitgebracht«, erzählte ich auf dem Weg zurück in die Werkstatt, wo der Constable auf einem der Arbeitstische saß, als wäre er hier bereits zu hause.

Er nahm keinen Kaffee, um seinen snobistischen Gaumen nicht zu beleidigen. Gegen Torte hatte er jedoch nichts einzuwenden.

Jamie holte Teller für sich und den Constable und ich verzichtete zugunsten des Herrn Polizisten, der seinen freien Tag opferte, um Jamie weiterhin im Auge behalten zu können.

Wenn ich hierzu einen Kommentar verfasse, streichst du mir den nur wieder, richtig?

Richtig.

Ich ließ sie essen, beide nebeneinander auf der Tischplatte sitzend, auch wenn es genügend Sitzgelegenheiten in diesem Raum gab. Schließlich wollte ich, dass Jamie bei guter Laune war, wenn ich ihn wieder zurück in die Fallermittlungen lockte, also fragte ich zuerst ganz unverbindlich nach seinem Befinden.

»Gut, gut. Seit Dienstag keine besorgniserregenden Vorkommnisse mehr. Keine zwielichtigen Gestalten. Wenn du nicht in der Nähe bist, wird das Leben direkt wieder langweilig«, behauptete er scherzhaft und wir wussten beide, dass er die Langeweile genossen hatte.

Ich hoffte, nicht zu sehr und würde damit glücklicherweise recht behalten.

»Das liegt nicht an meiner Abwesenheit, sondern an Constable Millers Anwesenheit«, wies ich ihn auf das Offensichtliche hin und er zuckte grinsend mit den Schultern.

»Möglich«, gab er zu und schob sich luftig gebackenen Biskuit in den Mund. Er kaute ganz in Ruhe und sein versonnener Ausdruck zerbröckelte plötzlich und verwandelte sich in einen scharfen Blick, den er auf mich heftete.

»Elisa? Planst du irgendwas?«, fragte Jamie mich mit vorwurfsvollem Ton und sah nicht besonders Furcht einflößend aus, da in seinem Mundwinkel Schokoladencreme klebte.

»Was soll ich denn planen?«, erwiderte ich unschuldig und Jamie sah mich misstrauisch aus schmalen Augen an.

»Nun ja. Du schneist hier in aller Frühe rein, lobst meinen Kaffee, bringst Kuchen mit … Da stinkt doch was«, behauptete er und ich ließ zu, dass sich meine Unschuldsmiene in ein verschlagenes Lächeln verwandelte.

»Ich wusste es«, stöhnte Jamie und stellte seinen Teller beiseite.

»Du hast da was«, lachte der Constable verschmitzt und deutete auf seinen linken Mundwinkel, um Jamie einen Hinweis auf die Schokoladencreme zu geben.

Dieser wischte sich verlegen mit dem Ärmel über den Mund und fasste sich dann wieder, um mich erneut mit einem strafenden Blick zu bedenken.

»Ich will losziehen und einen Mordverdächtigen befragen. Und ich möchte, dass du mitkommst«, gestand ich ihm und er hielt meinen Blick einen Moment, um herauszufinden, ob ich ihn nur ärgerte.

Doch es war mein voller Ernst. Ich hatte vor, heute Vormittag zu Ernest Powell zu gehen und ihn zu befragen.

»Du bist wahrhaftig lebensmüde«, stöhnte Jamie auf, doch ich ließ ihn nicht weitersprechen.

»Warte, bevor du *Nein* sagst. Ich lege dir die Fakten dar, um dich zu überzeugen«, rief ich und griff nach der Transportrolle, die neben meinem Stuhl am Tischbein lehnte.

»Ich habe mit Sir Godric Percy gesprochen. Er war einer von David Brightons Sponsoren«, fügte ich für den Constable hinzu und fühlte die Aufregung langsam in mir aufsteigen.

»Er sagte, dass es sich bei der Maschine auf den Blaupausen um einen Stromerzeuger handelt. Und dass wohl einer davon so viel Elektrizität erzeugen soll wie ein ganzes Kraftwerk.«

Zögerlich hielt ich Jamie die Rolle hin. Ich erwartete, dass er erst einmal davor zurückschrecken würde, wenn ihm aufging, dass ich die Blaupausen wieder mit zu ihm gebracht hatte, doch er überraschte mich, indem er sie mir beinahe aus den Händen riss, von der Tischplatte glitt und sie in Windeseile öffnete.

Jamie hatte sich schon viel den Kopf darüber zerbrochen, um was für eine Maschine es sich hier handelte. Und auch schon genauso viel Zeit damit verbracht, diese Gedanken wieder zu verdrängen.

Er war nicht dumm, natürlich ließen sich die einzelnen Elemente auf den Blaupausen erkennen und auch ihre Bewegungsabläufe erschlossen sich ihm. Doch ohne genaue Kenntnis über die Funktion der Maschine hätten sich all diese Teile zu den verschiedensten Dingen zusammenbauen lassen.

Er hörte das Wort ›Stromerzeuger‹ aus meinem Mund und Neugierde überfiel ihn wie der Ruf einer Sirene.

Mit fahrigen Fingern fischte er die Blaupausen aus dem Innenraum der Rolle, die nach altem Papier und Leder duftete, schob ein paar Werkzeuge beiseite und breitete die Pläne auf dem Arbeitstisch vor sich aus.

Ich nahm sein Interesse für die Sache als gutes Zeichen und berichtete ausführlich von meiner Begegnung mit Sir Percy.

»Ernest Powell erzählt herum, dass Brighton sich nach Amerika abgesetzt hat und schon sucht niemand mehr nach ihm«, endete ich meine Ausführungen und der Constable wirkte nachdenklich.

»Wenn wir die Leiche nicht entdeckt hätten, wäre es also nie herausgekommen«, sagte er und ich nickte aufgeregt.

»Ganz genau!«, rief ich. »Das spricht dafür, dass Powell der Mörder von David Brighton sein könnte.«

»Und was spricht dagegen?«, fragte Evan Miller, der wohl gleich gespürt hatte, dass mir ein *Aber* auf dem Herzen lag.

»Powell hat wohl sehr viel Geld in Brightons Erfindung gesteckt. So viel, dass er weinend zusammengebrochen ist, als er davon erzählte, dass Brighton sich angeblich nach Amerika abgesetzt hat. Mal davon abgesehen, dass die beiden laut Sir Percys Aussage Freunde waren, wäre es für ihn nicht in viel größerem Interesse gewesen, dass Brighton am Leben ist?«, sprach ich aus, was ich auf dem Ball nicht zu Mr Green hatte sagen können, da wir unterbrochen worden waren und sich danach die Gelegenheit nicht mehr ergeben hatte.

»Die Frage nach dem Motiv.« Gedankenverloren strich sich Evan Miller mit Daumen und Zeigefinger über den Schnurrbart.

»Die Frage ist doch, wieso sollte er ihn umbringen? Und falls er es nicht war, woher stammt dann die Information mit der Amerikaüberfahrt?«, zählte ich auf und Jamie sah laut seufzend von seinen Plänen auf.

»Deshalb willst du zu Powell gehen und ihn befragen«, schlussfolgerte er und ich lächelte ihn triumphierend an.

»Exakt.«

»Und du willst, dass ich mitkomme?« Es war keine wirkliche Frage, eher eine zurückhaltende Feststellung. Doch er schien nicht mehr ganz so abgeneigt zu sein, wie ich es vermutet hatte.

»Du kannst ja den Constable mitnehmen«, schlug ich vor, als wäre dieser alles, was er brauchte und erhob mich von meinem Stuhl.

»Als ob ihr mich davon abhalten könntet, euch zu begleiten«, stieß der Constable aus und ließ sich ebenfalls auf die Füße gleiten, um seine Aufbruchsbereitschaft zu zeigen.

»Aber bitte weiter inkognito, Constable Miller. Wir müssen Powell ja nicht vorschnell in Alarmbereitschaft versetzen. Und nun esst auf, Jungs. Mord und Totschlag warten auf uns!«, verkündete ich zufrieden und Jamie blickte zweifelnd von mir zum Constable und wieder zurück.

Er hielt die Hände in die Seiten gestemmt, sodass die Muskeln an seinen Oberarmen hervortraten, die ich in diesem Ausmaß an ihm gar nicht vermutet hätte. »Darf ich dazu auch noch etwas sagen?«, maulte er.

»Nein«, sagten der Constable und ich gleichzeitig und Jamie ergab sich seinem Schicksal.

Wenn Jamie ehrlich zu sich war, machte ihm diese ganze Sache schon viel weniger Angst als zu Anfang der Woche, wo ihm die Verfolgungsjagd noch in den Knochen gesteckt hatte. Die letzten Tage ließen sich beinahe schon als erholsam bezeichnen. Seit Evan Miller bei ihm abgestellt worden war, fühlte er sich so sicher wie selten in seinem Leben.

Es hatte den Constable einiges an Überredungskunst gekostet, Sergeant Warren davon zu überzeugen, dass dies der schnellste Weg zur Lösung dieses Falls war und aus seiner Sicht hatte sich das bereits gelohnt.

Zum einen weil er von uns Informationen auf dem Silbertablett serviert bekam, zum anderen weil er es als sehr viel spannender empfand, diesem Fall nachzugehen, als auf den Straßen von Holborn Streife zu laufen. In Jamies warmer Werkstatt ließ es sich im Winter auch viel besser aushalten, selbst wenn er den Kaffee miserabel fand. ✎

Jamie und er hatten in Ruhe noch einmal all die Begebenheiten besprochen, die sich in den letzten Wochen ereignet hatten und nach ein paar Tagen Abstand war auch in dem furchtsamen

✎ Das tut er wirklich. Ich kann mich darüber auch immer wieder amüsieren.

Mechaniker der Wissensdurst für die rätselhafte Maschine wieder erwacht.

Da er die Blaupausen aber zu mir hatte bringen lassen, war ihm nur das Notizbuch geblieben, das er hinter einem losen Ziegel in seinem Schlafzimmer versteckt hatte.

Er war es immer und immer wieder durchgegangen, Seite für Seite, hatte sich jede Notiz angesehen und jede Zeichnung zu interpretieren versucht und war schlussendlich von einem Geistesblitz getroffen worden.

»Altungarisch«, informierte er mich über seine Erkenntnisse, als wir aus dem Haus in die Gasse traten und uns auf den Weg nach Garlick Hill machten.

Es hatte wieder zu schneien begonnen und wir stapften zügig durch das grauselige Wetter, um nicht zu frieren. Der Himmel war grau verhangen und der Rauch der Fabriken stieg wie Säulen empor.

Ich blickte Jamie irritiert an und er stieß helle Atemwölkchen in die Vormittagsluft, während er aufgeregt weitererzählte.

»Da ist eine Keilschrift in Brightons Notizen. Die kam mir von Anfang an bekannt vor«, erzählte er und zog das Buch aus seiner Manteltasche, das er vorhin noch eingesteckt hatte, damit es nicht unbewacht im Haus zurückblieb.

Sein Vater war die ganze Woche schon auf Montage im Londoner Umland und seiner Mutter wollte er nicht zumuten, es mit irgendwelchen Einbrechern aufnehmen zu müssen.

»Wieso kannst du Altungarisch?«, fragte ich ihn ungläubig und rieb mir die kalten Hände.

Jamie lachte auf. »Kann ich nicht, Liz. Die Schrift wird nur gern in der Kryptografie verwendet. Wenn wir die Buchstaben übertragen, wird der Text in Englisch sein«, erklärte er, schlug eine der Seiten auf und zeigte mir eine Stelle, an der sich strichartige Zeichen aneinanderreihten. Schneeflocken fielen aufs Papier und Jamie steckte das Notizbuch schnell wieder weg, ehe die Tinte noch verlief.

Bist du von Sinnen, mein bestes Versteck zu verraten?

»Das heißt, du kannst das Buch entschlüsseln? Und dann kannst du rausfinden, wie diese Maschine funktioniert?«, erkundigte ich mich und Jamie zuckte mit den Schultern. Doch der Ausdruck auf seinem Gesicht zeigte sich hoffnungsvoll.

»Möglich. Ich müsste nur in die Bibliothek und ein paar Bücher wälzen. Denn ich habe keine Übersetzungstabelle für altungarische Schrift im Haus.«

»Was? Nicht? Die hat doch jeder!«, scherzte ich und Jamie schubste mich spielerisch. Meine Füße gerieten auf dem eisigen Kopfsteinpflaster direkt ins Schlittern und ich konnte mich nur im letzten Moment an einer Straßenlaterne festhalten, um nicht auf den Hintern zu plumpsen.

Ich lachte so laut, dass sich die Menschen nach mir umdrehten und auch Jamie konnte es sich nicht verkneifen. Dem Constable sah man an, dass er dazu erzogen worden war, über dergleichen nicht zu lachen und er damit haderte, sich ebenfalls daran zu belustigen, was die Situation nur noch komischer machte.

Garlick Hill riecht nicht nach Knoblauch, wie man vielleicht vermuten würde. Es stinkt so penetrant nach Pisse wie die Themse im Hochsommer.

Es war an diesem Wintertag nur auszuhalten, da die Eiseskälte wohl auch imstande war, Gerüche einzufrieren.

Wir waren weit genug gelaufen, dass sich meine Beine durch die Bewegung aufgewärmt hatten. Lediglich meine Finger und meine Nasenspitze fühlten sich nicht gut an und leuchteten rot von der Kälte.

Arbeiter kamen uns entgegen oder überholten uns und sie alle beäugten mich neugierig. Drei Männer, die dicke Fässer auf einem Karren in Richtung Hafen transportierten, machten sich die Mühe, ihre Hüte vor mir zu ziehen und ich ärgerte mich wieder einmal darüber, in der Park Street keine schlichtere Garderobe deponiert zu haben. Ich fiel in einem Arbeiterviertel wie diesem mehr auf als nötig.

Wir bogen in die Straße zu unserer Linken, die sich in Richtung Fluss den Hügel hinaufwand. Umso näher man der Themse kam, desto kälter wurde auch die Luft.

Ich hatte mir die Adresse auf einem kleinen Stück Papier notiert und sie würde uns ins Herz des Pelzveredlungsviertels führen. Dort, wo Ernest Powell sein Geschäft betrieb.

Die Häuser verschmolzen geradezu ineinander, Maschinen klackerten hinter erhellten Fenstern, Walzen rollten, Menschen trugen Felle und Lederstücke von einem Ort zum anderen. Die wenigsten schenkten uns Beachtung.

Der Gestank wurde noch penetranter, je weiter wir ins Innere von Garlick Hill vordrangen und der Constable zog sich ein Taschentuch aus dem Ärmel, das er sich gegen die Nase presste.

Ich schenkte ihm ein amüsiertes Schmunzeln.

»Stört euch dieser räudige Gestank gar nicht?«, fragte er irritiert, als er es sah und ich zuckte mit den Schultern.

»Verwöhnter West-End-Bengel«, zog ich ihn auf und reckte die Nase hoch in die Luft, als würde der Gestank nach Exkrementen und verwesendem Fleisch nicht bereits die Innenseite meiner Nase verätzen. Aber vielleicht war das ja der Trick. Wenn die Nase erst einmal untauglich gemacht war, ließ es sich sicher gut hier aushalten.

»Jamie?«, wandte Evan Miller sich an den Mechaniker, der ein entschuldigendes Gesicht zog, was den Constable wiederum verblüffte.

»Oh, ja. Doch, doch. Fürchterlicher Gestank«, spielte Jamie ihm schlecht einen nicht vorhandenen Ekel vor, um Evan Miller in seiner Meinung nicht allein zu lassen und sah sich interessiert nach allen Seiten um.

Sein Augenmerk lag viel mehr auf all den Maschinen, die für das Gerben von Leder und das Herrichten von Fellen notwendig waren. Ratternde Mechanik, tanzende Rollen, sich drehende Kurbeln, die in ihm eine vertraute Ruhe hinterließen.

Für mich sahen sie genau wie jede andere Foltermaschine aus, an der Menschen in Fabriken schufteten.

Eine Arbeit, vor der ich mich immer gescheut hatte. Früher hatte ich arrogant behauptet, es würde meine Freiheit einschränken und ich käme auch ohne eine Arbeitsstelle aus. Doch heute war ich nicht mehr ganz so illusioniert wie noch vor ein paar Jahren und ich gestand mir ein, dass ich mich vor *dieser* Art von Arbeit fürchtete. Stetiger, eintöniger, kraftverschlingender Arbeit, die die Seele aushöhlte, den Magen aber trotzdem nicht füllte. Ich beobachtete es an meinen Eltern, meinen Geschwistern, meinen Cousins und Cousinen. Wie sie unter der Last zerbröckelten und irgendwann mit der Maschinerie verschmolzen.

Selbst wenn das Studium mir als Frau nicht viel Ehre brachte, ermöglichte ich mir dadurch ein Leben nach meinen Vorstellungen und das war mehr, als ich vom Leben je hätte erwarten dürfen.

Ernest Powells Unternehmen befand sich in einem Haus aus roten Ziegeln und schwarzem Schieferdach, das dem zur Rechten und zur Linken glich wie ein Ei dem anderen.

Wir ließen uns den Weg von einem der Arbeiter zeigen, den ich mit meinem charmanten Lächeln und einem gekonnt hilflosen Augenaufschlag bezirzt hatte.

»Wie gehen wir vor?«, fragte Jamie, der sich jetzt, wo eine Konfrontation mit einem möglichen Mörder kurz bevorstand, alles andere als wohlfühlte.

Frierend hielt er sich dicht beim Constable, der ihn allein schon durch das breite Kreuz und die muskulösen Arme, die er sich durch regelmäßiges Boxtraining erarbeitete hatte, in Sicherheit wiegte.

»Wir gehen rein und ich stelle ihm ein paar unangenehme Fragen«, sagte Constable Miller und ich schüttelte vehement den Kopf.

»Auf keinen Fall! Sie sind hier nicht als Polizist. Wir machen es auf meine Weise«, bestimmte ich und amüsierte Widerstandsgedanken flackerten in Evan Millers Augen.

Sehr ironisch, wenn man bedenkt, dass deine Weise sonst bedeutet, sich als Polizistin auszugeben.

Blödsinn. Meine Methode ist, angemessen auf eine Situation zu reagieren und zu nutzen, was sich einem bietet. Und ja, manchmal ist das, sich als Polizistin auszugeben.

Ich drohte ihm mit dem Finger, als er schon den Mund öffnete, um etwas Stichelndes von sich zu geben. »Ich rede. Sie passen auf Jamie auf. Verkacken Sie's nicht«, kam ich ihm zuvor, drehte mich zum Haus und drückte das messingbeschlagene Holztor auf, an dem ein Schild mit der Aufschrift *Pelzzurichtung und Veredlung – Ernest Powell* prangte.

Vorbei an schuftenden Menschen, grölenden Maschinen und dunklen Pelzen von Tieren, die ich in diesem Zustand nicht mehr benennen konnte. Eine schmale Treppe führte nach oben in den ersten Stock und zu Powells Büro.

Schon vom Flur aus konnte man den Rauch unzähliger abgebrannter Zigarren riechen, der sich gelbschlierig auf die einst hell getünchten Wände gelegt hatte.

Die richtige Tür war schnell gefunden. Sie stand einen Spaltbreit offen und aus dem Inneren des Raums erklangen wütende Stimmen, sodass ich innehielt und lauschte.

»Das kann nicht Ihr Ernst sein! Sie hätten das verhindern müssen!«, brüllte ein heller Tenor und ich wechselte mit Jamie und Constable Miller einen schnellen Blick.

»Sie stellen sich das so leicht vor, nicht wahr? Ich tue mein Bestes, aber die Londoner Löhne sind nun mal höher als die in Leipzig. Wie soll ich verhindern, dass sich die Warenhäuser lieber für Deutschland entscheiden?«, hielt eine andere Stimme nicht weniger wütend dagegen.

»Sie müssen Ihnen diese Option ja nicht anbieten!«

»Und meine Kunden bescheißen?«

»Sie sind *mein* Makler, Coulburn! Oder haben Sie die Seiten gewechselt?«, wurde die Stimme noch wütender, mit einer so scharfen Spur Verzweiflung, dass es mir in der Brust stach und etwas rauschte zu Boden.

»Ich höre mir das nicht länger an, Powell«, knurrte die andere Person und der Holzboden gab lautes Knarzen von sich. Die Tür wurde aufgerissen und ein drahtiger Herr mit grauem Ulster stürmte auf den Flur. Er sah uns nicht einmal an, so eilig hatte er es wegzukommen, setzte mit verzerrter Miene seinen Zylinder auf und schob sich an uns vorbei, ohne zu grüßen.

»Na wunderbar. Da kommen wir ja genau im richtigen Moment«, murmelte ich ironisch und drehte mich zu den beiden Männern hinter mir. »Lasst mich als Erste reingehen. Ich rede mit ihm.«

Der Constable blickte mich finster an. Er war nicht einverstanden. Doch Jamie nickte zustimmend und hielt Evan Miller am Arm fest, der sich mit einem Schnauben fügte.

»Vertrauen Sie mir. Ich kann das«, sagte ich in dem Versuch, den Constable zu beruhigen, schüttelte meine Schultern aus, um mich bereit zu machen und schritt geradewegs auf die offene Tür zu.

Powell saß an einem riesenhaften Schreibtisch, auf dem sich die Kassenbücher stapelten. Er war ein kleiner, stark untersetzter Mann mit schmalen Schultern und einer Halbglatze, den ich nicht älter als vierzig schätzte. Er stützte sein Gesicht in die Hände, wirkte müde und verzweifelt. Auf dem Boden lagen mehrere Seiten Papier, die Powell in seiner Wut durchs gesamte Zimmer hatte segeln lassen.

Als ich den Raum betrat, knarrte die Diele unter meinen Schuhen und Powell knurrte wie ein in die Enge getriebenes Tier.

»Verflucht, Coulburn!«, fuhr er auf und riss dabei beinahe seinen Stuhl um. Er stockte jedoch sofort, als sein Blick auf mich traf und er seinen Irrtum erkannte.

»Guten Tag, Mr Powell«, grüßte ich ihn mit ernster Miene und er starrte mich an.

Ich hielt eine Hand in die Taille gestemmt wie eine Frau mit Autorität und war plötzlich doch froh über meine Garderobe. Im Viertel war ich aufgefallen, da der Stoff zu edel schimmerte. Doch in diesem Büro, umgeben von verstaubten Regalen, glimmenden Öllampen und all den Pelzproben, wirkte ich wie eine Geschäftsfrau. Mittelständig, solide und reich genug, um Ahnung zu haben.

»Guten Morgen, Miss«, riss Powell sich zusammen, strich sich eilig das zerzauste Resthaar zurecht und zog seine graue Weste über seinem aufgeblähten Bauch glatt. »Entschuldigen Sie, dass ich so grob war. Ich hielt Sie für jemand anderen«, sagte er schnell und mit der Stimme eines Mannes, der in seinem Leben schon so einige Demütigungen hinter sich gebracht hatte.

»Das habe ich mir gedacht. Diese Makler. Sie haben wohl Ärger mit Ihrem«, plauderte ich, als wüsste ich, wovon ich sprach und gestand ihm damit, dass ich den Streit mit angehört hatte.

Powell seufzte so laut, als würde er seine Seele aushauchen.

»Ja. Das ist wohl wahr. Die Veredlungsfertigungen in Leipzig stehlen uns die Aufträge. Es ist nicht leicht dieser Tage und …« Er unterbrach sich. »Entschuldigen Sie, das interessiert Sie sicher nicht. Was kann ich denn für Sie tun, Miss …?«

»Miss Phantom«, stellte ich mich mit falschem Namen vor und reichte ihm die Hand, um zu suggerieren, dass er in mir einen gleichwertigen Geschäftspartner sehen durfte.

Er fasste etwas verzögert danach, nachdem er sich die feuchte Handfläche an der Hose abgewischt hatte und drückte sie schwammig, als hätte ich einen Tintenfischarm zwischen den Fingern.

Das war nicht der Händedruck, den ich von einem Mörder erwarten würde und ich verstand Sir Percy, der Powell für einen ehrlichen Mann hielt.

Doch ich blieb auf der Hut, ließ seine Hand wieder los und mir von ihm einen Stuhl anbieten. Ich setzte mich, als hätte ich vor, länger zu bleiben und auch Powell bewegte sich wieder hinter seinen Schreibtisch.

»Es ist sicher nicht leicht, ein Geschäft unter diesen Umständen am Laufen zu halten«, schenkte ich ihm noch etwas mehr Verständnis, um ihn in Sicherheit zu wiegen, bevor ich zuschlagen würde.

»Das ist wahr«, bestätigte Powell erschöpft und rieb sich ein paar Schweißperlen von der Stirn. Er war so offensichtlich gestresst, dass er bemitleidenswert aussah.

Außer natürlich die Nervosität entsprang der Tatsache, dass er einen Menschen ermordet hatte, dann sollte er ruhig schwitzen, in der Angst, von mir entlarvt zu werden.

Ich schlug geschäftsmäßig ein Bein über.

»Vor allem, wenn man sein ganzes Vermögen in die Erfindung eines Freundes investiert hat, der nun nicht mehr da ist«, ließ ich meinen nächsten Kommentar fallen, als spräche ich über Nebensächlichkeiten.

Powell verschluckte sich an seiner eigenen Spucke und hustete krächzend in seine Hand. Sein Kopf färbte sich augenblicklich rot, als hätte jemand darin eine Glühlampe eingeschaltet und ich achtete auf jede fahrige Geste. Er sah so schuldig aus wie ein Hund, der dabei erwischt wurde, heimlich Essen vom Tisch seines Herrchens zu stehlen und zog so offensichtlich den Schwanz ein, dass er auch direkt hätte herausschreien können, dass er Dreck am Stecken hatte.

»Was haben Sie gesagt?«, fragte er erstickt, als glaubte er sich verhört zu haben und ich wich seinem Blick nicht aus.

»David Brighton«, sprach ich den Namen aus, um Powells Reaktion zu sehen und wurde davon überrascht, dass sich seine Augen mit Tränen füllten. Würde ein kaltblütiger Mörder wirklich vor mir weinen?

»Wieso sind Sie hier? Was will dieser Betrüger noch von mir?«, keuchte Powell, blinzelte viel zu schnell, um sich nicht auffällig über die Augen wischen zu müssen. Er hatte sich also noch unter Kontrolle. Gut, dann musste ich noch tiefer graben.

»Er war mal Ihr Freund«, erinnerte ich ihn und gefiel mir in der Rolle der allwissenden Geschäftsfrau. Ich hatte sie nicht geplant und mich von meiner Intuition leiten lassen, wie ich es meistens tat.

Powell ballte die Hände zu Fäusten, erhob sich ganz langsam von seinem Stuhl, als würde er sich fluchtbereit machen. Praktischerweise stand ein Constable vor der Tür und würde ihn gegebenenfalls aufhalten.

»Das waren wir. Und dann hat er ein Ticket über den Ozean gebucht und mein Geld in Rauch aufgehen lassen«, stieß er hervor, wich meinem forschenden Blick aus und begann am ganzen Leib zu zittern vor … Wut? Verzweiflung? Ich konnte es nicht genau sagen. Auch nicht, ob ich ihm zutraute, ein Lügner oder Mörder zu sein. Dafür huschten noch zu viele uneindeutige Emotionen über sein Gesicht.

Also stichelte ich noch tiefer.

»Es muss schrecklich gewesen sein, als Ihr Bekannter Ihnen mitteilte, dass David Brighton Sie hinters Licht führt«, kramte ich die kleinen Details hervor, die Sir Percy mir mitgeteilt hatte und beugte mich auf meinem Stuhl nach vorn.

»Wie bitte?« Powell schnappte nach Luft, erstarrte.

Ich war davon überzeugt, dass er genau wusste, was ich meinte. Doch ich präzisierte die Information, damit sein überspannter Verstand sie auch begreifen konnte. Verstrickte er sich gerade in seiner eigenen Lüge?

»Der Bekannte, der Ihnen von dem Ticket für den Übersee-dampfer erzählte.«

Jetzt trat Verstehen in seine Augen und er nickte fahrig. »Fred? Ja. Ja, das war … fürchterlich.« Er rang noch heftiger um seine Fassung, schluckte auffällig und lockerte seine Krawatte. Bald hatte ich ihn.

»Ich … Verstehen Sie, alles hängt an dieser Erfindung. All mein Geld und all die Materialien, die ich dafür zur Verfügung gestellt habe«, stammelte er und noch immer gab er mir keine handfeste Aussage, auf die ich ihn festnageln konnte.

»Für den Stromerzeuger«, sagte ich, um herauszufinden, ob wir wenigstens über dieselbe Sache sprachen.

Powell wich einen Schritt zurück, stieß mit dem Rücken gegen die Wand, die Augen weit aufgerissen.

»Heilige Scheiße, wer sind Sie?«, rief er, bemüht, Entrüstung in seine Stimme zu legen. Ich kaufte ihm den Ärger aber nicht ab, denn seine Furcht war nun viel zu deutlich. Er fürchtete sich vor mir und dem, was ich möglicherweise wusste.

Er hatte ein Verbrechen begangen. Ich war mir ganz sicher. Er war unser Mörder.

Erregender Triumph und blanke Angst ballten sich in meiner Brust zu einer explosiven Mischung, die mir den Atem raubte und ich öffnete todesmutig den Mund, um ihm zu antworten. »Eine

Frau, die weiß, was Sie getan haben, Ernest Powell«, sagte ich so ruhig, dass sich mir sämtliche Härchen am Körper aufstellten. Das hier war Abenteuer pur.

Ich fragte mich, ob die Gefahr bestand, dass einem Menschen das Herz stehen blieb, wenn die Anspannung zu groß wurde.

Powell sah zumindest so aus. »Nein … Ich … Ich musste es tun!«, stieß er aus und ich konnte nicht fassen, dass er es gesagt hatte. Hatte er gerade den Mord gestanden? »Ich konnte nicht einfach aufgeben. Mein ganzes Leben hängt an diesem Projekt. Jemand muss diese Maschine bauen. Ich habe ein Anrecht darauf! Ich habe es sogar schriftlich!«, japste er und stürzte auf eine Schreibtischschublade zu. Er riss sie auf und zog eine dicke Mappe hervor.

Ich war für einen Moment verwirrt und die nervenzerreißende Spannung entwich wie Gas aus einem undichten Ballon. Denn das kam mir nicht wie die korrekte Reaktion auf eine Mordbeschuldigung vor.

»Was haben Sie schriftlich?«, fragte ich und büßte dadurch einen Teil meiner drohenden Autorität ein.

Doch Powell sah mich sowieso nicht mehr an, sondern blätterte mit zitternden Fingern durch die Unterlagen.

»Mir gehört ein Viertel von allem. Und falls David aussteigt, bin ich berechtigt, diese Pläne … mit diesen Plänen … Ich darf …«, stammelte er und blickte mich so flehend an, als könnte ich ihn von all seinem Leid erlösen.

Da ging mir auf, dass wir aneinander vorbeiredeten, ein Missverständnis, eine falsche Auslegung. Ich dachte, er redete über einen Mord. Aber er sprach von einem ganz anderen Verbrechen: einem Diebstahl.

»Bei Gott. Sie haben Jamie Lennox den Koffer geschickt!«, rief ich, als ich verstand und Powell nickte, als würde sein Leben davon abhängen. Schweiß stand ihm wieder auf der Stirn, die Haut gerötet vom Stress und mit schlaffen, traurigen Wangen.

»Ist das dein Ernst?« Jamie, der vom Flur aus mitgehört hatte, riss die Tür auf und stürmte ins Zimmer wie ein frischer Frühlingswind.

Powells Gesicht hellte sich so deutlich auf, dass ich es sogar aus dem Augenwinkel bemerkte und er richtete seinen gebeutelten Rücken auf.

»Sie sind Jamie Lennox. Der Mechaniker!«, sagte er und eine solche Hoffnung schwang in seiner Stimme mit, dass mir ganz warm wurde.

Jamie trat näher heran, die Hände in die Hüften gestemmt, der Blick wild und verwirrt, genau wie seine Haare, die unter der Ballonmütze herausquollen wie schwarze Spinnenbeine.

»Haben Sie David Brightons Koffer von der Metropolitan Police entwendet und mir vor die Tür gestellt?«, forderte er zu wissen und Powell rang die Hände.

»Was hätte ich denn sonst tun sollen? Warten, bis die Polizei mir den Koffer von sich aus aushändigt? Sie hätten erst auf Davids Einwilligung gewartet. Aus Amerika! Das hätte viel zu lang gedauert. Ich gehe pleite! Ich musste doch etwas unternehmen!«, versuchte er uns begreiflich zu machen und sein Blick wanderte unstet zwischen uns hin und her, bis er an Evan Miller hängen blieb, der hinter Jamie stand, die Arme vor der muskulösen Brust verschränkt. »Sind Sie von der Polizei?«, fragte er mich erschrocken, als wäre ihm diese Möglichkeit gerade erst in den Sinn gekommen.

»Nein«, antwortete ich fest und warf dem Constable einen Seitenblick zu, um sicherzugehen, dass er sich nicht verriet. Er hielt seine Miene ganz professionell gleichgültig und ich lächelte in mich hinein. Ich mochte es, wenn alle das taten, was ich wollte.

»Wir möchten nur herausfinden, was passiert ist«, beschwichtigte ich ihn und er nickte hektisch.

»Ja, natürlich. Der Koffer. Ich …« Er sammelte sich und holte tief Luft. »Dass er vom Himmel fiel, habe ich aus der Zeitung erfahren und ihn auf der Zeichnung wiedererkannt. Ich habe … einem Beamten etwas zugesteckt, um an mehr Informationen zu kommen. So erfuhr ich von Ihnen, Mr Lennox, da Sie von der Polizei als Berater eingesetzt wurden. Der Stromerzeuger war quasi vollendet! Ich dachte, nachdem David kalte Füße gekriegt hatte, könnte ich Sie vielleicht heimlich für diese Erfindung begeistern und Sie könnten sie für mich bauen, um mich vor dem finanziellen Ruin zu retten.«

»Sie hätten fragen sollen, anstatt mir das Ding vor die Tür zu stellen. Ich bin drübergefallen und habe mir das Knie blau geschlagen«, meckerte Jamie, als wäre der blaue Fleck an seinem Knie das Schlimmste, was ihm der Überseekoffer eingebracht hatte.

Doch ich stolperte viel mehr über eine andere Aussage. »David Brighton bekam kalte Füße? Aus welchem Grund?«, hakte ich nach und Powell zog kraftlos ein Taschentuch aus seiner Westentasche, um sich die Stirn abzutupfen.

»Aus dem gleichen Grund, aus dem ich Mr Lennox nicht offiziell anschreiben wollte: David wurde bedroht. Jemand kam zu seinem Landsitz und hat ihm hinterherspioniert. Wenn er hier in London war, hatte er sich seit einer Weile verfolgt gefühlt«, erzählte er uns und jegliche Spannung wich dabei aus seiner Stimme. Er sackte auf seinem Stuhl zusammen wie ein Soufflé, das man zu früh aus dem Ofen holte.

»Wer hat ihn verfolgt?«, erklang die Stimme des Constables scharf und ich mahnte ihn mit einem Blick, sanfter zu sein. Dies war keine Verhörzelle und jetzt, wo Powell bereit war, mit uns zu sprechen, wäre es nur hinderlich, ihn erneut unter Druck zu setzen.

»Er hat es mir nicht gesagt. Aber es ist nicht schwer zu erraten. Wer hätte ein Interesse daran, eine Erfindung zu sabotieren, die ein ganzes Kraftwerk ersetzen könnte?«, stellte uns Powell die Frage aller Fragen und hob die Hände, als wäre die Antwort offensichtlich.

»Jemand mit einem Kraftwerk«, sagte Jamie und ich schnappte nach Luft. Denn das war die Lösung, das fehlende Mordmotiv und es fiel mir wie Schuppen von den Augen.

»*Maddison & Brothers* bauen unten an den Docks ein Kraftwerk, um zukünftig ganz London mit Elektrizität zu versorgen!«, stieß ich hervor und sah an Powells offener Miene, dass ich richtig geschlussfolgert hatte.

»Sie haben ihm solche Angst gemacht, dass er mich verraten hat und auf einen Dampfer nach Amerika gestiegen ist«, sagte Powell traurig und stützte sich mit der Hand auf der massiven Tischplatte ab, um nicht noch weiter in sich zusammenzusinken.

Ich schüttelte ungläubig den Kopf und ein ganzer boshafter Plan entfaltete sich vor meinem inneren Auge.

Maddison & Brothers war die Firma, für die Arden vor Wochen begonnen hatte zu arbeiten. Ein Unternehmen, das viel Geld in den Bau eines Elektrizitätswerks investiert hatte, über das das ganze East End sprach. Sie stellten Arbeiter ein, bezahlten sie anständig und hatten sich dadurch bei uns in den Arbeitervierteln einen guten Ruf erarbeitet. Jeder wollte lieber bei *Maddison & Brothers* arbeiten, als in den anderen Fabriken zu schuften oder an den Docks gepeinigt zu werden.

Doch hätte Brighton seine Erfindung auf den Markt gebracht, wäre das Unternehmen am Ende. Sie mussten also entweder an die Maschine herankommen oder den Erfinder aus dem Weg räumen. Und das am besten, ohne dass ihnen jemand auf die Schliche kam.

»David ist nicht auf dem Weg nach Amerika.« Laut seufzend ließ ich mich auf den Stuhl zurückplumpsen, der immer noch neben mir stand.

»Doch. Ich habe die Reservierung gesehen!«, beharrte Powell und beäugte mich auf so seltsame Weise, dass mir ganz mulmig wurde. Der arme Mann hatte so viel durchgemacht und ich würde ihm nun eine weitere schlechte Nachricht überbringen.

»Hat er sie denn auch persönlich gemacht?«, wollte ich wissen und er schüttelte den Kopf.

»Die Reservierung ging per Post von Leeds aus ein«, bestätigte er meinen Verdacht.

»Von jenem Ort, an dem sich nach Ihrer Aussage bereits Leute von *Maddison & Brothers* herumtrieben, um David Brighton hinterherzuspionieren? Jeder hätte diese Reservierung tätigen können, um den Anschein zu erwecken, als hätte er das Land verlassen.«

Schweren Herzens wandte ich mich an den Mann, der sich an seinen Schreibtisch klammerte, als wäre er sein Rettungsanker.

»Es tut mir sehr leid, Mr Powell. Sie machen eine sehr schwere Zeit durch, aber Sie haben ein Recht darauf zu erfahren, dass Ihr Freund nicht weglaufen wollte, sondern ermordet wurde.«

Und dann begann Ernest Powell zu weinen.

Constable Evan Miller zog an diesem Nachmittag noch los und überprüfte Ernest Powells Angaben bei Fred. Dieser hieß mit vollem Namen Frederic Smith und arbeitete in der Verwaltung einer der großen Schifffahrtsgesellschaften in London. Ihn ausfindig zu machen war leicht und er bestätigte uns, was Powell bereits erzählt hatte.

David Brightons Reservierung war per Brief erfolgt und hätte folglich von jedem stammen können. Auch von *Maddison & Brothers*.

Es juckte mir in den Fingern, dem auf der Stelle nachzugehen. Doch da Weihnachten kurz vor der Tür stand, wurde beschlossen, die Ermittlungen für die nächsten Tage ruhen zu lassen. Zumindest beschlossen Jamie Lennox und Evan Miller das für mich.

»Liz«, sagte Jamie streng und legte mir eine Hand auf den Arm, damit er meine volle Aufmerksamkeit auf sich zog. »Die werden uns nicht weglaufen. Das Kraftwerk wird auch nach Weihnachten noch da sein.«

»Das sagst du so leicht. Es geht hier nicht nur um den Mord an Brighton!«, hielt ich dagegen, löste mich aus seinem Griff und nahm meinen Mantel zur Hand.

In der Werkstatt war es nun still, die Dunkelheit senkte sich zunehmend über London und der Constable hatte sich schon nach draußen begeben, um eine Droschke für mich zu organisieren.

»Es geht hier auch um dich, Jamie. Die Maddisons sind bei dir eingebrochen und haben uns durch Kensington gejagt, um zu verhindern, dass du für Powell diese Maschine baust«, behauptete ich und er schüttelte den Kopf.

»Das wissen wir doch gar nicht mit Sicherheit. Das ist lediglich die Theorie eines Pelzfabrikanten«, wehrte er ab, da er ohne Beweise noch nicht bereit war, sich so leicht in eine Richtung schieben zu lassen. Egal wie plausibel Ernest Powells Rückschlüsse auch klangen.

»Ich bin bereit, diese Theorie in Erwägung zu ziehen. Es bedarf nur einer einfachen Überprüfung«, hielt ich dagegen und Jamie rieb sich erschöpft über die Stirn, wodurch er irgendetwas Dunkles darauf verschmierte.

»Nein, Liz. Nicht an Weihnachten«, seufzte er resigniert und es ehrte mich, dass er sich Sorgen um mich machte. Selbst wenn wir uns viel mehr Sorgen um ihn zu machen hatten.

Die Tür knarrte und Evan Miller kam zurück. Die Nasenspitze rot von der Kälte, der Kragen hochgeschlagen gegen den Wind. »Die Droschke wartet«, teilte er uns mit und ich schlang mich fester in meinen Schal.

»Danke, Constable. Und Jamie!« Ich packte ihn an den Schultern und sah ihm direkt in die messingfarbenen Augen. »Pass auf dich auf, ja? Ich bin Weihnachten bei meiner Familie in Limehouse, falls du mich suchst. Frag einfach irgendwen, die meisten kennen mich da.«

Jamie lachte auf und zu meiner Überraschung umarmte er mich. Ich vermisste Umarmungen so sehr, dass ich den Mechaniker ganz fest an meinen knochigen Leib zog und ihm einen Kuss auf die Schläfe drückte, wie ich es immer bei meinen Schwestern tat.

Nur dass die nicht nach Schmieröl schmeckten.

Ich löste mich zögerlich von ihm und der Constable hielt mir die Tür auf. Die Luft war kalt und nass und ich beschloss jetzt schon, dass ich Claire nachher bitten würde, mir eine heiße Schokolade zuzubereiten. Draußen an der Straße stieg ich schnell in die Droschke, die mich ruckelnd nach Mayfair in die Park Street brachte.

Montag, 22. Dezember 1890

23

SCHMALZLOCKE

Selbst wenn meine Eltern sich bemüht hatten, waren sie in meiner Kindheit durch die Arbeit in den Fabriken zu häufig abwesend gewesen, um mir eine umfassende Erziehung zukommen zu lassen. *

So war ich nie gezwungen gewesen zu erlernen, wie man sich an Anweisungen anderer hält und das stellt auch immer noch ein Problem dar, das Clifferton mir nur zu gern austreiben will.

Es ist also wenig verwunderlich, dass ich Jamies Worte geflissentlich missachtete und mich nur zwei Tage später vor dem gewaltigen Gebäude von *Maddison & Brothers* wiederfand.

Eigentlich war ich in einer halben Stunde mit Arden bei *O'Sheas* verabredet, um ein Schwein zu holen, mit dem wir Edith überraschen wollten. Doch ich dachte mir, ihn direkt bei der Arbeit abzuholen schlug zwei Fliegen mit einer Klappe.

Ich traf Arden früher und ich konnte einen Blick auf den Feind werfen.

Das Gebäude sah aus wie viele hier in der Gegend. Rote Ziegel, Industriefenster, hohe Decken, Stahlträger, gekachelte Böden und drei Schornsteine. Wie ein auf dem Rücken liegendes Monster mit unzähligen Augen, das seine Arme in den Himmel reckte, um ihn zum Einsturz zu bringen.

* Und selbst wenn sie da gewesen wären, fehlten ihnen wahrscheinlich die Kompetenzen. Denn schließlich waren ihre eigenen Eltern auch nie da gewesen. Woher hätten wir es lernen sollen?

Ich stand vor dem Haupttor an der Mauer, die um den Hof führte, den Schal um meinen Kopf geschlungen und die alte Jacke mit dem verfilzten Lammfellfutter meines Vaters am Leib. Das speckige Ding wirkte wie ein Unsichtbarkeitsmantel und ich verschmolz mit der Umgebung, als wäre ich ein Teil der Schatten und des Rußes. Selbst wenn die edle Wolle meines Rockes unten herausschaute.

Die Jacke stank nach Schweiß und Hanfseil und gab mir das Gefühl von Familie und Geborgenheit. Hoffentlich merkte mein Paps nicht, dass ich sie mir geliehen hatte, sonst würde ich den Ärger meines Lebens mit ihm haben. Doch vermutlich schlief er noch und bis er zur Arbeit aufbrach, waren die Jacke und ich längst wieder da.

Männer und Frauen versammelten sich frierend auf dem Vorplatz und warteten auf den Anfang ihrer Schicht. Sie unterhielten sich in kleinen Grüppchen, um sich gegenseitig warm zu halten, lästerten lautstark oder murmelten sich müde Worte zu.

Eine Klingel schrillte laut und zerriss den Moment. Die Tore öffneten sich und eine Masse an Arbeitern strömte daraus hervor, ergoss sich wie Brackwasser auf den Platz und wurde von den Menschen abgelöst, die zuvor hier gewartet hatten und nun von dem dunklen Schlund des Tores verschluckt wurden.

»Los, los!«, rief einer der Vorarbeiter, der die Leute an ihre Arbeitsplätze scheuchte. Ich konnte gerade mal einen Blick auf seinen Rücken erhaschen, da wurde ich abgelenkt.

»Ich wusste, du kommst her«, sagte Arden mit einem schalkhaften Grinsen. Er schlenderte auf mich zu und lehnte sich neben mich an die Mauer.

»Hast du was zu essen mitgebracht?«, war wie immer seine erste Frage. Ich schüttelte den Kopf über ihn und zog in Wachspapier eingeschlagene Sandwiches aus meiner Umhängetasche. Claire hatte sie mir zugesteckt, als fürchtete sie, ich könnte über Weihnachten verhungern.

Gäbe es einen traurigeren Tod, als gerade an Weihnachten zu verhungern? Das ist eine schreckliche Vorstellung.

Arden grinste breit, als er die großzügig mit Schinken und Eiersalat belegten Brotscheiben sah und biss herzhaft in alle gleichzeitig.

»Hey, du lässt mir nicht mal etwas übrig?«, meckerte ich und Arden hielt die Sandwiches aus meiner Reichweite, als ich versuchte, danach zu haschen.

»Du isst genug«, witzelte er kauend und hatte recht damit, auch wenn mir beim Anblick von Claires leckeren Zuwendungen das Wasser im Mund zusammenlief.

»Lass mich wenigstens abbeißen«, maulte ich und mein Cousin erbarmte sich meiner. Sie waren köstlich. Doch Arden brauchte sie mehr als ich.

»Und? Zeigst du mir deinen neuen Arbeitsplatz?«, fragte ich absichtlich nebensächlich, damit er nicht merkte, dass ich etwas im Schilde führte und er lachte laut.

»Als ob«, rief er und stieß sich von der Wand ab.

Ich dachte, es wäre leichter, ins Innere des Gebäudes zu gelangen, um mich umzusehen. Doch jetzt, wo ich hier stand und dem Vorarbeiter dabei zusah, wie er jeden der Arbeiter musterte, schwand meine Zuversicht. Außerdem wusste ich gar nicht so genau, nach was ich eigentlich suchte. Auf dem Weg hierher hatte ich mir das anders vorgestellt – abenteuerlicher, geheimnisvoller. Doch es war ein Gebäude wie jedes andere auch. Gefüllt mit schweren Maschinen und erschöpften Menschen.

Ich atmete tief durch und wollte gerade Arden hinterher, da drehte sich der bullige Vorarbeiter in unsere Richtung.

Über sein rechtes Auge zog sich eine markante wulstige Narbe.

Der Schreck ließ mich innehalten und riss die Erinnerung an eine stechende Lunge und schmerzende Oberschenkel in mir nach oben.

Dieser Mann hatte Jamie Lennox und mich durch Kensington gejagt. Mein Puls raste mir in den Ohren.

Ich war auf der richtigen Spur! Diese Erkenntnis mischte euphorisches Kribbeln mit kalter Angst, die mein Blut hämmernd durch meine Adern trieb.

»Arden!«, hielt ich meinen Cousin zurück, drängte mich näher an ihn und zog mir den Schal höher ins Gesicht. Ein Glück hatte ich die Jacke meines Vaters an. »Der Mann mit der Narbe …«, sagte ich nur und Arden nickte.

»Doyle Denver. Der hat hier nachmittags die Aufsicht. Dem kommt man besser nicht quer. Sein Geduldsfaden ist dünn und seine Fäuste schnell«, erzählte er mir freimütig und verzog das Gesicht angeekelt. Er konnte ihn nicht ausstehen.

»Er hat mich mit einem Messer durch Kensington gejagt«, sagte ich knapp und Arden zuckte zusammen. Ich verlor den Sichtkontakt zu Doyle Denver, als sich die Tore des Kraftwerks langsam schlossen.

»Er hat was?!«, stieß mein Cousin hervor, die Augen so weit aufgerissen, dass ich die Adern an den Rändern sehen konnte. Irritiert musterte er mich, um herauszufinden, ob ich ihn mal wieder aufs Kreuz legen wollte.

Ich verzog grämend den Mund und Arden holte scharf Luft.

»Ist eine lange Geschichte«, wehrte ich seine Fragen ab, bevor er sie mir stellen konnte. »Aber ein Mann war bei ihm. Normal groß, schmale Figur, Grübchen im Kinn, helle Locke auf der Stirn«, beschrieb ich ihm Schmalzlocke, in der Hoffnung, dass er sich auch hier herumtrieb und ich endlich seinen Namen herausfinden konnte. Es brannte mir unter den Fingernägeln, es zu erfahren.

»Kenneth Maddison? Der jüngste der drei Maddison-Brüder sieht so aus«, sagte Arden unsicher und ich erstarrte, als meine Gedanken sich überschlugen.

Das ergab so viel Sinn und machte aus unserer Theorie feste Tatsachen. Die Maddisons waren hinter dem Stromerzeuger her und sie gingen dafür über Leichen.

»Wo finde ich ihn?«

»Kenneth? Liz …«

Ich sah ihm so herausfordernd in die Augen, dass er sich unterbrach und laut seufzte. »In seinem Büro auf der anderen Seite. Aber Lizzy, wenn er dich bedroht hat, dann ist das keine gute Idee«, redete Arden auf mich ein und Sorge lag in seinen Augen. Wenn es um seinen eigenen Schabernack ging, war Arden kaum aufzuhalten. Aber ging es um mich, war er schon immer vorsichtiger gewesen. Vor allem in den letzten Jahren.

Allerdings schien es ihn nicht im Geringsten zu wundern, dass ein Mann wie Kenneth Maddison mir Stress machte. Das sagte so einiges über den Mann aus. Nein, Liz. Das sagt so einiges über dich aus!

»Ich will ihn nur sehen, um sicherzugehen, dass er es ist. Er erkennt mich schon nicht«, versprach ich meinem Cousin mit einem unbeschwerten Lächeln, das so falsch war wie die Blumen auf Miss Brandon-Weldersons Hüten.

Arden sah mich skeptisch an. Er brauchte keine Worte, um mir mitzuteilen, dass er meine Idee vollkommen beschissen fand.

»Stell dich nicht so an, Feigling. Los!«, stichelte ich und er zog eine Schnute.

»Du willst echt, dass ich meinen Job verliere«, schnaubte er, doch seine Mundwinkel kräuselten sich bereits spitzbübisch und ich kniff ihn in den Arm.

Er grunzte amüsiert und auch wenn er im ersten Moment so tat, als würde er meiner Aufforderung widerwillig folgen, sah ich das Blitzen in seinen Augen, als wir uns von der Gruppe an Arbeitern trennten, die aus dem Hof strömten und an der Ecke des Ziegelbaus in den grauen Schatten verschwanden. Er war wie ich und erkannte ein Abenteuer, wenn er es spürte.

Meine Schwester Mary behauptet gern, Arden und ich sind wie Zwillinge. Wie zwei Seiten einer Münze.

Aber sie hat unrecht. Wir sind die gleiche Seite der Münze.

Kies und Eis knirschte unter unseren Schuhen, als wir uns unter den riesigen Fenstern hinwegduckten, um von Innen nicht gesehen zu werden.

»Ich hoffe sehr, du erzählst mir nachher, wieso wir das hier machen«, flüsterte Arden mir zu und ich lachte verhalten. Wahrscheinlich hätten wir überhaupt nicht leise sein müssen. Wer sollte uns schon hören? Und selbst wenn, wir taten nichts Verbotenes. Es fühlte sich lediglich so an. Ich liebte es.

Wir schoben uns um eine weitere Ecke und schlenderten unauffällig an ein paar Männern vorbei, die frierend zusammenstanden und rauchten. Sie beachteten uns kaum und schon erreichten wir die Rückseite der Halle, auf der mit schwarzer Farbe großzügig der Firmenschriftzug prangte.

Arden deutete mir an, leise zu sein und zeigte dann auf eins der Fenster, durch das ich direkt in ein geräumiges Büro blicken konnte.

Im Gegensatz zu der gepressten, pragmatischen Schachtel, in der Ernest Powell hockte, war dieses hier pompös und mit samtbezogenen Möbeln eingerichtet. Es gab einen dunklen Aktenschrank, verschnörkelte Messinglampen und eine klassische Jagdszene, gebannt auf eine große Leinwand, die teuer gerahmt an der sorgfältig verputzten Wand hing.

Ich stieß einen Pfiff aus angesichts solch offen dargestellten Protzes. »Das ist ein Büro? Die wissen schon, dass das hier eine Fabrik ist?«, witzelte ich und Arden zuckte nur amüsiert mit den Schultern.

»Die haben vor, mit dem Kraftwerk viel Geld zu machen und dachten sich wohl, sie tun am besten sofort so, als wären sie reich.«

»Wahrscheinlich hat da jemand was zu kompensieren«, behauptete ich zweideutig und Arden lachte so laut auf, dass wir beide erschrocken zusammenzuckten. Doch es war gut, dass unsere Achtsamkeit zurückkehrte, denn keine Sekunde später wurde im Inneren die Tür aufgerissen und ein Mann betrat das Zimmer.

Es war eindeutig der Kerl mit der Schmalzlocke.

Atmen fiel mir schwer. Mein Brustkorb fühlte sich an wie zugeschnürt und doch prickelte mir eine Aufregung den Rücken hinunter, die mir wie das pure Leben vorkam.

»Das ist er«, hauchte ich und drückte mich näher an die Ziegelwand, um nicht entdeckt zu werden. Da der Tag trüb war und im Zimmer das Licht brannte, musste ich hoffen, dass er uns nicht bemerken würde.

»Kenneth Maddison. Jüngster von dreien. Ambitionierter Geschäftsmann, Freizeit-Dandy und ein riesiges Arschloch«, flüsterte Arden mir zu, packte mich am Arm und zog mich vom Fenster zurück. »Und jetzt sagst du mir, was du mit einem wie dem zu schaffen hast.«

Wo sollte ich da nur anfangen?

Wir liefen zu O'Sheas, um das Schwein zu holen. Ich zahlte und dafür trug Arden es nach Hause.

Auf dem Weg erzählte ich ihm ganz grob und auf die Schnelle, was in den letzten zwei Wochen passiert war. Ihm fiel vor Entsetzen beinahe das Fleisch aus den Händen.

»Und das hast du ohne mich gemacht?!«, empörte er sich lautstark und es amüsierte mich, dass dies seine größte Sorge zu sein schien. Ich hatte Leute befragt, war in Gebäude eingebrochen und hatte mit potenziellen Mördern gesprochen und er brüskierte sich darüber, dass er nicht hatte dabei sein können.

»Du warst arbeiten«, hielt ich dagegen und er seufzte genervt, weil er wusste, dass ich recht hatte.

»Und jetzt? Gehst du zu diesem Constable Miller und Kenneth Maddison wird verhaftet?«, fragte er mich nachdenklich und wartete, bis ich die störrische Hintertür aufgeschoben hatte.

»Hast du Angst um deinen neuen Job?«

Arden zuckte mit den Schultern. »Keine Ahnung. Ich denke, dass Bowerland und Spencer mich sofort zurücknehmen würden, aber … Ich frag mich nur, ob es echt so leicht ist, wie es scheint«, sagte er und trat an mir vorbei in den schmutzigen Hausflur.

Auch wenn Mrs Allen aus der Wohnung unter uns sich alle Mühe gab, regelmäßig durchzufegen, war es im Winter quasi unmöglich, keinen Dreck ins Haus zu tragen.

»Wahrscheinlich nicht. Ich bin mir sicher, dass er bei Jamie eingebrochen ist, oder es zumindest in Auftrag gegeben hat. Aber gesehen habe ich ihn nicht. Die Andeutungen auf der Soirée habe nur ich gehört. Und dass er in Kensington war … Niemand hat ihn gesehen. Er ist schließlich nicht hinter uns hergerannt. Es steht mein Wort gegen seins. Und wenn das Wort einer Frau gegen das eines respektablen Mannes steht, wissen wir beide, wem sie recht geben werden«, schnaubte ich und drückte die Tür zurück ins Schloss.

Die Luft im Flur war kalt und muffig und wir liefen flink die Stufen nach oben, um in die warme Wohnung zu kommen.

»Was ist mit Jamie Lennox? Wird sein Wort nicht zählen?«, wollte Arden wissen und machte mir Platz, damit ich für ihn auch die Wohnungstür öffnete.

Ich wägte ab. Jamie hatte bei der Polizei nicht den besten Stand. Wenn man mal von Evan Miller absah, der die Sache sehr ernst zu nehmen schien und – wie ich – Jamies Sicherheit gefährdet sah.

Außerdem fehlten uns die Beweise und die Maddisons besaßen einen zu guten gesellschaftlichen Ruf, dank des Baus ihres Kraftwerks.

»Ich denke, wir müssen noch tiefer bohren«, meinte ich und schob die Tür auf, ehe Arden die arme Sau noch fallen ließ. Das Tier sah verdammt schwer aus, auch wenn er so tat, als wäre es nicht viel.

»Wir sind da!«, grölte ich in die Wohnung und sofort riefen mir viele Stimmen aufgeregt zurück. »Und ich habe ein Geschenk mitgebracht. Habe es sogar selbst bezahlt«, fügte ich lachend hinzu, als Poppy sich schon quiekend gegen mich warf. Penny folgte ihr wie ein Schatten und Mary packte die Mädchen an den Kleidern, ehe sie mich umreißen konnten.

»Was hast du mitgebracht?«, fragte Shawn lautstark und Edith zischte, wir sollten leiser sein, weil unser Vater noch schlief.

Glück gehabt. Er hatte nicht gemerkt, dass ich seine Jacke getragen hatte.

Arden quetschte sich an uns vorbei in die Küche und hievte das Schwein mit Wucht auf den Tisch, dass die Tassen im Regal an der Wand nur so klirrten.

»Weihnachtsessen«, verkündete ich und alle brachen in lauten Jubel aus. Denn so ein riesiges Prachtexemplar von einem potenziellen Festtagsbraten hatte es im Hause Hemmilton wahrscheinlich noch nie gegeben.

24

ICH HABE KEINEN VEREHRER

Ich umarmte jeden so lange, wie ich nur konnte. Sogar meinen Bruder Billy, auch wenn er stank, als hätte er sich in Kuhdung gesuhlt. Nach all den Jahren, die er schon in Ställen arbeitete, nahm er es selbst nicht mehr wahr, doch ich riet ihm, sich ganz dringend mal im Schnee zu wälzen. Dafür bekam ich eine Schelle gegen den Hinterkopf von meiner Ma. Sogar sie war nach ihrer Schicht in der Baumwollfabrik zu uns gestoßen, obwohl sie ausgelaugt war und hustete wie eine Pestkranke.

»Flocken in der Lunge«, sagte sie dann immer traurig und ich drückte ihr einen Kuss auf die Wange.

Gegen Abend klopfte es überraschenderweise an der Tür, obwohl schon alle hier waren und sich in die winzigen Räume quetschten. Doch dafür wurde es auch nicht so schnell kalt.

Kevin öffnete, da er dem Flur am nächsten war.

»Elisa, da steht ein Mann für dich vor der Tür«, rief er zu uns rüber und schaffte es nur knapp, den Lärmpegel voller Lachen und Schimpfen zu übertönen.

Schlagartig wurde es still im Raum und alle sahen mich an.

»Hast du einen Verehrer?«, fragte meine Schwester Mary aufgeregt und Edith starrte mich erstaunt an.

»Weißt du was darüber?«, wollte Clara von Arden wissen und er enthielt sich dankenswerterweise eines Kommentars. Arden wusste zwar nicht alles, aber genug.

Vom Ofen zu klettern und durch die Küche zu gelangen war gar nicht so leicht, wenn einem alle die Beine in den Weg streckten und ich fluchte lachend über die Unmöglichkeit meiner Familie.

»Stell ihn uns vor«, brüllte Edgar und Onkel Archi pfiff durch die Zähne.

»Ich habe keinen Verehrer!«, stritt ich es ab und lachte dabei leider zu sehr, als dass mir irgendwer glauben wollte.

Auch wenn ich einen flüchtigen Gedanken an Mr Green verlor, war ich mir sehr sicher, dass er es nicht sein würde.

Und ich behielt recht. Es handelte sich um Jamie Lennox.

»Guten Abend, Liz.«

»Jamie«, rief ich freudig, als ich auf den Flur stolperte und Kevin quetschte sich mit den anderen zurück in die winzige Küche, als würde er mir etwas Privatsphäre gönnen. Aber wir wussten alle, dass dem nicht so war und jeder gespannt darauf lauschte, was sich hier auf dem Flur ereignete.

Ich musterte Jamie auf die Schnelle, um sicherzugehen, dass er nicht hier war, weil sich etwas Schreckliches ereignet hatte.

Doch er sah gut aus. Sein schwarzes Haar war zu einem ordentlichen Zopf im Nacken gebunden, seine Wangen waren gerötet von der Kälte und ansonsten frei von jeglichen Schmierern. Ein seltener Anblick. Die Mütze saß akkurat auf seinem Kopf und er trug einen dunkelbraunen Mantel, den ich zuvor noch nicht an ihm gesehen hatte.

Im Knopfloch seines Revers steckte eine grüne Nelke.

Meine Mundwinkel verzogen sich schalkhaft.

»Du siehst chic aus«, sagte ich und er erwiderte mein Grinsen. Allerdings sehr viel nervöser als ich. Es war also doch irgendetwas los.

»Willst du reinkommen?«, fragte ich und er schüttelte sofort den Kopf.

»Danke, aber … Ich bin gleich verabredet«, gestand er mir und das erklärte es. Sein unsteter Blick, der gepflegte Mantel, die Ohren, die sich langsam dunkelrot verfärbten.

»Oh, wirklich? Mit wem?«, wollte ich sofort wissen, als Jamie schon in seine Manteltasche griff und etwas Kleines hervorholte, das mich von meiner Frage ablenkte.

»Ich habe ein Geschenk für dich und wollte es dir nur eben vorbeibringen, weil ich gerade in der Gegend war.« Er reichte es mir und ich nahm ihm die kleine Schachtel ab. »Ich habe dein Medaillon repariert. Es war nur eine Feder locker, aber ich musste das halbe Ding auseinanderbauen, um dranzukommen. Hat eine Weile gedauert.«

Mir sprang beinahe das Herz aus der Brust und ich hielt die Schachtel so fest umklammert, dass ich das braune Papier beinahe zerdrückte. Sanfte Wärme breitete sich in meinem Bauch aus und ich schob die Schachtel schnell in meine Rocktasche, um mich nicht noch auffälliger darüber zu freuen, meinen kleinen Schatz endlich wiederzuhaben.

»Ich habe auch was für dich«, sagte ich und mir fiel ein, dass die Tasche mit der kleinen Tüte für Jamie leider auf der anderen Seite der Küche unter der Eckbank lag. Wenn ich versuchen würde, sie zu holen und dabei an meiner Familie vorbeimüsste, würde Jamie wohl keine Zeit mehr haben, seine Verabredung zu treffen. »Ich fürchte nur, ich komme da gerade nicht dran. Ich bringe es dir nach Weihnachten vorbei«, bot ich ihm an und Jamie nickte eifrig.

»Das ist sehr gut. Ich würde dir auch gern die Pläne für die Maschine wieder zur Verwahrung mit in die Park Street geben. Wäre das für dich in Ordnung?«

»Ja, kein Problem.«

Einen Moment sahen wir uns nur lächelnd an und es war ein vertrautes und gleichzeitig auch sehr surreales Gefühl. Dass wir beide uns kennengelernt hatten, schien ein verrückter Zufall gewesen zu sein und doch fühlte es sich an, als ob es Schicksal gewesen war. Eine abenteuerlustige Studentin und ein sonderbarer Mechaniker.

»Schöne Weihnachten, Liz«, sagte Jamie schließlich und auch wenn er nicht leise sprach, bewahrte es den Moment.

Ich zog ihn kurz an mich, achtete allerdings darauf, seine feine Aufmachung nicht zu zerdrücken.

»Dir auch, Jamie«, erwiderte ich und er schlenderte die knarrenden Stufen der Treppe zurück nach unten.

Ich schloss die Tür und atmete einmal tief durch. Zog die abgestandene Luft des Flurs in meine Lunge, die nach Asche und Staub und heute ausnahmsweise nach Zimt roch.

Es war verräterisch still in der Küche und ich wappnete mich gegen das, was nun zwangsläufig folgte. Aber es hinauszuzögern ergab eh keinen Sinn, also stiefelte ich zurück in die Küche, wo sechzehn Augenpaare mir erwartungsvoll entgegenblickten.

»Er sah gut aus«, verkündete Laura, die nah genug an der Tür saß, um unauffällig einen Blick auf Jamie erhaschen zu können.

»Aber er ist kleiner als sie«, kommentierte Kevin und ich kniff ihm in den Arm, damit er mich durchließ.

»Er ist nicht mein Verehrer!«, stellte ich noch einmal klar und wusste, dass mir immer noch niemand glauben wollte. Lieber tuschelten sie den ganzen Abend darüber und amüsierten sich bei der Vorstellung, dass ich eines Tages doch noch heiraten würde.

»Er hatte aber ein Geschenk für dich«, beharrte Laura, als wäre dies der ultimative Beweis.

»Was? Zeig her!«, quiekte Mary.

»Er hat was für mich repariert«, erklärte ich, stieg über die Kinder hinweg, die sich auf den Boden gesetzt hatten, um dort mit kleinen Schnitztieren zu spielen und kletterte wieder neben Arden auf die Ofenbank. »Er ist Uhrmacher.«

»Ein Handwerker. Hört, hört«, tönte es von Onkel Archi und ich streckte ihm frech die Zunge raus.

»Musstest du die Reparatur bezahlen?«, wollte meine Mutter ganz pragmatisch wissen und ich brauchte einen Moment zu lang, um mir eine passable Lüge einfallen zu lassen.

»Verehrer!«, brüllten da schon alle durcheinander und ich lachte. Ich gab mich geschlagen und äußerte mich nicht dazu. Egal was ich jetzt noch sagte, es würde die Sache nur schlimmer machen.

»Ihr seid so schrecklich!«, rief ich lediglich und lehnte mich an Arden, der seinen Haferkeks mit mir teilte.

Nach etwa einer halben Stunde gaben sie es schließlich auf, mich zu einem Geständnis zu bewegen und ich zog mich in die

Kammer hinter dem großen Schlafzimmer zurück, die nicht größer war als ein Kasten mit Bett darin. Doch hier konnte ich einen Moment ungestört sein.

Das winzige Fenster ließ den Schein der Straßenlaterne hereinfallen und die Eisblumen an der Scheibe glitzerten.

Ich lehnte die Tür an, setzte mich auf die fleckigen Laken und zog die kleine Schachtel aus meiner Rocktasche. Meine Finger kribbelten und ich fühlte mich nervöser als gedacht, als ich vorsichtig den Deckel abhob. Auf einem Bett aus grünem Tuch lag mein kleines mechanisches Medaillon, mit dem ich so viele Gefühle verband, dass allein sein Anblick eine überwältigende Menge an Empfindungen an die Oberfläche zerrte.

Da war der vertraute Anblick der Elfenbeinkamee mit dem Profil einer Frau, über die ich mir unzählige Geschichten hatte einfallen lassen. Das glatte Metall, das an der Rückseite des Anhängers mehr glänzte, dort, wo es an meiner Haut lag, wenn ich es trug. Ich hörte Mr Beauforts Lachen in meinem Kopf, sah seine runzlige Hand über den Rücken eines Buches streichen, spürte die Stärke, die seine Ermutigungen in mir hervorgebracht hatten.

Ich lächelte, doch es war ein bitteres Lächeln. Denn Quinton Beaufort hatte die Augen für immer geschlossen und auch wenn er sehr alt gewesen war und es nicht überraschend kam, hatte ich letzten Sommer mit ihm nicht nur einen Freund, sondern auch einen Mentor verloren.

Meine Gedanken sprangen zurück an einen Nachmittag im Frühling, an dem es warm genug gewesen war, um auf der Terrasse hinter dem Haus zu sitzen, Mr Beauforts Beine in eine Decke gehüllt, während ich enthusiastisch aus *Robinson Crusoe* vorlas.

Das Werk trägt eigentlich den verwirrend langen Titel »Das Leben und die seltsamen überraschenden Abenteuer des Robinson Crusoe aus York, Seemann, der achtundzwanzig Jahre allein auf einer unbewohnten Insel an der Küste von Amerika lebte, in der Nähe der Mündung des großen Flusses Orinoco; durch einen Schiffbruch an Land gespült, bei dem alle außer ihm ums Leben kamen. Mit einer Aufzeichnung bei sich, wie er schlussendlich auf seltsame Weise durch Piraten befreit wurde. Geschrieben von ihm selbst«, der meiner Meinung nach viel zu viel verrät. Aber wenigstens weiß man dabei ganz genau, worauf man sich einlässt.

Mr Green stand in der Tür, trug sein ewig ernstes Gesicht zur Schau und ich wusste trotzdem ganz genau, dass er sich sorgte, dass die Luft möglicherweise doch noch zu kalt wäre für den alten Mann.

Nach dem Vorlesen hatte Mr Beaufort sich hinlegen müssen und ich verbrachte den Abend in der Küche bei Mrs Simpson, sah ihr beim Backen zu und erzählte ihr lustige Anekdoten, während Mr Green uns einen Tee kochte.

Ganz behutsam drehte ich das Rädchen an der Oberseite des Anhängers, bis es mit einem leichten Klacken einrastete. Das war bisher nicht möglich gewesen.

Meine Finger zitterten, als ich darauf drückte und der Mechanismus des Medaillons sich leise surrend in Bewegung setzte. Die Zahnrädchen klackerten, der Deckel des Medaillons drehte sich und schob sich dabei sehr kunstvoll beiseite.

In dem winzigen Hohlraum, der sich dadurch ergab, lag ein zusammengefaltetes Stück Papier. Eine Nachricht. Für mich?

Behutsam legte ich das Kleinod auf meinem Knie ab, nahm den Zettel heraus und entfaltete ihn.

Das Licht reichte gerade aus, um die Schrift zu entziffern. Ich musste es zweimal lesen, damit mein aufgeregter Geist es begreifen konnte. ›Neben der Büste der schaurigen Frau. *Von der Erde zum Mond*, Seite 301‹, stand dort, in schmaler unregelmäßiger Schrift und ich runzelte die Stirn, während mein Puls weiterhin viel zu laut durch meine Ohren rauschte.

Die genannte Büste war der Kopf einer Frau aus Marmor, die einen anblickte, als hätte sie vor, einen im Schlaf zu erdrosseln, sollte sie jemals in den Besitz von Händen gelangen. Sie stand im Bibliothekszimmer von Mr Beaufort im Regal zwischen den Büchern.

War dies ein Rätsel? Eine Schatzsuche?

Auch wenn ich im ersten Moment enttäuscht gewesen war, keine freundlichen Zeilen vorzufinden, meldete sich jetzt das leichte Kribbeln in meinen Fingerspitzen wie jedes Mal, wenn ein Abenteuer auf mich wartete.

Ich lachte auf, allein für mich, in der kleinen Kammer. Dieser Mann hatte mir doch tatsächlich ein kleines Abenteuer vermacht. Genau wie in den Geschichten, die ich ihm vorgelesen hatte.

Ich fragte mich, wer sein Komplize gewesen war. Er hätte mit seiner fehlenden Sehkraft diese Zeilen unmöglich selbst verfassen können.

Es juckte mich, sofort meinen Mantel zu holen und nach Kensington zu fahren, um nachzusehen, was ich in *Von der Erde zum Mond* finden würde. Doch es war spät und wer war ich, dass ich die neuen Bewohner von *Beaufort House* zu dieser Uhrzeit aufschrecken durfte.

Vielleicht konnte ich Benjamin Green schreiben. Und es wäre nicht einmal ein dummer, erdachter Vorwand, um ihn wiederzusehen.

Die Hitze stieg mir ins Gesicht und ich wünschte mir so sehr, ihn bald zu treffen. Seit dem Ball waren erst drei Tage vergangen und doch kam es mir viel länger vor.

Licht fiel durch die Tür und ich wurde aus meinen Gedanken gerissen, als Arden zu mir in die Kammer schlüpfte.

»Und? Ist er wirklich dein Verehrer?«, fragte er und setzte sich zu mir aufs Bett. Ich lachte auf.

»Jamie? Nein. Es ist eher wie … mit dir«, suchte ich nach den richtigen Worten und Arden nickte wissend.

»Geschwisterlich«, bestätigte er und schickte sich an, sich nach hinten auf die Matratze fallen zu lassen, als er das Medaillon und die Schachtel auf meinem Schoß entdeckte.

»Was hast du da?«, fragte er und rutschte näher, um in dem schwachen Licht etwas erkennen zu können. Seine Haare kitzelten mich im Gesicht und ich drückte ihn weg.

»Das ist das Medaillon, das Mr Beaufort mir vermacht hat. Jamie hat es repariert.«

Arden betrachtete es, ohne es zu berühren.

»Was war drin?«, erkundigte er sich leise und ich hielt ihm den schmalen Streifen hin. Vorsichtig nahm er ihn mir ab. Seine Behutsamkeit zeigte, dass er genau wusste, wie wichtig mir diese Zeilen waren.

Arden betrachtete sie und zog die Stirn kraus, genau wie ich es auch getan hatte.

»Was ist das?« Er reichte mir den Zettel zurück.

»Es ist ein Buch aus seiner Bibliothek. Von Jules Verne«, belehrte ich ihn und er verzog genervt den Mund.

»Ich weiß, dass das von Jules Verne ist. Ich musste damit lesen lernen.« Wir beide hatten das gemusst.

Ich ignorierte seinen Einwurf.

»Möglicherweise werde ich darin etwas finden«, flüsterte ich aufgeregt, legte den Zettel zurück ins Medaillon und schloss den Deckel mit sanftem Druck.

»War er nicht blind?«, fragte Arden aus einer Überlegung heraus, die ich auch schon gehabt hatte. »Wer hat das geschrieben? Sein Butler? Mr …« Er schnippte mit den Fingern, um auf den Namen zu kommen.

»Green. Benjamin Green«, half ich ihm aus und ich schaffte es nur mit Mühe, alles Schwärmende aus meiner Stimme zu verbannen. Und doch ließen sich die Bilder und Gefühle nicht verscheuchen, die unweigerlich aus meinem Herzen aufstiegen, wenn ich seinen Namen sagte oder dachte oder hörte. Mein Herz schlug schneller, mein Magen flatterte, mein Kopf wurde ganz leicht und ich sehnte mich nach seiner Hand, die meine Finger umfasste zu einem Tanz.

Ich wollte so gern in seiner Nähe sein, dass ich einen Knoten im Bauch bekam.

»Aber nein. Seine Handschrift sieht anders aus«, sagte ich gedankenverloren und legte mir die Kette des Medaillons um den Hals.

»Du kennst seine Handschrift?«, erkundigte Arden sich skeptisch, die Lippen zu einem süffisanten Lächeln verzogen, in der Absicht, mich aufzuziehen.

Anscheinend waren mir meine Emotionen im Gesicht abzulesen, denn sein Lächeln löste sich sofort auf, als er mich ansah.

»Liz? Wirklich? Immer noch?« Erstaunen lag in seiner Stimme und etwas Ehrfürchtiges, was ich nicht erwartet hatte. So oft hatte er sich über meine Schwärmerei für Mr Green lustig gemacht, dass es mich überraschte, dass er anscheinend doch wusste, wie sehr es um mich geschehen war.

»Schlimmer denn je«, gestand ich ihm, seufzte laut und ließ mich rückwärts auf die Matratze fallen. Staub stieg auf und tanzte im Licht der Laterne.

Vorsichtig kam Arden näher, legte sich neben mich und wir starrten zusammen an die rissige Decke, während meine Gedanken sich immer wieder im Kreis drehten.

Ich hatte Arden vor langer Zeit von Benjamin Green erzählt. Und auch nur ihm. Niemals hatte ich es sonst gewagt, meine Gefühle für diesen Mann laut auszusprechen, aus Furcht, sie könnten verschwinden, sobald ich sie aus meinem Mund ließ.

»Hast du ihn getroffen seit der Beerdigung?«, fragte Arden, seinen Kopf an meinen gelehnt und verschränkte die Hände über seinem Bauch.

»Ja.« Ich lächelte still, drehte mich abrupt auf die Seite und stemmte meinen Kopf in die Hand, um Arden ins Gesicht sehen zu können. »Er war meine Begleitung für den Weihnachtsball«, erzählte ich, da ich die Information heute Nachmittag in meinem Bericht über den Fall übersprungen hatte, damit wir nicht daran hängen blieben und ich meine Erzählung beenden konnte, ehe wir zu Hause ankamen.

Und vielleicht hatte ich es auch ein klein wenig verheimlichen wollen, um mir vor meinem Cousin nicht eingestehen zu müssen, dass ich viel zu viel über diesen Mann nachdachte.

»Soso. Du bezirzt also arme kleine Butler, um mit dir auf Bälle zu gehen.« Arden grinste so breit, dass es schon eine obszöne Note bekam und ich rollte mit den Augen. »Nein, aber wirklich. Ein Butler auf einem Ball. Das klingt … interessant«, witzelte er weiter, um die Stimmung aufzulockern und der Knoten in meinem Bauch löste sich wieder.

»War es wirklich«, kicherte ich, als ich mich daran erinnerte, wie Benjamin Greens finsterer Blick auf mir lag, nachdem ich ihn gezwungen hatte, sich mit mir zum Tanzen aufzustellen. Doch dann dachte ich daran, wie er über meine spöttischen Bemerkungen gelacht hatte und schmunzelte in die Dunkelheit. »Ich habe es sogar geschafft, ihn zum Lachen zu bringen«, erzählte ich Arden und der nickte mir anerkennend zu.

»Oh, dann liebt er dich wohl«, verspottete er mich und doch wünschte ich mir so sehr, dass er recht hatte.

»Sehr wahrscheinlich. Das wird es sein«, stieß ich zutiefst ironisch hervor, um meine Verlegenheit zu überspielen und rappelte mich langsam auf. Wenn wir zu lange hierblieben, würde die Familie nur neugierig werden und das konnte ich nicht gebrauchen.

»Sollte er. Sonst verpasst er was!«, sagte Arden und ich war mir nicht sicher, ob er es ernst meinte oder sich weiter über mich lustig machte. Vorsichtshalber zwickte ich ihn fest in die Seite. Er schrie auf wie Kinder am Badetag und fiel dabei vom Bett.

Am nächsten Morgen, Dienstag, den 23. Dezember 1890, war es schwerer als gedacht, jemanden zu finden, der einen Brief von Limehouse nach Kensington bringen wollte. Es kostete mich einen halben Schilling und die kratzigen roten Handschuhe, aber das war es wert, damit Mr Green meine Nachricht erhielt.

Ich bat ihn darin, im *Beaufort House* vorbeikommen zu dürfen, um die Bibliothek zu durchsuchen.

Vielleicht nach Weihnachten. Schließlich wollte ich ihn nicht schon wieder vor seinen Herrschaften in Verlegenheit bringen, indem ich ohne Ankündigung hereinschneite, wie es sonst meine Art war.

Am Mittag desselben Tages erhielt ich eine Antwort mit einem Gänseblümchen im schlichten weißen Siegel.

Der neue Mr Beaufort und seine Frau waren über Weihnachten nicht in der Stadt. Da Mr Green selbst aber Heiligabend und den Weihnachtsfeiertag danach bei seiner Schwester verbrachte, würde er am 26. Dezember mit meinem Besuch rechnen.

Ich war so offensichtlich glücklich über diese Nachricht, dass Edith mir auf die Schliche kam.

Und na ja, wenn Edith etwas aus einem herausquetschen will, dann schafft sie das auch. Egal wie sehr man sich dagegen wehrt.

Dienstag, 23. Dezember 1890

25

FEIERTAGSRÄTSEL

Auch wenn Jamie Lennox für gewöhnlich immer den Mittwoch für die *Royal University Library* eingeplant hatte, verschob er es in der Weihnachtswoche auf Dienstag, um nicht kurz vor Heiligabend noch so lange unterwegs zu sein.

Da sich heute keine Studenten mehr hier aufhielten und nur Cody und Oscar für Ordnung sorgten, fiel es nicht weiter auf, dass Jamie einen Abstecher in den oberen Seitenflügel machte, um ein Buch über das alte Ungarn, inklusive Keilschrifttabelle, aufzutreiben.

Danach schlich er sich damit über den Rundgang auf die andere Seite und verschwand hinter dem Personalzimmer in der Suchmaschine.

Nach *Lady Honeyclack* zu sehen war einer seiner liebsten Termine in der Woche. Wenn er in den Raum voller Zahnräder schlüpfte, fühlte es sich für ihn an, als würde er seinen eigenen Kopf betreten. Die komplizierte Welt blieb hinter ihm zurück und alles verwandelte sich in sich drehende Konstruktionen, Messing, Stahl und Kupfer.

Ketten, Federn, Gurte, Anker, Wellen, Schrauben, Hemmungen, Gangregler und Schienen. Alles ordnete sich, jeder Gedanke rutschte an den richtigen Platz, ließ sich erfassen und in die große Maschine seines Verstandes einfügen.

Es wunderte Jamie daher nicht, dass er, während er die Suchmaschine wartete, auf eine Idee kam.

Seit er mein Medaillon repariert hatte und dabei auf den Zettel gestoßen war, den er heimlich ebenfalls gelesen hatte, verfolgte ihn schon ein vages Gefühl. Doch erst als *Lady Honeyclack* um ihn herum summte und klackerte, schaffte er es, dies in eine Idee umzuformen.

Er hängte seine Laterne an einen Haken. Es war nicht spät, aber die Sonne sank und die Maschine um ihn herum schluckte das verbliebene Licht nahezu gänzlich. Vorsichtig setzte sich Jamie auf die vierte Stufe im Inneren der Maschine, die er letztens erst repariert hatte. Er zog David Brightons Notizbuch und die zerfledderte Ausgabe von *Frankenstein* hervor, die er immer bei sich trug, wenn er das Haus verließ. Der Mechaniker betrachtete die beiden Bücher zusammen mit dem geborgten Bibliotheksband.

Die Nachricht aus meinem Medaillon war auch für Jamie ein Hinweis gewesen, der ihn wie ein Geistesblitz getroffen hatte. Es handelte sich um ein Rätsel, das mit einem bestimmten Buch zusammenhing.

Es gilt als gängige Kryptografie-Methode, einen Text auf Grundlage eines Buches zu verschlüsseln. Seitenzahlen und andere Nummerierungen, bei denen man bestimmte Wörter oder auch einzelne Buchstaben nachschlagen kann. Dazu braucht man lediglich das Buch, das auch der Verfasser des verschlüsselten Textes verwendet hat.

Jamie hatte diese Möglichkeit schon in Betracht gezogen, seit er *Frankenstein* im Anbau von *West Brickstone Villa* aus dem Vitrinenschrank gezogen hatte. Da das Notizbuch jedoch mit Buchstaben gefüllt war und nicht mit Zahlen, die man dafür benötigt hätte, war er hierbei noch nicht weitergekommen. Doch jetzt, da er mit seinen rauen Fingern den abgegriffenen Einband des Romans festhielt, beschlich ihn das Gefühl, dass die Lösung schon ganz dicht unter der Oberfläche lauerte.

Er besah sich *Frankenstein* ganz genau, suchte nach Anmerkungen oder anderem und fand lediglich auf der ersten Seite eine

Eintragung. Zwei Zahlen, die mit Tinte auf das gebleichte Papier geschrieben worden waren. Eine Vier und eine Zwei.

Er hätte sie nicht beachtet, wäre es nicht schon das zweite Mal, dass er sie in kurzer Zeit in Bezug auf David Brighton zu Gesicht bekam. Es waren die gleichen, die auch in den zylindrischen Behälter gestanzt waren.

Der, der gestohlen wurde und, wie er jetzt wusste, einen Katalysator enthielt.

Vier und Zwei, sinnierte Jamie und dann fiel es ihm wie Schuppen von den Augen. D. B. – Brightons Initialen. Der vierte und der zweite Buchstabe des Alphabets.

»Zahlen sind Buchstaben und Buchstaben sind Zahlen!«, rief er laut in das Rattern der Maschine, der er ein paar Schwünge gegeben hatte, um besser nachdenken zu können. Über die Feiertage würde sie erst einmal still stehen, aber jetzt brauchte er die Geräuschkulisse.

Hastig öffnete er das Notizbuch und besah sich die erste Zeile, die nur nach einer zufälligen Aneinanderreihung von Buchstaben aussah und zückte einen Grafitstift. Schnell war jeder Buchstabe der entsprechenden Zahl zugeordnet, die Jamie klein zwischen die Zeilen quetschte. Immer drei oder vier Zahlen schienen sich zu einer Gruppe zu formen und dann schnappte Jamie sich *Frankenstein.*

Nach seinem Wissensstand galt die erste Zahl der Seitenzahl, die zweite der Zeile, die dritte dem Wort und falls es eine vierte gab, dem Buchstaben im jeweiligen Wort. ∞

Es dauerte eine gefühlte Ewigkeit, die Wörter und Buchstaben nachzuschlagen, die er aus Mangel an Papier auf der ersten Seite von *Frankenstein* notierte. Mit jedem Wort wurde er aufgeregter, konnte mit ansehen, wie sich der Satz aufbaute, die Worte sich sinnvoll formten und er stieß einen lauten Schrei des Triumphs aus, der durch die Konstruktion hallte, als würde *Lady Honeyclack* sich mit ihm freuen.

∞ Darf ich stolz auf dich sein, weil du dir das gemerkt hast? Ach, mir egal. Ich bin einfach stolz. Ich rede mir den Mund fusselig und nicht einmal die Hälfte schafft es in diesen Bericht.

Vom Stromerzeuger und dem Brighton-Katalysator, stand dort geschrieben und der Mechaniker glaubte vor Stolz platzen zu müssen.

Seit er David Brightons Notizbuch zwischen die Finger bekommen hatte, dachte er nun schon darüber nach, wie dieses Rätsel zu lösen sei. Sogar in den Zeiten, in denen er nicht darüber hatte nachdenken wollen. Und jetzt, wo alle Puzzleteile zu ihm gekommen waren, hatte er es geschafft.

Vorausgesetzt, Brighton hatte sich tatsächlich nur dieser Methode und Altungarisch bedient.

Er machte sich die Mühe, die Keilschrifttabelle abzuzeichnen. Diesmal auf einer der freien Seiten ganz hinten in *Frankenstein* und packte dann seine Sachen zusammen.

Das Buch über das alte Ungarn ließ er auf einem Bücherwagen auf dem Rundgang liegen, wünschte Cody und Oscar Frohe Weihnachten und verschwand in der dunklen Nacht.

Die Untergrundbahn brachte ihn ratternd nach Hoxton und seine Füße flogen geradezu über die rutschigen Straßen und hinauf in die Wohnungen über der Werkstatt.

Weil es für ihn immer leichter war, sich zu konzentrieren, während etwas klapperte, ging er zu seinen Eltern und setzte sich zu seiner Mutter in die Küche.

Ruth Elisabeth Lennox war eine kleine Frau mit sonnigem Gemüt, die gern redete und sich daher äußerst glücklich schätzte, einen Mann und einen Sohn zu haben, die gern zuhörten.

Sie erzählte Jamie von vielen kleinen liebevollen Belanglosigkeiten und holte ein Blech mit Plätzchen nach dem anderen aus dem Ofen. Die gesamte Wohnung roch nach Zimt und Wärme und Jamie stürzte sich, bewaffnet mit Papier, Kaffee und einem Teller voll Lebkuchen, auf die Entschlüsselung des Notizbuchs. Es störte ihn nicht, dass seine Mutter währenddessen weiterredete, im Gegenteil. Es beruhigte seine Nerven und half ihm, bei der Sache zu bleiben.

Es dauerte nicht lange, da setzte sich auch sein Vater zu ihm, der spät von seinem letzten Auftrag wiedergekommen war. Und da Vater und Sohn sich sowohl im Aussehen als auch vom Gemüt her sehr ähnlich waren, besah sich John Lennox die Bücher, die auf dem Tisch verteilt lagen, ließ sich von Jamie bis ins Detail das System erklären und stürzte sich ebenfalls mit einem Lächeln in das Rätsel, das es zu lösen galt.

Heiligabend und auch der Weihnachtstag danach waren erfüllt von Zahlenrätseln, Weihnachtspudding, dem Zank um *Frankenstein*, wenn beide es gleichzeitig benötigten, Lammbraten und Keilschriftzeichen.

Ein Absatz zeigte sich ganz plötzlich in einer einfachen Buchstabenverschiebung und wieder ein anderer war lediglich rückwärts geschrieben worden.

Auch wenn ich mir bei der Vorstellung an so eine Beschäftigung während der Feiertage nur an den Kopf fassen kann, war es für Jamie Lennox wohl eine wundervolle Zeit, die er sehr genossen hatte.

Er ist nun mal, wie er ist. Machen wir es ihm nicht zum Vorwurf.

Im Alphabet zwei Buchstaben nach vorn.

Freitag, 26. Dezember 1890

26

EIGENTUM VON ELISA HEMMILTON

Am Morgen nach Weihnachten steckte ich Arden einen nassen kleinen Finger ins Ohr, um ihn zu seiner Schicht im Kraftwerk zu wecken. Er verfluchte mich und ich schärfte ihm ein, dass er bei *Maddison & Brothers* die Augen offen halten sollte, damit uns keine verdächtige Handlung entging.

Dann musste ich selbst auch los. Ich drückte Edith und Mary zum Abschied so fest ich konnte und lief hinaus in den klirrend kalten Morgen. Zu dumm, dass ich meine Handschuhe *verschenkt* hatte. Glücklicherweise traf ich Mr Donnavan und ließ mich auf dem Kutschbock seiner Droschke bis Hoxton mitnehmen, um bei Jamie vorbeizuschauen, wie ich versprochen hatte, ehe ich mit der Untergrundbahn bis nach Mayfair fuhr.

Außerdem schien es mir immer eine gute Idee, sich zu vergewissern, dass bei ihm nicht Schlimmes vorgefallen war.

Jamie war schon wach und in seiner Werkstatt zugange, als ich klopfte und er mich hereinließ. Er hatte den Arbeitstisch in der Mitte des großen Raumes abgeräumt und hantierte gerade mit jeder Menge seltsamer Glaskolben und Metallgestelle.

Zuerst war es nur der Reiz am Rätsel gewesen. Eine Beschäftigung, ein Gedankenspiel. Doch nachdem Jamie und sein Vater große Teile des Notizbuches übersetzt hatten, das detaillierte

Beschreibungen des Erfindungsprozesses des Stromerzeugers enthielt, begann Jamie weiterzudenken.

Er hatte nie vorgehabt, diese Maschine zu bauen. Es handelte sich dabei nicht um seine eigene Erfindung und er würde sich nie am geistigen Eigentum anderer vergreifen. Selbst wenn der Besitzer bereits das Zeitliche gesegnet hatte.

Doch er konnte das Bild von Ernest Powell nicht aus seinem Kopf verbannen, wie dieser zusammengesunken wie ein Häufchen Elend in seinem Büro gesessen und geweint hatte.

Er hatte Jamie den Überseekoffer in der irrsinnigen Hoffnung geschickt, er würde ihm helfen. Für Ernest Powell stand alles auf dem Spiel. Sein ganzes Leben und alles, was er erreicht hatte, würde den Bach runtergehen, wenn sich seine Investition in den Stromerzeuger nicht bald bezahlt machte.

Jamie wusste, dass er sehr sentimentale Züge hatte, sodass es nicht verwunderlich war, dass Mr Powells Verzweiflung sein Mitleid erregte.

Und es war ja nicht so, als würde die Maschine den Mechaniker nicht reizen. Vor allem jetzt, wo sein Vater und er das Notizbuch leserlich gemacht hatten und die gesamte Genialität des Stromerzeugers vor ihm ausgebreitet lag.

Die Konstruktion an sich war lediglich eine optimierte Version eines Dampfmotors. Und wie Jamie schon vermutet hatte, zeigten die Pläne auf den Blaupausen mehr als eine Version des Motors. Da Brighton aber wohl zutiefst paranoid gewesen war, hatte er all seine Pläne in verkehrter Reihenfolge in einer Rolle zusammengefasst. Auch die ersten gescheiterten Versuche.

Das Innovative am Stromerzeuger, das diese Maschine einzigartig und so viel effektiver machte als alles andere zuvor, war der *Brighton-Katalysator*.* Er steigerte die Leistung des Dampfmotors um ein Vielfaches.

Also hatte Jamie sich ein Herz gefasst und die Möglichkeit in Betracht gezogen, Ernest Powell zu helfen.

* Den er selbstverständlich nach sich selbst benannt hatte.
So macht man das nun mal.

»Was wird das?« Mit großen Augen beäugte ich die Konstruktion auf dem Arbeitstisch, die eine edle Eleganz aufwies und stellte die kleine Papiertüte, die ich aus meiner Tasche gekramt hatte, neben Jamie auf den Tisch.

»Eine Apparatur zur Herstellung von Säure, um damit Platin zu oxidieren«, antwortete er mir und konzentrierte sich ganz auf eine kleine Schraube, die den Kolben an Ort und Stelle halten würde.

»Aha«, sagte ich lediglich, weil ich nicht besonders technisch interessiert war und mit einer genaueren Erklärung sowieso nichts hätte anfangen können.

Ich schlenderte um die Konstruktion und entdeckte einen Glaskolben, in dem ein Strauß Blumen stand. Die Blüten waren klein und filigran und zeigten sich in einem samtigen Gelborange. Sie wirkten so fehl am Platz in der rümpeligen Werkstatt, dass sie mir sofort auffielen.

»Gehören die Blumen auch zur Apparatur?«, fragte ich Jamie grinsend und er errötete, als er zu mir herübersah.

»Das sind Stiefmütterchen«, sagte er, als wäre es die Antwort auf meine Frage und seine Lippen verzogen sich zu einem leichten Lächeln, das er vor mir zu verbergen versuchte, indem er sich von mir abwandte.

Gerade wollte ich nachfragen, da zeigte er auf die Tüte, die ich mitgebracht hatte.

»Und was ist das?«, erkundigte er sich und ich grinste breit. Endlich hatte er es entdeckt.

»Mein Weihnachtsgeschenk an dich«, offenbarte ich und drängte ihn mit einer Handbewegung, in die Tüte zu sehen. Es handelte sich lediglich um eine Kleinigkeit, aber ich fand sie äußerst passend.

Jamie beäugte mich misstrauisch und berührte die Tüte, als fürchtete er, sie könnte explodieren.

»Es wird dich nicht töten«, versprach ich, aber er öffnete die Tüte trotzdem übervorsichtig. Der Geruch von bitteren Bohnen stieg daraus hervor und Jamies Züge hellten sich auf.

»Du schenkst mir doch nur Kaffee, damit ich ihn an dich ausschenken kann«, sagte er lachend und ich zuckte fahrig mit den Schultern. Den Gedanken hatte ich nämlich auch schon gehabt.

»Und du hast mir ein Medaillon geschenkt, das mir bereits gehört«, hielt ich spaßhaft dagegen und Jamie blinzelte irritiert.

»Ich … Ich habe dir die Reparatur geschenkt«, empörte er sich viel zu ernst, als hätte ich seine Ehrenhaftigkeit infrage gestellt und das Lachen brach aus mir heraus.

»Das weiß ich doch, mein Lieber«, versicherte ich ihm, tätschelte neckend seine Wange und wunderte mich nicht, dass er es sogar zuließ. Jamie war einfach zu gutmütig. »Und ich freue mich sehr darüber. Ich habe sechs Monate darauf gehofft, das Medaillon zu öffnen.« Ich setzte mich auf einen Stuhl und schlug ein Bein über.

Jamie stand vor mir, die Finger in das Papier der Tüte gekrallt und war offensichtlich darum bemüht, die richtigen Worte zu finden. Ich sagte nichts, ließ ihm die Zeit, bis er endlich damit herauskam.

»Ich … Als ich es repariert habe, habe ich … die Nachricht gesehen«, druckste er herum und beobachte ganz genau meine Reaktion.

Ich brauchte einen Moment, um zu begreifen, dass er erwartete, dass ich wütend darüber wäre. Aber dem war nicht so. Wieso auch? Schließlich handelte es sich um die Nachricht eines guten Freundes, nicht um eine private Liebesbekundung oder dergleichen. Und selbst dann wäre es mir wahrscheinlich nicht sonderlich peinlich gewesen.

»Macht nichts«, beruhigte ich ihn daher und berührte in einer automatisierten Bewegung den Anhänger, den ich unter der Bluse ertasten konnte.

Jamie nickte, betrachtete mich noch einen Moment länger, um ganz sicher zu sein, dass ich es ernst meinte und drehte sich dann zu ein paar Holzkisten, aus denen er noch mehr Glasbehälter hervorsuchte, die leise aneinanderklirrten.

»Es ist ein Rätsel von einem Freund«, erzählte ich das, was Jamie sich nicht traute zu fragen. »Er starb und hat es mir hinterlassen.«

Jamie blickte mich erschüttert an, atmete nicht und ich schenkte ihm ein feines Lächeln, damit er wusste, dass meine Seele keine offenen Wunden mehr davontrug.

Nur eine leichte Schwermut, die mich immer wieder befiel, wenn ich an Mr Beaufort dachte und meine Narben leicht stechen ließ. Ich hatte ihm wirklich viel zu verdanken.

»Er war sehr alt, Jamie. Eines Abends aß er ein ausgiebiges Festmahl, trank ein halbes Glas Wein, machte einen Scherz mit seinem bierernsten Butler, der ihm beim Zubettgehen half. Und dann wachte er am nächsten Morgen einfach nicht mehr auf«, erzählte ich von Quinton Beauforts unspektakulärem Dahinscheiden und dachte bei mir, dass er trotz seiner Abenteuerlust und seinem Hang zu dramatischen Geschichten doch die beste aller Todesarten gewählt hatte.

»Der Butler ist Mr Green, nicht wahr?«, erkundigte Jamie sich zögerlich und stellte die Glasgefäße neben den Blumen auf dem Tisch ab.

»Ja, das ist er.« Trotz der schmerzlichen Erinnerungen huschte Aufregung durch meinen Bauch und mein Lächeln wurde breiter, weil er Mr Green erwähnte.

Für Jamie fügte sich ein weiteres Teil in das Bild, das er sich von mir machte. Und woher Mr Green und ich uns kannten, interessierte ihn schon seit Längerem.

Stille senkte sich über uns, als wir beide unseren Gedanken nachhingen und ich beschloss, das Thema zu wechseln.

»Und was hast du mit deiner Apparatur vor?«

»Ich werde einen Katalysator synthetisieren«, behauptete er und ich hatte keine Ahnung, was das zu bedeuten hatte.

Mit einem Leuchten in den Augen richtete er sich gerade auf und breitete in einer dramatischen Geste die Arme aus. »Denn ich habe David Brightons Notizbuch entschlüsselt!« Er riss die Hände nach oben, um seine Freude kundzutun und stieß dabei einen Eimer von einem Stapel Kisten, der zu Boden schepperte und Jamie einen Schreck einjagte. Er zuckte mit einem Schrei zurück

Ja, weil du eine gemeine Hexe bist.

und ich brach in schadenfrohes Gelächter aus. Der verschreckte Jamie war einfach ein zu köstlicher Anblick.

»Hör auf zu lachen«, schnaubte er verschämt und drehte sich von mir weg, damit ich die Röte nicht sah, die ihm in die Ohren stieg.

»Aber es sah so witzig aus«, hielt ich gackernd dagegen und er verschränkte abwehrend die Arme vor der Brust.

Ich achtete nicht darauf, ob er nun beleidigt war oder nicht. Meine Aufmerksamkeit richtete sich wieder auf die Apparatur.

»Und hast du jetzt vor, die Maschine zu bauen?«, wollte ich wissen und stupste einen Kolben an, der in seiner metallenen Halterung zu schwingen begann.

Jamie griff danach und hielt ihn an. »Ich weiß es noch nicht. Ich denke, ich möchte Ernest Powell helfen. Also versuche ich mich erst einmal am Katalysator. Er ist das Herz. Er macht die Maschine so besonders und effektiv und verstärkt ihre Energieleistung um ein Zwanzigfaches. Wenn ich es schaffe, den zu rekonstruieren, dann …«

Ich wartete darauf, dass er weitersprach, doch seine Gedanken waren abgedriftet.

Er erstellte im Kopf eine Liste der Dinge, die er noch benötigte, ehe er mit seinen Experimenten beginnen konnte. Sie war lang. Und kostspielig.

Doch ihm waren bereits zwei Menschen eingefallen, die ihm behilflich sein könnten. Bei dem einen handelte es sich um einen alten Bekannten, der an der *Royal University* Chemie lehrte. Der andere war Ernest Powell selbst.

»Ich lass dich dann besser mal werkeln«, sagte ich in die wieder aufkommende Stille hinein und riss Jamie aus den Gedanken. Er hatte vergessen, dass ich noch da war.

»Soll ich die Blaupausen dann mitnehmen oder brauchst du sie hier?« Ich sah Jamie erwartungsvoll an.

Er musste sich einen Moment nehmen, um wieder in unser Gespräch zurückzufinden. Dann schüttelte er den Kopf.

»Nimm sie bitte mit. Für den Katalysator benötige ich nur das Notizbuch. Erst mal den, dann der Rest. Bis dahin sollten die

Pläne in Sicherheit sein. Denn die haben sie noch nicht«, sagte er vieldeutig und ich dachte sofort an Kenneth Maddison in seinem protzigen Büro. Ich konnte mir vorstellen, dass er seinen Vorarbeiter mit der Narbe geschickt hatte, um bei Jamie einzubrechen. Doch die Pläne hatten sie nicht bekommen.

»Und was haben sie schon?« Ich hob fragend die Augenbrauen und erinnerte mich im gleichen Moment an den Metallbehälter, den Jamie am Tag des Einbruchs erwähnt hatte.

»Den Katalysator. Er war im Koffer«, schnaubte er unheilvoll und mir fuhr ein Stich in die Brust.

»Verflucht!«, stieß ich hervor, als mir die Bedeutung dessen aufging. Wenn der Katalysator das Herzstück war, wie schwer konnte es sein, den Rest zu bauen? »Dann hat Kenneth Maddison ihn.«

Die Maddisons hatten mehr Asse im Ärmel, als ich angenommen hatte. Doch sobald sie wegen Mordes gehängt werden würden, nützte ihnen das auch nichts mehr.

Jamie stemmte die Hände in die Seiten und blickte mich anklagend an. »Wo hast du diesen Namen jetzt schon wieder her?«, wollte er wissen, obwohl er es sich schon denken konnte.

»Ach Jamie. Du kennst mich doch. Ich kann nicht anders, als herumzuschnüffeln. Kenneth Maddison ist übrigens der Name von dem Mann mit der Schmalzlocke«, informierte ich ihn, damit er schnell vergaß, dass er wütend auf mich sein wollte.

»Also sind es wirklich die Maddisons, die hinter uns her sind.«

»Zumindest sind sie hinter dem Stromerzeuger her.« Ich blinzelte und sah mich in der Werkstatt um, als bestünde die Möglichkeit, dass ich eine anwesende Person übersehen hatte. »Sind deine Eltern im Haus?«

»Nein, sie sind vorhin zu meiner Tante aufgebrochen«, meinte Jamie und sein Blick fiel auf den Strauß mit den Stiefmütterchen. »Aber mach dir keine Sorgen«, sagte er mit einer Gelassenheit, die ich ihm nicht abkaufte. Aber er sah nicht ängstlich aus. Eher nervös. »Constable Miller wird jeden Moment hier sein und mir

Wieso habe ich auch erwartet, dass du dich an unsere Abmachungen hältst? Du bringst dich einfach leidenschaftlich gern in Lebensgefahr.

So schlimm war es nun auch wieder nicht. Du machst dir zu viele Sorgen um mich. Außerdem habe ich euren Plänen niemals zugestimmt. also habe ich keine Abmachung gebrochen.

Gesellschaft leisten, während ich wortkarg und in Gedanken versunken Chemikalien zusammenschütte«, witzelte er und entlockte mir doch noch ein Schmunzeln.

»Beruhigend zu hören«, erwiderte ich und erhob mich.

Ich hatte mir vorgestellt, mich in der Park Street frisch zu machen und dann umgehend nach Kensington aufzubrechen. Aber ich war kaum über die Schwelle, da rümpfte Clifferton auch schon die Nase über mich, als würde ich wie eine Kloake müffeln. *

Sissi und Simone wurden angewiesen, mir ein Bad einzulassen, mich zweimal einzuseifen und meine Haare nach Läusen abzusuchen.

Ich ließ es ohne Widerworte über mich ergehen, da ich keine andere Wahl hatte, als mich zu fügen. Eine Weigerung hätte Miss Brandon-Welderson auf den Plan gerufen, die zusammen mit ihrem Buchclub im Frühstückssalon saß.

Da die Uhren Mittag schlugen, konnte ich davon ausgehen, dass die Damen bereits betrunken waren und mich, wenn ich keinen Ärger machte, nur am Rande wahrnehmen würden. Und das musste auch schön so bleiben, wenn ich die Chance haben wollte, Mr Green heute noch zu sehen.

Sollte ich in ihren Fokus geraten, würde sie mich auf der Stelle für ihre Zwecke einspannen. Und daraus würde ich mich dann nur winden können, wenn ich ihr verriet, dass ich noch vorhatte auszugehen.

Sollte sie aber erfahren, dass ich beabsichtigte, einen Mann zu besuchen und das auch noch ganz allein, würde ich mich auf etwas gefasst machen müssen. **

Zu meinem Glück war Will in Spendierlaune und erklärte sich dazu bereit, mich mit der Kutsche zu *Beaufort House* zu fahren, sodass ich die verlorene Zeit in der Wanne wieder reinholen konnte.

Ich steckte mir die Haare zu einem losen Knoten am Hinterkopf zusammen und versteckte sie unter einem dunkelgrünen

* Was nicht der Fall war. Clifferton ist einfach nur übertrieben empfindlich und hat Spaß daran, mich zu demütigen.

** Zu meiner Verteidigung: Ich war mir sicher, dass wir nicht allein sein würden. Auch wenn ich über so etwas wenig Gedanken verschwende, ist Benjamin Greens Sinn für Anstand sehr ausgeprägt.

Hut, damit niemand über meine nachlässige Frisierkunst meckern konnte.

Mich überkam der Drang, mich aufzuhübschen, doch ich hielt mich zurück, um nicht noch mehr Zeit zu verschwenden. Immerhin hatte Mr Green mich schon in jeglicher Lebenslage gesehen und heute erfüllte ich sogar einen gewissen gesellschaftlichen Standard.

Will ließ mich diesmal nicht neben sich auf dem Kutschbock sitzen, auch nicht, nachdem ich ihm nette Sachen gesagt und ihm die Vorteile meiner Gesellschaft dargelegt hatte. Allein dass wir in eine gehobene Gegend wie Kensington fuhren, ließ Manieren in ihm auftauchen, von denen ich nicht einmal gewusst hatte, dass er sie besaß. Er wollte mich vor Mr Green nicht in einem schlechten Licht erscheinen lassen, wenn ich wie eine Magd auf dem Kutschbock hockte. Als ob er als Butler sich darum geschert hätte.

Also stieg ich brav in die Kuschte, die sich sogleich ruckelnd in Bewegung setzte.

Wenn Will nur gewusst hätte, was er mir damit antat. Denn ich war nervös. So nervös wie schon lange nicht mehr. Nicht einmal vor dem Winterball. Die Empfindung brach über mich herein wie ein Regenguss, wühlte all den Schlamm in meiner Seele auf und trieb die schlimmsten Befürchtungen an die Oberfläche. Was, wenn niemand zu Hause war und Mr Green vergessen hatte, dass ich kam, weil ihm dieser Besuch bei Weitem nicht das Gleiche bedeutete wie mir? Was, wenn er mich gar nicht mochte und mich nur ertrug und all die Momente auf dem Ball, an denen ich mich ihm so nah gefühlt hatte, nichts weiter als verrückte Hirngespinste meines verliebten Verstandes waren?

Ich lehnte mich in die Polster der Bank und seufzte über mich selbst und meine viel zu blühende Fantasie. Sonst hilfreich, hielt sie mich nun zum Narren und machte aus meinen Beinen hibbeligen Pudding.

Das waren alles nur irrationale, dumme Gedanken, die mich früher nie gequält hatten. Aber da war Benjamin Green auch eine ferne Schwärmerei gewesen, bei der ich mir nie gestattet hatte anzunehmen, dass auch nur die geringste Chance bestand, dass er meine Gefühle erwidern könnte.

Doch jetzt hatten wir auf einem Ball getanzt und er hatte meine Hand ebenso wenig losgelassen wie ich seine. Er hatte gelacht, mich gesucht, mich besänftigt.

Ich stellte mich sonst recht gut dabei an, solche Gedanken von mir zu schieben und mich auf anderes zu konzentrieren. Weihnachten zum Beispiel. Oder einen netten Mord.

Doch jetzt, in den stillen Minuten allein in der Kutsche, ließen sich die Gedanken nicht länger vor mir herschieben und ich wurde von jeder Unsicherheit überfallen, die ich mir je ausgedacht hatte.

Als wir vor *Beaufort House* hielten, war ich mir sicher, kein einziges Wort mehr herauszubringen, sobald Benjamin Green vor mir stehen würde. Schöne Bescherung.

Ich stieg aus der Kutsche, ehe Will mir heraushelfen konnte und winkte ihm noch schnell, als ich mich auf halbem Weg zur Haustür befand.

Ich verbot mir zu zögern, schritt festen Schrittes voran und wünschte mir, ich hätte über diese Begegnung nicht schon so viel nachgedacht, mir nicht schon unzählige Unterhaltungen durch den Kopf gehen lassen.

Es war schrecklich. Ich war nicht spontan und das würde mich sicher den Kopf kosten.

Da ich mal wieder meine Handschuhe vergessen hatte, fühlte sich der schwere Türklopfer eiskalt an. Dumpf hallte das Geräusch durch das Haus und ich erzitterte vor Kälte und Anspannung.

Bitte sei zu Hause, dachte ich bei mir und rieb die Handflächen aneinander, um sie aufzuwärmen.

Und tatsächlich hörte ich sogleich Schritte auf dem Flur und mein Herz schlug mir bis zum Hals. Die Tür wurde geöffnet und Mr Green stand vor mir.

Ich war so nervös, dass ich schwitzte.

Er sah so unfassbar gut aus, dass ich am liebsten die Hände nach ihm ausgestreckt hätte. Auch wenn seine Miene so ernst war wie sonst auch, trat ein Glimmen in seine dunkelblauen Augen, das seine Züge weicher erscheinen ließ und mir ein Kribbeln in den Bauch zauberte.

Sein Haar war nicht nach hinten gekämmt und er trug auch einen gewöhnlichen braunen Anzug anstelle seiner schwarzen Butleruniform. Ein klares Zeichen dafür, dass es sich heute um einen seiner freien Tage handelte.

»Guten Tag, Miss Hemmilton«, sagte er zu mir. Seine Stimme brachte etwas in mir zum Klingen und ich wäre am liebsten zerschmolzen. Jedes Mal passierte mir das. Ich war verloren.

»Sie haben eine Schwester?«, platzte aus mir das Erste heraus, was mir in den Sinn kam und es klang sehr viel anklagender als beabsichtigt.

Aber es war mir egal, wie unsinnig dies als Begrüßung klang, solange sich zwischen Benjamin Green und mir bloß keine Gelegenheit für peinliche Stille fand. Denn die würde mir den Verstand rauben und ich konnte es gerade wirklich nicht gebrauchen, nicht ich selbst zu sein.

Und wenn man bedachte, wie ich früher hier ins Haus geplatzt war, schien mir diese Frage schon fast zahm.

Mr Green trat einen Schritt zur Seite, um mich so höflich wie immer hereinzulassen und ich trat über die Schwelle in das Haus, das ich schon so oft besucht hatte.

»Ja«, erwiderte der Butler lediglich und hielt mir den Arm hin, um mir den Mantel abzunehmen. Er konnte eben nicht aus seiner Haut.

»Wie ist ihr Name?«, fragte ich weniger harsch und zog mir den Schal vom Hals.

»Beatrice. Sie ist Gouvernante in einem großen Haus in St Marylebone«, erzählte er von sich aus und seine Lippen kräuselten sich zu einem winzigen angedeuteten Lächeln, das mich so glücklich machte, dass meine Nervosität und all die dummen Zweifel ganz langsam leiser wurden.

»Sehen Sie sich oft?«

Ich schaffte es, mich so weit zu beruhigen, dass ich die Knöpfe meines Mantels öffnen konnte, ohne mich zu verhaspeln. Doch als Mr Green hinter mich trat und mir aus dem Kleidungsstück heraushalf, war er mir so nah, dass mein Puls augenblicklich wieder in die Höhe schoss.

»Wir sind beide immer sehr beschäftigt«, sagte er an meinem Ohr und eine Gänsehaut breitete sich auf meinen Armen aus. Ich war mir sicher, dass Benjamin Green nicht wusste, was er da tat und wie reizvoll seine Nähe auf mich wirkte. Niemals hatte er mit mir geflirtet, wie sehr ich mich auch bemüht hatte.

»Das heißt dann wohl *Nein*«, schlussfolgerte ich mit dünner Stimme und aufgewühlten Emotionen. Doch Benjamin Green wandte sich lediglich ab, um meinen Mantel aufzuhängen und ich flüsterte meinem Herzen zu, sich wieder zu beruhigen.

»Sehen Sie Ihre Geschwister denn oft?«, fragte er mich und es überraschte mich, dass aus meinem wilden Ansturm tatsächlich eine echte Unterhaltung entsprang.

»Nicht so oft, wie ich gern wollte. Während des Semesters ist die Zeit immer sehr knapp bemessen«, erzählte ich und schritt ganz automatisch den Flur entlang in Richtung der Bibliothek. »Am häufigsten sehe ich wahrscheinlich meinen Cousin Arden. Er steht mir näher als meine Brüder.«

Benjamin Green griff nach dem verschnörkelten Türknauf und öffnete die Tür.

Mir blieb der nächste Satz im Hals stecken.

Die Bibliothek sah genauso aus wie immer. Nichts schien sich bewegt zu haben. Die Bücher reihten sich nach Autoren sortiert auf den Regalbrettern. Eine Teetasse stand auf dem Beistelltisch neben dem alten Sessel, der nah genug am Fenster stand, um die Sonnenstrahlen einzufangen.

Als hätte Quinton Beaufort nur eben das Zimmer verlassen.

Mir zog sich der Brustkorb enger zusammen, atmen fiel mir schwerer und ein Stechen fuhr mir in die Seite wie nach einem schnellen Lauf.

»Ich war nicht mehr hier drin, seit …« Ich beendete den Satz nicht, doch das musste ich auch nicht.

Benjamin Green nickte mir zu, noch ernster als sonst und ging als Erster hinein, um meine Hemmungen, in den leeren Raum einzutreten, zu brechen.

»Was genau suchen Sie?«, fragte er mich und ich sah ihn verwirrt an. »Sie schrieben, Sie müssten die Bibliothek durchsuchen«, half er mir auf die Sprünge.

Ich griff nach dem Medaillon und zog es unter dem Kragen meiner Bluse hervor.

»Erinnern Sie sich?«, fragte ich ihn, auch wenn ich nicht daran zweifelte, dass er das tat. »Es war kaputt, als Sie es mir überreichten. Jamie Lennox hat es für mich repariert und ich habe darin einen Hinweis gefunden.« Ich zog die Feder auf und drückte das Knöpfchen, das den Anhänger öffnete. Zum Vorschein kam der kleine Zettel, den ich Mr Green hinhielt.

»Oh, das ist nicht für mich bestimmt«, wehrte er ab und ich bedachte ihn mit einem unwirschen Blick. Wie konnte man nur so wenig neugierig sein?

»Es ist nur ein Rätsel«, beruhigte ich ihn und er griff zögerlich nach dem Papier.

Er las die Zeile und sein Blick ging geradewegs zu der Büste der schaurigen Frau, die uns mit der reinen Mordlust in den Augen entgegenstarrte.

»Wieso besitzt man so eine Fratze?«, fragte ich, weil die leeren Augen der Büste mir Unwohlsein verschafften.

»Ich weiß es nicht. Die neue Hausherrin versucht sie loszuwerden. Es findet sich jedoch kein Käufer.«

»Das wundert mich wenig«, erwiderte ich und dachte an die Frau des Hauses. Fabienne Beaufort, wenn ich mich recht entsann.

Ein seltsamer Gedanke, dass hier eine Frau wohnte. Oder überhaupt Leute, die nicht Mr Beaufort waren.

Aber es war jetzt ihr Haus und ich …

Moment.

Ich wandte mich verwundert Mr Green zu. »Dürfen Sie mich eigentlich einfach so ins Haus lassen? Schließlich gehört es nun jemand anderem und ich bin nicht länger eine Freundin des Hauses.«

Mr Green hob so spöttisch die Augenbrauen, dass ich mich zusammenreißen musste, um darüber nicht zu schmunzeln. »Das fragen Sie mich jetzt?«, wollte er wissen und ich zuckte mit den Schultern.

»Ich habe vorher nicht darüber nachgedacht.«

Er sah mich von der Seite an und der Moment zog sich in die Länge, während ich zu ergründen versuchte, was in Benjamin Greens Kopf vor sich ging.

»Sagen wir, was die Herrschaften nicht wissen, kann ihnen nicht missfallen«, sagte er schließlich und ich schnappte nach Luft.

»Mr Green!«, rief ich überrascht aus und konnte nicht fassen, dass er das gerade gesagt hatte. So kannte ich ihn ja gar nicht. Das war für seine Verhältnisse geradezu waghalsig.

Er wandte sich dem Bücherregal zu und mied damit meinen Blick. Es dauerte nicht lang, bis er *Von der Erde zum Mond* fand, es herauszog und mir reichte, um ganz offensichtlich das Thema zu wechseln.

»Danke«, sagte ich lediglich, nahm das in feines Tuch gebundene Buch zur Hand und schlug Seite 301 auf.

Wieder wurde ich überrascht, als mir die Illustration von einer startenden Mondrakete entgegensah. Eine Kapsel, einer Pistolenmunition gleich, wurde in einer gigantischen Explosion durch die Wolken katapultiert und in den Himmel geschossen. Drei Männer auf dem Weg zum Mond.

»Ich liebe dieses Buch«, flüsterte ich und fuhr mit den Fingern über den prächtigen Druck. »Die Geschichte ist verrückt. Aber ich liebe es trotzdem.«

Am unteren Rand, direkt unter der Zeichnung, fanden sich kleine von Hand geschriebene Zeilen. Sie wiesen die gleiche krakelige Schrift auf wie auf dem Zettel aus meinem Medaillon und ich musste das Buch zur Seite drehen, um sie entziffern zu können.

»Liebe Elisa. Mit diesem Buch begann dein Abenteuer«, las ich laut vor und bekam eine Gänsehaut am ganzen Körper. Dieser Moment fühlte sich so bedeutsam an, dass ich die Luft anhielt.

Mit diesem Buch hatte viel begonnen. Ich hatte als Kind damit die ersten Sätze gelesen. Es vor Jahren im Hyde Park auf dem Boden liegen zu sehen hatte mich dazu bewogen, es für einen alten, blinden Mann aufzuheben und ich hatte Mr Beaufort kennengelernt. Und Mr Green.

Dieses Buch war der Anfang von so vielen Abenteuern, dass ich sie nicht zählen konnte und ich war versucht, das Buch zuzuschlagen, um mich erst einmal zu sammeln.

Aber es stand noch mehr auf der Seite und meine Neugierde war zu groß.

»*Der seltsame Fall des Dr Jekyll und Mr Hyde*, Seite 45«, atmete ich die Worte aus, schloss das Buch und presste es so fest gegen meine Brust, wie ich nur konnte, um das vertraute Gefühl von Quinten Beauforts Stimme in meinem Kopf wieder zu vertreiben.

Ich brauchte nur einen Schritt nach rechts zu tun und schon konnte ich das angegebene Buch aus dem Regal ziehen.

Ich klemmte mir *Von der Erde zum Mond* unter den Arm und schlug den Roman von Robert Louis Stevenson an der angegebenen Stelle auf.

Auch hier gab es eine handgeschriebene Randnotiz.

›In dir wohnen zwei Seelen. Eine wilde ungezähmte und eine geordnete wissbegierige. Gib keine davon auf!‹

Ertappt stockte ich und warf einen Blick zu Benjamin Green, der zu höflich war, um mir über die Schulter zu spähen und hielt ihm das Buch hin, damit er selbst lesen konnte.

»Er hat recht«, sagte er und klang dabei amüsierter, als mir lieb war. Natürlich wollte ich, dass er mich kennenlernte, so wie ich war. Doch mein Wesen zeugte nicht nur von Sonnenschein und Blumen am Wegesrand und es war mir auf unerklärliche Weise peinlich, dass ihm dies so offensichtlich bewusst zu sein schien.

Also folgte ich schnell dem nächsten Hinweis zu *Eine Studie in Scharlachrot*. Eins der Bücher, das Mr Beaufort und ich kurz vor seinem Tod gelesen hatten. Es war so neu, dass der papierene Einband noch ganz glatt in meinen Händen lag. ›Schärfe deinen

Geist, denn der Teufel steckt im Detail‹, stand hier und ich musste darüber lächeln.

Ich reichte die Bücher an Mr Green, der sie für mich hielt und der Stapel wuchs, als die Anweisungen mich von einem Buch zum nächsten schickten wie bei einer Schatzsuche.

Jedes der Bücher hatten Mr Beaufort und ich gemeinsam gelesen und es war eine überwältigende Menge an Erinnerungen, die mich heimsuchten, mich lachen ließen und zu Tränen rührten.

Der Kommentar in *New Amazonia* hielt mich dazu an, nie einen Kampf aufzugeben, den ich gewinnen sollte.

* *Große Erwartungen* erinnerte mich daran, dass manche Geschichten zum Scheitern verurteilt waren, aber dann doch ein gutes Ende fanden.

Ich holte *Robinson Crusoe* hervor, *Cleopatra*, die Zeitschrift, in der man Oscar Wildes *Das Bildnis des Dorian Gray* abgedruckt hatte, ein Kriminalfall von Lewis van Allington und noch viele mehr. Unseren gesammelten Lesestoff in dem einen Jahr, in dem ich ihn besucht hatte.

Alle enthielten Weisheiten und Ratschläge, als wäre mein Mentor ein allerletztes Mal zu mir zurückgekehrt, um mir für jede Lebenslage ein Buch an die Hand zu geben.

Es fehlte nur noch eines. Jenes, das wir nicht beendet hatten und auch niemals mehr tun konnten.

Als Mr Green mir *Moby Dick* reichte, rollte mir die erste Träne über die Wange, weil ich wusste, was ich darin finden würde, ehe ich die letzte Seite aufschlug. Und da der Mann vor mir mich nicht zum ersten Mal weinen sah, versteckte ich es auch nicht vor ihm.

›Lass den Wal los, Elisa. Es wird immer etwas bleiben, was dich an ihn erinnert. Aber lass nicht zu, dass er dich unter Wasser zieht‹ stand dort und ich zog ein Taschentuch hervor, um mich zu schnäuzen, ehe ich zerlief. Ich versuchte mich zu sammeln und nicht wieder in die Gefühle zurückzustürzen, die mich nach Mr Beauforts Tod gefangen hielten. Ich verbannte die Hilflosigkeit

* Dieses hatte ich nur widerwillig beendet. Charles Dickens ist ein guter Autor, doch Oliver Twist hat mir sehr viel besser gefallen. Außerdem wollte Dickens die Geschichte tatsächlich damit beenden, dass Pip und Estella sich nicht finden. Gut, dass seine Freunde interveniert hatten, sonst hätte sich dieses Buch als verschwendete Lebenszeit herausgestellt.

Wie kann man nur so viel lesen?

Da hast du noch so einiges nachzuholen.

und die haltlose Trauer zurück in die Vergangenheit, ließ nicht zu, dass sie mich unter Wasser zogen.

Denn er hatte recht. Selbst wenn er nicht mehr da war, würde es immer etwas geben, was mich an ihn erinnerte. Selbst wenn seine Allegorie, die ihn mit dem Wal gleichsetzte, doch sehr hinkte.

Da dies das letzte Buch war, gab es keine neue Anweisung zum nächsten. Nur den kleinen Vermerk, die erste Seite aufzuschlagen. Ich hielt es im ersten Moment für das Sinnbild eines Neuanfangs, doch als ich es auch wirklich tat, wurde ich wieder überrascht. Das Herz sprang mir beinahe aus der Brust.

Die erste Seite war beschrieben. Die Buchstaben waren schnörkelig mit einer Kalligrafiefeder gezeichnet worden. Ganz professionell mit Zierstrichen, Ranken und Blüten.

Ich sah wieder zu Benjamin Green, der die ganze Zeit über geschwiegen hatte und eine vage Vorahnung keimte in mir.

Sofort legte ich *Moby Dick* auf dem Beistelltisch neben der Teetasse ab, nahm mir *Die Schatzinsel* oben vom Stapel und schlug ebenfalls die erste Seite auf.

Eigentum von Elisa Hemmilton.

»Bei Gott, er hat mir die Bücher vermacht«, rief ich laut und zerschlug damit die andächtige Stille. »Dieser verrückte blinde Abenteurer hat mir die Bücher vermacht!«

Ärger flammte in meinem Bauch auf, in meinem Kopf drehte sich alles und ich konnte es verdammt noch mal nicht fassen. Ich hatte zu seinen Lebzeiten kein Geld dafür genommen, zum Vorlesen vorbeizuschauen. Viel zu sehr hatten mich die Romane ebenfalls in ihren Bann gezogen, um es als Arbeit zu betrachten und nach nicht allzu langer Zeit waren Quinton Beaufort und ich Freunde geworden.

Selbst teure Geschenke hatte ich stets von mir gewiesen, egal wie oft er sie mir angeboten hatte. Und jetzt setzte dieser störrische alte Mann seinen Willen doch noch durch und ich konnte ihn dafür nicht einmal schelten.

»Haben Sie davon gewusst?« Anklagend zeigte ich mit dem Finger auf Benjamin Green, der ebenfalls eins der Bücher zur Hand nahm und die Verzierung mit meinem Namen auf der ersten Seite betrachtete.

»Ich hatte keinerlei Kenntnis davon. Weder von dieser Bücherjagd noch von seinem Vorhaben, Ihnen all diese Werke zu vermachen«, sagte er ganz ruhig und ohne die kleinste Regung an Verärgerung, obgleich ich ihn anfauchte wie ein tollwütiges Katzenvieh.

Seine Gelassenheit nahm auch mir etwas von meiner Aufregung und ich atmete tief ein und wieder aus, um meinen rasenden Puls zu beruhigen.

Erschöpft von all dem Auf und Ab meiner Emotionen ließ ich mich aufs Sofa sinken.

»Dieser … dieser … Wie konnte er nur?!«, stieß ich atemlos hervor und versuchte mich zu sammeln. Das Buch in meinen Händen rutschte mir aus den Fingern und zwischen die Kissen, die hier früher nicht gelegen hatten.

Mr Green legte die anderen Bücher auf den Sessel mir gegenüber und setzte sich ganz vorsichtig neben mich, als wollte er mich nicht verschrecken.

»Ich denke, er wollte Ihr Bestes«, sagte er, als wüsste ich das nicht.

Ich lächelte gequält und es fühlte sich gleichzeitig richtig und falsch an, wie meine Lippen sich verzogen und die Muskeln in meinen Wangen sich spannten. Als hätte ich es schon zu lang nicht mehr getan.

»Ich weiß«, seufzte ich und betrachtete den Bücherstapel, der in Mr Beauforts Sessel hockte. Das Leder und das Leinen, die Goldprägungen und die gebleichten Seiten. Wunderschön und voller erlebter Momente.

Ich riss meinen Blick los und sah zu dem Mann neben mir, der genau wie ich zuvor die Bücher betrachtete. In seiner Mimik waren sämtliche Mauern gefallen und in seinen Augen lag der gleiche Schmerz, den ich in meiner Brust spürte.

»Sie vermissen ihn«, sprach ich seine Gedanken aus und er nickte leicht.

Habt ihr eigentlich herausgefunden, wer die Notizen für Mr Beaufort geschrieben hat?

Nein. Nicht mit Sicherheit. Mrs Simpson behauptet steif und fest, es nicht gewesen zu sein. Aber ihre Handschrift weist gewisse Ähnlichkeiten auf.

»Ja«, bekannte er schlicht, riss seinen Blick von den Büchern los und wandte sich mir zu.

Seine Augen waren so blau wie das Meer nach einem Sturm.

»Ich auch«, flüsterte ich und konnte seinem Blick nicht standhalten.

Wir schwiegen einen Moment und die Welt um uns herum hielt den Atem an wie zu einer Gedenkminute. Ich beruhigte meinen Puls, meine Gedanken und auch meine Gefühle.

Benjamin Green seufzte. »Mr Beaufort sprach von Ihnen immer wie von einer verwandten Seele«, sagte er unvermittelt und ein Schmunzeln umspielte seine Lippen.

Ich fühlte mich unendlich dankbar, ihn in diesem Moment an meiner Seite zu haben und dass er seine Erinnerungen mit mir teilte.

»Vielleicht waren wir das auch«, bestätigte ich seine Einschätzung. »Eine alte und eine junge Seele auf dem gleichen Weg – immer zum nächsten Abenteuer.« Auch in meine Stimme schlich sich ein Lächeln, das den Druck von meiner Brust nahm und die Schwere losließ. »Ich hätte ohne ihn niemals angefangen zu studieren«, erzählte ich in dem Drang, meine Erinnerungen ebenfalls zu teilen. »Miss Brandon-Welderson machte mir dieses Angebot mit dem Studienplatz und ich hielt mich für zu dumm, zu arm, zu anstandslos.« Ich atmete tief durch. »Aber Quinton Beaufort hat all das nicht gesehen. Nicht meine zerrupften Haare oder die zerschlissene Kleidung. Er kannte nur meine Stimme und das hat ihm gereicht, um mir Großes vorherzusagen.«

Ich wagte es, zu Benjamin Green zu sehen, seine Reaktion zu beobachten und tatsächlich lächelte er.

»Er war etwas Besonderes«, sagte er und all seine Aufmerksamkeit richtete sich auf mich.

Mein Herzschlag beschleunigte sich, mein Kopf war maßlos überfordert von diesem wundervollen Anblick und mir wurde plötzlich deutlich bewusst, wie nah Benjamin neben mir auf dem schmalen Sofa saß. »So wie Sie«, fügte er hinzu und ich vergaß zu atmen.

Das hatte er nicht gesagt. Oder? Hatte er es wirklich gesagt?

»Ich habe es vermisst, dass Sie vorbeikommen«, gestand er mir zurückhaltend und über sein Gesicht huschten so viele Emotionen, wie ich es noch nie erlebt hatte.

Meine Seele erblühte unter seinem vorsichtigen Blick, meine Hände schrien danach, ihn zu berühren und ich musste schlucken, ehe ich die nächsten Worte hervorbrachte.

»Sie hätten mich einladen können.«

Ein spöttisches Lächeln verzog seinen wunderschönen Mund so attraktiv, dass ich an nichts anderes mehr denken konnte, als ihn zu küssen.

»Wären Sie denn für mich hergekommen?«, fragte er mich und ich war überrascht, dass so viel Zweifel seine Stimme zum Zittern brachte.

Wusste er nicht, wie sehr ich ihn verehrte? Wie deutlich hätte ich denn noch sein müssen? Jahrelang hatte ich ihn geneckt, ihm schöne Augen gemacht, mich um seine Aufmerksamkeit bemüht. Ich war so lächerlich offensichtlich gewesen, dass es mir jetzt das Herz brach, dass er mich allen Ernstes fragte, ob ich seine Gesellschaft um seinetwillen suchen würde.

»Ohne zu zögern«, versicherte ich ihm und legte ihm damit mein Herz zu Füßen. All meine hoffende, schmachtende, verzweifelte Liebe.

Benjamin hielt meinen Blick, öffnete den Mund, um etwas zu sagen und schloss ihn wieder, die Augenbrauen bestürzt verzogen. Nervös wie nie zuvor fuhr er sich mit der Hand über das Gesicht und zerzauste seine wunderschönen Locken, indem er mit den Fingern hindurchfuhr.

Ich starb tausend entsetzliche Tode, während ich darauf wartete, dass er etwas erwiderte. Irgendwas.

»Machen Sie keine Scherze mit mir«, presste er hervor, verzweifelt, fiebrig. »Nicht auf Kosten meines Herzens. Das wäre selbst für Sie zu grausam.«

Ich konnte kaum atmen, taumelte zwischen Unglauben und der unweigerlichen Erkenntnis, die seine Worte mit sich brachte. Mein vernebelter Verstand brauchte viel zu lange, um zu begreifen.

»Sie sind in mich verliebt?«, stieß ich hervor und mein Herz pochte so hart, als wollte es aus meiner Brust ausbrechen und davonfliegen.

»Elisa«, sagte er meinen Namen, so sanft, so sehnsuchtsvoll, dass ich alles vergaß. Meine Zweifel, meine Umgebung, meinen erlernten Anstand.

Ich griff nach ihm, zog ihn zu mir und küsste ihn.

Es war wie Schmetterlinge im April, wie ein warmer Regen im Sommer, wie Sonnenaufgänge auf dem Land. Seine Lippen waren weich und schmiegten sich an meine, als wären sie füreinander geschaffen worden.

Ich küsste Benjamin wieder, fuhr ihm in die Haare, wie ich es schon immer hatte tun wollen und seufzte glücklich, als die seidigen Locken durch meine Finger glitten.

Dies war alles, was ich je gewollt hatte.

Als er meine Taille umfasste und mich näher an sich zog, zerschmolz ich in seinen Händen wie Wachs. Ich sank gegen ihn, drückte ihn fester in die Kissen, vertiefte den Kuss und wurde viel zu früh aufgehalten.

»Elisa«, keuchte Benjamin und seine Wimpern flatterten auf seinen geröteten Wangen, ehe er die Augen öffnete und mich genauso erstaunt wie schockiert ansah. »Du bist zu stürmisch.«

»Ja, das ist oft mein Problem«, murmelte ich an seinen Lippen und er lachte so süß wie Schokolade.

Ich stahl mir einen letzten Kuss, diesmal vorsichtiger, dann schob er mich behutsam, aber bestimmt zurück auf meine Seite des Sofas, brachte seine Haare in Ordnung und bückte sich nach dem Buch, das wir aus Versehen vom Beistelltisch gestoßen hatten. Es war *Moby Dick*.

Er reichte es mir. Sicher weil er genau wie ich nicht wusste wohin mit seinen Händen und ich nahm es, obwohl sich alles in meinem Kopf drehte.

Meine Lippen brannten von dem Gefühl der Berührung und es fiel mir erstaunlich schwer, in meinen Gedanken wieder zusammenhängende Sätze zu bilden. Oder mir nicht noch sehnlicher zu wünschen, dass er seinen Mund auf meinen drückte.

Ich fuhr mit den Fingern über das weiße Leinen des Bucheinbandes und versuchte mich ganz darauf zu konzentrieren. Wie ein Anker, der mich in die Wirklichkeit zurückholte.

»Wie endet es?«, fragte Benjamin und ich blinzelte verwirrt, ehe ich begriff, dass er das Buch meinte.

»Das weiß ich nicht. Mr Beaufort und ich haben es nie abgeschlossen«, antwortete ich mit erstaunlich fester Stimme.

Er lächelte verschämt, auch wenn er sich darum bemühte, zu seiner gewohnten Gelassenheit zurückzufinden. »Ich weiß«, sagte er ruhig. »Ich habe immer mitgehört.«

Mein überglückliches Herz hüpfte aufgrund dieses weiteren Liebesbeweises und ich wagte es, wieder ein paar Fingerbreit näher an Benjamin heranzurutschen. »Ach ja? Hast du es denn fertig gelesen?«, wollte ich wissen und er schüttelte den Kopf.

»Wieso nicht?«

Er dachte einen Augenblick nach, ehe er antwortete. »Es ist nicht dasselbe, wenn du es nicht vorliest.«

Mein Lächeln wurde so breit, dass es mir in den Wangen schmerzte und ich schlug das Buch auf meinem Schoß auf, ohne den Blickkontakt zwischen uns zu unterbrechen.

»Na dann«, sagte ich schlicht, rutschte noch ein Stück näher an seine Seite, um meine Schulter gegen seine zu lehnen und begann vorzulesen.

Später an diesem Nachmittag kam Mrs Simpson ins Bibliothekszimmer und erschrak bei unserem Anblick so sehr, dass sie beinah das Tablett mit dem Tee fallen ließ.

Benjamin richtete sich augenblicklich kerzengerade auf, nachdem er in der letzten Stunde ebenfalls gegen mich gesunken war und mit versonnenem Blick meiner Stimme gelauscht hatte.

Ich lachte über ihn und schwang, der Etikette wegen die Beine von der Seitenlehne des Sofas.

»Guten Abend, Mrs Simpson«, sagte Benjamin Green gepresster als sonst und die Köchin fand ihre Fassung wieder.

»Na endlich«, seufzte sie vieldeutig und stellte das Tablett ab.

Unfair! Meine technischen Details streichst du, aber das hier bleibt drin? Dieses Kapitel ist in keinster Weise fallrelevant, Elisa!

Wie soll ich denn sonst erklären, dass Mr Green am Ende mit von der Partie war?

Anders. Am besten, ohne der Öffentlichkeit von deinen romantischen Verwicklungen zu berichten.

Ich habe es gern gelesen.

– Evan Miller

Montag, 29. Dezember 1890

27

WIESO FIEL DER KOFFER VOM HIMMEL?

Jamie Lennox verbrachte seine Tage mit chemischen Formeln und einem regen Briefwechsel mit seinem Bekannten, der an der *Royal University* Chemie lehrte.

Sein Name ist Bernard Bartholomeus Browning und ich habe selten einen langweiligeren Menschen kennengelernt als ihn. Für die abschließenden Recherchen zu diesem Bericht habe ich mich mit ihm getroffen und wäre beinahe eingeschlafen, während er erzählte. ✒

Doch für Jamie war Mr Brownings Unterstützung zu diesem Zeitpunkt von unschätzbarem Wert, da er als Mechaniker zwar in allen naturwissenschaftlichen Gebieten bewandert ist, sich jedoch nur in der Physik als Experte betrachtet.

Da David Brighton aber pedantisch genau jeden noch so kleinen Schritt bei der Herstellung des Katalysators in sein Notizbuch geschrieben hatte, kam Jamie recht zügig voran.

Zumindest so lange, bis sich die ersten Misserfolge einstellten und beim letzten entscheidenden Schritt der Kolben unter den Temperaturen des Brenners platzte. Also versuchte Jamie es ein weiteres Mal, diesmal mit einem anderen Behältnis und erhielt ein ähnliches Ergebnis. Die hergestellte Flüssigkeit ging nicht die entscheidende chemische Verbindung ein, wie sie es in der Theorie hätte tun müssen, sondern explodierte.

✒ Könnte auch daran liegen, dass du zu viel recherchiert und zu wenig geschlafen hast.

Jamie!

Ja, in Ordnung, du hast recht. Er ist langweilig. Aber er versteht was von seinem Fach.

Jamie blieb bei beiden Unfällen glücklicherweise unverletzt und auch der Constable, der die meiste Zeit bei ihm war, kam lediglich mit einem Schreck davon.

Allerdings nistete sich eine Frustration in dem Mechaniker ein, die er durch doppelten Tatendrang zu kompensieren versuchte.

Er beriet sich ein weiteres Mal mit Mr Browning, wobei die beiden noch einmal Schritt für Schritt die Formel auf dem Papier durchgingen. Sie war bahnbrechend und durchaus möglich. Es fehlte nur eine Komponente, die Jamie bisher nicht bedacht hatte.

»Mehr Druck«, sagte er zu Evan Miller und verschwand ohne ein weiteres Wort in seiner Schmiede. Es gab einen Grund, wieso der Katalysator, den Jamie im Überseekoffer gefunden hatte, in einem zylindrischen Metallbehälter gesteckt hatte.

Mit genügend Druck sollte sich das Explosionsproblem beheben lassen und er verbrachte eine komplette Nacht in seiner Schmiede, ohne auch nur an Schlaf zu denken.

Doch leider stand er am nächsten Morgen, Montag, den 29. Dezember 1890, vor einem weiteren Problem. Ihm war die sowieso schon sehr überschaubare Menge an chemischen Bestandteilen ausgegangen, die er in der Werkstatt lagerte und auch Mr Browning, der ihn in allen theoretischen Dingen unterstützte, konnte ihm in diesem Fall nicht weiterhelfen.

Also beschloss Jamie einen Besuch zu unternehmen, vor dem er sich schon seit Tagen drückte. Er schnappte sich seine Jacke und machte sich gemeinsam mit Constable Evan Miller auf nach Garlick Hill.

Auch wenn der Constable alles andere als begeistert war, sich ein weiteres Mal dem Gestank auszusetzen, kam er, ohne zu murren, mit.

Hiermit entschuldige ich mich noch einmal offiziell bei Constable Evan Miller. Ich bin nicht sonderlich gesprächig, wenn ich gerade in einem Problem feststecke. Und auch nicht imstande, mich verständlich genug zu erklären, wenn ich dann doch mal etwas von mir gebe. Ich danke ihm für den Kaffee, den er mir in der Zeit gemacht hat und die Gesellschaft. Das hat geholfen, um nicht verrückt zu werden. Auch wenn er wirklich nicht die ganze Nacht mit mir hätte wach bleiben müssen. Ich habe ein schlechtes Gewissen deswegen.

In Kürze würde ihn sein Dienst wieder nach Holborn führen, da Sergeant Warren allmählich die Geduld verließ und er seinen Constable zurückbeorderte. Cosmo Warren hatte nicht unbedingt den Blick fürs große Ganze und ihm schien der Fall nicht wichtig genug zu sein.

Wenn man bedenkt, dass es hierbei um revolutionäre Technologie und die zukünftige Versorgung mit Elektrizität für ganz London geht, klingt das sehr viel wichtiger als nur ein einfacher popeliger Mord. Darüber hätte Sergeant Warren mal nachdenken sollen, ehe er dumme Entscheidungen traf. ✎

»Weißt du schon, was du an Silvester machst?«, fragte Evan Miller, als sie das Viertel der Pelzzurichter erreichten und bemühte sich, den Gestank auszuhalten, ohne dem Drang nachzugeben, sich ein Tuch vor die Nase zu drücken. Diese Blöße würde er sich vor Jamie nicht ein weiteres Mal geben.

»Elisa hatte erzählt, dass sie mit ihren Cousins auf dem Platz neben St Anne's Church feiern würde. Und dass ich mich anschließen könnte, wenn ich Lust habe«, erzählte Jamie und schenkte dem Constable ein verstecktes Lächeln. »Du könntest sicher auch mitkommen«, schlug er vor und Evan Miller schob unsicher die Hände in die Taschen.

»Denkst du, ihre Cousins sind noch schlimmer als sie?«, fragte er spaßhaft und Jamie lachte.

»Nein. Wie ich sie kenne, hat sie dafür gesorgt, immer die Beste in allem zu sein. Auch im Schlimmsein.«

Und damit hatte er recht.

Für meine Cousins und mich ist St Anne's Church an Silvester Tradition und ich hatte es gewagt, sowohl Jamie Lennox als auch Benjamin Green einzuladen, um das neue Jahr zusammen mit uns zu begrüßen.

Ich war mehr als nervös darüber, dass Arden und Benjamin sich begegnen würden. Denn es war mir sehr wichtig, dass die beiden sich gut verstanden.

✎ Ich bin auch wütend. Aber woher hätte er denn wissen sollen, was sein Handeln auslöst?

Oh, ich habe es gewusst und Constable Miller auch. Sonst hätte er nicht jede Minute in deiner Gegenwart verbracht.

Hätte ich gewusst, wie wir Silvester wirklich verbringen würden, hätte ich mir die Sorgen sparen können.

Aber zurück zu Jamie und Evan Miller.

Die beiden erreichten ›*Pelzzurichtung und Veredlung – Ernest Powell*‹ und erklommen die schmale Treppe zu Powells Büro. Die Tür war geschlossen und der Mechaniker bemühte sich, nicht zaghaft zu sein, als er klopfte.

Viele Gedanken wirbelten ihm durch den Kopf. Fragen, die ihn schon seit Längerem umtrieben und die er niemandem hatte stellen können. Ein großes ›Wieso?‹ verstopfte seine Gedanken und er hoffte, neben den Bestandteilen für den Katalysator, nach denen er fragen wollte, von Mr Powell einige Antworten zu erhalten.

»Herein«, ertönte die Stimme des Pelzfabrikanten und Jamie drückte die Klinke hinunter, die von vielen Händen glatt gerieben worden war.

Kaum hatte er das winzige Büro betreten, sprang Ernest Powell auch schon von seinem Stuhl auf. »Oh, Mr Lennox. Wie schön, dass Sie mich beehren«, rief Powell übereifrig, kam hinter seinem Schreibtisch hervor und reichte Jamie die schwammige Hand.

Er war so auf den Mechaniker fixiert, dass er keinen Blick an Evan Miller verschwendete, der ebenfalls eintrat und die Tür hinter ihnen schloss. Schon gar nicht, als Jamie direkt mit den ersten Worten herausplatzte.

»Ich mach's«, sagte er und freute sich insgeheim darüber, dass seine Stimme so entschlossen klang. Denn er fühlte sich bei Weitem nicht so, wenn er an die gescheiterten Versuche der letzten Tage dachte. »Ich baue den Stromerzeuger für Sie«, präzisierte er unnötigerweise, da Mr Powells Augen schon bei seinen ersten Worten riesig geworden waren.

»Wirklich? Gott sei Dank! Sie wissen gar nicht, welch einen Dienst Sie mir damit erweisen«, sprudelten die Worte aus ihm heraus und er schüttelte Jamies Hand fest mit seinen schwitzigen Fingern.

»Schon gut«, versuchte der Mechaniker ihn wieder zu beruhigen und zog seine Hand so höflich wie möglich zurück. Unauffällig wischte er sie an seiner Hose ab.

Powell stand so unter Spannung, dass sein Körper vor Euphorie vibrierte und er trat von einem Bein aufs andere. »Wenn ich Ihnen irgendwie behilflich sein kann …?«, bot er sofort an und wurde von Jamie unterbrochen, der von Powells Aufregung direkt angesteckt wurde.

»Ich … bin tatsächlich hier, weil ich Ihre Hilfe benötige.«

Powell blinzelte und wechselte schon wieder das Standbein. Er hatte es zwar angeboten, doch offensichtlich nicht damit gerechnet, dass Jamie deswegen zu ihm gekommen war.

»Brauchen Sie Geld?«, fragte er zerknirscht und seine Schultern sanken nach unten. Denn wenn Ernest Powell zu dieser Zeit etwas nicht hatte, dann war es Geld.

Doch Jamie schüttelte sofort den Kopf.

»Nein. Ich brauche Zutaten. Ammoniak oder Salpetersäure, Mangan, Platin und ein paar Öle. Ich bin mir ziemlich sicher zu wissen, dass man zur Pelzveredlung so einiges an Substanzen benötigt und da dachte ich …«

»Natürlich. Ich habe es noch vorrätig«, fiel ihm Powell ins Wort.

Es war der reinste Eiertanz, da beide Männer versuchten, ihr Bestes zu geben, ohne dem anderen zu nahe zu treten.

Evan Miller amüsierte sich darüber im Stillen. Er hatte nicht die Absicht, sich in das Gespräch einzumischen und fungierte lediglich als Jamie Lennox' Beobachter.

»Ich brauche auch nicht viel. Nur so viel, um David Brightons Katalysator herzustellen«, versicherte Jamie dem Pelzfabrikanten und nickte eifrig. Und erleichtert.

Da sich kein Geld mehr in seinen Kassen befand, besaß Ernest Powell nur noch das, was er gerade im Lager hatte. Und das war nicht nur das, was er für seine Handwerksstätten benötigte. Für David hatte er so einiges angeschafft und viel Geld investiert. Und er hoffte, dass sich dies endlich bezahlt machen würde.

Doch dann stutzte er. »War der Katalysator denn nicht im Koffer?«, fragte Powell verunsichert. »Als David uns im November zu unserer Investorenversammlung einlud, sagte er, er würde ihn uns präsentieren.«

Jamie nahm sich nervös die Mütze vom Kopf und kratzte sich verunsichert hinterm Ohr. »Das mag stimmen, aber bei mir wurde eingebrochen und der Behälter gestohlen.«

Powell erbleichte auf ungesunde Art und Jamie tat sein Bestes, den Mann wieder zu beruhigen.

»Sie müssen sich bestimmt keine Sorgen machen. Wir haben die Blaupausen. Sie sind seitdem gut versteckt bei einer Freundin. Sie wohnt bei Miss Brandon-Welderson in der Park Street. Dort werden die Maddisons sie nicht bekommen.«

Jamie beobachtete Powell ganz genau, sah, wie dieser wieder zu atmen begann und dann nach seinem Stuhl tastete, um sich erst einmal zu setzen.

»Außerdem ist David Brightons Notizbuch sehr umfangreich verschlüsselt«, fügte Jamie hinzu und entlockte dem Pelzfabrikanten damit ein müdes Lächeln.

»Brauchen Sie Hilfe bei Davids Notizen?«, erkundigte er sich hilfsbereit, auch wenn ich davon überzeugt bin, dass er Jamie in dieser Hinsicht nicht sehr weit hätte helfen können. Ihm war lediglich *Frankenstein* als Hilfsmittel bekannt, jedoch nicht die Methodik dahinter.

»Nein. Die habe ich bereits entschlüsselt.« Jamie lächelte und das Gefühl von Stolz schlich sich in seine Brust.

»Sie sind ein verdammt schlauer Bursche, nicht wahr?«, lobte Powell ihn und aus Jamies Lächeln wurde ein verschämtes Grinsen.

»Kann schon sein«, tat er es ab und besann sich auf den zweiten Grund, wegen dem er Ernest Powell aufgesucht hatte.

Dieser war schon drauf und dran, sich wieder aus seinem Stuhl zu hieven und Jamie hinunter zu den Lagerräumen zu führen, da hielt Jamie ihn zurück.

»Ich hätte aber trotzdem noch ein paar Fragen, auf die Sie vielleicht Antworten haben«, sagte er bedacht und versuchte, in all dem Wirrwarr in seinen Gedanken die eine entscheidende Frage herauszupicken.

Powells freudiger Gesichtsausdruck erstarrte und verkrampfte sich.

»Setzen Sie sich«, brachte er mühsam hervor und zeigte auf den kargen Holzstuhl auf der anderen Seite des Schreibtisches.

Jamie kam der Aufforderung nach.

»Wieso fiel der Koffer vom Himmel?«, fragte er, wie er es schon Hunderte Male in seinem Kopf formuliert hatte.

»Er fiel aus einem Luftschiff«, antwortete Powell und zog die Stirn kraus. Er hatte Jamie missverstanden, also setzte dieser noch einmal an.

»Das weiß ich. Aber wieso? Ist er aus Versehen herausgefallen? Wurde er absichtlich aus dem Luftschiff geworfen? Und wenn ja, müsste es dann nicht Brighton selbst gewesen sein? Die Maddisons waren es ja wohl eher nicht«, redete er drauflos und fuchtelte dabei mit den Händen in der Luft herum, um seine Gedankengänge zu untermalen. »Ich habe mir eine Menge Gedanken dazu gemacht. Viele Gründe gefunden. Allerdings habe ich David Brighton nie persönlich kennengelernt. Es heißt, Sie waren sein Freund. Also, was denken Sie, wieso?«

Powell sank gegen die Lehne seines Stuhls. Seine Gestalt schrumpfte zu einem klumpen Hefeteig zusammen. »Ja. David ist … war ein Menschenschlag für sich«, erklärte er und rieb sich müde die Stirn. Die Erschöpfung kehrte in seine Züge zurück und zeichnete dunkle Ringe unter seine Augen. »Mit seinen Erfindungen war er sehr speziell. Paranoid. Er würde den Koffer lieber zerstört wissen, als ihn den Maddisons zu überlassen.«

Jamie rutschte bis an die Stuhlkante vor. »Und riskieren, sein Lebenswerk zu zerstören?« Er konnte sich im Leben nicht vorstellen, die Pläne für die Suchmaschine oder eine andere seiner Konstruktionen mutwillig zu vernichten. Allein der Gedanke verknotete ihm die Eingeweide.

»David war nicht wie wir«, meinte Powell und sein Blick ging an Jamie vorbei in die Leere. »Er wurde als reicher Junge reicher

Eltern geboren. Für ihn war immer alles ersetzbar. Egal was. Sogar Lebenswerke. Für ihn zählte immer der Prozess mehr als das Ergebnis. Das Erfinden, das Verschlüsseln, das Ergründen von Rätseln. Egal ob hinterher etwas daraus wurde. Im Entwicklungsprozess ging er immer verloren.« Powell seufzte tief aus der Brust heraus, als wäre seine Lunge ein Blasebalg. »Deshalb konnte er auch nicht mit Geld umgehen. Er hat sich heruntergewirtschaftet, musste von London aufs Land ziehen, sich von Sponsoren finanzieren lassen. Und doch gab es immer einen Weg für ihn, immer einen nächsten Schritt. Immer eine nächste Idee.« Seine Stimme wurde leiser und er verlor sich in einer Erinnerung, in die Jamie ihm nicht folgen konnte.

»Der Stromerzeuger war für ihn also nur eine Erfindung unter vielen«, holte er ihn wieder zurück und Powell richtete sich bei diesen Worten wieder ein Stück weit auf.

»Ja.« Er stockte und blickte dann zu Jamie, so intensiv, als versuchte er, mit den Augen ein Loch in Jamies Stirn zu brennen. »Aber für mich ist diese Erfindung alles. Kein nächster Schritt und auch keine nächste Idee. Wenn der Stromerzeuger nicht gebaut wird, habe ich nichts mehr«, sprach er und seine Stimme zitterte vor Verzweiflung, die Jamie kalt in die Knochen kroch. »Ich hätte diesen Koffer niemals aus einem Luftschiff geworfen. Ich würde niemals irgendwohin verschwinden ohne die Pläne für diese Maschine«, presste er hervor, die Stimme voller Enttäuschung und verletztem Vertrauen und schlug nun doch erschöpft die Augen nieder.

Jamie erinnerte sich selbst daran weiterzuatmen und verspürte das Bedürfnis, Ernest Powell beizustehen. Jetzt noch mehr als zuvor. Er konnte plötzlich viel besser verstehen, wieso dieser losgezogen war, um den Koffer, der sein Überleben in sich trug, von der Metropoliten Police zu entwenden.

»Aber David Brighton ist nicht verschwunden«, sagte er sanft und erinnerte ihn daran, dass die Annahme, dass David nach Amerika hatte abhauen wollen, eine falsche Information gewesen war.

Selbst wenn Powell sie wochenlang geglaubt und sie ihm die Seele zerfressen hatte.

»Er wurde ermordet. Vielleicht war es seine letzte Handlung, sein Werk vor den Maddisons zu schützen. Wenn der Koffer in ihre Hände geraten wäre, hätten Sie noch weniger davon gehabt«, brachte Jamie eine seiner Vermutungen an, die er sich zusammengesponnen hatte.

Auch Ernest Powell würde ihm darüber keine Gewissheit schenken können und Jamie kam sich dumm vor, dass er geglaubt hatte, der Pelzfabrikant könnte so etwas wissen. Woher sollte er? Er war ja auch nicht dabei gewesen, als es passierte.

»Verzeihen Sie«, sagte Powell und räusperte sich verhalten. »Da sprach wohl die Verzweiflung aus mir.« Er zückte ein Taschentuch und putzte sich die Nase.

»Verständlich«, beschwichtigte Jamie ihn unsicher. Dieses Gespräch war bei Weitem nicht so nüchtern verlaufen wie in seiner Vorstellung und er bereute es, Powells emotionale Wunden wieder aufgerissen zu haben. Nervös krampfte er seine Hände im Schoß zusammen und hoffte, dass Powell nicht wie beim letzten Mal wieder zu weinen begann.

Er warf Evan Miller einen verstohlenen Blick zu, der ihn lediglich mit einem ermunternden Lächeln und einem hilflosen Schulterzucken antwortete.

»Ich wollte ihn am Flugplatz abholen an jenem Morgen«, sprach Ernest Powell unvermittelt weiter und Jamie richtete überrascht seine Aufmerksamkeit wieder auf den Mann ihm gegenüber. »Ich stand in aller Frühe in der großen Halle. Das Luftschiff aus Leeds landete, die Menschen rannten über den Platz ins Gebäude, doch er war nicht dabei. Ich wartete eine weitere Stunde, in der er nicht auftauchte«, berichtete er mit geschlossenen Augen und Jamie hörte ihm zu, weil es das Einzige war, was er für ihn tun konnte, wenn er sich etwas von der Seele reden wollte.

»Es verwirrte mich und ich fuhr nach Hause, in der Annahme, wir hätten uns verpasst. Und dort traf ich dann, mehr oder weniger zufällig, meinen Bekannten von der Schifffahrtsgesellschaft. Fred erzählte mir von Davids Buchung für einen Platz nach Amerika.« Er atmete tief ein und entließ die Luft mit einem Zischen. Dann öffnete er die Augen und ein gequälter Ausdruck lag darin wie eine schmierige Ölschicht auf Wasser. »Sie können sich nicht vorstellen, wie … Ich war so … Er war mein bester Freund. Und ich hatte all meine Hoffnung in ihn und seine Erfindung gesetzt.« Seine Stimme hatte einen weinerlichen Unterton bekommen und er blickte Jamie an, suchte nach Verständnis und der Mechaniker nickte.

Jamie fühlte sich vollkommen überfordert mit dieser Situation und wollte sich nicht einmal vorstellen, wie er empfunden hätte, wäre er in Ernest Powells Lage.

»Das klingt schrecklich. Aber jetzt wissen Sie ja, dass es nicht so gewesen ist«, versuchte Jamie es für ihn erträglicher zu machen.

Doch die Vorstellung, dass der beste Freund gestorben war, schien nicht besser zu sein, als wenn er ihn verraten hatte.

Powell schüttelte sich, riss sich selbst aus seiner niederdrückenden Stimmung und stand auf. »Ja, Sie haben recht«, schnaubte er in der Bemühung um eine festere Stimme und wies auf die Tür. »Ich hole Ihnen die Zutaten.«

Mittwoch, 31. Dezember 1890

28

BLUMEN IN SCHERBEN

An Morgen des 31. Dezembers 1890 erhielt ich nach unendlich langen fünf Wochen einen Brief von Animant Crumb. Auch wenn sie nicht präzise erklärte, welche Umstände dazu geführt hatten, dass sie London verlassen hatte, wurde doch sehr deutlich, dass der Bibliothekar ihr das Herz gebrochen hatte, genau wie ich es vermutete.

Am liebsten hätte ich mir meinen Mantel geschnappt und wäre mit einem Schürhaken bewaffnet nach Holborn gefahren, um Mr Reed die Leviten zu lesen. Wie konnte man so dumm sein, die Frau zu verscheuchen, die man selbst doch auch liebte! Es war mir unerklärlich.

Doch ich tat es nicht. Erstens hätte sich ein verprügelter Bibliothekar nicht besonders gut auf meine angestrebte Karriere als Politikerin ausgewirkt und zweitens blieb mir dafür schlichtweg an diesem Tag keine Zeit.

Denn die Sonne ging bald unter und ich hatte vor, mich in gut einer halben Stunde aus dem Haus zu schleichen, um Benjamin Green zu treffen, der an der Kreuzung zur Upper Brook Street auf mich warten würde.

Natürlich war es mit Miss Brandon-Welderson abgesprochen, dass ich die Nacht heute bei meiner Familie verbringen würde, um mit ihnen zusammen das neue Jahr zu begrüßen. Auch wenn sie sich eher ein Dinner mit meinen Eltern und Schwestern vorstellte und nicht das johlende Gelage, das ich mit meinen Cousins sonst immer auf dem Platz vor der St Anne's Church abhielt. Das hatte ich ihr vorenthalten.

Und von Benjamin Green wusste sie auch nichts.

Ich war noch nicht bereit, meiner Gönnerin davon zu erzählen, dass wir uns geküsst hatten, solange ich selbst nicht wusste, was das zwischen ihm und mir war. Denn wir hatten uns diesbezüglich noch nicht ausgesprochen.

Ich spähte vom Dienstbotenflur ins Foyer und passte den Moment ab, in dem Clifferton hinüber in den Speisesaal schlenderte, um Claire zu kontrollieren, die gerade letzte Vorbereitungen für das Abendessen traf.

Miss Brandon-Welderson erwartete Gäste. Ein Künstlerehepaar aus Frankreich. Und da ich weder Französisch sprach noch großes Interesse für Kunst hegte, war es nicht schwer gewesen, mich aus dieser gesellschaftlichen Verpflichtung herauszuwinden.

Ich schnappte mir meinen Mantel, als die Tür hinter dem Butler zuging, schlüpfte in die Ärmel und verhedderte mich gerade in meinem Lieblingsschal, als sich am Treppenaufgang jemand räusperte.

Mein Blick huschte hinüber und ich erstarrte mitten in meinen Verrenkungen.

Miss Brandon-Welderson besah mich mit hochgezogenen Augenbrauen und einem so spitz verzogenen Mund, als wäre er lediglich eine kleine rosafarbene Blüte.

»Du bist aber früh dran«, sagte sie und etwas Lauerndes lag in ihrer Stimme, das mich sofort aufhorchen ließ.

»Ich treffe mich vorher noch mit meinem Cousin in London City«, kam mir die Halbwahrheit ganz leicht über die Lippen. Wir würden Arden tatsächlich in London City treffen, er war nur nicht der Grund für meinen frühzeitigen Aufbruch.

Ich lächelte so unverbindlich wie irgend möglich und wusste doch gleichzeitig, dass etwas nicht stimmte.

Miss Brandon-Weldersons wissender Blick irritierte mich und als sie sich gegen das Treppengeländer lehnte und theatralisch seufzte, wurde mir klar, dass sie genau wusste, dass ich ihr Lügen erzählte.

»Natürlich. Und es hat nicht zufällig mit deinem höflichen Herrn zu tun, der schon seit einer Viertelstunde auf der anderen Straßenseite herumlungert und sich wohl nicht traut anzuklopfen?«, fragte sie unschuldiger, als ich es je gekonnt hätte und mir stieg siedend heiß die Scham in die Wangen.

»Es ist… Er ist …«, stammelte ich und ärgerte mich über mich selbst, mich so ertappen zu lassen und mich dann auch noch dafür zu schämen. Bei jedem anderen hätte ich es mit einem frechen Spruch abgetan, aber dass meine Gönnerin mich so auflaufen ließ, versetzte meinen Kopf in Panik.

Wieso war Benjamin nur auch schon jetzt hier? Hatte er unsere Abmachung vergessen?

»Ich hoffe doch sehr, dass ihr beide heute Nacht nicht allein sein werdet«, sprach sie ihre spinnwebenfeine Drohung aus und alle Belustigung wich aus ihren Zügen.

»Nein. Wir treffen meinen Cousin in London City«, wiederholte ich, was ich zuvor schon gesagt hatte und mir nun sehr viel kleinlauter über die Lippen kam.

Miss Brandon-Weldersons Blick wurde nicht weicher und ich fügte noch ein »Und meine Schwestern werden bei der St Anne's Church auf uns warten« hinzu. Was ebenfalls nicht gelogen war. Sicher würden sie auch irgendwo dort sein. Die Betonung lag jedoch auf *irgendwo*.

»Nun gut. Dann wünsche ich dir viel Spaß«, sagte Miss Brandon-Welderson und ein Schmunzeln legte sich auf ihre Lippen, das mich daran zweifeln ließ, dass sie unsere Unterhaltung so ernst gemeint hatte, wie sie es mir zu vermitteln versucht hatte.

Zog sie mich etwa auf?

»Cousins. Na, da bin ich mir ja nicht so sicher, ob Miss Hemmiltons Unschuld gewahrt bleiben wird«, schnaubte Clifferton, der aus dem Speisesaal trat und uns offensichtlich belauscht hatte.

Ich schenkte ihm einen giftigen Blick, wurde jedoch von Claire überrascht, die hinter ihm aus der Tür trat und ihm im Vorbeigehen mit einem Geschirrtuch auf den Hintern schlug, dass es nur so schnalzte. Clifferton stieß ein überraschtes Grunzen aus und sprang dabei einen gewaltigen Satz zur Seite.

»Miesepeter«, zischte die Köchin angriffslustig und verschwand in Richtung Küche.

Ich konnte mir das Lachen nur mit Mühe verkneifen und auch Miss Brandon-Welderson wandte sich schnell ab und verschwand die Stufen nach oben in den ersten Stock, um nicht laut zu kichern.

Clifferton blieb verdattert im Foyer zurück, als ich mir meine Tasche schnappte und ebenfalls das Weite suchte.

Es war so kalt, wie man es von einem Silvesterabend erwarten würde und ich zog den Schal schön fest, während ich nach Benjamin Ausschau hielt.

Und tatsächlich stand er auf der anderen Straßenseite und kam mir mit ruhigem Gesichtsausdruck entgegen, als ich zu ihm lief.

Er trug einen dunklen Mantel, einen karierten Schal und eine schnittige Schiebermütze, die ihm sehr gut stand.

Mein Herz schlug schneller, mein Magen kribbelte und ich wünschte mir, ihm um den Hals zu fallen und ihn zu küssen. Doch ich hielt mich zurück. Ich brauchte nicht zum Haus zurückzusehen, um zu wissen, dass ich an jedem Fenster ein Augenpaar entdecken würde, das uns vermeintlich unauffällig beobachtete.

»Wollten wir uns nicht an der Kreuzung treffen?«, fragte ich ihn neckend, hakte mich im Laufen bei ihm ein und zog ihn mit mir mit.

Er beschwerte sich glücklicherweise nicht, sondern folgte anstandslos meiner Führung.

»Ich konnte schon früher gehen«, teilte er mir mit und ich stieß ein Lachen aus.

»Und da dachtest du, du kommst schon vorbei und wusstest dann aber nicht, wie du auf dich aufmerksam machen kannst, ohne zu klopfen? Nicht zu Ende gedacht, Darling«, zog ich ihn auf und amüsierte mich köstlich darüber, dass er in dieser Hinsicht den Fehler begangen hatte, der sonst mir unterlief.

Benjamin sah mich von der Seite an, die Augen weit aufgerissen und wenn ich mich nicht täuschte, hielt er sogar den Atem an. War es, weil ich ihn Darling genannt hatte?

»Aber es ehrt mich, dass du mich so sehr vermisst, dass du dir darüber keine Gedanken gemacht hast«, sagte ich neckend und Benjamin geriet ins Stolpern.

»So was kannst du doch nicht so leichtfertig sagen«, ermahnte er mich schockiert und ich zog ihn um die Straßenecke, damit wir von Miss Brandon-Weldersons Haus aus nicht mehr gesehen werden konnten.

Erst jetzt verlangsamte ich meine Schritte und drehte mich dem Mann zu, der verlegen meinem Blick auswich.

»Stimmt es denn nicht?«, fragte ich ganz frech und unser warmer Atem vermischte sich in der Winterluft, als ich vor ihm zum Stehen kam.

Mein Blick fiel sofort auf seinen wunderschönen Mund und ich neigte mich ihm entgegen.

»Doch. Es stimmt«, antwortete Benjamin leise, zögerte einen Moment, in dem er sich flüchtig umsah, ob jemand uns beobachtete und beugte sich dann zu mir, um mich ganz hauchzart zu küssen.

Seine Lippen waren für mich so süß wie Karamell und ich erwiderte den Kuss, der mich ganz weich machte.

Als Leute die Straße entlangkamen, löste er sich von mir und wir gingen weiter.

Der Wind zog scharf durch die Straße, trieb Schnee vor sich her und ich rieb frierend meine kalten Hände aneinander.

»Du warst zu früh und ich habe vor Schreck direkt meine Handschuhe vergessen«, behauptete ich, um ihn zu ärgern und stupste ihn mit der Schulter an.

Ohne mit der Wimper zu zucken, griff Benjamin in seine Manteltasche und zog ein Paar schwarze Lederhandschuhe hervor.

Meine schwarzen Lederhandschuhe.

»Wieso hast du meine Handschuhe?«, fragte ich erstaunt und nahm sie entgegen. Wann hatte ich sie das letzte Mal getragen?

»Du hast sie in *Beaufort House* liegen lassen, nachdem diese Männer dich und Jamie Lennox durch die Straßen gejagt haben«, klärte er mich auf und ich erinnerte mich.

Ich hatte sie im Foyer ausgezogen und … wahrscheinlich schlicht fallen lassen. Das sah mir ähnlich.

»Das ist aber schon eine Weile her. Du hättest sie mir schon längst geben können«, stellte ich fest und lächelte amüsiert bei der Vorstellung, dass er sie möglicherweise vorsätzlich länger bei sich behalten hatte.

Seine ernste Miene wankte ganz kurz. »Ich habe es dir nur gleichgetan«, meinte er und ich hob fragend die Augenbrauen.

»Inwiefern?«

Sein Blick bekam etwas so Sanftes, dass ich ihn am liebsten wieder geküsst hätte. »Soweit ich mich erinnere, vermisse ich seit einem Jahr einen Schal«, erklärte er und ich griff mir sofort an den Hals, wo genau jener Schal mich wärmte. So wie er es immer tat.

Ich hütete ihn wie einen Schatz, da seinem Besitzer mein Herz gehörte.

»Ich kann mich an nichts erinnern!«, behauptete ich unschuldig.

»Natürlich kannst du das nicht«, sagte Benjamin Green und die Ironie, die er durchblitzen ließ, brachte mich zum Erröten.

Wir trafen Arden vor *Lockharts Backwaren* im Kern von London, wo er sich versonnen Kekse in den Mund schob.

Leise schlich ich mich an, stibitzte ihm das runde Gebäck aus der Hand und biss hinein, ehe er es sich zurückholen konnte.

»Du Diebin!«, fauchte er und ein Lachen kam mir krümelig über die Lippen.

»Sei still. Ich füttere dich seit Jahren durch. Da kannst du mir auch mal einen Keks gönnen«, beschwerte ich mich wenig ernsthaft und verputzte den Rest. Der Keks war weich und buttrig, mit einem Hauch von Marzipan.

Benjamin trat an meine Seite und zog damit diesen einen Moment von Ardens Aufmerksamkeit auf sich, den ich benötigte, um ihm die Kekstüte abzunehmen.

»Arden, dass ist Benjamin Green. Benjamin, das ist mein Cousin Arden Hemmilton«, stellte ich die beiden einander vor und griff in die Tüte, ehe Arden sie zurückerobern konnte.

»Ja, das erklärt einiges«, sagte Benjamin trocken und Arden fing an zu lachen.

»Von wegen, er hat keinen Humor«, zog mein Cousin mich auf, der Benjamin Greens Aussage als Witz interpretiert hatte.

Der Butler sah irritiert von ihm zu mir und ich verdrehte die Augen.

»Ich habe nie behauptet, dass er keinen Humor hat«, hielt ich dagegen und zog die beiden Männer mit mir, damit wir in der Kälte nicht festfroren. »Ich sagte nur, dass er ernst ist.«

»Ich mag ihn«, sagte Arden und ich grinste.

»Ja, ich auch«, antwortete ich ihm.

Benjamin räusperte sich vehement, um darauf aufmerksam zu machen, dass er alles mithörte, was wir über ihn sagten. Und es war wirklich süß von ihm zu glauben, wir wären uns dessen nicht bewusst.

Ich hatte mir im Vorfeld den Kopf darüber zerbrochen, wie es wohl sein würde, Benjamin Green mit meiner Familie zu konfrontieren. Schließlich waren die meisten von uns vorlaut und ungehobelt und ich wollte auf keinen Fall, das er sich in ihrer Gegenwart unwohl fühlte. Doch glücklicherweise schienen diese Bedenken völlig unbegründet, denn er zeigte Arden gegenüber dieselbe stete Gleichmütigkeit wie auch mir all die Zeit zuvor und das beruhigte mich sehr.

Also alberten Arden und ich auf dem Weg zu Jamie Lennox herum wie immer und Benjamin hörte uns zu, ließ zu, dass ich mich an seinem Arm festhielt und neigte den Kopf näher zu mir, wenn ich ihm die Hintergründe zu Ardens Scherzen erklärte.

Ein Glück hatte ich ihn gefragt, ob er mich heute Abend begleiten wollte. Und ein noch größeres, dass er zugesagt hatte.

Ich schwelgte in einer kleinen Blase aus Wohlbehagen und Verliebtheit, als wir in die Gasse zu Jamies Werkstatt einbogen und die Blase unvermittelt zerplatzte.

Die Tür stand offen.

Mein Herz setzte einen Schlag aus und ich blieb so abrupt stehen, dass Arden in mich hineinlief.

Mittlerweile hatte ich genügend Zeit mit Jamie verbracht, um auf den ersten Blick zu sehen, dass das Türschloss aufgebrochen worden war. Das Metall zeigte Kratzer und im Holz des Türrahmens standen verräterische kleine Splitter ab.

Mein Magen sackte ab, als wäre er mit Steinen gefüllt und die Winterluft, die ich zuvor kaum bemerkt hatte, zog mir schmerzhaft in den Körper wie der Hauch des Todes.

»O nein«, stieß ich hervor, ließ Benjamins Arm los und stürmte auf die Tür zu. »O nein!«, wiederholte ich lauter, als ich sie weiter aufstieß und in die Schatten der Werkstatt stolperte.

Es war noch nicht ganz finster draußen, doch meine Augen brauchten einen Moment, um sich an die Dunkelheit des Raumes zu gewöhnen.

»Jamie?!«, rief ich und bekam nur Stille zur Antwort.

Ich wusste sofort, dass etwas Schlimmes passiert sein musste. Es war ein Instinkt, eine tiefe, grausame Sicherheit, dass Jamie nicht einfach nur ohne uns losgezogen war. Oder sich oben in seiner Wohnung befand.

Ich lief in die Schmiede, die ich ebenfalls verlassen vorfand und kam gleich wieder zurück.

Und da sah ich sie. Stiefmütterchen, in einer nassen Pfütze am Boden, umringt von den Scherben des Kolbens, in dem sie gestanden hatten. Ein Sinnbild der Zerstörung, die in meinem Inneren passierte.

Weiter vorn lag Jamies Jacke. Der Stoff am Ärmel war gerissen und klaffte wie eine Wunde. Wie nach einem Kampf. Daneben dunkle Tropfen am Boden.

Noch ein bisschen mehr Zeit und du fängst an, dir technische Details zu merken.

Übertreib's nicht.

Angst schnürte mir die Lunge zusammen, nahm mir den Atem und schickte Schmerzen in meine Rippen, als ich mich hinunterbeugte, die Handschuhe auszog und mit den Fingerspitzen die dunkelrote Flüssigkeit verschmierte.

Blut.

Bei Gott. Ihm war etwas zugestoßen!

»Liz?«, hörte ich Arden nur dumpf durch das Rauschen in meinen Ohren. Er stand in der Tür, doch ich konnte meinen Blick nicht von den Spuren eines Kampfes abwenden, nicht vom Blut an meinen Fingern oder den Stiefmütterchen, die zertreten am Boden lagen.

Denn ich wusste, dass die Blumen Jamie etwas bedeuteten. Selbst wenn er sich aus irgendeinem Grund verletzt hatte; niemals hätte er sie am Boden liegen lassen. Niemals hätte er die Tür nicht abgeschlossen.

Ich zuckte zusammen, als Benjamin mir den Arm um die Taille legte und mich an sich zog. An seinen warmen, starken Körper, der mich davor bewahrte, den Verstand zu verlieren.

»Was ist los?«, fragte er mich.

»Jamie ist etwas passiert.« Eine Welle aus Angst überrollte mich, die Panik nahm mir die Luft und ich krallte meine Finger in den Kragen von Benjamins Mantel.

Er hielt mich noch fester, als ich mein Gesicht gegen seinen Hals drückte, die Augen schloss und für einen kurzen Moment nur für das Gefühl seiner Haut an meiner Stirn lebte. Nur eine winzige Sekunde, um die Panik zu bekämpfen und einen klaren Gedanken zu fassen.

Dann ließ ich ihn los und er lockerte sofort seine Umarmung, damit ich einen Schritt zurücktreten konnte.

Sein Blick lag besorgt auf mir, die Augenbrauen zusammengezogen, die Lippen halb geöffnet, als wollte er etwas sagen, wüsste aber nicht was.

»Das sieht aus, als hätte hier jemand gekämpft«, sagte Arden und ich drehte mich zu ihm um. Er hockte vor den Blutstropfen am Boden und besah sich die Schmierspur, die ich hinterlassen hatte.

Ich wusste nicht, was genau passiert war, aber eine Vermutung drängte sich mir so stark auf, dass ich sie nicht ignorieren konnte: Die Maddisons waren gekommen und hatten sich Jamie geholt.

Vielleicht hatten sie nach den Plänen gesucht und sie nicht gefunden, weil wir sie im Haus in der Park Street versteckt hielten. Stattdessen war ihnen Jamie über den Weg gelaufen und sie hatten ihn einkassiert.

Sie hatten bereits David Brighton getötet.

Ich glaubte mich vor Entsetzen übergeben zu müssen.

Wieso war es jetzt passiert? Wieso an diesem Tag? Noch während ich mir diese Frage stellte, klopfte die Antwort an die Tür.

Constable Evan Miller blickte uns irritiert entgegen. Er trug seine Polizeiuniform, die ich seit Tagen nicht an ihm gesehen hatte. Die Nase gerötet von der Kälte draußen und den Dreck und Schneematsch der Straße an den Stiefeln.

Er war nicht hier gewesen. Sein Sergeant hatte ihn abberufen und er war nicht hier, um auf Jamie aufzupassen.

»Ich dachte, ich wäre zu früh dran«, sagte er beschwingt und schien erst dann zu merken, dass etwas nicht stimmte. Sein heiteres Grinsen fiel in sich zusammen und sein Gesicht verlor in Sekundenschnelle jegliche Farbe.

»Wo ist Jamie?«, stieß er hervor und ich zeigte auf die zerrissene Jacke und die zertretenen Blumen.

Und sie taten ihre Wirkung. Viel schlimmer, als ich von Evan Miller erwartet hatte. Er schwankte, klammerte sich so fest an den Türrahmen, dass die Fingerknöchel weiß hervortraten. Auch wenn er sich um Haltung bemühte, sah man ihm an, wie er innerlich zerbrach.

»Haben Sie schon in seiner Wohnung nach ihm gesucht?«, fragte er mich mit so ruhiger Stimme, dass ich mich unwillkürlich fragte, wieso ein Mann mit derart starken Nerven lediglich den Rang eines Constables bekleidete.

»Nein. Aber Sie wissen, was passiert ist!«, stieß ich hervor und zwang meine Beine, auf ihn zuzugehen. »Die Maddisons waren hier und haben ihn geholt. Die Jacke ist zerrissen. Es sind Blutspritzer auf dem Boden!« Ich hob zur Demonstration meine Hand, an der immer noch die Reste des Blutes klebten.

»Wir schauen erst in der Wohnung. Vielleicht ist es nicht sein Blut«, sagte Constable Miller um Nüchternheit bemüht und trat aus der Tür und auf die Gasse.

Ich folgte ihm ums Haus und zu einer Treppe in einem kleinen Innenhof. Benjamin und Arden kamen hinter uns her.

»Wo waren Sie?«, wollte ich von Evan Miller wissen und bemühte mich darum, nicht anklagend zu klingen.

»Ich war auf der Wache in Holborn. Ich wurde gestern Abend abgezogen. Ich habe den ganzen Tag auf Straßen im West End patrouilliert«, keuchte er und nun schwang so viel Verzweiflung in seiner Stimme mit, dass ich ihn gern in den Arm genommen und ihm gesagt hätte, dass es nicht seine Schuld war. Doch dafür hatten wir keine Zeit, geschweige denn, dass er mir glauben würde.

Constable Miller stürmte nach oben und ich blieb am Fuß der Treppe zurück, um ihm nicht im Weg zu sein.

»Was ist los? Wie kann ich helfen?«, fragte Benjamin mich vorsichtig und ich griff nach seiner Hand. Seine Finger schlossen sich um meine und sein Daumen zog beruhigende Kreise auf meiner Haut.

»Ich glaube, dass *Maddison & Brothers* Jamie entführt haben, weil sie an die Pläne des Stromerzeugers rankommen wollen«, sagte ich mit zitternder Stimme und schluckte gegen den Kloß an, der sich meine Kehle nach oben drückte. Ich durfte jetzt auf keinen Fall weinen, sonst verlor ich mich nur in dummen Gedanken, anstatt zu tun, was getan werden musste.

Evan Miller tauchte wieder am oberen Ende der Treppe auf. Allein.

Der Stich in meiner Brust verriet mir, dass ich mir tatsächlich Hoffnungen gemacht hatte, Jamie wäre möglicherweise nur dort oben und hätte keine Ahnung davon, dass wieder in seine Werkstatt eingebrochen worden war.

»Jamie sagte mir gestern, dass er heute Nachmittag noch mal nach Garlick Hill fahren wollte, um von Ernest Powell Chemikalien zu holen«, brachte der Constable eine neue Vermutung an, eine neue Hoffnung, an die wir uns klammern konnten.

»Chemikalien?«, fragte Arden.

Evan Miller kam geräuschvoll die Treppenstufen nah unten gelaufen. »Seine Versuche, den Katalysator herzustellen, sind jedes Mal wieder gescheitert. Er wollte Nachschub holen«, antwortete er, wahrscheinlich um sich selbst von seinen eigenen Worten zu überzeugen und ich schüttelte vehement den Kopf.

»Hören Sie auf! Sie wissen, dass ich recht habe! Die Maddisons haben ihn!«, schrie ich es heraus, ließ Benjamins Hand los und packte Evan Miller bei den Schultern. »Was, wenn sie ihm was antun?«, schluchzte ich nun doch und blinzelte gegen die Tränen an, die sich brennend in meinen Augen sammelten.

So war ich sonst gar nicht. So wollte ich nicht sein und doch stand meine Seele in Flammen.

»Miss Hemmilton! Reißen Sie sich zusammen!«, bellte er mir entgegen und brachte mich durch seine plötzliche Wutexplosion wieder zurück auf Kurs. »Wir können nicht einfach ein angesehenes Unternehmen wie *Maddison & Brothers* stürmen aufgrund von Vermutungen. Ich nehme eine Droschke und mache mich schnellstens auf nach Garlick Hill. Sie gehen zur St Anne's Church und sehen nach, ob er schon dort ist.«

Alles in mir bäumte sich auf, um ihm zu widersprechen. Es war mehr als unwahrscheinlich, dass Jamie ohne uns gegangen war und noch unwahrscheinlicher nach dem, was wir in der Werkstatt vorgefunden hatten.

»Was ist mit einem Suchtrupp?«, fragte Benjamin, bevor ich mich lautstark empören konnte und Evan Miller seufzte unglücklich.

»Am Silvesterabend?« hielt er dagegen und mein innerer Aufstand zerfiel zu Staub und wurde zu Steinen in meinem Magen. Denn er hatte recht.

Verdammt! Es war Silvester!

»Jede verfügbare Einheit ist draußen unterwegs und ich kann nur hier sein, weil ich einen Gefallen eingefordert habe, um mich heute Nacht in Limehouse einteilen zu lassen«, belehrte Evan

Miller uns und ich musste tief durchatmen, um nicht wieder den Tränen zu verfallen, die mir den Atem nahmen.

»Die Botschaft ist angekommen. Ohne handfeste Beweise bekommen wir keine polizeiliche Unterstützung«, fasste ich mit zitternder Stimme zusammen und wusste, was ich zu tun hatte. Ein Plan formte sich in meinem Kopf und ich klammerte mich daran wie eine Ertrinkende an ein Stück Treibholz.

Der Constable kannte mich wohl schon zu gut, denn er schenkte mir einen so scharfen Blick, dass er Metall hätte zerteilen können.

»Sie werden sich nicht auf eigene Faust in Gefahr begeben! Haben Sie gehört, Miss Hemmilton?! Es wird Jamie nicht helfen, wenn Sie Unfug anstellen. Gehen Sie zur St Anne's und warten Sie dort auf mich«, sprach er so eindringlich auf mich ein, dass ich zurückwich, als er den Finger drohend auf mich richtete. Er baute sich vor mir auf, versuchte mich einzuschüchtern und die Autorität gegen mich auszuspielen, die seine Uniform ihm verlieh. Er war zwar nicht größer als ich, aber von der Statur eines Stieres und er könnte mich mit Leichtigkeit zurückhalten, wenn ich nicht nach seiner Pfeife tanzte.

Krampfhaft stemmte ich mich gegen meinen inneren Widerwillen und überwand mich, dem Constable in die Augen zu sehen.

»Schwören Sie es mir!«, setzte er mir verbissen nach und ich riss mich endlich zusammen.

»In Ordnung. Wir gehen zu St Anne's Church«, würgte ich hervor und fühlte mich wie eine Verräterin, weil ich zuließ, dass er mich so etwas sagen ließ. Doch ich schob die Emotionen beiseite, hielt mich fest zusammen und atmete weiter. Einatmen und ausatmen.

Constable Evan Miller starrte mir in die Augen, suchte nach einem Funken und ich wich seinem Blick nicht aus. Ich legte so viel Ehrlichkeit hinein, wie ich nur konnte, um ihm zu beweisen, dass ich mich an meinen Schwur halten würde und dann wandte er sich endlich ab und rannte zur Straße, um dort eine Kutsche zu bekommen.

»Liz?«, flüsterte Arden, während wir dabei zusahen, wie der Constable eine Droschke anhielt und schnelle Worte mit dem Kutscher wechselte.

Ich hob die Hand, um ihm zu signalisieren, dass wir noch warten mussten und er verstand mich auch ohne Worte.

Evan Miller stieg in die Droschke, die Pferde setzten sich in Bewegung und er sah sich noch einmal mit drohendem Blick nach uns um. Dann ratterte das Gefährt um die Ecke und außer Sichtweite.

Sofort drehte ich mich zu Arden und Benjamin um, straffte meine Schultern und ließ die Hilflosigkeit der letzten Minuten von meinem Gesicht abblättern wie alten Lack.

»Wir gehen zu *Maddison & Brothers*. Wenn sie Jamie haben, finden wir das heraus und holen ihn, wenn nötig, auch ohne die Polizei da raus!«, verkündete ich nicht ganz so gefasst, wie ich gewollt hatte, doch es war ausreichend, um mich selbst davon zu überzeugen. Entschlossen zog ich die Nase hoch.

»Ich wusste es«, sagte Arden und knuffte mich in die Seite, als Beweis dafür, dass er mitkommen würde.

Doch Benjamin hatte mit diesem Planwechsel wohl nicht gerechnet. Er erstarrte, seine Augenbrauen zog er missbilligend zusammen und nahm wieder die Haltung des unnachgiebigen Butlers an, die er so sehr perfektioniert hatte.

»Elisa Hemmilton«, sprach er streng meinen Namen aus und erweckte damit meinen Kampfgeist zu neuem Leben. »Du hast gerade einem Polizisten geschworen, genau dies nicht zu tun«, warf er mir vor und die leise Furcht beschlich mich, dass er uns nicht begleiten würde. Dass Abenteuer dieser Art zu viel für ihn waren und wir doch in zwei verschiedenen Welten lebten, die sich niemals würden vereinen lassen.

Doch Jamie schwebte womöglich in akuter Gefahr. Wie hätte ich da kneifen können?

Vorsichtig hob ich die Hand, mahnte mich selbst zu Geduld und legte meine kalten Finger an Benjamin Greens Wange.

»Ich habe dem Constable gesagt, was er hören wollte. Aber ich werde nicht Däumchen drehen, wenn auch nur die geringste Chance besteht, zu verhindern, dass wir morgen früh Jamie Lennox' Leiche aus der Themse ziehen«, erklärte ich ihm und beschwor ihn mit meinen Augen, mich zu verstehen.

Es brauchte nur einen Wimpernschlag und seine Empörung begann unter meiner Berührung zu schmelzen. Und darunter entdeckte ich nichts als Sorge. Er hatte Angst um mich.

Mein schmerzendes Herz zog sich bittersüß zusammen.

»Wir sollten uns beeilen. Sobald die Sonne untergegangen ist, werden die Straßen voller Menschen sein und wir werden ewig brauchen, um das Kraftwerk zu erreichen«, holte Arden uns in die Wirklichkeit zurück und ich ließ die Hand sinken.

Sanft streifte ich Benjamins Arm, hoffte inständig, dass er mir nicht böse war, wenn ich jetzt ging.

Er hielt meine Hand fest, ehe ich mich abwenden konnte.

»Und du lässt sie das einfach machen?«, sprach er und sah dabei Arden an, als hätte er bereits aufgegeben, mich zu überzeugen und versuchte jetzt, meinen Cousin auf seine Seite zu ziehen.

Doch der zuckte mit den Schultern.

»Du glaubst, es ist eine gute Idee, Elisa zu widersprechen? Du hast noch viel zu lernen, falls du vorhast, sie zu heiraten«, schnaubte er abschätzig, schob die Hände in die Taschen seiner Jacke und stapfte auf die Straße hinaus.

Es war so absurd, in so einer Situation übers Heiraten nachzudenken, doch meine Nerven waren zu überreizt, um nicht darauf zu reagieren und ein Schmunzeln glitt über meine Lippen.

Wenn das hier vorbei war und wir Jamie wohlbehalten wiederhatten, ergab sich sicher die Gelegenheit, weiter darüber nachzudenken. Doch jetzt musste ich los.

»Wenn dir unser Vorhaben nicht behagt, kannst du dem Plan des Constables folgen und zur St Anne's Church gehen«, schlug ich Benjamin vor und versuchte meine Hand aus seiner zu lösen, damit ich Arden folgen konnte.

Er ließ mich nicht, hielt sie stattdessen noch fester umschlungen und ich glaubte, er würde mich nicht gehen lassen.

»Nein«, sagte er entschlossen und hielt mich mit seinem Blick fest, der mir bis in die Seele sickerte. »Ich finde diesen Plan waghalsig und unnötig riskant.«

Ich hielt die Luft an.

»Aber … dir vor sechs Monaten nach der Beerdigung nicht nachzugehen hätte sich um ein Haar als der schlimmste Fehler meines Lebens herausgestellt. Das wird mir nicht wieder passieren.«

Er nickte mir zu und setzte sich in Bewegung. Gemeinsam eilten wir auf die andere Straßenseite, Arden hinterher und in meinem Bauch erblühte Erleichterung, die mir ein lädiertes Lächeln in mein Gesicht zauberte.

Überschwängliche Liebe überkam mich, zog durch meine Adern wie das pure Leben, schenkte mir Kraft und Hoffnung und den tollkühnen Wunsch, den Mann an meiner Seite gegen die nächste Hausmauer zu pressen und ihn zu küssen, bis wir beide keine Luft mehr bekamen.

Wie sehr konnte man einen Menschen lieben, ohne daran zu vergehen?

Ich tat es natürlich nicht, denn wir hatten dafür keine Zeit.

Stattdessen hetzten wir im Laufschritt durch die Straßen des East Ends, die immer schmaler wurden, je weiter wir in die Armenviertel vordrangen. Immer mehr Menschen kamen uns entgegen, strömten auf die Plätze, lachten und kreischten ausgelassen in der Hoffnung auf ein neues, besseres Jahr. Oder auch nur auf eine Nacht, in der man all seine Sorgen verschieben und Neujahr mit Krach und ausgelassenem Feiern begrüßen konnte.

Der Unterschied zwischen der erwartungsvollen Stimmung der Massen und der angstvollen Panik in meinem Bauch, die nach mir haschte, sobald ich an Jamie Lennox dachte, war so gravierend, dass mir geradezu schwindelig davon wurde.

Benjamin Green an meiner Seite zu haben hielt mich jedoch am Boden, half mir, mich auf das Wesentliche zu konzentrieren und nicht verrückt zu werden.

Auch nicht, als das riesenhafte Fabrikgebäude von *Maddison & Brothers* vor uns aufragte. Es lauerte im Schatten der hereingebrochenen Nacht auf uns, das Maul weit aufgerissen, bereit, uns zu verschlingen.

Für Jamie, dachte ich, wechselte einen entschlossenen Blick mit Arden und Benjamin und warf mich dem Monster zum Fraß vor.

29

DAVIDS KLEINES GEHEIMNIS

Sie transportierten Jamie Lennox in einer Kiste. Einer kleinen, dunklen, stinkenden Kiste aus grobem Holz, die ihm die Wange aufrieb und seinen Körper in eine so unbequeme Position zwang, dass die Schmerzen in Rücken und Beinen nach wenigen Minuten unerträglich wurden. Trotz der Winterkälte schwitzte er und sein Hemd klebte ihm am Rücken wie eine eisige Hand, die sich in seine Wirbelsäule grub und an seiner Lunge riss.

Jamie schloss die Augen und bemühte sich weiterzuatmen, was kein leichtes Unterfangen darstellte mit einem Knebel, der ihm unangenehm in die Mundwinkel schnitt.

Er hatte seine Angreifer kommen gesehen, ehe sie ihn erwischten. Er stand gerade frustriert über dem neuesten missglückten Versuch des *Brighton-Katalysators* und wurde von dem Geräusch des splitternden Türschlosses aufgeschreckt. Der Mann mit der Narbe über dem Auge stand ihm gegenüber und Jamie durchzuckte blanke Angst vom Scheitel bis in die Fußspitzen.

Er besaß genug Überlebensinstinkt, um nach einem Eisenrohr zu fassen, das neben ihm aus dem Regal ragte und dem Eindringling einen kräftigen Schlag gegen die Nase zu verpassen. Doch leider rettete ihn das nicht, da ein zweiter Mann ihn entwaffnete und mit grober Schnur die Hände auf den Rücken band.

Jamies einziger Gedanke galt der Tatsache, dass er nun sterben würde. In einer Kiste. Möglicherweise in der Themse ertränkt wie eine Katze in einem Sack. Oder aber verbrannt in einem der Neujahrsfeuer.

Skurrilerweise gingen ihm eine Menge Ideen durch den Kopf, wie er wohl sein Ende finden würde. Eine kreativer als die andere, in schillernden Farben und gefüllt mit knochenzerschmetternder Verzweiflung.

Es beruhigte ihn auf eine makabre Art, sich auszumalen, was als Nächstes passierten würde und schenkte ihm die Ruhe, die er brauchte, um nicht völlig verrückt zu werden oder sich einem Meer aus Tränen hinzugeben, das darauf lauerte, ihn in den Abgrund zu reißen.

Die Kiste musste sich zuvor auf einer Kutsche befunden haben, denn sie schwankte nicht mehr und wurde nun von kräftigen Händen hochgehoben, die zu fluchenden Stimmen gehörten. Und dann wurde es noch dunkler als ohnehin schon.

Jamie hätte gern um Hilfe geschrien, gezappelt und getreten. Doch die Angst schnürte ihm die Kehle zu, lähmte ihn und auch der Knebel war dabei nicht gerade hilfreich.

Der Mechaniker war sich schon sicher, dass das grobe Holz der Kiste das Letzte sein würde, was er jemals sehen würde, als die Stifte in einem Vorhängeschloss klackten und der Deckel aufgerissen wurde.

Das Licht einer Gaslaterne blendete Jamies Augen und er blinzelte nach oben zu einem Schemen, der sich über ihn beugte. Der Mann mit der Narbe packte Jamie an den Schultern und zerrte ihn grob aus der Kiste heraus.

Der Schläger bot einen fürchterlichen Anblick. Blut rann ihm aus der geschwollenen Nase, deren Knochen unnatürlich schief in seinem Gesicht saß. ✎

Brutaler als nötig stieß er den Mechaniker auf einen Holzstuhl, der mitten im Raum stand und der andere Schläger machte sich daran, Jamies Füße daran zu schnüren.

Die Männer sprachen nicht mit ihm und er konnte keine Fragen stellen, solange der widerliche Klumpen aus Stoff seinen Mund verstopfte.

Er hätte aber sowieso nicht gewusst, was er hätte fragen sollen, wozu er die Antwort nicht bereits kannte.

✎ Da habe ich ihn mit der Eisenstange erwischt und er war sicher nicht besonders erfreut darüber.

Ich bin sehr stolz auf dich.

Wieso habt ihr mich entführt? Ganz sicher wegen des Stromerzeugers. Sie wollten die Blaupausen von ihm.

Was habt ihr mit mir vor? Sie hatten in der Vergangenheit bereits einen Konkurrenten aus dem Weg geräumt und würden sich bei einem weiteren nicht davor scheuen.

Was werdet ihr mir antun? Wollte er das wirklich so genau wissen?

Die Männer hängten die Laterne an einen Haken und machten sich daran, eine weitere zu entzünden, sodass Jamie einen Blick auf seine Umgebung werfen konnte.

Sie befanden sich in einem Raum, nicht größer als seine Werkstatt und auch ähnlich chaotisch eingerichtet. Die Wände waren voller Regale, gefüllt mit Gläsern und anderen Behältern, in denen Flüssigkeiten glänzten, Metallsplitter schimmerten oder andere körnige Materialien enthalten waren, die er nicht benennen konnte.

Er konnte den Kopf gerade so weit drehen, um zu erkennen, dass hinter ihm Tische aufgereiht waren, doch ein stechender Schmerz in seinem Nacken hinderte ihn an mehr.

»Er kommt«, brummte Narbengesicht, der kurzzeitig aus Jamies Blickfeld verschwunden war.

Sein Puls klopfte so laut in Jamies Ohren, dass er nicht darauf lauschen konnte, was hinter ihm passierte. Auch seine Gedanken waren vollkommen zerfasert und rauschten so schnell dahin, dass es ihm nicht möglich war, auch nur einen davon zu fassen.

Erst als geräuschvoll die Tür aufgerissen wurde, schaffte er es, seine Aufmerksamkeit dem Mann zu widmen, der hereingestürmt kam.

»Am Silvesterabend? Ist das euer verfluchter Ernst?«, brüllte eine raue Stimme ungehalten, die klang, als hätte jemand Sägespäne hineingerieben. »Das Dinner beginnt in etwas weniger als einer Stunde und ich muss noch durch die halbe Stadt. Zu allem Überfluss hat auch noch meine Nichte Geburtstag. Wollt ihr mich vor meiner Familie bloßstellen? Hat irgendjemand von euch auch nur einen Funken Verstand in seinem Kopf?«, dröhnte er weiter und wurde immer lauter, während die beiden Schläger in Jamies Blickfeld starr zu Boden sahen.

»Sie sagten, sobald sich eine Gelegenheit ergibt. Und der Constable hatte endlich das Haus verlassen«, rechtfertigte sich Narbengesicht und Schritte erklangen auf dem Boden. Energisch kam der Neuankömmling auf sie zu und trat in Jamies beschränktes Sichtfeld.

Er war nicht so Furcht einflößend, wie er ihn sich ausgemalt hatte, doch er erkannte ihn trotz der schlechten Lichtverhältnisse wieder. Er war diesem Mann schon einmal begegnet. In Kensington hatte er auf der anderen Straßenseite gestanden, kurz bevor Jamie und ich die Flucht ergriffen hatten. Es war derjenige, den ich als *Schmalzlocke* bezeichnete.

Jamie wusste, dass ich seinen Namen schon einmal erwähnt hatte. Er war ein Maddison. Aber sein Vorname wollte ihm beim besten Willen nicht einfallen. Was hätte es auch gebracht, sich zu erinnern?

»Aber doch nicht an Silvester!«, bellte Maddison und Jamie zuckte unter dem scharfen Ton zusammen. Der Mann stellte eine in buntes Papier verschnürte Schachtel auf einem schmalen Tisch ab und kniff sich mit Daumen und Zeigefinger in die Nasenwurzel, als müsste er sich erst einmal beruhigen und wandte sich dann mit einem schweren Seufzer an Jamie, der ihn nur anstarren konnte.

»Mr Lennox. Wie schön, Sie zu sehen«, sagte er und es war keine Freude in seiner Stimme. Mit einer lässigen Bewegung schlug Maddison seinen Mantel zurück und zog ein Messer von seinem Gürtel.

Jamie stellten sich sämtliche Härchen am Körper auf und seine Muskeln spannten sich so sehr an, dass sein ganzer Körper schmerzte. Angstvoll kniff er die Augen zusammen, als Maddison auf ihn zutrat und betete, dass es schnell gehen würde. Nur kein langsamer und qualvoller Tod.

Etwas zog an dem Knebel in Jamies Mund, ein Reißen erklang an seinem linken Ohr und dann fiel ihm das widerliche Stück Stoff in den Schoß.

Verkrampft holte Jamie Luft, keuchte und spuckte, um den Speichel und das Blut loszuwerden, die sich in seinem Mund gesammelt hatten. Sein Gesicht schmerzte, seine Wangen brannten, er fühlte sich so elend wie noch nie.

»Entschuldigen Sie die heftigen Maßnahmen. Meine Männer haben es wohl zu gut gemeint«, sagte Maddison und Jamie glaubte ihm kein Wort.

»Bitte«, flüsterte er, doch ein Husten überkam ihn und seine Stimme versagte.

»Mr Lennox. Sie müssen sich doch nicht fürchten. Wir haben ein einfaches Anliegen. Und wenn Sie uns helfen, wird Ihnen nichts geschehen«, behauptete der Mann, dem tatsächlich eine perfekte farblose Locke auf der Stirn lag. Er steckte das Messer zurück an seinen Gürtel und zog sich einen Stuhl heran, um sich mit Jamie auf Augenhöhe zu begeben.

Für Jamie machte es das nur noch schlimmer, seinen Peiniger ansehen zu müssen und er wandte den Blick angestrengt zur Seite. Sein Nacken zog dabei entsetzlich und der Schmerz pochte bis in seinen Schädel.

»Ich habe die Blaupausen nicht«, brachte Jamie mühsam hervor und bemühte sich darum, das Kratzen in seinem Hals zu ignorieren, das nach etwas zu trinken verlangte. Ein Schluck Wasser vielleicht. Oder dieses Ingwerbier, das er letztens …

Es fiel ihm so schwer, unter diesen Umständen einen klaren Gedanken zu fassen.

Er starrte gegen die rote Ziegelwand. Sie hatte keine Fenster, nur schmale, vergitterte Schlitze, die nichts als Dunkelheit zeigten. Nervös berührte er seine wunden Mundwinkel mit der Zungenspitze.

»Die brauchen wir auch nicht. Wir sind sehr wohl in der Lage, einen Dampfmotor zu bauen, Mr Lennox. Wir wollen den *Brighton-Katalysator.*«

Nun richtete Jamie seine Aufmerksamkeit mühsam auf den Mann vor sich und blinzelte ihm irritiert entgegen.

»Den haben Sie doch schon«, warf er ihm vor.

Maddison wollte ihm doch nicht ernsthaft erzählen, dass nicht er es gewesen war, der bei Jamie eingebrochen war und den Behälter aus David Brighton Überseekoffer gestohlen hatte?

»Ach ja? Haben wir das?«, zischte der Mann ungehalten, stand stürmisch von seinem Stuhl auf und griff nach etwas, was hinter Jamie auf dem Tisch gestanden hatte.

Es war der Behälter. Auch wenn Jamie die eingestanzten Nummern nicht zu Gesicht bekam, war er sich sicher.

»Was haben Sie damit gemacht? Wo haben Sie ihn versteckt?«, fuhr Maddison ihn an. Die Muskeln an seinem Kiefer zuckten und man konnte ihm deutlich ansehen, dass er versuchte, seine Wut im Zaum zu halten.

»Ich habe gar nichts damit gemacht. Sie sind doch in meine Werkstatt eingebrochen und haben ihn entwendet«, hielt Jamie schwach dagegen und verstand überhaupt nicht, was dieser Wahnsinnige von ihm wollte.

Er hatte den Behälter doch und somit alles, war er brauchte.

»Er gehört Ihnen ja auch nicht, Mr Lennox«, knurrte Maddison und Jamie konnte sich gerade noch verkneifen, den Mann darauf hinzuweisen, dass ihm der Katalysator genauso wenig gehörte.

Seinen Entführer zu provozieren war immer eine dumme Idee.

»Gut. Sie wollen es mir offensichtlich nicht sagen. Aber glauben Sie mir, ich kann ganz schön ungemütlich werden, wenn ich nicht bekomme, was ich will!«, drohte der Mann mit einem Knurren, setzte sich wieder und beugte sich Jamie entgegen.

Das Licht der Laternen entstellte sein Gesicht zu einer Furcht einflößenden Fratze.

Dem Mechaniker klopfte das Herz so heftig gegen die Rippen, als wollte es aus seinem Gefängnis ausbrechen und davonlaufen.

»Ich weiß, dass Sie schlau sind«, sagte Maddison etwas ruhiger und hob die Hand auffordernd nach hinten.

Die Schläger, die sich im Hintergrund gehalten hatten, reagierten verzögert und brauchten einen Augenblick zu lange, in dem sie ihre Taschen absuchten, um dann den gewünschten Gegenstand hervorzuziehen und an ihren Boss weiterzureichen.

Es handelte sich um Brightons Notizbuch.

Maddison schnaubte genervt, als er es endlich in Händen hielt, schlug es auf und blätterte durch die abgegriffenen Seiten, in denen haufenweise Papiere mit Entschlüsselungen steckten.

»Sie haben Mr Brightons Code geknackt und sogar ein kleines Chemielabor in Ihrer Werkstatt aufgebaut«, eröffnete Maddison sein Wissen und Jamie wurde wieder eiskalt.

Er fragte sich, ob dieser Mann ihn hatte beobachten lassen. Ob ihm nun alles bekannt war, was Jamie in den letzten Wochen getrieben hatte. Es bereitete ihm einen Knoten im Magen, in der Aufmerksamkeit eines Mörders gestanden zu haben. Und das Einzige, was ihn bisher hiervor bewahrt hatte, war Constable Evan Miller gewesen.

Auch wenn es ihm gutgetan hatte, nicht allein zu sein, war Jamie davon ausgegangen, dass es sich um eine übertriebene Maßnahme handelte, ihn rund um die Uhr nicht aus den Augen zu lassen.

»Wir haben nur darauf gewartet, dass Sie es schaffen, Davids kleine Geheimnisse zu ergründen. Und siehe da, Sie haben es geschafft«, bestätigte Maddison seine Befürchtungen und warf ihm abschätzig das Notizbuch in den Schoß.

Es hatte etwas Tröstliches für Jamie, das Buch wieder bei sich zu haben, selbst wenn seine Hände gefesselt waren und er es nicht an sich nehmen konnte.

»Jetzt ist es an der Zeit, diese Geheimnisse mit uns zu teilen.« Maddison breitete die Arme aus, um auf den Raum zu weisen und Jamie folgte der Geste mit den Augen.

Sie befanden sich in einem Labor, die Regale vollgestopft mit Chemikalien. Und auch wenn er es nicht sehen konnte, war Jamie davon überzeugt, dass es auf den Tischen hinter ihm von Apparaturen nur so wimmelte.

»Ich soll den Katalysator für Sie herstellen?«, ging es ihm nun auf und eine neue Furcht biss ihm in die Eingeweide. Sie wollten etwas von ihm, was er nicht liefern konnte.

»Ich wusste, Sie sind schlau«, sagte Maddison mit einem süffisanten Lächeln auf den Lippen und verschränkte lässig die Arme vor der Brust.

»Aber ich kann das nicht«, versuchte Jamie zu erklären und klang bei seinem Ausruf viel weinerlicher als beabsichtigt.

»Oh, Sie werden«, hielt sein Gegenüber dagegen, der die Worte des Mechanikers nicht ernst nahm und ihn nur für starrköpfig hielt.

Jamie blinzelte gegen die Tränen an, die nun wieder in ihm emporstiegen und ihm schmerzhaft in den Augen brannten.

»Nein … nein, Sie verstehen nicht. Ich *kann* es nicht. Ich habe es tagelang versucht. Habe mich bis ins Kleinste an Brightons Anweisungen gehalten.« Der schmerzende Kloß drückte ihm auf den Hals und machte es mühsam weiterzusprechen. »Ich habe es nicht geschafft. Ich kann es nicht. Der einzige Katalysator, der existiert, ist der aus dem Überseekoffer.«

Wut flammte so plötzlich in Maddisons Augen auf, dass Jamie am liebsten zurückgewichen wäre. Der Mann sprang von seinem Stuhl auf und griff wieder nach dem zylindrischen Metallbehälter.

»Dieser?«, brüllte er dabei und riss die Schraubkappe am oberen Ende herunter. »Dieser leere Zylinder?«, keifte er noch lauter und schmetterte den Behälter so fest auf den gekachelten Boden, dass er sich verbog.

Es dauerte eine Schrecksekunde, bis Jamie begriff und dann schnappte er nach Luft. »Er ist leer?«

Maddison trat schwungvoll gegen den Behälter, der scheppernd durch den Raum sauste und so heftig gegen eine Wand prallte, dass die Gläser in den Regalen leise klirrten. »Ja, er ist leer. Was haben Sie damit gemacht?« Nun kam der wütende Mann wieder auf Jamie zu und der Mechaniker versuchte sich ganz klein zu machen, um möglichst wenig Angriffsfläche zu bieten.

»Ich habe Ihnen gesagt, dass ich gar nichts damit gemacht habe«, kreischte er in blanker Panik, in der Angst, ebenfalls Schläge einstecken zu müssen und wünschte sich ernsthaft, er wäre wieder in der kleinen Kiste, in der er wenigstens allein gewesen war.

»Wo ist er dann?«, schrie Maddison und Jamie wollte einfach nur weinen.

Doch genau in diesem Augenblick setzte sich irgendwo über ihnen eine Maschine in Gang. Das Summen und Klackern drang durch die Decke wie der freundliche Ruf einer verwandten Seele und verschaffte Jamie einen kurzen Moment der Klarheit.

Und die Erkenntnis traf ihn wie ein Glockenschlag.

»Ach du Scheiße«, stieß er hervor und wäre am liebsten aufgestanden, um im Raum auf und ab zu laufen.

»Mr Lennox …?«, setzte Maddison irritiert an, dem die Veränderung in Jamies Gemütszustand aufgefallen sein musste.

»Der Behälter ist leer! Wenn ich nichts rausgenommen habe und Sie auch nicht, dann hat er es auch nicht geschafft!«

Jamie war immer davon ausgegangen, dass er bei seinen Experimenten einen Fehler gemacht hatte. Dass er in der Formel etwas übersehen hatte, irgendetwas, was Brighton die Synthetisierung des Katalysators möglich gemacht hatte.

Dass, wenn der *Brighton-Katalysator* in dem gestohlenen Behälter steckte, es ja irgendeine Möglichkeit geben musste, das Experiment mit dem gewünschten Ergebnis zu wiederholen.

Doch der Behälter war leer. Das gewünschte Ergebnis existierte gar nicht.

»Der *Brighton-Katalysator* ist eine theoretische Erfindung, die praktisch nicht umsetzbar ist«, stieß Jamie gedankenverloren hervor und merkte dann erst, dass er es laut ausgesprochen hatte.

Maddisons Blick lag so unerbittlich auf ihm, dass sofort wieder die Panik in ihm ausbrach. Denn er wusste, dass er diese Information besser für sich behalten hätte. Wenn Maddison wusste, dass es keine Möglichkeit gab, an sein Ziel zu kommen, brauchte er Jamie nicht mehr. Und dann wäre der Mechaniker so gut wie tot.

Doch Maddison schien ihn wieder nicht ganz für voll zu nehmen, denn er zückte eine Taschenuhr und stieß einen genervten Seufzer aus.

»Ich habe leider keine Zeit mehr, mich weiter mit Ihnen herumzuschlagen. Ich muss zu einem Dinner. Sie werden eine Nacht bei uns verbringen müssen und wir sprechen uns morgen früh wieder. Frohes neues Jahr, Mr Lennox«, spuckte er die Worte förmlich aus, nahm eine so gelassene Haltung ein, als hätte er nicht gerade noch die Absicht gehegt, Jamie windelweich zu prügeln und trat aus Jamies Sichtfeld in Richtung Tür.

»Sperrt ihn in die Kammer, meine Herren. Damit er seinen Standpunkt noch einmal überdenken kann. Und schaut nach, was da oben rattert«, gab er Anweisung an die beiden Schläger und die Tür fiel ins Schloss.

Jamie hatte kaum Zeit, all die Erkenntnisse zu verdauen, die er in den letzten Minuten gefasst hatte, da waren die Männer schon bei ihm und schnürten ihn vom Stuhl los. Grob zogen sie ihn auf die Beine, die unter ihm nachgaben. Jamie taumelte und schlug der Länge nach auf dem Kachelboden auf, mit auf den Rücken gefesselten Händen nicht imstande, den Aufprall irgendwie zu verhindern. Sein Kopf knallte geben ein Tischbein und ihm wurde kurz schwarz vor den Augen.

Große Hände packten ihn an den Schultern und schleiften ihn über den Boden auf eine finstere kleine Kammer zu.

Er schmeckte Blut auf der Zunge und sein Magen rebellierte.

»Befrei ihm die Hände. Sonst ist er morgen zu nichts zu gebrauchen«, drang eine tiefe Stimme wie durch Watte an Jamies Ohr und er spürte einen Zug an seinen Händen.

Er seufzte vor Erleichterung auf, als das Seil nicht mehr in seine Handgelenke schnitt und seine Schultern in quälendem Schmerz nach vorn sackten.

Die Tür ging zu, ein Schlüssel drehte sich im Schloss und Finsternis umschloss Jamie in einer kalten Umarmung.

Er war allein, ihm tat alles weh und man verlangte etwas Unmögliches von ihm.

Die Tränen, die er schon so lange zurückgehalten hatte, kamen nun von ganz allein über ihn, schüttelten ihn in Schluchzern und Jamie rollte sich zu einer kleinen Kugel am staubigen Boden zusammen.

Er wollte gern mit Vorwürfen um sich werfen, allen und jedem die Schuld an seiner Lage geben, doch er hatte keine Kraft dafür. Er lag nur da und weinte, bis die Dunkelheit nicht mehr ganz so dunkel war und seine Ohren wieder das leise Klicken einer Maschine wahrnahmen.

Jamie drehte sich auf den Rücken, wischte sich mit schmerzenden Armen den Staub aus dem Gesicht und lauschte in die Nacht. Die Kammer hatte, wie auch das Labor nebenan, einen schmalen, vergitterten Schlitz kurz unter der Decke.

Zu klein, um rauszuklettern und zu weit oben, um hinauszublicken. Doch der Schimmer einer entfernten Straßenlaterne drang durch das schmutzige Glas und ließ Jamie die Umrisse des kleinen Raumes erkennen.

Es gab nicht viel hier drin. Nur ein paar leere Regale und einen Eimer in der Ecke.

Ein paar Minuten tat Jamie nichts anderes als zu atmen, dem Takt der Maschine zu folgen und sein rasendes Herz zu beruhigen.

Dann setzte er sich mit schmerzenden Gliedern auf.

Genug Selbstmitleid, sagte er sich und ging alle Ereignisse gedanklich noch einmal durch.

Zwei Männer hatten ihn entführt und hergebracht. Schmalzlocke Maddison verlangte von ihm, einen Katalysator herzustellen, der nicht herstellbar war. Und er war sich ziemlich sicher, dass er sterben würde, wenn er es nicht schaffte.

Am liebsten hätte er gleich wieder geweint, doch er riss sich zusammen und versuchte sich nicht wieder vorzustellen, wie er sterben würde.

Stattdessen konzentrierte sich ganz darauf, wie er diese Situation heil überstehen konnte. Seine Gedanken wanderten zu Constable Evan Miller, mit dem er sich heute Abend hatte treffen wollen und der ganz sicher bemerkt hatte, dass etwas nicht stimmte. Er hatte seit einer Weile auf ihn aufgepasst und er wusste, dass dem Constable genug an ihm lag, um nach ihm zu suchen.

Und dann war da ja noch Elisa. Also ich. Und Jamie wusste, dass ich ihn nicht hängen lassen würde. Niemals! ✎

Jamie atmete noch einmal tief die muffige Luft ein und beschloss, mutig zu sein. Wenn ich kam, um ihn zu holen, dann würde er sein Möglichstes tun, mir entgegenzukommen.

✎ Ja, das weiß ich. Und ich werde es nie vergessen, Liz.

Mühsam rappelte er sich auf, brauchte eine Weile, bis seine weichen Knie ihn trugen und durchsuchte dann seine Taschen nach etwas Brauchbarem.

Und er wäre nicht Jamie Lennox, Mechaniker und Uhrmacher, wenn da nicht ein Draht dabei wäre, mit dem er versuchen konnte, das Schloss zu knacken.

30

JUNGFRAU IN NÖTEN

Obwohl wir niemanden auf dem Platz vor dem Kraftwerk sahen, stellten wir uns nicht so dumm an, es durch die Vordertür zu versuchen.

Da Arden ortskundig war, hatte er sofort eine Idee, wie wir es unbemerkt in die Halle schaffen konnten. Ich trieb uns alle zur Eile, während Benjamin uns zur Vorsicht mahnte. Also alles, was wir brauchten, um dies hier heil zu überstehen.

Wir schlichen an der langen Seite des Fabrikgebäudes entlang, wie Arden und ich es vor Weihnachten schon einmal getan hatten. Der Schnee reflektierte das Licht einer entfernten Laterne und der Kies knirschte leise unter den Sohlen unserer Schuhe. Es hatte wieder zu schneien begonnen und die Flocken schluckten jegliche Geräusche.

Arden schlich voraus, danach kam ich und Benjamin bildete die Nachhut wie ein warmer Schatten, durch dessen Gegenwart ich mich viel sicherer fühlte, als ich vielleicht sollte. Doch ich brauchte dieses Gefühl, um nicht den Kopf zu verlieren, denn ausnahmsweise genoss ich unser kleines Abenteuer nicht besonders.

Nicht, wenn es um Jamies Leben ging.

Der Nervenkitzel bereitete mir Übelkeit und das Prickeln auf der Haut fühlte sich mehr wie ein Juckreiz an.

Wir erreichten zügig die Nische, in der das letzte Mal die Arbeiter gestanden und geraucht hatten. Hier gab es eine schmale Tür aus Metall, lackiert in dem Rostrot der Ziegel.

»Wenn der Aufseher seine Runde dreht, hat man etwa zehn Minuten, bis er wiederkommt. Manche kommen dann schnell hier raus, um eine zu rauchen«, erzählte Arden uns und bückte sich zu einem Stein. Er hob ihn hoch und zog aus der Kuhle darunter eine Türklinke, die er ohne viel Aufhebens in das dazu passende Loch in der Tür steckte.

»Und diese Tür wird nicht abgeschlossen?«, erkundigte Benjamin sich flüsternd, das Misstrauen in seinen Zügen und Arden zuckte nur mit den Schultern.

Er drückte die Klinke runter und die Tür schwang geräuschlos auf. Denn natürlich wurde der Ausgang, den man heimlich für zusätzliche Pausen nutzte, gründlich geölt, um keine unnötige Aufmerksamkeit auf sich zu ziehen.

Wir schlüpften in das Gebäude und ich bemerkte sofort den Temperaturunterschied. Hier drin hatten an diesem Abend noch Verbrennungsanlagen große Turbinen angetrieben. Wir konnten von Glück sagen, dass das Kraftwerk noch im Aufbau war und daher noch keine Nachtschichten geschoben wurden.

Die Tür befand sich versteckt hinter zwei riesenhaften Maschinen, zwischen denen wir uns durchquetschen mussten. Gigantische Zahnräder, hoch wie drei Mann, ragten neben uns in die Höhe und die Kessel strahlten immer noch die Hitze des Tages ab.

Ich zupfte mir den Schal vom Hals und öffnete die oberen Knöpfe meines Mantels, ohne meine Umgebung aus den Augen zu lassen.

Über uns verschwanden Stahlträger in der Dunkelheit und hielten die gewölbte Decke, die ich nur schemenhaft ausmachen konnte.

Inmitten all dieser gewaltigen Metallkonstruktionen fühlte ich mich winzig und als wären wir vollkommen allein in einem Wald aus Maschinen.

»Hier sollte es bei Nacht eigentlich eine Wachmannschaft geben«, wisperte Arden und wir lauschten. Im Gebäude war es so still, dass man eine Stecknadel hätte fallen hören können. Selbst mein Atem klang viel zu laut in der riesigen Halle.

»Wo sind die?«, fragte Arden argwöhnisch und schob sich weiter auf einen breiteren Gang, der weiter ins Innere der Halle führte.

»Vielleicht drehen sie ihre Runde draußen«, schlug Benjamin leise vor und Arden verzog skeptisch das Gesicht.

»Nicht bei dem Wetter. Da ist es wahrscheinlicher, dass sie sich irgendwo zusammengerottet haben und Karten spielen.«

»Würden wir sie dann nicht lauthals fluchen hören?«, warf ich ein und Arden nickte.

»Wahrscheinlich. Oder sie prügeln Jamie Lennox gerade die Seele aus dem Leib«, gab er mir als Antwort und ich kniff ihm zur Strafe so fest in den Arm, dass er sich auf die Unterlippe beißen musste, um nicht aufzuschreien.

»Sag so was doch nicht!«, schimpfte ich so leise wie möglich und zwang meine Fantasie, es sich nicht vorzustellen. Doch vergeblich.

Das Bild eines am Boden liegenden Jamie erschien vor meinem inneren Auge, mit geschwollenem Auge und blutender Nase, zusammengekrümmt im Dreck.

Wut und Angst schossen mir durch den Körper und ich tastete nach Benjamins Hand, um Halt zu finden und nicht von meinen schmerzhaften Gedanken ausgehöhlt zu werden. Er kam mir entgegen, berührte mit seinen Fingerspitzen die meinen und verschränkte unsere Hände ineinander.

Ein weit entferntes Scheppern ließ uns aufhorchen. Viel zu dumpf, als dass es aus der Halle stammen konnte.

Arden drehte sich zu uns um. »Das kam aus dem Untergeschoss. Ich war nie da, aber es gibt dort wohl einige Lagerräume«, wisperte er uns zu und zeigte einen Gang entlang.

Die Treppe ins Untergeschoss lag nicht weit entfernt, war schmal, aber von einer Laterne erleuchtet, was Arden beunruhigte und mir die Gewissheit gab, dass Jamie tatsächlich hierhergebracht worden sein musste.

Stimmengemurmel drang zu uns nach oben und dann brüllte eine Männerstimme. Jemand dort unten war richtig wütend.

Und wir mussten genau dorthin und zwar schnell. Denn Gebrüll konnte nichts Gutes bedeuten und mir ging das Bild des verprügelten Jamies nicht aus dem Kopf.

Ich hatte schon den Fuß auf die erste Stufe gesetzt, da bemerkte ich plötzlich einen Lichtschein hinter uns. Mein Puls beschleunigte sich mit einem Satz.

Benjamin zog mich eilig von der Treppe fort und hinter eine riesenhafte Maschine. Arden schob uns weiter zwischen einen dicken Keilriemen und eine Spule. Wir duckten uns in die Schatten, die entstanden, als die Laterne an uns vorbeigetragen wurde.

Schweiß perlte auf meiner Haut und machte es mir noch unangenehmer in meinem dicken Mantel. Mein Herz schlug mir bis zum Hals, die Aufregung kochte mir durch die Adern und ich konnte kaum die Füße still halten.

Der Mann mit der Laterne war groß. Er schlenderte zur Treppe, einen Knüppel auf den Schultern, den er locker in der Hand drehte und gähnte herzhaft. Er schaute nicht mal in unsere Richtung, aber ich sah genug, um ihn zu erkennen. Seine breite Statur und der schwankende Gang, die großen, müden Augen.

Ich neigte mich zu Arden. »Ist das Marcus Frazer?«, flüsterte ich erstaunt und wir schoben uns gemeinsam wieder nach vorn, um den Mann in Augenschein zu nehmen.

Er war es tatsächlich.

Seine Familie lebt nur eine Querstraße von unserer entfernt und so sind Arden und ich quasi mit Marcus Frazer zusammen aufgewachsen.

Wir nennen ihn hinter seinem Rücken den *dummen Marcus*.* Und das sagte eigentlich schon alles über ihn und seinen Charakter aus, was es zu wissen gibt.

»Beteiligt sich an Entführungen, dieser kleine Dreckskerl. Wenn ich das seiner Mutter erzähle!«, zischte ich erbost und konnte dabei zusehen, wie Marcus seine Laterne neben die andere hängte und breitbeinig Position bezog.

* Das tun wir, um ihn in Gesprächen von seinem Cousin zu unterscheiden, dem lauten Marcus.

Na wunderbar.

»Und jetzt?«, fragte Arden und ich seufzte in mich hinein.

»Jetzt brauchen wir ein Ablenkungsmanöver«, gab ich zurück und versuchte mir auf die Schnelle etwas einfallen zu lassen.

»Ich flirte mit ihm und du haust ihm irgendwas gegen den Kopf«, schlug ich Arden vor und er verzog unwillig den Mund.

»Er erkennt dich doch, bevor du einmal mit dem Hintern gewackelt hast. Er schlägt Alarm, wenn er dich nur auf sich zukommen sieht. Denk an die Ostermesse, als wir aufs Dach geklettert sind und …«

Ich hielt Arden den Mund zu, damit er nicht weitersprach. Was damals zu Ostern passiert war, musste Benjamin Green nicht unbedingt erfahren. Zumindest nicht heute.

Arden schob meine Hand weg. »Und ich will ihm auch nicht auf den Kopf hauen. Der Arme ist auch so schon nicht die hellste Kerze im Leuchter.«

»Ich will das doch auch nicht«, zischte ich zurück und griff mir an die Stirn, um meiner Verzweiflung Ausdruck zu verleihen. »Wie wär's mit: ›*Verzieh dich oder ich sag es deiner Mama!*‹?«

»Das ist auf jeden Fall erfolgsversprechender als der erste Plan«, gluckste mein Cousin und versuchte sich ein vollkommen unpassendes Grinsen zu verkneifen.

Benjamin räusperte sich leise, um unsere Aufmerksamkeit auf sich zu ziehen und kam näher zu uns, damit wir die Köpfe zusammenstecken konnten.

»Ist es möglich, eine der Maschinen zum Laufen zu bringen? Vielleicht eine der hinteren? Das müsste ihn doch weglocken können«, schlug der Butler vor und Arden und ich starrten ihn überrascht an.

Ich weiß nicht, wieso wir ihm solche Ideen nicht zugetraut hatten. Wahrscheinlich weil er ein gesetzestreuer Bürger, ein zuvorkommender Angestellter reicher Herrschaften und ein Mann tadelloser Moral ist.

Was ist denn damals passiert?

Das erzähle ich dir sicher nicht. Da würden dir nur die zarten Ohren bluten.

Doch der Vorschlag war sehr gut und ich war so dankbar, dass er uns begleitet hatte und Arden und mich auf dem Boden der Tatsachen hielt.

»Das ist besser als meine Ideen«, gab ich zu und fing mir Benjamins besorgten Blick ein. Seine Begeisterung für meine waghalsigen Manöver hielt sich in Grenzen.

Arden und ich nickten uns kurz zu, er drückte wortlos meine Schulter und verschwand dann um eine Ecke in der Dunkelheit der großen Halle.

»Als du mich fragtest, ob wir Silvester zusammen verbringen wollen, habe ich mir etwas anderes vorgestellt«, flüsterte Benjamin an meinem Ohr und ich lehnte mich gegen seinen starken Oberkörper, ohne dabei die Treppe aus dem Blick zu lassen.

»Ich auch«, wisperte ich zurück und er legte die Arme um meine Taille.

»Tu nichts Dummes, ja?« Er drückte mich fest an sich und ich versank förmlich in der Umarmung, die mir so viel Kraft schenkte, dass ich mir sicher war, dass wir diese Nacht überstehen würden. Überstehen mussten.

»Wie soll ich dir das versprechen?«, fragte ich ihn sorgenvoll und der Knoten unter meinem Brustbein, den ich gerade noch so gut ignoriert hatte, zog sich wieder fester zusammen.

Irgendwo zwischen all den Metallkonstruktionen und den Stahlträgern begann eine Maschine sich geräuschvoll zu bewegen. Sie keuchte, spuckte eine Flamme, die meine Augen blendete und dann setzte sie sich ratternd und scharrend in Gang.

Marcus Frazer schreckte sofort auf, griff hastig nach seiner Laterne und entfernte sich von seinem Wachposten. Am unteren Ende der Treppe wurden die Stimmen ebenfalls lauter.

Es dauerte nicht lang, da riss jemand eine Tür auf und eine Stimme bellte einen Befehl, der nur stückhaft zu uns nach oben drang.

Und dann trat Kenneth Maddison in das Licht an der Treppe. Er trug einen feinen schwarzen Cutaway, schwarze Schuhe, die frisch geputzt glänzten und einen gefütterten Mantel. Seine

Schmalzlocke lag ihm perfekt auf der Stirn und er griff nach einem Zylinder, der neben der Treppe auf ihn wartete.

Ich musste den Mann nur sehen und schon kam mir die Galle hoch. Dieser widerliche Kerl war an allem schuld und eines schönen Tages würde ich dafür sorgen, dass er all seine Taten bereuen würde.

Doch nicht in diesem Moment. Jetzt war Jamie wichtiger.

Ich sah ihm hinterher und wünschte, ihn mit meinem Blick erdolchen zu können.

Kaum war er ein paar Schritte weit gekommen, da stürmten auch schon zwei weitere Männer die Treppe nach oben. Beide breitschultrig und mit wuchernden Bärten. Den mit der Narbe erkannte ich sofort. Doyle Denver, der Vorarbeiter der Nachmittagsschicht. Kurzer Geduldsfaden, schnelle Fäuste.

Seine Nase sah fürchterlich aus, gebrochen und verquollen und die böse Seite in mir hoffte, dass es Jamie gewesen war, der ihm eine verpasst hatte. War ich. Ich hatte nur keine Zeit, mich daran zu erfreuen.

»Los!«, ertönte Ardens Stimme hinter uns und Benjamin zog augenblicklich die Hände von mir zurück.

Nun mussten wir schnell handeln, ehe die Schläger zurückkamen.

Wir huschten zur Treppe und die Stufen hinunter auf einen schmalen Flur, der sich zu beiden Seiten erstreckte wie der Eingang in ein Labyrinth. Grobes Gestein an unverputzten Wänden, die in der Dunkelheit der Nacht versanken. Ein halbes Dutzend Türen gingen davon ab und ich stöhnte innerlich auf. Denn natürlich trug keine eine Aufschrift mit Jamies Namen.

Unwillig teilten wir uns auf, ich ging links, Arden rechts und Benjamin blieb an der Treppe zurück, um Schmiere zu stehen.

Ich hetzte zur ersten Tür, die jedoch nur in einen leeren Raum führte. Die nächste offenbarte ein Zimmer voller Kisten. Hinter der daneben stapelten sich Metallstangen bis an die Decke.

Mir sackte das Herz ab und der Gedanke, Jamie nicht rechtzeitig zu finden, ließ die Panik wieder zurückkehren. Sie kroch kalt meine Arme entlang und machte mich ganz verrückt.

Beinahe hätte ich Arden überhört, der einen Krähenruf* ausstieß und ich folgte dem Geräusch unverzüglich. Auf dem Weg dorthin schnappte ich mir Benjamin und wir eilten um die Ecke.

Eine der Türen stand offen und war hell erleuchtet. Ein gutes Zeichen. Arden streckte den Kopf heraus, um zu sehen, wo wie blieben und winkte uns zu sich.

Der Raum wirkte kleiner als die vorigen, da er bis zur Decke mit Regalen vollgestopft worden war. An der einen Seite standen Tische aufgereiht, auf denen allerlei gläserne Kolben und andere Dinge standen, die verdächtig wie die aussahen, die Jamie in seiner Werkstatt aufgebaut hatte.

In der Mitte des Raums stand ein Stuhl, an dem die Überreste von Fesseln zu sehen waren und auf dem Boden davor lag David Brightons Notizbuch.

Jamie war definitiv hier gewesen.

Doch wo hatten sie ihn jetzt hingebracht?

»Jamie?«, rief ich so laut, wie ich mich traute und bekam ein Bollern zur Antwort, das mich so zusammenschrecken ließ, dass es mir schmerzhaft in den verspannten Nacken fuhr.

Sofort lief ich in den Raum, um mich umzusehen und entdeckte eine weitere Tür, die vom Eingang aus hinter den Regalen nicht zu sehen gewesen war.

Mit schwitzigen Händen griff ich nach der Klinke und rüttelte daran, auch wenn mir natürlich vorher schon klar gewesen war, dass sie abgeschlossen sein würde.

»Elisa«, hörte ich Jamies Stimme gedämpft von der anderen Seite der Tür und ich wäre am liebsten vor Erleichterung in Tränen ausgebrochen.

Er lebte und er konnte mit mir sprechen.

»Jamie. Wir sind hier. Wir holen dich da raus«, versicherte ich ihm und sah mich nach etwas um, mit dem ich das Schloss aufbrechen konnte. Neben der Tür hing ein Schlüssel an einem Haken an der Wand.

Das war leichter als erwartet.

* Das war schon als Kinder unser geheimer Ruf. Arden ist richtig gut darin. Bei mir klingt es eher, als würde ich die Krähe erdrosseln.

Ich schloss die Tür auf, fürchtete das Schlimmste und wurde mit einem schmutzigen, zitternden Jamie belohnt, der mir in die Arme fiel, kaum dass ich ihn erblickte.

Er klammerte sich an mich und ich hielt ihn so fest ich nur konnte, damit er nicht auseinanderfiel.

»Ich habe versucht, die Tür mit einem Draht zu öffnen. Aber meine Hände haben zu sehr gezittert und ich habe ihn fallen lassen«, schluchzte Jamie an meiner Schulter und ich musste mich zusammenreißen, um nicht ebenfalls zu weinen.

»Jamie Lennox. Jungfrau in Nöten. Zu tollpatschig, um sich selbst zu retten«, riss ich einen Witz, damit wir beide uns wieder beruhigen konnten und Jamie lachte hicksend auf.

Ich schob ihn eine Armeslänge von mir und musterte ihn auf die Schnelle.

Sein Gesicht war dreckverschmiert und an seiner Stirn prangte eine gerötete Beule, die sicher zu einem mustergültigen Bluterguss heranwachsen würde. Doch ansonsten sah er unverletzt aus.

»Was ist das hier alles?«, fragte Arden, der sich einmal um sich selbst drehte und die Regale bestaunte.

»Chemikalien. Sie wollen, dass ich ihnen den *Brighton-Katalysator* synthetisiere«, warf Jamie mit Fachlatein um sich und zeigte mir damit, dass es noch ganz gut um ihn stand.

Ich lächelte und wollte ihn gerade zum Ausgang ziehen, als ein Mann in den Türrahmen trat.

Kenneth Maddison spannte den Hahn seiner Pistole mit einem Klicken und hob dabei gekonnt die linke Augenbraue.

»Na, sieh mal einer an, wer mir da den Abend noch mehr versauen will«, sagte er scharf und richtete die Mündung seiner Waffe auf mich. »Elisa Hemmilton höchstpersönlich.«

31

DER ZWECK HEILIGT DIE MITTEL

Wir erstarrten wie auf eine Fotografie gebannt. Aber in meinem Inneren ging augenblicklich alles in Flammen auf.

Es handelte sich nicht um das erste Mal in meinem Leben, dass mich jemand mit einer Waffe bedrohte. In den meisten Fällen war sie nicht einsatzfähig, da der Besitzer kein Geld für Munition besaß und sich allein auf die abschreckende Wirkung verließ, die so ein Stück Metall haben konnte, wenn man das korrekte Ende auf einen anderen richtete.

Im Falle von Kenneth Maddison, der weder an seinem Dandy-Erscheinungsbild noch an der Ausstattung seines Büros sparte, ging ich davon aus, dass die Waffe geladen war.

Sie war das Einzige, was mich wirklich davon abhielt, mich mit einem wütenden Schrei auf ihn zu stürzen und ihm seine akkurate Schmalzlocke vom Kopf zu reißen. Er selbst machte mir keine Angst. Nicht einmal Doyle Denver und der zweite Schläger, die hinter ihm auftauchten, hätten mich aufhalten können.

Jamie schien meinen Ärger zu spüren, denn er legte ganz langsam seine Hand auf meinen Arm, um mich zurückzuhalten.

Doch ich wusste auch so, wie dumm ich wäre, mich durch eine falsche Bewegung von einem nervösen Finger erschießen zu lassen.

Kenneth Maddison schlenderte in den Raum hinein, in der Haltung eines Mannes, dem die ganze Welt gehörte, die Pistole weiterhin auf mich gerichtet.

»Tja. Da habe ich dummerweise das Geschenk für meine Nichte stehen lassen und zerstöre dadurch doch tatsächlich Ihre Fluchtpläne«, sagte er zu mir, ein dünnes Lächeln auf den Lippen. Trotz gespielter Freundlichkeit in seiner Stimme wirkte er äußerst genervt von der Entwicklung des Abends. »Ich muss Ihnen jedoch zugestehen, dass Sie mich mit Ihrem Auftauchen wirklich überrascht haben.« Ohne uns aus den Augen zu lassen, trat er an ein Tischchen an der Seite und griff nach einem bunt verpackten Kästchen, das darauf lag. »Wirklich. Das schaffen nicht viele.«

Von mir aus konnte er sich sein scheinheiliges Lob an den Hut stecken.

Ich zuckte und Jamie klammerte sich fester an meinen Arm, um mich festzuhalten, falls nötig.

»Sie verlogener kleiner Scheißer!«, kam es mir über die Lippen, ohne dass ich es verhindern konnte, als der Zorn in meinem Bauch hochkochte. Wegen dieses Mannes musste ich schon das zweite Mal um Jamies Leben fürchten und das war definitiv zweimal zu viel.

»Na, na«, tadelte Kenneth Maddison mich, als wäre ich ein unerzogenes Hündchen und machte mich dadurch nur noch rasender. »Ich war Ihnen gegenüber immer höflich, Miss Hemmilton.«

»Meinen Freund zu entführen zählt nicht als höflich, Mr Maddison«, zischte ich zurück, schüttelte Jamies Hand ab und schob ihn unauffällig hinter mich, um wenigstens ihn aus der Schusslinie zu bringen.

Jamie war nicht in der Lage, sich dagegen zu wehren oder sonst wie zu protestieren. Die Angst hielt ihn fest in ihren Klauen und lähmte ihn zu sehr.

Kenneth Maddison wiegte abschätzend den Kopf hin und her und ließ das Geschenk für seine Nichte in die Tasche seines Mantels gleiten. Langsam ging er zurück zur Tür und griff mit der freien Hand nach dem Knauf.

»Möglicherweise. Aber ich lebe nach dem Prinzip: Der Zweck heiligt die Mittel«, plauderte er lächelnd.

Mir platzte der Kragen nun endgültig. Ich wusste sofort, dass er uns alle hier drin einsperren würde. Für später. Oder er setzte seine Schläger auf uns an, die uns in seinem Namen meucheln würden, damit der feine Herr sich die Finger nicht schmutzig machen musste.

Ich verabscheute diesen Mann so sehr, dass ich vor ihm auf den Boden spucken wollte. Und sollte ich ohnehin sterben, hielt mich auch die Pistole nicht davon ab, ihn wenigstens zu beleidigen.

»Fahren Sie zur Hölle«, fauchte ich voller Inbrunst und Kenneth Maddison besaß die Frechheit, über mich zu lachen.

»Sie sind eine schlechte Verliererin, meine Liebe«, säuselte er, provozierte mich weiter und ich trat einen entschlossenen Schritt auf ihn zu.

Er richtete seine Waffe auf Arden.

Mir gefror das Blut in den Adern, meine Füße klebten förmlich am Boden und ich wagte es kaum Luft zu holen.

»Ihr Bruder, nehme ich an«, sagte er mit abschätzigem Ton, nachdem er meinen Cousin einer flüchtigen Musterung unterzogen hatte.* Dann blickte er zu Benjamin Green und mir wurde ganz schlecht von der Angst, die sich durch meine Eingeweide fraß. Bei Gott!

Maddison betrachtete den Butler mit einiger Skepsis.

»Was Sie hierherverschlagen hat, kann ich mir nicht im Geringsten vorstellen«, kommentierte Maddison verwundert, als wären wir nur eben zu einem Plausch vorbeigeschneit und besann sich dann zurück auf das Wesentliche. »Zu dumm, dass Sie alle mir gerade heute in die Quere kommen mussten. Jetzt bleibt mir leider nichts anderes übrig, als Sie die Nacht hier drin verbringen zu lassen. Machen Sie es sich bequem. Wir sprechen uns morgen früh wieder«, kündigte er an und fuchtelte mit der Waffe wild vor unseren Nasen herum, als wäre es nur irgendein Gegenstand.

Ich unterdrückte ein Zittern, sammelte all meine Kraft und ballte die Hände zu Fäusten. Er musste nicht sehen, wie sehr ich mich davor fürchtete, dass er meinen Leuten etwas antat.

Der Irrtum sei ihm als Einziges verziehen. Arden und ich sehen uns einfach so ähnlich, dass schon viele der Annahme waren, es handle sich bei uns um Geschwister.

»Damit Sie uns dann morgen in der Themse ertränken können? Wieso warten?«, stichelte ich und trat noch einen Schritt auf ihn zu, um seine Aufmerksamkeit wieder auf mich zu ziehen. Und auch den Lauf der Waffe. Lieber starb ich selbst, als mit ansehen zu müssen, wie einer meiner liebsten Menschen erschossen wurde.

Ich hätte Arden und Benjamin niemals hierherbringen dürfen. Wieso durchdachte ich meine Pläne nie bis zum Ende?

Mit skeptischem Blick zog Kenneth Maddison die Stirn in Falten. »Ich will doch niemanden ertränken. Ich möchte lediglich, dass Mr Lennox mir David Brightons Geheimnisse offenbart«, sagte er und es war kein Sarkasmus in seiner Stimme.

Doch ich glaubte ihm trotzdem nicht.

Ich stieß einen tadelnden Laut aus. »Das haben Sie zu Brighton sicher auch gesagt«, warf ich ihm vor und er richtete die Pistole brav wieder auf mich.

Seine Geduld schien sich dem Ende zu neigen, die gespielte Freundlichkeit wich aus seinen Zügen und er seufzte genervt auf.

»Ich habe David Brighton seit Monaten nicht gesehen. Er ist in Amerika«, behauptete er nüchtern, als müsste er mich über eine Neuigkeit aufklären und ich verdrehte die Augen. *

Ich spürte Ardens Blick von der Seite, der mir mitteilte, dass ich die Klappe halten sollte. Maddison umklammerte die Waffe fester und mein flatterndes Herz gab Arden recht.

Doch dieser Fall trieb mich schon so lange um, hatte schon so viel gefordert, dass ich den Mann mit der Schmalzlocke jetzt nicht gehen lassen konnte. Nicht nachdem ich ihn endlich vor mir hatte.

Ich wollte ein Geständnis aus Kenneth Maddisons Mund.

Also reckte ich das Kinn und ignorierte die Warnung meines Cousins.

* Wenn ich für jedes Mal, bei dem ich diesen Satz zu hören kriegte, einen Penny bekommen hätte, könnte ich Arden schon eine Woche lang warmes Mittagessen ausgeben.

»Ist er nicht. Und das wissen Sie ganz genau!«, widersprach ich vehement und zeigte mit dem Finger auf Maddison. »*Sie* haben ihn ermordet!«

Ich schärfte meinen Blick und richtete all meine Aufmerksamkeit auf das Gesicht meines Gegenübers. Ich wartete auf ein verräterisches Zucken, einen schuldvollen Ausdruck, den winzigen Schreck, erwischt worden zu sein. Vielleicht, dass er auf mich zukam und mir ins Gesicht schlug, mich dramatisch beschimpfte oder mir die Waffe gegen den Kopf drückte.

Doch ich erhielt nichts von alledem.

Er hob nur ungläubig eine Augenbraue. »Was? Nein«, sagte er so nüchtern, dass es mich verwirrte. »Wieso hätte ich das tun sollen? Es war das Beste, was mir passieren konnte, dass der kleine Feigling das Land verlassen hat«, führte Maddison aus und ich schüttelte den Kopf.

»Er hat das Land nicht verlassen. Er ist tot«, wiederholte ich mit Nachdruck und Kenneth Maddison zuckte lediglich mit den Schultern.

»Umso besser«, behauptete er und brachte mich damit vollkommen aus dem Konzept.

Ihm seine Taten vor Augen zu halten sollte ihn nicht so wenig berühren. Er hätte toben sollen oder gespenstisch lachen oder auf mich schießen. Aber er benahm sich, als ob es ihn nichts anging.

Konnte er so ein guter Schauspieler sein? War er sich so sicher, dass wir ihm nicht auf die Schliche gekommen waren?

»Und dann haben Sie ein Ticket nach Amerika gekauft, um sein Verschwinden zu verschleiern«, präsentierte ich noch ein Detail unserer Ermittlungen und Kenneth Maddison lachte auf. Ehrlich amüsiert prustete er los und ließ dabei sogar seine Waffe ein winziges Stück sinken.

Was passierte hier gerade?

»Wie abwegig wäre das denn?«, rief Maddison ungehalten und fasste sich an die Stirn, um mir zu zeigen, dass er mich für nicht recht bei Verstand hielt. »Wissen Sie, was so ein Ticket kostet? Wenn ich David Brighton hätte ermorden wollen, dann wäre er einfach tot. Glauben Sie, irgendjemand würde nach dem arroganten Bastard suchen? Er war ein paranoides Ekelpaket, das jeden vor den Kopf gestoßen hat. Jeden! Wieso sollte ich mir die Mühe machen, für ihn ein Ticket nach *Amerika* zu buchen?«, betonte er, als wäre es das Absurdeste, was er jemals zu hören bekommen hatte.

Wie vom Donner gerührt stand ich da, als hätte man mir aus dem Nichts eine Ohrfeige verpasst und ich hätte es nicht kommen sehen.

»Ich glaube Ihnen kein Wort«, protestierte ich, obwohl ich, schon während ich es sagte, an meiner eigenen Aussage zweifelte.

Doch Kenneth Maddison ließ sich davon nicht beeindrucken. »Miss Hemmilton. Es ist mir völlig gleich, ob Sie mir glauben. Ihre Meinung ist nicht relevant für mich.« Dann sicherte er die Waffe, steckte sie an seinen Gürtel, tippte sich zum Abschied an den Hut und zog die Tür zu, ehe Arden und Benjamin sich auf ihn stürzen konnten.

Arden stolperte beinahe, als sie genau vor seiner Nase zuschlug. Sofort griff er nach dem Türknauf.

Der Schlüssel drehte sich jedoch im Schloss und Maddisons Anweisungen an seine Schläger, die Tür die ganze Nacht nicht aus den Augen zu lassen, hallte durch die finsteren Flure des Untergeschosses.

Mein Cousin trommelte mit den Fäusten gegen die Tür, um seiner Wut Luft zu machen und das Holz erzitterte unter seinen Schlägen, selbst wenn seine Arme so dünn und lang waren wie meine.

»Verdammt!«, fluchte er und ließ noch mehr hören, was ich hier in diesem Bericht lieber nicht wiederhole.

Benjamin knetete seine Hände und Jamie übte sich darin, gleichmäßiger zu atmen. Der Schreck saß bei uns allen tief und der Raum um uns herum schien immer kleiner zu werden.

»Marcus!«, brüllte Arden, in der Hoffnung, Marcus Frazer * stand ebenfalls vor der Tür und würde sich unserer erbarmen.

* Das tat er übrigens nicht. Um den Ruf des dummen Marcus zu wahren, sei erwähnt, dass er weiter seine Runden durch das Kraftwerk zog, wie es sich für einen Nachtwächter gehörte und absolut keinen Schimmer davon hatte, was im Untergeschoss vor sich ging. Wäre er schlau, hätte er sicher eins und eins zusammenzählen können. Aber nun ja. Er wird nicht fürs Denken bezahlt.

»Halt die Klappe«, schnauzte eine raue Stimme zurück, die definitiv nicht zu Marcus gehörte und Arden trat ein letztes Mal zu.

»Und jetzt?«, fragte er an mich gewandt, als könnte nur ich eine Lösung für dieses Problem finden.

Doch ich war nicht imstande, ihm zu antworten. Mein Verstand verarbeitete noch die Eindrücke der letzten Minuten, ich ging noch einmal das Gespräch durch, das so ganz anders verlaufen war als erwartet. All die Nuancen tanzten durch meine Gedanken, die mich unweigerlich zu einem Schluss kommen ließen, der mir ganz und gar nicht gefiel.

Ungläubig schüttelte ich den Kopf.

»Das kann doch jetzt nicht wahr sein«, schnaubte ich und drückte mir die Handballen auf die Augen.

»Ist es aber. Wir sitzen hier fest und morgen früh wird mein Boss uns die Kehlen aufschlitzen«, prophezeite Arden uns mit Grabesstimme, der meine Worte missinterpretierte und Jamie stieß ein ersticktes Hicksen aus.

»Nein, wird er nicht«, widersprach ich, um Jamie zu beruhigen, dessen Nerven immer noch blank lagen und trat in die Mitte des Raumes. »Weil er kein Mörder ist«, sprach ich meine neu gefasste Erkenntnis aus und stützte mich auf der Lehne des Stuhls vor mir ab. Mein schmerzender Rücken dankte es mir.

»Du glaubst ihm doch nicht etwa?« rief Arden schockiert und machte deutlich, dass er nicht meiner Meinung war.

Ich sah erst ihn an und wandte mich dann an Benjamin Green. Er nickte mir zu und bestätigte mir, dass ich mir das alles nicht nur eingebildet hatte.

Mist.

Mir wäre lieber gewesen, wenn ich mich geirrt hätte und der Dreckskerl Maddison für diese Tat zur Rechenschaft gezogen werden könnte. Aber ich konnte auch nicht die Augen vor einer offensichtlichen Tatsache verschließen: Wir hatten wieder einmal den Falschen im Visier gehabt.

Kenneth Maddison war nicht der Mörder von David Brighton.

Ich streckte die Hand nach Benjamin aus und er ergriff sie, ohne zu zögern. Der warme Druck seiner Finger tat so gut, dass ich weinen wollte.

Doch dafür war jetzt nicht der richtige Zeitpunkt.

Denn auch wenn Maddison vielleicht kein Mörder war, er hatte uns in seinem verfluchten Keller eingesperrt und würde morgen sonst was mit uns anstellen.

»Er sah nicht aus, als ob er lügen würde«, sagte ich zu Arden und er warf mit einem erbosten Zungenschnalzen die Arme in die Luft.

»Gott steh uns bei«, knurrte er und schlug noch einmal, sehr viel resignierter, gegen die verschlossene Tür.

Ich hatte ihn schneller überzeugt als erwartet. Wahrscheinlich, weil er es selbst auch schon gespürt hatte.

Nur Jamie war noch zu verwirrt, um unserer Schlussfolgerung zu folgen. In seinem Kopf drehten sich die Gedanken immer noch viel zu schnell im Kreis.

»Er hat nicht …? Aber … aber alle Fakten weisen auf ihn«, sagte er zögerlich und begann, im kleinen Raum auf und ab zu laufen. Seine Füße erzeugten dadurch ein gleichmäßiges Geräusch, auf das er sich fokussieren konnte.

»Wenn er sich die Mühe gemacht hätte, uns anzulügen, dann hätte er auch mehr Zeit darauf verwandt, dafür zu sorgen, dass wir seine Lüge auch glauben«, erklärte ich Jamie und dieser fuhr sich fahrig mit den Händen durch die verlotterten Haare, die ihm offen bis auf die Schultern fielen.

»Er hat mich entführt. Er hat uns durch Kensington jagen lassen. Du warst davon überzeugt, dass er bei mir eingebrochen ist«, erinnerte er mich, als hätte ich das jemals vergessen können und seine Stimme brach, als ihm die Luft ausging. Mühsam holte er Atem und fühlte sich dabei, als würde sein Brustkorb sich immer enger zusammenziehen. Ihm wurde heiß und kalt und er beschleunigte seine Schritte, um sich selbst zu beruhigen.

Ich wollte nach ihm fassen, seine Schulter drücken, damit er wusste, dass wir immer noch auf seiner Seite waren. Doch er war zu sehr außer sich, um auf mich zu achten.

»Ja, das hat er auch alles getan«, versicherte ich ihm daher. »Kenneth Maddison ist ein mieser Schuft und ein widerlicher Dreckskerl, aber ich denke, dass er nicht der Mörder von David Brighton ist.«

»Wenn er ihn nicht ermordet hat, wer war es dann?«, stellte Benjamin die Frage, die zwischen uns hing und schob sich die Mütze vom Kopf. Seine unordentlichen kurzen Locken standen im Kontrast zu seiner aufgeräumten Miene. Unbewegt und ernst stand er neben mir und hielt meine Hand wie ein Fels in der Brandung und ich fragte mich, ob er wirklich so viel Kraft besaß, über den Dingen zu stehen oder insgeheim auch um seine Fassung rang, wie wir anderen.

»Gehen wir mal davon aus, wir glauben ihm« beendete ich unsere Diskussion, die nirgendwo hinführen würde und dachte einen Schritt weiter. »Kenneth Maddison hat keinen Mord begangen oder in Auftrag gegeben. Dann hat er auch kein Ticket nach Amerika gebucht.«

»Wer dann?«, fragte Arden, der mir gegenübertrat, die Hände tief in den Taschen seiner Jacke vergraben, um sich selbst unter Kontrolle zu halten.

»Was, wenn es Brighton selbst war? Wenn er sich tatsächlich nach Amerika absetzen wollte?« schlug Benjamin das Naheliegendste vor und ich fühlte mich, als wären wir wieder ganz am Anfang angekommen.

»Wieso sollte er so was tun?« Ich lehnte mich gegen Benjamins Schulter, um noch mehr Halt zu finden.

Wir drehten uns im Kreis und ich fürchtete, wir würden diesem Geheimnis niemals auf die Spur kommen, da hielt Jamie ganz plötzlich in seinem Lauf inne.

»Oh! OH!«, stieß er aus und man konnte ihm den Geistesblitz förmlich ansehen. »Ich weiß es! Er wollte abhauen, weil seine Maschine nicht funktioniert!«, rief er und starrte uns an, als könnte er nicht glauben, dass sein Mund in der Lage war, sinnvolle Sätze zu bilden. War auch so.

»Was?!« kam es von Arden und mir gleichzeitig und jetzt war ich diejenige, die nicht mehr mitkam.

»Es ist der Katalysator. Auf dem Papier ist die Formel genial und revolutionär. Aber im echten, praktischen Prozess explodiert er, bevor er die Verbindung eingeht, die er sollte«, ratterte Jamie herunter und ich fasste mir an die Stirn, im verzweifelten Versuch, seine Worte nachzuvollziehen.

»Was ist mit dem Katalysator aus dem Koffer?«, wollte ich wissen und Jamie sah sich suchend im Raum um.

Nur einen Schritt von ihm entfernt lag ein länglicher Behälter, nach dem er sich bückte. Das Metall zeigte eine üble Delle an der einen Seite und war in sich verzogen. Der Deckel fehlte.

»Er ist leer und er war auch schon immer leer«, offenbarte der Mechaniker uns und hielt das Behältnis so, dass wir trotz des schwachen Lichtes der Laternen bis auf den Grund sehen konnten. »Deshalb hat Maddison mich auch entführt, obwohl er den Behälter zuvor schon gestohlen hatte. Er braucht die Blaupausen gar nicht. Er war hinter mir her, damit ich für ihn den Katalysator herstelle.«

»Der aber nicht herstellbar ist«, wiederholte ich, um sicherzugehen und Jamie nickte abgehackt.

»Ich habe es versucht. Wenn es möglich ist, dann nicht mir. Und David Brighton wohl auch nicht.«

Ich massierte sanft meine linke Schläfe, um meine aufkommenden Kopfschmerzen zu vertreiben. Die nervenzerreißende Anspannung, die mich hergetrieben hatte, ließ langsam nach und zerrte eine bleierne Müdigkeit an die Oberfläche, die ich jetzt nicht gebrauchen konnte.

»Dann wäre es für die Maddisons wirklich das Beste, was passieren könnte, wenn Brighton das Land verlassen hätte«, ächzte ich. »Der Stromerzeuger, der ihnen das Geschäft zerstört hätte, ist nicht funktionstüchtig und der Erfinder macht sich über alle Berge davon, um seine Investoren nicht ausbezahlen zu müssen.« Ich sagte es und in diesem Moment fiel es mir wie Schuppen von den Augen.

Himmel! Ich war so blind gewesen!

»Und wäre somit der Untergang für Ernest Powell«, sprach Jamie aus, was ich gedacht hatte und die Erkenntnis brannte mir in den Eingeweiden wie heiße Kohlen.

»Verflucht«, stöhnte ich und blickte zu Benjamin. »Das ist das fehlende Motiv!«, sagte ich zu ihm.

Auf dem Ball hatten wir darüber gesprochen und mir wäre diese Schlussfolgerung nicht im Traum eingefallen. Wir waren so fest davon ausgegangen, dass David Brighton niemals nach Amerika hatte gehen wollen. Und es hatte uns vorschnell urteilen lassen.

»Seine ganze finanzielle Existenz hängt an dieser Maschine. Wenn sie nicht funktioniert und Brighton deshalb abhauen wollte, dann wäre das der schlimmste Betrug für ihn gewesen. Er hat all seine Hoffnungen in Brightons Erfindung gesetzt«, erzählte Jamie, der ebenfalls nicht begreifen konnte, wie uns das hatte entgehen können. Dabei hatte er doch sogar mit Powell darüber gesprochen und der Mann hatte ihm von seinem Schmerz und dem Verrat erzählt, den er empfunden hatte.

Es war so offensichtlich.

»Und er wusste auch als Erster davon, weil sein Bekannter von der Schifffahrtsgesellschaft ihm von dem Ticket erzählt hat«, erinnerte uns Arden, dem ich die ganze Sache vor Weihnachten erzählt hatte.

»Wir hatten ihn fast«, jammerte ich lautstark und wollte schreien vor Frustration. »Ich stand vor ihm und habe die Schuld in seinem Gesicht gesehen. Und dann bin ich dem Irrglauben verfallen, er hätte nur ein schlechtes Gewissen, weil er den Koffer bei der Polizei gestohlen hat! Ich war so dumm!«

Arden nickte. »Ja, warst du«, bestätigte er mir überflüssigerweise und leider stand ein Stuhl zwischen uns, sodass ich nicht nach ihm treten konnte.

»Das konntest du doch nicht wissen«, versuchte Jamie mich zu besänftigen und ich schob seine Hand weg, als er mir den Arm tätscheln wollte.

»Aber ich hätte es wissen müssen«, beharrte ich. »Ich war voreingenommen. Ich bin eine furchtbare Ermittlerin!« Ich fühlte mich entsetzlich und dumm und vorgeführt von diesem schwammigen, nervösen und ganz und gar nicht bemitleidenswerten Ernest Powell. Dieser verdammte Dreckskerl!

»Es kann eben nicht jeder Lewis van Allington sein«, murmelte Arden und ich fasste mir an den Kopf.

Jamie stampfte energisch mit dem Fuß auf und riss mich damit aus meinem Schwall an Selbstzweifeln.

»Du hast mich gefunden!«, rief er mir entgegen und die Spannung in seiner Haltung nahm wieder zu. »Ich war hier allein in einer Kammer eingesperrt und du hast mich gefunden! Du bist brillant«, versuchte er mir seine ganze Dankbarkeit zu vermitteln und all die Angst offenzulegen, die er in den letzten Stunden empfunden hatte.

Doch ich spürte mein Versagen zu tief, als dass ich sein Kompliment hätte annehmen können.

»So brillant, dass wir hier drin jetzt festsitzen«, murrte ich ironisch und sah rüber zur Tür, vor der die beiden Schläger Wache hielten. Ob sie wohl mithörten?

War das noch von Belang für uns?

»Das wäre doch so oder so passiert«, widersprach Arden. »Selbst wenn wir Ernest Powell schon überführt hätten, wäre Maddison doch immer noch hinter dem Katalysator her.«

»Aber er ist doch kein Mörder. Wir leben alle noch. Vielleicht wird er uns einfach wieder gehen lassen, wenn wir ihm alles erklären«, meinte Jamie hoffnungsvoll und brach mir damit beinahe das Herz.

»O Jamie«, seufzte ich, weil seine Worte so unglaublich naiv waren, dass ich es nicht über mich brachte, die Wahrheit auszusprechen.

Arden gab sich da allerdings schmerzfreier. »Die Betonung liegt auf *noch*. Der Kerl hat eine Waffe bei sich. Die besitzt er sicher nicht aus Spaß. Vielleicht war's nicht David Brighton. Aber ich würde mich nicht wundern, wenn der schon mal jemand anderen im

Graben verscharrt hat.« Er wich unseren Blicken aus, um zu verbergen, wie sehr ihm all das zu schaffen machte. Doch mich täuschte er nicht. Ich sah Angst und Sorge in seinen hellen Augen und der Art, wie er den Mund zu einem schmerzvollen Lächeln verzog.

Und das ließ die Furcht in meinem Inneren ebenfalls wieder aufbrechen. Arden kannte Kenneth Maddison besser, als wir es taten. Wenn er davon überzeugt war, dass dieser uns etwas antun würde, dann sollten wir uns deswegen ernsthaft sorgen.

Kenneth Maddison war kein sanftes Gemüt. Das hatte er bereits bewiesen.

Der Bluterguss an Jamies Stirn verfärbte sich immer schlimmer und sein Gesicht war so schmutzig wie schon lang nicht mehr. Die Tür war verschlossen und wurde bewacht. Die Fenster ließen sich nicht mal welche nennen. Nur schmale, vergitterte Schlitze, durch die nicht einmal eine Bohnenstange wie ich gepasst hätte.

Wir würden hier nicht rauskommen.

Mir schnürte sich die Kehle zu und schon wieder drückten Tränen gegen meine Augen, die ich zwanghaft zurückzuhalten versuchte. Ich sah in den Blicken von Arden und Jamie, dass sie sich darauf verließen, dass ich alles zusammenhielt. Wenn ich weinte, würden auch sie endgültig die Nerven verlieren.

Ich klammerte mich fester an Benjamins Hand, versuchte der Verzweiflung in mir Herr zu werden und schloss für einen Moment die Augen.

»Er bringt uns also doch um«, sagte Benjamin in die angespannte Stille hinein und auch wenn er nüchtern klang, lag da etwas Verletztes in seiner Stimme, das mich in der Seele traf.

Eine Träne entkam meinen Augen.

»Vielleicht. Vielleicht auch nicht«, versuchte ich die Gemüter und auch mich selbst zu beruhigen und wischte mir so unauffällig wie möglich über die Wange, um die verräterischen Spuren meine Verzweiflung zu tilgen.

»Vielleicht sperrt er uns auch nur bis an unser Lebensende hier unten ein«, zischte Arden, der seinen Ängsten durch bissige

Kommentare Luft machte und ich strafte ihn mit einem mahnenden Blick. Zumindest versuchte ich das.

»Nicht hilfreich, Arden!«, motzte ich atemlos und ein Schluchzer entkam meiner Kehle. Verdammt.

»Elisa«, flüsterte Benjamin neben mir und ein Zittern ging durch ihn hindurch. Der Fels, der er in den letzten Stunden für mich gewesen war, bröckelte.

Doch anstatt zu zerbrechen, zog Benjamin mich plötzlich in seine Arme und drückte seinen Mund so stürmisch auf meinen, dass ich vergaß zu atmen.

Ich spürte die überraschten Blicke der anderen förmlich auf uns, doch ich ignorierte sie und gab dem Kuss nach, der nach Leidenschaft schmeckte und die Kälte aus meinen Gliedern vertrieb. Meine Knie wurden ganz weich und mir entfiel unerwartet schnell, in was für einer verdammt beschissenen Situation wir uns gerade befanden.

Mir wurden ganz schwindelig.

Hastig unterbrach ich den Kuss und schnappte nach Luft. Benjamins Augen waren so dunkel, dass ich darin versinken wollte, doch leider kamen meine Gedanken wieder zu mir zurück.

»Denkst du wirklich, das ist der richtige Zeitpunkt, um ans Küssen zu denken?«, fragte ich ihn keuchend und ein feines Lächeln legte sich auf seine vom Kuss feuchten Lippen.

Sein Blick war voller Funken, doch er legte seine Stirn in kummervolle Falten und seine zusammengezogenen Augenbrauen zeigten Hoffnungslosigkeit.

Mir wurde ganz elend.

»Wenn dies hier unsere letzten Stunden auf Erden sind, gibt es nicht sehr viel Wichtigeres, an das ich noch denken möchte«, gestand er mir und mir sprang schmerzhaft das Herz in der Brust bei solch gefühlvollen Geständnissen.

»Oh, mein Darling. Das ist selbst für mich zu dramatisch«, seufzte ich schmachtend und küsste ihn wieder. Flüchtiger, damit ich nicht wieder der süßen Nähe verfiel, die meinen Kopf auf so angenehme Weise verstummen ließ.

»Seid ihr bald fertig?«, spottete Arden ungehalten und ich war versucht, ihn noch einmal zu ignorieren. Aber nur kurz.

Benjamin schob mich wieder zurück auf meine Füße. Trotz der Schamesröte, die in seinen Nacken zog, ließ er mich nicht los und verbarg stattdessen sein Gesicht an meiner Wange.

»Auch wenn ich mich für meine Cousine wirklich freue, dass ihre Liebe ihr endlich zugetan ist, sind wir immer noch in einem Labor eingesperrt und warten auf unser ungewisses Ende«, schimpfte Arden aufgebracht und Jamie sah aus, als würde er bei diesen Worten erwachen.

Erst dachte ich, wir hätten ihn mit dem Kuss erschreckt. Doch seine Gedanken waren längst abgeschweift und er drehte sich auf den Hacken dem Regal hinter sich zu.

»Wir sind in einem Labor eingesperrt«, wiederholte Jamie und Arden sah ihn stirnrunzelnd an.

»Das habe ich doch gesagt.«

»Einem Chemielabor!«, präzisierte Jamie aufgeregt und zeigte auf all die Flaschen und Dosen, Flakons und Kolben. »Sie haben *mich* in einem Chemielabor eingesperrt!«, betonte er, die Augen weit aufgerissen, doch wir verstanden immer noch nicht.

»Jamie?«, sprach ich ihn an, damit er uns seine Gedanken erläuterte, doch er streckte sich nur nach oben und holte eine Substanz nach der anderen aus dem Regal heraus.

»Ich weiß, wie wir hier rauskommen«, teilte er uns mit und all die Ängstlichkeit, die ihn zuvor gelähmt hatte, schmolz dahin wie Schnee in der Frühlingssonne. Er griff in seine Hosentasche, wühlte kurz darin herum und zog dann ein Lederband hervor, mit dem er seine Haare zu einem unordentlichen Zopf am Hinterkopf zusammenband. »Aber es wird laut und es wird stinken wie die Pest«, warnte er uns und ich fragte mich, ob er möglicherweise den Verstand verloren hatte.

»Willst du eine Bombe bauen?«, scherzte ich in meiner Verzweiflung und löste mich nun doch aus Benjamins Armen, um mich zu Jamie umzudrehen.

Ein verschmitztes Lächeln entstand in seinem Gesicht und ließ mich innehalten.

»Du willst wirklich eine Bombe bauen!«, fuhr ich auf und Jamie ließ sich nicht aus der Ruhe bringen, während er alle Gegenstände von dem kleinen Tischchen an der Wand herunternahm und zur Seite stellte.

»Du wirst mir nicht glauben, wie leicht so was ist«, murmelte er vor sich hin und begutachtete das Etikett auf einer der Blechdosen. »Ein bisschen Glyzerin, Schwefelsäure, Salz, Öl, Holzmehl und bumm.«

Ich dachte an die beiden Schläger, die vor der Tür Wache hielten und verzog das Gesicht. »Aber nicht die Tür, oder? Ich will nicht Dideldum und Dideldei auf dem Gewissen haben«, beschwor ich ihn. Selbst wenn ich den beiden gern fest dorthin treten wollte, wo es richtig wehtat, war ich nicht erpicht darauf, sie in die Luft zu jagen.

»Didelwer?« kam von Jamie und ich rollte mit den Augen.

»Jamie, du musst mehr lesen!«

Arden stemmte die Hände in die Seiten und kam näher zu uns, damit unsere Kerkermeister nicht mithören konnten. »Die Wände sind auch schwierig. Wir befinden uns im Untergeschoss. Dahinter befindet sich nur Erde und Gestein«, gab er zu bedenken und klang nicht gerade überzeugt von Jamies Plan.

Der Mechaniker packte den kleinen Tisch, zog ihn von der Wand und trug ihn in die Mitte des Raumes. »Hinter den Wänden vielleicht. Über uns aber nicht. Wir sprengen die Decke. Kleines Loch, perfekte Fluchtmöglichkeit«, erklärte er, nahm einen Stuhl und stellte ihn auf den Tisch wie ein Turm, der beinahe an die Decke reichte.

Wir alle richteten unseren Blick nach oben und blickten auf den schlampig aufgetragenen Putz.

Eine Knospe aus Hoffnung erblühte in mir und ich tat einen tiefen Atemzug.

Ich bitte inständig darum, dies nicht zu Hause nachzumachen.

»Was ist über uns?«, erkundigte ich mich und sah zu Arden, der sich hier am besten auskannte. Ungern wollte ich, dass uns eine der gigantischen Maschinen aus der Halle auf den Kopf fiel.

Arden dachte kurz nach, dann wich sein skeptischer Blick einem bösartigen Grinsen. »Kenneth Maddisons Büro«, informierte er uns mit diebischer Freude und auch mir entfuhr ein Lachen.

32

LASS UNS ABHAUEN

Jamie dabei zuzusehen, wie er ganz in seiner Tätigkeit versank und auf seiner Unterlippe herumkaute, während er sich konzentrierte, hatte etwas Faszinierendes an sich. Als wäre er nicht mehr bei uns, sondern in einer ganz eigenen Welt, die nur aus Chemikalien und dem Klopfen seiner Finger auf der Tischplatte bestand.

Wir versuchten ihn nicht zu stören, halfen ihm, wenn er mal aus seiner arbeitsamen Trance erwachte und nach irgendetwas verlangte.

Es war seine Methode, die Panik zu bekämpfen. Sobald er sich auf die kleinen Details fokussierte, auf das Geräusch seiner Finger, nur den nächsten Schritt im Blick, schaffte er es, nicht dem Chaos und der Angst zu verfallen, die in jeder Ecke auf ihn lauerten.

Ich konnte nicht sagen, wie lange es dauerte. Möglicherweise waren nur ein paar Minuten oder aber mehrere Stunden vergangen.

Meine Anspannung wuchs ins Unermessliche und ich wurde immer wieder von dem Gedanken gequält, Ernest Powell falsch eingeschätzt zu haben. So etwas Wichtiges hätte mir nicht entgehen dürfen.

Erst als Jamie uns alle dazu aufforderte, uns bereit zu machen, schaffte ich es, meine Gedanken wieder aufs Hier und Jetzt zu konzentrieren.

Wir schoben einen der großen Arbeitstische vor die Tür, um die Schläger daran zu hindern, unsere Flucht zu vereiteln, sobald es so weit war und verschanzten uns in der kleinen Kammer, aus der ich Jamie vorhin befreit hatte.

Als Zündschnur verwendete Jamie eines der Seile, mit denen die Schläger ihn an den Stuhl gefesselt hatten. Er musste es präpariert haben, denn es brannte wie Zunder, als er es mit einem Streichholz entzündete.

Mein Herzschlag raste so schnell, dass ich ganz hibbelig wurde. Eilig schlugen wir die Tür zu und ich hatte gerade noch Zeit, mir die Hände gegen die Ohren zu pressen, da erschütterte die Explosion den Boden. Sie riss uns von den Füßen und knallte so laut, dass es wehtat.

Der Schreck lähmte mich und ich blieb auf Benjamins Oberkörper liegen, bis dieser sich unter mir bewegte. Dann gab ich mir einen Ruck, rappelte mich auf und reichte ihm die Hand zum Aufstehen. Schließlich war die Explosion schwer zu überhören gewesen und Maddisons Schläger würden nicht ewig brauchen, um den Tisch von der Tür wegzuschieben.

Jamie stürmte schon in das Labor und wir folgten ihm hustend. Ich spürte Glassplitter unter meinen Schuhen knirschen, Staub hing in der Luft und alle Lampen waren von der Druckwelle der Explosion gelöscht worden.

Selbst die, die wir mit in die Kammer genommen hatten.

Nur schwach fiel Licht durch das Loch in der Decke und zeigte ein Bild der Zerstörung.

Während Jamie ganz unbeeindruckt über die Trümmer stieg, mussten Benjamin, Arden und ich einen Moment innehalten und das Loch anstarren. Es war ausgefranst, Gebälk blickte hervor wie Zähne in einem riesigen Maul und es rieselten Putz und Staub herab.

Doch das Skurrilste von allem war der große protzige Mahagonischreibtisch, den Jamie mitsamt der Decke runtergeholt hatte und der in der Mitte des Schuttbergs thronte.

Der Mechaniker kletterte behände auf die Tischplatte, griff nach oben an den Rand des Lochs und zog sich in das Zimmer darüber.

Ein dumpfes Trommeln ließ mich zur Tür blicken, die sich in der Dunkelheit nur schwer erkennen ließ. Falls die beiden Schläger etwas riefen, während sie dagegenschlugen, hörte ich es zumindest nicht. Meine Ohren fühlten sich an, als steckte Watte darin und ein anhaltendes Fiepen füllte meinen Kopf.

Jamie rief etwas, was mich kaum erreichte. Schnell war ich ebenfalls auf dem Tisch und versuchte, mich in den Raum darüber zu ziehen.

Leider war ich bei Weitem nicht so stark wie Jamie und es brauchte seine Hilfe von oben und Benjamins von unten, um mich in Kenneth Maddisons Büro zu bugsieren. Zum Glück waren wir alle von großer Statur, sodass auch Benjamin und Arden keine großen Probleme hatten, sich zu uns zu ziehen.

Jamie öffnete ein Fenster und Arden kletterte als Erster hinaus, um sich schnell umzusehen, dann signalisierte er uns, ihm zu folgen.

Und dann rannten wir. Weg von dem Gebäude, zum hinteren Tor.

Die Winterkälte und die frische Luft klärten meinen Kopf, brachten meine Sinne wieder zusammen. Die Panik der letzten Stunden fiel von mir ab, mein Herz schlug wieder frei in meiner Brust und im Übermut beschleunigte ich meine Schritte.

Kaum hatten wir das Tor erreicht, zückte Jamie schon einen Draht, um das Schloss zu öffnen.

Seine Hände zitterten wie verrückt, das Licht war nur spärlich und er knurrte etwas Unverständliches, das von Frust und Panik zeugte.

Ich legte ihm die Hände von hinten auf die Schultern, damit er wusste, dass wir auf ihn aufpassten.

Stimmen wurden hinter uns laut, Schritte auf dem Kies, Lichter, die in der Dunkelheit flackerten. Arden und Benjamin stellten sich mit dem Rücken zu uns, schirmten Jamie und mich ab, falls sie uns zu schnell finden sollten.

»Ich kann mich nicht konzentrieren. Kannst du was singen?«, bat Jamie mich plötzlich und ich stöhnte innerlich auf.

Das konnte ich nun wirklich absolut ganz und gar nicht. Ich öffnete den Mund, um ihm den Gefallen zu tun, obwohl ich wusste, dass kein einziger meine Töne der Melodie des Liedes entsprechen würden, das ich im Kopf hatte.

Doch Jamie blieb von meinem Katzenjammer verschont, als ein Mann auf der anderen Seite des Tores auftauchte.

»Zur Seite!«, rief Constable Evan Miller und Jamie und ich wären beide beinahe vor Erleichterung in Tränen ausgebrochen.

Schnell wichen wir zurück, der Constable zückte eine Schusswaffe und zerschoss das Schloss, ohne auch nur mit der Wimper zu zucken.

»Stehen bleiben!«, brüllte eine Stimme hinter uns, als wir durch das Tor schlüpften und in den Schatten der Gassen verschwanden.

Kaum waren wir um eine Ecke gelaufen, riss der Constable Jamie zur Seite und schloss ihn so fest in seine Arme, dass der Mechaniker nur ein ersticktes Quieken von sich geben konnte.

»Himmel! Wie konntest du mich so erschrecken!«, schimpfte Evan Miller und drückte sein Gesicht in Jamies zotteliges Haar.

Dann fixierte er mich über Jamies Schulter hinweg mit einem stechenden Blick, in dem das Licht der Straßenlaterne funkelte.

»Ich habe gesagt, Sie sollen keinen Unfug anstellen! Und Sie haben mir geschworen …«, keuchte er und ich unterbrach ihn.

»Und das haben Sie mir geglaubt?«, spottete ich und Arden lachte kurz auf.

»Sie haben sich direkt in die Arme eines Mörders begeben!«, wetterte er weiter und Jamie schaffte es endlich, sich aus seinen Armen zu befreien.

Da hatten wir gerade so um unser Leben gefürchtet, dass ich unseren Fall kurzzeitig ganz aus den Augen verloren hatte.

»Kenneth Maddison ist nicht der Mörder von David Brighton«, platzte ich heraus und Constable Miller stockte in seiner Schimpftirade.

»Es war Ernest Powell«, fügte Jamie hinzu. »Er hat ihn getötet, weil Brighton ihn betrogen hat.«

»Nein … Was?«, stammelte der Constable und fasste sich an die Stirn. Der Polizeihelm, den er vorhin noch getragen hatte, war verschwunden. »Vorhin war ich noch bei ihm. Ich habe ihm gesagt, dass Jamie vermisst wird und wir ihn suchen.«

»Dann ist er sicher alarmiert. Wir müssen sofort zu ihm, damit er uns nicht entwischt!«, rief ich aufgeregt.

Das war gar nicht gut. Er würde sich denken können, dass es die Maddisons waren. Und er war derjenige gewesen, der sie uns als potenzielle Mörder angepriesen hatte, um von sich abzulenken.

Eine Gruppe von Menschen kam laut singend und lachend die Straße entlang und schreckte uns auf. Aus allen Richtungen strömten Leute auf das Kraftwerk zu. Das Geräusch der Explosion hatte Aufmerksamkeit erregt und zog die Schaulustigen an wie das Licht die Motten.

Das Trillern einer Polizeipfeife hallte durch die Gassen, Benjamin griff nach meiner Hand und ich verschränkte unsere Finger miteinander.

»Wir sollten von hier verschwinden«, sagte er nüchtern und es machte mich ungemein glücklich, ihn wieder so gefasst zu sehen.

Die strenge Miene stand ihm einfach besser als die Panik und ich nahm mir vor, ihn niemals wieder in so eine missliche Lage zu bringen. Mein armer, allerliebster Benjamin Green.

Sein Haar stand ihm wild vom Kopf ab und war grau vom Staub. Sein Mantel sah fürchterlich aus und ein Riss prangte in seinem Ärmel.

»Hier lang. Vorn an der Straße wartet eine Kutsche auf uns«, erzählte der Constable und lotste uns weg vom Kraftwerk durch kleine Gassen, um den Schaulustigen zu entgehen, bis zu einer der breiteren Straßen.

Die Kutsche war ein überdachtes Gefährt mit zwei Pferden und wir kletterten, ohne zu zögern, in den kleinen Raum, der eine Sicherheit versprach, die wir ganz dringend nötig hatten.

Es war zu eng für fünf Personen, doch das war uns gleich. Arden und ich quetschten uns in eine Ecke. Benjamin direkt neben mir. Der verletzte Jamie und der Constable uns gegenüber.

»Nach Garlick Hill«, rief ich dem Kutscher zu und Evan Miller fuhr mir über den Mund.

»Ganz sicher nicht«, bellte er und lehnte sich noch einmal nach draußen. »Zur Wache in Holborn«, korrigierte er unser Ziel und ich sah ihn entgeistert an.

»Was tun Sie? Powell entwischt uns doch, wenn wir …«

»Das ist nun Sache der Polizei, Miss Hemmilton«, zischte er gefährlich. »Ich weiß nicht, wie es Ihnen geht, aber ich bin nicht bereit, Jamie jetzt auch noch zu einem Mörder zu kutschieren!«

Ich fasste mir an den Kopf, erinnerte mich selbst daran, dass meine stürmischen Pläne nicht immer die besten waren und ließ mich an Benjamins Seite sinken.

Die Kutsche setzte sich in Bewegung und ratterte über das unebene Kopfsteinpflaster.

»Verzeihung, Sie haben recht«, sagte ich zu Constable Evan Miller und er starrte mich an, als hätte ich in einer unverständlichen Sprache gesprochen.

»Sagten Sie gerade, ich habe recht?«, fragte er schockiert und ich verdrehte die Augen.

»Machen Sie keinen Elefanten daraus«, redete ich sein Entsetzen über mein Einlenken klein und zwang mich, aufrechter zu sitzen. Wenn ich meine müden Glieder jetzt entspannt, dann würde ich auf der Stelle einschlafen.

So wie Jamie, der nach nur wenigen Straßen an der Schulter des Constables wegnickte. Ihm gönnte ich es von Herzen. Seine Nacht war wesentlich schlimmer gewesen als unsere.

Ich zog mir den Schal vom Hals, breitete ihn aus und legte ihn über Jamie, damit er ohne Jacke nicht erfror.

Arden gähnte herzhaft.

Nur Benjamin schien noch vollkommen wach zu sein. Oder aber er hatte gelernt, mit offenen Augen zu schlafen.

Um mich bei der Stange zu halten, erzählte ich Constable Evan Miller, was geschehen war, seit unsere Wege sich getrennt hatten. Und das war eine Menge waghalsiges Zeug, auf das ich wahrscheinlich nicht stolz sein sollte.

Und trotzdem bist du es. Das weiß ich ganz genau. Außerdem würdest du es wieder tun, wenn die Situation es erfordern würde. Das regt mich auf und beruhigt mich in gleichem Maße.

Glockenschläge ertönten, als wir nach Holborn reinfuhren und die Menschen draußen zählten laut die Sekunden bis ins neue Jahr.

Es war ein surreales Gefühl, dass alle Welt heute Nacht feierte, während wir gerade mit dem Leben davongekommen waren und uns immer noch auf der Jagd nach einem Mörder befanden.

»Frohes neues Jahr«, flüsterte ich Benjamin dennoch zu und er lächelte müde, bevor er sich zu mir beugte und mir einen sanften Kuss auf die Lippen drückte.

Der Constable schien für einen Moment irritiert zu sein, sagte aber nichts, da wir just in diesem Moment vor der Wache hielten.

Vorsichtig weckte er Jamie und sprang dann eilig aus der Kutsche, als dieser wach genug war, um seinen Kopf selbst zu halten.

Ich schüttelte Arden und zerrte ihn aus der Kutsche und auf das hohe Gebäude zu, vor dem ich schon einmal gestanden hatte. Damals in einem edlen Kleid und mit einem Monster von einem Hut auf dem Kopf.

Ich sah flüchtig an mir herab und lächelte ironisch über meinen vollkommen verdreckten Rock. An meinem Mantel fehlten mehrere Knöpfe und ich musste mit der Tasche irgendwo hängen geblieben sein, da sie als aufgerissener Fetzen herunterhing. An mein Haar versuchte ich gar nicht erst zu denken.

Wir folgten dem Constable zur Wache und Benjamin hielt uns anderen in vollkommener Butlermanier die Tür in den warmen Innenraum auf.

Erst als die Wärme meine Haut traf und dort brannte wie viele kleine Flammen, merkte ich, wie kalt mir zuvor gewesen war. Die Aufregung hatte das Gefühl erfolgreich verdrängt.

Der Constable sprach mit seinem Kollegen, der an der Rezeption saß und wies uns dann an, im Vorraum zu warten, während er mit Chief Inspector Layer sprach.

Benjamin musste bemerkt haben, dass die Kälte mich überfallen hatte, denn er kam näher zu mir und nahm meine Finger zwischen seine, um sie mir warm zu reiben und seinen warmen Atem darauf zu hauchen.

Oh, ich liebe diesen Mann so sehr.

Und ich hatte mal wieder keine Ahnung, was aus meinen Handschuhen geworden war.

Es dauerte nicht einmal eine Minute, da stürmte Evan Miller wieder zu uns in den Vorraum, gefolgt von ein paar anderen Polizeibeamten, die auf Abruf bereitgestanden hatten.

Sie alle trugen die dunkelblaue Polizeiuniform und ihre Schlagstöcke hingen gut sichtbar an ihren Gürteln.

»Wir holen ihn uns«, rief Constable Evan Miller uns zu und die Meute verschwand in der Dunkelheit der Nacht.

Man würde meinen, dass der Fall hiermit abgeschlossen war. Doch ich sage euch, ich wusste sofort, dass es niemals so reibungslos ablaufen würde wie in unserer Vorstellung.

Ernest Powell wartete nicht bei sich zu Hause darauf, dass wir eins und eins zusammenzählten und ihn holen kamen.

Er war nicht dumm und dazu äußerst verzweifelt.

Und das wäre uns beinahe zum Verhängnis geworden.

Auch wenn wir uns alle wünschten, dass die Nacht schnell ein Ende fand und wir uns ausruhen konnten, wurde uns dies nicht gewährt.

Sergeant Cosmo Warren tauchte so schnell in der Wache auf, wie er nur konnte, nachdem ihn die Nachricht unseres Kommens erreichte. Es ärgerte ihn ungemein, dass sein Constable – sein direkter Untergebener! – losgezogen war, einen Mörder zu verhaften, ohne ihm die Möglichkeit zu lassen, die Lorbeeren dafür einzuheimsen.

So stempelte der Weberknecht-Sergeant Arden und Benjamin Green als unwichtige Anhängsel ab und schickte sie mit übertriebenem Befehlston nach Hause. Sie ließen sich nur unter Protest vor die Tür setzen. Doch der Sergeant ignorierte es und scheuchte Jamie und mich in einen der netteren Verhörräume, die die Wache in Holborn zu bieten hatte.

Der Raum war klein, aber ordentlich verputzt. In der Mitte stand ein Tisch mit vier Stühlen und an der hinteren Wand lehnte eine schmale Pritsche. Wir setzten uns zögerlich und Cosmo Warren forderte uns dazu auf, den ganzen Fall noch einmal von vorn zu erzählen. Ihm fehlte jedoch die Geduld für Details und Jamie wurde unter dem mürrischen Blick des Weberknechts immer nervöser.

Unauffällig tätschelte ich ihm das Knie, als er begann, über die Sache mit dem Katalysator zu sprechen und der Sergeant missmutig das Gesicht verzog. Technische Details langweilten ihn noch mehr als mich.

Doch ich achtete kaum auf ihn, sondern beobachtete Jamie, während er sprach. Er sah schlimm aus. Der Bluterguss auf seiner Stirn hatte sich weiter ausgebreitet und sein rechtes Augenlid schwoll langsam an. Seine Wangen waren verkratzt und die Hände fleckig durch die Chemikalien. Seine Handgelenke zeigten Schürfwunden und er wirkte so zerschlagen wie eine Marionette, die nur noch von einem einzigen dünnen Faden gehalten wurde.

Ich machte mir Sorgen um ihn. Und sie wurden noch schlimmer, als er in seiner Erzählung an die Stelle kam, in der er uns aus einem Gebäude gesprengt hatte.

Plötzlich war der Sergeant wieder hellwach und saß kerzengerade. »Sie haben eine Bombe im Maddison-Kraftwerk zum Detonieren gebracht?!«, fuhr er auf und der Mechaniker schrak über die Schärfe in seiner Stimme zurück.

»Wir haben nur einen Weg zur Flucht gesucht, um nicht von einem ehrgeizigen Irren gemeuchelt zu werden!«, ergriff ich sofort Partei für Jamie und verstärkte meinen Griff um sein Knie. Es war nicht der richtige Zeitpunkt, um uns wegen so etwas Vorwürfe zu machen.

Das hielt Sergeant Cosmo Warren jedoch nicht davon ab.

»Das ist eine ernst zu nehmende Straftat! Ich werde mit dem Chief Inspector darüber sprechen müssen«, empörte er sich und nahm sich dabei selbst sehr wichtig. Mit großer Geste schnappte er sich die Notizen, die er fein säuberlich angelegt hatte und erhob sich von seinem Stuhl.

»Ja, tun Sie das. Und verhaften Sie Kenneth Maddison in der Zeit am besten auch noch«, riet ich ihm genervt und schickte mich an, mich ebenfalls zu erheben.

Es sah so aus, als wäre Sergeant Warren fertig mit uns und wir könnten endlich nach Hause gehen. Ich freute mich in diesem Moment so sehr auf mein Bett, dass ich zuerst nicht begriff, wieso der Polizist den Kopf schüttelte.

»Oh, nein, nein«, hielt er mich zurück und trat auf die Tür zu. »Sie beide bleiben hier. Bis ich das abgeklärt habe, werden Sie in Gewahrsam genommen. Sie haben eine Bombe gezündet. Das könnte als aufwieglerischer Akt gelten«, teilte er uns eifrig mit und ich blickte ihn an, als hätte er den Verstand verloren.

»Wie bitte?!« Die Müdigkeit war auf der Stelle wie weggeblasen. Ich fuhr mit so viel Schwung auf, dass der Stuhl hinter mir zu Boden bollerte und der Sergeant machte einen erschrockenen Satz nach hinten.

Am liebsten hätte ich ihm nachgestellt, doch Jamie hielt mich an der Hand zurück. »Ein aufwieglerischer Akt?! Sind Sie noch bei Verstand?«

»Es tut mir leid, Miss. Chief Inspector Layer wird morgen früh wieder zugegen sein. Da werde ich es ansprechen. Aber bis dahin muss ich die Vorschriften beachten«, behauptete der Sergeant und ich glaubte ihm kein Wort.

War er auf den Kopf gefallen? War er wütend auf uns, weil wir seinen Fall gelöst hatten? War dies seine Rache?

Ich zitterte vor Zorn und nur Jamies verkrampfte Finger um mein Handgelenk hielten mich davon ab, aus der Haut zu fahren.

»Das ist doch Schikane!«, schimpfte ich gerade noch, da besaß der Mann doch die Dreistigkeit, mit erhabener Miene die Tür hinter sich ins Schloss zu ziehen.

»Das werden Sie bereuen!«, rief ich ihm hinterher und war mir sicher, dass er es trotz geschlossener Tür gehört hatte.

»Ist das zu fassen?!« Wütend warf ich die Arme in die Luft. »Diese dreckige Ratte verdreht alle Tatsachen und lässt uns dastehen, als wären wir hier die Schuldigen! Wenn ich den in die Finger bekomme, dann gnade ihm Gott!«, brüllte ich meinen Ärger in das kleine Zimmer. »Man reiche mir etwas, was ich zertrümmern kann!«

Jamie blickte verzweifelt zu mir auf.

Die Gefühle, die in seinen Augen schwammen, brachten mich wieder auf den Boden und ich neigte mich zu ihm, um den armen Kerl zu umarmen.

Er war entführt, verletzt und eingesperrt worden. Er hatte an seinen baldigen Tod geglaubt, unter Schwerstbedingungen eine Bombe gebaut und war seinen Peinigern entkommen. Und jetzt hielt man ihn in einem Verhörraum gefangen wie einen Verbrecher.

Ich drückte ihn noch etwas fester und er lehnte seinen Kopf gegen meine Schulter.

»Wenn Evan wieder hier ist, wird sich das sicher klären«, flüsterte er, mein armer, naiver, hoffnungsvoller Träumer und ich drückte ihm einen Kuss auf die unverletzte Seite seiner Stirn.

»Evan ist nur ein Constable. Wenn sein Sergeant uns hier einsperrt, kann er auch nicht viel tun«, erklärte ich ihm mit sanfter Stimme und Jamie nickte.

Ganz langsam löste er sich wieder von mir, sah mir jedoch nicht in die Augen.

»Er kann mit dem Chief Inspector reden.«

»Mitten in der Nacht? Und dann?«

»Dann bringt er uns vielleicht Tee«, seufzte Jamie und ich lachte schmerzhaft auf. Sein Optimismus war der beste und trieb mir gleichzeitig die Tränen in die Augen.

»O Jamie. Das läuft alles gar nicht so, wie es sollte«, sagte ich und wischte mir mit dem schmutzigen Ärmel meines Mantels über die Augen.

Wir schwiegen eine Weile, in der kein Geräusch zu uns drang, als wären wir die letzten Menschen auf diesem Planeten.

»Glaubst du, sie kriegen wenigstens Powell?«, fragte Jamie plötzlich.

Das Gefühl der bösen Vorahnung kehrte wieder zu mir zurück und ich atmete tief durch, um den Druck auf meine Brust zu vertreiben.

»Ich weiß es nicht.«

Jamie rollte sich mit meinem Schal auf der schmalen Pritsche zusammen und schlief ein, während die Unruhe mich kein Auge zutun ließ.

Nervös lief ich hin und her und wälzte unnötige Gedanken, die mich doch nicht weiterbrachten.

Draußen dämmerte es bereits, als die Tür zu unserem Verhörraum wieder geöffnet wurde. Die Tür quietschte in den Angeln und Jamie schreckte aus dem Schlaf.

Evan Miller kam zu uns herein und wie Jamie es prophezeit hatte, brachte er uns Tee.

Die erste Tasse bot er mir an, doch ich reichte sie direkt an Jamie weiter, der sie nötiger hatte als ich. Gierig nahm er sie mir aus den Händen und klammerte sich an das wärmende Getränk. Sein Blick wich keine einzige Sekunde vom Constable.

Evan Miller gab mir auch die andere Tasse, trat vorsichtig näher und ließ sich neben Jamie auf der Pritsche nieder. Er ächzte und unter seinen Augen lagen tiefe Schatten.

»Ihr habt ihn nicht geschnappt«, schlussfolgerte ich aus der enttäuschten Haltung eines Mannes, der trotz aller Bemühungen nichts erreicht hatte.

»Ja«, seufzte er und beugte sich Jamie entgegen, um den Bluterguss auf seiner Stirn zu begutachten. »Wir waren bei Powells Haus und in seiner Fertigung. Seit ich am Abend bei ihm war, hat ihn niemand mehr gesehen. Er ist wahrscheinlich untergetaucht«, sagte er.

»Es ist nicht Ihre Schuld«, antwortete ich ihm auf die feinen Zwischentöne, die er nicht ausgesprochen hatte und er kniff angestrengt die Augen zusammen.

»Doch. Ich war als Letzter bei ihm. Ich habe ihm den Hinweis gegeben, dass seine Schuld ans Licht kommen könnte. Ich …«

»Das konnte doch keiner wissen. Dieser Mann ist ein bemitleidenswertes Würstchen. Niemand von uns hätte ihm einen Mord zugetraut«, fuhr ich ihm unwirsch über den Mund und strich mir ein paar wirre Haarsträhnen aus dem Gesicht, die sich aus meinem Flechtzopf gelöst hatten.

»Und selbst wenn. Was geschehen ist, ist geschehen. Wie finden wir ihn *jetzt*?«, wollte ich wissen und fragte bewusst nicht nach unserer aktuellen Situation. Daran hatte sich in den letzten paar Stunden sicher nichts geändert und ich wollte mir nicht anhören, dass man uns immer noch für Verbrecher oder gar radikale Bombenleger hielt.

Evan Miller sammelte sich wieder, legte einen Arm um Jamie und rieb ihm den Rücken, um ihm etwas Kraft und Wärme zu schenken.

»Wir haben Männer an den Bahnhöfen, den Häfen und am Luftplatz. Die *City of London Police* hat auch ihre Hilfe angeboten. Aber es sieht schlecht aus. Wir sind unterbesetzt und erschöpft von der Nacht. Und Powell bräuchte sich nur in eine Droschke zu setzen und schon kann er unbemerkt aus der Stadt verschwinden«, erklärte er wenig hoffnungsvoll und ich nahm erst einmal einen Schluck Tee, damit man mir die Enttäuschung nicht sofort auf dem Gesicht ablesen konnte.

Er schmeckte nach bitteren Kräutern. Ob das nun besser war als Jamies Kaffee, hielt ich für zweifelhaft.

»Er verschwindet nicht aus der Stadt«, sagte Jamie plötzlich und zog angestrengt die Augenbrauen zusammen. »Er ist noch hier«, versicherte er uns und ich stellte meine Tasse auf dem Tisch ab.

»Wie kannst du dir so sicher sein?«

»Er hat zu mir gesagt, er würde niemals abhauen, ohne die Pläne für den Stromerzeuger mitzunehmen«, meinte Jamie mit Überzeugung in der Stimme und mein müder Verstand brauchte einen Moment, um wieder rundzulaufen.

»Aber die sind im Haus in der Park Street«, erinnerte ich ihn und von einer Sekunde auf die andere wurde Jamie so unruhig, dass er nicht mehr still sitzen konnte.

Das war nicht gut! Mein Magen verknotete sich.

»O nein, Liz! Powell weiß das. Ich habe ihm erzählt, dass die Pläne im Haus von Miss Brandon-Welderson sind«, rief er und erhob sich so schwungvoll von der Pritsche, dass Tee auf den Boden schwappte.

Mein erster Gedanke galt der skurrilen Tatsache, dass Jamie sich mit Namen für gewöhnlich sehr schwertat, aber gerade den komplizierten Doppelnamen meiner Gönnerin einwandfrei im Gedächtnis behalten konnte.

Der zweite und weitaus logischere Gedanke in dieser Situation versetzte mich augenblicklich in Panik. Denn er implizierte Dinge, die mir ganz und gar nicht gefielen.

»Dann wird er dort hingehen, um an die Pläne zu kommen! Was, wenn er Miss Brandon-Welderson etwas antut?!«, brüllte ich und war sofort auf dem Weg zur Tür, bis mir einfiel, dass ich hier ja nicht so leicht herausspazieren konnte.

»Ihr seid inhaftiert. Ihr müsst hierbleiben«, erinnerte der Constable mich unnötigerweise und ich bedachte ihn mit einem strengen Blick. »Außerdem kann er doch schon längst dort gewesen sein. Es jetzt zu überstürzen bringt doch nichts.«

»Er war noch nicht dort«, erwiderte ich und ein neuer Plan formte sich in meinem Kopf. »Es ist Neujahrsmorgen. Alle öffnen ihre Häuser und empfangen die Grüße fürs neue Jahr. Er muss nur bis zum Sonnenaufgang warten und Miss Brandon-Welderson wird ihn ohne irgendwelche Hintergedanken hereinlassen.«

»Dann warte ich nicht auf Sergeant Warren. Ich gehe und rede mit dem Chief«, lenkte Evan Miller ein und erhob sich von der Pritsche.

Ich ließ ihn gehen, die Arme demonstrativ vor der Brust verschränkt und sagte nichts, bis er die Tür geschlossen hatte.

»Du hast ihm nicht widersprochen«, stellte Jamie fest, da mein Verhalten sofort Misstrauen in ihm erregte und kam mit kritisch zusammengekniffenen Augen auf mich zu.

Er kannte mich schon zu gut.

»Lass uns abhauen«, sagte ich bedeutungsschwer und er verzog den Mund zu einem schmerzvollen Ausdruck.

»Liz …«, setzte er zu einem Widerspruch an und brach dann ab, weil es wusste, dass es ja doch nichts nützen würde.

»Wie öffnet man diese Tür?«, fragte ich ihn und starrte sie an, als ob ich sie allein durch meinen intensiven Blick in Flammen aufgehen lassen könnte.

Jamie nahm resigniert noch einen Schluck von seinem Tee und schob sich dann an mir vorbei, um das Schließsystem zu begutachten. Die Tür wies von innen zwar ein Schloss auf, aber keine Klinke.

»Wenn ich einen Draht hätte oder eine Haarnadel oder einen Haken, dann könnte das vielleicht …«, murmelte er und ich griff mir sofort an den Kopf.

Doch leider hatte ich mir am Abend zuvor einen Flechtzopf gemacht, um der strengen Hochsteckfrisur zu entgehen und daher waren meine Haare vollkommen metallfrei.

Wer hätte gedacht, dass ich es irgendwann mal bereuen würde, mein Haar nicht in einen strengen Knoten gezwungen zu haben. Selbst so eine dämliche Hutnadel wäre jetzt praktisch gewesen.

»Ich habe keine Haarnadel«, zischte ich resigniert und ließ den Kopf genervt in den Nacken fallen.

»Und ich keinen Haken. Meinen letzten Draht habe ich vor dem Tor von *Maddison & Brothers* fallen lassen«, gab Jamie zurück und lehnte sich mit dem Rücken gegen die Tür. »Denkst du nicht, dass Evan sich darum kümmern wird?«, fragte er mich und ich zuckte mit den Schultern.

»Ganz sicher wird er versuchen, den Chief zu überzeugen. Aber wenn wir ganz ehrlich sind, ist es unwahrscheinlich, dass wir einfach gehen können, nur um einer weiteren vagen Vermutung hinterherzulaufen.«

»Das ist aber keine vage Vermutung«, hielt Jamie dagegen und etwas von seinem Kampfgeist erwachte wieder zum Leben.

»Ich weiß. Aber wird der Chief eher uns glauben oder Sergeant Dummkopf, der behauptet, wir sind Aufrührer? Er wird es für einen schlechten Trick halten«, erklärte ich. »Die Sonne wird gleich aufgehen, Jamie. Die Zeit rennt uns davon.«

Ich schob die Hände erst in die Taschen meines Mantels und dann in meine Rocktaschen, um etwas Brauchbares zu finden. Ich ertastete jedoch nur meine Börse.

Jamie tat es mir gleich, auch wenn er wusste, dass seine Taschen bereits leer waren.

Dann begann ich mein Kleid abzutasten. »Oh«, stieß ich aus, als ich am Korsett ankam. »Ich habe das hier!« Behände schob ich die Finger in meinen Ausschnitt und zog ein Buttermesser hervor.

Wie hatte ich das nur vergessen können?

»Ist das hilfreich?«, wollte ich wissen und Jamie blinzelte mich irritiert an.

»Wa-wa-warum hast du ein Messer da drin?«, stammelte er, als hätte ich ein Kaninchen hervorgezaubert und ein irres Kichern kam mir über die Lippen.

»Das habe ich immer zwischen den Brüsten«, gestand ich ihm und für ihn schien sich die Welt auf den Kopf gestellt zu haben.

»Wieso?«, stieß er hervor und ich reichte es ihm.

»Die Frage ist eher, wieso du keins hast?«, fragte ich ihn provokant, was ihn nur noch mehr aus dem Konzept brachte.

»Ich … ich habe keine Brüste?«, antwortete er mir so unsicher, dass ich mir das Lachen verkneifen musste.

»Das wird es sein«, sagte ich zutiefst ironisch und schob ihn auf die Tür zu. »Können wir die Tür damit öffnen?«, erinnerte ich ihn an unser vollkommen verrücktes Vorhaben, aus einem Polizeirevier zu fliehen, um meine Gönnerin vor einem Mörder zu beschützen und diesen am besten bei der Gelegenheit auch noch dingfest zu machen.

»Wenn sie nur ins Schloss gezogen wurde und der Schlüssel nicht gedreht wurde, dann ja«, sagte Jamie, was ich hatte hören wollen und ein Funke von Abenteuerlust schlug in meinem Geist, schenkte mir neue Kraft und Entschlossenheit.

»Dann hol uns hier raus, Jamie.«

33

BIS ZUM BITTEREN ENDE

Es ist erstaunlich leicht, eine Tür mit einem Buttermesser zu öffnen und ich rate der Metropolitan Police, in Zukunft immer ihre Zellen oder Verhörräume abzuschließen, selbst wenn sich im Raum keine Klinke befindet. Das ist wirklich fahrlässig und man sollte froh sein, dass Jamie und ich mit unserer unspektakulären Flucht darauf hingewiesen haben.

Jamie steckte das Messer lediglich in den winzigen Schlitz zischen Tür und Rahmen, glitt daran nach unten. Und schon war ein leises Schnappen zu hören.

Ich nahm mir die Zeit, ihm einen anerkennenden Augenaufschlag zu schenken, steckte das Messer zurück an seinen Platz und schnappte mir Jamies Hand.

Es stellte sich heraus, dass dies der leichteste Teil unserer erneuten Flucht gewesen war. Der untere Flur zeigte sich leer, doch sobald wir die Treppe nach oben geschlichen waren, trafen wir auf die ersten Polizeibeamten.

Es hielten sich nicht viele im Gebäude auf, da sie mit der Jagd nach Powell beschäftigt waren oder sich von ihrer silvesterlichen Nachtschicht in ihren Betten erholten. Aber dennoch genug, dass Jamie mich immer wieder schnell in dunkle Nischen schieben oder ich mich mit ihm hinter Türen verstecken musste, um nicht entdeckt zu werden.

Mein Puls raste wieder, mein Gehirn schüttelte durch meine innere Aufregung alle Müdigkeit ab und der kleine Funke Abenteuerlust flackerte heller in meiner Brust.

Jamies Hand schwitzte in meiner, doch auch er schöpfte wieder mehr Zuversicht. Ob es daran lag, dass er nach seinem Nickerchen ausgeruhter war oder daran, dass wir beide wieder gemeinsam unterwegs waren, wusste er nicht und schob den Gedanken wieder beiseite, um mich selbst nicht abzulenken.

Wir waren dem Ausgang schon so nah, dass ich die kalte Winterluft bereits auf der Zunge schmecken konnte, da öffnete sich plötzlich die Tür direkt vor uns.

Der Schreck durchzuckte mich wie ein Blitz und mein Herz setzte einen Schlag aus. Es war das Büro von Chief Inspector Layer.

Eilig sah ich mich nach allen Seiten um. Die Wände waren in diesem Teil des Reviers gerade ausgerichtet und boten kein schnelles Versteck. Die ersten Sonnenstrahlen fielen durch ein Fenster und vertrieben die Schatten.

Verdammt, die Sonne war aufgegangen. Ich würde jetzt ganz schnell improvisieren müssen.

Ich hielt Jamies Hand fester, bereit loszurennen, sobald der Weg frei war, da trat Constable Evan Miller aus der Tür.

»Ja, Sir. Auf die Maddisons zu warten klingt sinnvoll. Aber …« Er stockte, als sein Blick auf uns fiel und er starrte uns mit so großen Augen an, dass ich fürchtete, sie fielen ihm gleich aus dem Kopf.

»Constable«, sprach die Stimme des Chief Inspectors und das Knarren der Dielen sagte mir, dass er einen Schritt auf die Tür zu machte.

Wenn er uns sah, war alles vorbei.

Ich musste schnell handeln, dachte nicht viel darüber nach und warf mich gegen die Tür, die mit Schwung zurück ins Schloss fiel.

Ein kläglicher Aufschrei erklang dahinter, doch ich hatte keine Zeit, darauf zu achten, was ich dem armen Chief wohl angetan hatte.* Stattdessen packte ich Evan Miller am Arm und zerrte ihn und Jamie hinter mir her und auf den Ausgang zu.

Ein Polizist sah uns verwundert entgegen, ein anderer hinter dem Tresen erhob sich alarmiert, doch da stieß ich schon die Tür auf und wir stolperten nach draußen in den trüben Wintermorgen.

Ich kann nur immer wieder beteuern, wie leid es mir tut, Chief. Das mit Ihrem Daumen passierte wirklich nicht aus Vorsatz!

»Lauft«, rief ich Jamie und Evan zu und sie reagierten sofort. Wir rannten die Straße entlang, rutschten gefährlich auf dem Eis, das sich über die Gehwege gelegt hatte und wichen einem verriegelten Straßenstand aus.

Direkt vor uns tauchte plötzlich Arden auf, der sich überrascht von der Mauer abstieß, an der er gelehnt hatte.

»Liz?«, rief er überrascht und stupste den Mann neben sich an. Es war Benjamin Green. Mein Herz raste bei seinem Anblick und ich glaubte vor Erleichterung und Liebe zu platzen. Die beiden hatten doch tatsächlich hier draußen in der Kälte auf uns gewartet.

Ich stürmte auf sie zu, kam wieder ins Schlittern und wurde im letzten Moment von Benjamin aufgefangen, der mich davor bewahrte, auf dem Hintern im Schnee zu landen.

Wie eine Ertrinkende klammerte ich mich an ihn, überglücklich, ihn zu sehen und presste stürmisch meine Lippen auf seinen Mund. Er erstarrte, vollkommen überfordert von meinem Übermut und ich ließ schnell von ihm ab, da ich mir selbst sagte, dass wir gerade absolut keine Zeit für meine Gefühlsausbrüche hatten.

»Was ist passiert?«, wollte Arden eindringlich wissen und ich scheuchte die Männer weiter die Straße entlang. Es konnte schließlich nicht allzu lange dauern, bis irgendwer die Verfolgung nach uns aufnahm.

»Sie sind ausgebrochen. Das ist passiert!«, knurrte Constable Evan Miller wütend und blickte immer wieder über die Schulter zurück zum Revier.

Wir überquerten gerade die Straße, als zwei Officers aus dem Gebäude stürmten, wie wild in ihre Trillerpfeifen bliesen und die Verfolgung aufnahmen.

»Was wird ihnen zur Last gelegt, dass man sie festgehalten hat?«, wollte Benjamin sofort wissen und die Empörung in seiner Stimme war wie Musik in meinen Ohren.

»Vandalismus«, sagte Evan und Arden lachte dreckig.

»Ich hätte euch da rausgeholt. Wieso musstest du wieder so etwas Dummes tun, Elisa?«, warf der Constable mir vor und es war das erste Mal, dass er meinen Vornamen benutzte.

»Der Chief hätte uns doch nie gehen lassen. Und ich werde das Leben von Miss Brandon-Welderson sicher nicht dem Zufall überlassen«, rief ich dramatisch und hoffte inständig, dass ich mal wieder vollkommen übertrieb.

»Wir wissen, wohin Ernest Powell gehen wird. Er will in die Park Street und die Blaupausen holen«, informierte ich Benjamin und Arden auf die Schnelle und winkte energisch einem jungen Mann zu, der gerade gemächlich mit einer kleinen Kusche mit Ladefläche um die Kurve zuckelte.

Ich rannte auf ihn zu, packte nach einer der Stangen und schwang mich neben ihn auf den Kutschbock.

»Guten Morgen«, grüßte ich ihn mit einem frechen Grinsen, das im Übermut aus mir herausbrach und er blickte mich so erschrocken an, als wäre ich das Monster aus seinen Albträumen. Er war wirklich noch sehr jung, die Nase gerötet, die Wangen voller Sommersprossen und unter seiner Mütze lugte rotblondes Haar hervor wie Flammen.

»Ich gebe dir drei Schilling, wenn du meine Freunde und mich auf der Stelle und so schnell wie möglich nach Mayfair in die Park Street fährst«, bot ich ihm an und Arden kletterte bereits auf die Ladefläche zwischen ein paar leere Mehlsäcke.

Die Polizisten hinter uns holten auf, waren schon viel zu nah und mir brach der Schweiß aus.

Der junge Mann zögerte nur einen winzigen Augenblick, dann straffte er die schmalen Schultern. »Fünf«, forderte er und brachte mich vor Überraschung zum Lachen.

Der Bursche gefiel mir auf Anhieb.

»Einverstanden.« Wir besiegelten unser Geschäft mit einem Handschlag, während Evan Miller Jamie beinahe auf die Ladefläche warf und Benjamin und er neben ihn sprangen.

Die beiden Polizeibeamten bliesen wieder in ihre Pfeifen, die klangen wie die verzweifelten Rufe eines sterbenden Singvogels, rannten schneller und verpassten uns um nur wenige Meter.

Denn kaum verließ der letzte Fuß das Kopfsteinpflaster, da knallte der junge Kutscher auch schon mit seiner Peitsche in die Luft.

»Festhalten!«, rief er noch, da zog der Schimmel vor der Kutsche das Tempo an und wir rasten die Straße entlang.

Der eine Polizist rief uns laut hinterher, der andere rutschte auf dem glatten Boden weg und fiel in den Schnee.

Wir verschwanden um eine Kurve und der Blickkontakt brach ab.

Sofort konnte ich wieder leichter atmen und vergewisserte mich, wie es den anderen ging.

Arden jubelte laut und schwang seine Mütze in der Luft, Benjamin war noch zu sehr außer sich, um meinen prüfenden Blick zu bemerken und Constable Evan Miller sagte mir mit vor Wut sprühenden Augen, dass wir nach dieser Sache ein Hühnchen miteinander zu rupfen hatten.

Wieso ist er auch mitgekommen? Er ist selbst schuld.

Jamie überraschte mich. Auch wenn er die Hand des Constables fest umklammert hielt, war seine Haltung so entschlossen wie schon lange nicht mehr. Seine Lebensgeister waren zurückkehrt, auch wenn der Spuk noch nicht vorbei war.

Ich lächelte ihm zu und er erwiderte es unsicher, aber aus vollem Herzen.

Wir zogen an einem Strang. Bis zum bitteren Ende.

»Welche Seite der Park Street?«, fragte mich unser Kutscher und ich drehte mich wieder nach vorn.

»Hyde Park«, informierte ich ihn und er bog von der Hauptstraße in eine kleinere Seitengasse ab, in der uns die Polizei nicht so schnell entdecken würde, sollte sie uns tatsächlich nachstellen.

Er dachte mit. Das gefiel mir noch besser.

»Elisa Hemmilton«, stellte ich mich ihm vor und er grinste breit.

»Simon Tams. Schön, mit dir Geschäfte zu machen«, erwiderte er ungezwungen und ich musste mich an die Bank klammern, als wir rasant und mit schlitternden Rädern eine Kurve nahmen.

»Ich hätte dich runtergehandelt, wenn wir es nicht so verdammt eilig hätten«, gestand ich ihm und er grinste noch breiter, was seine leicht schiefen Eckzähne entblößte.

»Dann seid ihr bei mir an der richtigen Adresse«, antwortete er mir erheitert und das waren wir wirklich.

Ich schwöre, selbst wenn die Straßen an diesem Morgen noch wie leer gefegt waren und nur ein paar Junggesellen ihre für Neujahr typischen Runden drehten, hat es niemals irgendjemand in so kurzer Zeit von Holborn nach Mayfair geschafft wie Simon Tams mit seinem verdammten Schimmel.

Er fuhr wie der Teufel persönlich und ich kramte in meiner Rocktasche nach meiner Börse, noch bevor die Straße in Sicht war, um keine Zeit zu verlieren.

»Da!«, rief ich, als Miss Brandon-Weldersons Haus in Sicht kam und wies mit dem Finger darauf.

Simon Tams zügelte sein Pferd, das nur mit Mühe auf dem glatten Boden zum Halten kam. »Danke«, sagte ich, drückte ihm die fünf Schilling in die Hand und sprang vom Kutschbock.

»Kommt schon«, trieb ich die anderen zur Eile und wartete nicht darauf, bis sie endlich von der Ladefläche geklettert waren. Schnellen Schrittes lief ich am schmiedeeisernen Zaun entlang auf den Eingang zu.

Aufregung tobte in meiner Brust, aber auch die Furcht, dass wir bereits zu spät waren.

Ich war so auf die Tür fixiert, dass ich den Schlitten gar nicht beachtete, der an der Straße stand.

Doch als ein junger Herr durch den Schnee rannte und sich mir demonstrativ in den Weg schob, zuckte ich erschrocken zurück und geriet beinahe ins Stolpern.

Vor mir stand William Winterglowe der Zweite.

Und wenn es jemanden gab, den ich nach so einer Nacht ganz sicher nicht treffen wollte, dann war es dieser Gentleman.

»Miss Hemmilton. Welche Überraschung«, lachte er übertrieben, als wäre es wunderlich, mich vor dem Haus anzutreffen, in dem ich wohnte.

Ich hatte keine Zeit, mich um ihn zu kümmern oder mir gar Sorgen zu machen. Nicht jetzt, wo sich meine geschätzte Gönnerin möglicherweise in Gesellschaft eines Mörders befand.

Ich versuchte mich an ihm vorbeizuschieben, doch er ließ mich nicht.

Abschätzig rümpfte er die Nase. »Wie sehen Sie denn aus? Sind Sie etwa zurück in das Drecksloch gekrochen, aus dem Sie stammen?«, fragte er provokant und sein alkoholgeschwängerter Atem traf mein Gesicht.

Ich würde gern sagen, dass es mich verwunderte, dass er um diese frühe Stunde schon betrunken war. Aber das tat es nicht. Nicht an Neujahr.

Hinter mir kamen die anderen auf uns zugeeilt, die meisten irritiert von der Unterbrechung. Nur in Benjamins Blick lag ein ungewohnter Ärger. Er sprühte vor Hass auf den jungen Winterglowe und zeigte mir sehr deutlich, dass er vorhatte, sich für mich in den Kampf zu werfen.

Mein Ritter.

Doch ich ließ es nicht dazu kommen und zückte meine eigenen Waffen.

»Gehen Sie mir aus dem Weg«, fauchte ich, als William mich immer noch nicht ließ.

»Sonst was?«, raunte er und beugte sich zu mir. »Schicken Sie sonst Ihren kleinen Brief …«

Er brachte den Satz nicht zu Ende, da ich ihn an den Schultern packte und ihm mein Knie in eine wirklich schmerzhafte Stelle rammte.

Der würde so schnell niemanden mehr schwängern.

Er keuchte erstickt auf, grunzte wie ein Schwein und ich stieß ihn kurzerhand beiseite, um die Stufen hinauf zur Haustür zu rennen.

William Winterglowe der Zweite landete in einer Schneewehe und sein Fall wurde von lautem Gelächter seiner Kumpane begleitet, die noch auf dem Schlitten saßen und ihm zuprosteten.

Ich riss währenddessen die Tür auf, ohne auch nur daran zu denken, anzuklopfen und stolperte in den Flur.

Gelächter war aus dem Frühstücksalon zu hören und die Anspannung in meinen Schultern ließ eine Winzigkeit nach. Wenn gelacht wurde, schien es allen noch gut zu gehen. Wir hatten noch Zeit.

»Miss Hemmilton«, stieß Clifferton zutiefst schockiert aus, als er mich im Foyer stehen sah, von oben bis unten staubig, mit aufgelöstem Haar und Rußflecken im Gesicht, als hätte ich die Nacht auf der Straße geschlafen.

Hinter mir stürmten mein Cousin, Benjamin Green, Jamie und Constable Evan Miller das Haus und Clifferton fiel vor Schreck beinahe das Tablett aus der Hand.

»Wo ist Miss Brandon-Welderson?«, war das Einzige, was mir über die Lippen kam und Clifferton schüttelte energisch den Kopf.

»Im Frühstückssalon. Sie hat Gäste! Miss Hemmilton, in diesem Aufzug können Sie unmöglich …«

Wahrscheinlich beendete er diesen Satz, doch ich hörte ihm schon nicht mehr zu, da neben uns die Tür aufging und Miss Brandon-Welderson vor uns stand.

Sie trug ein prächtiges cremefarbenes Kleid mit moderner schmaler Silhouette und ein ganzes Blumengesteck in den Haaren.

»Elisa!«, rief sie erheitert und wurde sich dann meines optischen Zustands bewusst. »Elisa!«, wiederholte sie vorwurfsvoll.

Da packte plötzlich von hinten ein Arm nach ihr und riss sie zurück.

Die Tasse, die sie gerade noch gehalten hatte, zerschellte auf den Steinfliesen des Foyers und ich stieß einen Schrei aus.

Sofort stürmte ich hinter ihr her in den kleinen Salon.

»Keinen Schritt näher!«, brüllte Ernest Powell und seine Stimme überschlug sich vor Aufregung.

Er hatte den einen Arm um Miss Brandon-Welderson geschlungen und in der anderen Hand ließ er ein Messer aufschnappen.

Ich erstarrte, Blut rauschte mir in den Ohren.

Bisher war Ernest Powell mir nie bedrohlich vorgekommen. Seine schwammige Statur und sein geringer Selbstwert hatten ihn schwach und unentschlossen wirken lassen.

Doch der Mann vor mir zeigte eine Facette von sich, die ich unterschätzt hatte: Verzweiflung!

Und die machte ihn gefährlicher als jedes Raubtier.

Er legte die Klinge an Miss Brandon-Weldersons blassen Hals. Ein verängstigtes Wimmern kam über ihre Lippen. Sie blickte verwirrt zu mir und konnte gar nicht begreifen, was hier gerade passierte. Gerade hatte sie noch Neujahrsgäste bewirtet und plötzlich bedrohte man sie.

Ich war schockiert davon, wie schnell alles aus dem Ruder gelaufen war und zwang mich, Ruhe zu bewahren.

»Mr Powell. Nehmen Sie das Messer runter«, beschwor ich den Mann und ließ den Blick nur ganz kurz durch den Raum schweifen, um die Lage besser einzuschätzen.

Auf dem Tisch standen mehrere Tassen Tee. Er war also tatsächlich vor uns hier gewesen.

Verdammt! Mein Name musste ihn aufgeschreckt haben.

Ich nahm eine Bewegung im Augenwinkel wahr und Powell zuckte zusammen.

»Schicken Sie den Polizisten weg«, kreischte er und presste meiner Gönnerin das Messer fester gegen die weiche Haut.

»Gott bewahre«, stieß sie panisch aus und ich konnte kaum atmen.

Dicht hinter mir erkannte ich Evan Miller, der beschwichtigend die Hände hob. Ich nickte ihm auffordernd zu und er trat zähneknirschend zurück ins Foyer zu den anderen.

»Ist das Mr Lennox da draußen?«, forderte Powell zu wissen und ich nickte langsam. »Er soll die Blaupausen aus ihrem Versteck holen!«

»Ich weiß nicht wo«, keuchte Jamie hinter mir und ich trat ganz langsam zwei Schritte zu ihm, um Powell nicht unnötig zu erschrecken. Nur eine falsche Bewegung, ein nervöses Zucken und er würde Miss Brandon-Welderson verletzen.

Das galt es um jeden Preis zu verhindern.

»Sie sind oben in meinem Zimmer. Auf meinem Schreibtisch unter den Büchern. Clifferton wird dir gewiss den Weg zeigen«, rief ich ihm zu und fand Unwillen in seinen Augen. Er wollte Powell die Blaupausen nicht geben und ich konnte ihn nur zu gut verstehen.

Doch was hatten die Pläne jetzt noch für eine Bedeutung? Sie waren nur Papier, jetzt, wo wir wussten, dass die Maschine nicht mal funktionierte. Selbst wenn Ernest Powell damit fliehen würde, nützten sie ihm nichts.

»Jamie«, zischte ich mit Nachdruck und dieser atmete tief durch. Denn er wusste es genauso gut wie ich.

Also gab er sich einen Ruck und ich hörte, wie eilige Füße die Treppenstufen zum Knarzen brachten.

Mir war entsetzlich heiß in meinem Mantel, doch ich wagte es nicht, ihn auszuziehen. Wir standen nur da, warteten und mit jeder Sekunde, die verstrich, wurde Powell nervöser. Schweißperlen glänzten auf seiner Stirn und er fasste das Messer fester, als seine Hand zu zittern begann.

Miss Brandon-Welderson, meine starke und unbeugsame Gönnerin, war den Tränen so nahe, dass sie sich auf die Unterlippe biss, um nicht die Fassung zu verlieren.

Ich beschwor sie mit den Augen, ruhig zu bleiben, auszuhalten.

»Nur Männer, keine Götter«, flüsterte ich und auch wenn sie mich auf die Entfernung wahrscheinlich nicht hören konnte, hatte sie es dennoch verstanden.

Ihr Atem beruhigte sich ein klein wenig, ihre Kiefer spannten sich an und ihre Hand zuckte. Ganz unauffällig streckte sie sie zu dem Tischchen neben sich, um irgendetwas zu fassen zu bekommen, mit dem sie sich verteidigen konnte.

»Was haben Sie sich nur dabei gedacht?«, rief ich, um Powells Aufmerksamkeit auf mich zu lenken und ihre Chancen zu erhöhen.

»Es sind meine Pläne. Ich habe ein Recht darauf, sie zu besitzen«, krächzte er und schob sich noch einen Schritt weiter nach hinten. Noch näher an den Tisch.

Ich musste mich zwingen, nicht hinzusehen, als Miss Brandon-Welderson mit den Fingerspitzen eine Gabel erhaschte und langsam zu sich zog.

Meine Nerven waren zum Zerreißen gespannt und ich holte mühsam Luft.

»Aber dafür müssen Sie doch niemanden verletzen. Haben Sie nicht schon genug angerichtet?«, sprach ich weiter auf ihn ein und er blinzelte, um sich den Schweiß aus den Augen zu halten.

»Ich wollte ihn nicht töten! Ich war nur so wütend!«, jammerte Ernest Powell los und ich konnte ihm kaum zuhören, war nur damit beschäftigt, an seine Stirn zu starren und aus den Augenwinkeln Miss Brandon-Weldersons Hand zu beobachten.

»Auf David Brighton«, sagte ich, um das Gespräch am Laufen zu halten.

»Er wollte alles hinschmeißen. Wegen eines kleinen Rückschlags! Er wollte nach Amerika abhauen.«

»Das war wirklich sehr unfair von ihm, nach allem, was Sie für ihn getan haben«, redete ich ihm gut zu und wusste selbst nicht, wo die Worte herkamen.

»Ich wollte ihn nicht töten. Das müssen Sie mir glauben«, jammerte Powell weiter und ich nickte hastig.

»Natürlich. Sie waren nur wütend«, erzählte ich ihm, was er hören wollte und meine Gönnerin bekam endlich die Gabel zu fassen. Innerlich jubelte ich auf.

»Er wollte sich mit mir treffen. Er wollte schon wieder meine Hilfe, weil die Schläger von Kenneth Maddison ihm auf dem Luftschiff aufgelauert hatten, um seinen Koffer zu stehlen. Er besaß die Dreistigkeit, mich um Hilfe zu bitten!«, steigerte Powell sich in seine eigene Wut hinein und presste die verängstigte Miss Brandon-Welderson fester an sich. Beinahe entglitt ihr die Gabel.

Ich wagte es nicht, mich auch nur einen Fingerbreit zu bewegen.

»Und da haben Sie zugeschlagen«, sagte ich, als ich mich an Evan Millers Erzählung erinnerte. David Brighton starb durch stumpfte Gewalteinwirkung auf den Hinterkopf.

»Es war nur mein Regenschirm. Ich konnte doch nicht wissen … Es war nur ein Schlag!« Ernest Powell zitterte am ganzen Leib und ich sah darin meine Chance, ihn noch weiter aus der Fassung zu bringen. Wenn er zu unaufmerksam wurde, konnten wir in überwältigen.

»Doch Sie haben ihn damit getötet«, warf ich ihm die Worte voller Anschuldigung entgegen und achtete diesmal ganz genau auf seine Reaktion. Darauf, wie alles Blut ihm aus dem Gesicht wich, wie er noch heftiger zitterte.

»Und dann haben Sie ihn in die Themse geworfen«, setzte ich noch einen drauf und konnte in seinen Augen sehen, wie seine Seele zerbröckelte. Er war kurz davor, das Messer fallen zu lassen und weinend auf dem Boden zusammenzubrechen.

»Ja«, hauchte er, da polterten plötzlich Schritte auf der Treppe und ließen ihn aufschrecken.

Dann passierte alles gleichzeitig. Das Messer verließ für einen winzigen Augenblick Miss Brandon-Weldersons Hals und sie zögerte nicht, holte aus und rammte Ernest Powell die Zinken der Gabel ins Bein.

Er schrie auf, taumelte zurück und ritzte vor Schreck Miss Brandon-Weldersons Haut an Arm auf.

Im selben Augenblick wurde die Tür des angrenzenden Studierzimmers aufgestoßen und Sir Jonathan O'Neal warf sich mit vollem Körpereinsatz auf Powell.

Das Schnappmesser segelte in hohem Bogen durchs Zimmer, während die Männer zusammen auf den filigranen Frühstückstisch stürzten und ihn unter ihrem Gewicht zertrümmerten.

Miss Brandon-Welderson rannte auf mich zu und ich schloss sie in meine Arme. In diesem Moment war sie nicht lediglich meine Gönnerin, sondern meine Freundin und wir hatten diesen Schrecken gerade gemeinsam durchgestanden.

»Gott sei Dank, Elisa! Gott sei Dank!«, rief sie immer wieder und Constable Evan Miller trat eilig an uns vorbei ins Zimmer.

»Legen Sie ihm die Hände auf den Rücken«, wies er Sir O'Neal an, der den zitternden Powell fest auf den Boden gepresst hielt und zog Handschellen aus der Jacke seiner Uniform hervor.

Vorsichtig schob ich meine Gönnerin zu einem der schmalen Sofas und half ihr, sich zu setzen.

»Alles ist gut. Wir sind hier und alles ist gut«, redete ich auf sie ein, damit sie sich beruhigte und ich mir ihren verletzten Arm ansehen konnte. Es handelte sich glücklicherweise nur um einen kleinen Schnitt, der auch nicht sehr stark blutete.

Ich wollte gerade nach Hilfe rufen, da tauchte Benjamin neben mir auf, zückte ein sauberes Taschentuch und drückte es Miss Brandon-Welderson auf den Arm.

»Oh. Dein höflicher Herr ist auch hier«, sagte sie ganz verwirrt von all den Eindrücken um sie herum und ich legte einen Arm um ihre Schulter, um sie ihn ihrem Taumel festzuhalten.

»Ich hole Verbandszeug. Ich bin gleich wieder bei Ihnen«, sagte Benjamin so gelassen, dass er uns ebenfalls beruhigte und ich schenkte ihm ein wackeliges Lächeln, das er sanft erwiderte.

Seine Hand streifte meine Schulter, als er an mir vorbeitrat und ich sah ihm hinterher, wie er auf den vollkommen verschreckten Clifferton zuging und die beiden sich leise unterhielten.

Jamie stand wieder in der Tür, die Blaupausen an seine Brust gedrückt und sah mit Erstaunen dabei zu, wie Ernest Powell von Constable Evan Miller in Gewahrsam genommen wurde.

»Es ist vorbei«, hauchte er und fing meinen Blick ein. »Liz! Es ist vorbei! Wir haben einen Mörder gefasst!«, rief er so schrill, dass man ihm die Hysterie anhören konnte, die seinen Atem beschleunigte und ihm sicher auch das Herz rasen ließ.

»Beruhige dich, Jamie. Komm her und nimm dir einen Tee«, forderte ich ihn auf, zu uns in die Sitzecke zu kommen, damit er nicht weiter herumstand wie eine Kuh, wenn's donnert.

Arden erbarmte sich seiner und half aus, indem er Jamie zu uns führte. Sie setzten sich und Arden bediente sich bei den Keksen.

»Ein Mörder?«, fragte eine Stimme schockiert und Jonathan O'Neal erschien neben mir. Demonstrativ drehte ich mich so, dass ich meine Miss Brandon-Welderson mit dem Oberkörper vor ihm abschirmte.

»Was haben Sie hier eigentlich zu suchen gehabt?«, bohrte ich mit unverhohlenem Misstrauen und bestimmte, das nun die Zeit gekommen war, seinem Geheimnis auf den Grund zu gehen.

»Ich habe meinen Neujahrsbesuch gemacht. Miss Brandon-Welderson erwähnte ein Buch und ich ging in die Bibliothek, es zu holen. Vielleicht habe ich mich etwas in den Schriften verloren und da ging auch schon der ganze Tumult los«, berichtete er mir. Sein Blick war so offen, dass es mir schwerfiel, ihm eine Lüge daraus auszulegen. Außerdem war ich zu erschöpft, um noch Spielchen zu spielen, also entschloss ich mich zu vollkommener Offenheit.

»Was haben Sie mit Kenneth Maddison zu schaffen?«, fragte ich ihn und er hob nachdenklich die rotblonden Augenbrauen.

»Der Name sagt mir was. Wo habe ich ihn schon einmal gehört?«, murmelte er und kratzte sich nachdenklich am Kinn.

Und ich gab es auf. »Sind Sie hier, um mich für die Maddisons auszuhorchen?«

Er war noch irritierter als gerade. »Wie? Nein. Ich bin hier …« Sein Blick verlor mich aus dem Fokus und schielte an mir vorbei. »Ich bin …«, setzte er wieder an und ich folgte seinem Blick zu der Frau neben mir. Miss Brandon-Welderson goss sich eine Tasse Tee ein und seufzte anmutig, als sie erschöpft den ersten Schluck zu sich nahm.

Dem irischen Lord stieg die Röte so brennend ins Gesicht, dass es nicht zu übersehen war.

Und da ging es mir auf.

»Sie sind hier wegen … wegen …« Ich sprach ihren Namen nicht aus, da sie direkt neben mir saß, doch als Jonathan O'Neal nickte, die Augen voller Hoffnungen, da fiel mir die Kinnlade runter.

»Sie ist das liebreizendste Geschöpf unter der Sonne«, flüsterte er mir zu und ich fühlte mich überfordert von derartigen Geständnissen für meine Gönnerin.

»Sie haben Sie wohl nie schnarchen hören«, platzte es aus mir heraus und Sir O'Neal machte ein überraschtes Gesicht.

»Wie bitte?«, erkundigte er sich und ich wusste, dass ich doch lieber meinen Mund gehalten hätte.

»Wie bitte?«, gab ich daher zurück, als ob ich selbst nicht wüsste, worum es gerade ging und drehte mich wieder Miss Brandon-Welderson zu, um das Gespräch nicht weiterführen zu müssen.

Wie dumm ich auch war! Am liebsten hätte ich mich fest geohrfeigt. Da hatte ich ernsthaft geglaubt, Jonathan O'Neal wäre hinter Informationen her, obwohl er die ganze Zeit nur meine Gönnerin angeschmachtet hatte. Ich war in mancher Hinsicht wirklich sehr blind.

Benjamin Green war bereits zurück und hatte Miss Brandon-Welderson den Arm verbunden. Über ihren Kopf hinweg lächelte er mir erleichtert zu und ich fühlte es ebenfalls bis in die Tiefe meine Seele. Erleichterung.

Wir hatten es geschafft und wie Jamie es schon gesagt hatte: Es war vorbei!

»Wer sind diese Leute, Elisa und was hat das alles zu bedeuten?«, wollte Miss Brandon-Welderson von mir wissen und klang schon viel gefasster als gerade eben noch. Sie erholte sich schnell von dem Schreck und das brachte die scheppernde Disharmonie ihrer Stimme zurück.

Lachend lehnte ich meinen Kopf an ihre Schulter und genoss das Gewusel der Menschen, das Chaos im Salon. Dass alles vorbei war und trotzdem noch jeder, den ich liebte, am Leben war.

Jamie grinste mir entgegen und ich zwinkerte ihm kokett zu. Wir hatten es geschafft!

Chief Inspector Layer traf mit dem Weberknecht-Sergeanten und drei Constables mit einer Verspätung von fünfzehn Minuten im Haus in der Park Street ein und bekam von Evan Miller einen gut verschnürten Ernest Powell übergeben, der immer wieder beteuerte, dass alles nur ein unglücklicher Unfall gewesen war und er das nicht gewollt hatte.

Jamie und ich durften bleiben und der Chief Inspector war so nett, unsere Angelegenheit mit den Maddisons auf später zu verschieben.

Ich sag doch, er mag dich.

Jaja. Vielleicht hast du recht.
Er ist einer von den Guten.

WAS WIRKLICH GESCHAH

Um diesen Bericht abzuschließen, fasse ich hier noch mal zusammen, wie sich der Mord von David Brighton zugetragen hat, damit auch alle Fragen geklärt sind.

Ich habe viele Stunden an Recherche und Befragungen hinter mir und bin überzeugt, hinter die ganze Sache gekommen zu sein.

Hier also, was meiner Meinung nach wirklich geschah:

Es war der Sommer 1889, als David Brighton die Idee zu seinem Stromerzeuger kam. Für einen schnittigen Burschen wie ihn war es nicht schwer, Investoren zu finden, die seine scheinbar bahnbrechende Erfindung finanzieren wollten.

Er machte sich also auf nach London, kam bei seinem langjährigen Freund Ernest Powell unter und nahm ihn sogar mit zu seiner potenziellen Investorenversammlung im Hause von Sir Godric Percy.

Der enthusiastische Vortrag, den Brighton an diesem Abend von sich gab, überzeugte alle Anwesenden, inklusive Powell, dieses Projekt zu unterstützen.

Wer nicht dichtgehalten hat, konnte ich nicht herausfinden, da so etwas niemand gern zugibt.* Jedenfalls gelangte das Wissen über den Stromerzeuger an die Maddison-Brüder, die alles andere als begeistert waren, einer solchen Konkurrenz entgegenzusehen.

* Meine Vermutung liegt ja bei dem Kaufhaussöhnchen Travis Kelly. Aber wie gesagt, ist das nur meine Einschätzung und ich habe keinerlei Beweise für diese Theorie.

Fängst du schon wieder an, Leuten Verbrechen anzudichten, Liz?

Sie entschlossen sich also zu tun, was jeder schlaue Geschäftsmann in ihrer Lage getan hätte. Sie traten an David Brighton heran und boten ihm an, seine Erfindung aufzukaufen.

Da Brighton sich aber wenig um Profite und andere kommerzielle Angelegenheiten kümmerte, sah er nicht ein, sich eine Erfindung streitig machen zu lassen, die noch nicht einmal fertig gebaut war und lehnte das Angebot ab.

Emmett Maddison, der mittlere der drei Brüder, steckte daraufhin viel Schweiß in den Bau des Kraftwerkes, um den Wettkampf gegen Brightons Erfindung durch frühzeitige Fertigstellung für sich zu entscheiden.

Byron Maddison, der älteste, schulte sein diplomatisches Lächeln und erweiterte seine Kontakte zur Gesellschaft der hohen Würdenträger, um die Verträge für das Kraftwerk mit der Stadt London in trockene Tücher zu bringen.

Allein der jüngste, Kenneth Maddison, traf keine so schlaue Entscheidung. Er war fest davon überzeugt, dass der Stromerzeuger sie alle ruinieren würde, ganz gleich, wie gut sie sich darauf vorbereiteten.

So beschloss er, David Brighton beschatten zu lassen. Er ließ ihn ausspionieren und ihm nachstellen, sowohl bei seinen London-Aufenthalten als auch in seinem Landhaus in der Nähe von Leeds.

Das ging natürlich nicht lange gut und Brighton begann sich beobachtet zu fühlen. Er wurde misstrauischer, verschlüsselte sein Notizbuch besser und schob falsche und unfertige Blaupausen zwischen die korrekten Baupläne.

Doch irgendwann kam der Tag, an dem Brighton das Gemisch für seinen revolutionären Katalysator einmal zu viel explodierte und er langsam an der Genialität seiner Erfindung zu zweifeln begann.

Zeitgleich eröffnete in Leipzig, Deutschland, ein Pelzveredlungswerk, das Arbeiter zu so geringen Löhnen beschäftigte, dass es die gesamte Branche in eine Krise stürzte.

Ernest Powell verlor die Aufträge für die großen Kaufhäuser Londons, machte immer mehr finanzielle Verluste und geriet in fürchterliche Geldnot. Seine einzige Rettung schien, seine Investition in den Stromerzeuger endlich lohnenswert zu machen und er begann, seinen Freund David Brighton unter Druck zu setzen.

Doch Brighton hielt dem Druck nicht stand. Er wusste, dass er den Katalysator in so kurzer Zeit niemals funktionstüchtig bekommen und somit alle gemachten Versprechungen an seine anderen Investoren nicht einhalten konnte.

Da es ihm jedoch an Anstand und Verantwortungsgefühl mangelte, beschloss er, sich dem Problem nicht zu stellen, sondern seine Siebensachen zu packen und auf einen gänzlich anderen Kontinent zu fliehen.

Mit seinem letzten Geld buchte er sich eine Überfahrt auf einem Dampfer und beraumte eine Versammlung seiner Investoren ein. Er versprach ihnen, dort das Herzstück seiner Maschine zu präsentieren, wenn sie ihm danach zur Fertigstellung des Projekts noch einen letzten Batzen Geld zusteckten, mit dem er sich in der neuen Welt ein neues Leben aufzubauen gedachte.

Also schnappte er sich seinen Koffer, packte die Pläne, sein Notizbuch und einen leeren Behälter ein, in der Absicht, ihn als erfolgreich synthetisierten Katalysator vorzustellen.

Doch die Reise im Luftschiff von Leeds nach London verlief nicht so reibungslos, wie er sich das vorgestellt hatte.

Kenneth Maddisons Schläger, Doyle Denver und dessen Halbbruder Bobby, waren ebenfalls mit von der Partie und Brighton erkannte sie. Er behielt sie unauffällig im Auge und folgte ihnen, als sie sich kurz vor der Ankunft in den Laderaum des Luftschiffes begaben.

Sie waren von Maddison beauftragt worden, den Koffer mit dem Katalysator darin zu stehlen und wurden von Brighton überrascht, der sich auf sie stürzte, um sein Eigentum zu verteidigen.

Sie rangelten miteinander, bis das Luftschiff eine scharfe Kurve flog, um den Landeplatz in London bei dem starken Regen an diesem Morgen besser erreichen zu können.

Die Denvers wurden zu Boden gerissen und David Brighton nutzte den Moment, um in einem Anflug von Größenwahn eins der Fenster aufzureißen und den Koffer aus der Gondel zu werfen.

Dieser zerschellte jedoch nicht, sondern krachte durch die Kuppel der *Royal University Library* und wurde dort von der Metropolitan Police in Gewahrsam genommen.

Brighton war jetzt jedoch aufgeschreckt und verängstigt und versteckte sich vor den Denver-Halbbrüdern bis zur Landung. In der Angst, dass sie ihm in der Halle vor dem Flugplatz auflauern würden, nahm er einen Umweg und tauchte in den regnerischen Gassen von London unter.

Ernest Powell hatte in der Halle auf ihn gewartet und wunderte sich über die Verspätung seines Freundes. Er fuhr nach Hause, in der Annahme, ihn verpasst zu haben und traf durch einen schicksalhaften Zufall auf seinen Bekannten Frederic Smith, der ihm von David Brightons Ticket nach Amerika erzählte.

Powell ahnte, dass Brighton sich auf und davon machen wollte und ihm dem sicheren finanziellen Ruin übereignen würde.

Als gegen Abend eine verschlüsselte Nachricht von Brighton bei ihm eintrudelte, sich mit ihm auf einer Brücke ganz in der Nähe zu treffen, war Powell bereits außer sich vor Wut und Enttäuschung.

Da der Regen immer noch nicht nachgelassen hatte, schnappte sich Powell seinen Schirm mit Knauf und traf Brighton an der Brücke.

Er stellte ihn zur Rede, in der Hoffnung, dass sich alles als Missverständnis aufklärte. Brighton jedoch erzählte seinem Freund mit ausschweifenden Worten, dass die Maddisons hinter ihm her waren und er keine Wahl hatte, wenn er sein Leben schützen wollte.

Powell wurde noch wütender, sie stritten und Brighton schrie ihm entgegen, dass der Stromerzeuger eine große Lüge war und niemals funktionieren würde. Ernest Powell verlor in diesem Moment die Beherrschung und schlug mit dem Knauf seines Regenschirms zu.

Brighton ging sofort zu Boden, eine blutende Platzwunde am Hinterkopf. Laut Powells Aussage war Brighton sofort tot.

Es hätte aber niemand bestätigen können, da der Pelzfabrikant in Panik geriet, den Körper seines Freundes packte und ihn über die Mauer der Brücke in die Themse warf.

Mit Schuldgefühlen beladen vergrub sich Powell in seiner Arbeit, die ihm noch stärker vor Augen führte, wie kurz vor der Verarmung er stand und alles verloren hatte, was ihm jemals etwas bedeutete.

Ein paar Tage später erschien in der Times ein Bericht über den Koffer, der vom Himmel fiel, mit einem Foto des Überseekoffers, den Powell sofort wiedererkannte.

Er nahm einen alten Kontakt zur Metropolitan Police wieder auf, um an weitere Informationen zu gelangen und erfuhr so von dem Mechaniker Jamie Lennox, der von dem Polizeirevier Holborn zur Beratung hinzubezogen worden war.

Er zögerte noch eine Weile, den Plan auszuführen, der sich in seinem Kopf gebildet hatte. Als er jedoch, wiederum über seinen Polizeikontakt, erfuhr, dass man David Brightons Leiche im Eis an der Themse gefunden hatte, wurde er zum Handeln gezwungen. Er bestach mit seinem letzten Geld seinen Kontakt, der den Koffer für ihn herausgab und lieferte ihn vor die Werkstatt von Jamie Lennox.

Was danach passierte, wissen Sie ja bereits.

Das Letzte, was mir jetzt noch zu sagen bleibt, ist, dass Ernest Powell für seine Tat eine lange, sehr lange Zeit hinter Gittern eines britischen Gefängnisses schmoren wird.

Was angesichts der Tatsache, dass er ohnehin pleite ist, keinen zu großen Verlust für ihn darstellen sollte.

Interessant ist vielleicht auch, dass Sir Jonathan O'Neal ein ausgemacht feiner Kerl ist, der niemals eine Verbindung zu den Maddisons hatte und von mir vollkommen zu Unrecht beschuldigt wurde.

Kenneth Maddison nutzte ein kurzes Gespräch auf der Straße mit ihm lediglich, um sich den Zutritt zu Miss Brandon-Weldersons Soirée zu erschleichen, auf der er mich auszuhorchen gedachte.

Was den jüngsten Maddison also betrifft, hatte er zwar keinen Mord begangen, sich aber des Einbruchs und Diebstahls sowie auch der Entführung eines jungen Mannes schuldig gemacht.

Gut für ihn, dass *Maddison & Brothers* so einflussreiche Bekanntschaften pflegt und zudem auch noch ordentliche Gewinne einstreicht. Er kam mit einem deftigen Bußgeld davon, von dem auch Jamie Lennox profitiert.

Seine älteren Brüder waren da weniger gnädig mit ihm. Sie verbannten ihn ins Hinterland von Yorkshire, wo er für die Firma in den nächsten paar Jahren den Kohleabbau in den Bergwerken überwachen wird. Welch ein Spaß.

Hiermit beende ich meinen Bericht und schicke ihn zu Händen von Chief Inspector Layer.

Wirklich gut zu wissen, dass Sie ebenfalls der Meinung sind, dass die Sprengung im Kraftwerk eine absolute und unausweichliche Notwenigkeit war.

Und denken Sie auch daran, Constable Evan Miller zu befördern. Er ist der beste Mann, den Sie haben.

Danke, dass Sie so geduldig mit mir waren und richten Sie liebe Grüße an Ihre wehrte Gattin aus.

Hochachtungsvoll

Elisa Hemmilton

Sehr geehrte Miss Hemmilton,

ich danke Ihnen für die Zusammenstellung dieses doch sehr umfangreichen und teilweise unnötig detailreichen Berichts. Ihre Arbeit und die von Mr Lennox, war in diesem Fall von unschätzbarem Wert.

Dennoch freue ich mich, dass Ihr nächstes Studiensemester demnächst beginnt und Sie dadurch keine Zeit mehr haben werden, sich in die Arbeit der Polizei einzumischen. Möglicherweise sollten Sie sich überlegen, das Fach zu wechseln, da Sie der Schriftstellerei ja sehr zugetan zu sein scheinen.
Selbstverständlich traue ich Ihnen die Politik voll und ganz zu, muss aber ehrlicherweise gestehen, dass ich mich davor fürchte, mit ansehen zu müssen, was Sie mit Ihrem unbestechlichen Durchsetzungsvermögen in unserer Gesellschaft anrichten werden.

Bitte erweisen Sie mir den Gefallen und halten Sie sich in Zukunft von polizeilichen Ermittlungen fern. Ihre freundliche Mitarbeit verursacht zu meinem Leidwesen mühelos doppelt so viel Papierkram sowie auch den verletzten Stolz eines Sergeanten und eingeklemmte Gliedmaßen.
Mein Daumen ist wieder vollkommen genesen und funktionstüchtig. Danke der Nachfrage.

Mit freundlichen Grüßen
George Layer
Chief Inspector der Metropolitan Police
No. 2 District: E-Division

EPILOG

EINE HOCHZEIT MIT AUSSICHTEN

Es war Sonntag, der 16. August 1891, als Miss Brandon-Welderson dem überglücklichen Sir Jonathan O'Neal das Jawort gab und als Lady O'Neal-Brandon-Welderson und mit einem vollkommen zufriedenen Lächeln an der Seite ihres Ehemanns aus der Kirche spazierte.

Die Sonne schien in voller Pracht, ein leichter Wind machte die sommerlichen Temperaturen erträglich und alles war so übermäßig mit Blumen geschmückt, dass Jamie sich ständig zusammenreißen musste, um nicht zu niesen.

»Ist das nicht die Absurdität des Jahres? Sie hat es tatsächlich geschafft, ihren Namen noch komplizierter zu machen, als er ohnehin schon war«, sagte Animant und hakte sich bei mir unter, während wir der Masse an Gästen hinaus auf den Rasen folgten.

Sie trug ein wunderschönes, schmal geschnittenes goldbraunes Kleid mit dazu passenden Perlen im kunstvoll aufgesteckten Haar.

Während ich glaubte, in den Massen an grünem Taft zu ersticken, sah sie so frisch aus wie immer. Doch Animant schaffte es ohnehin, in jeder Situation adrett zu wirken, auch nach zwei Stunden drückender Hitze in einer übervollen Kirche.

»Lady Franzin O'Neal-Brandon-Welderson«, sprach ich den vollen Namen aus und musste dabei lachen. Animant hatte recht, es war absurd. »Aber es passt zu ihr«, merkte ich an und auch Animant grinste.

»Auf jeden Fall«, bestätigte sie mir und wir beide sahen uns nach dem Brautpaar um, das nun unter einem Bogen von Rosen stand und sich beglückwünschen ließ.

Ein junger Mann in Uniform trat mit einem Tablett zu uns, damit wir uns ein Getränk nehmen konnten und auf der anderen Seite der Festwiese spielte ein Streichquartett eine liebliche Melodie, um den Moment noch zu vervollständigen. Es lief alles ganz genau so, wie es sollte.

Ich setzte mein Glas an, trank den Sekt in einem Zug und griff mir direkt ein neues Getränk.

Animant hob vielsagend die Augenbrauen.

»Du kannst dir nicht vorstellen, wie viele Quartette ich mir anhören musste, weil meine liebe Gönnerin das perfekte haben wollte«, seufzte ich theatralisch.

»Und es ist wirklich vorzüglich«, bestätigte sie die getroffene Wahl mit viel Ernst in der Stimme und ich schenkte ihr einen ironischen Blick. Denn ich wusste ganz genau, dass sie in Wirklichkeit nur wenig für solche Details übrig hatte und sich am liebsten mit einem Buch in eine ruhige Ecke zurückgezogen hätte.

»Mach dich nur lustig. Ich musste mich den ganzen letzten Monat mit den Vorbereitungen auseinandersetzen und zu allem eine Meinung haben. Und nebenbei habe ich eine vierzigseitige Hausarbeit über das britische Parlament geschrieben«, ächzte ich und Animant tätschelte meinen Arm.

»Was bin ich froh, dass ich nicht studiere«, meinte sie lediglich und ich zwickte sie.

Wir spazierten zu den Apfelbäumen, in deren Schatten die Tische aufgebaut worden waren. Bunte Bänder zierten die Äste und wurden vom Wind bewegt, der ein disharmonisches Lachen zu uns trug.

Gleichzeitig drehten wir uns zum Brautpaar um.

Lady O'Neal-Brandon-Welderson lehnte sich an ihren Mann, der sich zu ihr beugte, damit sie ihm einen Kuss auf seine vor Aufregung ganz fleckige Wange drücken konnte.

»Wie ist das nur passiert?«, fragte Animant kritisch und ich lächelte wissend.

»Schicksal, würde ich sagen. Es hat ihr das Herz gebrochen, als sie erfuhr, dass Mr Reed und du euch verlobt habt. Und ein charmanter, gutherziger Mann mit der Geduld eines Engels, einem Adelstitel und der Fähigkeit, ihr stundenlang zuzuhören, hat dafür gesorgt, dass sie sich jeden Tag sicher sein konnte, vollkommen anbetungswürdig zu sein«, berichtete ich und lächelte in mich hinein. »Zuerst wollte sie ihn nicht. Dann wollte sie es sich überlegen. Dann wollte sie ihn wieder nicht und dann konnte sie nicht mehr anders, als ihn zu wollen.« Ich warf Animant einen koketten Seitenblick zu. »Erinnert mich an euch«, behauptete ich und Ani schnappte empört nach Luft.

»Wie bitte? Wir wollten uns die ganze Zeit«, rief sie und ich kicherte. »Wir waren nur nicht imstande, das ausreichend zu kommunizieren.«

»Sprecht ihr etwa nicht laut genug, wenn ihr streitet?«, fragte ich scheinheilig und sie verdrehte demonstrativ die Augen.

»Wo ist eigentlich dein Bewunderer?«, wechselte sie das Thema.

»Wahrscheinlich hat er eine Ecke gefunden, wo ihn niemand findet«, knurrte eine Stimme und Mr Reed trat neben uns. Man konnte ihm geradezu ansehen, wie unwohl er sich fühlte. Die Schultern hochgezogen, die Hände in den Taschen vergraben, das Haar nicht mehr ganz an seinem Platz, da er zu oft mit den Fingern hindurchgefahren war.

Ich empfand kein Mitleid für ihn. Nach allem, was er angestellt hatte, verdiente er es, ein bisschen zu leiden.

Ich hätte ihn an Animants Stelle ja mit einem festen Tritt zum Mond befördert, nachdem er drei Monate gebraucht hatte, um bei ihr zu Kreuze zu kriechen. Doch sie liebte diesen schrecklichen, boshaften Griesgram und würde schon ihre Methoden finden, ihn büßen zu lassen.

»Nicht grummelig sein, Thomas. Das ist eine Hochzeit«, zog sie ihn auf und legte ihm eine Hand auf den Arm.

»Die Lady hat mich doch nur eingeladen, um mir vor Augen zu führen, dass sie es fertiggebracht hat, vor mir verheiratet zu sein«, erwiderte er genervt und schüttelte unverständig den Kopf.

Und damit hatte er vollkommen recht. Es handelte sich hierbei um reine Schikane.

Mir war schleierhaft, was ihn dazu bewogen hatte, heute hier zu sein, wo er sich dieser Tatsache doch bewusst war. Seine Abneigung gegen Lady O'Neal-Brandon-Welderson war mir seit Langem bekannt. An seiner Stelle wäre ich wahrscheinlich einfach zu Hause geblieben.

»Mit dieser Schmach musst du jetzt wohl leben«, witzelte Animant ironisch. »Wenn sich ein geeigneter Schrank findet, in den du kriechen kannst, werde ich dich in Kenntnis setzen.«

Nun schlich sich doch ein verstecktes Schmunzeln auf seine Lippen. »Das wäre auch das Mindeste. Ich bin nur wegen dir hier.«

Ani drehte sich mir zu und ihr Lächeln wurde so leuchtend wie die Nachmittagssonne. »Ich denke, heute ist der perfekte Tag, um Lady O'Neal-Brandon-Welderson zu bitten, meine Frauenbuchhandlung zu unterstützen«, teilte sie mir mit und schien fast zu platzen vor Aufregung.

Ein Lachen sprudelte aus mir heraus, bevor ich es aufhalten konnte und Mr Reeds finsterer Blick machte es nur noch schlimmer.

»Um ihr Wohlwollen zu erlangen, gibt es sicher nichts Besseres, als sie mit einem sich quälenden Mr Reed zu beschenken«, gackerte ich und Animant lächelte überaus zufrieden.

»Das dachte ich mir auch«, sagte sie.

»Ihr seid schrecklich«, schnaubte Mr Reed und setzte sich in Bewegung.

Wir steuerten einen der hinteren Tische an, weit weg vom üppigen Blumenschmuck, an dem es sich Jamie und Inspector Evan Miller bequem gemacht hatten.

»Ich war zuvor noch nie auf einer Hochzeit«, gestand Jamie mir, während er sich ausgiebig umsah. Wahrscheinlich waren ihm niemals so viele chic gekleidete Menschen auf einem Fleck begegnet.

Er hatte sehr gern zur Hochzeit zugesagt, nachdem ich ihm versprochen hatte, dass er nicht tanzen müsste. Als einer meiner besten Freunde durfte er heute nicht fehlen.

Auch Inspector Evan Miller war seit letztem Winter ein oft gesehener Gast im Hause Brandon-Welderson. Schließlich hatte er den Mann festgenommen, der die Lady mit einem Messer bedroht hatte.

»Was passiert als Nächstes?«, erkundigte Jamie sich, als ich mich neben ihn setzte und noch einen Schluck von meinem Sekt trank.

»Jetzt stecken alle die Köpfe zusammen, loben die Trauung und schwärmen davon, wie prachtvoll sie war«, erzählte Animant mit einem gewissen Sarkasmus und ich liebte sie einfach so sehr dafür.

»Ja, aber auch nur, um im nächsten Satz hinter vorgehaltener Hand zu berichten, dass die Trauung eines anderen Brautpaares, das sie kennen, ja noch viel prachtvoller gewesen ist«, fügte ich hinzu und Jamie presste mit roten Wangen die Lippen aufeinander, um nicht zu lachen.

»Aber keine Sorge, bei uns bist du in Sicherheit«, beteuerte ich und legte einen Arm um seine Schulter.

»Ganz genau. Wir überspringen den Teil und warten darauf, dass das Büfett eröffnet wird«, bestätigte Animant und nun konnte Jamie sich nicht mehr halten.

Wir alle sahen zu den langen Tischen voller Obst, Törtchen, Happen, Kuchen, Plunder und Pasteten. Auf was auch immer man heute Lust hatte, man würde es dort drüben finden.

Animant lief ganz offensichtlich das Wasser im Mund zusammen, denn sie schluckte demonstrativ.

»Und woran erkennen wir, dass das Büfett eröffnet wurde?«, erkundigte Evan Miller sich, der immer die richtigen Fragen stellte. So war er auch an seine Beförderung gekommen.

Na ja, oder weil ich in meinem Bericht für die Polizei letzten Winter darauf bestanden hatte.

Wir würden es nie erfahren.

»Meine Methode, um in diesen Kreisen zu überleben, ist die Dame in dem hellblauen Kleid und der Feder in der Frisur, die aussieht wie ein Schmetterling.« Ich nickte unauffällig in ihre Richtung. Doch sie war auch schwer zu übersehen mit ihrem Federschmuck. »Das ist Mrs Wenderbloom. Sie ist Anstand und

Gesetz. Wenn sie ans Büfett geht, dann dürfen wir das auch. Wenn sie tanzt, dann dürfen wir das aus. Wenn sie niest, dann dürfen wir das auch. Das sind die Regeln«, erklärte ich, damit die beiden nicht die gleichen Fehler begingen wie ich, als ich mich das erste Mal in höheren gesellschaftlichen Kreisen bewegte. »Und erzählt ja keine unanständigen Witze. Das kostet euch den Kopf.«

»Gut zu wissen«, murmelte Jamie und ich drückte ihn, ehe ich einen der Bediensteten zu uns winkte, damit wir mehr zu trinken bekamen.

Wenn ich Glück hatte, vielleicht auch etwas stärkeres als Sekt.

»Wir gehen erst einmal das Brautpaar beglückwünschen«, sagte Animant, die ihren Blick nur schwer vom Büfett löste und umklammerte den Arm ihres Verlobten, damit dieser nicht die Flucht ergreifen konnte.

»Mach der Braut ein Kompliment für ihre Frisur. Auf die ist sie heute besonders stolz«, riet ich ihr und schenkte ihr ein aufmunterndes Lächeln.

»Danke«, flüsterte Animant mir zu, stand auf und schleifte den fürchterlich unglücklichen Thomas Reed über die Wiese.

Und wieder hatte ich kein Mitleid.

Ich hoffte mir nur, dass Animant sich ihren Wunsch erfüllen und Lady O'Neal-Brandon-Welderson für ihr Projekt begeistern konnte. Doch bei einer Buchhandlung für studierende Frauen rannte sie bei der Lady mit Sicherheit offene Türen ein. Zumindest heute, wo meine Gönnerin so ausgelassen wirkte wie nie zuvor.

Ich ließ meinen Blick schweifen und merkte erst, dass ich nach Benjamin suchte, als ich von einem jungen Mann mit Getränken dabei unterbrochen wurde.

Er hatte vorhin zu mir gesagt, dass er gleich wieder bei mir sein wollte und ich hatte keinen Schimmer, wohin er gegangen war.

War es schon an der Zeit, sich Sorgen zu machen?

»Wie läuft die Suche nach einer neuen Werkstatt?«, wandte ich mich Jamie zu. Ich hatte ihn die letzten Wochen kaum gesehen und würde meine wertvolle Zeit mit ihm jetzt nicht mit unruhigen Gedanken verschwenden.

»Oh, wir haben etwas in Aussicht«, sagte der Mechaniker und ich nickte. Dann hob ich überrascht den Blick.

»Wir?«, interessierte ich mich und Jamies Lächeln geriet ins Wanken. Er wechselte einen schnellen Blick mit dem Inspector und dann brach es aus ihm heraus.

»Es wäre perfekt, Liz. Ein Haus in Holborn, zwei Schlafzimmer und fließend Warmwasser. Es gibt eine Halle, die man zur Werkstatt umfunktionieren könnte. Sie hat riesige Fenster und ein Tor auf den Hinterhof. Aber ich könnte es mir allein nicht leisten«, schwärmte er und hatte meine Frage damit jedoch immer noch nicht beantwortet.

»Und in meiner Position kann ich auch nicht länger in einem einzelnen Zimmer unterm Dach hausen. Da wird ein gewisser Standard erwartet«, fügte Evan hinzu und langsam verstand ich, was die beiden mir umständlich versuchten mitzuteilen.

»Ein Standard, den dieses Haus natürlich erfüllt«, half ich aus, als ich sah, dass Jamie langsam die Röte in die Ohren kroch.

»Genau«, bestätigte Evan ganz gelassen und ich musste mir ein Grinsen verkneifen, das an meinen Mundwinkeln zerrte und mein Herz mit Freude füllte.

»Wie gut, dass ihr euch da gegenseitig unterstützen könnt«, sagte ich lediglich, um ihnen mein Wohlwollen mitzuteilen und drückte Jamie einen schnellen Kuss auf die Schläfe.

Das Büfett wurde eröffnet und auch die ersten Tänze waren schon getanzt, da fing ich an, mir ernsthaft Sorgen über den Verbleib von Benjamin Green zu machen.

Ich entschuldigte mich bei Jamie und Evan, die sich königlich am Essen bedient hatten und spazierte unauffällig über die Wiese, um nach meinem Liebsten Ausschau zu halten.

Ich sah noch einmal in der Kirche nach, fragte Clifferton, ob er ihn gesehen hatte und landete schlussendlich verwirrt am Rande der Tanzfläche. Blumenbouquets säumten den Platz und die Streicher beendeten gerade ihr Stück.

Die Paare stellten sich zum Tanz auf und ich entging einer unerwünschten Aufforderung durch den schmierigen Mr Barlow, indem ich mich schnell genug hinter einen Kirschbaum rettete, der den Tanzenden mit seiner ausladenden Krone Schatten spendete.

»Haben Sie wohl noch einen Platz für mich auf Ihrer Tanzkarte übrig?«, fragte mich jemand und ich schreckte so heftig zusammen, dass mir beinahe mein goldenes Diadem aus den Haaren fiel.

Neben mir lehnte Benjamin Green am glatten Stamm des Baums und lächelte vorsichtig, um mir zu zeigen, dass etwas nicht stimmte.

»Ganz sicher. Der Herr, mit dem ich heute hier bin, hat sich bisher sehr rar gemacht«, führte ich seinen Spaß weiter und fasste sachte nach seiner Hand. »Was ist los?«, fragte ich leise.

Er ließ seine Fingerspitzen über meine gleiten und verschaffte mir damit ein Kribbeln im Bauch. Ich schob mich näher zu ihm.

»Ich bin nervös«, gab er zu und ich war wie immer fasziniert davon, wie ruhig er diese Worte aussprechen konnte.

»Wieso?«

Er verschränkte unsere Finger, hob meine Hand an seine Lippen und hauchte einen sanften Kuss auf meinen Handrücken, der mich wünschen ließ, wir wären allein und nicht auf einer Hochzeit voller Menschen, lediglich versteckt hinter einem alten Baum.

»Ich … Können wir ein Stück gehen?«, bat er mich und ich hätte mir sicher noch mehr Sorgen gemacht, wenn sein Blick in diesem Moment nicht meinen gesucht hätte.

Das Blau in seinen Augen leuchtete in der Sommersonne und eine erwartungsvolle Freude tanzte darin, die mich ansteckte und meinen Herzschlag beschleunige.

Anstatt ihm zu antworten, zog ich ihn mit mir.

Ein schmaler Pfad führte von der Hochzeitsgesellschaft weg, zwischen gepflegten Blumenbeeten hindurch zu einem Heckenlabyrinth, das zu dieser Jahreszeit in sattem Grün stand und etwas vollkommen Märchenhaftes an sich hatte.

Wir schwiegen auf dem Weg, der Kies knirschte unter unseren Schuhen und Insekten summten in der Luft. Immer wieder sah ich zu ihm, nur um festzustellen, dass er es mir gleichtat. Wir lachten über unser kindisches Spielchen und seine Verlegenheit machte auch mich immer nervöser.

Die Hecken verschluckten uns, die Blätter dämpften die Geräusche der nahen Menschen und die Musik war nur noch zu erahnen.

»Wenn du mich hier heimlich küssen möchtest, dann darfst du das sehr gerne tun«, bot ich ihm an, um ihn zu ärgern, die Spannung zwischen uns aufzulockern. Doch er fasste meine Hand nur umso fester.

Er lachte nicht, sein Gesicht war vollkommen unbewegt und ich hätte zu gern gewusst, was gerade in seinem Kopf vor sich ging.

»Und wenn ich dich heiraten möchte, darf ich das dann auch tun?«, fragte er plötzlich und es verschlug mir augenblicklich die Sprache. Der Spruch, der mir auf der Zunge gelegen hatte, war vergessen und alle meine Gedanken flogen davon.

»Elisa Hemmilton«, sagte er meinen Namen und klang dabei so andächtig, dass ich es nicht wagte, ihn zu unterbrechen. »Möchtest du mich heiraten?«

Mein Herzschlag stolperte.

Ich hatte von diesem Moment geträumt. Hunderte von Malen, in der Nacht und am Tag.

Es kam mir in manchen Augenblicken immer noch vor wie ein Produkt meiner Fantasie, dass der Mann, den ich schon so lange liebte, meine Liebe erwiderte. Wie hätte ich es jemals für real halten können, dass er mir diese Frage stellte?

Wie hätte ich wissen sollen, dass ich meine Antwort hätte üben sollen, damit ich jetzt nicht dastand wie ein Vogel, der vergessen hatte, wie man sang?

»Ja«, flüsterte ich, weil meine Stimme sich weigerte und ich versuchte es noch einmal. »Ja!«, sagte ich fester und überzeugte meine Lunge davon, zu atmen.

Mit anzusehen, wie sich Benjamins Lippen zu einem Lächeln verzogen, wie seine Augen zu glimmen begannen und die Freude ihn erröten ließ, war zu viel für mein Herz. Stürmisch schlang ich die Arme um seinen Hals und küsste ihn. Ich küsste seine Lippen, seine Wangen, die Leberflecken an seinem Hals und ließ mich von ihm so fest an sich drücken, dass wir beide kaum Luft holen konnten.

»Ich liebe dich, Liz«, sagte er und küsste die weiche Stelle unter meinem Ohr.

Mein Lachen war so heiser, dass es kaum zu hören war. »Ich liebe dich, Ben«, sagte ich auch und genoss all die wundervollen Empfindungen, die durch mich hindurchrauschten und mich ganz trunken machten.

»Du hast ganz schön lange gebraucht, um mich zu fragen«, witzelte ich und er lächelte so sanft, dass ich vollkommen zerging.

»Du machst doch sonst auch alles selbst. Ich wollte dir nur die Gelegenheit dazu geben«, behauptete er und ich schmiegte mich an ihn wie eine glückliche Katze.

»Da hast du was falsch verstanden. Der Vorteil, eine eigenständige Frau zu sein, ist, alles selbst machen zu können, aber nicht zu müssen«, spielte ich seinen Scherz weiter und er drückte mit einem so seltenen Grinsen seine Lippen auf meine.

Unsere Zweisamkeit war so süß wie Honig und wurde jäh unterbrochen, als ein markerschütternder Schrei uns in die Wirklichkeit zurückholte.

Alarmiert wand ich mich aus Benjamins Umarmung, er nahm meine Hand und wir liefen durch das Labyrinth aus Hecken in Richtung der Hochzeitsgesellschaft.

Doch wir waren nicht weit gekommen, da trafen wir auf die alte Mrs Ross, die sich leicht grünlich um die Nase gegen eine Mauer lehnte.

»Was ist passiert?«, rief ich ihr zu und da sah ich sie.

Zwei Beine in feinen Strümpfen, mit Blumen bestickte Satinschühchen an den Füßen, die aus einer der Hecken hervorragten.

Ich war noch so aufgeregt von all den Gefühlen der letzten Minuten, dass ich kaum begreifen konnte, was ich da vor mir sah.

»Benjamin«, hauchte ich und er folgte meinem Blick.

Keine Sekunde später tauchten andere auf, tuschelten, riefen und gaben entsetzte Laute von sich. Mr Golden und Sir Percy halfen der armen Mrs Ross und die frischgebackene Mrs Higgins fiel bei dem Anblick der Beine aus der Hecke in Ohnmacht. Benjamin sprang nach vorn und fing sie grade noch auf, bevor Schlimmeres passieren konnte.

Vorsichtig trat ich vor, schob mich um das Gestrüpp und konnte einen Blick auf die Frau dahinter werfen.

Sie lag auf dem Bauch, das Gesicht von uns abgewandt. Es sah nicht aus, als wäre sie gestolpert und hingefallen, eher als hätte sie sich zum Schlafen hingelegt. Am helllichten Tag, in einem Labyrinth, während einer Hochzeit.

Der Anblick hatte etwas überaus Makabres an sich und eine Gänsehaut breitete sich trotz der Nachmittagshitze über meinem ganzen Körper aus. Mein Puls raste vor Anspannung.

»Lassen Sie mich durch! Ich bin von der Polizei!«, rief eine mir bekannte Stimme und Evan Miller bahnte sich einen Weg durch die neugierige Masse.

Jamie folgte ihm auf dem Fuß und die beiden kamen an meine Seite, als sie mich entdeckten. Wir alle starrten auf die Frau am Boden.

»Ist sie verletzt?«, fragte Jamie mich fahrig und ich zuckte mit den Schultern.

»Ich weiß so viel wie du«, raunte ich ihm zu.

Evan Miller kniete sich, ohne zu zögern, in seinem schicken Anzug auf die Erde des Beets.

»Miss«, sprach er die Frau an, auch wenn mir gleich klar war, dass sie ihm nicht antworten würde.

Er drückte ihr zwei Finger an den Hals, um nach ihrem Puls zu tasten und sah dann mit unheilvoll zusammengezogenen Augenbrauen zu uns hoch. Ich wusste, was er sagen würde und die Gänsehaut verstärkte sich.

»Sie ist tot.«

»Wie?«, wollte ich sofort wissen und kniete mich neben ihn. Lady O'Neal-Brandon-Welderson würde mich rundmachen, wenn sie später die Flecken auf dem Rock entdeckte. Doch ich schob den Gedanken beiseite und half Evan, die Frau vorsichtig auf den Rücken zu drehen. Sie war erstaunlich schwer für ihre zierliche Statur und ihr Arm fiel so unnatürlich schlaff zu Boden, dass es bizarr wirkte.

Ich blickte in ihr Gesicht. Sie war jung. Hohe Stirn, volle Lippen, Erde, die ihr an der Wange klebte, die Augen geschossen, als wäre sie in tiefen Schlaf gefallen.

Ich kannte sie. Zumindest vom Sehen. Und von all den Gerüchten, die über sie im Umlauf waren.

»Das ist Lady Bethlam«, flüsterte ich überrascht und blickte zu Evan, der etwas anderes entdeckt hatte.

»Erstochen mit einem spitzen Gegenstand«, sagte er ernst und da entdeckte ich das Blut. Es hatte sich ein riesiger Fleck an ihrem Unterbauch ausgebreitet und verfärbte das fliederfarbene Kleid zu dunklem Lila.

Mir blieb der Atem weg, ein gefährliches Kribbeln rann mir den Rücken nach unten. Übermütig sprang ich auf die Füße und drehte mich Jamie zu.

»Man hat sie ermordet«, seufzte ich hingerissen, als das Abenteuer mich packte und das Geheimnis lockend nach mir flüsterte.

Jamie stieß keuchend den Atem aus. »O nein, Liz. Nicht schon wieder!«

Ende

♥

DANKSAGUNG

Ich höre euch in meinem Kopf schreien, weil ihr das Ende nicht habt kommen sehen. Hahahaha!

Ich hatte das Ende so auch gar nicht geplant. Es sollte leise und romantisch enden. Erst in einem späten Telefonat mit meiner Freundin Yona ist es mir plötzlich in den Kopf gesprungen und dann musste ich es einfach tun.

Aber es passt irgendwie. Denn das ganze Buch kam sehr unerwartet für mich.

Nachdem ich Staubchronik damals beendet hatte, war mir schon klar, dass ich die Geschichte um den Überseekoffer noch schreiben würde. Jamie Lennox sollte darin eine Rolle spielen und Elisa Hemmilton am besten auch. Doch wie, was, wieso, das hatte ich mir noch nicht ausgedacht.

Ich schob die Geschichte vor mir her, immer nur ein *›Irgendwann werde ich es schon noch schreiben‹*-Gedanke im Hinterkopf. Bis zu dem Tag, an dem meine Verlegerin Astrid mir eine Nachricht schickte. »Lin, wenn du's noch schreiben willst, mach's jetzt!!!«, sagte sie und da mein Motto seit der Pandemie *Wenn nicht jetzt, wann dann?* ist, wusste ich, dass sie recht hatte.

Die Geschichte war dran, sie wollte geschrieben werden und ich musste aufhören, sie vor mir herzuschieben.

Und Tadaaa!! Hier ist sie!!

Danke, Astrid, dass du mich geschubst hast. Ich habe es nach meinem Burn-out und all den Selbstzweifeln gebraucht, dass du mir den Kopf wieder zurechtrückst.

So viel Dank und mein ganzes Herz gehört meinem Mann Mr M. Danke, dass ich dich haben darf. Du bist geduldig und unterstützend, sanftmütig und immer zu Stelle, um mir Tee zu machen. (Ja, er ist wie Mr Green. ♥) Du bist meine größte Stütze, mein Gentleman, mein Schurke, mein Ritter.

Ein fetter Knutscher geht an meine besten Testleserinnen. Ihr habt mich so sehr unterstützt. Ich habe viel gelacht bei euren Kommentaren und Sprachnachrichten. Danke an Steffi und ihren Monk, an Inken, Shela, Mirka, Caro, Yona, Jule und Jazz.

O Jazz. Was würde ich nur ohne dich tun? Ich wäre absolut aufgeschmissen! Selbst wenn ich dir mitten in der Nacht schreibe, bekomme ich noch konstruktive Kritik zurück und du hast dir immer Zeit genommen, das Dokument »eben schnell mal« komplett zu lesen. (Ja, das kann sie!!)

Jule und Yona, jedes Telefonat mit euch hat die Charaktere geformt und den Plot vorangetrieben. Ihr beide und Jazz seid die Patentanten dieses Buches. Danke, dass ihr bei mir seid.

Danke, Mirela und Saskia. Meine Schwestern im HBK. Wir werden immer miteinander verbunden sein und ich freue mich so unendlich, dass ihr euch meine Bücher geschnappt und sie alle gelesen habt. Ich teile mit euch Leid und Glück. Ich drück euch ganz fest.

Danke auch an Marie Graßhoff, die dem Buch wieder das perfekte Gewand gegeben hat. Du bist einfach die Queen of Cover!

Ich schicke auch Dank raus an Stephan Bellem. Ich finde es so bereichernd, mit dir zu arbeiten. Du hast das Buch noch besser gemacht. Danke auch für deine Begeisterung.

Ich möchte auch all meinen Kollegen/Freunden danken, die mir ihren Zuspruch haben zukommen lassen. Stella Tack, Helena Faye, Felicitas Brandt, Christian Handel, Julia Fraczek, Andi Dutter, Maja Köllinger, Katharina V. Haderer, Lisa Rosenbecker und noch soooo viele mehr. Es ehrt mich, an eurer Seite zu stehen.

Ich richte meinen Dank auch an Douglas Adams, Jay Kristoff, Jane Austen und Arthur Conan Doyle. Sie werden nie erfahren, welchen Einfluss sie auf mein Schreiben haben, aber ich danke ihnen trotzdem.

Auf jeden Fall danke ich auch allen, die das Staubchronik-Universum so sehr lieben und mich unterstützen. Niemals hätte ich erwartet, dass mich diese Geschichte mit Leser*innen am anderen Ende der Welt verbinden würde.

Wer auch immer diese Zeilen gerade liest, fühl dich von mir umarmt. Denn du bist wertvoll und wunderbar und ich danke dir, dass du meiner Geschichte erlaubt hast, zu dir zu kommen.

Und zu guter Letzt danke ich auch Gott*. Durch Gottes* Größe und Stärke gehe ich jeden Schritt in der Gewissheit, getragen zu werden.

Danke. ♥

Stephan R. Bellem

Ruf der Rusalka

ISBN: 978-3-95991-899-2, Klappenbroschur, EUR 14,90

Lewis hat sich geschworen, es nie wieder zu tun. Doch der faszinierenden Fremden kann er nicht widerstehen. Als Londons größter Ermittler soll er den Mord an ihrer Freundin aufklären. Aber mit jedem Schritt holen ihn die Bilder seiner Vergangenheit wieder ein und drohen, ihn unter sich zu begraben.

Wäre da nicht die Frau an der Themse. Kann sie ihn vor sich selbst retten? Kate kann endlich der Eintönigkeit Manchesters entkommen und wagt sich nach London, um ihrem Traum nachzujagen: der nächsten großen Story.

Und was wäre größer als ein Serienmörder?

Aber die Morde sind erst der Anfang. Kate und Lewis tauchen ein in eine Welt der Geheimgesellschaften und okkulten Rituale.

Können sie die Vernichtung Londons noch aufhalten?

Start der Reihe um Lewis van Allington

Helena Gäßler

Die Seele eines Spukhauses

ISBN: 978-3-95991-773-5, Klappenbroschur, EUR 14,90

Der Schlüssel zu einem Spukhaus ist zu begreifen, dass es eine Seele besitzt.
Und lange genug zu überleben, um sie zu heilen.

In einer Welt voller Luftschiffe und Dampfmaschinen wirken Geister wie ein lästiges Überbleibsel der Vergangenheit. Als Exorzistin liegt es an Magnolia Feyler, Gebäude von ihrem Spuk zu befreien. Sie versteht die Häuser wie keine andere, erkundet ihre Geschichte und heilt ihre Wunden. Doch alles ändert sich, als sie den größten Auftrag ihrer Karriere annimmt: Shaw Manor, ein Schloss, in dem es seit Jahrzehnten spukt.

Magnolia steigt tief hinab in die verwinkelten Gemäuer und die Vergangenheit des Anwesens. Hinab in ein Netz aus Familiengeheimnissen, vergessenem Leid und Maschinen, die ein bedrohliches Eigenleben entwickelt haben. Wird sie den Spuk lüften oder am Ende selbst von den Mauern verschlungen werden?

Lisa Rosenbecker

Litersum – Musenkuss

ISBN: 978-3-95991-333-1, kartoniert, EUR 14,90

Das Universum aller Buchwelten ist nur eine Tür weit entfernt …

Malou Winters hat sich damit abgefunden, dass ihr Anti-Musen-Kuss die Ideen angehender Autoren auslöscht und sie diese Gabe zum Wohle des Litersums einsetzen muss. Als der junge Detective Chris Lansbury von Scotland Yard sie jedoch verdächtigt, zwei Autoren ermordet zu haben, will sie das nicht auf sich sitzen lassen. Zusammen begeben sie sich über zwei Universen hinweg auf die Suche nach dem wahren Täter und stoßen dabei auf allerhand Lügen und Widerstände. Malous Verständnis vom Litersum wird auf den Kopf gestellt und bald weiß sie nicht mehr, wem oder was sie glauben soll.Und dann ist da noch dieses verwirrende Herzklopfe, sobald sie sich in der Nähe des attraktiven, aber grimmigen Lansbury aufhält.

Ob auch das mit einem Kuss ausgelöscht werden kann?

Start der Litersum-Trilogie

Nicholle Fischer

Solange Schnee vom Himmel fällt

ISBN: 978-3-95991-050-7, kartoniert, EUR 14,90

Vier Herzen. Zwei Epochen. Eine Geschichte.

*1*915 – Marinas Welt steht Kopf. Verheiratet mit einem tyrannischen Ehemann begegnet sie unverhofft ihrer großen Liebe. Der neu ernannte Admiral der baltischen Flotte lässt ihr Herz mit jeder Begegnung immer höherschlagen. Doch zu einer Zeit des Umbruchs, in der Rebellionen und Schlachten das Leben regieren, bleibt kaum Zeit für Romanzen.

Gegenwart – Für Lucy bricht eine Welt zusammen, als ihre geliebte Urgroßmutter ihr am Sterbebett ein lang gehütetes Geheimnis offenbart. Getrieben von dem Wunsch, der Geschichte auf den Grund zu gehen, stürzt sie sich in die Recherche. Noch in der gleichen Nacht öffnet sich das Tor in eine andere Zeit und die Vergangenheit erwacht zu neuem Leben. Auf den Spuren ihrer Urgroßmutter muss Lucy sich zwischen Marinas Glück und ihrer eigenen Zukunft entscheiden.

Anna Jane Greenville

Herz aus Dornen – Das Geheimnis von Coal Manor

ISBN: 978-3-95991-477-2, Klappenbroschur, EUR 12,90

»Berühre meine Hand und verrate mir, was du siehst.«

London, 1879. Über dem wohlhabenden Hausherrn John Coal liegt der finstere Schatten der Vergangenheit.
Von einem Mädchen namens »Love« verlangt er, das rätselhafte Verschwinden seiner Gemahlin aufzuklären. Doch was kann schon eine junge Frau bewirken, die aufgrund ihrer besonderen Gabe für verrückt erklärt wurde? Sind ihre Visionen wirklich der Schlüssel zum Geheimnis von Coal Manor? Wenn sie nur die Liebe im Herzen des mysteriösen Gentlemans wiedererwecken könnte, würde die Dunkelheit, die ihn umgibt, vielleicht weichen …

Julianna Grohe

Die erste Braut – Wondringham Castle

ISBN: 978-3-95991-163-4, Klappenbroschur, EUR 16,90

Damit ihre Schwester den Mann ihrer Träume heiraten kann, reist Elaine an deren Stelle heimlich zur Brautschau nach Wondringham Castle. Irgendjemand muss schließlich das Herz eines der vier Prinzen des Nachbarlandes erobern, um den drohenden Krieg zu verhindern. Doch wie will man einem Prinzen den Kopf verdrehen, wenn man nicht einmal die Aufnahmeprüfung zur Brautschau besteht?

Anstatt in schönen Kleidern landet Elaine als Magd im Schlossgarten und muss dort von früh bis spät arbeiten. Nie hätte sie gedacht, dass sie ausgerechnet zwischen Buchsbäumen und Rosenranken einem Mann begegnen würde, der Gefühle in ihr weckt, die sie noch nie empfunden hat.

Und die ein ganzes Königsreich ins Unglück stürzen könnten …

LIN RINA
Animant Crumbs
STAUBCHRONIK
DRACHENMOND VERLAG